BASTEI
LÜBBE

Über den Autor:

Andrea Camilleri, geboren 1925 in dem sizilianischen Küstenstädtchen Porto Empedocle, ist Schriftsteller, Drehbuchautor, Regisseur und lehrt seit über zwanzig Jahren an der Accademia d'arte drammatica Silvio D'Amico in Rom. Mit seinem vielfach ausgezeichneten literarischen Werk löste er in Italien eine Begeisterung aus, die DIE WELT treffend als »Camillerimania« bezeichnete. Neben seinen historischen Romanen waren es vor allem die Kriminalromane um Commissario Salvo Montalbano, die ihn zum gefeierten Bestsellerautor machten.

ANDREA

CAMILLERI

DIE FORM DES WASSERS

2 ROMANE IN EINEM BAND

DER HUND AUS TERRACOTTA

BASTEI LÜBBE TASCHENBUCH
Band 25932

Vollständige Taschenbuchausgabe
der in der editionLübbe und bei BLT erschienenen Ausgaben

BLT und editionLübbe sind Imprints
der Verlagsgruppe Lübbe

Titel der italienischen Originalausgaben:
LA FORMA DELL'ACQUA und IL CANE DI TERRACOTTA,
erschienen bei Sellerio Editore, Palermo

Einbandgestaltung: HildenDesign, München
Titelmotiv: Ann Münchow – Domkapitel Aachen

Satz: Kremerdruck GmbH, Lindlar-Hartegasse
Druck und Bindung: Elsnerdruck, Berlin
Printed in Germany
ISBN 3-404-25932-7

ANDREA
CAMILLERI

DIE FORM DES WASSERS

Commissario Montalbano löst
seinen ersten Fall

Aus dem Italienischen von
Schahrzad Assemi

Eins

Noch drang kein Schimmer heraufdämmernden Morgens in den Hof der Firma »Splendor«, die für die Müllabfuhr von Vigàta zuständig war. Eine tiefhängende, dichte Wolkendecke überzog lückenlos den Himmel, als hätte man von einem Dachgesims zum anderen eine graue Plane gespannt. Kein Blatt regte sich. Der Schirokko wollte nicht aus seinem bleiernen Schlaf erwachen. Schon das geringste Wort strengte an. Bevor der Fuhrmeister die Arbeit einteilte, gab er bekannt, daß an diesem und an allen weiteren Tagen Peppe Schèmmari und Caluzzo Brucculeri entschuldigt fehlen würden. Ihre Abwesenheit war in der Tat entschuldigt: Die beiden waren am Abend zuvor bei einem bewaffneten Überfall auf einen Supermarkt verhaftet worden. Die verwaiste Stelle, die Peppe und Caluzzo hinterließen, wies der Fuhrmeister Pino Catalano und Saro Montaperto zu, zwei jungen Landvermessern, die als solche, wie es sich gehörte, arbeitslos waren, dank der herzigen Fürsprache des Abgeordneten Cusumano aber als Hilfsumweltpfleger eingestellt worden waren. Dessen Wahlkampagne hatten die beiden mit Leib und Seele unterstützt (und zwar genau in dieser Reihenfolge, da der Leib weitaus mehr tat, als der Seele lieb war). Ihnen wurde das als Mànnara bezeichnete Gebiet zugeteilt, so genannt, weil dort vor undenklichen Zeiten angeblich ein Hirte seine Ziegen gehütet hatte. Die Mànnara war ein breiter Streifen mediterraner Macchia am Rande des Städtchens, zwischen dem Meeresstrand und den baulichen Überresten einer großen Chemiefabrik, die der allgegenwärtige Abgeordnete Cusumano eingeweiht hatte, als ein neuer, frischer Wind wehte, der eine glänzende und vielversprechende Zukunft zu verheißen schien. Aber jener Wind war schnell zu einer leichten Brise abgeflaut und schließlich gänzlich abgeklungen: Allerdings hatte er größere Schäden angerichtet als ein Tornado, indem er ein Heer von Kurzarbeitern und Arbeitslosen hinterließ. Um zu verhindern, daß die im Ort umherstreichenden Scharen von Schwarzen und weniger Schwarzen, von Senegalesen und Algeriern, Tunesiern und Libyern sich in der Fabrik einnisteten, hatte man rundherum eine hohe Mauer gezogen, hinter der die von Unwettern, Meeressalz und allgemeiner Vernachlässigung angefressenen Bauten weiterhin emporragten und dabei mehr und mehr aussahen wie die Architektur eines Gaudí im Drogenrausch.

Die Mànnara hatte bis vor kurzer Zeit bei allen, die sich vormals schlicht und einfach als Müllmänner bezeichneten, als ausgesprochen ruhiger Posten gegolten: Inmitten von Papierfetzen, Plastiktüten, Bier- und Coca-Cola-Dosen, unzureichend zugedeckter oder einfach im Wind stehengelassener Scheißhaufen tauchte hin und wieder ein verirrtes Präservativ auf. Dazu konnte sich dann einer, wenn er Lust und Phantasie hatte, seine Gedanken machen und sich das entsprechende Schäferstündchen in allen Einzelheiten ausmalen. Seit einem Jahr jedoch lagen hier die Präservative herum wie der Sand am Meer. Angefangen hatte es, als ein Minister mit einem finsteren und verschlossenen Gesicht, das Lombroso alle Ehre gemacht hätte, aus Überlegungen heraus, die noch finsterer und verschlossener waren als sein Gesicht, eine Idee gebar, die ihm als die Lösung der Probleme der öffentlichen Ordnung im Süden erschien. Diese Idee teilte er seinem Kollegen mit, der der Armee angehörte und aussah, als wäre er einer Illustration aus Carlo Collodis *Pinocchio* entsprungen. Schließlich und endlich entschieden die beiden, zur »Kontrolle des Territoriums« einige Militäreinheiten nach Sizilien zu entsenden. Diese sollten als Unterstützung dienen für Carabinieri, Polizisten, Informationsdienste, Sonderkommandos, für Steuerfahnder, Straßenpolizei, Bahnpolizei, Hafenpolizei, für Angehörige der Sonderstaatsanwaltschaft, Antimafia- und Antiterrorgruppen, für das Drogen- und Raubdezernat, das Anti-Entführungskommando und für weitere Organe, die sich ganz anderen Tätigkeiten verschrieben hatten. Als Folge dieses großartigen Einfalls der beiden herausragenden Staatsmänner mußten sich Söhne piemontesischer Mütter, flaumbärtige Rekruten aus dem Friaul, die sich tags zuvor noch an der frischen und rauhen Luft ihrer Berge gelabt hatten, über Nacht an klimatische Bedingungen gewöhnen, in denen es sich nur mühsam atmete. Sie richteten sich in ihren provisorischen Unterkünften ein, in Ortschaften, die, wenn überhaupt, einen Meter über dem Meeresspiegel lagen, inmitten von Leuten, die einen unverständlichen Dialekt sprachen, der mehr aus Schweigen denn aus Worten bestand, mehr aus einem schwer entzifferbaren Runzeln der Augenbrauen und einer unmerklichen Kräuselung der Gesichtsfalten. Dank ihrer Jugend paßten die Soldaten sich an, so gut sie eben konnten. Unterstützung bekamen sie im wesentlichen von den Einwohnern Vigàtas selbst, die von der Hilflosigkeit und Verwirrtheit in den Gesichtern der fremden Jünglinge gerührt waren. Daß ihr unfreiwilliges Exil jedoch ein wenig erträglich wurde, dafür sorgte Gegè Gulotta, ein Mann von schöpferischem Geist, der bis dahin seine natürliche Begabung zum Kuppler hatte unterdrücken müssen und sich als kleiner Dealer weicher Drogen verdingt hatte. Nachdem er über ebenso krumme wie amtliche Wege von der bevorstehenden Ankunft der Soldaten erfahren hatte, durchzuckte Gegè ein Geistesblitz. Um seine geniale Idee in die Tat umzusetzen, empfahl er sich umgehend dem Wohlwollen des Zuständigen, um die unzähligen und komplizierten, aber unumgänglichen Genehmigungen zu erhalten. Dem Zuständigen, das heißt demjenigen, der das Gebiet tatsächlich kontrollierte und nicht einmal im Traum daran dachte, Bewilligungen auf Stempelpapier zu erteilen. Kurz, Gegè konnte an der Mànnara seinen auf frisches Fleisch und eine reiche Auswahl an weichen Drogen spezialisierten Markt eröffnen. Das Frischfleisch kam zum größten Teil aus osteuropäischen Ländern, nun endlich vom kommunistischen Joch befreit, das, wie jeder weiß, dem menschlichen Wesen jegliche Würde absprach, und zwischen den Sträuchern und am Sandstrand der Mànnara strahlte die zurückeroberte Würde in neuem Glanze. Allerdings fehlte es auch nicht an Evas aus der Dritten Welt, an Transvestiten, Transsexuellen, neapolitanischen Schwuchteln und brasilianischen Viados – für jeden Geschmack war etwas dabei, eine einzige Pracht, ein riesiges Fest. Und der Handel blühte, zur großen Befriedigung der Soldaten, Gegès und desjenigen, der sich mit Gegè über die Formalitäten geeinigt hatte und als Gegenleistung die gerechte prozentuale Beteiligung am Gewinn forderte.

Pino und Saro machten sich auf den Weg zu ihrem Arbeitsplatz. Jeder schob seinen Karren vor sich her. Bis zur Mànnara brauchte man eine knappe halbe Stunde, wenn man so langsam ging wie die beiden. Die erste Viertelstunde verbrachten sie stumm. Schon waren sie vollkommen verschwitzt und verklebt. Dann brach Saro das Schweigen.
»Dieser Pecorilla ist ein Drecksack«, verkündete er.
»Ein elender Drecksack«, bekräftigte Pino.
Pecorilla war der Fuhrmeister, der für die Zuteilung der zu reinigenden Bezirke zuständig war und unübersehbar einen tiefen Haß gegen jeden nährte, der studiert hatte. Ihm selbst hatte man erst mit vierzig Jahren seinen Schulabschluß bescheinigt, und das auch nur, weil Cusumano mit dem Lehrer ein ernstes Wort gesprochen hatte. Deswegen drehte er es so, daß die erniedrigendste und schwerste Arbeit immer auf den Schultern der drei

Diplomierten lastete, die er in seiner Truppe hatte. An diesem Morgen hatte er Ciccu Loreto den Abschnitt der Mole zugewiesen, an dem das Postschiff zur Insel Lampedusa ablegte. Das hieß im Klartext, daß Ciccu, seines Zeichens Buchhalter, mit Zentnern von Abfällen würde rechnen müssen, die lärmende Touristenschwärme, getrennt durch verschiedene Sprachen, aber vereint in der totalen Verachtung persönlicher und öffentlicher Sauberkeit, in Erwartung der Einschiffung am Samstag und Sonntag zurückgelassen hatten. Und Pino und Saro würden an der Mànnara das ganze Durcheinander vorfinden, das die Soldaten während ihres zweitägigen Ausgangs veranstaltet hatten.

Als sie an die Kreuzung der Via Lincoln mit der Viale Kennedy kamen (in Vigàta gibt es auch einen Eisenhower-Hof und eine Roosevelt-Gasse), blieb Saro stehen.

»Ich geh' schnell auf einen Sprung nach Hause, um zu sehen, wie's dem Kleinen geht«, sagte er zu seinem Freund. »Wart auf mich, dauert nur eine Minute.«

Ohne Pinos Antwort abzuwarten, schlüpfte er durch die Haustür in einen jener zwergenhaften Wolkenkratzer, die, allerhöchstens zwölf Stockwerke hoch, zur gleichen Zeit wie die Chemiefabrik entstanden waren und ebenso wie diese alsbald völlig heruntergekommen, wenn nicht gar verlassen dastanden. Wer vom Meer her nach Vigàta kam, dem präsentierte sich das Städtchen wie eine Parodie von Manhattan im verkleinerten Maßstab.

Der kleine Nenè war wach. Er schlief, wenn überhaupt, nur zwei Stunden pro Nacht, die restliche Zeit lag er mit

weitaufgerissenen Augen in seinem Bettchen, ohne auch nur ein einziges Mal zu weinen. Aber wer hätte je von Babies gehört, die niemals schreien? Tag auf Tag verzehrte ihn eine Krankheit, von der man weder die Ursache noch die Behandlungsmethode kannte. Die Ärzte von Vigàta wußten sich keinen Rat, man hätte den Kleinen woanders hinbringen müssen, zu irgendeinem berühmten Spezialisten, aber es fehlte an Geld. Kaum kreuzte sein Blick den des Vaters, verfinsterte sich Nenès Gesicht, legte sich eine Falte quer über seine Stirn. Er konnte nicht sprechen, aber der stumme Vorwurf an denjenigen, der ihm jene Fessel angelegt hatte, war als Aussage deutlich genug.
»Es geht ihm ein bißchen besser, das Fieber geht zurück«, sagte Tana, seine Frau, nur um Saro ein wenig aufzuheitern.

Der Himmel hatte sich aufgeklärt, die Sonne brannte erbarmungslos, nun herrschte eine Gluthitze. Saro hatte seine Karre schon ein dutzendmal auf der Müllkippe entladen, die auf eine Privatinitiative hin am früheren Hinterausgang der Fabrik entstanden war. Der Rücken tat ihm höllisch weh. Als er in Reichweite eines Feldweges kam, der an der Schutzmauer entlanglief und in die Landstraße einmündete, sah er etwas hell Glitzerndes auf dem Boden liegen. Er bückte sich, um genauer hinzuschauen. Es war ein Anhänger in Herzform, riesig, mit Brillanten besetzt. In der Mitte prangte ein auffallend großer Diamant. Er hing noch an der Halskette aus Massivgold, die an einer Stelle gerissen war. Blitzartig schnellte Saros Rechte nach vorn, ergriff die Kette und ließ sie in der Hosentasche verschwinden. Die rechte Hand: die, so meinte Saro, wie aus eigenen Stücken gehandelt hatte, ohne daß das Gehirn, von dem überraschenden Fund noch völlig benommen, ihr irgendeinen Befehl gegeben hätte. Schweißgebadet richtete er sich wieder auf und blickte sich um, aber es war keine Menschenseele zu sehen.

Pino, der sich das näher am Sandstrand gelegene Stück der Mànnara ausgesucht hatte, bemerkte plötzlich die Schnauze eines Autos, die in etwa zwanzig Metern Entfernung aus den Sträuchern herausragte, wo die Macchia dichter war als andernorts. Er blieb wie angewurzelt stehen. Es konnte doch unmöglich sein, daß jemand um diese Uhrzeit, morgens um sieben, immer noch mit einer Nutte zugange war. Er pirschte sich vorsichtig an, setzte zaghaft einen Fuß vor den anderen, den Oberkörper vornübergebeugt. Als er auf der Höhe der Scheinwerfer angekommen war, richtete er sich auf. Es geschah nichts, niemand, der ihm zugerufen hätte, er solle sich gefälligst um seinen eigenen Kram kümmern. Das Auto wirkte verlassen. Er wagte sich noch näher heran, und schließlich erblickte er die Gestalt eines Mannes, der reglos auf dem Beifahrersitz saß, den Kopf nach hinten gelehnt. Man hätte glauben können, er schliefe tief und fest. Aber Pino hatte den dunklen Verdacht, ja, spürte es plötzlich körperlich, daß da irgend etwas nicht stimmte. Er drehte sich um und rief aufgeregt nach Saro. Dieser

kam keuchend und mit schreckgeweiteten Augen herbeigeeilt.
»Was is'n los? Was zum Teufel hast du? Was ist denn in dich gefahren?«
Pino glaubte eine gewisse Aggressivität aus den Fragen des Freundes herauszuhören, schrieb dies aber der Hast zu, mit der jener herbeigerannt war.
»Schau mal da hin.«
Pino nahm all seinen Mut zusammen, näherte sich der Fahrerseite und versuchte, die Wagentür zu öffnen, was ihm aber nicht gelang, da der Sicherheitsknopf hinuntergedrückt war. Mit Saros Hilfe, der sich einigermaßen beruhigt zu haben schien, versuchte er die Tür auf der Beifahrerseite zu erreichen, an der der Körper des Mannes seitlich lehnte. Aber er schaffte es nicht, weil das Auto, ein großer grüner BMW, so nah am Gestrüpp stand, daß sich von dieser Seite her niemand hätte nähern können. Als die beiden sich jedoch über die Brombeersträucher hinweg nach vorn beugten, wobei sie sich gehörig zerkratzten, konnten sie das Gesicht des Mannes besser sehen. Er schlief nicht. Er hielt die Augen offen, den Blick ins Leere gerichtet. Im selben Moment, in dem ihnen klar wurde, daß der Mann tot war, blieben Pino und Saro vor Schreck wie versteinert stehen – nicht wegen der Leiche, der sie gegenüberstanden, sondern weil sie den Toten erkannt hatten.

»Ich komm' mir vor wie in einer Sauna«, stöhnte Saro, während er mit Pino die Landstraße entlang zu einer Telefonzelle lief. »Einmal ist mir kalt, dann ist mir wieder heiß.«

Kaum hatten sie sich von dem Schreck erholt, der ihnen in die Glieder gefahren war, nachdem sie den Toten erkannt hatten, einigten sie sich über das weitere Vorgehen: Bevor sie *la liggi,* das Gesetz in Gestalt der Polizei, verständigen wollten, galt es noch einen anderen Anruf zu tätigen. Die Nummer des Abgeordneten Cusumano wußten sie auswendig. Saro wählte, doch Pino fuhr dazwischen, ehe es auch nur einmal geläutet hatte.

»Leg sofort wieder auf«, sagte er bestimmt.

Saro folgte aufs Wort.

»Hast du etwas dagegen, daß wir ihm Bescheid geben?«

»Laß uns noch mal kurz nachdenken, die Sache ist wichtig. Also, du weißt genausogut wie ich, daß der Abgeordnete nichts als ein *pupo* ist.«

»Und was heißt das im Klartext?«

»Daß er eine Marionette des Ingegnere Luparello ist, der alle Fäden in der Hand hält, oder besser gesagt, hielt. Mit Luparellos Tod ist Cusumano ein Nichts, eine Niete.«

»Ja und?«

»Nichts und.«

Sie machten sich auf nach Vigàta, aber nach ein paar Schritten hielt Pino seinen Freund mit einer brüsken Armbewegung an.

»Rizzo«, stieß er hervor.

»Den ruf' ich nicht an, da hab' ich Schiß, den kenn' ich nicht.«

»Ich auch nicht, aber ich ruf' ihn trotzdem an.«

Pino ließ sich die Telefonnummer von der Auskunft geben. Es war erst Viertel vor acht, aber Rizzo antwortete gleich nach dem ersten Läuten.
»Avvocato Rizzo?«
»Am Apparat.«
»Entschuldigen Sie, Avvocato, daß ich Sie um diese Uhrzeit störe, wo ... aber wir haben den Ingegnere Luparello gefunden ... sieht aus, als wäre er tot.«
Es trat eine Pause ein. Dann sprach Rizzo.
»Und warum erzählen Sie mir das?«
Pino runzelte die Stirn. Mit allem hatte er gerechnet, nur nicht mit dieser Antwort. Sie kam ihm höchst eigenartig vor.
»Wie? Sind Sie denn nicht ... sein bester Freund? Wir haben es für unsere Pflicht gehalten ...«
»Ich danke euch. Aber zuallererst solltet ihr eurer Pflicht als ordentliche Bürger nachkommen. Guten Tag.«
Wange an Wange mit Pino hatte Saro das Gespräch mitgehört. Die beiden sahen sich erstaunt an. Rizzo hatte reagiert, als hätten sie ihm von der Leiche irgendeines Unbekannten erzählt.
»Also, so 'n Idiot, schließlich war er doch mit ihm befreundet, oder etwa nicht?« raunzte Saro.
»Woher wollen wir das wissen? Wäre doch möglich, daß sie sich in letzter Zeit zerstritten haben«, tröstete sich Pino.
»Und was machen wir jetzt?«
»Jetzt tun wir unsere Pflicht als ordentliche Bürger, wie der Avvocato es nennt«, schloß Pino.

Sie gingen auf das Städtchen zu, in Richtung Kommissariat. Sich an die Carabinieri zu wenden wäre ihnen nicht einmal im Traum eingefallen. Dort führte ein Mailänder Oberleutnant das Regiment. Der Kommissar hingegen stammte aus Catania und hieß Salvo Montalbano. Und wenn der etwas verstehen wollte, dann verstand er es auch.

Zwei

»Noch mal.«

»Nein«, sagte Livia und sah ihn mit leidenschaftlich glühenden Augen an.

»Ich bitte dich!«

»Nein, ich habe nein gesagt.«

»Ich mag es gerne, wenn ich ein wenig gezwungen werde«, so hatte sie ihm, erinnerte er sich, einmal ins Ohr geflüstert.

Damals hatte er in seiner Erregung sein Knie zwischen ihre geschlossenen Schenkel gezwängt, während er mit eisernem Griff ihre Handgelenke umfaßt hielt und ihre Arme auseinanderriß, bis sie wie eine Gekreuzigte dalag. Sie sahen einander kurz in die Augen, atemlos, dann erlag sie ihm plötzlich.

»Ja«, hauchte sie. »Ja! Jetzt!«

Und genau in diesem Moment klingelte das Telefon. Ohne die Augen zu öffnen, streckte Montalbano einen Arm aus, weniger um nach dem Hörer zu greifen als nach den wallenden Enden des Traumes, der erbarmungslos dahinschwand.

»*Pronto!*« Er war wütend auf den Störenfried.

»Commissario, wir haben einen Kunden.« Er erkannte die

Stimme des Brigadiere Fazio; sein ranggleicher Kollege, Tortorella, lag noch im Krankenhaus wegen eines scheußlichen Bauchschusses, den ihm einer verpaßt hatte, der sich als Mafioso aufspielen wollte, in Wirklichkeit aber nur ein miserabler Dreckskerl war, keinen Pfifferling wert. In ihrem Jargon war ein Kunde ein Toter, um den sie sich kümmern mußten.
»Wer ist es?«
»Das wissen wir noch nicht.«
»Wie haben sie ihn umgebracht?«
»Wissen wir nicht. Besser gesagt, wir wissen nicht mal, ob er überhaupt umgebracht wurde.«
»Brigadiere, ich glaub', ich hör' nicht recht. Du weckst mich hier in aller Herrgottsfrühe, ohne auch nur den leisesten Schimmer von irgendwas zu haben?«
Er atmete tief durch, um seine Wut zu bezähmen, die sinnlos war und die der andere mit Engelsgeduld ertrug.
»Wer hat ihn gefunden?«
»Zwei Müllmänner, an der Mànnara, in einem Auto.«
»Bin gleich da. Ruf du inzwischen in Montelusa an, laß den Erkennungsdienst kommen und sag dem Richter Lo Bianco Bescheid.«

Während er unter der Dusche stand, kam er zu dem Schluß, daß der Tote ein Angehöriger des Cuffaro-Clans aus Vigàta sein mußte. Vor acht Monaten hatte sich, wahrscheinlich wegen irgendwelcher Revierstreitigkeiten, ein grausamer Krieg zwischen den Cuffaros und den Sinagras aus Fela entzündet; ein Toter pro Monat, abwechselnd und in schöner Folge: einer in Vigàta und einer in Fela. Der letzte, ein gewisser Mario Salino, war in Fela von den Vigàtesern erschossen worden. Infolgedessen mußte es diesmal einen Cuffaro erwischt haben.

Bevor Montalbano sich auf den Weg machte – er wohnte in einem kleinen Haus am Strand auf der anderen Seite der Mànnara –, hatte er auf einmal Lust, Livia in Genua anzurufen. Sie war gleich am Apparat, noch ganz schlaftrunken.

»Entschuldige, aber ich wollte deine Stimme hören.«

»Ich habe gerade von dir geträumt«, sagte sie träge und fügte hinzu: »Du warst bei mir.«

Montalbano wollte sagen, daß auch er von ihr geträumt hatte, aber ein absurdes Schamgefühl hielt ihn zurück. Statt dessen fragte er: »Und was haben wir gemacht?«

»Das, was wir schon allzulange nicht mehr gemacht haben.«

Im Kommissariat traf Montalbano außer dem Brigadiere nur drei Beamte an. Die anderen waren hinter dem Besitzer eines Bekleidungsgeschäftes her, der wegen einer Erbschaftsangelegenheit auf seine Schwester geschossen hatte und dann abgehauen war.

Er öffnete die Tür der Arrestzelle. Die beiden Müllmänner saßen dicht nebeneinander auf der Bank. Trotz der Hitze hatten sie blasse Gesichter.

»Kleinen Moment noch, ich komm' gleich wieder.« Die beiden enthielten sich jeden Kommentars und blickten gottergeben drein. Schließlich war bekannt, daß sich die

Sache in die Länge zog, wenn man es, warum auch immer, mit dem Gesetz zu tun hatte.

»Hat irgendeiner von euch die Reporter informiert?« fragte der Commissario seine Leute. Sie winkten verneinend ab.

»Ich warne euch: Daß mir ja keiner von diesen Schmierfinken unter die Augen kommt.«

Schüchtern wagte sich Galluzzo nach vorne, hob zwei Finger, als wolle er um Erlaubnis bitten, austreten zu dürfen. »Nicht mal mein Schwager?«

Galluzzos Schwager war Journalist bei »Televigàta« und befaßte sich mit der Skandalchronik. Montalbano stellte sich schon den Familienstreit vor, wenn Galluzzo ihm nichts sagen würde. Galluzzo hatte tatsächlich einen herzerweichenden Hundeblick aufgesetzt.

»Na gut. Er soll aber erst kommen, wenn die Leiche weg ist. Und keine Fotografen.«

Sie fuhren mit dem Streifenwagen los. Giallombardo ließen sie als Wachtposten zurück. Am Steuer saß Gallo, ein Typ wie Galluzzo, der immer zu Späßen aufgelegt war, in der Art: »Na, Commissario, was gibt's Neues im Hühnerstall?« Montalbano, der ihn nur zu gut kannte, verpaßte ihm einen Rüffel.

»Ras aber nicht wieder so, wir haben's nicht eilig.«

In der Kurve nahe der Kirche des heiligen Karmel konnte Peppe Gallo sich nicht mehr zurückhalten und trat aufs Gas, daß die Reifen quietschten. Plötzlich gab es einen harten Knall wie ein Pistolenschuß, und der Wagen kam schleudernd zum Stehen.

Sie stiegen aus. Der rechte Hinterreifen hing zerfetzt an den Felgen. Er war sorgfältig mit einer scharfen Klinge aufgeschlitzt worden, die Schnitte waren noch deutlich zu erkennen.

»Diese Dreckskerle! Diese lausigen Hurensöhne!« explodierte der Brigadiere.

Montalbano kochte vor Wut.

»Ihr wißt doch ganz genau, daß sie uns alle zwei Wochen die Reifen aufschlitzen! Herrgott noch mal! Und jeden Morgen sage ich euch: Schaut sie euch an, bevor ihr losfahrt! Aber ihr schert euch ja einen Dreck darum, ihr Scheißer! Bis sich einer von uns irgendwann mal das Genick bricht!«

Nach einigem Hin und Her dauerte es letztlich gut zehn Minuten, bis der Reifen gewechselt war, und als sie die Mànnara erreichten, war der Erkennungsdienst von Montelusa bereits dort. Er befand sich in der, wie Montalbano es nannte, Meditationsphase. Das bedeutete, daß fünf oder sechs Beamte rund um die Stelle spazierten, wo das Auto stand, den Kopf leicht nach unten geneigt, die Hände in den Taschen vergraben oder auf dem Rücken verschränkt. Sie wirkten wie Philosophen, die in tiefgründige Gedanken versunken waren. In Wahrheit jedoch liefen sie mit wachen Augen umher, suchten den Boden nach einem Indiz, einer Spur, einem Fußabdruck ab. Kaum hatte Jacomuzzi, der Chef des Erkennungsdienstes, Montalbano entdeckt, eilte er ihm entgegen.

»Wieso sind eigentlich keine Reporter hier?«

»Dafür habe ich gesorgt.«
»Dieses Mal bringen sie dich ganz bestimmt um! Wie konntest du ihnen einen solchen Knüller vorenthalten?« Er war sichtlich nervös. »Weißt du, wer der Tote ist?«
»Nein. Aber du wirst es mir gleich sagen.«
»Es ist der Ingegnere Silvio Luparello.«
»Scheiße!« stieß Montalbano hervor. Es war seine einzige Bemerkung.
»Und weißt du, wie er ums Leben kam?«
»Nein. Und ich will es auch nicht wissen. Ich schau' mir das lieber selber an.«
Jacomuzzi kehrte beleidigt zu seinen Leuten zurück. Der Fotograf des Erkennungsdienstes war bereits fertig. Jetzt war Dottor Pasquano an der Reihe. Montalbano sah, daß der Arzt in einer unbequemen Position arbeiten mußte. Er steckte zur Hälfte im Auto und machte sich zwischen Beifahrer- und Fahrersitz zu schaffen, wo man eine dunkle Gestalt erkennen konnte. Fazio und dic Beamten von Vigàta gingen den Kollegen von Montelusa zur Hand. Der Commissario zündete sich eine Zigarette an, dann wandte er sich um und betrachtete die Chemiefabrik. Sie faszinierte ihn, diese Ruine. Er nahm sich vor, eines Tages zurückzukehren, um Fotos zu machen, die er dann Livia schicken würde. Er wollte ihr mit diesen Bildern ein paar Dinge von sich und seiner Heimat nahebringen, die sie noch nicht zu begreifen vermochte. Ihr fehlte der sizilianische Geist.
Indessen traf der Richter Lo Bianco ein. Aufgeregt stieg er aus dem Wagen.

»Stimmt es tatsächlich, daß der Tote der Ingegnere Luparello ist?«
Offensichtlich hatte Jacomuzzi keine Zeit verloren.
»Sieht ganz so aus.«
Der Richter gesellte sich zu den Leuten vom Erkennungsdienst, begann erregt mit Jacomuzzi und Dottor Pasquano zu sprechen, der eine Flasche Alkohol aus seiner Tasche gezogen hatte und sich die Hände desinfizierte. Nach einer Weile, die genügte, um Montalbano unter der Sonne garzukochen, stiegen die Männer vom Erkennungsdienst ins Auto und fuhren davon. Jacomuzzi fuhr grußlos an ihm vorbei. Montalbano hörte, wie die Sirene des Krankenwagens hinter ihm verstummte. Jetzt war er an der Reihe, er mußte zur Tat schreiten, da half kein Gott. Er schüttelte die Trägheit von sich ab, in der er sich schwitzend geräkelt hatte, und ging auf das Auto zu, in dem der Tote lag. Auf halber Strecke trat ihm der Richter entgegen.
»Die Leiche kann weggebracht werden, und angesichts des Bekanntheitsgrades des armen Ingegnere, je eher, desto besser. In jedem Fall halten Sie mich täglich auf dem laufenden, was den Fortgang der Ermittlungen anbelangt.«
Er hielt inne und fügte dann einschränkend hinzu: »Rufen Sie mich an, wann immer Sie es für erforderlich halten.«
Eine weitere Pause. Schließlich: »Natürlich zu den Bürozeiten, daß das klar ist.«
Montalbano ging davon. Zu den Bürozeiten, nicht da-

heim. Zu Hause, das war allbekannt, widmete sich der Richter Lo Bianco der Abfassung eines umfangreichen und aufwendigen Werkes: *Leben und Unternehmungen Rinaldo und Antonio Lo Biancos, vereidigte Lehrmeister an der Universität von Girgenti zur Zeit König Martins des Jüngeren (1402–1409).* Er hielt die beiden für seine, wenn auch recht nebulösen, Ahnen.

»Wie ist er gestorben?« erkundigte Montalbano sich beim Dottore.

»Sehen Sie selbst«, antwortete Pasquano und trat zur Seite.

Montalbano steckte den Kopf ins Auto, in dem die Gluthitze eines Ofens herrschte, erblickte zum ersten Mal die Leiche und mußte sogleich an den Polizeipräsidenten denken.

Der Polizeipräsident fiel ihm nicht etwa deswegen ein, weil es seine Gewohnheit gewesen wäre, an den Beginn seiner Ermittlung den Gedanken an den Dienstobersten zu stellen. Vielmehr hatte er mit dem alten Polizeipräsidenten Burlando, mit dem er befreundet war, vor etwa zehn Tagen über ein Buch von Philippe Ariès, *Geschichte des Todes,* gesprochen. Sie hatten es beide gelesen. Der Präsident war der Meinung gewesen, daß sich jeder Tod, selbst der elendeste, eine gewisse Heiligkeit bewahre. Montalbano hatte erwidert, und er hatte es ehrlich gemeint, daß er in keinem Tod, nicht einmal in dem eines Papstes, etwas Heiliges entdecken könne.

Er hätte ihn jetzt gerne an seiner Seite gehabt, den Herrn Polizeipräsidenten, damit dieser sehen könnte, was er,

Montalbano, sah. Der Ingenieur Luparello war immer ein eleganter Mann gewesen, ausgesprochen gepflegt, was sein Äußeres anbelangte. Jetzt aber war er ohne Krawatte, das Hemd zerknittert, die Brille hing ihm schief auf der Nase, der Kragen des Jacketts war unziemlich hochgestellt, die Socken heruntergeschoben und so lose, daß sie über die Mokassins fielen. Was den Commissario aber am meisten schockierte, war die bis zu den Knien hinuntergelassene Hose, der Slip, der aus dem Innern der Hosen weiß herausleuchtete, und das zusammen mit dem Unterhemd bis zur Brust aufgerollte Hemd.

Und das Geschlecht: schamlos, anstößig zur Schau gestellt, groß, behaart und in scharfem Kontrast zu dem feingliedrigen Bau des restlichen Körpers.

»Wie ist er gestorben?« wiederholte er seine Frage an den Dottore und zog den Kopf wieder aus dem Auto.

»Da gibt es ja wohl überhaupt keinen Zweifel, oder?« antwortete Pasquano schroff. »Wußten Sie denn nicht, daß der arme Ingegnere in London von einem weltbekannten Kardiologen am Herzen operiert worden ist?«

»Ehrlich gesagt, nein. Ich habe ihn am vergangenen Mittwoch im Fernsehen gesehen, und da machte er einen völlig gesunden Eindruck auf mich.«

»Schien so, war aber nicht so. Wissen Sie, in der Politik sind sie alle wie die Hunde. Kaum haben sie herausgefunden, daß du dich nicht wehren kannst, zerfleischen sie dich. Offenbar hat man ihm in London zwei Bypässe gelegt. Es heißt, es sei eine komplizierte Operation gewesen.«

»Und bei wem war er in Montelusa in Behandlung?«
»Bei meinem Kollegen Capuano. Er ließ sich wöchentlich untersuchen, achtete auf seine Gesundheit, wollte immer topfit wirken.«
»Was meinen Sie: Soll ich mit Capuano sprechen?«
»Vollkommen überflüssig. Was hier geschehen ist, liegt doch auf der Hand. Der arme Ingegnere hatte Lust auf einen guten Fick, vielleicht mit einer von diesen exotischen Nutten, hat seinen Spaß gehabt und ist dabei draufgegangen.«
Er bemerkte, daß Montalbano abwesend ins Leere starrte.
»Überzeugt Sie das nicht?«
»Nein.«
»Und warum nicht?«
»Tja, das weiß ich selber nicht. Schicken Sie mir morgen die Ergebnisse der Autopsie rüber?«
»Morgen? Sie sind ja verrückt! Vor dem Ingegnere habe ich noch die zwanzigjährige Kleine, die in einem verlassenen Bauernhaus vergewaltigt wurde. Zehn Tage später hat man sie dann gefunden, halb aufgefressen von den Hunden. Dann ist Fofò Greco an der Reihe, dem sie die Zunge und die Eier abgeschnitten haben, um ihn anschließend an einem Baum zum Sterben aufzuhängen. Danach kommt ...«
Montalbano unterbrach die makabre Aufzählung.
»Pasquano, ohne langes Hin und Her, wann bekomme ich die Ergebnisse?«
»Übermorgen, wenn sie mich in der Zwischenzeit nicht weiter durch die Gegend hetzen, um Tote zu begutachten.«

Sie verabschiedeten sich. Montalbano rief den Brigadiere und seine Leute zusammen, gab die nötigen Anweisungen und sagte ihnen, wann sie die Leiche in den Krankenwagen laden konnten. Dann ließ er sich von Gallo zum Kommissariat bringen.
»Du fährst anschließend zurück und holst die anderen ab. Aber ich warne dich, wenn du rast, hau' ich dir die Fresse ein.«

Pino und Saro unterschrieben die Aussage. Darin war feinsäuberlich jede ihrer Bewegungen festgehalten, vor und nach dem Fund der Leiche. Im Protokoll fehlten allerdings zwei wichtige Details, weil die Müllmänner sich gehütet hatten, sie der Polizei auf die Nase zu binden: erstens, daß sie den Toten gleich erkannt hatten, und zweitens, daß sie unverzüglich den Advokaten angerufen hatten, um ihm von ihrer Entdeckung zu berichten. Nun gingen sie nach Hause, Pino, der mit seinen Gedanken offensichtlich woanders war, und Saro, der ab und zu die Hosentasche befühlte, in der er die Halskette hatte verschwinden lassen.

Zumindest innerhalb der nächsten vierundzwanzig Stunden würde nichts geschehen. Am Nachmittag ging Montalbano nach Hause, warf sich aufs Bett und schlief drei volle Stunden lang. Dann stand er auf, und weil das Meer jetzt, mitten im September, glatt wie ein Spiegel war, schwamm er eine gute Runde. Wieder daheim, bereitete er sich einen Teller Spaghetti mit Seeigelfleisch zu und schaltete den Fernseher ein. Alle lokalen Nachrichten sprachen natürlich vom Tod des Ingenieurs und ergingen sich in Lobreden. Hin und wieder erschien ein Politiker auf der Bildfläche, mit einem dem Anlaß angemessenen Gesichtsausdruck, und erinnerte an die Verdienste des Verstorbenen und an die Probleme, die sein Dahinscheiden mit sich bringe. Aber keiner, kein einziger, nicht einmal der einzige Fernsehkanal der Opposition, wagte bekanntzugeben, wo und auf welche Weise der tief betrauerte Ingenieur Luparello ums Leben gekommen war.

Drei

Saro und Tana verbrachten eine unruhige Nacht. Zweifellos hatte Saro einen Schatz entdeckt wie in den Märchen, in denen bettelarme Schäfer auf Krüge voller Dukaten oder edelsteinbesetzte goldene Lämmlein stießen.
Und doch war die Situation hier ganz anders als in den alten Geschichten: Die Kette, eine moderne Juwelierarbeit, war am Tag zuvor verloren worden, daran bestand kein Zweifel, und allem Anschein nach war das Schmuckstück ein Vermögen wert. War es denn möglich, daß niemand den Verlust gemeldet hatte?
Sie saßen am Küchentisch, den Fernseher laut aufgedreht und das Fenster wie jeden Abend sperrangelweit offen, um zu verhindern, daß die Nachbarn durch eine winzige Veränderung der Routine aufmerksam wurden und zu reden anfingen. Den Vorschlag ihres Mannes lehnte Tana kategorisch ab. Er wollte die Kette gleich am nächsten Tag verkaufen, sobald das Juweliergeschäft der Gebrüder Siracusa öffnete.
»Vor allem«, begann sie, »sind wir beide ehrliche Leute. Und deswegen können wir nicht etwas verkaufen, was uns nicht gehört.«
»Aber was sollen wir denn deiner Meinung nach tun? Soll

ich etwa zum Fuhrmeister gehen und ihm sagen, daß ich die Kette gefunden habe? Sie ihm übergeben, damit er sie dann dem Besitzer zurückgibt, sollte der sie zurückverlangen? Du kannst darauf wetten, daß es nicht mal zehn Minuten dauert, bis dieser verdammte Dreckskerl von Pecorilla sie selber verkauft.«

»Es gibt noch eine Möglichkeit. Wir behalten die Kette hier bei uns und sagen inzwischen Pecorilla Bescheid. Wenn jemand kommt, um sie abzuholen, geben wir sie ihm.«

»Und was springt dabei für uns raus?«

»Der übliche Finderlohn. Der steht uns doch zu, oder? Wieviel ist die Kette deiner Meinung nach wert?«

»Um die zwanzig Millionen Lire«, antwortete Saro wichtigtuerisch, hatte aber gleichzeitig das Gefühl, mit der Summe etwas zu hoch gegriffen zu haben. »Gehen wir mal davon aus, daß uns zwei Millionen zustehen. Kannst du mir erklären, wie wir mit zwei Millionen die ganzen Behandlungen für Nenè bezahlen sollen?«

Sie diskutierten bis zum Sonnenaufgang und hörten auch nur deshalb auf, weil Saro zur Arbeit mußte. Aber sie waren zu einer provisorischen Übereinkunft gelangt, die ihnen ihre Ehrbarkeit wenigstens zum Teil bewahrte: Sie wollten die Kette behalten, ohne irgend jemandem etwas davon zu sagen, eine Woche verstreichen lassen und sie dann, falls sich bis dahin niemand als ihr Besitzer zu erkennen gegeben hätte, verpfänden. Als Saro, erleichtert und guten Mutes, zu seinem Söhnchen ging, um ihn zum Abschied zu küssen, erwartete ihn eine

Überraschung: Nenè schlief tief und fest, als ahnte er, daß sein Vater einen Weg gefunden hatte, ihn wieder gesund zu machen.

Auch Pino fand in dieser Nacht keinen Schlaf. Er war ein nachdenklicher Mensch und hatte eine Schwäche fürs Theater. Als Schauspieler war er auf den engagierten, aber immer selteneren Laienbühnen von Vigàta und Umgebung aufgetreten. Und er las Theaterstücke. Sobald sein karger Verdienst es zuließ, eilte er in den einzigen Buchladen von Montelusa, um sich Komödien und Dramen zu kaufen. Er lebte mit seiner Mutter zusammen, die eine kleine Rente bezog, am Hungertuch hatten sie also nicht zu nagen. Die Mutter hatte sich die Entdeckung des Toten dreimal berichten lassen und Pino gezwungen, die eine oder andere Einzelheit oder Besonderheit noch näher zu beschreiben. Sie wollte die Geschichte am nächsten Tag ihren Freundinnen in der Kirche und auf dem Markt weitererzählen und sich damit brüsten, daß sie all diese Dinge wußte und ihr Sohn so tüchtig war, zur rechten Zeit am rechten Ort gewesen zu sein. Gegen Mitternacht war sie endlich ins Bett gegangen, und kurz darauf hatte sich auch Pino hingelegt. Aber an Schlafen war nicht zu denken, da war etwas, das ihn beschäftigte. Unruhig wälzte er sich unter der Bettdecke hin und her. Er war ein nachdenklicher Mensch, hieß es, und deswegen war er nach zwei Stunden, in denen er vergeblich versucht hatte, Schlaf zu finden, zu der vernünftigen Überzeugung gelangt, daß es einfach keinen Sinn hatte.

Er war aufgestanden, hatte sich flüchtig gewaschen und sich dann an den kleinen Schreibtisch gesetzt, der in seinem Schlafzimmer stand. Im stillen wiederholte er die Worte, mit denen er seiner Mutter das Ganze erzählt hatte, und alles paßte, das Glöckchen in seinem Kopf schrillte bloß leise im Hintergrund. Es war wie das Spiel mit »heiß und kalt«. Solange er all das wiederholte, was er erzählt hatte, schien das Glöckchen ihm zu sagen: kalt, kalt. Folglich mußte das ungute Gefühl, das er verspürte, von etwas herrühren, das er seiner Mutter nicht gesagt hatte. Und tatsächlich hatte er ihr dieselben Dinge verschwiegen, die er auch, im Einverständnis mit Saro, Montalbano gegenüber unerwähnt gelassen hatte: daß sie den Toten sofort erkannt und den Advokaten Rizzo angerufen hatten. Und da wurde das Glöckchen sehr laut, tönte hell: heiß, heiß! Er nahm Papier und Bleistift und schrieb das Gespräch, das er mit dem Advokaten geführt hatte, Wort für Wort nieder. Er las es noch einmal durch und machte Korrekturen, wobei er sein Gedächtnis derart anstrengte, daß er schließlich, wie in einem Drehbuch, sogar die Pausen eintrug. Schließlich ging er die endgültige Version noch einmal durch. Irgend etwas stimmte immer noch nicht mit diesem Dialog. Aber nun war es zu spät, er mußte zur Arbeit in die »Splendor«.

Um zehn Uhr morgens wurde Montalbano in der Lektüre der beiden sizilianischen Tageszeitungen – eine erschien in Palermo, die andere in Catania – von einem Anruf des Polizeipräsidenten gestört.

»Ich darf Ihnen Lob und Dank übermitteln«, setzte der Polizeipräsident an.

»Ach ja? Und von wem, bitte?«

»Vom Bischof und von unserem Minister. Monsignor Teruzzi hat sich sehr zufrieden über die christliche Nächstenliebe geäußert, genauso hat er sich ausgedrückt, die Sie, wie sagt man noch, bewiesen haben, indem Sie verhinderten, daß skrupellose Journalisten und Fotografen anstößige Bilder von der Leiche machen und veröffentlichen konnten.«

»Aber ich habe diese Anordnung erteilt, als ich noch gar nicht wußte, wer der Tote ist! Das hätte ich für jeden getan.«

»Weiß ich, Jacomuzzi hat mir alles berichtet. Aber warum hätte ich den hochwürdigen Prälaten auf diese Nebensächlichkeit hinweisen sollen? Um ihn hinsichtlich Ihrer christlichen Nächstenliebe zu enttäuschen? Die Nächstenliebe, mein Liebster, ist um so wertvoller, je höher die Stellung des von der Nächstenliebe betroffenen Wesens ist, verstehen Sie? Stellen Sie sich vor, der Bischof hat sogar Pirandello zitiert.«

»Was Sie nicht sagen!«

»Doch, doch. Er hat dessen Stück *Sechs Personen suchen einen Autor* angeführt, die Stelle, an der der Vater sagt, daß man jemandem, der alles in allem ein rechtschaffenes Leben geführt hat, eine einzelne frevelhafte Tat, einen Fehltritt sozusagen, nicht auf ewig nachtragen sollte. Mit anderen Worten: Man darf der Nachwelt von unserem teuren Ingegnere nicht das Bild mit den heruntergelassenen Hosen überliefern.«

»Und der Minister?«
»Der hat Pirandello nicht zitiert. Der weiß nicht einmal, wie man den Namen schreibt. Aber der Gedanke war letztlich derselbe. Und da er zur gleichen Partei gehört wie Luparello, hat er sich erlaubt, noch ein Wort hinzuzufügen.«
»Welches?«
»Vorsicht.«
»Was hat denn die Vorsicht mit dieser Geschichte zu tun?«
»Keine Ahnung, ich gebe Ihnen das Wort so weiter, wie er es mir gesagt hat.«
»Und die Autopsie? Gibt es da etwas Neues?«
»Noch nicht. Pasquano wollte ihn bis morgen im Kühlschrank lassen. Ich habe ihn jedoch gebeten, ihn heute entweder am späten Vormittag oder am frühen Nachmittag zu untersuchen. Aber ich glaube nicht, daß von dieser Seite neue Erkenntnisse zu erwarten sind.«
»Das glaube ich auch nicht«, schloß der Commissario.

Nachdem er seine Zeitungslektüre wieder aufgenommen hatte, erfuhr Montalbano aus den Artikeln wesentlich weniger, als er über das Leben, die Wundertaten und den Tod des Ingenieurs Luparello ohnehin schon wußte. Sie halfen ihm nur, seine Erinnerungen etwas aufzufrischen. Erbe einer Dynastie von Bauunternehmern aus Montelusa (der Großvater hatte den alten Bahnhof entworfen und gebaut, der Vater den Justizpalast), war der junge Silvio, nachdem er sein Studium am Polytechnikum in Mailand mit einer glänzenden Promotion abgeschlossen hatte, nach Hause zurückgekehrt, um das Familienunternehmen weiterzuführen und auszubauen. Als praktizierender Katholik war er in der Politik den Ideen des Großvaters verhaftet geblieben, der ein glühender Anhänger Sturzos gewesen war. (Was die Überzeugungen des Vaters betraf, Mitglied der faschistischen Sturmabteilungen und beim »Marsch auf Rom« dabei, so hüllte man sich in gebührendes Schweigen.) Bei der FUCI (Federazione Universitaria Cattolica Italiana), welche die jungen katholischen Studenten vereinigte und so ein tragfähiges Netz von Freundschaften knüpfte, sammelte er die ersten Erfahrungen. Von da an erschien Silvio Luparello, ob auf Veranstaltungen, Feierlichkeiten oder Versammlungen, stets Seite an Seite mit den maßgebenden Persönlichkeiten der Partei. Aber immer einen Schritt hinter ihnen, mit einem halben Lächeln auf den Lippen, welches besagen sollte, daß er aus freien Stücken heraus an jenem Platz stand und nicht etwa infolge einer hierarchischen Rangordnung. Mehrfach aufgefordert, bei den Parlaments- oder Kommunalwahlen zu kandidieren, hatte er sich der Verantwortung jedesmal mit höchst ehrenwerten Begründungen entzogen, die er ebenso regelmäßig öffentlich bekanntgab. In diesen Verlautbarungen berief er sich auf jene Demut und jenen Dienst am Nächsten, welche, wie es dem Wesen des wahren Katholiken entspreche, im verborgenen und im stillen blühten. Und im verborgenen und im stillen hatte er zwanzig Jahre lang gedient. Bis er sich eines Tages, gewachsen an und gestärkt von allem, was er mit seinen scharfen Augen im verborgenen gesehen hatte, selbst treue Diener angeschafft hatte, allen voran den Abgeordneten Cusumano. Dann legte er dem Senator Portolano und dem Abgeordneten Tricomi die Livree an (die Zeitungen nannten sie »brüderliche Freunde«, »ergebene Jünger«), hatte binnen kurzer Zeit die ganze Partei in Montelusa und Umgebung unter Kontrolle und dazu achtzig Prozent aller öffentlichen und privaten Ausschreibungen. Das Erdbeben, das ein paar Mailänder Richter ausgelöst hatten und das die seit fünfzig Jahren an der Macht befindliche politische Klasse ins Wanken brachte, vermochte ihn nicht im geringsten zu erschüttern. Im Gegenteil. Da er immer hinter den Linien gestanden hatte, konnte er jetzt aus der Deckung treten, sich hervortun, gegen die Bestechlichkeit seiner Parteigenossen wettern. Im Laufe eines knappen Jahres war er als Vorkämpfer der Erneuerung auf Betreiben der Parteimitglieder *segretario provinciale*, Provinzsekretär, geworden. Leider waren zwischen diesem triumphalen Erfolg und seinem Tod nur drei Tage vergangen. Eine der beiden Zeitungen bedauerte, daß einer Persönlichkeit von so hohem und herausragendem Rang durch ein unerbittliches Schicksal nicht die Zeit beschieden gewesen sei, die Partei zu altem Glanz zurückzuführen. Beide Blätter erinnerten in ihren Nachrufen einstimmig an die grenzenlose Großzügigkeit und Herzensgüte Luparellos, die stete Bereitschaft, in jeder schmerzlichen Situation Freund wie Feind die Hand zu reichen. Mit einem Frösteln fiel Montalbano ein kurzer Filmbeitrag ein, den er im vergangenen

Jahr in einem lokalen Fernsehsender gesehen hatte. Der Ingenieur Luparello weihte eine kleines Waisenhaus in Belfi ein, dem Geburtsort seines Großvaters, das zudem auf den Namen des Großvaters getauft wurde. An die zwanzig Kinder, alle gleich gekleidet, sangen ein Dankesliedchen auf den Namensgeber, der ihnen gerührt zuhörte. Der Text dieses Liedchens hatte sich unauslöschlich ins Gedächtnis des Commissario eingebrannt: *»Quant'è buono, quant'è bello / l'ingegnere Luparello.«*

Nicht nur über die Umstände seines Todes sahen die Zeitungen hinweg. Ebenso schwiegen sie über die Gerüchte, die seit Jahren über die weitaus weniger öffentlichen Geschäfte kursierten, in die der Ingenieur verwickelt war. Man sprach von gefälschten öffentlichen Ausschreibungen, von Schmiergeldern in Millionenhöhe, von Nötigungen, die bis zur Erpressung reichten. Und immer wieder tauchte in dem Zusammenhang der Name des Advokaten Rizzo auf, zunächst als Laufbursche, dann Vertrauensmann und zuletzt *alter ego* Luparellos. Aber es handelte sich stets nur um Gerüchte, um Behauptungen, die weder Hand noch Fuß hatten. Es hieß auch, daß Rizzo als Mittelsmann zwischen dem Ingenieur und der Mafia agierte. Zumindest was das betraf, war es dem Commissario unter der Hand möglich gewesen, einen geheimen Bericht einzusehen, der von Devisenhandel und Geldwäscherei sprach. Reine Verdächtigungen natürlich, nichts weiter, denn diese Verdächtigungen konnten niemals bewiesen werden. Jeder Antrag auf Erlaubnis zu Nachforschungen hatte sich im Labyrinth desselben Justizpalastes verloren, den der Vater des Ingenieurs entworfen und gebaut hatte.

Um die Mittagszeit rief Montalbano bei der Mordkommission von Montelusa an und fragte nach der Inspektorin Ferrara. Sie war die Tochter eines ehemaligen Schulkameraden, der sich sehr jung verheiratet hatte. Ein sympathisches und intelligentes Mädchen, das es, weiß der Himmel, warum, hin und wieder bei ihm probierte.

»Anna? Ich brauche dich.«

»Was du nicht sagst!«

»Kannst du dich am Nachmittag für ein paar Stunden freimachen?«

»Ich werde es möglich machen, Commissario. Immer zu deinen Diensten, Tag und Nacht. Zu Befehl, oder wenn du möchtest, zu Willen.«

»Dann hole ich dich also gegen drei bei dir zu Hause in Montelusa ab.«

»Du läßt mein Herz höher schlagen.«

»Ach, noch was, Anna: Zieh dich weiblich an.«

»Hohe Absätze, Schlitz bis über die Schenkel?«

»Ich meinte lediglich, daß du nicht in Uniform kommen sollst.«

Beim zweiten Hupen trat Anna in Rock und Bluse aus der Haustür. Sie stellte keine Fragen, sondern beschränkte sich darauf, Montalbano auf die Wange zu küssen. Erst als das Auto in den ersten der drei Wege eingebogen war, die von der Landstraße zur Mànnara führten, begann sie zu sprechen.

»Wenn du mich abschleppen willst, bring mich zu dir nach Hause. Hier gefällt es mir nicht.«

An der Mànnara standen nur zwei oder drei Autos, aber die Insassen gehörten ganz offenbar nicht zum nächtlichen Kreis von Gegè Culotta. Es waren Studenten und Studentinnen, ganz normale Paare, die keinen besseren Platz gefunden hatten. Montalbano fuhr weiter bis ans Ende des Weges und bremste erst, als die Vorderreifen bereits im Sand steckten. Der große Strauch, neben dem Luparellos BMW gefunden worden war, befand sich ihnen gegenüber auf der linken Seite und war über den Weg, den sie gekommen waren, unmöglich zu erreichen.

»Ist das die Stelle, an der sie ihn gefunden haben?« fragte Anna.

»Ja.«

»Und was suchst du?«

»Das weiß ich selbst noch nicht. Komm, laß uns aussteigen.«

Sie gingen in Richtung Strand, Montalbano faßte sie um die Taille, zog sie eng an sich, und sie legte lächelnd den Kopf an seine Schulter. Jetzt verstand sie, warum der Commissario sie abgeholt hatte. Sie spielten nur Theater, zu zweit waren sie nichts weiter als ein Liebespaar, das an die Mànnara gekommen war, um alleine zu sein. Anonym, sie würden keinerlei Aufsehen erregen.

So ein Hurensohn, dachte sie im stillen. Es ist ihm scheißegal, was ich für ihn empfinde.

Plötzlich blieb Montalbano stehen, den Rücken zum Meer gewandt. Die Macchia lag vor ihnen, war in Luftlinie etwa hundert Meter entfernt. Es gab keinen Zweifel: Der BMW war nicht über die kleinen Feldwege gekommen, sondern seitlich vom Strand her. Nachdem er in Richtung Macchia gedreht hatte, parkte er mit der Schnauze auf die alte Fabrik zu, genau in der entgegengesetzten Richtung also, in der alle anderen Autos, die von der Landstraße herkamen, notgedrungen stehen mußten, da es keinen Platz zum Wenden gab. Wer wieder auf die Landstraße wollte, mußte die Strecke wohl oder übel im Rückwärtsgang zurückfahren.
Montalbano ging noch ein Stück, den Arm um Anna gelegt, mit gesenktem Kopf: Weit und breit keine Reifenspuren, das Meer hatte alles weggespült.
»Und was machen wir jetzt?«
»Zuerst rufe ich Fazio an, und dann fahre ich dich nach Hause.«
»Commissario, darf ich dir ganz ehrlich etwas sagen?«
»Natürlich.«
»Du bist ein Scheißkerl.«

Vier

»Commissario? Pasquano am Apparat. Würden Sie mir freundlicherweise mitteilen, wo zum Teufel Sie gesteckt haben? Ich such' Sie seit drei Stunden, im Kommissariat hatten sie keine Ahnung.«

»Dottore, sind Sie sauer auf mich?«

»Auf Sie? Auf die ganze Welt.«

»Was hat man Ihnen angetan?«

»Man hat mich gezwungen, Luparello den Vorrang zu geben, genau wie früher, als er noch unter den Lebenden weilte. Muß dieser Mensch auch als Toter vor allen anderen drankommen? Wahrscheinlich kriegt er auch noch auf dem Friedhof einen Platz in der ersten Reihe.«

»Wollten Sie mir etwas sagen?«

»Ich sage Ihnen schon mal im voraus, was Sie dann schriftlich von mir bekommen. Absolut nichts, der Selige ist eines natürlichen Todes gestorben.«

»Und das heißt?«

»Ihm ist, um es mal volkstümlich auszudrücken, im wahrsten Sinne des Wortes das Herz geplatzt. Ansonsten war er gut beieinander. Nur die Pumpe funktionierte nicht, und eben die hat ihm den Garaus gemacht, wenn

man auch auf vortreffliche Art und Weise versucht hat, sie zu reparieren.«
»Sonstige Merkmale am Körper?«
»Welcher Art?«
»Na ja, was weiß ich, Ekchymosen, Nadeleinstiche.«
»Ich hab's Ihnen doch gesagt: nichts. Ich bin schließlich nicht von gestern, wissen Sie? Und zusätzlich habe ich beantragt und genehmigt bekommen, daß mir mein Kollege Capuano, sein Hausarzt, bei der Autopsie assistiert.«
»Sie haben sich Rückendeckung geholt, was, Dottore?«
»Was haben Sie gesagt?«
»Das war nur Blödsinn, entschuldigen Sie. Hatte er andere Krankheiten?«
»Warum fangen Sie noch mal von vorne an? Er hatte nichts, abgesehen von einem leicht erhöhten Blutdruck. Er wurde mit einem Diuretikum behandelt, nahm jeweils eine Tablette am Donnerstag und am Sonntag früh.«
»Folglich hat er am Sonntag, als er gestorben ist, eine genommen?«
»Ja, und? Worauf zum Teufel wollen Sie hinaus? Daß die Tablette vergiftet war? Meinen Sie etwa, wir leben noch im Jahrhundert der Borgia? Oder lesen Sie seit neuestem schlechte Krimis? Wenn er vergiftet worden wäre, hätte ich das schon gemerkt.«
»Hatte er zu Abend gegessen?«
»Er hatte nicht zu Abend gegessen.«
»Können Sie mir sagen, um wieviel Uhr der Tod eingetreten ist?«
»Ihr macht mich noch ganz verrückt mit dieser Frage. Ihr

laßt euch von diesen amerikanischen Filmen beeindrucken, in denen, kaum hat der Polizist gefragt, um wieviel Uhr das Verbrechen begangen wurde, der Gerichtsarzt antwortet, daß der Mörder sein Werk vor sechsunddreißig Tagen um achtzehn Uhr zweiunddreißig beendet hat, eine Sekunde hin, eine Sekunde her. Sie haben doch selber gesehen, daß die Leiche noch nicht starr war, oder? Sie haben doch selber die Hitze gespürt, die in dem Auto herrschte, oder?«

»Ja, und?«

»Wie, ja und? Die arme Seele ist am Tag bevor man ihn gefunden hat, zwischen neunzehn und zweiundzwanzig Uhr, dahingegangen.«

»Sonst nichts?«

»Sonst nichts. Ach, beinahe hätte ich's vergessen: Der teure Ingegnere ist zwar tot, aber seinen Spaß hat er noch gehabt. Wir haben Spermareste an seinem Unterleib gefunden.«

»Herr Polizeipräsident? Montalbano hier. Ich möchte Ihnen mitteilen, daß Dottor Pasquano mich soeben angerufen hat. Er hat die Autopsie durchgeführt.«

»Montalbano, sparen Sie sich die Mühe! Ich weiß alles, Jacomuzzi hat mich gegen vierzehn Uhr angerufen. Er war dabei und hat mich über alles informiert. Ist ja schön!«

»Entschuldigung, ich verstehe nicht ganz.«

»Ich finde es schön, daß sich in unserer herrlichen Provinz ausnahmsweise einmal jemand dazu entschieden hat, eines natürlichen Todes zu sterben, also mit gutem

Beispiel vorangeht. Finden Sie nicht? Noch zwei oder drei Tote wie der Ingegnere, und wir stehen wieder in einer Reihe mit dem übrigen Italien. Haben Sie auch mit Lo Bianco gesprochen?«

»Noch nicht.«

»Tun Sie das gleich! Sagen Sie ihm, daß es von unserer Seite keinerlei Probleme mehr gibt. Sie können die Beerdigung ansetzen, wann immer sie wollen, vorausgesetzt, der Richter erteilt die Genehmigung. Aber der wartet ja nur darauf. Hören Sie, Montalbano, heute morgen habe ich es ganz vergessen: Meine Frau hat ein umwerfendes Rezept für diese kleinen Tintenfische kreiert. Würde es Ihnen am Freitag abend passen?«

»Montalbano? Hier spricht Lo Bianco. Ich wollte Sie über den neuesten Stand der Dinge informieren. Heute am frühen Nachmittag hat Dottor Jacomuzzi bei mir angerufen.«

Was für ein vergeudetes Talent! dachte Montalbano. In früheren Zeiten wäre Jacomuzzi ein wunderbarer öffentlicher Ausrufer gewesen, einer von denen, die mit der Trommel herumliefen.

»Er hat mir mitgeteilt, daß die Autopsie nichts Ungewöhnliches ergeben hat«, fuhr der Richter fort. »Und folglich habe ich die Leiche zur Bestattung freigegeben. Sie haben doch nichts dagegen?«

»Nicht das geringste.«

»Kann ich den Fall also als abgeschlossen betrachten?«

»Können Sie mir noch zwei Tage Zeit geben?«

Er hörte, ja, er hörte regelrecht die Alarmglocken im Kopf seines Gesprächspartners läuten.
»Warum, Montalbano, was gibt's denn?«
»Nichts, Herr Richter, überhaupt nichts.«
»Ja, weshalb denn dann die zwei Tage, allmächtiger Gott? Ich gebe offen zu, Commissario, daß sowohl ich als auch der Oberstaatsanwalt und der Präfekt sowie der Polizeipräsident die dringende Aufforderung erhalten haben, die Angelegenheit so schnell wie möglich abzuschließen. Nichts Illegales, versteht sich. Verständliche Bitten von Familienangehörigen und Parteifreunden, die diese schreckliche Geschichte so schnell wie möglich vergessen und in Vergessenheit geraten lassen möchten. Und mit allem Recht, meiner Ansicht nach.«
»Verstehe, Herr Richter. Aber ich würde nicht mehr als zwei Tage benötigen.«
»Aber wozu? Nennen Sie mir einen triftigen Grund!«
Montalbano erfand eine Antwort, eine Ausrede. Er konnte dem Richter schließlich nicht erzählen, daß sich sein Verdacht auf nichts gründete, oder besser gesagt, nur auf das dumpfe Gefühl, von jemandem – und er wußte weder wie noch warum – hereingelegt worden zu sein, der sich momentan als ihm überlegen erwies.
»Wenn Sie es unbedingt wissen wollen, ich tue es, um dem Gerede der Leute vorzubeugen. Ich möchte nicht, daß nachher jemand das Gerücht verbreitet, wir hätten den Fall eiligst zu den Akten gelegt, nur weil wir der Sache nicht auf den Grund gehen wollten.«
»Wenn das so ist, bin ich einverstanden. Ich gebe Ihnen

diese achtundvierzig Stunden. Aber nicht eine Minute länger. Ich hoffe, Sie haben Verständnis dafür.«

»Gegè? Wie geht's dir, mein Lieber? Entschuldige, wenn ich dich um halb sieben abends aufwecke.«

»Arschgeige, verfluchte!«

»Aber Gegè, spricht man so mit einem Vertreter des Gesetzes, gerade du? Bei dem bloßen Gedanken an das Gesetz müßte dir doch das Herz in die Hosen rutschen. Apropos Arschgeige, stimmt es, daß du's mit einem Neger von vierzig treibst?«

»Vierzig was?«

»Rohrlänge.«

»Jetzt red keinen Scheiß. Was willst du?«

»Mit dir reden.«

»Wann?«

»Heute am späteren Abend. Du darfst auch die Uhrzeit bestimmen.«

»Sagen wir Mitternacht.«

»Wo?«

»Am üblichen Ort, an der Puntasecca.«

»Küß' das zarte Händchen, Gegè.«

»Dottor Montalbano? Hier ist der Präfekt Squatrìto. Richter Lo Bianco hat mir persönlich mitgeteilt, daß Sie weitere vierundzwanzig oder achtundvierzig Stunden, ich erinnere mich nicht genau, verlangt haben, um den Fall des armen Ingegnere abzuschließen. Dottor Jacomuzzi, der mich freundlicherweise über die Vorgänge auf dem laufenden hielt, hat mir mitgeteilt, die Autopsie habe zweifelsfrei ergeben, daß Luparello eines natürlichen Todes gestorben ist. Jeder Gedanke, ach, was sage ich, noch viel weniger, jede Andeutung einer Einmischung, für die es zudem keinerlei Grund gäbe, liegt mir völlig fern. Ich möchte Ihnen nur eine Frage stellen: Warum dieses Ansuchen?«

»Mein Ansuchen, Herr Präfekt, wie ich es schon Dottor Lo Bianco erläutert habe und Ihnen gegenüber nun bekräftigen möchte, entspricht dem Wunsch nach Transparenz, um jede bösartige Vermutung über eine mögliche Absicht der Polizei, die Angelegenheit nicht restlos aufzudecken und den Fall ohne erschöpfende Ermittlungen zu den Akten legen zu wollen, im Keim zu ersticken. Das ist alles.«

Der Präfekt gab sich mit der Antwort zufrieden. Im übrigen hatte Montalbano mit Sorgfalt zwei Verben (aufdecken und bekräftigen) und ein Substantiv (Transparenz) gewählt, die seit jeher zum bevorzugten Wortschatz des Präfekten gehörten.

»Anna hier, entschuldige, wenn ich dich störe.«

»Warum sprichst du so komisch? Bist du erkältet?«

»Nein, ich bin im Büro und will nicht, daß man mich hört.«

»Also, was ist?«

»Jacomuzzi hat meinen Chef angerufen, um ihm zu sagen, daß du mit Luparello noch nicht fertig bist. Mein Chef meint, du wärst mal wieder der übliche Scheißkerl, eine Ansicht, die ich im übrigen teile und dir ja vor ein paar Stunden persönlich darlegen durfte.«

»Und deswegen rufst du mich an? Danke für die Bestätigung.«

»Commissario, ich muß dir noch etwas anderes sagen, was ich nach unserem Treffen erfahren habe, als ich wieder ins Büro kam.«

»Ich stecke bis über beide Ohren in der Scheiße, Anna. Morgen.«

»Da ist keine Zeit zu verlieren. Könnte interessant für dich sein.«

»Ich sag' dir gleich, bis eins, halb zwei heute nacht bin ich belegt. Es sei denn, du könntest jetzt sofort vorbeikommen.«

»Jetzt schaffe ich es nicht. Ich komm' um zwei Uhr zu dir nach Hause.«

»Heute nacht?«

»Ja, und wenn du nicht da bist, warte ich eben.«

»Hallo, Liebling? Ich bin's, Livia. Tut mir leid, wenn ich dich im Büro anrufe, aber ...«

»Du kannst mich anrufen, wann und wo du willst. Was gibt's?«

»Nichts Wichtiges. Ich habe eben in einer Zeitung vom Tod eines Politikers in deiner Gegend gelesen. Nur eine kleine Pressenotiz, in der es heißt, daß Commissario Salvo Montalbano eingehende Untersuchungen zur Todesursache anstellt.«

»Ja, und weiter?«

»Macht dir dieser Tote Schwierigkeiten?«

»Nicht sehr viele.«

»Es bleibt also dabei? Du kommst mich am nächsten Samstag besuchen? Du wirst mir doch nicht irgendeine böse Überraschung bereiten?«

»Zum Beispiel?«

»Der verlegene kurze Anruf, in dem du mir sagst, daß die Untersuchung eine unerwartete Wendung genommen habe und ich noch ein wenig Geduld haben müsse, aber du wüßtest nicht, wie lange, und daß es vielleicht besser sei, unser Treffen um eine Woche zu verschieben. Das soll schon vorgekommen sein, und nicht nur einmal.«

»Mach dir keine Sorgen, dieses Mal schaffe ich es.«

»Dottor Montalbano? Ich bin Pater Arcangelo Baldovino, der Sekretär Seiner Exzellenz des Bischofs.«

»Angenehm. Was haben Sie auf dem Herzen, Pater?«

»Der Bischof hat mit einer gewissen Verwunderung, wir geben es zu, die Nachricht entgegengenommen, daß Sie eine Verlängerung der Ermittlungen hinsichtlich des schmerzlichen und unglücklichen Ablebens des Ingegnere Luparello für angebracht halten. Entspricht diese Nachricht der Wahrheit?«

Das tue sie in der Tat, bestätigte Montalbano, und zum dritten Mal legte er die Gründe für sein Handeln dar. Pater Baldovino wirkte überzeugt, bat den Commissario aber inständig, sich zu beeilen, »um niederträchtige Spekulationen zu verhindern und der leidgeprüften Familie weitere Qualen zu ersparen«.

»Commissario Montalbano? Ingegnere Luparello am Apparat.«

Ach du Scheiße, warst du nicht eben noch tot?

Die unpassende Bemerkung wäre Montalbano beinahe herausgerutscht, doch er konnte sie gerade noch rechtzeitig zurückhalten.

»Ich bin der Sohn«, fuhr der andere fort, eine wohlerzogene Stimme, höchst kultiviert, keine Dialektfärbung. »Mein Name ist Stefano. Ich möchte Sie gütigst um einen Gefallen bitten, der Ihnen vielleicht ungewöhnlich vorkommen wird. Ich rufe im Auftrag meiner Mutter an.«

»Ich werde mein Möglichstes tun.«

»Mama möchte gerne mit Ihnen reden.«

»Was sollte daran ungewöhnlich sein, Ingegnere? Auch ich hatte mir vorgenommen, die Signora dieser Tage um ein Treffen zu bitten.«

»Das Problem ist nur, Commissario, daß Mama Sie spätestens morgen treffen möchte.«

»Ach du lieber Gott, Ingegnere, zur Zeit habe ich nicht eine Minute frei, glauben Sie mir. Und bei Ihnen ist es bestimmt auch nicht viel anders, könnte ich mir vorstellen.«

»Zehn Minuten finden sich immer, machen Sie sich da keine Gedanken. Paßt es Ihnen morgen nachmittag um Punkt siebzehn Uhr?«

»Montalbano, ich weiß, daß ich dich habe warten lassen, aber ich war gerade ...«

»... im Scheißhaus, in deinem Reich.«

»Jetzt hör auf, was willst du?«
»Ich wollte dich über eine schwerwiegende Sache unterrichten. Mich hat soeben der Papst vom Vatikan aus angerufen. Ist stinksauer auf dich.«
»Was soll denn der Blödsinn?«
»Doch, doch, er ist völlig außer sich, weil er der einzige Mensch auf der Welt ist, der deinen Bericht mit den Ergebnissen der Autopsie nicht bekommen hat. Er fühlt sich übergangen und hat die Absicht – das hat er mir deutlich zu verstehen gegeben –, dich zu exkommunizieren. Jetzt hast du verschissen.«
»Montalbano, hast du völlig den Verstand verloren?«
»Würdest du netterweise meine Neugier befriedigen?«
»Aber selbstverständlich.«
»Kriechst du den Leuten aus Ehrgeiz oder aus natürlicher Veranlagung in den Arsch?«
Die Ehrlichkeit der Antwort seines Gegenübers verblüffte ihn.
»Aus natürlicher Veranlagung, glaube ich.«
»Hör zu, habt ihr die Kleider, die der Ingegnere trug, schon untersucht? Habt ihr was gefunden?«
»Wir haben das gefunden, was in gewisser Weise vorhersehbar war. Spuren von Sperma im Slip und an den Hosen.«
»Und im Auto?«
»Das untersuchen wir gerade noch.«
»Danke. Geh wieder ins Scheißhaus.«

»Commissario? Ich rufe aus einer Telefonzelle an der Landstraße an, in der Nähe der alten Fabrik. Ich habe getan, was Sie mir aufgetragen haben.«

»Erzähl, Fazio.«

»Sie hatten vollkommen recht. Luparellos BMW ist von Montelusa gekommen und nicht von Vigàta.«

»Bist du da sicher?«

»Auf der Seite von Vigàta ist der Strand durch Zementblöcke versperrt, da kommt man nicht durch, da hätte er schon fliegen müssen.«

»Hast du den Weg ausfindig gemacht, den er gefahren ist?«

»Ja, aber das ist der helle Wahnsinn.«

»Drück dich mal klarer aus. Wieso?«

»Obwohl von Montelusa Dutzende von Straßen und Wegen nach Vigàta führen, die einer nehmen kann, wenn er nicht gesehen werden will, ist der Wagen des Ingegnere ausgerechnet durch das ausgetrocknete Flußbett des Canneto zur Mànnara hinuntergefahren.«

»Den Canneto hinunter? Aber der ist doch unbefahrbar?«

»Eben nicht, ich bin den Weg selbst gefahren, und folglich kann es auch jemand anderes geschafft haben. Das Flußbett ist vollkommen trocken. Nur daß bei meinem Wagen jetzt die Stoßdämpfer im Eimer sind. Und da Sie ja nicht wollten, daß ich den Dienstwagen nehme, muß ich jetzt ...«

»Die zahl' ich dir, die Reparatur. Sonst noch was?«

»Ja. Genau an der Stelle, wo es aus dem Flußbett des Canneto heraus zum Strand geht, haben die Reifen des BMW

Spuren hinterlassen. Wenn wir Dottor Jacomuzzi sofort Bescheid geben, können wir einen Abdruck anfertigen lassen.«

»Der soll bleiben, wo der Pfeffer wächst, der Jacomuzzi.«

»Wie Sie befehlen. Brauchen Sie sonst noch was?«

»Nein, Fazio, komm zurück. Danke.«

Fünf

Der kleine Strand von Puntasecca, ein Streifen kompakten Sandes, der an einen Hügel aus weißem Mergel grenzte, war um diese Uhrzeit völlig ausgestorben. Als der Commissario ankam, wartete Gegè, eine Zigarette rauchend an sein Auto gelehnt, schon auf ihn.
»Steig aus, Salvo«, rief er Montalbano zu, »genießen wir ein bißchen die herrliche Luft.«
Sie standen eine Weile rauchend nebeneinander, ohne ein Wort zu wechseln. Dann drückte Gegè seine Zigarette aus.
»Salvo, ich weiß, was du mich fragen willst. Und ich habe mich gut vorbereitet, kannst mich sogar durcheinander abfragen.«
Bei der gemeinsamen Erinnerung mußten sie lächeln. Sie hatten sich in einer privaten Vorschule kennengelernt, und die Lehrerin war Signorina Marianna gewesen, Gegès fünfzehn Jahre ältere Schwester. Salvo und Gegè waren recht lustlose Schüler, sie lernten die Lektionen auswendig und sagten sie anschließend wie Papageien auf. Es gab aber Tage, an denen sich die Lehrerin nicht mit diesen Litaneien begnügte, sondern durcheinander abfragte, das heißt, ohne die richtige Reihenfolge

der Daten zu beachten. Das war zum Heulen, denn da mußte man den Stoff verstanden, logische Zusammenhänge geknüpft haben.

»Wie geht's deiner Schwester?« fragte der Commissario.

»Ich habe sie nach Barcellona Pozzo di Gotto gebracht, da gibt es eine Spezialklinik für Augenleiden. Sieht aus, als würden die regelrechte Wunder bewirken. Sie haben mir gesagt, daß sie zumindest das rechte Auge teilweise wieder hinbekommen.«

»Wenn du sie siehst, sag ihr alles Gute von mir.«

»Wird erledigt. Wie gesagt, ich habe mich vorbereitet. Schieß los mit den Fragen.«

»Wie viele Leute hast du an der Mànnara?«

»Insgesamt achtundzwanzig Nutten und ein paar Strichjungen. Dazu Filippo di Cosmo und Manuele Lo Pìparo. Die sind dort, um aufzupassen, daß es keinen Ärger gibt. Du weißt, die kleinste Kleinigkeit reicht aus, und ich habe ausgeschissen.«

»Alles unter Kontrolle also.«

»Natürlich. Du kannst dir den Schaden ja ausmalen, der mir, was weiß ich, aus einer Streiterei, einer Messerstecherei oder einer Überdosis entstehen könnte.«

»Hältst du dich immer noch an die weichen Drogen?«

»Ohne Ausnahme. Gras, allerhöchstens Kokain. Frag mal die Müllmänner, ob sie am Morgen auch nur eine einzige Spritze finden, frag sie ruhig.«

»Ich glaube dir.«

»Und dann sitzt mir Giambalvo, der Chef der Sittenpolizei, im Nacken. Er läßt mich nur gewähren – sagt er –, wenn ich keine Schwierigkeiten mache, wenn ich ihm nicht mit irgendwas Ernstem auf den Sack gehe.«

»Ich kann ihn schon verstehen, den Giambalvo. Er möchte nicht eines Tages dazu gezwungen werden, die Mànnara zu schließen. Dann würde er all das verlieren, was du ihm unter der Hand zuschiebst. Was zahlst du ihm, ein Monatsgehalt, einen festen Prozentsatz? Wieviel zahlst du ihm?«

Gegè lächelte. »Laß dich zur Sitte versetzen, dann weißt du's. Mich würde das sehr freuen, dann könnte ich einem armen Schlucker wie dir helfen, der nur von seinem Gehalt lebt und wie ein Lumpensammler rumläuft.«

»Ich danke für das Kompliment. Und jetzt erzähl mal: Was war los in jener Nacht?«

»Also, es wird ungefähr so zehn, halb zehn gewesen sein, als Milly, die gerade ihrem Job nachging, die Scheinwerfer eines Autos sah, das mit hoher Geschwindigkeit von Montelusa her am Meer entlang in Richtung Mànnara fuhr. Sie hat einen Riesenschreck gekriegt.«

»Wer ist diese Milly?«

»Sie heißt eigentlich Giuseppina La Volpe, ist in Mistretta geboren und dreißig Jahre alt. Is'n aufgewecktes Ding.« Er zog ein gefaltetes Blatt Papier aus der Hosentasche und reichte es Montalbano.

»Hier habe ich die richtigen Vor- und Nachnamen aufgeschrieben. Und auch die Adressen, wenn du mit jemandem persönlich sprechen willst.«

»Warum meinst du, daß diese Milly sich erschrocken hat?«

»Weil eigentlich von dieser Seite kein Auto hätte kommen können, es sei denn, es wäre jemand den Canneto hinuntergefahren, der sich das Genick brechen wollte. Zuerst dachte sie, Giambalvo hätte einen seiner Geistesblitze gehabt, eine Razzia ohne Vorankündigung. Dann aber ist ihr eingefallen, daß es nicht die Sittenpolizei sein kann, eine Razzia macht man nicht mit nur einem Wagen. Da hat sie sich erst recht erschrocken, denn es hätten die aus Monterosso sein können, die mir den Krieg angesagt haben, um mir die Mànnara wegzunehmen, und es hätte womöglich eine Schießerei gegeben. Um also schnell fliehen zu können, ließ sie das Auto keinen Moment aus den Augen, und ihr Freier beschwerte sich. Sie hat aber noch rechtzeitig sehen können, daß das Auto mit einem Affenzahn auf die nahe Macchia zusteuerte, fast ganz hineinfuhr und dort stehenblieb.«
»Du erzählst mir nichts Neues, Gegè.«
»Der Mann, der mit Milly gevögelt hat, ließ sie aussteigen und fuhr den Weg im Rückwärtsgang zur Landstraße zurück. Milly ging auf und ab und wartete auf den nächsten Kunden. Auf ihren alten Platz stellte sich dann Carmen mit einem treuen Verehrer. Der kommt jeden Samstag und jeden Sonntag zu ihr, immer zur gleichen Zeit, und bleibt stundenlang. Carmens richtiger Name steht übrigens auf dem Blatt, das ich dir gegeben habe.«
»Ist die Adresse auch dabei?«
»Ja. Bevor ihr Freier die Scheinwerfer ausgemacht hat, sah Carmen noch, daß die beiden im BWM schon zugange waren.«

»Hat sie dir erzählt, was sie gesehen hat?«

»Ja, es waren zwar nur ein paar Sekunden, aber sie hat genau hingeguckt. Vielleicht weil sie beeindruckt war, denn Autos dieses Typs sieht man an der Mànnara normalerweise nicht. Also, die Frau, die auf der Fahrerseite saß – ach ja, das hab' ich ganz vergessen, Milly hat gesagt, daß *sie* fuhr –, hat sich umgedreht, sich rittlings auf die Beine des Mannes gesetzt, der neben ihr saß, mit den Händen unten ein bißchen rumgefummelt und dann angefangen, sich rauf und runter zu bewegen. Oder hast du vergessen, wie man vögelt?«

»Ich glaub' nicht. Aber wir können es ja mal testen. Wenn du fertig bist mit deiner Geschichte, läßt du deine Hosen runter, legst die zarten Händchen auf die Kühlerhaube und streckst schön den Hintern raus. Wenn ich etwas vergessen habe, erinnerst du mich daran. Jetzt erzähl weiter und verplemper nicht meine Zeit.«

»Als sie fertig waren, öffnete die Frau die Wagentür und stieg aus. Sie zupfte sich den Rock zurecht und schlug die Tür wieder zu. Der Mann blieb, statt den Motor anzulassen und wegzufahren, auf seinem Platz sitzen, den Kopf nach hinten gelehnt. Die Frau ging dicht an Carmens Auto vorbei, und genau in dem Moment wurde sie von den Scheinwerfern eines Autos erfaßt. Es war eine schöne Frau, blond, elegant. Über der linken Schulter trug sie eine Umhängetasche. Sie ist auf die alte Fabrik zugelaufen.«

»Sonst noch was?«

»Ja. Manuele hat bei seinem Kontrollgang gesehen, wie sie

von der Mànnara aus in Richtung Landstraße ging. Nachdem sie ihm, so wie sie angezogen war, nicht als eine Frau erschien, wie man sie sonst an der Mànnara trifft, wollte er ihr folgen, aber ein Auto hat sie mitgenommen.«

»Moment mal, Gegè. Manuele hat gesehen, wie sie mit erhobenem Daumen dastand und darauf wartete, daß jemand sie mitnimmt?«

»Salvo, wie kommst du denn auf so was? Du bist wirklich der geborene Bulle.«

»Warum?«

»Weil genau dieser Punkt Manuele stutzig gemacht hat. Soll heißen, er hat nicht gesehen, daß die Frau gewunken hätte, trotzdem hat das Auto angehalten. Und nicht nur das. Manuele hatte sogar den Eindruck, als hätte das Auto, das mit hoher Geschwindigkeit angerast kam, die Wagentür schon offen, als es bremste, um sie einsteigen zu lassen. Manuele hat nicht mal daran gedacht, die Nummer aufzuschreiben. Warum auch.«

»Natürlich. Und über den Mann im BMW, über Luparello, kannst du mir nichts sagen?«

»Wenig, er trug eine Brille. Ach ja, und eine Jacke, trotz wilder Leidenschaft und großer Hitze. An einem Punkt jedoch weicht Millys Erzählung von der Carmens ab. Milly sagt, als das Auto ankam, hätte der Mann eine Krawatte oder ein schwarzes Tuch um den Hals gebunden gehabt. Carmen behauptet dagegen, er hätte das Hemd offen gehabt. Das erscheint mir allerdings nicht so wichtig, denn die Krawatte hätte sich unser Ingegnere auch beim Vögeln abnehmen können, vielleicht störte sie ihn.«

»Die Krawatte schon und die Jacke nicht? Das ist nicht unwichtig, Gegè, denn im Wagen sind weder eine Krawatte noch ein Tuch gefunden worden.«
»Das muß nichts heißen, die Sachen können in den Sand gefallen sein, als die Frau ausstieg.«
»Jacomuzzis Männer haben alles abgegrast, sie haben nichts gefunden.«
Sie verharrten in nachdenklichem Schweigen.
»Vielleicht gibt es eine Erklärung für das, was Milly gesehen hat«, sagte Gegè plötzlich. »Es handelte sich weder um eine Krawatte noch um ein Tuch. Der Mann hatte noch den Sicherheitsgurt angelegt – kannst dir ja vorstellen, wie das ist, sie waren durch das Flußbett des Canneto gefahren, voller Steine –, und er hat sich losgeschnallt, als sich die Frau auf seine Beine gesetzt hat, der Sicherheitsgurt, der hätte ihn bestimmt gewaltig gestört.«
»Kann sein.«
»Salvo, ich habe dir alles gesagt, was ich über diese Sache in Erfahrung bringen konnte. Und ich erzähle dir das in eigenem Interesse. Denn mir ist das überhaupt nicht angenehm, daß ein hohes Tier wie der Luparello an der Mànnara abkratzt. Jetzt sind aller Augen darauf gerichtet, und je eher du mit der Untersuchung fertig bist, desto besser. Nach zwei Tagen haben die Leute das Ganze vergessen, und wir können alle in Ruhe weiterarbeiten. Kann ich jetzt gehen? Um diese Stunde ist bei uns an der Mànnara Hauptverkehrszeit.«
»Warte noch einen Moment. Wie denkst du denn über die Sache?«

»Ich? Du bist doch der Polizist! Wie auch immer, um dir eine Freude zu machen, sage ich dir, das gefällt mir gar nicht, das stinkt. Nehmen wir mal an, daß die Frau eine Nutte aus gehobenen Kreisen war, eine von außerhalb. Du willst mir doch nicht erzählen, daß Luparello nicht wußte, wohin er mit ihr gehen sollte?«
»Gegè, weißt du, was das ist, eine Perversion?«
»Das fragst du ausgerechnet mich? Ich könnte dir ein paar aufzählen, da kotzt du mir auf die Schuhe. Ich weiß, was du sagen willst: daß die zwei zur Mànnara gefahren sind, weil der Ort sie mehr erregte. Ist durchaus schon vorgekommen. Weißt du, daß sich eines Nachts sogar mal ein Richter mit Geleit präsentiert hat?«
»Ehrlich? Und wer war das?«
»Der Richter Cosentino, den Namen kann ich dir ruhig verraten. Am Abend, bevor sie ihn mit Tritten in den Hintern nach Hause geschickt haben, kam er mit einem Dienstwagen an die Mànnara, holte sich einen Transvestiten und nahm ihn sich vor.«
»Und seine Begleiter?«
»Die haben einen langen Spaziergang am Meer gemacht. Aber zurück zur Sache: Cosentino wußte, daß er auf der Abschlußliste stand, und hat sich den Spaß erlaubt. Unser werter Ingegnere allerdings, was konnte der denn für ein Interesse haben? Er war nicht der Typ für solche Dinge. Er hatte was übrig für schöne Frauen, das wissen alle, aber er war vorsichtig, stets darauf bedacht, sich nicht erwischen zu lassen. Und wer sollte die Frau sein, für die er alles, was er hatte und darstellte, aufs Spiel gesetzt

hätte? Das alles nur wegen einem Fick? Nein, das überzeugt mich nicht, Salvo.«

»Red weiter.«

»Wenn wir jedoch davon ausgehen, daß die Frau keine Nutte war, wird das Ganze noch seltsamer. Nie im Leben hätte sie sich an der Mànnara sehen lassen. Außerdem wurde das Auto von einer Frau gelenkt, soviel ist sicher. Mal abgesehen davon, daß niemand einen Wagen, der soviel wert ist, einer Nutte überläßt, muß einem diese Frau ja einen richtigen Schrecken einjagen. Zuerst hat sie keinerlei Schwierigkeiten, durch das Flußbett des Canneto hinunterzufahren, dann, als ihr der Ingegnere zwischen den Schenkeln wegstirbt, klettert sie gelassen von ihrem Kunden, steigt aus, streicht sich den Rock glatt, schlägt die Wagentür zu, und ab durch die Mitte. Findest du das normal?«

»Ich finde das nicht normal.«

Da begann Gegè zu lachen und knipste das Feuerzeug an.

»Was ist denn in dich gefahren?«

»Komm her, mein Junge. Halt mal dein Gesicht näher ran.«

Der Commissario beugte sich vor, und Gegè leuchtete ihm in die Augen. Dann machte er das Feuerzeug aus.

»Alles klar. Die Gedanken, die du als Mann des Gesetzes gehabt hast, sind genau die gleichen, die mir als Mann der Unterwelt gekommen sind. Und du wolltest nur wissen, ob sie übereinstimmen, richtig, Salvo?«

»Ja, du hast den Nagel auf den Kopf getroffen.«

»Selten, daß ich mich täusche, bei dir. Leb wohl denn.«

»Danke«, sagte Montalbano.

Der Commissario fuhr als erster los, doch kurz darauf überholte ihn sein Freund und gab ihm Zeichen, langsamer zu fahren.
»Was willst du denn?«
»Ich weiß wirklich nicht, wo mir manchmal der Kopf steht. Ich wollte es dir eben schon sagen. Weißt du, daß du wirklich nett ausgesehen hast, heute nachmittag an der Mànnara, Hand in Hand mit der Inspektorin Ferrara?«
Er beschleunigte, legte einen Sicherheitsabstand zwischen sich und den Commissario, dann hob er einen Arm, um ihm zum Abschied zu winken.

Als Montalbano zu Hause ankam, machte er sich ein paar Notizen über das, was Gegè ihm berichtet hatte. Bald aber konnte er vor Müdigkeit kaum noch die Augen offenhalten. Er blickte auf die Uhr, sah, daß es kurz nach eins war, und ging schlafen. Das energische Läuten der Türklingel weckte ihn, er sah wieder auf die Uhr, es war Viertel nach zwei. Er stand mühsam auf. Kurz nach dem Einschlafen geweckt, hatte er immer langsame Reflexe.
»Wer zum Teufel ist das denn, um diese Uhrzeit?«
So wie er war, nur mit einer Unterhose bekleidet, ging er die Tür öffnen.
»Ciao«, begrüßte Anna ihn.
Das hatte er völlig vergessen, das Mädchen hatte ihm gesagt, es würde um diese Zeit zu ihm kommen. Anna musterte ihn mit neugierigen Blicken.
»Ich sehe, du bist in der richtigen Aufmachung«, sagte sie und trat ein.

»Sag mir, was du mir sagen mußt, und dann schleich dich heim, ich bin todmüde.«
Montalbano war wirklich verärgert über die Ruhestörung. Er ging ins Schlafzimmer, zog Hose und Hemd über und kehrte ins Eßzimmer zurück. Anna stand jedoch bereits in der Küche vor dem offenen Kühlschrank und biß in ein Brötchen mit Schinken.
»Ich sterbe fast vor Hunger.«
»Sprich, während du ißt.«
Montalbano stellte die neapolitanische Kaffeemaschine aufs Gas.
»Machst du dir einen Kaffee? Um diese Uhrzeit? Kannst du denn dann noch einschlafen?«
»Anna, ich bitte dich!« Er schaffte es einfach nicht, nett und freundlich zu sein.
»Ist ja schon gut! Heute nachmittag habe ich von einem Kollegen, der seinerseits von einem Vertrauensmann informiert wurde, erfahren, daß seit gestern morgen, also Dienstag, ein Typ sämtliche Juweliere, Hehler, alle illegalen und offiziellen Pfandleihhäuser abklappert und jeden auffordert, ihn sofort zu verständigen, wenn jemand käme, um ein bestimmtes Schmuckstück zu verkaufen oder zu verpfänden. Es handelt sich um eine Art Collier. Die Kette ist aus Massivgold, der Anhänger in Herzform ist mit Brillanten besetzt. Diese Dinger gibt's im Kaufhaus für zehntausend Lire. In unserem Fall aber handelt es sich um ein echtes Stück.«
»Und wie sollen sie ihn verständigen, mit einem Anruf?«
»Red keinen Unsinn. Mit einem bestimmten Zeichen,

was weiß ich, der eine hängt ein grünes Tuch ins Fenster, ein anderer klemmt eine Zeitung an die Haustür oder ähnliches. Ganz schön schlau, so sieht er alles, ohne selbst gesehen zu werden.«

»Einverstanden, aber mir …«

»Laß mich ausreden. So wie der sich ausdrückte und auftrat, hielten die angesprochenen Leute es für ratsam, zu tun, was er sagte. Dann haben wir erfahren, daß gleichzeitig noch andere Personen in allen Ortschaften der Provinz, Vigàta eingeschlossen, sämtliche in Frage kommenden Läden und Geschäfte abgeklappert haben. Woraus zu schließen ist, daß derjenige, der die Kette verloren hat, sie unbedingt zurückhaben möchte.«

»Ich kann daran nichts Ungewöhnliches finden. Warum sollte mich das Ganze deiner Meinung nach interessieren?«

»Weil der Mann einem Hehler aus Montelusa gesagt hat, daß die Kette wahrscheinlich in der Nacht von Sonntag auf Montag an der Mànnara verloren wurde. Interessiert dich das Ganze jetzt?«

»Bis zu einem gewissen Punkt.«

»Ich weiß, es kann reiner Zufall sein und mit dem Tod Luparellos überhaupt nichts zu tun haben.«

»Danke jedenfalls. Jetzt geh aber heim, es ist spät.«

Der Kaffee war fertig, Montalbano goß sich eine Tasse ein, und natürlich nutzte Anna die Situation aus.

»Und ich bekomme nichts?«

Mit Engelsgeduld füllte der Commissario eine weitere Tasse und reichte sie ihr. Anna gefiel ihm, aber warum wollte sie nicht endlich begreifen, daß er in eine andere Frau verliebt war?

»Nein«, sagte Anna plötzlich und setzte die Tasse wieder ab.

»Wie, nein?«

»Ich will nicht nach Hause fahren. Hättest du denn wirklich etwas dagegen, wenn ich heute nacht hier bei dir bleibe?«

»Ja, ich habe in der Tat etwas dagegen.«

»Aber warum?«

»Ich bin zu gut mit deinem Vater befreundet, ich hätte das Gefühl, ihn zu hintergehen.«

»So ein Quatsch!«

»Mag schon sein, daß es Quatsch ist, aber so ist es eben. Und dann vergißt du, daß ich in eine andere Frau verliebt bin, und zwar ernsthaft.«

»Die nicht da ist.«

»Sie ist nicht da, aber es ist trotzdem so, als wäre sie da. Sei nicht töricht und red kein dummes Zeug. Du hast Glück gehabt, Anna, du hast es mit einem ehrlichen Mann zu tun. Tut mir leid. Entschuldige.«

Er konnte nicht mehr einschlafen. Anna hatte recht gehabt mit ihrer Warnung, daß der Kaffee ihn wachhalten würde. Aber da war noch etwas anderes, das ihn nervös machte: Wenn die Kette an der Mànnara verloren worden war, dann hatte man bestimmt auch Gegè darüber informiert. Aber Gegè hatte sich gehütet, ihm etwas davon zu erzählen, und das sicherlich nicht, weil es sich um eine Nebensächlichkeit handelte.

Sechs

Um halb sechs Uhr morgens, nach einer unruhigen Nacht, in der er abwechselnd aufgestanden war und sich wieder hingelegt hatte, schmiedete Montalbano einen Plan, um Gegè indirekt sein Stillschweigen über die verlorene Halskette und die freche Bemerkung über seinen Besuch an der Mànnara heimzuzahlen. Er duschte ausgiebig, trank drei Kaffee hintereinander und setzte sich ins Auto. In Rabàto angekommen, dem ältesten Stadtviertel von Montelusa, das dreißig Jahre zuvor von einem Erdrutsch zerstört worden war und in dessen notdürftig hergerichteten Ruinen, beschädigten und baufälligen Hütten illegal eingewanderte Tunesier und Marokkaner wohnten, fuhr er durch enge und gewundene Gassen zur Piazza Santa Croce. Die Kirche stand unversehrt inmitten der Trümmer. Er zog den Zettel aus der Hosentasche, den Gegè ihm gegeben hatte. Carmen, mit bürgerlichem Namen Fatma Ben Gallud, Tunesierin, wohnte in Nummer 48. Es war eine erbärmliche Baracke, ein ebenerdiges Zimmer mit einem in die hölzerne Eingangstür geschnittenen, offenen Fensterchen, das ein wenig Luft hereinließ. Er klopfte. Keine Antwort. Er klopfte noch mal und stärker, und dieses Mal fragte eine verschlafene Stimme: »Wer da?«

»Polizei«, versetzte Montalbano. Er hatte sich entschlossen, den harten Burschen zu spielen und die Benommenheit der aus dem Schlaf gerissenen Frau auszunutzen. Wenn sie die ganze Nacht an der Mànnara gewesen war, hatte sie wahrscheinlich noch weniger geschlafen als er.
Die Tür ging auf, die Frau bedeckte sich mit einem großen Strandtuch, das sie mit einer Hand in Brusthöhe festhielt.
»Was willst du?«
»Mit dir reden.«
Sie trat zur Seite. In der Baracke standen ein halbseitig zerwühltes Doppelbett, ein kleiner Tisch mit zwei Stühlen, ein Gaskocher. Ein Plastikvorhang trennte das Waschbecken und die Toilettenschüssel vom restlichen Raum. Alles glänzte vor Sauberkeit. Aber der Geruch der Frau und der Duft des gewöhnlichen Parfums, das sie benutzte, schnürten Montalbano fast die Luft ab.
»Laß mal deine Aufenthaltsgenehmigung sehen.«
Scheinbar erschrocken ließ die Frau das Handtuch fallen und bedeckte sich mit den Händen die Augen. Lange Beine, schmale Taille, flacher Bauch, hohe und feste Brüste – eine Traumfrau wie aus der Fernsehwerbung. Nach einem Augenblick, in dem Fatma unbeweglich dastand, wurde Montalbano bewußt, daß es sich nicht um Angst handelte, sondern um den Versuch, zur natürlichsten und häufigsten Verständigung zwischen Mann und Frau zu kommen.
»Zieh dir was an.«
Von einer Ecke der Hütte zur anderen war ein Eisendraht

gespannt. Fatma ging darauf zu, wohlgeformte Schultern, perfekter Rücken und kleine rundliche Hinterbacken.
Mit diesem Körper, dachte Montalbano insgeheim, muß sie einiges durchgemacht haben.
Er stellte sich die Männer vor, wie sie verstohlen Schlange standen, in gewissen Büros, bei verschlossenen Türen, hinter denen Fatma sich die »Toleranz der Behörden« erkaufte, wie er es mitunter gelesen hatte, jene Toleranz, die sich weniger auf Respekt als auf die »Duldung« augenzwinkernd bewilligter Ausnahmen gründete.
Fatma zog sich ein leichtes Baumwollkleid über den nackten Körper und blieb dann vor Montalbano stehen.
»Also, die Papiere?«
Die Frau schüttelte verneinend den Kopf und begann still zu weinen.
»Du brauchst keine Angst zu haben«, sagte der Commissario.
»Ich keine Angst. Ich sehr viel Pech.«
»Und warum?«
»Weil, wenn du einige Tage warten, ich war nicht mehr da.«
»Und wohin wolltest du gehen?«
»Da ist Signore aus Fela, mich mögen, ich ihm gefallen, Sonntag gesagt, mich will heiraten. Ich ihm glaube.«
»Ist das der, der jeden Samstag und Sonntag zu dir kommt?«
Fatma riß vor Erstaunen die Augen auf.
»Wie du wissen?«
Sie fing erneut an zu weinen.

»Aber jetzt alles aus.«
»Verrat mir mal eines. Läßt Gegè dich mit diesem Signore aus Fela weggehen?«
»Signore gesprochen mit Gegè. Signore bezahlen.«
»Hör zu, Fatma, tu so, als wäre ich nicht hier gewesen. Ich möchte dich nur etwas fragen, und wenn du mir ehrlich antwortest, drehe ich mich um und gehe weg, und du kannst dich wieder hinlegen.«
»Was willst du wissen?«
»Haben sie dich an der Mànnara gefragt, ob du was gefunden hast?«
Die Augen der Frau leuchteten auf.
»O ja! Signor Filippo gekommen, Mann von Signor Gegè, allen gesagt, wenn wir Goldkette finden mit Herz aus Brillanten, ihm sofort geben. Wenn nicht gefunden, suchen.«
»Und weißt du, ob sie gefunden wurde?«
»Nein. Auch heute nacht alle suchen.«
»Danke«, sagte Montalbano und wandte sich zur Tür. An der Schwelle blieb er stehen, drehte sich mit einem mitfühlenden Blick zu Fatma um.
»Viel Glück.«
Jetzt hatte Gegè ausgespielt. Was er ihm sorgfältig verschwiegen hatte, Montalbano hatte es dennoch herausbekommen. Und aus dem, was Fatma ihm eben erzählt hatte, zog er eine logische Schlußfolgerung.

Um sieben Uhr früh war er im Kommissariat, so früh, daß der diensthabende Beamte ihn besorgt ansah.

»Dottore, is' was?«
»Nein, nichts«, beruhigte er ihn. »Ich bin nur früh aufgewacht.«
Er hatte sich die beiden Tageszeitungen der Insel gekauft und begann darin zu lesen. Mit ausführlicher Beschreibung von Einzelheiten kündigte die erste die feierliche Beisetzung Luparellos für den folgenden Tag an. Sie würde in der Kathedrale stattfinden, der Bischof persönlich würde die Messe zelebrieren. Angesichts des vorhersehbaren Andrangs von Persönlichkeiten, die kommen würden, um ihr Beileid auszusprechen und dem Toten die letzte Ehre zu erweisen, habe man außergewöhnliche Sicherheitsvorkehrungen getroffen. Genauer gesagt erwarte man zwei Minister, vier Unterstaatssekretäre, achtzehn Abgeordnete und Senatoren sowie eine Unmenge regionaler Deputierter. Und folglich habe man Polizei, Carabinieri, Finanz- und Stadtpolizei aufgeboten, nicht mitgerechnet die persönlichen Eskorten und andere, noch persönlichere, über die sich die Zeitung ausschwieg. Diese hatten natürlich ebenfalls mit der öffentlichen Ordnung zu tun, auch wenn sie jenseits der Barrikade standen, die sie vom Gesetz, *la liggi*, trennte.
Die zweite Zeitung schrieb mehr oder weniger dasselbe, wußte aber darüber hinaus zu berichten, daß die Leiche im Lichthof des Palazzo Luparello aufgebahrt sei. Eine nicht enden wollende Schlange von Menschen ziehe vorbei, um dem Toten die letzte Ehre zu erweisen als Dank für alles, was er zu Lebzeiten durch sein unermüdliches und unparteiisches Tun bewirkt habe.

Indessen war der Brigadiere Fazio eingetroffen. Montalbano führte mit ihm ein langes Gespräch über die laufenden Ermittlungen. Aus Montelusa gingen ein paar Anrufe ein. Es wurde Mittag. Der Commissario öffnete eine Aktenmappe, jene, die die Aussage der Müllmänner über die Auffindung der Leiche enthielt, notierte sich ihre Adressen, grüßte den Brigadiere und die anderen Beamten und teilte mit, daß er am Nachmittag von sich hören lassen werde.
Wenn Gegès Männer mit den Nutten über die Kette gesprochen hatten, dann hatten sie bestimmt auch mit den Müllmännern geredet.

Discesa Gravet, Nummer achtundzwanzig, ein dreistöckiges Gebäude mit Sprechanlage. Die Stimme einer älteren Frau ertönte:
»Ja?«
»Ich bin ein Freund von Pino.«
»Mein Sohn ist nicht da.«
»Hat er denn noch nicht Feierabend bei der ›Splendor‹?«
»Doch, schon, aber er is' woanders hin.«
»Könnten Sie mir bitte öffnen, Signora? Ich muß ihm nur einen Umschlag dalassen. Welcher Stock?«
»Letzter.«
Eine würdevolle Armut, zwei Zimmer, Wohnküche, Toilette. Die Räume waren überschaubar, kaum daß man eingetreten war. Die Signora, eine schlicht gekleidete, etwa fünfzigjährige Frau, ging voran.
»Hier entlang, in Pinos Zimmer.«
Ein kleiner Raum, vollgestopft mit Büchern, Zeitschrif-

ten, unter der Fensterbank ein mit Papierbögen übersätes Tischchen.

»Wo ist Pino denn hin?«

»Nach Raccadali, da probt er ein Stück von Martoglio, das vom enthaupteten Johannes dem Täufer. Meinem Sohn gefällt das, *fari u triatru*, Theater spielen.« Ihr mütterlicher Stolz drückte sich in einem starken sizilianischen Dialekt aus, einer Sprache, die Gefühle soviel besser in Worte zu fassen vermag.

Montalbano ging zu dem Tischchen. Offensichtlich arbeitete Pino gerade an einer Komödie, auf ein Blatt Papier hatte er eine Reihe von Dialogen geschrieben. Plötzlich las der Commissario einen Namen, der ihn wie ein Blitz traf.

»Signora, könnten Sie mir bitte ein Glas Wasser bringen?«

Kaum war die Frau hinausgegangen, faltete er das Blatt zusammen und steckte es ein.

»Das Couvert«, erinnerte ihn die Signora, als sie zurückkam und ihm das Glas reichte.

Montalbano führte eine perfekte Pantomime vor, Pino hätte ihn, wäre er da gewesen, sehr bewundert. Er wühlte in seinen Hosentaschen, dann, hastiger, in den Jackentaschen, machte ein überraschtes Gesicht, und zum Schluß schlug er sich mit der geschlossenen Faust gegen die Stirn.

»Was bin ich doch für ein Idiot! Ich hab' das Couvert im Büro liegenlassen! Dauert nur fünf Minuten, Signora, ich geh' es schnell holen, bin gleich wieder da.«

Er setzte sich ins Auto, zog das Blatt heraus, das er soeben gestohlen hatte, und was er las, stimmte ihn düster. Er ließ den Motor an und fuhr los. Via Lincoln 102. In seiner Aussage hatte Saro auch das Innere des Gebäudes genau beschrieben. Über den Daumen gepeilt mußte der Müllmann und Landvermesser im sechsten Stock wohnen.
Die Haustür stand offen, aber der Aufzug war kaputt. Er stieg die sechs Stockwerke zu Fuß hinauf und genoß dann die innere Befriedigung, richtig geschätzt zu haben: Ein glänzend poliertes Namensschild trug den Schriftzug »MONTAPERTO BALDASSARE«. Eine zierliche junge Frau öffnete ihm. Sie hatte ein Kind auf dem Arm und sah ihn verängstigt an.
»Ist Saro da?«
»Er ist in die Apotheke gegangen, um Medikamente für unseren Sohn zu holen. Er kommt aber jeden Moment zurück.«
»Warum, ist er krank?«
Ohne zu antworten, streckte die Frau das Kind hin, damit er es selbst sehen konnte. Der kleine Kerl war tatsächlich krank, und wie! Gelbe Gesichtsfarbe, die Wangen hohl, große, erwachsen wirkende Augen, die ihn zornig anblickten. Montalbano fühlte Mitleid, er ertrug es nicht, wenn unschuldige kleine Kinder leiden mußten.
»Was hat er?«
»Die Ärzte können es sich nicht erklären. Wer sind Sie?«
»Ich heiße Virduzzo und bin der Buchhalter von der ›Splendor‹.«
»Kommen Sie rein.«

Die Frau schien beruhigt. Die Wohnung war unordentlich; es war nicht zu übersehen, daß Saros Ehefrau sich zu sehr um den Kleinen kümmern mußte, um auf anderes achten zu können.
»Was wollen Sie von Saro?«
»Ich glaube, ich habe – und das ist allein meine Schuld – bei der letzten Lohnabrechnung einen Fehler gemacht. Ich möchte gerne seinen Lohnzettel sehen.«
»Wenn's nur darum geht«, sagte die Frau, »brauchen wir nicht auf Saro zu warten. Den Lohnzettel kann auch ich Ihnen zeigen. Kommen Sie!«
Montalbano folgte ihr, er hatte bereits einen neuen Vorwand parat, um die Rückkehr des Ehemannes abwarten zu können.
Im Schlafzimmer herrschte ein übler Geruch, wie von sauer gewordener Milch. Die Frau versuchte die oberste Schublade einer Kommode zu öffnen, schaffte es aber nicht. Sie konnte nur eine Hand benutzen, im anderen Arm hielt sie den Kleinen.
»Wenn Sie erlauben, mache ich das«, sagte Montalbano.
Die Frau trat zurück, der Commissario zog die Schublade auf, die voller Papiere war, Rechnungen, Arzneirezepte, Quittungen.
»Wo liegen die Lohnzettel?«
In dem Moment trat Saro ins Schlafzimmer. Sie hatten ihn nicht kommen hören, die Wohnungstür war offen geblieben. Als er sah, wie Montalbano in der Schublade wühlte, begriff er sogleich, daß der Commissario die Wohnung nach der Halskette durchsuchte. Er wurde

blaß, begann zu zittern, lehnte sich an den Türpfosten.
»Was wollen Sie?« stieß er mühsam hervor.
Entsetzt über das offensichtliche Erschrecken ihres Mannes, sprach die Frau, bevor Montalbano antworten konnte.
»Aber das ist doch der Buchhalter Virduzzo!«
»Virduzzo? Das ist Commissario Montalbano!«
Die Frau schwankte, und Montalbano eilte herbei, aus Angst, der Kleine könne gemeinsam mit seiner Mutter zu Boden stürzen. Er half ihr, sich aufs Bett zu setzen. Dann sprach der Commissario, und die Worte kamen aus seinem Mund, ohne daß das Gehirn beteiligt gewesen wäre, ein Phänomen, das ihm bereits andere Male widerfahren war und das ein berühmter Journalist einmal als »den Blitz der Intuition, der hin und wieder unsere Polizisten trifft« bezeichnet hatte.
»Wo habt ihr die Kette hingetan?«
Saro bewegte sich steif, um zu verhindern, daß ihm die wachsweichen Beine wegsackten. Er ging zur Kommode, öffnete die Schublade und zog ein in Zeitungspapier gewickeltes Päckchen heraus, das er auf das Bett warf. Montalbano nahm es auf, ging in die Küche, setzte sich und öffnete das Päckchen. Es war ein grobes und zugleich höchst feines Schmuckstück: grob im Design, fein in der Ausführung und dem Schliff der Brillanten, mit denen es besetzt war. Saro war Montalbano in die Küche gefolgt.
»Wann hast du es gefunden?«
»Am Montag früh, an der Mànnara.«
»Hast du mit jemandem darüber gesprochen?«
»Nein! Nur mit meiner Frau.«

»Und ist jemand gekommen, um dich zu fragen, ob du so eine Kette gefunden hast?«
»Jaja, Filippo di Cosmo, einer von Gegè Gulottas Leuten.«
»Und du, was hast du ihm gesagt?«
»Daß ich sie nicht gefunden hätte.«
»Hat er dir geglaubt?«
»Jaja, ich glaube schon. Und er hat gesagt, wenn ich sie zufällig finde, muß ich sie ihm geben, ohne Dummheiten zu machen, denn es handele sich um eine sehr heikle Angelegenheit.«
»Hat er dir etwas versprochen?«
»Jaja. Eine ordentliche Tracht Prügel, wenn ich sie finde und behalte, fünfzigtausend Lire, wenn ich sie finde und ihm übergebe.«
»Was wolltest du mit dem Schmuck machen?«
»Ich wollte ihn verpfänden. Das hatten wir so entschieden, Tana und ich.«
»Wolltet ihr ihn denn nicht verkaufen?«
»Nein, nein! Er gehört uns ja nicht. Wir haben einfach so getan, als hätte man ihn uns geliehen, wir wollten das nicht ausnutzen.«
»Wir sind ehrliche Leute«, mischte die Ehefrau sich ein, die hereingekommen war und sich die Tränen trocknete.
»Was wolltet ihr mit dem Geld machen?«
»Wir hätten es genommen, um unseren Sohn behandeln zu lassen. Wir hätten ihn woanders hinbringen können, nach Rom, nach Mailand, irgendwohin, Hauptsache, es gibt dort Ärzte, die ihr Handwerk verstehen.«
Eine Weile sagte niemand etwas. Dann bat Montalbano

die Frau um zwei Papierbögen, welche diese aus einem Heft riß, in das sie sonst die Haushaltsausgaben eintrug. Der Commissario reichte Saro eines der beiden Blätter. »Mach mir eine Zeichnung! Ich brauche die genaue Stelle, an der du die Kette gefunden hast. Du bist doch Landvermesser, oder nicht?«
Während Saro die Zeichnung anfertigte, schrieb Montalbano auf das andere Blatt Papier folgenden Text:

> »Ich, der Unterzeichnende Salvo Montalbano, Polizeikommissar von Vigàta (Provinz Montelusa), erkläre hiermit, am heutigen Tage von Signor Baldassare Montaperto, genannt Saro, eine Halskette aus Massivgold mit einem Anhänger in Herzform, ebenfalls aus Massivgold und mit Diamanten besetzt, erhalten zu haben. Das Schmuckstück hat er selbst im als ›Mànnara‹ bezeichneten Gebiet gefunden, während er seiner Arbeit als Hilfsumweltpfleger nachging. Hochachtungsvoll.«

Er unterzeichnete, hielt aber nachdenklich inne, bevor er das Datum daruntersetzte. Dann entschied er sich und schrieb: »Vigàta, 9. September 1993.« Inzwischen war auch Saro fertig geworden. Sie tauschten die Blätter aus. »Ausgezeichnet«, sagte der Commissario und begutachtete die exakte Zeichnung.
»Hier steht aber ein verkehrtes Datum«, bemerkte Saro. »Der neunte, das war der vergangene Montag. Heute haben wir den elften.«

»Das ist schon in Ordnung so. Du hast mir die Halskette noch am selben Tag, an dem du sie gefunden hast, ins Büro gebracht. Du hattest sie in der Tasche, als du ins Kommissariat gekommen bist, um mir zu melden, daß ihr Luparello tot aufgefunden habt. Hast sie mir aber erst später gegeben, weil du nicht wolltest, daß dein Arbeitskollege etwas davon erfährt. Klar?«
»Wenn Sie meinen.«
»Halt sie in Ehren, diese Quittung.«
»Was machen Sie jetzt, verhaften Sie mich?«
»Warum? Was haben Sie denn verbrochen?« fragte Montalbano und erhob sich.

Sieben

In der Osteria San Calogero achteten sie Montalbano, weniger weil er der Commissario war, sondern vielmehr weil er ein angenehmer Gast war, einer von der Sorte, die Gutes zu schätzen wissen. Sie servierten ihm fangfrische Streifenbarben, die knusprig fritiert und eine kurze Weile auf Papier abgetropft waren.

Nach dem Kaffee und einem langen Spaziergang an der östlichen Mole ging er ins Büro zurück. Kaum hatte Fazio ihn gesichtet, erhob er sich hinter seinem Schreibtisch.

»Dottore, da wartet jemand auf Sie.«

»Wer denn?«

»Pino Catalano, erinnern Sie sich noch an ihn? Einer der beiden Müllmänner, die Luparellos Leiche gefunden haben.«

»Schick ihn sofort zu mir!«

Ihm fiel gleich auf, daß der junge Mann nervös und angespannt war.

»Setz dich.«

Pino ließ sich auf die Stuhlkante nieder.

»Dürfte ich vielleicht erfahren, warum Sie zu mir nach Hause gekommen sind und dieses Theater gespielt haben? Ich habe nichts zu verbergen.«

»Das habe ich getan, um deine Mutter nicht zu beunruhigen, ganz einfach. Wenn ich ihr gesagt hätte, daß ich von der Polizei bin, hätte sie womöglich der Schlag getroffen.«

»Nun, wenn das so ist – danke.«

»Wie bist du eigentlich darauf gekommen, daß ich es war, der dich gesucht hat?«

»Ich rief meine Mutter an, um zu fragen, wie sie sich fühlt. Als ich morgens weggegangen war, hatte sie Kopfschmerzen. Sie hat mir gesagt, daß ein Mann da war, um mir einen Umschlag zu übergeben, den er allerdings vergessen hatte. Er sei wieder gegangen, um ihn zu holen, habe sich dann aber nicht mehr blicken lassen. Da bin ich hellhörig geworden und habe meine Mutter gefragt, wie der Kerl aussah. Wenn Sie für jemand anders gehalten werden wollen, sollten Sie das Muttermal unter Ihrem linken Auge wegmachen lassen. Was wollen Sie von mir?«

»Eine Frage. Hat dich an der Mànnara jemand gefragt, ob du eine Kette gefunden hast?«

»Ja, einer, den Sie gut kennen, Filippo di Cosmo.«

»Und du?«

»Ich habe ihm gesagt, daß ich keine gefunden habe, was ja auch die Wahrheit ist.«

»Und er?«

»Er hat mir gesagt, wenn ich sie finde, um so besser, dann würde er mir fünfzigtausend Lire schenken; wenn ich sie jedoch finde und ihm nicht aushändige, um so schlimmer. Haargenau dieselben Worte, die er zu Saro gesagt hat. Aber Saro hat die Kette auch nicht gefunden.«

»Warst du bei ihm zu Hause, bevor du hierher gekommen bist?«
»Nicht doch, ich bin schnurstracks hergekommen.«
»Du schreibst Theaterstücke?«
»Nein, aber ich spiele gerne, ab und zu.«
»Und was ist dann das hier?«
Montalbano reichte ihm das Blatt Papier, das er von dem kleinen Tisch genommen hatte. Pino betrachtete es völlig gelassen und schmunzelte.
»Nein, das ist kein Theaterstück, das ist ...«
Er verstummte, verstört. Ihm war aufgegangen, daß er, wenn dies nicht die Dialoge eines Theaterstückes waren, erklären müßte, was es in Wirklichkeit mit dem Text auf sich hatte. Und das wäre nicht ganz einfach.
»Ich komme dir entgegen«, sagte Montalbano. »Das ist die Niederschrift eines Telefongesprächs, das einer von euch beiden mit dem Avvocato Rizzo gleich nach der Entdeckung der Leiche geführt hat. Und zwar noch bevor ihr zu mir ins Kommissariat gekommen seid, um eure Entdeckung zu melden. Stimmt's?«
»Na ja.«
»Wer hat angerufen?«
»Ich. Saro stand daneben und hat mitgehört.«
»Warum habt ihr das getan?«
»Weil der Ingegnere eine bedeutende Persönlichkeit war, ein mächtiger Mann. Und wir dachten, da verständigen wir am besten den Avvocato. Halt, nein, am Anfang wollten wir den Abgeordneten Cusumano anrufen.«
»Und warum habt ihr das nicht getan?«

»Weil Cusumano, jetzt, wo Luparello tot ist, dasteht wie einer, der bei einem Erdbeben nicht nur das Haus, sondern auch das Geld verloren hat, das er unterm Kopfkissen liegen hatte.«

»Erklär mir mal genauer, warum ihr Rizzo verständigt habt.«

»Weil es durchaus möglich gewesen wäre, daß man noch was hätte machen können.«

»Was?«

Pino antwortete nicht, er schwitzte, fuhr sich mit der Zunge über die Lippen.

»Ich komme dir noch ein Stück entgegen. Möglich, daß man noch etwas hätte machen können, hast du gesagt. Also, zum Beispiel das Auto von der Mànnara wegfahren, damit der Tote andernorts gefunden wird? Und um so was, dachtet ihr, würde Rizzo euch vielleicht bitten?«

»Ja.«

»Und ihr hättet das auch getan?«

»Natürlich! Deswegen haben wir ja bei ihm angerufen!«

»Was habt ihr euch als Gegenleistung erhofft?«

»Daß er uns vielleicht eine andere Arbeit besorgt, uns eine Ausschreibung für Landvermesser gewinnen läßt, uns eine richtige Arbeitsstelle sucht, uns einfach von diesem erbärmlichen Müllmännerdasein erlöst. Commissario, Sie wissen das doch besser als ich: Wenn einem nicht auf die Sprünge geholfen wird, kommt man nie zu was.«

Pino sprach nun in starkem sizilianischen Dialekt, wie um seinem Unmut endlich Luft zu machen.

»Erkläre mir mal das Wichtigste: Warum hast du dieses

Gespräch aufgeschrieben? Wolltest du es benutzen, um ihn zu erpressen?«

»Wie denn? Mit Worten? Worte sind Luft, nichts anderes.«

»Weswegen dann?«

»Wenn Sie mir glauben wollen, dann glauben Sie mir, wenn nicht, ist es mir auch egal. Ich habe dieses Telefongespräch aufgeschrieben, weil ich es mir Wort für Wort durch den Kopf gehen lassen wollte. Es klang einfach nicht gut – jedenfalls nicht für das Ohr eines Theaterschauspielers.«

»Das verstehe ich nicht.«

»Nehmen wir mal an, daß das, was hier geschrieben steht, aufgeführt werden soll, klar? Also, ich spiele den Pino, rufe, in dem Stück, früh morgens Rizzo an, um ihm zu sagen, daß ich den Mann tot aufgefunden habe, dessen Sekretär, ergebener Freund, Parteigenosse er ist. Ja, jemand, der mehr noch als ein Bruder für ihn ist. Und Rizzo bleibt in seiner Rolle kalt wie eine Hundeschnauze, regt sich nicht auf, fragt nicht, wo ich ihn gefunden habe, wie er gestorben ist, ob sie ihn erschossen haben, ob es ein Autounfall war. Nichts, rein gar nichts, er fragt lediglich, warum ich die Geschichte ausgerechnet ihm erzähle. Finden Sie etwa, das klingt gut?«

»Nein. Sprich weiter!«

»Er wundert sich nicht im geringsten, das ist es. Im Gegenteil, er versucht, zwischen sich und dem Toten eine gewisse Distanz zu schaffen, als handle es sich um eine Zufallsbekanntschaft. Er ermahnt uns, unsere Pflicht zu

tun, soll heißen, die Polizei zu verständigen. Und legt wieder auf. Nein, Commissario, das ist ein völlig verqueres Stück, das Publikum würde sich totlachen, das klingt nicht gut.«
Montalbano verabschiedete Pino, behielt aber das Blatt Papier. Als der Müllmann wegging, las er es noch einmal. Es klang gut, und wie. Es klang wunderbar, wenn in Pinos hypothetischem Theaterstück, das so hypothetisch gar nicht war, Rizzo bereits vor dem Telefonat wußte, wo und wie Luparello gestorben war, und darauf brannte, daß die Leiche möglichst bald entdeckt wurde.

Jacomuzzi blickte Montalbano verdutzt an. Der Commissario stand herausgeputzt vor ihm, dunkelblauer Anzug, weißes Hemd, bordeauxfarbene Krawatte, schwarze, auf Hochglanz polierte Schuhe.
»Jesus Maria! Heiratest du?«
»Seid ihr mit Luparellos Wagen fertig? Was habt ihr gefunden?«
»Innen nichts Wichtiges. Aber ...«
»... die Stoßdämpfer waren kaputt.«
»Woher weißt du denn das?«
»Das hat mir mein sechster Sinn verraten. Hör mal zu, Jacomuzzi.«
Er zog die Halskette aus der Jackentasche, warf sie auf den Tisch. Jacomuzzi griff danach, betrachtete sie eingehend, machte ein erstauntes Gesicht.
»Die ist ja echt! Die ist mehrere Dutzend Millionen Lire wert! Ist sie gestohlen?«

»Nein, die hat einer an der Mànnara auf dem Boden gefunden und mir später übergeben.«
»An der Mànnara? Und wer soll die Nutte sein, die sich ein solches Schmuckstück leisten kann? Willst du mich auf den Arm nehmen?«
»Du müßtest es mal genau unter die Lupe nehmen, fotografieren, kurzum, deine übliche Arbeit verrichten. Schick mir die Ergebnisse, sobald du kannst.«
Das Telefon läutete, Jacomuzzi nahm ab und reichte dann den Hörer an seinen Kollegen weiter.
»Wer ist da?«
»Fazio hier, Dottore, kommen Sie sofort in die Stadt zurück, hier ist die Hölle los.«
»Erzähl.«
»Der Lehrer Contino schießt wild um sich, und zwar auf Menschen.«
»Was soll das heißen, schießt?«
»Schießen, schießen. Er hat zwei Schüsse von seiner Terrasse abgefeuert, auf die Leute, die unten in der Bar saßen, und dabei Dinge gerufen, die niemand verstanden hat. Einen dritten Schuß hat er auf mich abgegeben, als ich gerade durch die Haustür treten wollte, um nachzusehen, was da vor sich geht.«
»Hat er jemanden umgebracht?«
»Nein, er hat nur einem gewissen De Francesco einen Streifschuß am Arm verpaßt.«
»In Ordnung, ich komme sofort.«

Während Montalbano in halsbrecherischem Tempo die zehn Kilometer zurücklegte, die er von Vigàta entfernt war, dachte er an den Lehrer Contino, den er nicht nur kannte, sondern mit dem ihn auch ein Geheimnis verband.

Sechs Monate zuvor hatte der Commissario einen Spaziergang die östliche Mole entlang bis zum Leuchtturm gemacht, wie er es zwei- oder dreimal wöchentlich zu tun pflegte. Zuvor jedoch war er an Anselmo Grecos Krämerladen vorbeigegangen, einem ärmlichen Häuschen, das sich inmitten der Boutiquen und Bars mit ihren glänzenden Spiegelwänden befremdlich ausnahm. Neben allerlei Krimskrams wie Terrakottafigürchen und verrosteten Gewichten von Waagen aus dem neunzehnten Jahrhundert verkaufte Greco Dörrobst und Nüsse, getrocknete Kichererbsen und gesalzene Kürbiskerne. Der Commissario ließ sich eine Tüte davon füllen und machte sich auf den Weg. An jenem Tag war er bis an die Spitze unterhalb des Leuchtturms gegangen. Er war bereits auf dem Rückweg, als er weiter unten am Wasser einen Mann fortgeschrittenen Alters unbeweglich mit gesenktem Kopf auf einem der zementierten Wellenbrecher sitzen sah. Die Gischt des tosenden Meeres, die ihn völlig durchnäßte, störte ihn offenbar nicht. Montalbano sah genauer hin, um erkennen zu können, ob der Mann vielleicht eine Angel in Händen hielt, aber er angelte nicht, er tat gar nichts. Plötzlich stand der Mann auf, schlug hastig ein Kreuz und stellte sich auf die Zehenspitzen.

»Halt!« schrie Montalbano.
Der Mann verharrte erstaunt, er hatte geglaubt, alleine zu sein. Mit zwei großen Schritten sprang Montalbano zu ihm hinab, packte ihn am Jackenrevers, hob ihn hoch und brachte ihn in Sicherheit.
»Was, um Himmels willen, hatten Sie denn vor? Sich umzubringen?«
»Ja.«
»Aber warum?«
»Weil meine Frau mich betrügt.«
Mit allem hatte Montalbano gerechnet, nur nicht mit dieser Begründung. Der Mann war bestimmt achtzig.
»Wie alt ist Ihre Frau?«
»Um die achtzig. Ich bin zweiundachtzig.«
Ein absurdes Gespräch in einer absurden Situation. Der Commissario hatte keine Lust, es fortzuführen, hakte den Mann unter und zwang ihn so, in Richtung Vigàta zurückzugehen. Schließlich, um das Ganze noch verrückter zu machen, stellte sich der Mann vor.
»Erlauben Sie? Ich bin Maestro Giosuè Contino, ich war Lehrer an der Grundschule. Und wer sind Sie? Natürlich nur, wenn Sie es mir sagen wollen.«
»Mein Name ist Salvo Montalbano, ich bin der Polizeikommissar von Vigàta.«
»Ach, ja? Sie kommen wie gerufen! Sagen Sie doch dieser erbärmlichen Hure von Ehefrau, daß sie mich nicht mit Agostino De Francesco betrügen soll, sonst begeh' ich eines Tages noch eine Dummheit.«
»Wer ist dieser De Francesco?«

»Ein ehemaliger Postbote. Er ist jünger als ich, sechsundsiebzig Jahre, und hat eine Rente, die anderthalbmal so hoch ist wie meine.«
»Sind Sie sich Ihrer Sache ganz sicher, oder haben Sie nur einen Verdacht?«
»Ganz sicher. Ich schwör's Ihnen. Jeden heiligen Nachmittag, den Gott uns schenkt, trinkt dieser De Francesco einen Kaffee in der Bar unterhalb meiner Wohnung.«
»Ja und?«
»Wieviel Zeit brauchen Sie, um einen Kaffee zu trinken?«
Einen Augenblick ging Montalbano auf die harmlose Verrücktheit des alten Lehrers ein.
»Das hängt davon ab. Im Stehen ...«
»Wer spricht denn von stehen? Sitzend!«
»Na ja, das hängt davon ab, ob ich eine Verabredung habe und warten muß oder ob ich nur die Zeit totschlagen möchte.«
»Nein, mein Lieber, der setzt sich da hin, nur um meine Frau anzuschauen, und sie schaut zurück. Und sie lassen sich keine Gelegenheit entgehen, einander schöne Augen zu machen.«
Inzwischen waren sie im Ort angekommen.
»Maestro, wo wohnen Sie?«
»Am Ende der Hauptstraße, an der Piazza Dante.«
»Nehmen wir die Straße hinten herum, das ist besser.«
Montalbano wollte nicht, daß der völlig durchnäßte und vor Kälte zitternde alte Mann die Schaulust und Neugierde der Bewohner von Vigàta erregte.
»Kommen Sie mit mir hoch? Möchten Sie einen Kaffee?«

fragte der Lehrer, als er die Hausschlüssel aus der Hosentasche zog.
»Nein, danke. Ziehen Sie sich um, Maestro, und trocknen Sie sich gut ab.«
Am gleichen Abend noch hatte er De Francesco, den ehemaligen Postboten, vorgeladen, einen hageren und unsympathischen alten Mann, der auf die Ratschläge des Commissario stur und mit greller Stimme reagierte.
»Ich trinke meinen Kaffee, wo es mir gefällt! Das wäre ja noch schöner. Ist es etwa verboten, in die Bar unterhalb der Wohnung dieses verkalkten Contino zu gehen? Ich muß mich schon sehr wundern über Sie, der Sie das Gesetz vertreten sollen und mir statt dessen solchen Unsinn erzählen!«

»Alles vorbei!« erklärte der Polizist, der die Neugierigen von der Haustür an der Piazza Dante fernhielt. Vor dem Eingang der Wohnung stand der Brigadiere Fazio, der mit bedauerndem Blick die Arme ausbreitete. Die Zimmer waren ordentlich aufgeräumt, sie blitzten vor Sauberkeit. Der Maestro Contino lag in einem Sessel, ein kleiner Blutfleck in Herzhöhe. Der Revolver befand sich auf dem Boden neben dem Sessel, eine uralte fünfschüssige Smith & Wesson, die mindestens aus Buffalo Bills Zeiten stammte und unglücklicherweise noch funktioniert hatte. Die Ehefrau hingegen lag ausgestreckt auf dem Bett, auch sie mit einem Blutfleck in Herzhöhe, die Hände umklammerten einen Rosenkranz. Sie mußte gebetet haben, bevor sie ihrem Mann erlaubte, sie umzubringen. Ein weiteres Mal fiel Montalbano der Polizeipräsident ein, und dieses Mal mußte er ihm recht geben: Hier konnte man von einem würdevollen Tod sprechen.

Nervös und mürrisch erteilte Montalbano dem Brigadiere seine Anordnungen und ließ ihn dann stehen, um auf den Richter zu warten. Neben einer plötzlichen Traurigkeit fühlte er nagende Gewissensbisse in sich aufkeimen: Und wenn er sich dem Maestro gegenüber verständiger gezeigt hätte? Wenn er rechtzeitig Continos Freunde, seinen Arzt verständigt hätte?

Er ging lange am Strand und an seiner geliebten Mole spazieren. Als er sich ein wenig ruhiger fühlte, kehrte er ins Büro zurück. Fazio war völlig außer sich.

»Was ist denn los, was ist passiert? Ist der Richter noch nicht gekommen?«

»Doch, er ist gekommen, sie haben die Leichen bereits weggebracht.«

»Ja, was regst du dich dann so auf?«

»Ich reg' mich auf, weil einige Dreckskerle es ausgenutzt haben, daß der halbe Ort zusah, wie der Maestro Contino um sich schoß, und derweil zwei Wohnungen von oben bis unten ausräumten. Ich hab' schon vier Leute von uns hingeschickt. Hab' auf Sie gewartet, damit ich auch hin kann.«

»In Ordnung, geh nur. Ich bleibe hier.«

Er beschloß, daß nun der Moment gekommen sei, aufs Ganze zu gehen. Die List, die er ersonnen hatte, mußte funktionieren.

»Jacomuzzi?«

»Herrgott im Himmel! Was soll denn diese verdammte Eile? Sie haben mir noch nichts über deine Kette gesagt. Ist noch zu früh.«

»Ich weiß sehr wohl, daß du mir noch nichts sagen kannst, darüber bin ich mir weiß Gott im klaren.«

»Na also, was willst du dann?«

»Dich um strengste Diskretion bitten. Diese Geschichte mit der Kette ist nicht so harmlos, wie es auf den ersten Blick aussieht. Das Ganze könnte unangenehme Folgen haben.«

»Willst du mich beleidigen? Wenn du mir sagst, daß ich dichthalten soll, dann halte ich dicht, und wenn der liebe Gott persönlich vom Himmel heruntersteigt!«

»Signor Luparello? Es tut mir sehr leid, daß ich heute nicht zu Ihnen kommen konnte. Aber glauben Sie mir, es war mir einfach völlig unmöglich. Ich bitte Sie, Ihrer Mutter meine Entschuldigung zu übermitteln.«

»Bleiben Sie einen Moment in der Leitung, Commissario.«

Montalbano wartete geduldig.

»Commissario? Mama läßt anfragen, ob es Ihnen morgen zur gleichen Zeit recht wäre.«

Es war ihm recht, und er sagte zu.

Acht

Er kam müde nach Hause, hatte vor, gleich ins Bett zu gehen, aber wie automatisch, es war eine Art Tick, schaltete er den Fernseher an. Als der Journalist von »Televigàta« mit der Schlagzeile des Tages geendet hatte – eine Schießerei zwischen kleinen Mafiosi, die wenige Stunden zuvor am Stadtrand von Milleta stattgefunden hatte –, berichtete er, daß sich in Montelusa das Parteisekretariat der Provinz versammelt habe, zu dem der Ingenieur Luparello gehörte (oder besser: gehört hatte). Eine außerplanmäßige Sitzung, die man in weniger stürmischen Zeiten aus gebührendem Respekt dem Verstorbenen gegenüber frühestens dreißig Tage nach seinem Ableben einberufen hätte. Aber die derzeitigen politischen Turbulenzen erforderten klare und schnelle Entscheidungen. So war zum Provinzsekretär einstimmig Dottor Angelo Cardamone gewählt worden, Chefarzt für Osteologie am Krankenhaus von Montelusa, ein Mann, der Luparello aus den eigenen Reihen heraus immer bekämpft hatte, aber fair, mutig und offen. Diese Meinungsverschiedenheiten – fuhr der Chronist fort – ließen sich vereinfacht in folgende Worte fassen: Der Ingenieur war für die Beibehaltung der Vierparteienregierung gewesen, allerdings mit Auflockerung durch junge und von der Politik noch nicht verschlissene (das heißt, noch nicht in Strafregistern erfaßte) Kräfte. Der Osteologe hingegen neigte eher zu einem, freilich behutsamen und vorsichtigen, Dialog mit der Linken. Dem Neugewählten waren Glückwunschtelegramme und -telefonate von allen Seiten zugegangen, auch die Opposition hatte gratuliert. Im Interview wirkte Cardamone bewegt, aber entschlossen. Er erklärte, er werde keinen Einsatz scheuen, um Werk und Person seines Vorgängers seligen Angedenkens in Ehren zu halten, und er schloß mit der Versicherung, daß er der neuen Partei »unermüdlich all seine Kraft und sein Fachwissen« zur Verfügung stellen werde.

»Welch ein Glück, daß er die der Partei vermacht.« Montalbano konnte sich den Kommentar nicht verkneifen, hatte doch das Fachwissen Cardamones in der Provinz mehr Krüppel geschaffen, als man im allgemeinen nach einem schweren Erdbeben zählt.

Die Worte, die der Journalist sogleich hinzufügte, ließen den Commissario die Ohren spitzen. Um sicher zu sein, daß Dottor Cardamone seinen eigenen Weg geradlinig gehen könne, ohne jene Prinzipien und Männer zu verleugnen, die das Beste der politischen Tätigkeit des seligen Ingenieurs verkörperten, hatten die Mitglieder des Sekretariats den Advokaten Pietro Rizzo, den geistigen Erben Luparellos, gebeten, den neuen Sekretär zu unterstützen. Nach einigen verständlichen Vorbehalten gegen die große Bürde des Amtes, die der unerwartete Auftrag mit sich brachte, hatte Rizzo sich überreden lassen und akzeptiert. Im Interview, das »Televigàta« ausstrahlte, erklärte der Advokat, auch er gerührt, er habe die schwere Last auf sich genommen, um dem Andenken seines Lehrmeisters und Freundes treu zu bleiben. Dessen Losungswort sei immer nur das eine gewesen: dienen.

Montalbano zuckte überrascht zusammen. Wie denn? Cardamone, der Neugewählte, duldete die offizielle Gegenwart dessen, der seines größten Gegners treuester Mitarbeiter gewesen war?! Doch sein Erstaunen währte nicht lange, da der Commissario es nach kurzem Nachdenken als naiv erkannte. Schon immer hatte sich Luparellos Partei durch ihre gleichsam natürliche Bereitschaft zum Kompromiß, zum Mittelweg, von anderen abgehoben. Es war durchaus möglich, daß Cardamone noch nicht fest genug im Sattel saß, um alleine zurechtzukommen, und folglich eine Stütze für notwendig erachtete.

Montalbano schaltete auf einen anderen Kanal um. Auf »Retelibera«, der Stimme der linken Opposition, sprach Nicolò Zito, der meistgehörte Kommentator. Er erklärte, wie es kam, daß *zara zabara*, um es auf sizilianisch auszudrücken, oder *mutatis mutandis*, um es auf lateinisch zu sagen, die Dinge auf der Insel im allgemeinen und in der Provinz Montelusa im speziellen niemals ins Wanken gerieten, selbst wenn das Barometer auf Sturm stand. Er zitierte, und es bot sich geradezu an, den berühmten Satz des sizilianischen Fürsten Salina, alles müsse sich verändern, damit alles so bleibe, wie es ist. Einerlei ob Luparello oder Cardamone, schloß er, es waren nur die beiden

Seiten derselben Medaille, und die Legierung dieser Medaille war kein anderer als der Advokat Rizzo.

Montalbano eilte ans Telefon, wählte die Nummer von »Retelibera« und verlangte Zito. Mit dem Journalisten verband ihn eine gewisse Sympathie, ja, es war beinahe Freundschaft.

»Was willst du, Commissario?«

»Dich treffen.«

»Mein lieber Freund, morgen früh fahre ich nach Palermo, und ich werde mindestens eine Woche weg sein. Ist es in Ordnung, wenn ich in einer halben Stunde zu dir komme? Koch mir was, ich habe Hunger.«

Ein paar *spaghetti all'aglio e olio* waren schnell zubereitet. Er öffnete den Kühlschrank, Adelina hatte ihm einen üppigen Teller Gamberetti vorgekocht. Das reichte für vier. Adelina war die Mutter zweier Vorbestrafter, den jüngeren der beiden Brüder hatte Montalbano vor drei Jahren persönlich verhaftet. Er saß noch im Gefängnis.

Als Livia im vergangenen Juli für zwei Wochen zu ihm nach Vigàta gekommen war und er ihr die Geschichte erzählt hatte, war sie entsetzt gewesen.

»Spinnst du? Die wird sich doch bestimmt eines Tages rächen und dir Gift ins Süppchen streuen.«

»Aber weswegen sollte sie sich rächen?«

»Immerhin hast du ihren Sohn verhaftet!«

»Na, hör mal, ist das etwa meine Schuld? Adelina weiß sehr gut, daß nicht ich schuld bin, sondern ihr Sohn. Schließlich war er allein so dämlich, sich schnappen zu lassen. Ich habe mich völlig fair verhalten und bei seiner Verhaftung weder Tücken noch schmutzige Tricks angewandt. Das verlief alles ganz vorschriftsmäßig.«

»Eure verdrehte Art zu denken kümmert mich einen Dreck. Du mußt sie entlassen.«

»Aber wenn ich sie entlasse, wer hält dann mein Haus in Ordnung, wer wäscht, bügelt und kocht für mich?«

»Es wird sich doch wohl eine andere finden!«

»Eben da irrst du dich. Jemand, der so tüchtig ist wie Adelina, findet sich so schnell nicht wieder.«

Er stellte gerade das Wasser auf den Herd, als das Telefon läutete.

»Ich würde am liebsten im Boden versinken, daß ich Sie um diese Uhrzeit wecken muß.«

»Ich habe nicht geschlafen. Wer ist am Apparat?«

»Hier spricht der Avvocato Pietro Rizzo.«

»Ah, Avvocato. Meine Glückwünsche.«

»Wozu denn? Wenn es für die Ehre sein soll, die meine Partei mir jüngst erwiesen hat, müßten Sie mir wohl eher Ihr Beileid aussprechen. Ich habe nur der Treue wegen akzeptiert, die mich für immer den Idealen des armen Ingegnere verpflichten wird. Das können Sie mir glauben. Aber kommen wir auf den Grund meines Anrufes zurück. Ich muß Sie unbedingt treffen, Commissario.«

»Jetzt?«

»Jetzt nicht, aber ich darf Ihnen die Dringlichkeit der Angelegenheit nahelegen. Die Sache ist von extraordinärer Importanz.«

»Wir könnten uns morgen früh treffen. Aber findet morgen früh nicht die Beerdigung statt? Sie werden vollauf beschäftigt sein, vermute ich.«

»Und wie! Auch den ganzen Nachmittag. Wissen Sie, einige illustre Gäste werden bestimmt länger bleiben.«

»Also, wann dann?«

»Passen Sie auf, wenn ich es mir genauer überlege, würde es morgen früh trotzdem gehen, allerdings sehr früh. Wann gehen Sie für gewöhnlich ins Büro?«

»Gegen acht.«

»Acht würde mir sehr gut passen. Es handelt sich ohnehin nur um ein paar Minuten.«

»Hören Sie, Avvocato, eben gerade weil Sie morgen früh nur wenig Zeit haben werden, könnten Sie mir nicht im voraus sagen, um was es sich handelt?«

»Am Telefon?«

»Eine Andeutung.«

»Gut. Mir ist zu Ohren gekommen, aber ich weiß nicht, inwieweit das Gerücht der Wahrheit entspricht, daß man Ihnen einen zufällig auf dem Boden gefundenen Gegenstand gebracht hat. Und ich bin damit beauftragt, ihn zurückzuholen.«

Montalbano bedeckte mit einer Hand die Sprechmuschel und brach buchstäblich in wieherndes Lachen, in lautes höhnisches Gelächter aus. Er hatte die Halskette als Köder an den Angelhaken Jacomuzzi gehängt, und seine Rechnung war aufgegangen. Daß ein so großer Fisch angebissen hatte, übertraf jedoch seine kühnsten Erwartungen. Aber wie machte Jacomuzzi das bloß, daß alle das erfuh-

ren, was eben nicht alle erfahren sollten? Etwa mit Laserstrahlen, Telepathie oder schamanischen Zaubertricks? Er hörte den Advokat laut in die Muschel rufen.
»Hallo! Hallo? Ich höre Sie nicht mehr! Ist etwa die Leitung unterbrochen?«
»Nein, entschuldigen Sie bitte, mir ist der Bleistift runtergefallen, und ich habe ihn aufgehoben. Morgen um acht also.«

Als er es an der Tür läuten hörte, goß er die Nudeln ab und ging hinüber, um aufzumachen.
»Was hast du mir gekocht?« fragte Zito gleich beim Eintreten.
»Spaghetti *all'aglio e olio,* und Gamberetti in Olivenöl und Zitrone.«
»Ausgezeichnet.«
»Komm mit in die Küche, und hilf mir ein wenig. Und in der Zwischenzeit stelle ich dir die erste Frage. Was hältst du von einem, der von extraordinärer Importanz spricht?«
»Also hör mal, bist du jetzt völlig übergeschnappt? Du läßt mich Hals über Kopf von Montelusa nach Vigàta fahren, nur um mich zu fragen, was ich von einem halte, der so geschwollen daherredet? Abgesehen davon, was soll daran besonders sein? Ist doch gar nicht so ungewöhnlich. Das ist, als würde ich sagen ...«
Er zermarterte sich das Hirn, aber ihm fiel nichts Vergleichbares ein.
»Da muß man schon gescheit sein, sehr gescheit«, sagte

der Commissario, während er an Rizzo dachte. Und er bezog sich nicht nur auf des Advokaten Fähigkeit, locker und lässig mit Fremdwörtern umzugehen.
Sie aßen, während sie über das Essen sprachen. Das war immer so. Nachdem Zito sich an traumhafte Gamberetti erinnert hatte, die er vor zehn Jahren in Fiacca gegessen hatte, kritisierte er die Garzeit und wies darauf hin, daß ein Hauch von Petersilie den Geschmack verbessert hätte.
»Wie kommt's, daß ihr bei ›Retelibera‹ seit neuestem alle zu Engländern geworden seid?« setzte Montalbano ohne Vorwarnung an, während sie einen Weißwein schlürften, der eine wahre Wonne war. Sein Vater hatte ihn in der Nähe von Randazzo entdeckt. Vor einer Woche hatte er ihm sechs Flaschen vorbeigebracht, aber das war nur ein Vorwand, um ein bißchen Zeit mit seinem Sohn zu verbringen.
»Inwiefern Engländer?«
»Insofern, als ihr euch streng gehütet habt, Luparello bloßzustellen, wie ihr es in anderen Fällen bestimmt schon längst getan hättet. Man stelle sich vor, der ehrenhafte Ingegnere stirbt mit heruntergelassenen Hosen am Herzschlag, in einer Art Bordell unter freiem Himmel, inmitten von Nutten, Zuhältern und Strichern, das ist doch skandalös. Und was macht ihr? Statt die Gelegenheit bei den Hörnern zu packen, stellt ihr euch alle in Reih und Glied auf und breitet einen Schleier der Barmherzigkeit über die näheren Umstände dieses Todesfalls.«
»Es ist eben nicht unsere Art, aus dem Unglück anderer Kapital zu schlagen«, sagte Zito.

Montalbano begann aus vollem Halse zu lachen.
»Nicolò, würdest du mir einen großen Gefallen tun? Scher dich doch mitsamt deiner ›Retelibera‹ zum Teufel!«
Nun fing auch Zito an zu lachen.
»Also gut, folgendes hat sich zugetragen: Wenige Stunden nachdem die Leiche gefunden worden war, eilte der Avvocato Rizzo zum Baron Filò di Baucina, Roter Baron genannt, Millionär, aber Kommunist, und bat ihn händeringend, daß ›Retelibera‹ ja nichts über die Todesart verlauten lasse. Er appellierte an die Ritterlichkeit, welche die Vorfahren des Barons anscheinend in alten Zeiten bewiesen haben. Wie du weißt, hält der Baron achtzig Prozent unseres Senders. Das ist alles.«
»Red keinen Scheiß, von wegen alles. Und du, Nicolò Zito, der du dir die Achtung der Gegner erworben hast, weil du immer sagst, was du sagen mußt, gibst dem Baron ein zackiges Jawohl zur Antwort und ziehst den Schwanz ein?«
»Welche Farbe haben meine Haare?« fragte Zito.
»Rot.«
»Montalbano, ich bin außen und innen rot, ich gehöre zu den Kommunisten, die voller Bosheit und Groll stecken, eine Rasse, die im Aussterben begriffen ist. Ich habe die Anweisung akzeptiert, weil ich glaube, daß derjenige, der darum bat, das Andenken dieses armen Kerls in Ehren zu halten, ihm in Wahrheit gar nicht so wohlgesinnt war.«
»Das habe ich jetzt nicht verstanden.«
»Ich werd's dir erklären, du Unschuldslamm. Wenn du einen Skandal schnellstmöglich in Vergessenheit geraten

lassen willst, dann mußt du nur so viel wie möglich darüber sprechen, im Fernsehen, in den Zeitungen. Du trittst die Story breit, wieder und immer wieder; nach einer Weile haben die Leute die Schnauze voll: Du liebe Zeit, zieh'n die das in die Länge! Warum hör'n sie nicht endlich auf damit? In einem Zeitraum von vierzehn Tagen bewirkt diese Übersättigung, daß niemand mehr auch nur ein Wort über den Skandal hören will. Verstanden?«

»Ich glaube, ja.«

»Wenn du aber über alles den Schleier des Schweigens legst, dann fängt das Schweigen an zu sprechen, streut Gerüchte aus, die hören überhaupt nicht mehr auf, werden immer hemmungsloser. Soll ich dir ein Beispiel nennen? Weißt du, wieviele Anrufe wir in der Redaktion erhalten haben, eben wegen unseres Schweigens? Hunderte. Ist es wahr, daß der Ingegnere es mit zwei Frauen gleichzeitig im Auto getrieben hat? Stimmt es, daß der Ingegnere auf die Sandwich-Nummer versessen war, und während er eine Hure bumste, besorgte es ihm ein Neger von hinten? Und der letzte, von heute abend: Ist es wahr, daß Luparello seinen Nutten sagenhafte Schmuckstücke schenkte? Es heißt, sie hätten eines an der Mànnara gefunden. Übrigens, du weißt nicht zufällig etwas über diese Geschichte?«

»Ich? Nein, das ist doch bestimmt nur ausgemachter Blödsinn«, log der Commissario gelassen.

»Siehst du? Ich bin sicher, daß in einigen Monaten irgendein Idiot zu mir kommt und mich fragt, ob es stimmt, daß der Ingegnere es mit vierjährigen Kindern getrieben und sie dann mit Kastanien gefüllt verspeist habe. Sein Ansehen ist auf immer und ewig dahin, die Geschichte wird zur Legende. Und jetzt hoffe ich, daß du verstanden hast, warum ich mit Ja geantwortet habe, als man mich bat, das Ganze zu verschweigen.«

»Und Cardamone, wo steht der?«

»Keine Ahnung. Seine Wahl ist höchst seltsam. Weißt du, im Provinzsekretariat saßen nur Männer Luparellos, außer zweien, die zu Cardamone gehörten und dort aus optischen Gründen geduldet wurden, nämlich um zu zeigen, daß man demokratisch ist. Es gab keinen Zweifel, daß der neue Sekretär nur ein Gefolgsmann des Ingegnere sein konnte und mußte. Statt dessen der Schlag ins Kontor: Rizzo steht auf und schlägt Cardamone vor. Die anderen des Clans sind bestürzt, wagen aber nicht zu protestieren. Wenn Rizzo so spricht, heißt das, daß er mehr weiß und daß von irgendwoher Gefahr droht. Also ist es besser, wenn man den Avvocato bei dieser Unternehmung unterstützt. Und sie stimmen zu seinen Gunsten ab. Man ruft Cardamone, der das Amt annimmt. Er selbst schlägt vor, Rizzo zur Unterstützung zu holen, erntet Schimpf und Schande von seiten seiner beiden Vertreter im Sekretariat. Aber ich verstehe Cardamone: Besser ihn mit ins Boot zu holen – wird er gedacht haben –, als ihn wie eine Treibmine herumschwimmen zu lassen.«

Dann begann Zito ihm eine Geschichte zu erzählen, die er im Kopf hatte und zu einem Roman verarbeiten wollte, und sie saßen bis vier Uhr früh zusammen.

Während er den Gesundheitszustand einer Kaktee überprüfte, die Livia ihm geschenkt hatte und die auf der Fensterbank in seinem Büro stand, sah Montalbano eine dunkelblaue Limousine mit Autotelefon, Fahrer und Leibwächter vorfahren. Letzterer stieg zuerst aus, um einem mäßig großen, kahlköpfigen Mann, der einen Anzug in derselben Farbe wie der des Autos trug, den Wagenschlag zu öffnen.

»Da draußen ist einer, der mit mir reden will. Laß ihn gleich durch«, wies der Commissario den wachhabenden Beamten an.

Als Rizzo eintrat, sah Montalbano, daß er um den oberen linken Ärmel ein schwarzes, handbreites Band gebunden hatte – der Advokat war bereits in Trauerkleidung für die bevorstehenden Bestattungsfeierlichkeiten.

»Was kann ich nur tun, damit Sie mir verzeihen?«

»Was verzeihen?«

»Daß ich Sie zu solch später Stunde zu Hause gestört habe.«

»Aber Sie sagten doch, die Angelegenheit sei von extra ...«

»Extraordinärer Importanz, gewiß.«

Wie gescheit er doch war, der Advokat Rizzo!

»Kommen wir zur Sache. Ein junges Paar, vollkommen ehrenwerte Leute im übrigen, gibt am vergangenen Sonntag, spät in der Nacht und schon ein wenig angeheitert, einer unüberlegten Laune nach. Die Ehefrau überredet ihren Mann, ihr die Mànnara zu zeigen, sie ist neugierig auf diesen Ort und auf das, was dort passiert. Eine tadelnswerte Neugier, gewiß, aber nichts weiter. Nun, das Paar fährt an den Rand der Mànnara, die Frau steigt aus.

Aber gleich darauf steigt sie wieder ins Auto, verärgert über die ordinären Angebote, die ihr unterbreitet werden, und sie fahren weg. Wieder zu Hause angekommen, stellt sie fest, daß sie einen kostbaren Gegenstand verloren hat, den sie um den Hals trug.«

»Was für ein merkwürdiger Zufall«, murmelte Montalbano in seinen Bart.

»Wie bitte?«

»Ich dachte gerade darüber nach, daß beinahe zur selben Zeit am selben Ort der Ingegnere Luparello starb.«

Der Advokat Rizzo ließ sich nicht aus der Fassung bringen und setzte eine schwermütige Miene auf.

»Das ist mir auch aufgefallen, wissen Sie? Aber das Schicksal spielt manchmal ein wenig verrückt ...«

»Der Gegenstand, von dem Sie gesprochen haben, ist das eine Halskette aus Massivgold mit einem brillantenbesetzten Herz?«

»Ganz genau. Nun möchte ich Sie bitten, das Stück den rechtmäßigen Besitzern zurückzugeben und dieselbe Diskretion zu beweisen, wie Sie sie im Zusammenhang mit der Auffindung der sterblichen Überreste meines armen Freundes Luparello bewiesen haben.«

»Wenn Sie es mir nachsehen mögen«, sagte der Commissario. »Aber ich habe nicht die geringste Vorstellung davon, wie man in einem solchen Fall verfährt. In jedem Fall denke ich, daß es wohl besser gewesen wäre, wenn die Besitzerin selbst vorgesprochen hätte.«

»Ich bin im Besitz einer offiziellen Vollmacht!«

»Ach, ja? Lassen Sie mal sehen.«

»Kein Problem, Commissario. Sie werden verstehen: Bevor ich die Namen meiner Mandanten in alle Welt ausposaune, wollte ich hundertprozentig sicher sein, daß es sich auch wirklich um den fraglichen Gegenstand handelt.«
Er schob eine Hand in die Jackentasche, zog ein Blatt Papier heraus und reichte es Montalbano. Der Commissario las es aufmerksam.
»Wer ist dieser Giacomo Cardamone, der die Vollmacht unterzeichnet hat?«
»Das ist der Sohn von Professor Cardamone, unserem neuen Provinzsekretär.«
Montalbano entschied, daß dies der richtige Moment sei, sein Theaterspiel zu wiederholen.
»Also das ist wirklich eigenartig!« Er flüsterte fast und setzte eine nachdenkliche Miene auf.
»Entschuldigung, was haben Sie gesagt?«
Montalbano antwortete nicht gleich, ließ den anderen erst eine Weile schmoren.
»Ich dachte gerade, daß das Schicksal in diesem Fall, um Ihre Worte aufzugreifen, doch ein wenig zu verrückt spielt…«
»Inwiefern, bitte schön?«
»Insofern, als sich der Sohn des neuen Parteisekretärs zur selben Zeit an dem Ort befand, an dem der alte Sekretär starb. Kommt Ihnen das nicht eigenartig vor?«
»Jetzt, wo Sie mich darauf hinweisen, schon. Aber ich schließe ohne jeden Zweifel aus, daß zwischen den beiden Ereignissen auch nur der geringste Zusammenhang besteht.«

»Oh, einen solchen schließe ich auch aus«, sagte Montalbano und fuhr fort: »Die Unterschrift neben der von Giacomo Cardamone kann ich nicht entziffern.«
»Das ist die Unterschrift der Ehefrau, einer Schwedin. Eine zugegebenermaßen etwas zügellose Dame, die sich unseren Sitten einfach nicht anzupassen vermag.«
»Wieviel ist dieses Juwel Ihrer Meinung nach wert?«
»Davon verstehe ich nichts, aber die Besitzer haben mir gesagt, um die achtzig Millionen Lire.«
»Ich mache Ihnen einen Vorschlag. Ich werde nachher den Kollegen Jacomuzzi anrufen, bei dem sich das Schmuckstück zur Zeit befindet, und lasse es mir zurückschicken. Und morgen früh wird es Ihnen dann von einem meiner Beamten in Ihre Kanzlei gebracht.«
»Ich weiß wirklich nicht, wie ich Ihnen danken soll ...«
Montalbano schnitt ihm das Wort ab.
»Sie werden meinem Beamten eine offizielle Quittung übergeben.«
»Aber natürlich!«
»Und einen Scheck über zehn Millionen Lire. Ich habe mir erlaubt, den Wert des Schmuckstücks aufzurunden. Das wäre dann der angemessene Finderlohn.«
Rizzo steckte den Schlag mit Nonchalance ein.
»Das finde ich mehr als angemessen. Auf wen darf ich ihn ausstellen?«
»Auf Baldassare Montaperto, einen der beiden Müllmänner, die den toten Ingegnere gefunden haben.«
Sorgfältig schrieb sich der Advokat den Namen auf.

Neun

Rizzo hatte die Tür noch nicht ganz hinter sich zugezogen, als Montalbano schon die Privatnummer von Nicolò Zito wählte. Was der Advokat ihm gesagt hatte, brachte die Rädchen in seinem Kopf zum Drehen, und dies wiederum machte sich äußerlich durch fieberhaften Tatendrang bemerkbar. Zitos Ehefrau nahm den Hörer ab.

»Mein Mann ist gerade zur Haustür raus, er fährt nach Palermo.«

Und dann, plötzlich mißtrauisch: »Aber war er heute nacht denn nicht bei Ihnen?«

»Natürlich war er bei mir, Signora, aber mir ist eine äußerst wichtige Sache erst heute morgen eingefallen.«

»Warten Sie, vielleicht kann ich ihn noch aufhalten, ich rufe ihn über die Sprechanlage.«

Kurz darauf hörte er zunächst den keuchenden Atem, dann die Stimme seines Freundes.

»Was willst du denn noch? Hat es dir nicht gereicht heute nacht?«

»Ich brauche eine Information.«

»Wenn's nicht allzu lange dauert.«

»Ich will alles wissen, aber wirklich alles, auch die unsinnigsten Gerüchte, und zwar über Giacomo Cardamone

und seine Frau, die angeblich Schwedin ist.«
»Wie, angeblich? Eine Bohnenstange von einem Meter und achtzig, blond, ein Paar Beine und Titten, sag' ich dir! Dazu eine Stimme! Wenn du wirklich alles wissen willst, dauert das zu lange. Soviel Zeit hab' ich nicht. Paß auf, folgende Idee: Ich fahre jetzt los, während der Reise denke ich darüber nach, und gleich nach meiner Ankunft schicke ich dir ein Fax.«
»Und wohin willst du es schicken? Ins Kommissariat etwa, wo man sich immer noch mit Buschtrommeln und Rauchzeichen verständigt?«
»Na gut, dann werde ich das Fax eben in meine Redaktion nach Montelusa schicken. Schau da noch heute vormittag vorbei, so um die Mittagszeit.«

Montalbano verspürte das dringende Bedürfnis, sich zu bewegen, und so verließ er sein Büro und ging ins Zimmer der Brigadieri.
»Wie geht's Tortorella?«
Fazio wies mit seinem Blick auf den leeren Schreibtisch des Kollegen.
»Gestern habe ich ihn besucht. Sieht so aus, als würden sie ihn am Montag aus dem Krankenhaus entlassen.«
»Weißt du, wie man in die alte Fabrik reinkommt?«
»Als sie nach der Schließung rundherum die Mauer hochgezogen haben, haben sie eine klitzekleine Tür eingebaut, eine Eisentür. Man muß sich bücken, um da durchzukommen.«
»Und wer hat den Schlüssel?«

»Keine Ahnung, aber ich kann es herausfinden.«
»Du wirst es nicht nur herausfinden, sondern du wirst ihn mir noch heute morgen besorgen.«
Er ging in sein Büro zurück und rief Jacomuzzi an. Er mußte das Telefon eine Weile läuten lassen, bis der andere sich endlich bequemte, den Hörer abzunehmen.
»Was ist denn los mit dir, hast du Dünnpfiff?«
»Hör auf, Montalbano, was gibt's denn?«
»Was hast du auf der Kette gefunden?«
»Was hätte ich denn deiner Meinung nach finden sollen? Nichts. Das heißt, Fingerabdrücke, ja, aber so viele und alle so undeutlich, daß man sie nicht identifizieren kann. Was soll ich mit ihr machen?«
»Schick sie mir noch heute im Laufe des Tages zurück. Im Laufe des Tages, verstanden?«
Vom Nebenzimmer drang Fazios Stimme zu ihm herüber.
»Verflixt noch mal, weiß denn keiner, wem diese verdammte Chemiefabrik gehört hat? Es wird doch einen Konkursverwalter oder Hausmeister geben!«
Kaum sah er Montalbano eintreten: »Hab' das Gefühl, es ist leichter, die Schlüssel des heiligen Petrus zu kriegen.«
Der Commissario sagte ihm, daß er noch mal weg müsse und frühestens nach zwei Stunden wieder zurück sei. Bei seiner Rückkehr wolle er die Schlüssel auf seinem Tisch liegen haben.

Kaum hatte Montapertos Ehefrau ihn auf der Türschwelle erblickt, wurde sie blaß und legte sich eine Hand aufs Herz.

»O mein Gott! Was is' los? Was is' passiert?«

»Nichts, weswegen Sie sich sorgen müßten. Im Gegenteil, ich habe gute Nachrichten mitgebracht, glauben Sie mir. Ist Ihr Mann zu Hause?«

»Jaja, heute hat er früh Feierabend gemacht.«

Die Frau bat ihn in die Küche und ging Saro rufen, der sich im Schlafzimmer neben den Kleinen gelegt hatte, um ihn zum Einschlafen zu bringen.

»Setzt euch«, sagte der Commissario, »und hört mir aufmerksam zu. Wohin wolltet ihr euren Sohn eigentlich bringen mit dem Geld, das ihr für die Kette bekommen hättet?«

»Nach Belgien«, antwortete Saro prompt, »dort lebt mein Bruder. Er hat gesagt, daß wir für einige Zeit bei ihm wohnen können.«

»Habt ihr das Geld für die Reise?«

»Vom Munde abgespart, ja, ein bißchen haben wir zur Seite legen können«, sagte die Frau nicht ohne einen Hauch von Stolz.

»Aber es reicht nur für die Reise«, präzisierte Saro.

»Sehr gut. Du gehst also noch heute zum Bahnhof und kaufst die Fahrkarten. Nein, nimm besser den Bus und fahr nach Raccadali, dort ist ein Reisebüro.«

»Ja, natürlich. Aber warum soll ich bis nach Raccadali fahren?«

»Ich will nicht, daß sich hier in Vigàta herumspricht, was ihr vorhabt. Inzwischen kann die Signora die Koffer packen. Sagt niemandem, nicht einmal euren Familienangehörigen, wohin ihr fahrt. Ist das klar?«

»Sonnenklar. Aber entschuldigen Sie, Commissario, was soll daran schlecht sein, daß wir nach Belgien fahren, um unseren Sohn behandeln zu lassen? Sie bitten mich, zu schweigen wie ein Grab, als handele es sich um etwas Gesetzwidriges.«

»Saro, du tust nichts, was gegen das Gesetz verstößt, das wollen wir mal klarstellen. Aber ich möchte die Dinge unter Kontrolle haben, deswegen mußt du mir vertrauen und nur das tun, was ich dir sage.«

»Ist gut, aber falls Sie es vergessen haben: Wozu sollen wir überhaupt nach Belgien fahren, wenn unser Geld gerade mal für die Reise reicht? Zu einem Ausflug?«

»Ihr werdet genügend Geld haben. Morgen früh wird euch einer meiner Beamten einen Scheck über zehn Millionen Lire bringen.«

»Zehn Millionen? Und wofür?« fragte Saro atemlos.

»Die stehen dir rechtmäßig zu, das ist die Belohnung dafür, daß du das Schmuckstück gefunden und mir ausgehändigt hast. Dieses Geld könnt ihr offen ausgeben, ohne Probleme. Sobald du den Scheck in der Hand hast, löst du ihn schnell ein, und ihr fahrt los.«

»Von wem ist der Scheck?«

»Vom Avvocato Rizzo.«

»Ah.« Saros Gesicht verfinsterte sich.

»Du brauchst keine Angst zu haben. Die Sache ist vollkommen legal, und ich habe sie fest im Griff. Dennoch ist es besser, alle Vorsichtsmaßnahmen zu treffen, ich möchte nicht, daß Rizzo sich womöglich wie einer dieser miesen Dreckskerle verhält, die es sich hinterher anders überlegen und einfach kneifen. Zehn Millionen sind und bleiben zehn Millionen.«

Giallombardo richtete ihm aus, daß der Brigadiere die Schlüssel für die alte Fabrik holen gegangen sei. Es werde aber mindestens zwei Stunden dauern, denn der Hausmeister, dem es gesundheitlich nicht gut gehe, sei in Montedoro bei jemandem zu Gast. Außerdem, berichtete der Beamte, habe der Richter Lo Bianco angerufen. Der Commissario solle ihn vor zehn Uhr zurückrufen.

»Ah, Commissario, welch ein Glück! Ich wollte gerade weggehen, bin auf dem Weg zur Kathedrale, wegen der Beerdigung. Ich gehe davon aus, daß bedeutende Persönlichkeiten über mich herfallen werden, im wahrsten Sinne des Wortes. Sie werden mir alle dieselbe Frage stellen. Und wissen Sie welche?«

»Warum ist der Fall Luparello noch nicht abgeschlossen?«

»Erraten, Commissario, und damit ist nicht zu spaßen. Ich möchte ungern beleidigende Worte verwenden, ich möchte nicht im mindesten mißverstanden werden ... um es kurz zu machen, wenn Sie etwas Konkretes in der Hand haben, machen Sie weiter, ansonsten schließen Sie das Ganze ab. Im übrigen, das werden Sie mir zugestehen, will mir das einfach nicht in den Kopf. Was wollen Sie überhaupt herausfinden? Der Ingegnere ist eines natürlichen Todes gestorben. Und Sie sperren sich nur, zumindest habe ich es so verstanden, weil der Ingegnere an der Mànnara ums Leben gekommen ist. Also, eines würde mich brennend interessieren: Wenn man Luparello irgendwo am Straßenrand gefunden hätte, hätten Sie da auch etwas einzuwenden gehabt? Antworten Sie!«

»Nein.«

»Ja, was bezwecken Sie dann also? Der Fall muß bis morgen abgeschlossen sein. Habe ich mich klar ausgedrückt?«

»Regen Sie sich nicht auf, Herr Richter.«

»Und wie ich mich aufrege, natürlich rege ich mich auf, aber über mich selbst. Sie bringen mich sogar dazu, das Wort ›Fall‹ zu verwenden, das in dieser Angelegenheit nun wirklich nicht angebracht ist. Bis morgen, verstanden?«

»Können wir sagen, bis einschließlich Samstag?«

»Also, wo sind wir denn, beim Feilschen auf dem Markt? Na gut. Aber wenn Sie auch nur eine Stunde länger brauchen, wird das ernsthafte Konsequenzen haben, das verspreche ich Ihnen.«

Zito hatte Wort gehalten, das Redaktionssekretariat von »Retelibera« überreichte Montalbano ein Fax aus Palermo. Er las es auf dem Weg zur Mànnara.

> »Der Signorino Giacomo ist der klassische Fall eines Sohnes, der es nur mit Hilfe des Vaters zu etwas gebracht hat. Er entspricht exakt dem Klischee, ohne einen Funken Phantasie. Der Vater ist als Ehrenmann bekannt, einen Fehltritt ausgenommen, von dem ich dir im folgenden berichten werde, also das Gegenteil des seligen Luparello. Giacomo bewohnt mit seiner

zweiten Ehefrau, Ingrid Sjostrom, den ersten Stock im väterlichen Palazzo. Ihre Vorzüge habe ich dir bereits mündlich geschildert. Ich werde dir nun seine Verdienste auflisten, zumindest die, an die ich mich erinnere. Dumm wie ein Kürbis, hat das frühreife Früchtchen nie etwas lernen oder sich etwas anderem widmen wollen als der Wissenschaft des Vögelns. Dennoch ist er mit Hilfe des himmlischen Vaters (oder besser gesagt, des leiblichen Vaters) regelmäßig mit der Höchstpunktzahl versetzt worden. Obwohl er in der medizinischen Fakultät eingeschrieben war, hat er nie die Universität besucht (was ein Glück für die allgemeine Gesundheit ist). Mit sechzehn Jahren, ohne Führerschein am Steuer des schnellen Autos seines Vaters, überfährt und tötet er ein achtjähriges Kind. Giacomo kommt praktisch ungeschoren davon, nicht so der Vater. Er bezahlt, und zwar ziemlich, an die Familie des Jungen. Mittlerweile volljährig, gründet Giacomo eine Dienstleistungsfirma. Die Firma geht zwei Jahre später pleite, Cardamone verliert nicht eine einzige Lira, sein Geschäftspartner erschießt sich um ein Haar, und ein Beamter der Steuerfahndung, der der Sache auf den Grund gehen wollte, sieht sich plötzlich nach Bozen versetzt. Im Augenblick beschäftigt Giacomo sich mit pharmazeutischen Produkten (und stell Dir vor: wieder ist es der Herr Papa, der ihm die Stange hält!), kauft ein und expandiert in weitaus größerem Maße, als es die geschätzten Einnahmen zulassen würden.

Leidenschaftlicher Liebhaber von Auto- und Pferderennen, hat er (in Montelusa!) einen Polo-Club gegründet, wo keine einzige Partie dieses noblen Sports je ausgetragen wurde, aber zum Ausgleich kokst er, daß es eine helle Freude ist.

Wenn ich mein ehrliches Urteil über seine Person abgeben müßte, würde ich sagen, es handelt sich um ein Prachtexemplar eines lausigen Taugenichts jener Spezies, die da gedeiht, wo ein mächtiger und reicher Vater ist. Mit zweiundzwanzig Jahren vermählt er sich (sagt man nicht so?) mit Albamarina Collatino (Baba für die Freunde) aus einer Kaufmannsfamilie der Palermitaner Großbourgeoisie. Zwei Jahre später reicht Baba bei der Sacra Romana Rota einen Antrag auf Annullierung der Ehe ein und begründet dies mit der offensichtlichen *impotentia generandi* des Gemahls. Ehe ich es vergesse: Mit achtzehn, also vier Jahre vor der Heirat, hat Giacomo die Tochter einer Bediensteten geschwängert. Der bedauerliche Zwischenfall war wie üblich vom Allmächtigen totgeschwiegen worden. Folglich gibt es zwei Möglichkeiten: Entweder log Baba, oder es log die Tochter der Hausangestellten. Nach unanfechtbarer Meinung der hohen römischen Prälaten war die Lügnerin die Bedienstete (wie könnte es auch anders sein?), Giacomo war zeugungsunfähig (und dafür hätte man dem Allermächtigsten danken müssen). Die Annullierung in der Tasche, verlobt Baba sich mit einem Cousin, mit dem sie schon vorher eine Beziehung

unterhielt, während es Giacomo in den nebligen Norden treibt, um zu vergessen.
In Schweden hat er Gelegenheit, einer Art mörderischem Auto-Cross beizuwohnen, eine Strecke inmitten von Seen, Steilhängen und Bergen. Die Siegerin ist eine blonde Bohnenstange, von Beruf Mechanikerin. Ihr Name ist, du ahnst es, Ingrid Sjostrom. Was soll ich dir erzählen, mein Lieber, um zu vermeiden, daß das Schmalz von den Wänden trieft? Liebe auf den ersten Blick und Hochzeit. Nun leben sie seit gut fünf Jahren zusammen, ab und zu macht Ingrid eine Stippvisite in ihre Heimat und fährt ihre kleinen Autorennen. Ihrem Mann setzt sie mit schwedischer Nonchalance die Hörner auf. Neulich spielten fünf Gentlemen (das ist nur so eine Redensart) ein Gesellschaftsspiel im Polo-Club. Unter anderem ging es darum: Wer Ingrid nicht gehabt hatte, sollte aufstehen. Alle fünf blieben sitzen. Sie lachten viel, vor allem Giacomo, der dabei war, allerdings nicht mitgespielt hat. Man munkelt (unmöglich nachzukontrollieren), daß sich auch der gestrenge Professor Cardamone, seines Zeichens Vater des Ehemanns, das Vergnügen mit seinem Schwiegertöchterchen nicht hat entgehen lassen, um auf den Fehltritt zurückzukommen, von dem ich anfangs sprach. Sonst fällt mir im Moment nichts ein. Hoffe sehr, so geschwätzig gewesen zu sein, wie du es dir gewünscht hast. Leb wohl!
Nicolò.«

Gegen zwei Uhr kam er an der Mànnara an. Weit und breit war keine Menschenseele zu sehen. Das Schlüsselloch der kleinen Eisentür war völlig mit Salz und Rost verkrustet. Das hatte er vorhergesehen und sich daher Ölspray mitgebracht, mit dem man sonst Waffen schmiert. Er ging zum Wagen zurück und schaltete das Radio an, während er wartete, daß das Öl wirkte.

Die Beerdigung – berichtete der Sprecher des lokalen Senders – hatte die Gemüter zutiefst bewegt, so sehr, daß die Witwe schließlich die Besinnung verlor und hinausgetragen werden mußte. Die Grabreden hatten – der Reihe nach – gehalten: der Bischof, der stellvertretende Sekretär der nationalen Parteiorganisation, der Regionalsekretär, der Minister Pellicano, letzterer angesichts der immerwährenden Freundschaft, die ihn mit dem Toten verbunden hatte, in eigenem Namen. Eine Menge von mindestens zweitausend Menschen hatte auf dem Vorplatz der Kirche darauf gewartet, daß der Sarg herausgetragen wurde, um dann in einen ebenso stürmischen wie bewegten Applaus auszubrechen.

Stürmisch mag ja noch angehen, aber wie kann denn ein Applaus sich bewegen? fragte sich Montalbano. Er schaltete das Radio aus und ging zu der Tür, um den Schlüssel auszuprobieren.

Der Schlüssel drehte sich, aber die Tür war wie in der Erde verankert. Montalbano stieß mit einer Schulter mehrmals dagegen, und endlich öffnete sie sich einen Spalt, gerade breit genug, daß er sich hindurchzwängen konnte. Die kleine Tür war durch Kalkschutt, Eisenstücke und Sand versperrt. Offenbar hatte sich der Hausmeister seit Jahren nicht mehr dort blicken lassen. Der Commissario sah, daß es zwei Umfassungsmauern gab: die Schutzmauer mit der kleinen Eingangstür und eine alte, halb verfallene Einfriedungsmauer, die die Fabrik umschlossen hatte, als sie noch in Betrieb war. Die Durchgänge dieser zweiten Mauer gaben den Blick frei auf verrostete Maschinen, dicke, teils gerade, teils gewundene Rohre, riesige Destillatoren, Eisenträger mit gewaltigen Rissen, Gerüste, die sich in absurdem Gleichgewicht hielten, Stahltürme, die mit irrwitziger Neigung in die Höhe ragten. Und überall aufgerissene Fußbodenbeläge, aufgeschlitzte Decken, weite Hallen, die einst von dem mittlerweile in weiten Teilen auseinandergebrochenen Eisengebälk überdacht gewesen waren. Es fehlte nicht viel, und alles würde herabstürzen, dorthin, wo nichts mehr war als eine zerfallende Zementschicht, aus deren Rissen vergilbte Grasbüschel sprossen. Montalbano blieb zwischen den beiden Mauerringen stehen. Er war wie betäubt von dem Anblick. Hatte ihm die Fabrik von außen gefallen, so versetzte ihr Inneres ihn geradezu in Begeisterung. Er bedauerte zutiefst, seinen Fotoapparat nicht mitgenommen zu haben. Plötzlich zog ein leiser, anhaltender Ton seine Aufmerksamkeit auf sich. Es war eine Art Vibration, die genau aus dem Innern der Fabrik zu kommen schien.

Was ist denn hier drinnen noch in Betrieb? fragte er sich argwöhnisch.

Sicherheitshalber ging er hinaus, zum Auto zurück, öffnete das Handschuhfach und zog seine Waffe heraus. Die

Pistole trug er fast nie bei sich. Das Gewicht der Waffe störte ihn, zudem verformte sie ihm Jacken und Hosen. Er ging in die Fabrik zurück, der Ton war immer noch zu hören. Vorsichtig bewegte er sich auf die dem Eingang gegenüberliegende Seite zu. Die Zeichnung, die Saro ihm angefertigt hatte, war äußerst präzise und diente ihm als Orientierung. Der Ton ähnelte dem Summen, das Hochspannungsdrähte manchmal von sich geben, wenn Feuchtigkeit sie befällt. Nur klang dieser hier immer wieder anders, irgendwie melodisch, zuweilen brach er ab, um nach einer kurzen Pause in einer anderen Tonart neu zu beginnen.

Montalbano tastete sich angespannt vorwärts, achtete sorgfältig darauf, nicht über die Steine und Trümmer zu stolpern, die in dem engen Korridor zwischen den beiden Mauern den Boden bedeckten. Plötzlich sah er im Augenwinkel durch einen Durchgang einen Mann, der sich parallel zu ihm im Innern der Fabrik bewegte. Er trat zurück, überzeugt davon, daß der andere ihn bereits gesehen hatte. Da galt es keine Zeit zu verlieren, sicherlich hatte der Mann Komplizen. Er tat einen großen Schritt nach vorne, die Waffe im Anschlag, und schrie:

»Stehenbleiben! Polizei!«

Im Bruchteil einer Sekunde begriff er, daß der andere auf seinen Zug gefaßt gewesen war. Er stand halb nach vorne gebeugt, die Pistole in der Hand. Montalbano schoß, während er sich auf die Erde warf. Bevor er den Boden berührte, gab er zwei weitere Schüsse ab. Statt zu hören, womit er gerechnet hatte, nämlich einen Schuß, einen

Aufschrei oder hastig davoneilende Schritte, vernahm er einen lauten Knall und dann das Klirren einer zerbrechenden Glasscheibe. Schlagartig verstand er und wurde von einem derart heftigen Lachanfall gepackt, daß er es nicht schaffte, sich aufzurichten. Er hatte auf sich selbst geschossen, auf sein Spiegelbild in einer Glaswand.

Das darf ich keiner Menschenseele erzählen, sagte er sich, sie würden auf der Stelle meinen Rücktritt fordern und mich mit einem Tritt in den Hintern rausschmeißen.

Die Waffe, die er in der Hand hielt, erschien ihm plötzlich lächerlich. Er steckte sie hinter den Gürtel seiner Hose. Die Schüsse, ihr endloses Echo, der Knall und das Zerbrechen der Glasscheibe hatten den Ton vollkommen überdeckt. Jetzt war er wieder da, vielfältiger als zuvor. Da verstand er. Es war der Wind, der tagsüber, auch im Sommer, über diesen Teil des Strandes wehte. Am Abend dagegen flaute er ab, fast als wolle er Gegès Geschäfte nicht stören. Er strich über die Eisengerüste, über die teils gerissenen, teils noch stramm gespannten Drähte, über die stellenweise durchbrochenen Schornsteine, die mit ihren Löchern an riesige Hirtenflöten erinnerten. Der Wind sang sein Klagelied in der toten Fabrik. Der Commissario blieb verzaubert stehen und lauschte.

Um an den Fundort der Kette zu gelangen, brauchte er fast einen halbe Stunde. Manchmal mußte er über Schutthaufen klettern. Schließlich befand er sich genau auf Höhe der Stelle, an der Saro, jenseits der Mauer, das Schmuckstück gefunden hatte. Er begann sich in aller Ruhe umzusehen. Zeitungen und von der Sonne vergilbte

Papierfetzen, Gräser, Coca-Cola-Flaschen (Dosen waren zu leicht, als daß man sie über die hohe Mauer hätte werfen können), Weinflaschen, eine durchgerostete Schubkarre, einige Autoreifen, Eisenstücke, ein undefinierbarer Gegenstand, ein morscher Balken. Und neben dem Balken eine Umhängetasche, elegant, nagelneu, exklusive Marke. Sie wirkte fehl am Platz, ein einziger Widerspruch zu all dem Verfall, der sie umgab. Montalbano öffnete sie. Darin befanden sich zwei recht große Steine, die offenbar als Gewichte hineingelegt worden waren, um die Tasche von außen über die Mauer schleudern zu können. Sonst nichts. Der Commissario betrachtete die Tasche genauer. Die metallenen Initialen der Besitzerin waren herausgerissen worden, aber auf dem Leder war der Abdruck noch erkennbar, ein I und ein S: Ingrid Sjostrom.
Man serviert sie mir auf dem silbernen Tablett, dachte Montalbano mißtrauisch.

Zehn

Der Gedanke kam ihm, als er bei einer großzügigen Portion gegrillter Peperoni, die Adelina ihm in den Kühlschrank gestellt hatte, wieder Kräfte sammelte: Warum sollte er nicht annehmen, was man ihm netterweise auf dem silbernen Tablett serviert hatte, mit all den Überraschungen, die das Menü vielleicht bereithielt? Er suchte im Telefonbuch die Nummer von Giacomo Cardamone heraus. Es war die richtige Uhrzeit, um die Schwedin daheim anzutreffen.

»Wer da sprechen?«

»Ich bin Giovanni. Ist Ingrid da?«

»Ich gehen nachsehen, du warten.«

Er versuchte herauszuhören, aus welchem Teil der Welt es diese Bedienstete wohl ins Haus Cardamone verschlagen hatte, aber er kam zu keinem Ergebnis.

»Ciao, du geiler Bock, wie geht's dir?«

Die Stimme war leise und heiser, ganz wie es der Beschreibung entsprach, die Zito ihm gegeben hatte, hatte aber keinerlei erotische Wirkung auf den Commissario. Im Gegenteil, sie beunruhigte ihn. Unter allen Namen auf der Welt hatte er ausgerechnet den eines Mannes gewählt, dessen Anatomie Ingrid offenbar kannte.

»Bist du noch da? Bist du etwa im Stehen eingeschlafen? Wie lang hast'n gevögelt heute nacht, du Wüstling?«
»Hören Sie, Signora …«
Ingrid reagierte blitzschnell, es war eine Feststellung, ohne einen Hauch von Verwunderung oder Empörung:
»Du bist nicht Giovanni.«
»Nein.«
»Wer bist du dann?«
»Ich bin Polizeikommissar, mein Name ist Montalbano.«
Er erwartete eine ängstliche Frage, wurde aber sogleich enttäuscht.
»Oh, wie schön! Ein Polizist! Und was willst du von mir?«
Sie war beim Du geblieben, obwohl sie wußte, daß sie mit einer ihr unbekannten Person sprach. Montalbano entschied für seinen Teil, sie weiterhin mit Sie anzusprechen.
»Ich würde gerne ein paar Worte mit Ihnen wechseln.«
»Heute nachmittag kann ich wirklich nicht, aber heute abend bin ich frei.«
»In Ordnung, heute abend paßt mir gut.«
»Wo? Soll ich in dein Büro kommen? Sag mir, wo das ist.«
»Besser nicht, ich würde einen diskreteren Ort vorziehen.«
Ingrid hielt inne.
»Dein Schlafzimmer?« Die Stimme der Frau klang nun etwas irritiert; offensichtlich hegte sie allmählich den Verdacht, daß am anderen Ende der Leitung irgendein Idiot hing, der einen Annäherungsversuch unternahm.

»Hören Sie, Signora, ich kann verstehen, daß Sie mißtrauisch sind. Zu Recht übrigens. Ich mache Ihnen folgenden Vorschlag: In einer Stunde bin ich im Kommissariat von Vigàta. Dort können Sie anrufen und nach mir verlangen. In Ordnung?«
Die Frau antwortete nicht gleich. Sie überlegte, dann faßte sie einen Entschluß.
»Ich glaube dir, Polizist. Wo und um wieviel Uhr?«
Sie einigten sich auf einen Treffpunkt: die Bar von Marinella, die zur vereinbarten Stunde, um zehn Uhr abends, für gewöhnlich menschenleer war. Montalbano bat sie, mit niemandem darüber zu sprechen, nicht einmal mit ihrem Gatten.

Wenn man vom Meer her kam, erhob sich die Villa der Luparellos gleich am Ortseingang von Montelusa. Es war ein massives Gebäude aus dem neunzehnten Jahrhundert, umgeben von einer hohen Mauer mit einem schmiedeeisernen Tor, das sperrangelweit geöffnet war. Montalbano ging die Allee hinauf, die mitten durch den Park führte. Die Haustür stand halb offen. Eine große schwarze Schleife hing an einem der Türflügel. Er beugte sich leicht nach vorne, um hineinzusehen. In einem großen Innenhof hatten sich etwa zwanzig Personen versammelt, Männer und Frauen mit einem dem Anlaß entsprechenden Gesichtsausdruck, die sich flüsternd unterhielten. Es erschien ihm unpassend, einfach zwischen den Leuten hindurchzugehen. Jemand könnte ihn erkennen und sich fragen, was er an diesem Ort zu suchen habe. Also um-

rundete er die Villa, bis er schließlich einen Hintereingang fand. Er war abgesperrt. Montalbano klingelte mehrmals, ehe schließlich jemand kam, um ihm zu öffnen.
»Sie sind verkehrt hier. Für Beileidsbesuche bitte durch den Haupteingang«, sagte ein aufgewecktes kleines Dienstmädchen mit schwarzer Schürze und Häubchen. Es hatte ihn sofort als nicht zur Gattung der Lieferanten gehörend eingestuft.
»Ich bin Commissario Montalbano. Würden Sie bitte jemandem aus der Familie mitteilen, daß ich hier bin?«
»Sie werden erwartet, Signor Commissario.«
Das Dienstmädchen führte ihn durch einen langen Korridor, öffnete eine Tür und bedeutete ihm mit einer Handbewegung einzutreten. Montalbano fand sich in einer großen Bibliothek wieder, Tausende von Büchern standen wohlgeordnet und dicht aneinandergereiht in riesigen Regalen. Ein großer Schreibtisch in einer Ecke und in der gegenüberliegenden eine Polstergarnitur von schlichter Eleganz, ein Tischchen, zwei Sessel. An den Wänden hingen nur fünf Gemälde. Montalbano erkannte die Künstler auf den ersten Blick. Ein Bauer von Guttuso aus den vierziger Jahren, eine Landschaft aus Latium von Melli, eine *Demolizione* von Mafai, zwei Ruderer auf dem Tiber von Donghi, eine Badende von Fausto Pirandello – ein erlesener Geschmack, eine Auswahl, die von seltener Kennerschaft zeugte. Die Tür ging auf, und es erschien ein junger Mann um die Dreißig, schwarze Krawatte, sehr offener Gesichtsausdruck, eine elegante Erscheinung.

»Ich bin derjenige, der Sie angerufen hat. Danke, daß Sie gekommen sind. Mama war es wirklich sehr wichtig, Sie zu treffen. Entschuldigen Sie bitte all die Unannehmlichkeiten, die ich Ihnen bereitet habe.« Er sprach ohne jeden Akzent.

»Aber ich bitte Sie, das ist doch nicht der Rede wert. Mir ist nur nicht ganz klar, auf welche Weise ich Ihrer Mutter nützlich sein könnte.«

»Das habe ich Mama auch schon gesagt, aber sie hat darauf bestanden. Und sie hat mir nichts über die Gründe verraten, derentwegen wir Sie herbemühen sollten.«

Er betrachtete eingehend die Fingerspitzen seiner rechten Hand, als sähe er sie zum ersten Mal. Dann räusperte er sich leicht.

»Haben Sie bitte Verständnis, Commissario.«

»Ich verstehe nicht ganz.«

»Haben Sie bitte Verständnis für Mama, sie hat sehr gelitten.«

Er hatte sich schon zum Gehen gewandt, als er plötzlich stehenblieb.

»Ach, Commissario, ich will es Ihnen vorneweg sagen, damit Sie nicht in eine peinliche Situation geraten. Mama weiß, wie und wo Papà gestorben ist. Wie sie das erfahren hat, ist mir allerdings ein Rätsel. Sie wußte es bereits zwei Stunden nachdem man ihn gefunden hatte. Bitte entschuldigen Sie mich.«

Montalbano fühlte sich erleichtert. Wenn die Witwe bereits alles wußte, war er nicht gezwungen, ihr irgendwelche Märchen aufzutischen, um die schändlichen Todes-

umstände zu verbergen. Er ging zurück, um den Anblick der Gemälde zu genießen. Bei sich zu Hause in Vigàta hatte er nur Zeichnungen und Stiche von Carmassi, Attardi, Guida, Cordio und Angelo Canevari hängen. Er hatte sie sich hart von seinem kärglichen Gehalt abgespart, mehr war nicht drin, ein Ölbild von der Qualität dieser Bilder hier würde er sich niemals leisten können.
»Gefallen sie Ihnen?«
Mit einem Ruck drehte er sich um, er hatte die Signora nicht hereinkommen hören. Eine Frau mittlerer Größe, um die Fünfzig, entschlossene Miene. Die feinen Fältchen, die ihr Gesicht spinnennetzartig überzogen, konnten der Schönheit der Züge noch nichts anhaben, vielmehr hoben sie den Glanz ihrer stechend grünen Augen hervor.
»Nehmen Sie doch bitte Platz.« Sie wandte sich zum Sofa und setzte sich, während der Commissario sich in einem Sessel niederließ. »Schöne Bilder, nicht wahr? Ich verstehe zwar nichts von Malerei, aber sie gefallen mir. Es müßten um die dreißig im ganzen Haus sein. Mein Mann hat sie gekauft, die Malerei ist mein heimliches Laster, pflegte er gerne zu sagen. Leider war es nicht das einzige.«
Das fängt ja gut an, dachte Montalbano und fragte: »Fühlen Sie sich besser, Signora?«
»Besser im Vergleich zu wann?«
Der Commissario fing an zu stammeln, er hatte das Gefühl, einer Lehrerin gegenüberzustehen, die ihm Prüfungsfragen stellte.
»Hm, ja ... ich weiß nicht, im Vergleich zu heute

morgen ... Ich habe gehört, daß Sie in der Kathedrale von einem plötzlichen Unwohlsein befallen wurden.«
»Unwohlsein? Mir ging es gut, soweit es die Umstände zuließen. Nein, mein Lieber, ich habe nur so getan, als wäre ich ohnmächtig geworden. Darin bin ich geschickt. In Wirklichkeit war mir ein Gedanke gekommen. Wenn nun ein Terrorist, dachte ich mir, die Kirche in die Luft sprengen würde, mit uns allen, dann würde mit uns wenigstens ein gutes Zehntel der über die Welt verteilten Heuchelei ausgelöscht. Und so habe ich mich hinaustragen lassen.«
Montalbano wußte nicht, was er sagen sollte. Er war von der Ehrlichkeit der Frau beeindruckt und wartete, daß sie das Gespräch wieder aufnehmen würde.
»Als mir jemand erklärte, wo mein Mann gefunden worden war, habe ich den Polizeipräsidenten angerufen und ihn gefragt, wer die Ermittlungen führe, beziehungsweise ob überhaupt Ermittlungen eingeleitet worden seien. Der Polizeipräsident hat mir Ihren Namen genannt und hinzugefügt, Sie seien ein anständiger Mensch. Ich war etwas skeptisch. Gibt es denn überhaupt noch anständige Menschen? Und deswegen habe ich Sie anrufen lassen.«
»Ich weiß nicht, wie ich Ihnen danken soll, Signora.«
»Wir sind nicht hier, um Komplimente auszutauschen. Ich möchte Ihre Zeit nicht vergeuden. Sind Sie hundertprozentig sicher, daß es sich nicht um Mord handelt?«
»Mehr als sicher.«
»Ja, und worin besteht dann Ihre Unsicherheit?«

»Unsicherheit?«

»Ja, natürlich, mein Lieber, Sie müssen sich doch irgendwie unsicher sein. Sonst gäbe es doch keinen Grund für Ihre Weigerung, die Ermittlungen abzuschließen.«

»Signora, ich will ehrlich zu Ihnen sein. Es handelt sich lediglich um ein Gefühl. Ein Gefühl, das ich mir eigentlich nicht erlauben dürfte. Meine Pflicht wäre, da es sich um einen natürlichen Tod handelt, in der Tat eine ganz andere. Wenn Sie mir nichts Neues sagen können, werde ich noch heute abend dem Staatsanwalt ...«

»Aber ich habe etwas Neues für Sie.«

Montalbano verstummte.

»Ich weiß nicht, welcherart Ihr Gefühl ist«, fuhr die Signora fort, »aber ich werde Ihnen meines schildern. Silvio war sicherlich ein umsichtiger und ehrgeiziger Mann. Wenn er über viele Jahre hinweg im Hintergrund stand, dann verfolgte er damit eine konkrete Absicht, nämlich im richtigen Moment auf der Bildfläche zu erscheinen und dort zu bleiben. Können Sie sich nun vorstellen, daß dieser Mann, nachdem er all die Zeit und Energie investiert hat und am Ende sein Ziel erreicht hat, sich eines schönen Abends in Begleitung einer Frau üblen Rufes an einen zwielichtigen Ort begibt, wo ihn jedermann erkennen und dann erpressen könnte?«

»Signora, genau dies ist einer der Punkte, die mich so sehr verwundert haben.«

»Möchten Sie sich noch weiter wundern? Ich habe ›Frau von üblem Ruf‹ gesagt, damit aber weder eine Prostituierte gemeint noch eine Frau, die sich sonstwie gewerbemäßig zur Verfügung stellt. Mir fehlen die richtigen Worte. Ich sage Ihnen etwas: Kurz nach unserer Heirat vertraute Silvio mir an, daß er niemals in seinem Leben zu einer Prostituierten gegangen sei. Ja, er ist noch nicht einmal in einem Bordell gewesen, als es sie noch gab. Irgend etwas hemmte ihn. Folglich stellt sich doch die Frage, was für eine Frau es gewesen sein mag, die ihn zu jenem Abenteuer überredet hat, zumal an diesem fürchterlichen Ort.«

Auch Montalbano war noch nie zu einer Hure gegangen. Er hoffte, daß die neuen Enthüllungen über Luparello nicht noch weitere Gemeinsamkeiten zwischen ihm und einem Mann aufdeckten, mit dem er nicht das Brot hätte teilen wollen.

»Sehen Sie, mein Mann hat sich seinen Lastern sehr wohl hingegeben, aber niemals hat die Selbstzerstörung, die Begeisterung für das Niedrige, wie ein französischer Schriftsteller sagte, eine Versuchung für ihn dargestellt. Seine Liebschaften lebte er diskret in einer kleinen Villa aus, die er sich an der Spitze des Capo Massaria unter falschem Namen hat bauen lassen. Das habe ich, wie üblich, von einer wohlmeinenden Freundin erfahren.«

Sie erhob sich, um zum Schreibtisch zu gehen, wo sie sich an einer Schublade zu schaffen machte. Mit einem großen gelben Couvert, einem Metallring, an dem zwei Schlüssel baumelten, und einer Lupe kehrte sie wieder an ihren Platz zurück. Sie reichte dem Commissario die Schlüssel.

»Übrigens, was Schlüssel anbelangt, war er regelrecht besessen. Er hatte sie alle doppelt. Einen Schlüsselbund be-

wahrte er in dieser Schublade auf, den anderen trug er immer bei sich. Nun gut, letzteren hat man nicht gefunden.«
»Waren die Schlüssel denn nicht in den Hosentaschen Ihres Mannes?«
»Nein. Und auch nicht im Ingenieurbüro. Und ebensowenig hat man sie in seinem anderen Büro gefunden, dem, wie soll ich sagen, politischen. Verschwunden, in Luft aufgelöst.«
»Möglicherweise hat er sie unterwegs verloren. Es ist nicht gesagt, daß sie ihm gestohlen wurden.«
»Das halte ich für unwahrscheinlich. Sehen Sie, mein Mann hatte insgesamt sechs Schlüsselbunde. Einen für dieses Haus, einen für das Haus auf dem Land, einen fürs Büro, einen für die Firma, einen für die kleine Villa am Capo Massaria. Er bewahrte sie alle im Handschuhfach des Autos auf und nahm dann jeweils den Bund heraus, den er brauchte.«
»Und im Auto sind sie nicht gefunden worden?«
»Nein. Ich habe Anweisung gegeben, alle Türschlösser auszuwechseln. Ausgenommen jenes der Villa, von deren Existenz ich offiziell nichts weiß. Wenn Sie Lust haben, schauen Sie mal vorbei. Sie werden dort sicherlich manch aufschlußreichen Hinweis bezüglich seiner Liebschaften finden.«
Sie hatte zweimal »seine Liebschaften« gesagt, und Montalbano wollte sie auf eine gewisse Art trösten.
»Abgesehen davon, daß die Liebschaften des Ingegnere nicht zu meiner Untersuchung gehören, habe ich einige Informationen zusammengetragen. Ich sage Ihnen in

aller Offenheit, daß man mir allgemeine Antworten gegeben hat, die für jede beliebige Person gelten könnten.«
Die Signora sah ihn mit einem ironischen Schmunzeln an.
»Ich habe es ihm niemals vorgeworfen, wissen Sie? Zwei Jahre nach der Geburt unseres Sohnes haben mein Mann und ich gewissermaßen aufgehört, ein Paar zu sein. Und so hatte ich die Möglichkeit, ihn in aller Ruhe zu beobachten, dreißig Jahre lang, ohne daß mein Blick durch irgendeine Erregung der Sinne getrübt gewesen wäre. Sie haben mich nicht ganz verstanden, entschuldigen Sie. Wenn ich von seinen Liebschaften sprach, tat ich das, um das Geschlecht nicht zu spezifizieren.«
Montalbano sackte zwischen den Schultern zusammen, sank noch tiefer in den Sessel. Er hatte das Gefühl, jemand habe ihm mit einer Eisenstange auf den Kopf geschlagen.
»Im übrigen bin ich überzeugt«, sprach die Signora weiter, »um wieder auf das Thema zurückzukommen, das mich am meisten interessiert, daß es sich um eine kriminelle Tat handelt. Nein, lassen Sie mich bitte ausreden, nicht um Mord und Totschlag, sondern um ein politisches Verbrechen. Es muß brutale Gewalt gewesen sein, die zu seinem Tod führte.«
»Drücken Sie sich deutlicher aus, Signora.«
»Ich bin überzeugt, daß mein Mann gewaltsam dazu gezwungen wurde, sich an jenen schändlichen Ort zu begeben, wo man ihn dann gefunden hat, zum Beispiel durch Erpressung. Die Erpresser hatten einen Plan, haben es

aber nicht geschafft, ihn vollständig auszuführen. Sein Herz hat nicht mitgemacht, entweder aus Erregung oder – warum nicht? – aus Angst. Er war sehr krank, wissen Sie? Er hatte eine schwere Operation hinter sich.«

»Aber wie hätte man ihn denn zwingen können?«

»Keine Ahnung. Vielleicht können Sie mir weiterhelfen. Wahrscheinlich haben sie ihn in einen Hinterhalt gelockt, und er hat sich nicht wehren können. An besagtem Ort wollten sie ihn dann, was weiß ich, fotografieren oder dafür sorgen, daß ihn jemand erkennt. Damit hätten sie meinen Mann in ihrer Gewalt gehabt, eine Marionette in ihren Händen.«

»Wen meinen Sie mit ›sie‹?«

»Seine politischen Gegner, nehme ich mal an, oder irgendwelche Geschäftspartner.«

»Sehen Sie, Signora, Ihre Überlegung, oder besser gesagt, Ihre Vermutung hat leider einen Haken: Sie läßt sich nicht beweisen.«

Die Frau öffnete das gelbe Couvert, das sie nicht aus der Hand gelegt hatte, und entnahm ihm mehrere Fotografien. Es handelte sich um Aufnahmen von der Leiche, die der Erkennungsdienst an der Mànnara gemacht hatte.

»O mein Gott«, murmelte Montalbano schaudernd. Die Frau hingegen zeigte keinerlei Gefühlsregung, während sie die Fotos betrachtete.

»Wie sind Sie denn an die gekommen?«

»Ich habe gute Freunde. Haben Sie die Bilder bereits gesehen?«

»Nein.«

»Das ist ein Fehler.« Sie wählte ein Foto aus und reichte es Montalbano zusammen mit dem Vergrößerungsglas. »Bitte, dieses hier, schauen Sie es sich gut an. Die Hosen sind heruntergelassen, und man kann das Weiß der Unterhose erkennen.«

Montalbano war schweißüberströmt. Das Unbehagen, das er empfand, ärgerte ihn, aber er wußte nichts dagegen zu tun.

»Ich kann da nichts Ungewöhnliches erkennen.«

»Ach nein? Und die Marke der Unterhose?«

»Ja, die sehe ich. Ja und?«

»Die dürften Sie eigentlich nicht sehen. Bei Unterhosen dieser Marke – und wenn Sie mir in das Schlafzimmer meines Mannes folgen wollen, kann ich Ihnen noch weitere zeigen – ist das Etikett stets innen auf der Rückseite eingenäht. Daß Sie es hier erkennen können, bedeutet, daß er die Unterhose verkehrt herum trug. Und sagen Sie mir jetzt bloß nicht, Silvio hätte sie sich am Morgen beim Ankleiden womöglich falsch herum angezogen und es den ganzen Tag nicht bemerkt. Er nahm ein harntreibendes Mittel, weshalb er mehrmals am Tag die Toilette aufsuchen mußte. Die Unterhose hätte er also irgendwann im Laufe des Tages richtig herum anziehen können. Und dies kann nur eines bedeuten.«

»Was?« fragte der Commissario, völlig verwirrt angesichts dieser scharfsichtigen und unerbittlichen Analyse, ohne eine einzige Träne vorgetragen, als handle es sich bei dem Toten um einen flüchtigen Bekannten.

»Daß er nackt war, als sie ihn überrumpelten und zwangen, sich in Eile anzukleiden. Und nackt kann er nur in seinem Haus am Capo Massaria gewesen sein. Eben deswegen habe ich Ihnen die Schlüssel gegeben. Ich möchte es nochmals wiederholen: Es ist eine kriminelle Tat, die das Ansehen meines Mannes zerstören sollte, aber nur halb gelungen ist. Um ihn jederzeit den Schweinen zum Fraß vorwerfen zu können, wollten sie auch aus ihm ein Schwein machen. Wäre er nicht gestorben, wäre es natürlich besser gewesen. Unter seinem erzwungenen Schutz hätten sie treiben können, was sie wollen. Zum Teil ist der Plan jedoch gelungen: Alle Leute meines Mannes sind von der neuen Parteiführung ausgeschlossen worden. Nur Rizzo konnte sich retten, ja, er hat dadurch sogar noch gewonnen.«

»Wie meinen Sie das?«

»Das aufzudecken liegt bei Ihnen, sollten Sie Lust dazu verspüren. Oder Sie belassen es bei der Form, die man dem Wasser gegeben hat.«

»Entschuldigen Sie bitte, das habe ich nicht verstanden.«

»Ich bin keine Sizilianerin, ich stamme aus Grosseto. Ich bin nach Montelusa gekommen, als mein Vater hier Präfekt war. Wir besaßen ein wenig Land und ein Haus an den Hängen des Monte Amiata. Dort verbrachten wir die Ferien. Ich hatte einen Freund, der Sohn eines Bauern, jünger als ich. Damals war ich etwa zehn Jahre alt. Eines Tages sah ich, daß mein Freund ein Schüsselchen, eine Tasse, eine Teekanne und eine quadratische Blechdose auf einen Brunnenrand gestellt hatte, alle Gefäße randvoll mit Wasser gefüllt, und sie aufmerksam betrachtete.

›Was machst du da?‹ fragte ich ihn. Und er antwortete mir mit einer Gegenfrage.
›Welche Form hat Wasser?‹
›Aber Wasser hat doch gar keine Form!‹ prustete ich lachend heraus: ›Es nimmt die Form an, die man ihm gibt.‹«

In diesem Moment ging die Tür auf, und ein Engel erschien.

Elf

Der Engel, eine andere Bezeichnung wäre Montalbano im ersten Augenblick nicht eingefallen, war ein Jüngling von ungefähr zwanzig Jahren. Groß, blond, braungebrannt, mit einem makellosen Körper und ephebenhafter Aura. Ein Sonnenstrahl umschmeichelte ihn, tauchte ihn auf der Schwelle in ein Licht, das die apollinischen Gesichtszüge unterstrich.

»Darf ich hereinkommen, Tante?«

»Komm nur, Giorgio, komm!«

Der junge Mann ging auf das Sofa zu, schwerelos, als glitten seine Füße über das Parkett, ohne den Boden zu berühren. Tänzelnd und augenscheinlich ziellos schwebte er durch den Raum, berührte dabei die Gegenstände, die in seine Reichweite kamen, ja, es war mehr als eine Berührung, es war ein zärtliches Liebkosen. Montalbano fing einen Blick der Signora auf, mit dem sie ihn gemahnte, die Fotografien, die er in Händen hielt, in die Tasche zu stecken. Er gehorchte, und die Witwe schob die anderen Aufnahmen rasch in das gelbe Couvert, das sie neben sich auf das Sofa legte. Als der junge Mann neben ihm stand, bemerkte der Commissario die rotgeäderten blauen Augen, vom Weinen verquollen und von dunklen Ringen umschattet.

»Wie fühlst du dich, Tante?« fragte er mit melodischer Stimme, während er sich anmutig neben der Frau niederkniete und seinen Kopf in ihren Schoß legte. Montalbano mußte unweigerlich an ein Gemälde denken, das er einmal gesehen hatte, er wußte nicht mehr, wo. Grell erleuchtet, wie von einem Scheinwerfer angestrahlt, sah er es plötzlich vor sich. Das Portrait einer englischen Edeldame, mit einem Windhund in derselben Haltung, wie der junge Mann sie eben eingenommen hatte.
»Das ist Giorgio«, erklärte die Signora. »Giorgio Zìcari, der Sohn meiner Schwester Elisa, die mit Ernesto Zìcari, dem Strafrechtler, verheiratet ist. Vielleicht kennen Sie ihn.«
Während sie sprach, streichelte die Signora ihm über das Haar. Giorgio ließ durch keine Regung erahnen, ob er die Worte vernommen hatte. Offenkundig in seinem bohrenden Schmerz gefangen, wandte er sich noch nicht einmal in die Richtung des Commissario. Im übrigen hatte sich die Signora wohl gehütet, ihrem Neffen zu sagen, wer Montalbano war und was er in diesem Haus zu suchen hatte.
»Hast du ein wenig schlafen können heute nacht?«
Als Antwort schüttelte Giorgio verneinend den Kopf.
»Dann gebe ich dir jetzt folgenden Rat. Hast du Dottor Capuano draußen im Hof gesehen? Geh zu ihm, laß dir ein starkes Schlafmittel verschreiben und leg dich ins Bett.«
Ohne ein Wort zu verlieren, stand Giorgio geschmeidig auf, schwebte mit den ihm eigenen tänzelnden Bewegungen zur Tür und entschwand.

»Sie müssen ihn entschuldigen«, sagte die Signora, »Giorgio ist zweifelsohne derjenige, der unter dem Tod meines Mannes am meisten gelitten hat und leidet. Sehen Sie, ich habe mir gewünscht, daß mein Sohn studiert und sich eine von seinem Vater unabhängige Position fern von Sizilien erarbeitet. Die Gründe werden Sie vielleicht erahnen. Folglich hat mein Mann seine ganze Zuneigung nicht Stefano, sondern meinem Neffen angedeihen lassen. Und dieser hat seine Liebe bis hin zur Vergötterung erwidert, er ist sogar zu uns gezogen, zum großen Bedauern meiner Schwester und ihres Mannes, die sich dadurch zurückgesetzt fühlten.«

Sie erhob sich, und Montalbano tat es ihr gleich.

»Ich habe Ihnen alles gesagt, Commissario, was ich glaubte, Ihnen sagen zu müssen. Ich weiß, daß ich es mit einem ehrlichen Menschen zu tun habe. Wenn Sie es für angemessen halten, geben Sie mir Bescheid, zu jeder Tages- und Nachtzeit. Haben Sie keine Skrupel, mir die Wahrheit zu sagen, ich bin das, was man gemeinhin eine starke Frau nennt. Handeln Sie in jedem Fall nach bestem Gewissen.«

»Eine Frage, Signora, die mich seit einiger Zeit beschäftigt. Warum haben Sie niemandem Bescheid gegeben, daß Ihr Mann seinerzeit nicht heimgekommen ist ... oder anders gefragt: War die Tatsache, daß Ihr Mann in jener Nacht nicht nach Hause kam, nicht besorgniserregend? Ist das vorher schon einmal vorgekommen?«

»Ja, das ist vorgekommen. Aber sehen Sie, am Sonntag abend hat er mich ja angerufen.«

»Von wo aus?«
»Das weiß ich nicht. Er sagte mir, es würde sehr spät werden. Er habe eine wichtige Sitzung, und es sei gut möglich, daß er die ganze Nacht auswärts verbringen müsse.«
Sie reichte ihm die Hand, und der Commissario, ohne eigentlich zu wissen, warum, nahm sie und küßte sie sacht.

Kaum hatte er die Villa wieder durch den Hintereingang verlassen, erblickte er Giorgio, der gekrümmt und von Krämpfen geschüttelt auf einem nahen Steinbänkchen saß.
Montalbano näherte sich besorgt und sah, wie die Hände des jungen Mannes sich öffneten, ein gelber Umschlag zu Boden fiel und Fotos sich über den Boden verstreuten. Offenbar hatte Giorgio, von katzenhafter Neugier getrieben, das Couvert an sich genommen, während er zusammengekauert neben der Tante hockte.
»Geht es Ihnen nicht gut?«
»So doch nicht, o mein Gott, so doch nicht!«
Giorgio sprach mit erstickter Stimme, die Augen gläsern, er hatte die Anwesenheit des Commissario nicht einmal bemerkt. Ein Augenblick nur, und er wurde starr und fiel hintenüber von der Bank. Montalbano kniete sich neben ihn und versuchte den von Krämpfen geschüttelten Körper bestmöglich festzuhalten. Weißer Schaum trat dem Jungen vor den Mund.
Stefano Luparello erschien in der Haustür. Er schaute sich um, bemerkte die Szene und stürzte herbei.

»Ich bin Ihnen nachgeeilt, um Sie zu verabschieden. Was ist los?«
»Ein epileptischer Anfall, nehme ich an.«
Sie versuchten zu verhindern, daß Giorgio sich mit den Zähnen auf die Zunge biß und mit dem Kopf aufschlug. Dann beruhigte sich der junge Mann und zuckte nur noch kraftlos.
»Helfen Sie mir bitte, ihn hineinzutragen«, bat Stefano.
Das Hausmädchen, dasselbe, das dem Commissario die Tür geöffnet hatte, kam auf den ersten Ruf des jungen Ingenieurs hin herbeigeeilt.
»Ich möchte nicht, daß Mama ihn in diesem Zustand sieht.«
»Zu mir«, sagte das Dienstmädchen.
Sie zwängten sich mühsam einen anderen Korridor entlang als den, durch den der Commissario zuvor gegangen war. Montalbano hielt Giorgio unter den Achselhöhlen, Stefano faßte ihn an den Füßen. Als sie im Flügel des Dienstpersonals ankamen, öffnete das Mädchen eine Tür. Keuchend legten sie den jungen Mann aufs Bett. Giorgio schien in einen bleiernen Schlaf gesunken zu sein.
»Helft mir, ihn auszukleiden«, sagte Stefano.
Erst als der junge Mann in Boxershorts und Unterhemd dalag, fiel Montalbano auf, daß die Haut vom Halsansatz bis unter das Kinn von einem alabasternen Weiß war und einen scharfen Kontrast zu dem sonnengebräunten Gesicht und der ebenfalls braunen Brust bildete.
»Wissen Sie, warum er hier nicht gebräunt ist?« fragte er den Ingenieur.

»Keine Ahnung«, entgegnete dieser. »Ich bin erst am Montag nachmittag nach Montelusa zurückgekommen. Ich war monatelang weg.«

»Aber ich weiß es«, sagte das Dientmädchen. »Der junge Herr hatte sich bei einem Autounfall verletzt. Die Halskrause hat man ihm erst vor einer knappen Woche abgenommen.«

»Wenn er wieder zu sich kommt und klar denken kann«, sagte Montalbano zu Stefano, »sagen Sie ihm doch bitte, daß er morgen früh gegen zehn Uhr bei mir im Büro in Vigàta vorbeikommen soll.«

Er kehrte zur Bank zurück, nahm das Couvert und die Fotos vom Boden auf, von denen Stefano nichts bemerkt hatte, und steckte sie ein.

Von der Kurve von Sanfilippo war das Capo Massaria etwa hundert Meter entfernt. Aber der Commissario konnte das Haus nicht sehen, das direkt an der Spitze der Felsküste stehen mußte, zumindest den Angaben der Signora Luparello zufolge. Er ließ den Motor wieder an und fuhr im Schrittempo weiter. Als er genau auf der Höhe der Spitze war, bemerkte er inmitten von dichten und niederen Bäumen einen schmalen Feldweg, der von der Landstraße abging. Er bog in den Weg ein und stieß kurz darauf auf ein verschlossenes Eisentor, die einzige Öffnung in einer Trockenmauer, die den Teil der Felsspitze, der über das Meer hinausragte, völlig abriegelte. Die Schlüssel paßten. Montalbano ließ den Wagen vor dem Tor stehen und ging einen Gartenweg aus Tuffstein entlang. Am Ende stieg er eine kleine Treppe hinab, ebenfalls aus Tuff, die auf einer Art Podest endete, von dem aus sich die Haustür öffnete. Von oben war das Haus nicht zu sehen, da es einem Adlerhorst ähnlich angelegt war, wie manche Berghütten, die in den Fels gebaut sind.

Er fand sich in einem großen Salon mit Blick aufs Meer wieder, der sozusagen über dem Wasser schwebte. Der Eindruck, man befände sich auf einem Schiffsdeck, wurde noch verstärkt durch das Panoramafenster, das die ganze Wand einnahm. Es herrschte eine musterhafte Ordnung. In einer Ecke stand ein Eßtisch mit vier Stühlen. Ein Sofa und zwei Sessel waren zum Fenster ausgerichtet. Es gab eine Anrichte aus dem neunzehnten Jahrhundert, die mit Gläsern, Tellern, Weinflaschen und Spirituosen angefüllt war, und einen Fernseher mit Videorecorder. Aneinandergereiht auf dem niedrigen Tischchen lagen Videokassetten, vornehmlich Pornofilme. Vom Salon gingen drei Türen ab. Die erste führte in eine kleine Küche, die vor Sauberkeit blitzte. Die Hängeschränke waren randvoll mit Lebensmitteln gefüllt, der Kühlschrank hingegen war halbleer, abgesehen von einigen Flaschen Champagner und Wodka. Das eher geräumige Bad roch nach Lysoform. Auf der Ablage unter dem Spiegel standen ein elektrischer Rasierapparat, Deodorants, ein Flakon Kölnisch Wasser. Im Schlafzimmer, dessen großes Fenster ebenfalls aufs Meer ging, war das Doppelbett mit aufwendig bestickten Überwürfen zugedeckt. Daneben standen zwei Nachttischchen, eins mit Telefon, und ein dreitüriger Schrank. An der Wand über dem Kopfende des Bettes hing eine sinnliche Aktzeichnung von Emilio Greco. Montalbano öffnete die Schublade des Nachttischchens, auf dem das Telefon stand. Das war bestimmt die Seite, auf der gewöhnlich der Ingenieur gelegen hatte. Drei Präservative, ein Kugelschreiber, ein Notizblock mit weißen, unbeschriebenen Seiten. Er fuhr zusammen, als er die Pistole entdeckte, eine Siebenfünfundsechziger, ganz hinten in der Schublade. Sie war geladen. Das Schubfach des anderen Nachttischchens war leer. Er öffnete die linke Schranktür und sah zwei Anzüge an einer Stange hängen. Im Fach darüber lagen ein Hemd, drei Unterhosen, Taschentücher und ein Unterhemd. Er überprüfte die Slips. Die Signora hatte recht, das Etikett war innen an der Rückseite angebracht. In der unteren Schublade ein Paar Mokassins und Pantoffeln. Ein Spiegel bedeckte die gesamte mittlere Schranktür und spiegelte das Bett wider. Dieser Schrankteil war in drei Fächer unterteilt, das obere und das mittlere enthielten, völlig durcheinander, Hüte, italienische und ausländische Zeitschriften, unter dem gemeinsamen Nenner der Pornographie vereint, einen Vibrator, Bettücher und Kopfkissenbezüge zum Wechseln. Im unteren Fach befanden sich drei Frauenperücken, die über eigens dazu bestimmten Ständern hingen, und zwar eine braune, eine blonde und eine rote. Vielleicht waren sie Requisiten der erotischen Spiele des ehrenwerten Ingenieurs. Die große Überraschung erwartete den Commissario jedoch, als er die rechte

Schranktür aufschlug: An der Stange hingen zwei elegante Damenkleider, und in dem darüberliegenden Fach lagen zwei Paar Jeans und einige Blusen. Eine Schublade war leer, in der anderen befanden sich winzige Schlüpfer, kein Büstenhalter. Und während er sich bückte, um den Inhalt der zweiten Schublade besser durchsuchen zu können, begriff Montalbano, was ihn so verblüfft hatte. Es war nicht so sehr der Anblick der weiblichen Kleidungsstücke als vielmehr das Parfum, das sie ausströmten – den gleichen Duft, nur weniger intensiv, hatte er in der alten Fabrik gerochen, beim Öffnen der Handtasche. Sonst gab es nichts zu sehen, und nur aus Gewissenhaftigkeit beugte er sich hinab, um einen Blick unter die Möbel zu werfen. Eine Krawatte hatte sich um die hinteren Bettfüße geschlungen. Er hob sie auf. Dabei fiel ihm ein, daß man Luparello mit offenem Hemdkragen gefunden hatte. Er zog die Fotografien aus der Jackentasche und vergewisserte sich, daß die Krawatte von der Farbe her bestens zum Anzug des Ingenieurs paßte, den er zum Zeitpunkt des Todes getragen hatte.

Im Kommissariat traf er Germanà und Galluzzo völlig aufgeregt an.

»Und der Brigadiere?«

»Fazio ist mit den anderen an der Tankstelle, der in Richtung Marinella. Da gab es eine Schießerei.«

»Ich fahr' gleich hin. Ist irgend etwas für mich angekommen?«

»Ja, ein Päckchen von Dottor Jacomuzzi.«

Er schnürte es auf, es war das Schmuckstück, das er dann wieder einwickelte.

»Germanà, du kommst mit mir, wir fahren zur Tankstelle. Du setzt mich dort ab und fährst mit meinem Wagen weiter nach Montelusa. Ich werde dir unterwegs sagen, was du zu tun hast.«

Er ging in sein Zimmer und rief den Advokaten Rizzo an, um ihm mitzuteilen, daß die Kette unterwegs sei. Der Scheck über zehn Millionen Lire sei dem Überbringer auszuhändigen, fügte er hinzu.

Während sie auf dem Weg zum Ort der Schießerei waren, erklärte der Commissario Germanà, daß er Rizzo das Päckchen keinesfalls aushändigen durfte, ehe er nicht den Scheck in der Tasche hatte. Und diesen Scheck müsse er – er gab ihm die Adresse – Saro Montaperto bringen und diesem nahelegen, ihn gleich am nächsten Tag einzulösen, sobald die Banken öffneten.

Montalbano konnte sich den Grund nicht erklären, und das war ihm höchst unangenehm, aber er spürte, daß der Fall Luparello auf eine baldige Lösung zusteuerte.

»Soll ich Sie auf dem Rückweg an der Tankstelle abholen?«

»Nein, du bleibst im Kommissariat. Ich fahr' mit dem Streifenwagen zurück.«

Der Streifenwagen und ein Privatfahrzeug versperrten die Zufahrten zur Tankstelle. Kaum war er ausgestiegen – Germanà war weiter in Richtung Montelusa gefahren –, wurde der Commissario von strengem Benzingeruch umhüllt.

»Passen Sie auf, wo Sie hintreten!« schrie Fazio ihm zu. Das Benzin hatte eine Lache gebildet, die Ausdünstungen riefen in Montalbano Übelkeit und eine leichte Benommenheit hervor. Ein Auto mit Palermitaner Nummernschild stand mit zersplitterter Windschutzscheibe an der Tankstelle.

»Es hat einen Verletzten gegeben«, sagte der Brigadiere. »Den Fahrer. Man hat ihn mit dem Krankenwagen weggebracht.«

»Schwer verletzt?«

»Nein, eine Lappalie. Aber er hat einen riesigen Schreck bekommen.«

»Was genau ist passiert?«

»Wenn Sie selbst mit dem Tankwart sprechen wollen ...«

Auf die Fragen des Commissario antwortete der Mann mit solch schneidender Stimme, daß es Montalbano so vorkam, als würde jemand mit einem Nagel Glas ritzen. Der Ablauf war in etwa folgender gewesen: Ein Wagen hatte angehalten, der einzige Insasse verlangte ›Volltanken‹, der Tankwart steckte den Stutzen in den Tank und ließ ihn dort. In der Zwischenzeit war nämlich ein weiteres Auto angekommen, dessen Fahrer um Benzin für dreißigtausend Lire gebeten hatte und den Ölstand geprüft haben wollte. Während der Tankwart auch den zweiten Kunden bediente, wurden von einem Auto auf der Straße aus Schüsse aus einer Maschinenpistole abgefeuert, dann beschleunigte der Wagen und mischte sich unter den Verkehr. Der Mann, der am Steuer des ersten Autos saß, war sofort losgefahren und hatte die Verfolgung aufgenommen. Der Schlauch lag auf dem Boden, und das Benzin floß weiter. Der Fahrer des zweiten Wagens schrie wie ein Irrer, er hatte einen Streifschuß an der Schulter abbekommen. Nachdem die erste Panik vorüber war und der Tankwart begriff, daß keine Gefahr mehr drohte, hatte er dem Verletzten erste Hilfe geleistet. Unterdessen war das Benzin weiter aus dem Schlauch geflossen.

»Hast du den Mann aus dem ersten Wagen, den, der die Verfolgung aufgenommen hat, aus der Nähe gesehen?«

»Nein.«

»Bist du dir ganz sicher?«

»So sicher wie das Amen in der Kirche.«

Inzwischen war die von Fazio alarmierte Feuerwehr eingetroffen.

»Also, paß auf«, sagte Montalbano zum Brigadiere, »sobald die Feuerwehr fertig ist, schnappst du dir den Tankwart, dessen Geschichte mich nicht im geringsten überzeugt, und bringst ihn aufs Kommissariat. Setz ihm die Daumenschrauben an. Der weiß genau, wer der Mann war, den sie erschießen wollten.«

»Das glaube ich auch.«

»Wollen wir wetten, daß es einer vom Cuffaro-Clan ist? Diesen Monat, glaube ich, ist einer von denen dran.«

»Wollen Sie mich etwa arm machen?« fragte der Brigadiere lachend. »Die Wette haben Sie bereits gewonnen.«

»Auf Wiedersehen.«

»Wo wollen Sie denn hin? Soll ich Sie mit dem Streifenwagen fahren?«

»Ich gehe nach Hause, mich umziehen. Von hier sind es nur zwanzig Minuten zu Fuß. Ein wenig frische Luft wird mir guttun.«

Er machte sich auf den Weg. Er hatte keine Lust, Ingrid Sjostrom wie ein Dressman gegenüberzutreten.

Zwölf

Kaum der Dusche entstiegen, machte er es sich, noch nackt und tropfnaß, vor dem Fernseher gemütlich. Aufnahmen von Luparellos Beerdigung, die am Morgen stattgefunden hatte, flimmerten über den Bildschirm. Der Kameramann hatte klar erkannt, daß die einzigen Personen, die der Feier eine gewisse Dramatik verleihen konnten, das Trio aus Witwe, Sohn Stefano und Neffe Giorgio waren. Ansonsten erinnerte die Zeremonie stark an eine der vielen, langweiligen offiziellen Veranstaltungen. Die Signora zuckte ab und an nervös mit dem Kopf, warf ihn leicht zurück, als würde sie wiederholt nein sagen. Dieses Nein interpretierte der Kommentator mit seiner leisen, mitleidsvollen Stimme als eine deutliche Geste des Lebens, das sich der Konkretheit des Todes verweigere. Aber während der Kameramann den Zoom auf die Signora richtete, bis er ihren Blick auffing, fand Montalbano das bewahrheitet, was die Witwe ihm bereits bestätigt hatte: In ihren Augen lagen nur Verachtung und Gleichgültigkeit. Neben ihr saß der Sohn, »starr vor Schmerz«, wie der Sprecher erklärte. Er beschrieb ihn als *starr*, nur weil der junge Ingenieur eine Gefaßtheit an den Tag legte, die an Gleichgültigkeit grenzte. Giorgio hingegen wankte wie ein Baum im Wind, aschfahl im Gesicht, ein tränennasses Taschentuch in den Händen, das er ununterbrochen zusammenknüllte.

Das Telefon läutete. Montalbano nahm den Hörer ab und antwortete, ohne dabei den Blick vom Fernseher abzuwenden.

»Commissario, ich bin's, Germanà. Alles okay. Der Avvocato Rizzo bedankt sich bei Ihnen und meint, er werde schon Mittel und Wege finden, sich erkenntlich zu zeigen.«

Auf einige dieser Mittel und Wege des Advokaten, sich erkenntlich zu zeigen, hätten die Gläubiger gerne verzichtet, munkelte man.

»Dann bin ich zu Saro gegangen, um ihm den Scheck zu geben. Ich mußte sie regelrecht überreden, die beiden, sie waren einfach nicht zu überzeugen, hielten das für einen dummen Scherz, dann haben sie mir die Hände geküßt. Ich erspare Ihnen all das, was der Herrgott ihrer Meinung nach für Sie tun müßte. Das Auto steht vorm Kommissariat. Was mach' ich damit, soll ich es zu Ihnen nach Hause bringen?«

Der Commissario schaute auf die Uhr. Bis zum Treffen mit Ingrid war es noch eine gute Stunde.

»In Ordnung, aber laß dir Zeit. Sagen wir, du bist um halb zehn hier. Ich fahre dich dann in die Stadt zurück.«

Er wollte den Augenblick der vorgetäuschten Ohnmacht nicht versäumen. Er fühlte sich wie ein Zuschauer, dem der Zauberkünstler den Trick schon vorher verraten hat, so daß er sein Vergnügen nicht mehr in der Überraschung, sondern in der Bewunderung der Geschicklichkeit findet. Allerdings hatte der Kameramann diesen Moment versäumt. Er schaffte es nicht rechtzeitig, die Kamera herumzureißen, wenn er auch schnell von der Nahaufnahme des Ministers zur Gruppe der Familienangehörigen hinüberschwenkte. Stefano und zwei Freiwillige trugen die Signora bereits nach draußen, während Giorgio an seinem Platz blieb und weiter hin und her wankte.

Statt Germanà vor dem Kommissariat abzusetzen und weiterzufahren, stieg Montalbano mit ihm aus. Er traf Fazio an, der aus Montelusa zurückgekommen war. Er hatte mit dem Verletzten gesprochen, als dieser sich endlich beruhigt hatte. Es handelte sich, erzählte der Brigadiere, um einen Vertreter für Elektrogeräte, der alle drei Monate mit dem Flugzeug von Mailand nach Palermo flog, sich dort einen Wagen mietete und seine Kunden besuchte. Als er an der Tankstelle angehalten hatte, um auf seiner Liste nachzusehen, wo das nächste Geschäft war, das er besuchen mußte, habe er die Schüsse gehört und gleich darauf einen stechenden Schmerz an der Schulter verspürt. Fazio glaubte seiner Schilderung.
»Dottore, wenn der nach Mailand zurückkehrt, wird er ein glühender Anhänger von denen werden, die Sizilien vom Norden abtrennen wollen.«
»Und der Tankwart?«
»Der Tankwart, das ist eine andere Kiste. Giallombardo

spricht mit ihm, Sie wissen ja, wie der ist. Da ist einer zwei Stunden mit ihm zusammen, plaudert mit ihm, als würde er ihn seit hundert Jahren kennen, und im nachhinein fällt ihm dann auf, daß er ihm Dinge erzählt hat, die er noch nicht mal seinem Pfarrer bei der Beichte anvertrauen würde.«

Die Lichter waren aus, die gläserne Eingangstür verschlossen. Montalbano hatte ausgerechnet den wöchentlichen Ruhetag der Bar Marinella gewählt. Er parkte das Auto und wartete.

Einige Minuten später kam ein Zweisitzer an, rot, flach wie eine Flunder. Ingrid öffnete den Wagenschlag und stieg aus. Wenn das Licht der Straßenlaterne auch recht spärlich war, sah der Commissario doch, daß sie schöner war, als er sie sich vorgestellt hatte. Sie hatte eine weiße Bluse mit tiefem Ausschnitt und hochgekrempelten Ärmeln an, die überlangen Beine steckten in hautengen Jeans, und an den Füßen trug sie Sandalen. Die Haare waren zu einem Knoten aufgesteckt: ein echtes Covergirl. Ingrid blickte sich um, sah die ausgeschalteten Lichter. Lässig, aber selbstsicher ging sie auf den Wagen des Commissario zu und beugte sich hinunter, um durch das offene Seitenfenster mit ihm zu sprechen.

»Siehst du, daß ich recht hatte? Wo gehen wir jetzt hin, zu dir nach Hause?«

»Nein«, entgegnete Montalbano verärgert. »Steigen Sie ein.«

Die Frau gehorchte, und sogleich wurde das Auto vom Duft des Parfums erfüllt, das der Commissario bereits kannte.
»Wo geht's hin?« wiederholte die Frau. Jetzt scherzte sie nicht mehr. Als Vollblutweib war ihr die Nervosität des Mannes nicht entgangen.
»Haben Sie Zeit?«
»Soviel ich will.«
»Wir fahren an einen Ort, der Ihnen bestimmt zusagen wird, weil Sie schon mal dort gewesen sind. Sie werden sehen.«
»Und mein Auto?«
»Wir kommen später hierher zurück, um es abzuholen.«
Sie fuhren los, und nach einigen Minuten Schweigen stellte Ingrid die Frage, die sie als erste hätte stellen sollen.
»Warum wolltest du dich mit mir treffen?«
Der Commissario überdachte die Idee, die ihm gekommen war, als er sie gebeten hatte, zu ihm ins Auto zu steigen. Typisch Bulle, dieser Gedanke, aber schließlich war er ja auch ein Bulle.
»Ich wollte Sie treffen, weil ich einige Fragen zu stellen habe.«
»Paß mal auf, Commissario, ich sage zu allen du. Wenn du mich siezt, bringst du mich in Verlegenheit. Wie ist dein Vorname?«
»Salvo. Hat dir der Avvocato Rizzo gesagt, daß wir die Halskette wiedergefunden haben?«

»Welche?«

»Was heißt denn hier ›welche‹? Die mit dem Diamantenherz natürlich.«

»Nein, das hat er mir nicht gesagt. Außerdem habe ich keinen Kontakt zu ihm. Er wird es bestimmt meinem Mann erzählt haben.«

»Also, eines würde mich ja doch mal interessieren. Ist es normal für dich, Juwelen einfach so zu verlieren?«

»Warum?«

»Warum? Ich erzähle dir, daß wir deine Kette wiedergefunden haben, die immerhin um die hundert Millionen Lire wert ist, und du hörst zu, ohne mit der Wimper zu zucken?«

Ingrid entschlüpfte ein leises, kehliges Lachen.

»Die Sache ist die, daß ich keinen Schmuck mag. Siehst du?«

Sie zeigte ihm ihre Hände.

»Ich trage keine Ringe, nicht einmal meinen Ehering.«

»Wo hast du die Kette denn verloren?«

Ingrid antwortete nicht gleich.

Sie geht noch mal die Lektion durch, dachte Montalbano.

Dann begann die Frau zu sprechen, mechanisch, und die Tatsache, daß sie Ausländerin war, half ihr nicht gerade beim Lügen.

»Ich war neugierig, wollte diese Mannàra mal sehen ...«

»Mànnara«, verbesserte Montalbano sie.

»... von der ich gehört hatte. Ich habe meinen Mann überredet, mit mir hinzufahren. Dort bin ich ausgestiegen und ein paar Schritte gegangen. Ich bin beinahe angefallen worden, habe mich furchtbar erschreckt, hatte Angst, daß mein Mann Streit anfangen würde. Da sind wir zurückgefahren. Und zu Hause ist mir dann aufgefallen, daß ich die Halskette nicht mehr hatte.«

»Und wie kommt's, daß du sie an jenem Abend überhaupt umgelegt hast, wo du dir doch aus Schmuck gar nichts machst? Sie scheint mir nicht gerade geeignet für die Mànnara.«

Ingrid zögerte.

»Ich hatte sie um, weil ich am Nachmittag mit einer Freundin zusammen war, die sie sehen wollte.«

»Paß mal auf«, sagte Montalbano, »eine Bemerkung muß ich vorausschicken. Ich spreche durchaus als Commissario mit dir, wenn auch offiziös. Habe ich mich verständlich ausgedrückt?«

»Nein. Was heißt das, offiziös? Das Wort kenne ich nicht.«

»Das heißt, daß das, was du mir sagst, unter uns bleiben wird. Warum hat sich dein Mann gerade Rizzo als Anwalt genommen?«

»Sollte er das etwa nicht?«

»Nein, zumindest leuchtet es nicht ganz ein. Rizzo war immerhin die rechte Hand des Ingegnere Luparello, das heißt, er war der größte politische Gegner deines Schwiegervaters. Übrigens, kanntest du Luparello?«

»Vom Sehen. Rizzo war schon immer Giacomos Anwalt. Und ich habe von Politik nicht den leisesten Schimmer.«

Sie streckte sich, die Arme nach hinten gebogen.

»Ich langweile mich. Schade. Ich dachte, daß ein Treffen

mit einem Polizisten aufregender sei. Dürfte ich vielleicht wissen, wohin wir fahren? Ist es noch sehr weit?«
»Wir sind fast da«, entgegnete Montalbano.

Kaum hatten sie die Kurve von Sanfilippo hinter sich gelassen, als die Frau nervös wurde. Zwei- oder dreimal beobachtete sie den Commissario aus den Augenwinkeln und murmelte dann: »In dieser Gegend gibt es doch gar keine Bars.«
»Ich weiß«, sagte Montalbano, und während er die Geschwindigkeit verringerte, griff er nach der Umhängetasche, die er hinter den Beifahrersitz gelegt hatte, auf dem nun Ingrid saß. »Ich möchte dir gerne etwas zeigen.« Er legte ihr die Tasche auf die Knie. Die Frau betrachtete sie und schien tatsächlich überrascht.
»Wo hast du die denn her?«
»Ist das deine?«
»Natürlich ist das meine, sie trägt meine Initialen.«
Als sie sah, daß die beiden Buchstaben fehlten, war sie noch verblüffter.
»Die werden abgefallen sein«, sagte sie leise, aber sie war nicht überzeugt davon. Sie verlor sich in einem Labyrinth von Fragen ohne Antworten. Sie wurde unruhig, das war offensichtlich.
»Deine Initialen sind immer noch da, du kannst sie nur nicht erkennen, weil es dunkel ist. Sie haben sie abgerissen, aber ihr Abdruck ist auf dem Leder geblieben.«
»Aber warum haben sie sie abgerissen? Und wer überhaupt?«

Ein Hauch von Ängstlichkeit schwang nun in ihrer Stimme. Der Commissario gab keine Antwort, wußte aber nur zu gut, warum dies geschehen war. Nämlich um den Eindruck zu erwecken, daß Ingrid versucht hatte, die Tasche unkenntlich zu machen. Sie waren an dem Feldweg angelangt, der zum Capo Massaria führte. Montalbano, der beschleunigt hatte, als wolle er geradeaus weiterfahren, warf das Steuer herum und bog ein. Im Nu und ohne ein Wort zu sagen, riß Ingrid die Wagentür auf, ließ sich geschickt aus dem fahrenden Auto fallen und entfloh zwischen die Bäume. Laut fluchend bremste der Commissario, sprang hinaus und lief hinter ihr her. Nach wenigen Sekunden wurde ihm klar, daß er sie niemals einholen würde, und er blieb unentschlossen stehen. In dem Moment sah er sie stürzen. Als er neben ihr stand, unterbrach Ingrid, die sich nicht mehr aufrichten konnte, ihr Selbstgespräch auf schwedisch, das unzweideutig Angst und Wut ausdrückte.
»Verdammter Mist, verdammter!« Sie massierte sich immer noch den rechten Knöchel.
»Steh auf, und hör endlich auf mit dem Scheiß!«
Sie gehorchte unter Mühen, zog sich an Montalbano hoch, der reglos stehengeblieben war, ohne ihr zu helfen.

Das Tor öffnete sich leicht, die Haustür hingegen leistete Widerstand.
»Laß mich das machen«, sagte Ingrid. Sie war ihm ohne weiteren Widerstand gefolgt, als hätte sie sich ergeben. Aber sie hatte sich bereits einen Plan zu ihrer Verteidigung zurechtgelegt.

»Da drinnen wirst du sowieso nichts finden«, sagte sie an der Türschwelle. Ihre Stimme hatte einen herausfordernden Unterton.
Sie knipste das Licht an und bewegte sich auf wackligen Beinen, aber selbstsicher. Als sie jedoch die Möbel, die Videokassetten, das vollständig eingerichtete Zimmer sah, stand ihr die Verblüffung ins Gesicht geschrieben. Eine Falte legte sich ihr quer über die Stirn.
»Sie hatten mir doch gesagt...«
Sie beherrschte sich augenblicklich und hielt inne. Sie zog die Schultern hoch und blickte Montalbano an, in Erwartung seines nächsten Schrittes.
»Ins Schlafzimmer«, sagte der Commissario.
Ingrid öffnete den Mund, wollte gerade eine hämische Bemerkung fallen lassen, verlor dann aber den Mut, drehte sich um und humpelte in das andere Zimmer. Sie machte das Licht an, gab sich dieses Mal jedoch alles andere als überrascht. Sie war darauf vorbereitet, alles in peinlicher Ordnung vorzufinden. Sie setzte sich ans Fußende des Bettes. Montalbano öffnete die linke Schranktür.
»Weißt du, wem diese Sachen gehören?«
»Silvio... nehme ich an, dem Ingegnere Luparello.«
Er öffnete die mittlere Tür.
»Sind das deine Perücken?«
»Nie eine Perücke getragen.«
Als er die rechte Tür aufschlug, schloß Ingrid die Augen.
»Schau her, du kannst doch sowieso nichts ändern. Sind das deine?«
»Ja. Aber...«

»… aber sie hätten nicht mehr hier sein dürfen«, beendete Montalbano an ihrer Stelle den Satz.
Ingrid schrak zusammen.
»Woher weißt du das? Wer hat dir das gesagt?«
»Das hat mir niemand gesagt, ich habe einfach eins und eins zusammengezählt. Ich bin ein Bulle, erinnerst du dich? War die Umhängetasche auch in dem Schrank?«
Ingrid nickte.
»Und die Kette, die du angeblich verloren hattest, wo war die?«
»In der Tasche. Ich habe sie einmal anlegen müssen, es ging nicht anders, dann bin ich hierhergekommen und habe sie hiergelassen.«
Sie machte eine Pause, sah dem Commissario lange in die Augen.
»Was bedeutet das alles?«
»Gehen wir nach nebenan.«
Ingrid nahm ein Glas aus der Anrichte, füllte es zur Hälfte mit Whiskey, leerte es in einem Zug aus und füllte es erneut.
»Magst du auch einen?«
Montalbano lehnte ab. Er hatte sich aufs Sofa gesetzt und blickte aus dem Fenster. Das Licht im Raum war schwach genug, daß man das Meer hinter der Glasscheibe sehen konnte. Ingrid setzte sich neben ihn.
»Von hier aus habe ich schon in besseren Momenten das Meer betrachtet.«
Sie ließ sich ein wenig tiefer in das Sofa sinken, legte den Kopf an die Schulter des Commissario, der reglos sitzen

blieb. Er hatte sofort verstanden, daß diese Geste kein Annäherungsversuch war.

»Ingrid, erinnerst du dich an das, was ich dir im Auto gesagt habe? Daß unser Gespräch offiziös sei?«

»Ja.«

»Jetzt sag mal ehrlich. Die Kleider im Schrank, hast du die mitgebracht, oder hat sie jemand da hineingetan?«

»Ich habe sie mitgebracht. Für alle Fälle.«

»Warst du Luparellos Geliebte?«

»Nein.«

»Wie, nein? Mir scheint, du bist hier wie zu Hause.«

»Mit Luparello war ich nur einmal im Bett, sechs Monate nachdem ich nach Montelusa gekommen bin. Danach nie mehr. Er hat mich hierher gebracht. Aber wir sind dann Freunde geworden, echte Freunde, welch Wunder. Nicht einmal in meiner Heimat ist mir das je mit einem Mann passiert. Ich konnte ihm alles sagen, einfach alles. Wenn ich in der Patsche saß, gelang es ihm immer, mich herauszuziehen, ohne Fragen zu stellen.«

»Willst du mir etwa weismachen, daß du das einzige Mal, das du hier gewesen bist, Kleider, Jeans, Slips, Tasche und Kette mitgebracht hast?«

Ingrid rückte verärgert zur Seite.

»Ich will dir überhaupt nichts weismachen. Ich habe es dir bereits erzählt. Vor einiger Zeit habe ich Silvio gefragt, ob ich hin und wieder sein Haus benutzen könne, und er hat es mir erlaubt. Er hat mich nur um eines gebeten, nämlich sehr diskret zu sein und nie jemandem zu sagen, wem es gehört.«

»Wenn du hierherkommen wolltest, wie erfuhrst du, daß die Wohnung gerade frei war und dir zur Verfügung stand?«
»Wir hatten ein Klingelzeichen per Telefon vereinbart. Ich habe Silvio gegenüber immer Wort gehalten. Nur einen einzigen Mann habe ich hierher gebracht, immer denselben.«
Sie nahm einen kräftigen Schluck und saß mit hängenden Schultern da.
»Einen Mann, der seit zwei Jahren unbedingt eine Rolle in meinem Leben spielen möchte. Ich wollte danach nicht mehr.«
»Wonach?«
»Nach dem ersten Mal. Mir machte die Situation angst. Aber er war ... ist wie blind, ist, wie sagt man da, wie besessen von mir. Rein körperlich. Er möchte mich jeden Tag sehen. Und wenn ich ihn dann hierher bringe, wirft er sich auf mich, wird gewalttätig, reißt mir die Kleider vom Leib. Deswegen habe ich etwas zum Wechseln im Schrank.«
»Weiß dieser Mann, wem das Haus gehört?«
»Das habe ich ihm nie gesagt, und im übrigen hat er mich auch nie danach gefragt. Weißt du, er ist nicht eifersüchtig, er will mich einfach nur ständig haben. Er würde ihn mir am liebsten dauernd reinstecken. Der ist immer bereit, mich flachzulegen.«
»Verstehe. Und Luparello, wußte der, wen du hierher gebracht hast?«
»Für ihn gilt das gleiche, er hat mich nicht gefragt, und ich habe es ihm nicht gesagt.«
Ingrid erhob sich.

»Können wir uns nicht woanders weiter unterhalten? Dieser Ort deprimiert mich. Bist du verheiratet?«

»Nein«, antwortete Montalbano verblüfft.

»Gehen wir zu dir.« Sie lächelte freudlos. »Ich habe dir doch gesagt, daß es so endet, oder?«

Dreizehn

Keiner von beiden hatte Lust zu reden. Eine Viertelstunde lang saßen sie schweigend nebeneinander. Aber dann gab der Commissario ein weiteres Mal seiner Bullennatur nach. Als sie an die Auffahrt zur Brücke kamen, die über den Canneto führt, fuhr er an die Seite, bremste, stieg aus und bedeutete Ingrid, es ihm gleichzutun. Oben von der Brücke aus zeigte der Commissario der Frau das ausgetrocknete Flußbett, das man im Mondlicht gerade erkennen konnte.

»Siehst du«, sagte er, »das Flußbett führt geradewegs zum Strand. Es geht recht steil hinab. Und es ist voller Steine und Felsbrocken. Würdest du es schaffen, hier mit dem Auto hinunterzufahren?«

Ingrid begutachtete die Strecke, zumindest das erste Stück, das sie sehen oder vielmehr erahnen konnte.

»Das kann ich dir so nicht sagen. Bei Tag wäre es etwas anderes. In jedem Fall könnte ich es probieren, wenn du möchtest.«

Sie lächelte den Commissario herausfordernd an.

»Du hast dich gut über mich informiert, was? Also, was muß ich tun?«

»Tu es«, sagte Montalbano.

»In Ordnung. Warte hier.«
Sie stieg ins Auto und fuhr los. Bereits nach wenigen Sekunden konnte Montalbano das Licht der Scheinwerfer nicht mehr sehen.
Na dann gute Nacht! Sie hat mich verarscht, gestand er sich zähneknirschend ein.
Doch noch während er sich auf den langen Fußmarsch nach Vigàta einstellte, hörte er sie zurückkommen. Der Motor heulte.
»Vielleicht schaffe ich es. Hast du eine Taschenlampe?«
»Liegt im Handschuhfach.«
Die Frau kniete nieder, beleuchtete die Unterseite des Wagens und richtete sich wieder auf.
»Hast du ein Taschentuch?«
Montalbano reichte ihr eines. Ingrid wickelte es sich fest um den schmerzenden Knöchel.
»Steig ein.«
Im Rückwärtsgang fuhr sie bis zum Beginn eines unbefestigten Weges, der von der Landstraße abzweigte und bis unter die Brücke führte.
»Ich versuche es, Commissario. Aber vergiß nicht, daß ich einen lahmen Fuß habe. Schnall dich an. Muß ich schnell fahren?«
»Ja, aber es wäre trotzdem ganz schön, wenn wir gesund und heil unten am Strand ankämen.«
Ingrid legte den Gang ein und schoß los. Es folgten zehn Minuten ununterbrochenes mörderisches Gerüttel. Montalbano hatte irgendwann das Gefühl, als wolle sich sein Kopf vom restlichen Körper abtrennen und aus dem Fen-

ster fliegen. Ingrid jedoch war ruhig und gelassen. Unbeirrt lenkte sie das Auto, die Zungenspitze zwischen den Lippen. Der Commissario verspürte den Impuls, ihr zu sagen, sie solle den Mund schließen, damit sie sich nicht versehentlich die Zunge abbiß.

Am Strand angekommen, fragte Ingrid: »Und? Habe ich die Prüfung bestanden?«

Ihre Augen leuchteten im Dunkeln. Sie war aufgeregt und glücklich.

»Ja.«

»Los, wir fahren die Strecke noch einmal, und zwar bergauf.«

»Du bist ja verrückt! Das reicht.«

Sie hatte es zu Recht als Prüfung bezeichnet. Leider war es eine Prüfung gewesen, die zu nichts geführt hatte. Ingrid wußte diese Strecke problemlos zu meistern, und das war ein Punkt zu ihren Ungunsten.

Auf die Bitte des Commissario jedoch hatte sie nicht nervös reagiert, sondern nur mit Verwunderung, und das war ein Punkt zu ihren Gunsten. Und die Tatsache, daß sie das Auto beim Fahren nicht beschädigt hatte – wie war die einzuordnen? Als positives oder als negatives Zeichen?

»Also, was ist? Fahren wir noch einmal? Los komm, das ist der einzige Moment an diesem Abend, an dem ich mich amüsiert habe.«

»Nein, ich habe nein gesagt.«

»Dann fahr du weiter, ich habe zu arge Schmerzen.«

Der Commissario fuhr am Meeresufer entlang, erhielt

den Beweis, daß der Wagen in Ordnung war, nichts war in die Brüche gegangen.

»Du bist echt gut.«

»Weißt du«, sagte Ingrid, die plötzlich sachlich und ernst geworden war, »diese Strecke kann jeder fahren. Die Geschicklichkeit liegt darin, den Wagen im selben Zustand ans Ziel zu bringen, in dem er losgefahren ist. Denn dann stehst du vielleicht an einer Asphaltstraße, nicht an einem Strand wie diesem hier, und mußt Gas geben, um aufzuholen. Ich weiß nicht, ob ich mich klar ausdrücke.«

»Du drückst dich bestens aus. Wer zum Beispiel nach der Abfahrt mit kaputten Stoßdämpfern unten am Strand ankommt, der ist schlicht unfähig.«

Als sie an der Mànnara angelangt waren, bog Montalbano rechts ab.

»Siehst du den großen Strauch dort hinten? Da haben sie Luparello gefunden.«

Ingrid sagte nichts, sie zeigte nicht einmal Neugier. Es war wenig los an diesem Abend. Sie fuhren den Feldweg unterhalb der Fabrikmauer entlang.

»Hier hat die Frau, die mit Luparello zusammen war, die Kette verloren und die Umhängetasche über die Mauer geworfen.«

»Meine Tasche.«

»Ja.«

»Ich war es nicht«, murmelte Ingrid, »und ich schwöre dir, daß ich von dieser ganzen Geschichte nicht das geringste kapiere.«

Als sie schließlich Montalbanos Haus erreichten, hatte Ingrid Mühe, aus dem Wagen zu steigen. Der Commissario mußte sie mit einem Arm um die Taille fassen, während sie sich auf seine Schulter stützte. Kaum waren sie drinnen, ließ die Frau sich in den erstbesten Sessel fallen.

»O Gott! Jetzt tut es aber wirklich weh.«

»Geh nach nebenan und zieh dir die Hose aus, dann kann ich dir einen Verband anlegen.«

Ingrid stand jammernd auf, bewegte sich humpelnd vorwärts und stützte sich dabei auf Möbeln und an den Wänden ab.

Montalbano rief im Kommissariat an. Fazio berichtete ihm, daß der Tankwart sich an alles erinnert habe. Er hatte den Mann am Steuer, den sie hatten umbringen wollen, einwandfrei identifiziert. Es handelte sich um Turi Gambarella, einen der Cuffaros, wie sich herausstellte.

»Galluzzo«, fuhr Fazio fort, »ist zu Gambardella nach Hause gegangen. Seine Frau sagt, daß sie ihn seit zwei Tagen nicht gesehen hat.«

»Ich hätte die Wette mit dir gewonnen«, entgegnete der Commissario.

»Warum? Glauben Sie ernsthaft, ich wäre so dämlich gewesen und hätte angebissen?«

Er hörte im Bad das Wasser rauschen. Ingrid schien zu der Sorte Frau zu gehören, die einfach nicht widerstehen können, wenn sie eine Dusche sehen. Er wählte Gegès Nummer, die vom Handy.

»Bist du allein? Kannst du reden?«

»Was das Alleinsein betrifft, ja. Was das Reden anbelangt, kommt darauf an.«
»Ich muß dich nur nach einem Namen fragen. Es ist eine Information, die dich nicht kompromittieren wird, klar? Aber ich will eine genaue Antwort.«
»Welchen Namen?«
Montalbano erklärte es ihm, und Gegè hatte keinerlei Schwierigkeiten, ihm den Namen zu nennen. Zur Krönung fügte er sogar einen Spitznamen hinzu.

Ingrid hatte sich auf dem Bett ausgestreckt. Sie hatte sich in ein großes Handtuch gehüllt, das allerdings herzlich wenig bedeckte.
»Entschuldige, aber ich schaffe es nicht, mich hinzustellen.«
Montalbano holte eine Salbe und eine Mullbinde aus dem Badezimmerschränkchen hervor.
»Her mit dem Fuß!«
Bei der Bewegung verrutschte das Handtuch und gab den Blick auf ihren winzigen Slip und eine Brust frei. Sie sah aus wie von einem Künstler gemalt, der etwas von Frauen verstand. Die Brustwarze guckte sich wie neugierig in der fremden Umgebung um. Auch dieses Mal war dem Commissario sehr wohl bewußt, daß Ingrid mit ihrem Verhalten nicht die geringste Absicht hegte, ihn zu verführen, und er war ihr dankbar dafür.
»Glaub mir, gleich wirst du dich besser fühlen«, sagte er zu ihr, nachdem er ihr den Knöchel mit der Salbe eingerieben und ihn straff verbunden hatte. Die ganze Zeit

über hatte Ingrid den Commissario nicht aus den Augen gelassen.

»Hast du einen Whiskey da? Dann bring mir bitte ein halbes Glas ohne Eis.«

Es war, als würden sie sich schon ein ganzes Leben lang kennen. Nachdem er ihr das Glas gereicht hatte, holte Montalbano einen Stuhl und setzte sich zu ihr ans Bett.

»Weißt du was, Commissario?« sagte Ingrid, während sie ihn mit ihren strahlenden grünen Augen anschaute. »Du bist der erste echte Mann, den ich hier seit fünf Jahren treffe.«

»Besser als Luparello?«

»Ja.«

»Danke. Und jetzt beantworte mir meine Fragen.«

»Schieß los.«

Montalbano wollte gerade den Mund öffnen, als es an der Tür klingelte. Er erwartete niemanden und ging erstaunt aus dem Zimmer, um zu öffnen. Vor der Tür stand Anna, in Zivil, und lächelte ihn an.

»Überraschung!«

Sie schob ihn beiseite und trat ein.

»Danke für deine überschwengliche Begeisterung. Wo warst du denn den ganzen Abend? Im Kommissariat haben sie mir gesagt, du seist hier. Also bin ich hier vorbeigefahren, aber es war alles dunkel. Ich habe mindestens fünfmal angerufen, nichts. Und dann habe ich endlich Licht gesehen.«

Sie blickte Montalbano aufmerksam an. Er hatte kein Wort gesagt.

»Was hast du? Bist du plötzlich stumm geworden? Also paß mal auf ...«
Sie hielt inne. Durch die Schlafzimmertür, die halb offen geblieben war, hatte sie Ingrid erblickt, halbnackt, ein Glas in der Hand. Zuerst wurde sie blaß, dann lief sie knallrot an.
»Entschuldigt«, stammelte sie und stürzte hastig hinaus.
»Lauf ihr nach«, rief Ingrid ihm zu. »Erklär ihr alles. Ich werde sofort gehen.«
Voller Zorn versetzte Montalbano der Haustür einen Tritt, daß die Wände zitterten. Dann hörte er Annas Auto, als sie davonfuhr und die Reifen mit derselben Wut quietschen ließ, mit der er die Tür zugeknallt hatte.
»Ich muß ihr überhaupt nichts erklären, verdammte Scheiße!«
»Soll ich gehen?« Ingrid hatte sich im Bett aufgesetzt, ihre Brüste schauten triumphierend oberhalb des Handtuchs hervor.
»Nein. Aber zieh dir was an!«
»Entschuldige.«
Montalbano zog Jacke und Hemd aus, hielt im Bad einen Moment lang den Kopf unter den Wasserhahn, kam zurück und setzte sich wieder neben das Bett.
»Ich will diese Geschichte mit der Kette jetzt von Anfang an hören.«
»Also, am vergangenen Montag wurde Giacomo, mein Mann, von einem Anruf geweckt. Ich habe nicht verstanden, wer es war, ich war zu müde. Er zog sich schnell an und ging weg. Nach zwei Stunden kehrte er zurück und

fragte mich, was eigentlich aus der Halskette geworden sei. Seit einiger Zeit würde er sie nirgendwo im Haus mehr sehen. Natürlich konnte ich ihm nicht sagen, daß sie in der Tasche in Silvios Haus lag. Wenn er sie hätte sehen wollen, hätte ich nicht gewußt, was ich ihm hätte antworten sollen. So sagte ich ihm, daß ich sie seit über einem Jahr verloren und es ihm verschwiegen hätte aus Angst, er könne wütend werden. Die Kette war einen Haufen Geld wert, er hatte sie mir in Schweden geschenkt. Daraufhin hat Giacomo mich am unteren Rand eines weißen Blatts Papier unterschreiben lassen. Er brauche es für die Versicherung, erklärte er mir.«

»Und die Geschichte mit der Mànnara, wie kam die zustande?«

»Ach, das war später, als er zum Mittagessen zurückkam. Er sagte mir, sein Anwalt, Rizzo, habe ihm mitgeteilt, der Versicherung gegenüber brauche man eine überzeugendere Erklärung für ihr Verschwinden, und er habe ihm die Geschichte mit der Mannàra empfohlen.«

»Mànnara«, korrigierte Montalbano geduldig. Die falsche Betonung störte ihn.

»Mànnara, Mànnara«, wiederholte Ingrid. »Ehrlich gesagt überzeugte mich diese Geschichte nicht, sie erschien mir widersinnig, allzu konstruiert. Da belehrte Giacomo mich, daß ich in den Augen aller als Nutte gelte. Folglich liege es nahe zu glauben, ich selbst sei auf die Idee gekommen, mir die Mànnara anzusehen.«

»Verstehe.«

»Aber *ich* verstehe es nicht!«

»Sie hatten vor, dich in die Sache zu verstricken.«
»›Verstricken‹ – was heißt das?«
»Dich in eine Falle zu locken. Sieh mal: Luparello stirbt an der Mànnara, während er mit einer Frau zusammen ist, die ihn überredet hat, dorthin zu fahren. Einverstanden?«
»Einverstanden.«
»Gut, sie wollen den Eindruck erwecken, daß du diese Frau gewesen bist. Dir gehört die Tasche, die Kette; die Kleider in Luparellos Haus sind deine, du schaffst die Abfahrt den Canneto hinunter ... Mir würde nur eine einzige Schlußfolgerung bleiben: Die gesuchte Frau heißt Ingrid Sjostrom.«
»Verstehe«, sagte sie und verharrte schweigend, die Augen starr auf das Glas gerichtet, das sie in der Hand hielt. Dann schüttelte sie den Kopf.
»Das kann nicht sein.«
»Was?«
»Daß Giacomo mit den Leuten, die mich in eine Falle locken wollen, gemeinsame Sache macht, wie du sagst.«
»Vielleicht haben sie ihn gezwungen mitzumachen. Die wirtschaftliche Situation deines Mannes ist nicht gerade rosig, weißt du das?«
»Er spricht nicht mit mir über diese Dinge, aber ich weiß es auch so. Ich bin mir allerdings sicher, wenn er es getan hat, dann nicht für Geld.«
»Dessen bin ich mir auch ziemlich sicher.«
»Aber warum dann?«
»Es gäbe eine andere Erklärung, und zwar die, daß dein Mann gezwungen war, dich in die Sache zu verstricken,

um eine Person zu schützen, die ihm mehr am Herzen liegt als du. Warte mal.«

Er ging in das andere Zimmer, wo ein kleiner, mit Papieren übersäter Schreibtisch stand, und zog das Fax heraus, das Nicolò Zito ihm geschickt hatte.

»Eine andere Person vor was retten?« fragte Ingrid, sobald sie den Commissario zurückkommen sah. »Wenn Silvio gestorben ist, während er mit einer Frau schlief, ist doch niemand daran schuld. Dann ist er doch nicht umgebracht worden.«

»Es ging nicht darum, diese Person vor dem Gesetz zu schützen, Ingrid, sondern vor einem Skandal.«

Sie las das Fax, zuerst verblüfft, dann immer amüsierter. Über die Anekdote mit dem Polo-Club mußte sie laut lachen. Gleich darauf jedoch verfinsterte sich ihre Miene, sie ließ das Blatt sinken und neigte den Kopf leicht zur Seite.

»Ist das der Mann? Ist dein Schwiegervater der Mann, mit dem du in Luparellos Haus gegangen bist?«

Die Antwort kostete Ingrid sichtlich Überwindung.

»Ja. Und ich sehe, daß man in Montelusa darüber spricht, obwohl ich alles getan habe, das zu verhindern. Es ist die unangenehmste Sache, die mir passiert ist, seit ich in Sizilien lebe.«

»Du brauchst mir keine Einzelheiten zu erzählen.«

»Du sollst aber wissen, daß nicht ich diejenige war, die angefangen hat. Vor zwei Jahren mußte mein Schwiegervater an einem Kongreß in Rom teilnehmen. Er lud Giacomo und mich ein, mit ihm zu kommen, aber in letzter Minute mußte mein Mann absagen, bestand jedoch darauf, daß ich trotzdem mitfuhr. Ich war noch nie in Rom gewesen. Alles verlief bestens, bis mein Schwiegervater in der letzten Nacht zu mir ins Zimmer kam. Ich dachte, er sei verrückt geworden. Um ihn zu beruhigen, gab ich nach, denn er brüllte und bedrohte mich. Auf dem Rückflug fehlte nicht viel, und er hätte geweint. Er beteuerte, daß es nie mehr vorkommen würde. Du mußt wissen, daß wir im selben Haus wohnen. Gut, eines Nachmittags, als mein Mann fort war und ich im Bett lag, tauchte er auf, wie in jener Nacht, und zitterte von Kopf bis Fuß. Auch dieses Mal hatte ich Angst, das Hausmädchen war in der Küche ... Am nächsten Tag teilte ich Giacomo mit, daß ich umziehe wolle. Er fiel aus allen Wolken, ich bestand darauf, und wir stritten uns. Ich kam immer wieder auf das Thema zurück, und jedesmal weigerte er sich, darauf einzugehen. Er hatte recht, von seinem Standpunkt aus. Währenddessen ließ mein Schwiegervater nicht locker, er küßte mich, berührte mich bei jeder Gelegenheit und riskierte dabei, jederzeit von seiner Frau oder von Giacomo ertappt zu werden. Deswegen habe ich Silvio gebeten, mir ab und zu sein Haus zu leihen.«

»Hat dein Mann irgendeinen Verdacht?«

»Keine Ahnung, ich habe auch schon darüber nachgedacht. Manchmal denke ich, ja, dann wieder komme ich zu der Überzeugung, daß er nichts weiß.«

»Noch eine Frage, Ingrid. Als wir am Capo Massaria ankamen, hast du mir beim Öffnen der Haustür gesagt, daß ich drinnen sowieso nichts finden würde. Und als du dann gesehen hast, daß alles unverändert an Ort und Stelle war, warst du sehr überrascht. Hatte dir vielleicht jemand versprochen, daß Luparellos Haus ausgeräumt werden würde?«

»Ja, Giacomo hatte es mir gesagt.«

»Also, dann wußte dein Mann doch Bescheid?«

»Warte, bring mich nicht durcheinander. Als Giacomo mir erklärte, was ich sagen müßte, wenn die von der Versicherung mich ausfragen sollten, und zwar, daß ich mit ihm an der Mànnara gewesen sei, war ich wegen einer anderen Sache beunruhigt. Nämlich daß nun, wo Silvio tot war, früher oder später jemand die kleine Villa entdecken würde und damit auch meine Kleider, meine Tasche und all die anderen Dinge.«

»Wer hätte sie finden können, deiner Meinung nach?«

»Na ja, keine Ahnung, die Polizei, seine Familie ... Ich habe Giacomo alles gebeichtet, bis auf die Sache mit seinem Vater. Ich habe ihn im Glauben gelassen, ich sei mit Silvio dorthin gegangen. Am Abend sagte er mir, es sei alles in Ordnung, ein Freund kümmere sich darum. Wenn jemand die Villa fände, werde er nur weißgetünchte Wände vorfinden. Und ich habe ihm geglaubt. Was hast du?«

Montalbano wurde von der Frage überrumpelt.

»Wie? Was soll ich denn haben?«

»Du greifst dir ständig an den Nacken.«

»Ach, ja. Er tut mir weh. Das kommt wahrscheinlich von unserer Abfahrt durch den Canneto. Und dein Knöchel, wie geht's dem?«

»Besser, danke.«
Ingrid fing an zu lachen. Sie fiel wie ein Kind von einer Stimmung in die nächste.
»Was gibt es da zu lachen?«
»Dein Nacken, mein Knöchel ... wie zwei Zimmergenossen im Krankenhaus.«
»Kannst du aufstehen?«
»Wenn es nach mir ginge, würde ich bis morgen früh hier liegen bleiben.«
»Wir haben noch eine Menge zu tun. Zieh dich an. Kannst du Auto fahren?«

Vierzehn

Ingrids flaches rotes Auto stand immer noch auf dem Parkplatz an der Bar Marinella. Es war viel zu auffällig, um gestohlen zu werden. Es fuhren nicht viele Wagen dieses Typs herum, in Montelusa und der übrigen Provinz.
»Nimm dein Auto, und fahr hinter mir her«, sagte Montalbano. »Wir fahren zurück ans Capo Massaria.«
»Um Gottes willen! Wozu denn?« Ingrid machte ein mißmutiges Gesicht. Sie hatte nicht die geringste Lust dazu, und der Commissario hatte volles Verständnis dafür.
»In deinem eigenen Interesse.«

Im Scheinwerferlicht, das er sofort ausschaltete, bemerkte der Commissario, daß das Tor der Villa offenstand. Er stieg aus und ging zu Ingrids Wagen.
»Warte hier auf mich. Mach die Scheinwerfer aus. Erinnerst du dich, ob wir beim Weggehen das Tor zugemacht haben?«
»Ich weiß nicht mehr genau, aber ich glaube schon.«
»Wende schon mal den Wagen, aber mach so wenig Lärm wie möglich.«
Ingrid gehorchte. Die Schnauze des Autos wies jetzt zur Landstraße.

»Hör mir gut zu. Ich gehe da runter, und du bleibst hier und spitzt die Ohren. Wenn du mich rufen hörst oder dir irgend etwas auffällt, was dir eigenartig erscheint, überleg nicht lange, sondern fahr sofort nach Hause.«

»Glaubst du, daß jemand da drin ist?«

»Keine Ahnung. Wie dem auch sei, du tust, was ich dir gesagt habe.«

Er holte die Umhängetasche aus dem Wagen, nahm aber auch die Pistole mit. Dann ging er los, vorsichtig, um beim Auftreten kein Geräusch zu machen. Er stieg die Treppe hinunter, die Eingangstür öffnete sich diesmal ohne Lärm und Widerstand. Er trat über die Schwelle, die Pistole im Anschlag. Der Salon war vom Glitzern des Meeres mehr schlecht als recht erleuchtet. Mit dem Fuß stieß er die Badezimmertür, dann nacheinander alle anderen Türen auf. Er fühlte sich, bildlich gesprochen, wie der Held in einer dieser amerikanischen Fernsehserien. Im Haus war niemand, und es waren auch keine Spuren zu entdecken, die darauf hingedeutet hätten, daß jemand hier gewesen war. Er gelangte schließlich zu der Überzeugung, daß er selbst das Tor offen gelassen hatte. Er öffnete die Glastür im Wohnzimmer und schaute hinaus. An dieser Stelle ragte das Kap wie der Bug eines Schiffes übers Meer hinaus. Dort unten mußte das Wasser recht tief sein. Er füllte die Umhängetasche mit Silberbesteck und einem schweren Kristallaschenbecher, schwang sie über seinem Kopf im Kreis herum und schleuderte sie nach draußen. Die würde man so leicht nicht wiederfinden. Dann holte er alles aus dem Schlaf-

zimmerschrank, was Ingrid gehörte, trat hinaus und prüfte ganz genau nach, ob die Eingangstür auch richtig geschlossen war.
Kaum war er oben an der Treppe angelangt, als ihn die Scheinwerfer von Ingrids Wagen erfaßten.
»Ich hab' dir doch gesagt, du sollst die Lichter auslassen. Und warum hast du das Auto wieder gewendet?«
»Falls es Schwierigkeiten gegeben hätte. Ich wollte dich nicht im Stich lassen.«
»Da sind deine Kleider.«
Sie nahm sie und legte sie auf den Beifahrersitz.
»Und die Tasche?«
»Die hab' ich ins Meer geworfen. Du kannst nun nach Hause fahren. Sie haben jetzt nichts mehr gegen dich in der Hand.«
Ingrid stieg aus, ging auf Montalbano zu und umarmte ihn.
Sie stand eine Weile so da, ihren Kopf an seine Brust gelegt. Dann, ohne ihn nochmals anzusehen, setzte sie sich ans Steuer, legte den Gang ein und fuhr los.

Direkt an der Einfahrt zur Brücke über den Canneto stand ein Auto, das beinahe die ganze Straße versperrte. Ein Mann stand daneben, die Ellbogen auf das Wagendach gestützt. Mit den Händen bedeckte er sich das Gesicht. Er wankte leicht.
»Probleme?« fragte Montalbano und trat aufs Bremspedal.
Der Mann drehte sich um, sein Gesicht war blutver-

schmiert. Das Blut rann aus einer breiten Verletzung mitten auf der Stirn.

»So ein Arschloch!«

»Entschuldigung, ich habe nicht verstanden. Könnten Sie sich etwas deutlicher ausdrücken?« Montalbano stieg aus seinem Wagen und näherte sich dem Mann.

»Ich fuhr so fröhlich vor mich hin, und dieser Hurensohn überholt mich einfach. Fehlte nicht viel, und er hätte mich von der Straße gedrängt. Da bin ich stinksauer geworden und hinter ihm hergerast, habe gehupt und aufgeblendet. Daraufhin hat der plötzlich gebremst und sich dabei quer gestellt. Er ist ausgestiegen, hatte irgend etwas in der Hand, das ich nicht erkennen konnte. Ich bekam es mit der Angst zu tun, dachte, es sei eine Waffe. Er ist auf mich zu gekommen, ich hatte das Seitenfenster offen, und ohne ein einziges Wort zu sagen, hat er mir mit diesem Ding eins übergebraten. Da wußte ich dann auch, daß es ein Schraubenschlüssel war.«

»Brauchen Sie Hilfe?«

»Nein, es hört schon auf zu bluten.«

»Möchten Sie Anzeige erstatten?«

»Bringen Sie mich bloß nicht zum Lachen, mir tut mein Kopf weh.«

»Soll ich Sie ins Krankenhaus begleiten?«

»Würden Sie sich, bitte schön, um Ihren eigenen Scheiß kümmern?«

Wie lang mochte es her sein, daß er einmal eine ganze Nacht so richtig tief und fest durchgeschlafen hatte? Und jetzt kam auch noch dieser verdammte Schmerz im Nacken hinzu, der ihm keine Ruhe ließ. Es tat weh, ob er nun auf dem Bauch oder auf dem Rücken lag, das machte keinen Unterschied. Der Schmerz hielt unvermindert an, bohrend, beißend, aber ohne zu stechen, was das Ganze vielleicht noch unerträglicher machte. Montalbano knipste das Licht an, es war vier Uhr. Auf dem Nachttischchen lagen noch immer die Salbe und die Mullbinde. Er griff danach, rieb sich vor dem Badezimmerspiegel ein wenig von der Salbe auf den Nacken, in der Hoffnung, sie möge ihm Linderung verschaffen. Dann umwickelte er sich mit der Binde den Hals, klebte das Ende des Mulls mit einem Stück Heftpflaster fest. Vielleicht hatte er den Verband etwas zu fest angelegt, zumindest hatte er Schwierigkeiten, den Hals zu drehen. Er schaute in den Spiegel. Und genau in dem Moment schoß ihm ein Gedanke wie ein gleißendes Licht blitzartig durch den Kopf und ließ selbst das hell erleuchtete Bad dunkel wirken. Er fühlte sich wie eine jener Zeichentrickfiguren, die mit ihren Röntgenaugen durch die Dinge hindurchsehen können.

Im Gymnasium hatte er einen alten Pfarrer als Religionslehrer gehabt. »Die Wahrheit ist Licht«, hatte dieser eines Tages gepredigt.

Montalbano war ein fauler Schüler gewesen, der wenig lernte und immer in der hintersten Reihe saß.

»Das würde ja dann heißen, wenn in einer Familie alle die Wahrheit sagen, sparen sie Strom.«

Das war sein laut gedachter Kommentar gewesen. Daraufhin war er aus dem Klassenzimmer geflogen.

Jetzt, mehr als dreißig Jahre später, bat er den alten Pfarrer im Geiste um Entschuldigung.

»Sie sehen vielleicht mißmutig aus!« rief Fazio, als er Montalbano ins Kommissariat kommen sah. »Fühlen Sie sich nicht gut?«
»Laß mich in Ruhe«, gab Montalbano zurück. »Nachrichten von Gambardella? Habt ihr ihn gefunden?«
»Nichts. Verschwunden. Ich habe mich schon darauf eingestellt, daß wir ihn irgendwo auf dem platten Land von Hunden angenagt finden werden.«
Aber in der Stimme des Brigadiere schwang irgend etwas mit, das den Commissario mißtrauisch machte. Er kannte ihn schon zu lange.
»Was ist los?«
»Na ja, Gallo ist zur Notaufnahme gefahren, er hat sich am Arm verletzt, nichts Ernstes.«
»Wie ist denn das passiert?«
»Mit dem Streifenwagen.«
»Ist er wieder gerast? Ist er irgendwo gegengefahren?«
»Ja.«
»Muß man dir die Worte mit der Kneifzange aus der Nase ziehen?«
»Na ja, ich habe ihn zum Noteinsatz auf den Markt in den Ort geschickt. Da war eine Schlägerei im Gange, und er ist Hals über Kopf los. Sie wissen ja, wie er ist, er kam ins Schleudern und ist gegen einen Pfahl geprallt. Das Auto haben sie auf unseren Parkplatz nach Montelusa geschleppt. Sie haben uns ein anderes gegeben.«

»Sag mir die Wahrheit, Fazio! Haben sie ihm wieder die Reifen aufgeschlitzt?«
»Ja.«
»Und Gallo hat vorher nicht nachgesehen, wie ich es ihm schon hundertmal gesagt habe? Will das denn einfach nicht in eure Köpfe reingehen, daß das Reifenaufschlitzen zum Nationalsport in diesem Scheißland geworden ist? Sag ihm, er soll sich heute bloß nicht im Büro blicken lassen, denn wenn ich ihn sehe, schlag ich ihm die Fresse ein.«
Er knallte wütend die Tür seines Zimmers zu. Dann kramte er in einer Blechdose, in der er alles mögliche aufbewahrte, von Briefmarken bis zu losen Knöpfen, fand den Schlüssel der alten Fabrik und ging grußlos davon.

Während er auf dem morschen Balken saß, neben dem er Ingrids Tasche gefunden hatte, betrachtete er den undefinierbaren Gegenstand, den er das letzte Mal für eine Muffe, eine Art Verbindungsmanschette für Rohre, gehalten hatte. Nun erkannte er eindeutig, was es war: eine Halskrause, wie neu, nur von nahem sah man, daß sie gebraucht war. Ihr Anblick bewirkte, daß ihn der Nacken erneut schmerzte. Er erhob sich, nahm die Halskrause, verließ die alte Fabrik und fuhr zum Kommissariat.

»Commissario? Stefano Luparello am Apparat.«
»Sie wünschen, Ingegnere?«
»Ich habe neulich meinem Cousin übermittelt, daß Sie ihn heute morgen um zehn Uhr treffen wollten. Vor fünf

Minuten hat mich jedoch meine Tante, seine Mutter, angerufen. Ich befürchte, Giorgio wird nicht zu Ihnen kommen können, wie er es eigentlich vorgehabt hatte.«

»Was ist geschehen?«

»Ich weiß nichts Genaues, aber es sieht so aus, als sei er die ganze Nacht außer Haus gewesen, nach Auskunft der Tante jedenfalls. Er ist erst vor kurzem, so gegen neun Uhr, heimgekommen und war in einem erbärmlichen Zustand.«

»Entschuldigen Sie, Ingegnere, aber ich meine von Ihrer Mutter erfahren zu haben, daß er bei Ihnen im Hause lebt.«

»Das stimmt, aber nur bis zum Tode meines Vaters, dann ist er wieder zu seinen Eltern gezogen. Ohne Papà fühlte er sich unwohl bei uns. Wie dem auch sei, die Tante hat den Arzt gerufen, der ihm eine Beruhigungsspritze gegeben hat. Jetzt schläft er tief und fest. Er tut mir furchtbar leid, wissen Sie. Vielleicht hing er zu sehr an Papà.«

»Verstehe. Wenn Sie Ihren Cousin sehen, sagen Sie ihm, daß ich ihn wirklich dringend sprechen muß. Aber ohne Eile, ist nichts Schlimmes, einfach sobald es ihm möglich ist.«

»Selbstverständlich. Ach ja, Mama steht neben mir, sie läßt Ihnen Grüße ausrichten.«

»Grüßen Sie sie bitte ebenfalls von mir. Sagen Sie ihr, daß ich … Ihre Mutter ist eine außergewöhnliche Frau, Ingegnere. Sagen Sie ihr bitte, daß ich sie sehr schätze.«

»Ich werde es ihr ausrichten, danke schön.«

Montalbano verbrachte noch eine Stunde damit, Papiere zu unterzeichnen und Formulare auszufüllen. Sie waren so detailliert wie überflüssig, Fragebögen des Ministeriums. Galluzzo unterließ es in seiner Aufregung nicht nur anzuklopfen, sondern riß die Tür auch noch mit so viel Schwung auf, daß sie gegen die Wand knallte.

»Gottverdammt noch mal! Was ist denn los?«

»Ich habe es gerade eben von einem Kollegen aus Montelusa erfahren. Sie haben den Avvocato Rizzo umgebracht. Erschossen. Man hat ihn neben seinem Auto gefunden, im Viertel San Giusippuzzu. Wenn Sie wollen, versuche ich, mehr rauszukriegen.«

»Schon gut, ich fahre selber hin.«

Montalbano warf einen Blick auf die Uhr – es war elf – und eilte hinaus.

In Saros Wohnung meldete sich niemand. Montalbano klopfte nebenan, woraufhin ihm eine Alte mit feindseliger Miene öffnete.

»Was ist los? Was ist denn das für eine Art zu stören?«

»Entschuldigen Sie bitte, Signora, ich suche die Signori Montaperto.«

»Die Signori Montaperto? Und was für Signori das sind! *Vastasi sunnu!*« Womit sie die Müllmänner als ›unverschämte Flegel‹ titulierte.

Eine Flut von sizilianischen Schimpfwörtern ergoß sich über den Commissario. Zwischen den beiden Familien schien nicht gerade freundschaftliches Einverständnis zu herrschen.

»Wer sind Sie überhaupt?«

»Ich bin Polizeikommissar.«

Das Gesicht der Frau leuchtete auf, sie fing an, laut zu rufen, tiefe Zufriedenheit klang aus ihrer Stimme.

»Turiddru! Turiddru! *Veni di cursa ccà*, komm ganz schnell her!« Je mehr sie sich aufregte, desto breiter wurde ihr Dialekt.

»Was is'n?« fragte ein dürrer Alter, der angeschlurft kam.

»Dieser Herr, das is'n Kommissar! Siehst du, daß ich recht gehabt hab'? Siehst du, daß sie von der Polizei gesucht werden? Siehst du jetzt, daß das lausige Gauner waren? Siehst du jetzt, daß sie abgehaun sin', um nicht im Gefängnis zu landen?«

»Wann sind sie abgehauen, Signora?«

»Nicht mal 'ne halbe Stunde isses jetzt her. Mit 'm Kleinen. Wenn Sie Ihnen nachlaufen, vielleicht erwischen Sie sie noch.«

»Danke, Signora. Ich nehme gleich die Verfolgung auf.«

Saro, seine Frau und der Kleine hatten es geschafft.

Während der Fahrt nach Montelusa wurde Montalbano zweimal angehalten, zuerst von einem Trupp *alpini*, Gebirgsjägern, und dann von den Carabinieri. Das Schlimmste erwartete ihn auf dem Weg nach San Giusippuzzu. Durch Straßensperren und Kontrollen brauchte er beinahe eine Dreiviertelstunde für nicht einmal fünf Kilometer. Der Polizeipräsident und der Oberst der Carabinieri befanden sich bereits am Tatort, das Polizeipräsidium von Montelusa war sozusagen voll-

zählig versammelt. Anna war auch da, tat allerdings so, als sähe sie ihn nicht. Jacomuzzi schaute sich aufgeregt um, er suchte jemanden, dem er die Geschichte in allen Einzelheiten erzählen konnte. Kaum hatte er Montalbano entdeckt, eilte er ihm entgegen.
»Eine regelrechte Hinrichtung, grausam.«
»Zu wievielt waren sie?«
»Es war nur einer. Zumindest hat nur einer geschossen. Der arme Avvocato ist erst um halb sieben heute morgen aus seiner Kanzlei gekommen, hat einige Papiere mitgenommen und ist nach Tabbìta gefahren. Er hatte einen Termin mit einem Klienten. Von der Kanzlei ist er alleine weggefahren, das ist sicher, aber unterwegs hat er jemanden mitgenommen, den er kannte.«
»Vielleicht einen Anhalter?«
Jacomuzzi brach in heftiges Gelächter aus, so sehr, daß sich ein paar Leute nach ihm umdrehten.
»Kannst du dir etwa vorstellen, daß Rizzo, mit all der Macht und Verantwortung, die er zu tragen hat, einfach irgendeinen Fremden mitnimmt? Wo er doch vor seinem eigenen Schatten auf der Hut sein mußte! Du weißt besser als ich, daß Luparello den Avvocato im Rücken hatte. Nein, nein, es war bestimmt jemand, den er gut kannte, ein Mafioso.«
»Ein Mafioso, meinst du?«
»Dafür leg' ich die Hand ins Feuer. Die Mafia hat die Preise erhöht, sie verlangt immer mehr, und nicht immer sind die Politiker in der Lage, ihren Forderungen zu entsprechen. Aber es gibt auch noch eine andere Vermutung.

Womöglich hat er irgendeinen Fehltritt begangen, jetzt, wo er sich stark fühlte nach der gestrigen Ernennung. Und den haben sie ihm nicht verziehen.«

»Jacomuzzi, meinen Glückwunsch, heute morgen bist du ja ganz besonders helle. Hast dich wohl ausgekackt, was? Wie kannst du dir denn so sicher sein, daß deine Behauptungen richtig sind?«

»Wegen der Art, wie er umgebracht wurde. Erst hat man ihm in die Eier getreten, und dann hat man ihn gezwungen sich hinzuknien, ihm die Pistole in den Nacken gesetzt und abgedrückt.«

Da war er wieder, der stechende Schmerz in Montalbanos Nacken.

»Was für eine Waffe war es?«

»Pasquano sagt, wenn man den Einschuß und die Austrittsstelle des Geschosses in Betracht zieht sowie die Tatsache, daß der Lauf so gut wie auf der Haut angesetzt war, müßte es sich um eine Siebenfünfundsechziger handeln.«

»Dottor Montalbano!«

»Der Polizeipräsident verlangt nach dir«, sagte Jacomuzzi und verdrückte sich. Der Polizeipräsident reichte Montalbano die Hand, sie lächelten sich an.

»Wie kommt es, daß Sie auch hier sind?«

»Um ehrlich zu sein, Herr Polizeipräsident, wollte ich gerade gehen. Ich war in Montelusa, habe die Nachricht gehört und bin dann aus purer Neugierde hergeeilt.«

»Bis heute abend also. Daß Sie mir bloß kommen, meine Frau rechnet fest mit Ihnen.«

Es war eine Vermutung, nur eine Vermutung, zudem so unbestimmt, daß sie sich, hätte Montalbano nur einen Moment lang genauer nachgedacht, rasch verflüchtigt hätte. Dennoch hielt er das Gaspedal voll durchgedrückt, und bei einer Straßensperre riskierte er sogar, daß man auf ihn schoß. Als er am Capo Massaria angekommen war, stellte er nicht einmal den Motor ab. Er sprang aus dem Auto, ohne den Wagenschlag zu schließen, öffnete problemlos Tor und Haustür und rannte ins Schlafzimmer. Die Pistole in der Schublade des Nachttischchens war nicht mehr da. Er schimpfte mit sich selbst. Was war er doch für ein Vollidiot gewesen! Nachdem er die Waffe entdeckt hatte, war er noch zweimal zusammen mit Ingrid in dieses Haus gekommen, ohne zu überprüfen, ob die Waffe noch an ihrem Platz lag. Selbst als er das Tor offen vorgefunden hatte, hatte er nicht nachgeschaut, sondern sich schließlich eingeredet, daß er selbst vergessen hatte, es zu schließen.

Jetzt werde ich ein bißchen herumtrödeln, dachte er, als er nach Hause kam. Auf sizilianisch klang das viel besser: *tambasiàre*. Er mochte dieses Wort. Es bedeutete, in aller Ruhe von einem Zimmer ins andere zu wandern, ohne Ziel und Zweck, ja, sich einfach mit unnützen Dingen zu beschäftigen. Und genau das tat er. Er stellte die Bücher in Reih und Glied, machte auf seinem Schreibtisch Ordnung, rückte eine Zeichnung an der Wand gerade, putzte die Brenner des Gasherds. Er hatte keinen Appetit, war nicht ins Restaurant gegangen und hatte noch nicht ein-

mal den Kühlschrank geöffnet, um nachzusehen, was Adelina ihm zubereitet hatte.
Wie immer hatte er gleich beim Eintreten den Fernseher eingeschaltet. Die erste Nachricht, die der Sprecher von »Televigàta« vorlas, berichtete in allen Einzelheiten von der Ermordung des Advokaten Rizzo. Eigentlich ging es ausschließlich um die Einzelheiten, denn die Nachricht als solche war bereits in einer Sondersendung bekanntgegeben worden. Der Journalist hegte keinen Zweifel: Der Advokat war auf grausame Weise von der Mafia ermordet worden, die verschreckt war von der Tatsache, daß der Ermordete soeben einen Posten von hoher Verantwortlichkeit erklommen hatte, einen Posten, von dem aus er seinen Kampf gegen das organisierte Verbrechen besser führen konnte. Denn das war das Losungswort der Erneuerung: Krieg der Mafia, ohne jede Gnade.
Auch Nicolò Zito, der überstürzt aus Palermo zurückgekehrt war, sprach auf »Retelibera« von der Mafia, tat dies aber auf eine derart verdrehte Weise, daß man nichts verstand. Zwischen den Zeilen, ja zwischen den Wörtern, hörte Montalbano heraus, daß Zito an eine brutale Abrechnung dachte, es aber nicht offen zugeben wollte. Er fürchtete wahrscheinlich eine neue Klage, zusätzlich zu den unzähligen anderen, die er schon am Hals hatte. Schließlich hatte Montalbano all das leere Geschwätz satt. Er schaltete den Fernseher aus, klappte die Läden zu, um das Tageslicht auszusperren, warf sich angezogen, wie er war, aufs Bett und rollte sich zusammen. Er wollte sich einigeln. Ein anderes Wort, das er liebte und das auf sizi-

lianisch so viel besser klang: *accuttufare*. Es konnte zweierlei heißen: Zum einen, daß man eine Tracht Prügel abbekam, zum anderen, daß man sich von der restlichen Welt abkapselte – was im Augenblick beides auf Montalbano zutraf.

Fünfzehn

Es war nicht einfach nur ein neues Rezept zur Zubereitung von *polipetti*, kleinen Tintenfischen. Vielmehr erschien die Kreation Signora Elisas dem Gaumen Montalbanos als eine wahrhaft göttliche Eingebung. Er nahm sich eine zweite, reichliche Portion, und als er sah, daß auch diese dem Ende entgegenging, verlangsamte er den Kaurhythmus, um den Genuß noch ein wenig hinzudehnen. Die Frau des Polizeipräsidenten blickte ihn glücklich an. Wie jede gute Köchin genoß sie den Anblick der Verzückung, die sich auf dem Antlitz ihrer Gäste widerspiegelte, während sie eines ihrer Gerichte kosteten. Und Montalbano gehörte wegen seines ausdrucksvollen Mienenspiels zu ihren liebsten Gästen.

»Vielen Dank, wirklich vielen Dank«, sagte der Commissario zum Schluß und seufzte. Die Babytintenfische hatten ein kleines Wunder bewirkt. Ein kleines nur, weil Montalbano jetzt zwar mit Gott und der Welt Frieden geschlossen hatte, mit sich selbst jedoch alles andere als versöhnt war.

Als sie fertiggegessen hatten, räumte die Signora ab, bevor sie eine Flasche Chivas für den Commissario und einen Amaro für ihren Gatten auf den Tisch stellte – eine kluge Geste.

»Ihr könnt euch jetzt über eure echten Toten unterhalten. Ich gehe solange nach nebenan und sehe mir im Fernsehen die gespielten an. Die sind mir lieber.«
Das war ein Ritus, der sich wenigstens einmal alle vierzehn Tage wiederholte. Der Polizeipräsident und seine Frau waren Montalbano sympathisch, und diese Sympathie wurde von den beiden Eheleuten reichlich erwidert. Der Polizeipräsident war ein feiner Mann, gebildet und zurückhaltend, eine Persönlichkeit wie aus vergangenen Zeiten.
Sie sprachen über die katastrophale politische Lage, über die unbekannten Gefahren, die dem Land durch die steigende Arbeitslosigkeit drohten, über den kritischen Zustand der öffentlichen Ordnung. Dann ging der Polizeipräsident zu einer direkten Frage über.
»Würden Sie mir bitte erklären, warum Sie die Sache Luparello noch nicht zu den Akten gelegt haben? Heute habe ich von Lo Bianco einen recht besorgten Anruf erhalten.«
»War er wütend?«
»Nein. Nur besorgt, wie ich gesagt habe. Nun, vielleicht eher befremdet. Er kann sich einfach nicht erklären, warum Sie alles so in die Länge ziehen. Und ich ebensowenig, um ehrlich zu sein. Sehen Sie, Montalbano, Sie kennen mich und wissen, daß ich es mir niemals erlauben würde, auf einen meiner Beamten auch nur den mindesten Druck auszuüben, damit er so oder anders entscheidet.«
»Das weiß ich zu schätzen.«

»Gut, wenn ich Sie also frage, geschieht das aus rein persönlicher Neugierde. Ich spreche mit dem Freund Montalbano, damit Sie mich recht verstehen. Mit einem Freund, dessen Intelligenz, dessen Scharfsinn und vor allem dessen Anstand gegenüber seinen Mitmenschen, wie er in der heutigen Zeit so selten ist, mir seit langem bekannt sind.«

»Ich danke Ihnen, Herr Polizeipräsident, und ich werde ehrlich zu Ihnen sein, wie es Ihnen gebührt. Was mich an dieser ganzen Geschichte von Anfang an stutzig gemacht hat, war der Ort, an dem die Leiche gefunden wurde. Der paßte einfach überhaupt nicht, ja, er stand im krassen Widerspruch zur Persönlichkeit und zum Verhalten Luparellos, der ein kluger, vorsichtiger und ehrgeiziger Mann war. Ich habe mich gefragt: Warum hat er das gemacht? Warum ist er zu einem Schäferstündchen bis an die Mànnara gefahren, wo sich doch diese Umgebung für ihn als höchst gefährlich entpuppen konnte? Und weit wichtiger, er setzte damit sein Ansehen aufs Spiel. Ich kann es mir immer noch nicht erklären. Sehen Sie, Herr Polizeipräsident, das ist ungefähr so, als wäre der Staatspräsident an einem Herzinfarkt gestorben, während er in einer drittklassigen Disco Rock ’n’ Roll tanzte.«

Der Polizeipräsident hob eine Hand, um ihm Einhalt zu gebieten.

»Ihr Vergleich ist nicht gerade zutreffend«, bemerkte er mit einem Lächeln, das keines war. »Wir hatten jüngst so manchen Minister, der sich in drittklassigen Nachtclubs

beim Tanzen ausgetobt hat und nicht daran gestorben ist.«
Das »leider«, das er offensichtlich hinzufügen wollte, erstarb ihm auf den Lippen.
»Aber an der Tatsache ändert das nichts«, fuhr Montalbano eigensinnig fort. »Und mein erster Eindruck wurde mir von der Witwe des Ingegnere umfassend bestätigt.«
»Haben Sie sie kennengelernt? Die Signora ist wirklich eine kluge Frau, hochintelligent.«
»Die Signora selbst wollte sich mit mir treffen, auf Ihre Anregung hin. In einem Gespräch, das ich gestern mit ihr führte, sagte sie mir, ihr Mann habe am Capo Massaria eine Art Absteige besessen, und gab mir die Hausschlüssel. Welchen Grund also hatte er, sich an einem Ort wie der Mànnara sehen zu lassen?«
»Das habe ich mich auch schon gefragt.«
»Gehen wir mal davon aus, nur als Annahme natürlich, daß er hingefahren ist, weil er sich von einer Frau hat überreden lassen, die über eine außergewöhnliche Überzeugungskraft verfügt. Eine Frau, die nicht von hier stammt, die ihn über eine ausgesprochen unwegsame Zufahrtsstrecke dorthin brachte. Denken Sie daran, daß die Frau den Wagen steuerte.«
»Eine unwegsame Strecke, sagen Sie?«
»Ja, und ich habe nicht nur schlagende Beweise dafür, sondern habe diese Straße meinen Brigadiere fahren lassen und bin sie auch selbst gefahren. Also, das Auto ist durch das ausgetrocknete Flußbett des Canneto gefahren, dabei sind die Stoßdämpfer kaputtgegangen. Kaum hält der Wagen an, dicht an einem großen Strauch, steigt die Frau

über den Mann, der neben ihr sitzt, und sie beginnen, sich zu lieben. Und genau während dieses Liebesakts wird der Ingegnere von einem Unwohlsein befallen, das zu seinem Tod führt. Die Frau jedoch schreit weder, noch ruft sie um Hilfe. Sie steigt vielmehr eiskalt aus dem Wagen, geht langsam den Feldweg zurück, der in die Landstraße mündet, steigt in ein Auto, das zufällig daherkommt, und verschwindet.«

»Natürlich ist das alles recht eigenartig. Hat die Frau versucht, als Anhalterin mitgenommen zu werden?«

»Sieht nicht so aus – nur, damit haben Sie den Nagel auf den Kopf getroffen. Ich habe diesbezüglich eine weitere Zeugenaussage. Das Auto, das sie mitgenommen hat, kam wie der Blitz mit offenem Wagenschlag angerast, der Fahrer wußte im voraus, wen er antreffen würde und einsteigen lassen mußte, ohne Zeit zu verlieren.«

»Verzeihen Sie mir, Commissario, haben Sie diese Zeugenaussagen alle zu Protokoll genommen?«

»Nein. Dafür gab es keinen Grund. Sehen Sie, eins ist klar: Der Ingegnere Luparello ist eines natürlichen Todes gestorben. Offiziell habe ich keinerlei Grund, irgendwelche Ermittlungen anzustellen.«

»Nun ja, wenn es sich so zugetragen hat, wie Sie sagen, könnte es sich um einen Fall unterlassener Hilfeleistung handeln.«

»Schön, aber in diesem Fall kommt es darauf sicher nicht an.«

»Nein, natürlich nicht.«

»Gut, eben an diesem Punkt stand ich, als die Signora Luparello mich auf ein entscheidendes Detail aufmerksam machte. Nämlich daß ihr Mann, als man ihn in seinem Wagen fand, die Unterhosen verkehrt herum trug.«

»Warten Sie mal«, sagte der Polizeipräsident, »lassen Sie uns in aller Ruhe darüber nachdenken. Woher wußte die Signora eigentlich, daß ihr Mann die Unterhosen verkehrt herum anhatte? Soweit ich weiß, war die Signora nicht am Tatort und ebensowenig bei den Aufnahmen des Erkennungsdienstes zugegen.«

Montalbano wurde unruhig, er hatte unüberlegt dahergeredet, nicht bedacht, daß er Jacomuzzi wegen der Fotos, die er der Signora gegeben hatte, aus der Sache heraushalten mußte. Aber jetzt gab es keinen Ausweg mehr.

»Die Signora hatte die Fotos, die der Erkennungsdienst gemacht hatte. Ich weiß nicht, wie sie an die rangekommen ist.«

»Vielleicht weiß ich es«, sagte der Polizeipräsident, und seine Miene verfinsterte sich.

»Sie hatte sie mit einem Vergrößerungsglas genauestens untersucht. Sie hat sie mir gezeigt. Und sie hatte recht.«

»Und daraus hat die Signora ihre Schlüsse gezogen?«

»Genau. Sie geht davon aus, daß ihr Mann, wenn er beim Ankleiden die Unterhosen falsch herum angezogen hätte, dies im Laufe des Tages zweifellos bemerkt hätte. Er mußte mehrmals am Tag Wasser lassen, weil er harntreibende Mittel nahm. Folglich glaubt die Signora, daß ihr Gatte in einer, gelinde gesagt, peinlichen Situation überrascht worden sei. Man habe ihn gezwungen, sich hastig anzuziehen und an die Mànnara zu fahren, wo er, nach Meinung der Signora, versteht sich, kompromittiert werden sollte, und zwar derart, daß er sich aus der Politik hätte zurückziehen müssen. Übrigens gibt's diesbezüglich noch mehr Hinweise.«

»Nur zu!«

»Die beiden Müllmänner, die die Leiche gefunden haben, sahen es als ihre Pflicht an, den Avvocato Rizzo zu verständigen, bevor sie die Polizei anriefen, da sie wußten, daß er Luparellos *alter ego* war. Nun gut, Rizzo zeigt nicht nur keinerlei Verwunderung, Beunruhigung oder gar Angst, nichts dergleichen, nein, er fordert die beiden sogar auf, die Sache unverzüglich der Polizei zu melden.«

»Und woher wissen Sie das? Haben Sie das Telefonat abgehört?« fragte der Polizeipräsident bestürzt.

»Nein, durchaus nicht. Ich habe vielmehr die getreue Abschrift des kurzen Gesprächs, die einer der beiden Müllmänner angefertigt hat. Er hat es aus Gründen getan, die zu erklären zu lange dauern würde.«

»Wollte er jemanden erpressen?«

»Nein, er wollte ein Theaterstück schreiben. Glauben Sie mir, er hatte nicht die geringste Absicht, ein Verbrechen zu begehen. Und damit sind wir beim Thema, soll heißen, bei Rizzo.«

»Warten Sie. Ich hatte mir für heute abend fest vorgenommen, Sie zu rügen. Wegen Ihres ständigen Drangs, einfache Dinge zu komplizieren. Sie haben bestimmt *Candido* von Sciascia gelesen. Erinnern Sie sich, daß die Hauptfigur an einer bestimmten Stelle behauptet, daß die Dinge fast immer einfach sind? Das wollte ich Ihnen nur in Erinnerung rufen.«

»Ja, aber sehen Sie, Candido sagt ›fast immer‹, er sagt nicht ›immer‹. Er läßt Ausnahmen zu. Und die Geschichte mit Luparello ist ein Fall, in dem die Dinge so arrangiert worden sind, daß sie einfach erscheinen.«

»Und in Wahrheit sind sie kompliziert?«

»Das sind sie in der Tat. Apropos *Candido*, erinnern Sie sich an den Untertitel?«

»Natürlich. *Ein Traum in Sizilien.*«

»Eben. Hier haben wir es allerdings mit einer Art Alptraum zu tun. Ich möchte eine Hypothese wagen, die man mir schwerlich bestätigen wird, jetzt, wo Rizzo tot ist. Also, am späten Sonntag nachmittag, gegen sieben Uhr, ruft der Ingegnere seine Frau an und teilt ihr mit, daß es sehr spät werden könne, er habe eine wichtige Konferenz. Statt dessen fährt er zu einem Rendezvous in sein Haus am Capo Massaria. Ich darf Ihnen gleich verraten, daß sich eventuelle Nachforschungen über die Person, die mit dem Ingegnere zusammen war, als sehr schwierig gestalten würden, denn Luparello war bi.«

»Was soll das denn heißen, bitte? Bedeutet das, daß er ...?«

»Ja, er war bisexuell, umgangssprachlich bi, jemand, der sowohl mit Männern als auch mit Frauen verkehrte.«

Mit ihren ernsten Gesichtern wirkten sie wie zwei Professoren, die an einem neuen Wörterbuch arbeiteten.

»Also, das glauben Sie doch selber nicht!« platzte der Polizeipräsident bestürzt heraus.

»Die Signora Luparello selber hat mir das deutlich zu verstehen gegeben. Und sie hatte keinerlei Interesse, mir irgendwelche Märchen zu erzählen, vor allem nicht in dieser Hinsicht.«

»Sind Sie zu dem Haus gefahren?«

»Ja. Alles in peinlicher Ordnung. Es fanden sich nur Sachen, die dem Ingegnere gehörten, sonst nichts.«

»Fahren Sie mit Ihrer Hypothese fort.«

»Während des Geschlechtsverkehrs oder danach, was wegen der Spuren von Sperma, die wir gefunden haben, wahrscheinlicher ist, stirbt Luparello. Die Frau, die bei ihm ist...«

»Halt«, gebot der Polizeipräsident, »wie können Sie so sicher behaupten, daß es sich um eine Frau handelte? Sie selbst haben mir doch eben erst die eher weitläufigen sexuellen Vorlieben des seligen Ingegnere geschildert.«

»Ich komme noch zu dem Punkt, warum ich mir dessen so sicher bin. Nun, die Frau verliert den Kopf, kaum daß sie begriffen hat, daß ihr Geliebter tot ist, weiß nicht, was sie tun soll, dreht fast durch, verliert sogar die Halskette, die sie trug, und merkt es noch nicht einmal. Nachdem sie sich wieder beruhigt hat, sieht sie nur einen einzigen Ausweg, nämlich Rizzo anzurufen, Luparellos Schatten, und ihn um Hilfe zu bitten. Rizzo erklärt ihr, sie solle unverzüglich das Haus verlassen, und überredet sie, den Schlüssel an einer bestimmten Stelle zu verstecken, damit er in das Haus kann. Er verspricht ihr, er werde sich um alles kümmern, niemand werde je von diesem Stelldichein erfahren, das auf so tragische Weise geendet hatte. Beruhigt verschwindet die Frau von der Bildfläche.«

»Wie, verschwindet von der Bildfläche? War es denn nicht eine Frau, die Luparello zur Mànnara brachte?«

»Ja und nein. Lassen Sie mich fortfahren. Rizzo eilt ans Capo Massaria, kleidet die Leiche in aller Eile an, beabsichtigt, den Toten von dort wegzuschaffen und dafür zu sorgen, daß er an einem weniger kompromittierenden Ort gefunden wird. Dann sieht er jedoch die Halskette auf dem Boden liegen und entdeckt im Schrank die Kleider der Frau, die ihn angerufen hat. Da begreift er, daß dies sein Glückstag werden könnte.«

»Inwiefern?«

»Insofern, als er nun in der Lage ist, alle, politische Freunde wie Feinde, mit dem Rücken an die Wand zu drängen und dadurch die Nummer eins in der Partei zu werden. Die Frau, die ihn angerufen hat, heißt Ingrid Sjostrom, eine Schwedin. Sie ist die Gattin des Sohnes von Dottor Cardamone, dem offensichtlichen Luparello-Nachfolger, eines Mannes, der mit Rizzo sicherlich nichts zu tun haben wollte. Nun, Sie werden verstehen, ein Anruf ist eine Sache, eine andere aber ist der untrügliche Beweis, daß die Sjostrom Luparellos Geliebte war. Aber es gilt, noch ein paar weitere Dinge zu regeln. Rizzo ist klar, daß die Parteifreunde sich auf das politische Erbe Luparellos stürzen werden. Um sie auszuschalten, muß er einzig und allein dafür sorgen, daß sie sich schämen müßten,

Luparellos Fahne zu schwenken. Der Name des Ingegnere muß also vollkommen in den Schmutz gezogen werden. Da hat Rizzo den gloriosen Einfall, alles so zu arrangieren, daß Luparello an der Mànnara gefunden wird. Und warum nicht alle glauben machen, daß es eben jene Ingrid Sjostrom war, die mit Luparello an die Mànnara fuhr? Schließlich war diese Ausländerin mit nicht gerade klösterlichem Lebensstil ständig auf der Suche nach Abenteuern! Sollte die Inszenierung klappen, wäre Cardamone in seiner Hand. Er ruft zwei seiner Männer an, die, wie wir wissen, ohne es beweisen zu können, im Billigfleischgewerbe tätig sind. Einer der beiden heißt Angelo Nicotra, ein Homosexueller, in einschlägigen Kreisen besser bekannt unter dem Namen Marilyn.«

»Wie haben Sie denn den Namen herausbekommen?«

»Den hat mir einer meiner Informanten genannt, dem ich blindlings vertraue. In gewisser Weise sind wir Freunde.«

»Gegè? Ihr alter Schulfreund?«

Montalbano starrte den Polizeipräsidenten mit offenem Mund an.

»Warum schauen Sie mich so an? Auch ich bin ein Bulle. Erzählen Sie nur weiter.«

»Als seine Leute eintreffen, verlangt Rizzo von Marilyn, sich als Frau zu verkleiden. Er legt ihm die Halskette um und trägt ihm auf, den Leichnam über eine unwegsame Strecke, nämlich durch das ausgetrocknete Flußbett hinunter an die Mànnara zu schaffen.«

»Was bezweckte er damit?«

»Ein weiterer Beweis gegen die Sjostrom. Sie ist Rennfahrerin, und diesen Weg, den weiß sie sehr wohl zu fahren.«
»Sind Sie sicher?«
»Ja. Ich saß mit im Auto, als ich sie das Flußbett hinunterfahren ließ.«
»O Gott«, stöhnte der Polizeipräsident. »Haben Sie sie dazu gezwungen?«
»Nicht im Traum! Sie war vollkommen einverstanden.«
»Würden Sie mir freundlicherweise sagen, wie viele Leute Sie da mit hineingezogen haben? Ist Ihnen klar, daß Sie da mit Dynamit spielen?«
»Das Ganze endet in einer Seifenblase, glauben Sie mir. Also, während die beiden mit dem Toten wegfahren, kehrt Rizzo, nun im Besitz von Luparellos Schlüsseln, nach Montelusa zurück. Es ist ihm ein leichtes, sich die geheimen Unterlagen des Ingegnere anzueignen, die ihn am meisten interessieren. Inzwischen führt Marilyn haargenau aus, was man ihm aufgetragen hat. Er verläßt das Auto, nachdem er einen Geschlechtsverkehr simuliert hat, und geht davon. Die Halskette versteckt er, und die Handtasche wirft er über die Mauer einer alten, verlassenen Fabrik.«
»Von welcher Tasche sprechen Sie?«
»Sie gehörte der Sjostrom, es stehen sogar ihre Initialen drauf. Rizzo hat sie zufällig im Haus gefunden und sich das zunutze gemacht.«
»Würden Sie mir erklären, wie Sie zu diesen Schlußfolgerungen gekommen sind.«

»Sehen Sie, Rizzo spielte mit einer offenen Karte, der Halskette, und einer verdeckten, der Tasche. Der Fund der Kette, wie auch immer er stattfände, sollte beweisen, daß Ingrid exakt zu der Zeit an der Mànnara war, als Luparello starb. Sollte irgend jemand die Kette heimlich einstecken, konnte Rizzo immer noch die Karte mit der Tasche ausspielen. Doch er hat Glück, von seiner Warte aus betrachtet. Die Kette wird von einem der beiden Müllmänner gefunden, der sie mir übergibt. Rizzo rechtfertigt den Fund mit einer im Grunde glaubwürdigen Ausrede, hat aber inzwischen das Dreieck Sjostrom-Luparello-Mànnara aufgestellt. Die Tasche hingegen habe ich entdeckt, aufgrund zweier widersprüchlicher Zeugenaussagen. Die Frau, die das Auto des Ingegnere verließ, hielt nämlich eine Tasche in der Hand, die sie aber nicht mehr hatte, als sie an der Landstraße von einem Auto mitgenommen wurde. Um es kurz zu machen, Rizzos Männer fahren zum Haus zurück, räumen alles ordentlich auf, als wäre nichts gewesen, und geben ihm die Schlüssel zurück. Im Morgengrauen ruft Rizzo bei Cardamone an und beginnt, seine Karten geschickt auszuspielen.«

»Ja, gewiß, aber er setzt damit auch sein Leben aufs Spiel.«

»Das ist eine andere Sache, wenn es überhaupt so war«, sagte Montalbano.

Der Polizeipräsident sah ihn überrascht an.

»Was wollen Sie damit sagen? Was um Himmels willen geht Ihnen durch den Kopf?«

»Schlicht und einfach, daß der einzige, der aus dieser ganzen Geschichte gesund und heil herauskommt,

Cardamone ist. Finden Sie nicht, daß ihm die Ermordung Rizzos ausgesprochen gelegen kommen muß?«
Der Polizeipräsident fuhr hoch, und es war nicht erkennbar, ob er im Ernst sprach oder scherzte.
»Hören Sie, Montalbano, lassen Sie sich keine neuen genialen Ideen einfallen! Lassen Sie Cardamone in Frieden, er ist ein Ehrenmann, der keiner Fliege etwas zuleide tun könnte.«
»War doch nur ein Scherz von mir, Herr Polizeipräsident. Wenn Sie erlauben, gibt es irgendwelche Neuigkeiten in den Ermittlungen?«
»Was soll es schon für Neuigkeiten geben? Sie wissen, was Rizzo für ein Typ war. Von zehn Personen, die er kannte, ob ehrenwert oder nicht, hätten ihn acht, ehrenwert oder nicht, gerne tot gesehen. Ein Wald, ein ganzer Dschungel voller potentieller Mörder, mein Lieber, eigenhändig oder durch einen Mittelsmann. Ich kann Ihnen sagen, daß Ihre Erzählung nur für denjenigen eine gewisse Glaubwürdigkeit haben wird, der weiß, aus welchem Holz der Avvocato Rizzo geschnitzt war.«
Er nippte mehrmals an seinem Gläschen Amaro.
»Ich habe mich von Ihnen mitreißen lassen. Ihre Schilderung ist eine anspruchsvolle Intelligenzübung, streckenweise sind Sie mir wie ein Drahtseil-Akrobat ohne Netz vorgekommen. Denn, um es ganz brutal zu sagen, Ihre Behauptungen entbehren jeglicher Grundlage. Nichts als gähnende Leere. Sie haben nicht den geringsten Beweis für all das, was Sie mir soeben erzählt haben. Das Ganze könnte auch auf völlig andere Weise gedeutet werden, und

ein guter Anwalt wüßte Ihre Schlußfolgerungen zu entkräften, ohne dabei groß ins Schwitzen zu geraten.«
»Ich weiß.«
»Was gedenken Sie zu tun?«
»Morgen früh werde ich Lo Bianco sagen, wenn er den Fall zu den Akten legen will, stehe dem nichts entgegen.«

Sechzehn

»Hallo, Montalbano? Hier spricht Mimì Augello. Hab' ich dich geweckt? 'tschuldige, aber ich wollte dich nur beruhigen. Ich bin wieder auf dem Posten. Wann fliegst du?«

»Meine Maschine geht um drei Uhr ab Palermo, das heißt, ich werde so gegen halb eins in Vigàta losfahren müssen, gleich nach dem Essen.«

»Dann sehen wir uns also nicht mehr. Ich komme erst ein bißchen später ins Büro. Gibt's Neuigkeiten?«

»Die wird Fazio dir erzählen.«

»Wie lange hast du vor wegzubleiben?«

»Bis einschließlich Donnerstag.«

»Viel Vergnügen, und erhol dich gut. Fazio hat deine Telefonnummer in Genua, nicht? Wenn irgendwas Besonderes passieren sollte, ruf' ich dich an.«

Der Stellvertreter des Commissario, Mimì Augello, war pünktlich aus den Ferien zurück, folglich konnte Montalbano problemlos abreisen. Augello war ein fähiger Mensch. Montalbano rief Livia an und sagte ihr, um wieviel Uhr er ankommen würde. Livia war glücklich und versprach, ihn am Flughafen abzuholen.

Kaum hatte er sein Büro betreten, berichtete Fazio ihm, daß die Arbeiter der Salzfabrik den Bahnhof besetzt hielten. Man hatte sie allesamt ›freigestellt‹, was nichts anderes als ein barmherziger Ausdruck dafür war, daß man ihnen allen gekündigt hatte. Ihre Frauen lagen ausgestreckt auf den Gleisen, um den Bahnverkehr zu blockieren. Das Militär war schon vor Ort. Ob sie auch hingehen sollten?

»Wozu?«

»Na ja, weiß nicht, helfen.«

»Wem denn?«

»Wie, wem, Dottore? Den Carabinieri, den Ordnungshütern, zu denen wir ja schließlich auch noch gehören, zumindest bis der Gegenbeweis erbracht worden ist.«

»Wenn du schon unbedingt jemandem helfen mußt, dann hilf denen, die den Bahnhof besetzt haben.«

»Dottore, ich hab's ja immer schon geahnt: Sie sind ein Kommunist.«

»Commissario? Stefano Luparello am Apparat. Verzeihen Sie bitte, aber hat sich mein Cousin Giorgio bei Ihnen blicken lassen?«

»Nein, er hat sich nicht gemeldet.«

»Wir sind alle sehr besorgt. Kaum hatte das Beruhigungsmittel nachgelassen, ist er weggegangen und offensichtlich erneut verschwunden. Mama möchte Sie um einen Rat bitten. Sie fragt sich, ob es nicht angebracht wäre, daß wir uns an die Polizei wenden, um Nachforschungen anstellen zu lassen.«

»Nein. Richten Sie Ihrer Mutter aus, daß ich das für unnötig halte. Giorgio wird sich bestimmt bald melden. Sagen Sie ihr, sie könne ganz beruhigt sein.«

»In jedem Falle möchte ich Sie bitten, uns zu verständigen, wenn Sie etwas hören.«
»Das wird ziemlich schwierig sein, Ingegnere, denn ich bin ab heute für einige Tage in Urlaub. Ich komme erst am Freitag zurück.«

Die ersten drei Tage mit Livia in ihrem Häuschen in Boccadasse ließen ihn Sizilien beinahe ganz vergessen. Grund dafür waren die vielen Stunden tiefen Schlafes, die er jetzt, mit Livia im Arm, nachholte. Aber wie gesagt, nur beinahe, denn zwei- oder dreimal überfielen ihn der Duft, der Dialekt, die Dinge seiner Heimat hinterrücks, hoben ihn schwerelos in die Luft und brachten ihn für wenige Augenblicke zurück nach Vigàta. Jedesmal, da war er sich sicher, hatte Livia diese vorübergehende Versunkenheit, diese Abwesenheit bemerkt, und jedesmal hatte sie ihn schweigend angesehen.

Am Donnerstag abend erhielt er einen völlig unerwarteten Anruf von Fazio.
»Nichts Wichtiges, Dottore, ich wollte nur Ihre Stimme hören und sicher sein, daß Sie morgen zurückkommen.«
Montalbano wußte nur zu gut, daß die Beziehung zwischen dem Brigadiere und Augello nicht einfach war.
»Brauchst du ein wenig Zuspruch? Hat dir dieser Bösewicht von Augello etwa den Hintern versohlt?«
»Dem kann ich es nie recht machen.«
»Hab Geduld, ich habe dir doch gesagt, daß ich morgen zurückkomme. Neuigkeiten?«

»Gestern haben Sie den Bürgermeister und drei aus dem Gemeindeausschuß verhaftet. Erpressung und Unterschlagung. Wegen der Ausbauarbeiten am Hafen.«

»Endlich haben sie's kapiert.«

»Ja, Dottore, aber machen Sie sich keine Illusionen. Die wollen hier den Richtern in Mailand nacheifern, aber Mailand ist eben sehr weit weg.«

»Sonst noch was?«

»Wir haben Gambarella gefunden, erinnern Sie sich? Den, den sie umbringen wollten, als er beim Tanken war. Von wegen auf dem flachen Land vergraben! Er lag *incaprettato*, also die Hände und Füße auf dem Rücken zusammengebunden mit einer Schnur, die um den Hals führt und mit der er sich selbst erdrosselt hat, im Kofferraum seines Wagens. Den haben sie dann angezündet. Er ist vollkommen verbrannt.« Er hatte den Ausdruck der sizilianischen Mafia benutzt. Das Wort verwies auf die Art und Weise, in der man Zicklein, *capretti*, für den Transport band.

»Wenn er vollständig verbrannt war, woher wißt ihr dann, wie sie Gambarella umgebracht haben?«

»Sie haben Eisendraht benutzt, Dottore.«

»Bis morgen, Fazio.«

Und dieses Mal waren es nicht nur der Duft und der Dialekt seiner sizilianischen Heimat, die ihn einholten, sondern auch die Dummheit, die Grausamkeit und das Entsetzen.

Nachdem sie sich geliebt hatten, blieb Livia eine Weile schweigend liegen, dann ergriff sie seine Hand.
»Was ist los? Was hat dir dein Brigadiere erzählt?«
»Nichts Wichtiges, glaub' mir.«
»Warum schaust du dann so finster?«
Das bestärkte Montalbano in der Überzeugung, daß es auf der ganzen Welt nur einen Menschen gab, dem er die Geschichte von A bis Z anvertrauen konnte, und das war Livia. Dem Polizeipräsidenten hatte er nur die halbe Wahrheit erzählt, und auch die nur ausschnittweise. Er setzte sich im Bett auf und klopfte sich das Kissen zurecht.
»Also, hör mir zu.«

Er erzählte ihr alles, von der Mànnara, vom Ingenieur Luparello, von der Zuneigung, die sein Neffe Giorgio für ihn hegte und die sich an einem gewissen Punkt in Liebe verwandelt hatte, ja, in Leidenschaft. Er sprach vom letzten Stelldichein im Liebesnest am Capo Massaria, von Luparellos Tod, von Giorgio, der aus lauter Angst vor einem Skandal durchgedreht war, nicht seinetwegen, sondern weil der Ruf seines Onkels auf dem Spiel stand. Er beschrieb, wie der junge Mann Luparellos Leiche so gut wie möglich wieder angekleidet und ins Auto gezerrt hatte, um sie fortzuschaffen, damit sie an einem anderen Ort gefunden werden konnte. Er schilderte ihr Giorgios Verzweiflung, als ihm klar wurde, daß sein Versuch, die Wahrheit zu vertuschen, scheitern mußte, daß früher oder später jemand dahinterkommen würde, daß er einen Toten transportierte. Er sprach von Giorgios Idee, dem Onkel die Halskrause anzulegen, die er bis zum Vortag noch selber getragen hatte. Er erzählte ihr von Giorgios Versuch, die Halskrause mit einem schwarzen Tuch zu verbergen, und daß er plötzlich einen seiner epileptischen Anfälle fürchtete, unter denen er gelegentlich litt. Schließlich hatte der Neffe Rizzo angerufen. Montalbano erklärte Livia, wer der Advokat war und wie dieser sogleich begriffen hatte, daß der Tod des Ingenieurs, entsprechend arrangiert, sein Glück bedeuten konnte.

Er erzählte von Ingrid, ihrem Mann Giacomo, von Dottor Cardamone und von der Vergewaltigung, er fand kein besseres Wort für das Vergehen an der Schwiegertochter (»Wie widerlich«, kommentierte Livia), und erklärte, wie Rizzo diesem Verhältnis auf die Spur gekommen war; wie er versucht hatte, Ingrid als die Schuldige erscheinen zu lassen, womit er bei Cardamone Erfolg hatte, nicht aber bei ihm, Montalbano. Er beschrieb Marilyn und seinen Komplizen, die unglaubliche Autofahrt, das grauenvolle Schauspiel im Auto an der Mànnara. (»Entschuldige bitte, ich muß etwas Starkes trinken.«) Und als er zurückkam, schilderte er ihr noch all die anderen schändlichen Einzelheiten, von der Halskette, der Tasche, den Kleidern bis zu Giorgios quälender Verzweiflung, als er die Fotos sah und Rizzos doppelten Betrug begriff, mit dem dieser das Andenken Luparellos und ihn selbst schändete, ihn, der den guten Ruf des Onkels um jeden Preis wahren wollte.

»Warte mal einen Augenblick«, sagte Livia, »ist diese Ingrid schön?«

»Bildschön. Und auch wenn mir völlig klar ist, was du jetzt denken wirst, so sage ich dir noch etwas: Ich habe alle falschen Beweise zu ihren Lasten vernichtet.«

»Das ist gar nicht deine Art«, bemerkte Livia.

»Es kommt noch schlimmer, hör zu. Rizzo, der Cardamone in der Hand hat, erreicht sein politisches Ziel, aber er begeht einen Fehler. Er unterschätzt Giorgios Reaktion. Dieser Giorgio ist ein junger Mann von umwerfender Schönheit!«

»Ach, jetzt hör aber auf! Der etwa auch noch?« versuchte Livia zu scherzen.

»Doch er hat einen äußerst labilen Charakter«, fuhr der Commissario unbeirrt fort. »Auf dem Höhepunkt seiner Erregung rast er völlig verstört ans Capo Massaria, nimmt Luparellos Pistole an sich, trifft sich mit Rizzo, schlägt ihn zusammen und schießt ihm in den Nacken.«

»Hast du ihn verhaftet?«

»Nein, ich habe dir ja gesagt, daß es noch schlimmer kommen würde, daß ich nicht nur Beweismaterial vernichtet habe. Weißt du, meine Kollegen in Montelusa glauben, und so aus der Luft gegriffen ist das nun auch wieder nicht, daß Rizzo von der Mafia umgebracht wurde. Und ich habe ihnen das, was ich für die Wahrheit halte, verschwiegen.«

»Aber warum?«

Montalbano gab keine Antwort. Er breitete nur achselzuckend die Arme aus. Livia ging ins Bad. Der Commissa-

rio hörte, wie Wasser sprudelnd in die Wanne lief. Als er sie später um die Erlaubnis bat, hereinzukommen, saß sie immer noch in der gefüllten Wanne, das Kinn auf die angezogenen Knie gestützt.
»Wußtest du, daß in dem Haus eine Pistole lag?«
»Ja.«
»Und du hast sie dort liegen lassen?«
»Ja.«
»Du hast dich selbst befördert, wie?« fragte Livia, nachdem sie lange Zeit schweigend dagesessen hatte. »Vom Commissario zum Gott, einem Gott vierten Ranges, aber doch immerhin einem Gott.«

Kaum dem Flugzeug entstiegen, stürzte Montalbano augenblicklich in die Flughafenbar. Er brauchte dringend einen richtigen Kaffee nach all dem unwürdigen dunklen Spülwasser, das man ihm während des Fluges zugemutet hatte.
»Was machen Sie denn hier, Ingegnere? Fliegen Sie nach Mailand zurück?«
»Ja, ich muß wieder arbeiten, ich bin schon zu lange Zeit weg. Und ich werde mir auch ein größeres Haus suchen. Sobald ich es gefunden habe, wird meine Mutter nachkommen. Ich will sie nicht alleine zurücklassen.«
»Da tun Sie wirklich gut daran, auch wenn sie in Montelusa die Schwester hat und den Neffen …«
Der junge Ingenieur erstarrte augenblicklich.
»Ja, wissen Sie es denn noch nicht?«
»Was?«

»Giorgio ist tot.«
Montalbano stellte die Tasse ab. Den Kaffee hatte er vor Schreck verschüttet.
»Was ist geschehen?«
»Erinnern Sie sich, daß ich Sie am Tag Ihrer Abreise angerufen habe, um Sie zu fragen, ob er sich bei Ihnen gemeldet hat?«
»Natürlich erinnere ich mich.«
»Am nächsten Morgen war er immer noch nicht zurückgekommen. Da habe ich es für meine Pflicht gehalten, die Polizei und die Carabinieri zu verständigen. Sie haben ausgesprochen oberflächliche Nachforschungen angestellt, wenn Sie mir diese Bemerkung gestatten. Vielleicht waren sie zu sehr mit den Ermittlungen im Mordfall des Avvocato Rizzo beschäftigt. Am Sonntag nachmittag hat ein Fischer von einem Boot aus ein Auto bemerkt, das direkt unterhalb der Kurve von Sanfilippo die Klippen hinuntergestürzt war. Kennen Sie die Gegend? Das ist kurz vor dem Capo Massaria.«
»Ja, ich kenne den Ort.«
»Gut, der Fischer ruderte auf den Wagen zu, sah jemanden auf dem Fahrersitz sitzen und beeilte sich, den Unfall zu melden.«
»Hat man die Unfallursache herausgefunden?«
»Ja. Wie Sie wissen, lebte mein Cousin seit Papàs Tod praktisch in einem Zustand geistiger Umnachtung, zu viele Beruhigungsmittel, zu viele Schlaftabletten. Statt die Kurve zu nehmen, ist er geradeaus weitergefahren. Außerdem war er viel zu schnell und ist durch die Mauer

gerast. Nach dem Tod seines Onkels hat er sich einfach nicht mehr gefangen. Er hegte eine regelrechte Leidenschaft für meinen Vater, er liebte ihn.«
Er sprach die beiden Worte, Leidenschaft und Liebe, mit fester, klarer Stimme aus, als wolle er damit jede mögliche Zweideutigkeit im Keim ersticken. Dann wurden die Passagiere des Fluges nach Mailand aufgerufen.

Sobald Montalbano den Flughafenparkplatz verlassen hatte, drückte er das Gaspedal seines Wagens voll durch. Er wollte an nichts denken, sich nur auf das Fahren konzentrieren. Nach etwa hundert Kilometern hielt er am Ufer eines künstlichen Sees an. Er stieg aus, öffnete den Kofferraum, nahm die Halskrause heraus, warf sie ins Wasser und wartete, bis sie versunken war. Erst dann lächelte er. Er hatte wie ein Gott handeln wollen, da hatte Livia ganz recht gehabt, aber als Gott vierten Ranges hatte er bei seiner ersten und, wie er hoffte, letzten Erfahrung immerhin voll ins Schwarze getroffen.

Um nach Vigàta zu kommen, mußte er zwangsläufig am Polizeipräsidium von Montelusa vorbeifahren. Und genau dort entschied sich sein Auto, den Geist aufzugeben. Montalbano versuchte mehrmals, es wieder in Gang zu bringen. Vergeblich. Er stieg aus und wollte gerade ins Präsidium hineingehen, um Hilfe zu holen, als sich ihm ein Beamter näherte, der ihn kannte und der seine erfolglosen Bemühungen beobachtet hatte. Der Beamte öffnete die Motorhaube, hantierte ein wenig herum, schlug sie wieder zu.

»Alles in Ordnung. Aber lassen Sie ihn bei Gelegenheit mal durchchecken.«

Montalbano setzte sich wieder ins Auto, ließ den Motor an, bückte sich, um einige Zeitungen aufzuheben, die hinuntergefallen waren. Als er sich aufrichtete, sah er Anna, auf das offene Seitenfenster gestützt, neben dem Wagen stehen.

»Ciao, Anna, wie geht's dir?«

Das Mädchen antwortete nicht, blickte ihn einfach nur an.

»Nun, was gibt's?«

»Und du wärst dann also das, was man einen ehrlichen Mann nennt?« zischte sie.

Montalbano begriff, daß sie auf die Nacht anspielte, in der sie Ingrid halbnackt in seinem Schlafzimmer gesehen hatte.

»Nein, das bin ich nicht«, sagte er. »Aber bestimmt nicht aus dem Grund, auf den du anspielst.«

Anmerkung des Autors

Ich halte es für wichtig zu betonen, daß die vorliegende Geschichte weder auf einer wahren Begebenheit beruht noch tatsächliche Ereignisse beinhaltet, kurz gesagt, sie entspringt ganz und gar meiner Phantasie. Da aber die Realität heute auf dem besten Wege ist, die Phantasie zu überflügeln, ja, sie regelrecht aufzuheben scheint, kann ich die eine oder andere rein zufällige Ähnlichkeit mit Namen oder Geschehnissen nicht ausschließen. Doch für die Launen des Zufalls können wir, wie jedermann weiß, nicht zur Verantwortung gezogen werden.

Anmerkungen der Übersetzerin

Mànnara: (sizilianisch) Hackmesser, mit dem Ziegen und Schafe geschoren bzw. geschlachtet werden; hier: Schaf- und Ziegenstall

Lombroso: Der Psychiater und Anthropologe Cesare Lombroso, 1835–1909, war ein Vertreter der umstrittenen Lehre vom »geborenen Verbrecher«

Sturzo: Don Luigi Sturzo, 1871–1959; Priester, Vorkämpfer des politischen Katholizismus in Italien; gründete 1919 den Partito Popolare Italiano

La liggi: (sizilianisch) das Gesetz; italienisch: la legge

ANDREA CAMILLERI

DER HUND AUS TERRACOTTA

Commissario Montalbano löst
seinen zweiten Fall

Aus dem Italienischen von
Christiane von Bechtolsheim

Eins

So wie sich der Morgen präsentierte, kündigte sich ein gräßlicher Tag an, mal würde die Sonne vom Himmel brennen, mal eisiger Regen niederprasseln, und auch mit ein paar heftigen Windböen war zu rechnen. Wenn an solchen Tagen Kopf und Kreislauf unter dem plötzlichen Wetterwechsel leiden, kann es schon mal vorkommen, daß man dauernd seine Meinung und seine Gefühle ändert, so wie sich die Blechdinger in Form einer Fahne oder eines Hahns beim kleinsten Windstoß auf den Dächern in alle Himmelsrichtungen drehen.

Commissario Salvo Montalbano gehörte immer schon zu dieser bedauernswerten Sorte Mensch; denn er hatte die Wetterfühligkeit von seiner Mutter geerbt, die kränklich gewesen war und sich oft ins abgedunkelte Schlafzimmer zurückgezogen hatte, weil sie an Kopfschmerzen litt. Dann mußte es im Haus mucksmäuschenstill sein, und man durfte nur auf Zehenspitzen herumlaufen. Sein Vater dagegen war immer gesund, bei jedem Wetter, er war stets ausgeglichen, egal, ob es regnete oder die Sonne schien.

Auch an diesem Tag blieb der Commissario seiner offensichtlich angeborenen Unschlüssigkeit treu: Kaum war er mit dem Auto am Kilometer zehn der Provinciale zwischen Vigàta und Fela stehengeblieben, wie ihm aufgetragen worden war, wäre er am liebsten wieder umgekehrt und ins Dorf zurückgefahren und hätte die ganze Sache sausenlassen. Aber er nahm sich zusammen, parkte das Auto näher am Straßenrand und öffnete das Handschuhfach, um seine Pistole herauszuholen, die er normalerweise nicht umgeschnallt hatte. Doch mitten in der Bewegung hielt er inne: Er rührte sich nicht und starrte gebannt auf die Waffe.

Madonna santa! Es stimmt wirklich! dachte er.

Am Abend zuvor, ein paar Stunden bevor Gegè Gulottas Anruf die ganze Geschichte ins Rollen gebracht hatte – Gegè war ein kleiner Dealer weicher Drogen und Betreiber eines Bordells unter freiem Himmel, bekannt als Mànnara –, hatte der Commissario einen Krimi gelesen, der ihn ziemlich beschäftigte und dessen aus Barcelona stammender Autor außerdem den gleichen Nachnamen trug wie er, nur in der spanischen Version: Montalbán. Ein Satz hatte ihn besonders beeindruckt: Die schlafende Pistole sah aus wie eine kalte Eidechse. Leicht angewidert zog er seine Hand zurück, schloß das Fach und ließ die Eidechse schlafen. Wenn sich diese Geschichte, die da ihren Anfang nahm, als übler Trick, als Falle herausstellen sollte, dann hätte er seine Pistole schon ganz gern dabei, aber die würden ihn sowieso, ohne mit der Wimper zu zucken, mit einer Kalaschnikow durchlöchern, und dann war eh alles zu spät. Er konnte nur hoffen, daß Gegè eingedenk der Jahre, die sie in der Grundschule nebeneinandersitzend verbracht hatten – auch als Erwachsene waren sie Freunde geblieben –, in seinem Interesse nicht beschlossen hatte, ihn den Hunden zum Fraß vorzuwerfen, und ihm irgendeinen Mist erzählt hatte, um ihn in einen Hinterhalt zu locken. Nein, nicht irgendeinen: Wenn die Geschichte stimmte, dann war sie ein dicker Hund und würde großen Wirbel machen.

Er holte tief Atem und stieg, langsam einen Fuß vor den anderen setzend, einen schmalen steinigen Pfad zwischen langen Reihen von Weinstöcken hinauf. Was hier wuchs, war eine Tafeltraube mit runden, festen Beeren, die, weiß der Himmel warum, *uva d'Italia* hieß, die einzige, die auf diesem Boden gedieh; für den Anbau jeder Keltertraube konnte man sich hier in der Gegend Kosten und Arbeit sparen.

Das einstöckige Häuschen, ein Zimmer oben, eines unten, stand ganz oben auf dem Hügel, halb verborgen hinter vier mächtigen Olivenbäumen, die es fast vollständig umschlossen. Es sah genauso aus, wie Gegè es beschrieben hatte: Tür und Fenster verriegelt, die Farbe ausgebleicht, auf dem Platz davor ein riesiger Kapernbusch und kleinere Sträucher winziger Eselsgurken, die bei der geringsten Berührung mit einem spitzen Stock aufplatzen und ihre Kernchen verspritzen, ein umgekippter Stuhl, dessen geflochtener Sitz gebrochen war, ein alter Zinkeimer zum Wasserholen, der vom Rost zerfressen und unbrauchbar geworden war. Der Rest war von Gras überwuchert. All das trug zu dem Eindruck bei, daß der Ort seit Jahren unbewohnt war, aber der Schein trog, und

Montalbano war zu erfahren, als daß er sich davon hätte überzeugen lassen. Er war sogar sicher, daß ihn jemand vom Inneren des Hauses aus beobachtete und aus seinen Bewegungen schloß, was er vorhatte. Er blieb drei Schritte vor der Tür stehen, zog sein Jackett aus, hängte es an einen Olivenbaum, damit man sehen konnte, daß er keine Waffe trug, und rief, nicht allzu laut, wie jemand, der einen Freund besucht: »He! Ist jemand da?«
Niemand antwortete, nichts war zu hören. Der Commissario zog ein Feuerzeug und ein Päckchen Zigaretten aus der Hosentasche, steckte sich eine in den Mund, stellte sich gegen den Wind, indem er sich halb um sich selbst drehte, und zündete sie an. So konnte ihn jemand, der im Haus war, problemlos von hinten beobachten, wie er ihn vorher von vorn beobachtet hatte. Er nahm zwei Züge, dann ging er entschlossen auf die Tür zu und schlug so fest mit der Faust dagegen, daß ihm die Knöchel von den verkrusteten Stellen im Lack weh taten.
»Ist da jemand?« rief er wieder.
Auf alles war er gefaßt gewesen, nur nicht auf die spöttische, ruhige Stimme, die ihn gemeinerweise von hinten ansprach.
»Ja, ja. Hier bin ich.«

»*Pronto? Pronto?* Montalbano? Salvuzzo! Ich bin's, Gegè!«
»Schon klar, beruhig dich. Wie geht's, mein Honigschleckermäulchen?«
»Gut geht's.«

»Hat das Mäulchen auch fleißig gearbeitet? Wirst du immer besser im Blasen?«

»Salvù, laß deine blöden Witze. Wenn überhaupt, dann blase ich nicht selber, sondern lasse blasen, das weißt du ganz genau.«

»Bist du denn nicht der große Lehrmeister? Bringst du den bunten Vögelchen denn nicht bei, was sie mit den Lippen machen sollen, wie fest sie lutschen müssen?«

»Salvù, wenn es so wäre, wie du sagst, würden höchstens sie mir was beibringen. Wenn sie mit zehn Jahren kommen, wissen sie schon Bescheid, mit fünfzehn sind sie Profis. Ich hab' da eine vierzehnjährige Albanerin, die …«

»Machst du jetzt Reklame für deine Ware?«

»Hör zu, ich hab' keine Zeit für solchen Quatsch. Ich muß dir was geben, ein Päckchen.«

»Jetzt? Geht das nicht morgen früh?«

»Morgen bin ich nicht da.«

»Weißt du denn, was drin ist?«

»Klar weiß ich das. *Mostazzoli di vino cotto*, die magst du doch so gern. Meine Schwester Mariannina hat sie extra für dich gemacht.«

»Wie geht's Mariannina Augen?«

»Viel besser. In Barcelona haben sie wahre Wunder vollbracht.«

»In Barcelona schreiben sie auch gute Bücher.«

»Was hast du gesagt?«

»Nichts, vergiß es. Wo treffen wir uns?«

»An der üblichen Stelle, in einer Stunde.«

Die übliche Stelle war der kleine Puntasecca-Strand, ein kurzer Sandstreifen unterhalb eines Hügels aus weißem Mergel, der auf dem Landweg eigentlich nicht zu erreichen war; das heißt, zu erreichen war er nur für Montalbano und Gegè, denn sie hatten bereits als Schulkinder einen Weg entdeckt, den zu Fuß zurückzulegen schon mühsam, mit dem Auto jedoch ein wirkliches Abenteuer war.

Puntasecca war nur ein paar Kilometer von dem kleinen Haus am Meer außerhalb Vigàtas entfernt, in dem Montalbano wohnte, er konnte sich also Zeit lassen. Doch gerade, als er aus dem Haus gehen wollte, um zu dem Treffpunkt zu fahren, klingelte das Telefon.

»*Ciao, amore*, siehst du, ich bin ganz pünktlich. Wie war dein Tag?«

»Wie immer. Und deiner?«

»Genauso. Du, Salvo, ich habe lange über das nachgedacht, was ...«

»Livia, entschuldige bitte, wenn ich dich unterbreche, aber ich habe wenig Zeit, eigentlich habe ich überhaupt keine Zeit. Ich war schon fast aus der Tür, ich muß noch mal weg.«

»Dann geh, gute Nacht.«

Livia legte auf, und Montalbano behielt den Hörer in der Hand. Da fiel ihm ein, daß er Livia am Abend zuvor gesagt hatte, sie solle ihn Punkt Mitternacht anrufen, dann wäre genug Zeit für ein langes Gespräch. Er war unentschlossen, ob er seine Freundin nicht besser gleich in Boccadasse anrufen sollte oder erst nachher, wenn er von dem

Treffen mit Gegè zurück war. Mit leisen Gewissensbissen legte er den Hörer auf und machte sich auf den Weg.

Als er mit ein paar Minuten Verspätung ankam, wartete Gegè schon auf ihn und ging nervös neben seinem Auto auf und ab. Sie umarmten und küßten einander, denn sie hatten sich schon lang nicht mehr gesehen.
»Komm, wir setzen uns in mein Auto, ganz schön kühl heut nacht«, sagte der Commissario.
»Ich bin da in was reingezogen worden«, fing Gegè an, sobald er saß.
»Von wem?«
»Von Leuten, die ich nicht abblitzen lassen kann. Du weißt ja, daß ich wie jeder Geschäftsmann Schutzgeld zahle, damit ich in Ruhe arbeiten kann und mir niemand einen Strich durch meinen Straßenstrich macht. Jeden Monat, den der liebe Gott uns schenkt, kommt einer vorbei und kassiert.«
»In wessen Auftrag? Kannst du mir das sagen?«
»Im Auftrag von Tano u Grecu.«
Montalbano war überrascht, ließ sich aber nichts anmerken. Gaetano Bennici, »u grecu«, hatte Griechenland noch nicht mal durchs Fernglas gesehen, und von Hellas hatte er keinen blassen Schimmer, aber er wurde wegen eines gewissen Lasters so genannt, das im Umkreis der Akropolis als außerordentlich populär galt. Er hatte mindestens drei Morde auf dem Gewissen, in seinen Kreisen stand er eine Stufe unter den Oberbossen, aber daß er in Vigàta und Umgebung operierte, war nicht bekannt gewesen,

hier stritten sich die Familien Cuffaro und Sinagra um das Terrain. Tano gehörte zu einem anderen Clan.

»Was hat denn Tano u Grecu hier verloren?«

»Du fragst vielleicht blöd! Bist ja ein großartiger Bulle! Weißt du etwa nichts von der Abmachung, daß es für Tano u Grecu keine bestimmte Gegend gibt, keine Zonen, wenn es um Frauen geht? Er kontrolliert die ganze Hurenbagage der Insel und kriegt die Kohle dafür.«

»Das wußte ich nicht. Sprich weiter.«

»Gestern abend gegen acht kam wie immer der Typ zum Kassieren, es war der Tag, an dem ich das Schutzgeld zahlen mußte. Ich hab' ihm das Geld gegeben, und er hat es genommen, aber anstatt wieder wegzufahren, macht er die Autotür auf und sagt, ich soll einsteigen.«

»Und was hast du gemacht?«

»Ich bin erschrocken, mir ist der kalte Schweiß ausgebrochen. Was blieb mir denn anderes übrig? Ich steige also ein, und er fährt los. Kurz und gut, er biegt in die Straße nach Fela ein, hält nach einer knappen halben Stunde und...«

»Hast du ihn gefragt, wo ihr hinfahrt?«

»Klar.«

»Und, was hat er geantwortet?«

»Kein Wort, als hätte ich nichts gesagt. Nach einer halben Stunde läßt er mich an einer gottverlassenen Stelle aussteigen und macht mir ein Zeichen, daß ich einen Feldweg entlanggehen soll. Da war nicht mal ein Hund, nichts. Plötzlich steht Tano u Grecu vor mir, keine Ahnung, wo der hergekommen ist. Mich hat fast der Schlag getroffen, ich konnte mich kaum auf den Beinen halten. Versteh mich richtig, das war nicht Feigheit, aber der Kerl hat fünf Morde begangen.«

»Wie bitte? Fünf?«

»Warum, von wie vielen wißt ihr denn?«

»Von dreien.«

»Nein, mein Lieber, es sind genau fünf, das garantier' ich dir.«

»Schon gut, erzähl weiter.«

»Ich hab' schnell hin und her überlegt. Nachdem ich immer regelmäßig gezahlt habe, dachte ich, Tano wollte den Preis erhöhen. Über das Geschäft kann ich mich nicht beklagen, und das wissen sie. Aber es war ein Irrtum, es ging nicht um Geld.«

»Was wollte er dann?«

»Er hat mich nicht mal begrüßt, er hat gefragt, ob ich dich kenne.«

Montalbano glaubte, nicht recht gehört zu haben.

»Ob du wen kennst?«

»Dich, Salvù, dich.«

»Und, was hast du ihm gesagt?«

»Ich hab' mir fast in die Hosen gemacht, ich hab' gesagt, daß ich dich schon kenne, aber nur so, vom Sehen, hallo und auf Wiedersehen. Er hat mich angeschaut, und seine Augen waren wie bei einer Statue, starr und tot, glaub mir, und dann hat er den Kopf in den Nacken gelegt und gekichert und mich gefragt, ob ich wissen wollte, wie viele Haare ich am Arsch habe, und daß er höchstens um zwei danebenliegen würde. Das heißt, daß er alles von mir weiß, Leben, Wundertaten und Tod, der hoffentlich noch lang auf sich warten läßt. Ich hab' also auf den Boden geschaut und meinen Mund gehalten. Dann hat er gesagt, ich soll dir sagen, daß er dich treffen will.«

»Wann und wo?«

»Heute noch, bei Tagesanbruch. Wo, erklär' ich dir gleich.«

»Weißt du, was er von mir will?«

»Das weiß ich nicht, und ich will es auch gar nicht wissen. Er hat gesagt, ich soll dir versichern, daß du ihm wie einem Bruder vertrauen kannst.«

Wie einem Bruder: Diese Worte beruhigten Montalbano ganz und gar nicht, sondern jagten ihm einen kalten Schauder über den Rücken; jedermann wußte, daß der erste von Tanos drei – oder fünf – Morden der Mord an seinem älteren Bruder Nicolino gewesen war, den er erst erwürgt und dann, nach einem mysteriösen Gesetz der Semiotik, fein säuberlich gehäutet hatte. Er verfiel in düstere Gedanken, die, wenn das überhaupt ging, noch düsterer wurden, als Gegè ihm eine Hand auf die Schulter legte und flüsterte:

»Sei vorsichtig, Salvù, der Grecu ist ein übler Typ.«

Salvo Montalbano fuhr langsam in Richtung seines Hauses, als Gegè, der ihm folgte, mehrmals mit den Scheinwerfern aufblendete. Der Commissario stoppte am Straßenrand, Gegè hielt neben ihm, beugte sich weit zu ihm hinüber und reichte ihm ein Päckchen durchs Fenster.

»Ich hab' die *mostazzoli* vergessen.«

»Danke. Ich dachte schon, die wären eine faule Ausrede.«

»Wofür hältst du mich? Glaubst du, ich mache dir was vor?«
Beleidigt gab er Gas.

Der Commissario verbrachte eine fürchterliche Nacht. Sein erster Gedanke war, den Questore per Telefon zu wecken und ihn zu informieren, um sich gegen jede Entwicklung abzusichern, die die Geschichte nehmen konnte. Aber Tano u Grecu hatte eindeutige Anweisungen gegeben, wie Gegè berichtet hatte: Montalbano durfte niemanden etwas wissen lassen, und zu dem Treffen mußte er allein kommen. Doch das hier war kein Räuber-und-Gendarm-Spiel, und er mußte seine Pflicht tun. Das hieß, er mußte seine Vorgesetzten verständigen und zusammen mit ihnen die taktische Maßnahme der Verhaftung, eventuell mit Hilfe massiver Verstärkung, bis in die kleinsten Details vorbereiten.
Tano war seit fast zehn Jahren flüchtig, und er sollte ihn seelenruhig und gutgelaunt besuchen, wie einen Freund, der aus Amerika zurück ist? Das kam gar nicht in Frage, es war völlig unmöglich, der Questore mußte unbedingt davon in Kenntnis gesetzt werden. Er wählte die Privatnummer seines Vorgesetzten in Montelusa, der Hauptstadt der Provinz.
»Bist du es, Liebling?« vernahm er da Livias Stimme aus Boccadasse, Genua.
Montalbano stockte einen Moment lang der Atem, instinktiv hatte er wohl die falsche Nummer gewählt, um das Gespräch mit dem Questore zu vermeiden.

»Entschuldige wegen vorhin, ich hatte einen unvorhergesehenen Anruf bekommen und mußte weg.«
»Ist schon gut, Salvo, ich weiß ja, was du für einen Beruf hast. Entschuldige du, daß ich so schnell aufgelegt habe, ich war einfach enttäuscht.«
Montalbano sah auf die Uhr, es waren noch mindestens drei Stunden bis zu dem Treffen mit Tano.
»Wenn du magst, können wir ja jetzt reden.«
»Jetzt? Entschuldige, Salvo, ich will mich nicht rächen, aber lieber nicht. Ich habe ein Schlafmittel genommen und kann die Augen kaum offen halten.«
»In Ordnung. Bis morgen dann. Ich liebe dich, Livia.«
Livias Stimme klang plötzlich ganz anders, hellwach und besorgt: »He, was ist los? Was ist mit dir, Salvo?«
»Nichts, was soll denn sein?«
»Nein, nein, mein Lieber, du schwindelst. Hast du was Gefährliches vor? Mach mir keinen Kummer, Salvo.«
»Wie kommst du denn auf so was?«
»Sag die Wahrheit, Salvo.«
»Ich habe nichts Gefährliches vor.«
»Ich glaub' dir nicht.«
»Aber warum denn nicht, Herrgott noch mal?«
»Weil du ›ich liebe dich‹ gesagt hast, und das hast du erst dreimal gesagt, seit wir uns kennen, ich hab' mitgezählt, und jedesmal war irgendwas Besonderes.«
Er mußte das Gespräch unbedingt beenden, Livia würde sonst bis zum nächsten Morgen keine Ruhe geben.
»*Ciao*, Liebling, schlaf gut. Sei kein Kindskopf. *Ciao*, ich muß noch mal weg.«

Wie sollte er sich jetzt die Zeit vertreiben? Er duschte, las ein paar Seiten in dem Buch von Montalbán und begriff wenig, wanderte von Zimmer zu Zimmer, rückte hier ein Bild gerade, las dort einen Brief, eine Rechnung, eine Notiz und griff nach allem, was in Reichweite lag. Er duschte noch einmal, rasierte sich und schnitt sich mitten am Kinn. Er schaltete den Fernseher ein und machte ihn sofort wieder aus, weil ihm davon übel wurde. Endlich war es soweit. Er war schon an der Tür, als er sich noch ein *mostazzolo di vino cotto* in den Mund stecken wollte. Sehr erstaunt stellte er fest, daß die Schachtel auf dem Tisch offen und kein einziges Stück mehr darin war. Vor lauter Nervosität hatte er gar nicht gemerkt, daß er alles aufgegessen hatte. Und das schlimmste war: Er hatte es gar nicht genossen.

Zwei

Montalbano wandte sich langsam um, als wollte er so die plötzliche stille Wut darüber ausgleichen, daß er sich wie ein blutiger Anfänger von hinten hatte erwischen lassen. Er war doch so wachsam gewesen, und jetzt hatte er nicht das geringste Geräusch gehört.
Eins zu null für dich, du Scheißkerl! dachte er.
Obwohl er ihn nie persönlich gesehen hatte, erkannte er ihn sofort: Tano hatte sich, verglichen mit ein paar Jahren zuvor, zwar verändert und trug jetzt einen Bart, aber seine Augen waren immer noch dieselben, ganz und gar ausdruckslos, wie von einer Statue, das hatte Gegè ganz treffend beschrieben. Tano u Grecu verbeugte sich leicht, und in seiner Geste war keine Spur von Provokation oder Spott. Unwillkürlich erwiderte Montalbano die angedeutete Verbeugung. Tano warf den Kopf zurück und lachte.
»Wir sind wie zwei Japaner, diese japanischen Krieger mit Schwert und Rüstung. Wie heißen die doch gleich?«
»Samurai.«
Tano breitete die Arme aus, als wollte er den Mann, der vor ihm stand, an sich drücken.
»Es ist mir eine Freude, daß ich den berühmten Commissario Montalbano persönlich kennenlernen darf.«

Montalbano beschloß, den Förmlichkeiten gleich ein Ende zu setzen und zur Sache zu kommen, damit über die Zusammenkunft von vornherein Klarheit bestand.

»Ich wüßte nicht, warum Sie sich über meine Bekanntschaft freuen sollten.«

»Eine Freude haben Sie mir jetzt schon gemacht.«

»Und die wäre?«

»Sie siezen mich, ist das etwa nichts? Noch nie hat ein richtiger Bulle, und ich habe schon viele getroffen, ›Sie‹ zu mir gesagt.«

»Sie sind sich hoffentlich im klaren darüber, daß ich das Gesetz vertrete, während Sie ein gefährlicher mehrfacher Mörder sind, der von der Polizei gesucht wird? Und jetzt stehen wir uns hier gegenüber.«

»Ich bin unbewaffnet. Und Sie?«

»Ich auch.«

Tano warf wieder den Kopf zurück und lachte schallend.

»Ich habe mich noch nie in jemandem getäuscht, noch nie!«

»Bewaffnet oder nicht, ich muß Sie verhaften.«

»Hier bin ich, Commissario, verhaften Sie mich. Deswegen wollte ich Sie ja treffen.«

Er war zweifellos aufrichtig, aber gerade weil er so unverblümt aufrichtig war, war Montalbano besonders auf der Hut, denn ihm war überhaupt nicht klar, worauf Tano hinauswollte.

»Sie hätten ins Kommissariat kommen und sich stellen können. Hier oder in Vigàta, das kommt doch auf dasselbe raus.«

»O nein, Duttureddru, das kommt nicht auf dasselbe raus. Ich muß mich über Sie wundern, wo Sie doch lesen und schreiben können, die Wörter sind nicht gleich. Ich stelle mich nicht, sondern lasse mich verhaften. Holen Sie Ihr Jackett, wir reden drinnen, ich schließe inzwischen das Haus auf.«

Montalbano nahm seine Jacke vom Olivenbaum, legte sie sich über den Arm und folgte Tano ins Haus. Darin war es vollkommen dunkel. Der Grecu zündete eine Petroleumlampe an und deutete einladend auf einen der beiden Stühle, die neben einem kleinen Tisch standen.

In dem Zimmer gab es eine Pritsche nur mit einer Matratze, ohne Kissen und Leintuch, und eine kleine Vitrine mit Flaschen, Gläsern, Zwieback, Tellern, Nudelpackungen, Büchsen mit Tomatensauce, allen möglichen Konserven. Auf einem Holzherd standen Keramikschüsseln und Töpfe. Eine morsche Holztreppe führte ins obere Stockwerk. Aber der Blick des Commissario blieb an einem Tier hängen, das weitaus gefährlicher war als die Eidechse, die im Handschuhfach seines Wagens schlief; das hier war eine richtige Giftschlange, eine Maschinenpistole, die neben dem Feldbett an der Wand lehnte und im Stehen schlief.

»Ich habe guten Wein«, sagte Tano, wie es sich für einen ordentlichen Gastgeber gehörte.

»Ja, gern«, sagte Montalbano.

Nach einer solchen Nacht, bei dieser Kälte, bei der Anspannung und dem Kilo *mostazzoli*, das er verdrückt hatte, konnte er ein Glas Wein gut vertragen.

Der Grecu goß ein und hob das Glas.
»Auf Ihr Wohl.«
Der Commissario hob ebenfalls das Glas und erwiderte den Wunsch.
»Auf Ihr Wohl.«
Der Wein war ausgezeichnet, er floß die Kehle hinab, daß es ein Vergnügen war, er stärkte und wärmte.
»Er ist wirklich gut«, lobte Montalbano.
»Noch ein Glas?«
Um nicht der Versuchung zu erliegen, schob der Commissario das Glas entschieden von sich.
»Reden wir jetzt?«
»Gut. Also, ich sagte, ich hätte beschlossen, mich festnehmen zu lassen ...«
»Warum?«
Montalbanos Frage, die wie aus der Pistole geschossen kam, verdutzte den anderen. Doch nach einem Augenblick hatte er sich wieder gefaßt.
»Ich muß in ärztliche Behandlung, ich bin krank.«
»Wie bitte? Sie glauben doch, mich gut zu kennen, dann werden Sie auch wissen, daß ich mich nicht verarschen lasse.«
»Davon bin ich überzeugt.«
»Warum behandeln Sie mich dann nicht dementsprechend und hören mit dem Quatsch auf?«
»Glauben Sie mir denn nicht, daß ich krank bin?«
»Ich glaube es schon. Aber Sie wollen mir doch nicht weismachen, daß Sie sich festnehmen lassen müssen, um sich in ärztliche Behandlung begeben zu können. Ich

kann Ihnen das erklären, wenn Sie wollen. Sie lagen sechs Wochen lang in der Klinik Madonna di Lourdes in Palermo und dann drei Monate in der Gethsemane-Klinik in Trapani, wo Professor Amerigo Guarnera Sie sogar operiert hat. Auch wenn die Dinge etwas anders liegen als noch vor ein paar Jahren, finden Sie, wenn Sie wollen, sofort mehr als eine Klinik, die bereit ist, ein Auge zuzudrücken und Ihre Anwesenheit nicht der Polizei zu melden. Der Grund, weswegen Sie sich festnehmen lassen wollen, ist also nicht Ihre Krankheit.«

»Und wenn ich Ihnen sagen würde, daß sich die Zeiten ändern und sich das Rad immer schneller dreht?«

»Das klingt schon besser.«

»Sehen Sie, mein Vater selig, der ein Ehrenmann war in Zeiten, in denen das Wort ›Ehre‹ noch etwas galt, erklärte mir als Kind, daß der Pferdewagen, den die Ehrenmänner fuhren, viel Schmierfett brauchte, damit die Räder liefen, damit sie sich schnell drehten. Und dann, eine Generation später, als ich selbst fuhr, sagte jemand aus unserer Familie: Warum sollen wir das Schmierfett, das wir benötigen, eigentlich bei den Politikern, den Bürgermeistern, bei den Bankchefs und all den Leuten jener erlesenen Gesellschaft kaufen? Wir stellen unser Schmierfett selber her! Gut! Bravo! Alle einverstanden. Natürlich gab es immer mal jemanden, der seinem Freund das Pferd gestohlen, seinem Partner Steine in den Weg gelegt oder blindlings auf Wagen, Pferd und Reiter eines anderen Clans geschossen hat... Aber das waren alles Dinge, die wir unter uns regeln konnten. Es gab immer mehr Wagen und immer mehr

Straßen zum Fahren. Da kam ein kluger Kopf auf eine gute Idee, er hat sich gefragt, warum wir eigentlich immer noch mit dem Pferdewagen fuhren. Wir sind zu langsam, erklärte er, die überholen uns doch, alle Welt fährt jetzt Auto, man darf sich dem Fortschritt nicht verschließen. Gut! Bravo! Da tauschten alle schnell ihren Pferdewagen gegen ein Auto und machten den Führerschein. Aber manche schafften die Fahrprüfung nicht und waren weg vom Fenster. Man hatte nicht mal genug Zeit, mit dem neuen Auto vertraut zu werden, da machten uns die Jüngeren, die ihr ganzes Leben lang Auto gefahren sind und in den Staaten oder in Deutschland Jura oder Wirtschaft studiert hatten, auch schon klar, daß unsere Autos zu langsam waren, daß man heutzutage einen Rennwagen fahren mußte, einen Ferrari, einen Maserati mit Funktelefon und all solchem Zeug, und daß man wie der Blitz starten können mußte. Diese jungen Leute sind ganz up to date, sie reden mit Apparaten und nicht mit Menschen, sie kennen dich nicht mal, sie haben keine Ahnung, wer du warst, und wenn sie es wissen, dann ist es ihnen scheißegal, sie kennen sich nicht mal untereinander, sondern tauschen sich nur per Computer aus. Kurzum, diese Jungen schauen niemanden an, und sobald sie sehen, daß du Schwierigkeiten mit einem langsamen Auto hast, fackeln sie nicht lang und drängen dich von der Straße, und du findest dich mit gebrochenem Genick im Graben wieder.«

»Und Sie können einen Ferrari nicht fahren.«

»So ist es. Und bevor ich im Straßengraben sterbe, ziehe ich mich lieber zurück.«

»Sie wirken aber nicht wie jemand, der sich freiwillig zurückzieht.«

»Freiwillig, ich schwör's, Commissario, ganz freiwillig. Natürlich gibt es die eine oder andere Möglichkeit, jemanden dazu zu bringen, daß er etwas freiwillig tut. Mir hat mal ein Freund, der sehr belesen war und viel wußte, eine Geschichte erzählt, die ich Ihnen jetzt wortwörtlich wiedergebe. Er hatte sie aus einem deutschen Buch. Ein Mann sagt zu seinem Freund: ›Wetten, daß meine Katze scharfen Senf frißt, den ganz scharfen, der dir ein Loch in den Bauch brennt?‹ ›Katzen mögen keinen Senf‹, sagt der Freund. ›Meine Katze frißt ihn‹, sagt der Mann. ›Mit einer Tracht Prügel vielleicht?‹ fragt der Freund. ›Nein, mein Lieber, ohne Zwang, sie frißt ihn von sich aus, ganz freiwillig‹, antwortet der Mann. Sie wetten also, und der Mann nimmt einen Löffel voll Senf, den Senf, bei dessen Anblick einem schon der Mund brennt, packt die Katze und zack! schmiert er ihr den Senf an den Hintern. Die arme Katze, der der Hintern wie Feuer brennt, fängt an, sich zu lecken. Sie leckt, was das Zeug hält, und frißt den ganzen Senf, freiwillig. So, das wär's, mein verehrter Herr.«

»Ich verstehe. Und jetzt fangen wir ganz von vorn an.«

»Ich sagte, ich würde mich festnehmen lassen, aber ich will das Gesicht nicht verlieren. Wir werden also ein bißchen Theater spielen müssen.«

»Wie meinen Sie das?«

»Ich erklär's Ihnen.«

Er redete lange und trank dabei ab und zu ein Glas Wein. Am Ende war Montalbano von Tanos Argumenten überzeugt. Aber konnte er ihm trauen? Das war der Haken an der Sache. Montalbano war in seiner Jugend leidenschaftlicher Kartenspieler gewesen, was er, Gott sei Dank, in den Griff bekommen hatte. Er spürte, daß der andere ohne Tricks und gezinkte Karten spielte. Er mußte diesem Gefühl vertrauen und konnte nur hoffen, daß er sich nicht täuschte. Sorgfältig tüftelten sie die Festnahme bis ins kleinste Detail aus, um zu vermeiden, daß irgend etwas schiefging.

Als sie alles besprochen hatten, stand die Sonne schon hoch. Bevor der Commissario das kleine Haus verließ und mit der Theatervorstellung begann, sah er Tano fest in die Augen.

»Sagen Sie mir die Wahrheit.«

»Zu Befehl, Dutturi Montalbano.«

»Warum haben Sie sich ausgerechnet mich ausgesucht?«

»Weil Sie jemand sind, der begreift, worum es geht, wie Sie gerade bewiesen haben.«

Als Montalbano Hals über Kopf den Pfad zwischen den Weinreben hinunterrannte, fiel ihm ein, daß ausgerechnet Agatino Catarella im Kommissariat Wache hatte und das Telefongespräch, das er jetzt gleich führen wollte, in jedem Fall schwierig, wenn nicht sogar ein Quell verhängnisvoller und gefährlicher Mißverständnisse sein würde. Dieser Catarella war zu gar nichts zu gebrauchen. Er war schwer von Begriff und träge und bestimmt nur deswegen bei der Polizei angenommen worden, weil er ein entfernter Verwandter des ehemals allmächtigen Abgeordneten Cusumano war; dieser hatte nach einem im Ucciardone-Gefängnis verbrachten Sommer auch mit den neuen Machthabern wieder Kontakte geknüpft und sich auf diese Weise ein dickes Stück von jenem Kuchen gesichert, der sich wie von Zauberhand immer wieder erneuerte, man mußte nur ein paar kandierte Früchte austauschen oder frische Kerzen an die Stelle der heruntergebrannten stecken. Mit Catarella wurde alles noch komplizierter, wenn er, was oft vorkam, plötzlich auf die Idee kam, das zu sprechen, was er Italienisch nannte.

Eines Tages war er bei Montalbano aufgetaucht und fragte mit besorgter Miene:

»Dottori, kennen Sie vielleicht zufällig einen Arzt, so einen Spezialisten?«

»Spezialist für was, Catarè?«

»Für Geschlechtskrankheiten.«

Montalbano war vor Staunen der Mund offen stehengeblieben.

»Du?! Eine Geschlechtskrankheit? Wo hast du dir denn die eingefangen?«

»Ich weiß noch, daß ich krank geworden bin, als ich noch klein war, höchstens sechs oder sieben.«

»Was redest du da für einen Mist, Catarè? Bist du sicher, daß es eine Geschlechtskrankheit ist?«

»Klar, Dottori. Erst geht's mir gut, und dann geht's mir plötzlich schlecht. Eine Geschlechtskrankheit.«

Als Montalbano im Auto zu einer Telefonzelle unterwegs war, die vor der Abzweigung nach Torresanta stehen mußte (sie mußte da stehen, falls nicht der Hörer abgeschnitten und mitgenommen, der ganze Apparat geklaut, die Telefonzelle komplett verschwunden war), beschloß er, nicht einmal seinen Vice Mimì Augello anzurufen, denn dieser – da war nichts zu wollen – war fähig, erst den Journalisten Bescheid zu sagen und dann so zu tun, als wundere er sich über ihre Anwesenheit. So blieben nur Fazio und Tortorella, die beiden Brigadieri oder wie, zum Teufel, sie sich jetzt nannten. Er entschied sich für Fazio, Tortorella hatte vor einiger Zeit einen Bauchschuß abgekriegt; er war noch nicht wieder ganz auf dem Damm und hatte manchmal Schmerzen in der Wunde.
Wie durch ein Wunder war die Telefonzelle noch da, wie durch ein Wunder funktionierte auch das Telefon, und Fazio meldete sich schon beim zweiten Klingelton.
»Fazio, bist du etwa schon wach um diese Zeit?«
»*Sissi.* Vor einer halben Minute hat Catarella angerufen.«
»Was wollte er?«
»Ich hab' nicht viel verstanden, er hat italienisch geredet. Aber es sieht so aus, als hätten sie letzte Nacht den Supermarkt von Carmelo Ingrassia ausgeräumt, den großen außerhalb der Stadt. Und zwar mindestens mit einem T.I.R. oder einem ähnlich großen Laster.«
»War der Nachtwächter denn nicht da?«
»Er war da, ist aber nirgends zu finden.«
»Wolltest du hinfahren?«
»*Sissi.*«

»Überlaß es den anderen. Ruf gleich Tortorella an, sag ihm, er soll Augello Bescheid sagen. Die beiden sollen hinfahren. Sag, du kannst nicht kommen, erzähl ihnen irgendeinen Schwachsinn, daß du aus dem Bett gefallen und dir den Kopf angehauen hast oder so was. Halt, nein: Sag, daß die Carabinieri dich verhaftet haben. Oder noch besser, ruf ihn an und sag, er soll die Arma informieren, es ist ja nichts Großartiges, nur ein blöder Diebstahl, und die Arma freut sich, wenn wir sie bitten, mit uns zusammenzuarbeiten. Jetzt hör zu: Wenn du Tortorella, Augello und der Arma Bescheid gegeben hast, ruf Gallo und Galluzzo an – meine Güte, das ist ja zum Gallensteinekriegen – und Germanà auch, und dann kommt ihr zu der Stelle, die ich dir gleich beschreibe. Bewaffnet euch mit Maschinenpistolen.«

»Ach du Scheiße!«

»Scheiße, genau. Es geht um eine große Sache, wir müssen vorsichtig sein, und daß mir keiner auch nur ein Sterbenswörtchen darüber verliert, vor allem nichts zu Galluzzo mit seinem Schwager, dem Journalisten. Und sag dem Hohlkopf Gallo, er soll gefälligst nicht fahren wie in Indianapolis. Keine Sirene, kein Blaulicht. Wenn es Wirbel gibt und der Teich Wellen schlägt, schwimmt der Fisch davon. Jetzt erklär' ich dir, wo du hin mußt, hör gut zu.«

Seit dem Telefongespräch war nicht mal eine halbe Stunde vergangen, als sie leise vorfuhren; man konnte sie für eine normale Streife halten. Sie stiegen aus dem Wagen und gingen auf Montalbano zu, der ihnen ein Zeichen

gab, ihm zu folgen. Hinter einem halbverfallenen Haus, wo man sie von der Provinciale aus nicht sehen konnte, blieben sie stehen.
»Ich hab' eine MP für Sie im Auto«, sagte Fazio.
»Steck sie dir sonstwohin. Hört gut zu: Wenn wir uns schlau anstellen, könnte es sein, daß wir Tano u Grecu hoppnehmen.«
Montalbano konnte förmlich spüren, wie seine Leute für einen Augenblick den Atem anhielten.
»Tano u Grecu ist hier?« fragte Fazio, der sich als erster wieder gefaßt hatte, erstaunt.
»Ich hab' ihn gesehen, er ist es höchstpersönlich, er hat sich zwar einen Bart wachsen lassen, aber man erkennt ihn trotzdem.«
»Und wie kommt es, daß Sie ihn getroffen haben?«
»Fazio, nerv nicht, ich erklär's dir später. Tano ist in einem kleinen Haus oben auf diesem Hügel, von hier sieht man's nicht. Es ist von Olivenbäumen umgeben. Das Haus hat zwei Zimmer, eins oben und eins unten. Vorn gibt es eine Tür und ein Fenster, ein zweites Fenster ist im oberen Zimmer, aber es geht nach hinten raus. Ist das klar? Habt ihr alles verstanden? Tano kann nur vorn raus oder höchstens noch aus dem oberen Fenster springen, aber dann rammt er sich wahrscheinlich die Beine in den Bauch. Wir tun folgendes: Fazio und Gallo gehen nach hinten, ich, Germanà und Galluzzo brechen vorn die Tür auf und gehen rein.«
Fazio sah ihn zweifelnd an.
»Was ist los? Bist du etwa nicht einverstanden?«

»Sollten wir nicht lieber das Haus umstellen und ihm sagen, daß er sich ergeben soll? Wir sind fünf gegen einen, der hat doch keine Chance.«

»Bist du denn sicher, daß Tano allein im Haus ist?«

Fazio schwieg.

»Hört auf mich«, sagte Montalbano und schloß damit den kurzen Kriegsrat, »er soll ruhig ein dickes Überraschungsei finden.«

Drei

Nach Montalbanos Einschätzung durften Fazio und Gallo vor mindestens fünf Minuten hinter dem Haus Stellung bezogen haben; er selbst lag auf dem Bauch im Gras, hatte die Pistole in der Hand – ein Stein drückte ihm unangenehm genau auf den Magen – und kam sich furchtbar lächerlich vor, wie ein Typ aus einem Gangsterfilm. Daher konnte er es gar nicht erwarten, das Zeichen zum Öffnen des Kinovorhangs zu geben. Er sah Galluzzo an, der neben ihm lag – Germanà war weiter weg, rechts von ihnen –, und flüsterte:

»Bist du bereit?«

»Ja«, antwortete der Beamte, der ein einziges Nervenbündel war und sichtlich schwitzte. Montalbano hatte durchaus Mitleid, aber er konnte ihm ja schlecht erzählen, daß es sich hier um eine Inszenierung handelte, mit ungewissem Ausgang zwar, aber trotzdem um reines Theater.

»Los!« befahl er ihm.

Wie von einer restlos zusammengedrückten Feder weggeschleudert, fast ohne den Boden zu berühren, erreichte Galluzzo mit drei Sprüngen das Haus und drückte sich links von der Tür an die Mauer. Der erstaunliche Bewegungsablauf wirkte recht mühlos, aber der Commissario sah, wie sich nun die Brust seines Kollegen unter schweren Atemzügen hob und senkte. Galluzzo legte die Maschinenpistole an und gab dem Commissario mit einem Zeichen zu verstehen, daß er für Teil zwei bereit sei. Montalbano warf einen Blick zu Germanà hinüber, der guter Dinge und ganz entspannt zu sein schien.

»Ich geh' jetzt los«, formte der Commissario lautlos mit den Lippen.

»Ich decke Sie«, antwortete Germanà auf die gleiche Weise und wies mit dem Kopf auf die Maschinenpistole, die er in den Händen hielt.

Der erste Satz des Commissario nach vorn war mindestens wie aus dem Handbuch, wenn nicht sogar aus einem Lehrwerk: ein entschiedenes und ausbalanciertes Abheben vom Boden – eines Hochsprungsportlers würdig –, ein luftigleichtes Schweben, eine saubere und gekonnt vollendete Landung, die einen Tänzer entzückt hätte. Galluzzo und Germanà, die ihn von verschiedenen Stellen aus beobachteten, beglückwünschten sich beide zu ihrem sportlichen Chef. Der zweite Satz begann gemessener als der erste, doch als Montalbano aufrecht in der Luft stand, klappte irgendwas nicht, und er neigte sich plötzlich wie der schiefe Turm von Pisa zur Seite, so daß die Landung eine echte Lachnummer wurde. Erst schwankte er und breitete auf der Suche nach einem nicht vorhandenen Halt die Arme aus, dann plumpste er auf die Seite. Galluzzo wollte ihm instinktiv zu Hilfe kommen, beherrschte sich aber gerade noch und drückte sich wieder gegen die Mauer. Auch Germanà schnellte hoch, legte sich aber sofort wieder hin.

Gott sei Dank war die ganze Sache nur inszeniert, dachte der Commissario, sonst hätte Tano sie in diesem Augenblick wie Kegel umschießen können. Montalbano stieß die herzhaftesten Flüche seines umfassenden Repertoires aus und suchte, auf allen vieren krabbelnd, seine Pistole, die ihm bei dem Sturz aus der Hand gefallen war.
Endlich sah er sie unter einem Strauch Eselsgurken, aber als er mit seinem Arm hineinlangte, um sie an sich zu nehmen, platzten die Früchte auf, und die kleinen Kerne spritzten ihm ins Gesicht. Frustriert und verärgert gestand sich der Commissario ein, daß er vom Gangsterhelden zu einem billigen Slapstickdarsteller abgestiegen war. Er hatte keine Lust mehr, noch weiter den Athleten oder Tänzer zu spielen, also legte er die wenigen Meter, die ihn vom Haus trennten, mit schnellen Schritten in nur leicht gebückter Haltung zurück.
Montalbano und Galluzzo blickten sich an und verständigten sich wortlos. Sie stellten sich drei Schritte vor der Haustür auf, die nicht sehr stabil aussah, holten tief Luft und warfen sich mit ihrem ganzen Körpergewicht dagegen. Die Tür, kaum dicker als Papier, hätte wahrscheinlich schon bei einem Schlag mit der Hand nachgegeben, und so flogen die beiden mit Schwung ins Hausinnere. Der Commissario schaffte es erstaunlicherweise zu bremsen, doch Galluzzo hatte einen solchen Schwung, daß er durch das ganze Zimmer sauste und mit dem Gesicht gegen die Wand knallte, wobei er sich die Nase aufschlug und halb im Blut erstickte, das in Strömen lief. Im schwachen Licht der Petroleumlampe, die Tano ange-

lassen hatte, hatte der Commissario Gelegenheit, die schauspielerischen Fähigkeiten des Grecu zu bewundern, der tat, als sei er im Schlaf überrascht worden, fluchend aufsprang und in Richtung seiner Kalaschnikow stürzte, die jetzt am Tisch, also nicht mehr neben dem Feldbett lehnte. Montalbano war bereit, seine Chargenrolle zu spielen, wie es im Theater heißt.

»Stehenbleiben! Im Namen des Gesetzes, stehenbleiben, oder ich schieße!« schrie er, so laut er konnte, und schoß viermal an die Decke. Tano blieb reglos stehen und hob die Arme. Galluzzo, der fürchtete, daß sich im oberen Zimmer jemand versteckte, gab eine Salve auf die Holztreppe ab. Als Fazio und Gallo draußen die Schüsse hörten, feuerten sie zur Abschreckung in Richtung Fenster. Im Haus waren alle schon ganz betäubt von dem Krach, als Germanà angerannt kam und noch eins draufsetzte:

»Stehenbleiben, oder ich schieße!«

Er hatte seine Drohung noch nicht ganz ausgesprochen, da schoben Fazio und Gallo ihn auch schon mit festem Griff zwischen Montalbano und Galluzzo, der seine Maschinenpistole abgelegt und ein Taschentuch aus der Hosentasche gezogen hatte, mit dem er versuchte, sich die Nase zuzudrücken; sein Hemd, seine Krawatte, seine Jacke – alles war voller Blut. Gallo erschrak, als er ihn so sah.

»Hat er auf dich geschossen? Hat er auf dich geschossen, dieser Scheißkerl?« zischte er wütend und wandte sich Tano zu, der immer noch mit Engelsgeduld und erhobenen Händen darauf wartete, daß die Ordnungshüter Ordnung in das Chaos brachten, das sie angerichtet hatten.

»Nein, er hat nicht auf mich geschossen. Ich bin gegen die Wand geknallt«, brachte Galluzzo kläglich hervor. Tano sah niemanden an, sondern blickte konzentriert auf seine Schuhspitzen.
Jetzt muß er gleich lachen, dachte Montalbano und befahl Galluzzo barsch: »Leg ihm Handschellen an.«
»Ist er es?« fragte Fazio leise.
»Natürlich ist er es, erkennst du ihn nicht?« erwiderte Montalbano.
»Was machen wir jetzt?«
»Setzt ihn ins Auto, und bringt ihn nach Montelusa in die Questura. Unterwegs rufst du den Questore an, erklärst ihm alles und läßt dir sagen, was zu tun ist. Schaut, daß ihn niemand sieht und ihn erkennt. Vorerst muß die Verhaftung absolut geheim bleiben. Los jetzt.«
»Und Sie?«
»Ich schau' mir mal das Haus an, ich durchsuche es, man kann nie wissen.«
Fazio und seine Kollegen nahmen den gefesselten Tano in die Mitte und gingen Richtung Tür, Germanà trug die Kalaschnikow des Gefangenen. Erst da hob Tano den Kopf und warf Montalbano einen Blick zu. Der Commissario stellte fest, daß seine Augen nicht mehr statuenhaft waren, sie waren beseelt, fast belustigt.
Als die fünf am Ende des Weges aus seinem Blickfeld verschwunden waren, kehrte Montalbano ins Haus zurück, um mit der Durchsuchung zu beginnen. Er öffnete die Kredenz, nahm die Weinflasche heraus, die noch halbvoll war, und ließ sich mit ihr im Schatten eines Olivenbau-

mes nieder, um sie sich in aller Ruhe zu Gemüte zu führen. Die Verhaftung des gefährlichen gesuchten Mörders war glücklich zu Ende gebracht.

Mimì Augello schien der Teufel in den Leib gefahren zu sein – kaum hatte Montalbano das Büro betreten, stürzte er sich auf ihn.

»Wo, um Himmels willen, warst du? Wo hast du dich versteckt? Was ist mit den anderen? Findest du das etwa in Ordnung, du Arschloch?«

Wenn er derart ausrastete, dann war er wirklich in Rage: In den drei Jahren, die sie jetzt zusammenarbeiteten, hatte der Commissario von seinem Vice noch nie ein derbes Wort gehört. Nein, das stimmte nicht ganz: Als so ein Idiot Tortorella in den Bauch geschossen hatte, hatte er genauso reagiert.

»Mimì, was ist denn mit dir los?«

»Was mit mir los ist? Ich hatte Angst!«

»Angst? Weswegen denn?«

»Hier haben mindestens sechs Leute angerufen. Alle haben unterschiedliche Details erzählt, aber in der Hauptsache waren sie einig: eine Schießerei mit Toten und Verletzten. Einer hat sogar von einem Blutbad geredet. Du warst nicht zu Haus, Fazio und die anderen waren mit dem Auto weg, ohne auch nur einen Ton zu sagen … Ich hab' einfach zwei und zwei zusammengezählt. War das etwa verkehrt?«

»Nein, nein. Aber du brauchst nicht auf mich sauer zu sein, höchstens auf das Telefon, das ist schuld dran.«

»Was hat denn das Telefon damit zu tun?«
»Es hat allerdings was damit zu tun! Weil es heutzutage auch in der letzten Hütte auf dem Land ein Telefon gibt. Und was tun die Leute, wenn sie ein Telefon im Haus haben? Sie telefonieren. Sie erzählen wahre und eingebildete, mögliche und unmögliche Dinge und Träume wie in der Komödie von Eduardo de Filippo, wie heißt sie noch mal, ach ja, *Le voci di dentro*, sie regen sich auf und regen sich wieder ab und sagen ihren Namen nicht. Sie wählen Nummern, bei denen man zum Nulltarif anrufen und die übelsten Sachen von sich geben kann, ohne dafür geradestehen zu müssen! Und die Mafiaexperten sind begeistert: In Sizilien lichtet sich die *omertà*, das Gesetz des Schweigens, die Komplizenschaft nimmt ab, die Angst nimmt ab! Ein Scheiß nimmt ab, bloß die Telefonrechnung nimmt zu!«
»Montalbà, hör auf, mich vollzulabern! Stimmt es, daß es Tote und Verletzte gegeben hat?«
»Nichts stimmt. Es hat keinen Kampf gegeben, wir haben nur in die Luft geschossen, Galluzzo hat sich selber die Nase blutig geschlagen, und der hat sich ergeben.«
»Wer, der?«
»Ein Flüchtiger.«
»Ja, aber wer?«
Catarella stürzte atemlos herein und erlöste ihn aus der Verlegenheit, antworten zu müssen.
»Dottori, der Signor Quistore ist am Telefon!«
»Ich sag's dir nachher«, sagte Montalbano und verschwand in seinem Büro.

»Mein lieber Freund, ich möchte Ihnen meinen herzlichsten Glückwunsch übermitteln!«

»Danke.«

»Da haben Sie ja einen tollen Treffer gelandet!«

»Wir hatten Glück.«

»Es scheint, als sei die fragliche Person weit wichtiger, als sie selbst sich immer dargestellt hat.«

»Wo ist er jetzt?«

»Unterwegs nach Palermo. Die Antimafia wollte es so, da war nichts zu machen. Ihre Kollegen durften nicht mal in Montelusa halt machen, sondern mußten weiterfahren. Ich habe ein Begleitfahrzeug mit vier Leuten mitgeschickt.«

»Dann haben Sie also gar nicht mit Fazio gesprochen?«

»Dazu war weder Zeit noch Gelegenheit. Ich weiß fast nichts von der Geschichte. Ich wäre Ihnen also dankbar, wenn Sie heute nachmittag zu mir ins Büro kommen und mir alles detailliert berichten würden.«

Das ist hier die Frage, dachte Montalbano; die Übersetzung von Hamlets Monolog war ihm eingefallen. Doch er erkundigte sich nur:

»Um wieviel Uhr?«

»Sagen wir, gegen fünf. Ach ja, Palermo bittet uns dringend, die Aktion absolut geheim zu halten, zumindest im Augenblick noch.«

»An mir soll's nicht liegen ...«

»Ich meine nicht Sie, ich kenne Sie ja gut genug und kann Ihnen versichern, daß Fische im Vergleich zu Ihnen gesprächig sind. Ach, übrigens ...«

Es entstand eine Pause, der Questore war ins Stocken geraten, und Montalbano wollte auch gar nicht hören, was er zu sagen hatte, denn diese lobenden Worte – »ich kenne Sie ja gut genug« – klangen ihm alarmierend in den Ohren.

»Also, Montalbano …« fing der Questore zögernd wieder an, und es klang noch alarmierender.

»Ja bitte?«

»Ich glaube, ich kann Ihnen die Beförderung zum Vicequestore diesmal nicht ersparen.«

»*Madunnuzza biniditta!* Aber weswegen denn?«

»Seien Sie nicht kindisch, Montalbano.«

»Entschuldigen Sie, aber weswegen soll ich denn befördert werden?«

»Was für eine Frage! Für das, was Sie heute morgen getan haben.«

Montalbano überlief es gleichzeitig heiß und kalt, seine Stirn war schweißnaß, im Rücken fröstelte es ihn; diese Aussicht war eine Horrorvorstellung.

»Signor Questore, ich habe nichts anderes getan als das, was meine Kollegen jeden Tag tun.«

»Das bezweifle ich nicht. Aber gerade diese Festnahme wird viel Wirbel machen, wenn sie erst mal bekannt ist.«

»Gibt es denn gar keine Hoffnung?«

»Stellen Sie sich doch nicht so an!«

Der Commissario fühlte sich wie ein Thunfisch in der Todeskammer, die Luft blieb ihm weg, vergebens machte er seinen Mund auf und zu und versuchte dann mit letzter Verzweiflung, sich aus der Affäre zu ziehen.

»Könnten wir nicht sagen, daß es Fazios Schuld ist?«
»Wie meinen Sie das, Schuld?«
»Verzeihen Sie, ich habe mich falsch ausgedrückt, ich meine natürlich, sein Verdienst.«
»Bis später, Montalbano.«

Augello, der an der Tür gelauert hatte, sah den Commissario fragend an.
»Was hat der Questore denn gesagt?«
»Wir hatten eine Lagebesprechung.«
»Aha, und warum schaust du dann so aus?«
»Wie schaue ich denn aus?«
»Fix und fertig.«
»Mir liegt das Abendessen von gestern noch im Magen.«
»Was hast du denn Feines gegessen?«
»Anderthalb Kilo *mostazzoli di vino cotto.*«
Augello sah ihn verdutzt an, und Montalbano, der die Frage nach dem Namen des Verhafteten kommen sah, nutzte die Gelegenheit, um Augello abzulenken, und wechselte das Thema.
»Habt ihr den Nachtwächter schon gefunden?«
»Den vom Supermarkt? Ja, den habe ich gefunden. Die Diebe haben ihm einen schweren Schlag auf den Kopf versetzt, ihn geknebelt, an Händen und Füßen gefesselt und in eine große Gefriertruhe gesteckt.«
»Ist er tot?«
»Nein, aber besonders lebendig fühlt er sich wahrscheinlich auch nicht. Als wir ihn rausgeholt haben, war er wie ein riesiger Stockfisch.«

»Hast du irgendeine Vorstellung, wie das abgelaufen sein könnte?«
»Na ja, ich kann mir schon was denken, und der Tenente von der Arma denkt sich was anderes, aber eins ist sicher: Um das ganze Zeug mitzunehmen, haben sie einen großen Laster gebraucht. Und mit Beladen müssen mindestens sechs Leute beschäftigt gewesen sein, die irgendein Profi kommandiert hat.«
»Hör zu, Mimì, ich fahr' schnell zu Haus vorbei, zieh' mich um und komm' dann wieder her.«

Auf dem Weg nach Marinella stellte Montalbano fest, daß die Benzinanzeige aufleuchtete. Er hielt an der Tankstelle, wo vor einiger Zeit eine Schießerei stattgefunden und er den Tankwart hatte vernehmen müssen, um alles in Erfahrung zu bringen, was dieser gesehen hatte. Der Tankwart trug es ihm nicht nach und begrüßte ihn gleich, als er ihn sah; seine Stimme klang so aufdringlich, daß es Montalbano schauderte. Als er vollgetankt hatte, zählte er das Geld, dann sah er den Commissario an.
»Was ist? Hab' ich dir zu wenig gegeben?«
»Nein, das stimmt schon. Ich wollte Ihnen etwas sagen.«
»Sag schon.« Montalbano wurde ungeduldig, wenn der weiter so quatschte, verlor er bald seine Nerven.
»Sehen Sie den Laster da?«
Er zeigte auf ein großes Fahrzeug mit Anhänger, das auf dem freien Platz hinter der Tankstelle stand; die Plane war fest verschnürt, so daß von der Ladung nichts zu sehen war.

»Heute morgen, ganz früh«, fuhr er fort, »als ich aufgemacht hab', da war der Laster schon da. Jetzt sind vier Stunden vergangen, und es ist immer noch niemand gekommen, um ihn zu holen.«
»Hast du nachgeschaut, ob in der Kabine jemand schläft?«
»Ja, da ist keiner. Und noch was ist komisch, der Schlüssel steckt, der erstbeste, der vorbeikommt, steigt ein und fort ist er.«
»Laß mal sehen«, sagte Montalbano, plötzlich sehr interessiert.

Vier

Klein, Mäuseschwanzbärtchen, unangenehmes Lächeln, Goldrandbrille, braune Schuhe, braune Strümpfe, brauner Anzug, braunes Hemd, braune Krawatte, alles in allem ein brauner Alptraum – Carmelo Ingrassia, der Besitzer des Supermarktes, zupfte mit den Fingern an der Bügelfalte seines rechten Hosenbeins, das er über das linke geschlagen hatte, und wiederholte zum drittenmal seine knappe Interpretation der Ereignisse.

»Es war ein Spaß, Commissario, jemand wollte mir einen dummen Streich spielen.«

Montalbano starrte gedankenversunken auf den Kugelschreiber, den er in der Hand hielt, konzentrierte sich auf die Kappe, zog sie ab, inspizierte sie von innen und von außen, als hätte er noch nie so ein Ding gesehen, blies in die Kappe hinein, um sie von unsichtbaren Staubkörnchen zu säubern, sah sie an, war noch nicht zufrieden, blies wieder hinein, legte sie auf den Schreibtisch, schraubte die metallene Spitze ab, dachte eine Weile über sie nach, legte sie neben die Kappe, betrachtete aufmerksam das Mittelstück, das er in der Hand hielt, legte es neben die beiden anderen Teile und seufzte tief. Auf diese Weise war es ihm gelungen, sich zu beruhigen, den

Impuls zu beherrschen, der ihn einen Augenblick lang fast überwältigt hätte, nämlich aufzustehen, sich vor Ingrassia hinzustellen, ihm in die Fresse zu hauen und dann zu fragen:
»Seien Sie ehrlich: War das Ihrer Meinung nach ein Spaß, oder habe ich es ernst gemeint?«
Tortorella, der dieser Begegnung beiwohnte und wußte, wie sein Chef reagieren konnte, entspannte sich sichtlich.
»Ich verstehe nicht recht«, sagte Montalbano, der sich wieder völlig im Griff hatte.
»Was gibt's da zu verstehen, Commissario? Ist doch alles sonnenklar. Die ganze gestohlene Ware war in dem Laster, der wieder aufgetaucht ist, es hat nichts gefehlt, kein Zahnstocher und kein Lolli. Wenn sie also nichts stehlen wollten, dann war es eben ein Spaß, ein dummer Streich.«
»Ich bin ein bißchen begriffsstutzig, Sie müssen Geduld mit mir haben, Signor Ingrassia. Also, vor acht Tagen eignen sich auf einem Parkplatz in Catania, also auf der uns genau entgegengesetzten Seite der Insel, zwei Personen einen Lastwagen mit Anhänger der Firma Sferlazza an. Zu der Zeit ist der Lastwagen leer. Sieben Tage lang halten sie diesen Lastwagen versteckt, irgendwo zwischen Catania und Vigàta, denn er wurde nirgends gesehen. Logischerweise wurde dieser Lastwagen also nur deshalb gestohlen und versteckt, um ihn im richtigen Augenblick rauszuholen und Ihnen einen Streich zu spielen. Und dann taucht der Laster gestern nacht wieder auf und hält gegen eins, als die Straßen praktisch leer sind, vor Ihrem Supermarkt. Der Nachtwächter denkt, es handelt sich um eine Waren-

lieferung, auch wenn die Uhrzeit ein bißchen merkwürdig ist. Wir wissen nicht genau, was passiert ist, der Nachtwächter ist nämlich noch nicht ansprechbar, sicher ist nur, daß sie ihn außer Gefecht setzen, ihm die Schlüssel abnehmen und reingehen. Einer der Diebe zieht den Nachtwächter aus und sich selber die Uniform an – das ist allerdings genial. Ebenfalls genial ist, daß die anderen die Lichter einschalten und hemmungslos drauflosarbeiten, ohne Vorsichtsmaßnahmen, sozusagen am hellichten Tag, wenn es nicht Nacht wäre. Ganz schön ausgefuchst, kein Zweifel. Denn ein Fremder, der vorbeikommt und einen Nachtwächter in Uniform sieht, wie er ein paar Leute beim Beladen eines Lasters beaufsichtigt, würde nicht im Traum drauf kommen, daß es sich um einen Diebstahl handeln könnte. So hat mein Kollege Augello die Geschichte rekonstruiert, und Cavaliere Misuraca, der auf dem Nachhauseweg war, bestätigt es.«

Ingrassia, der immer mehr das Interesse zu verlieren schien, je länger der Commissario redete, sprang, wie von der Tarantel gestochen, auf.

»Misuraca?!«

»Ja, der, der beim Einwohnermeldeamt gearbeitet hat.«

»Aber der ist Faschist!«

»Ich wüßte nicht, was die politische Überzeugung des Cavaliere mit unserer Geschichte hier zu tun hat.«

»Und ob sie was damit zu tun hat! Als ich noch in der Politik war, war der nämlich mein Feind.«

»Sind Sie jetzt nicht mehr in der Politik?«

»Was soll man da noch? Wo sich ein paar Mailänder

Staatsanwälte in den Kopf gesetzt haben, die Politik, den Handel und die Industrie kaputtzumachen!«

»Hören Sie, was der Cavaliere gesagt hat, ist nichts weiter als eine simple Zeugenaussage, die die Vorgehensweise der Diebe bestätigt.«

»Es ist mir scheißegal, was der Cavaliere bestätigt. Ich sage nur, daß er ein armseliger alter Trottel und schon weit über achtzig ist. Wenn er eine Katze sieht, ist er imstande zu sagen, es sei ein Elefant. Was wollte er dort überhaupt mitten in der Nacht?«

»Das weiß ich nicht, ich werde ihn fragen. Kommen wir jetzt auf unser Thema zurück?«

»Ich bitte darum.«

»Nachdem sie mindestens zwei Stunden lang vor Ihrem Supermarkt aufgeladen haben, fährt der Lastwagen los. Er legt fünf oder sechs Kilometer zurück, kehrt um, parkt an der Tankstelle und bleibt da stehen, bis ich komme. Und Ihrer Meinung nach haben sie diesen Riesenaufwand getrieben, ein halbes Dutzend Delikte begangen, mehrere Jahre Knast riskiert, nur damit die Kerle selber oder Sie was zum Lachen haben?«

»Commissario, wir können noch die ganze Nacht hier sitzen, aber ich schwöre Ihnen, ich bin überzeugt, daß es nichts weiter als ein dummer Streich war.«

Im Kühlschrank fand er *pasta fredda con pomodoro, vasalicò e passuluna* – mit Basilikum und schwarzen Oliven –, deren Duft einen Toten zum Leben hätte erwecken können, und als zweiten Gang *alici con cipolla e aceto*:

Montalbano konnte sich stets auf Adelinas kulinarische, obwohl schmackhaft einfache Phantasie verlassen. Seine Haushälterin, die einmal am Tag kam, um ihm beizustehen, war Mutter zweier hoffnungslos krimineller Söhne, von denen einer noch immer im Gefängnis saß, was er Montalbano zu verdanken hatte. Nichtsdestotrotz hatte Adelina den Commissario auch heute nicht enttäuscht. Immer, wenn er den Ofen oder den Kühlschrank öffnete, spürte er genau jenes Herzklopfen wie damals, als er noch ein Kind war und in der Morgenfrühe des zweiten November den Weidenkorb suchte, in den die Toten nachts ihre Geschenke gelegt hatten. Dieses Fest, am Tag nach Allerheiligen, gab es längst nicht mehr, es war der Banalität der Geschenke unter dem Weihnachtsbaum gewichen, so wie jetzt das Andenken der Toten erlosch. Die einzigen, die die Toten nicht vergaßen, sondern deren Andenken hartnäckig wachhielten, waren die Mafiosi, allerdings waren die Geschenke, die sie zu ihrem Gedenken schickten, keine Modelleisenbahnen oder Marzipanfrüchte. Aber egal, bei Adelinas Köstlichkeiten war die Überraschung jedenfalls eine unerläßliche Würze.
Montalbano nahm die Teller mit dem Essen, eine Flasche Wein und Brot, schaltete den Fernseher ein und setzte sich an den Tisch. Er liebte es, allein zu essen, jeden Bissen schweigend zu genießen; zu den vielen Dingen, die ihn mit Livia verbanden, gehörte auch, daß sie akzeptierte, wenn er beim Essen kein Wort sagte. Er fand, daß er in punkto Geschmack Maigret näher war als Pepe Carvalho, dem Helden in Montalbáns Kriminalromanen, der

Gerichte in sich hineinschlang, von denen sogar ein Haifischbauch in Flammen aufgehen würde.
Bei den Programmen der nationalen Sender verzog er mißmutig das Gesicht, sogar die Regierungsmehrheit war wegen eines Gesetzes gespalten, das die vorzeitige Haftentlassung für Leute verbot, die sich das halbe Land unter den Nagel gerissen hatten; die Staatsanwälte, die den Filz mit der politischen Korruption aufgedeckt hatten, kündigten aus Protest ihren Rücktritt an; eine leichte Brise der Empörung belebte die Interviews auf der Straße.
Er schaltete ins erste der beiden lokalen Programme um. »Televigàta« war in jedem Fall regierungsfreundlich, ganz gleich, ob die Regierung rot, schwarz oder himmelblau war. Der Sprecher erwähnte die Verhaftung von Tano u Grecu nicht, sondern sagte nur, ein paar eifrige Bürger hätten dem Kommissariat von Vigàta eine ebenso heftige wie mysteriöse Schießerei am frühen Morgen in einer Gegend namens La Noce gemeldet, die Beamten, die sofort an Ort und Stelle waren, hätten jedoch nichts Ungewöhnliches festgestellt. Auch Nicolò Zito, der Journalist von »Retelibera«, der mit seiner kommunistischen Überzeugung nicht hinter dem Berg hielt, erwähnte Tanos Verhaftung mit keinem Wort. Ein Beweis dafür, daß die Nachricht zum Glück nicht durchgesickert war. Zito sprach jedoch völlig unerwartet von dem absurden Diebstahl in Ingrassias Supermarkt und der unerklärlichen Auffindung des Lastwagens mit dem gesamten Diebesgut. Man sei allgemein der Auffassung, berichtete Zito,

daß das Fahrzeug nach einem Streit zwischen den Komplizen um die Aufteilung der Beute stehengelassen worden sei. Das glaubte Zito jedoch nicht, seiner Meinung nach mußte die Sache anders gelaufen sein, die Angelegenheit war bestimmt viel komplexer.
»Commissario Montalbano, ich wende mich direkt an Sie. Meinen Sie nicht auch, daß die Geschichte vertrackter ist, als es den Anschein hat?« fragte der Journalist abschließend.
Als Montalbano hörte, wie er persönlich angesprochen wurde, und Zitos Augen sah, die ihn aus dem Apparat anblickten, während er beim Essen saß, verschluckte er sich am Wein, den er gerade trank, rang nach Luft, hustete und fluchte.
Als er fertig gegessen hatte, zog er seine Badehose an und ging ins Wasser. Es war eiskalt, aber beim Schwimmen kehrten seine Lebensgeister zurück.

»Erzählen Sie der Reihe nach, was geschehen ist«, sagte der Questore.
Nachdem er den Commissario hereingebeten hatte, war er aufgestanden, ihm entgegengegangen und hatte ihn schwungvoll umarmt.
Montalbano hatte ein Problem, er war nämlich absolut unfähig, Leute, von denen er wußte, daß sie anständig waren, oder die er schätzte, zu belügen und ihnen Märchen aufzutischen. Doch Verbrechern, Leuten, die ihm nicht gefielen, konnte er dagegen die irrsten Geschichten erzählen, ohne eine Miene zu verziehen, da konnte er

behaupten, er habe mit eigenen Augen gesehen, daß der Mond Zacken habe. Da er aber seinen Vorgesetzten nicht nur schätzte, sondern schon so manches Mal wie zu einem Vater mit ihm geredet hatte, versetzte ihn diese Aufforderung in große Verlegenheit, er wurde rot, schwitzte und rutschte auf dem Stuhl herum, als sei dieser der Grund für sein Unbehagen.
Der Questore merkte, daß dem Commissario nicht wohl war, schrieb diesen Zustand jedoch der Tatsache zu, daß Montalbano wirklich immer litt, wenn er über eine Aktion berichten sollte, die er gut zu Ende gebracht hatte. Der Questore hatte nicht vergessen, daß Montalbano bei der letzten Pressekonferenz vor den Fernsehkameras eigentlich nur ein langes, mühsames Gestammel von sich gegeben hatte, das streckenweise jeglichen Sinn vermissen ließ, die Augen weit aufgerissen, mit unruhigen Pupillen, als wäre er betrunken gewesen.
»Ich möchte einen Rat, bevor ich zu erzählen anfange.«
»Bitte.«
»Was soll ich in meinem Bericht schreiben?«
»Wie bitte? Es ist doch nicht Ihr erster Bericht! In einem Bericht schreibt man, was geschehen ist«, antwortete der Questore barsch und etwas irritiert. Und weil Montalbano immer noch nicht redete, fuhr er fort: »Apropos – Sie haben geschickt und mutig von einer zufälligen Begegnung profitiert und eine gelungene Polizeiaktion daraus gemacht, einverstanden, aber…«
»Eben, ich wollte Ihnen sagen…«
»Lassen Sie mich ausreden. Aber ich muß doch feststel-

len, daß Sie ein hohes Risiko eingegangen sind und Ihre Leute einer großen Gefahr ausgesetzt haben, Sie hätten massive Verstärkung anfordern und entsprechende Vorkehrungen treffen müssen. Zum Glück ist alles gutgegangen, aber es war ein Vabanquespiel, das muß ich Ihnen ganz ehrlich sagen. Jetzt sind Sie dran.«

Montalbano betrachtete die Finger seiner linken Hand, als wären sie ihm plötzlich gewachsen und als wüßte er nicht, was er mit ihnen anfangen sollte.

»Nun?« fragte der Questore geduldig.

»Die ganze Geschichte war ein Bluff«, brach es aus Montalbano heraus. »Es gab keine zufällige Begegnung, ich bin zu Tano gegangen, weil er darum gebeten hat, mich zu sehen. Und bei diesem Treffen haben wir ein Arrangement getroffen.«

Der Questore bedeckte seine Augen mit der Hand.

»Sie haben ein Arrangement getroffen?«

»So ist es.«

Und weil Montalbano jetzt schon mal dabei war, erzählte er ihm alles, von Gegès Anruf bis hin zur Inszenierung mit der Festnahme.

»Gibt es sonst noch was?« fragte der Questore schließlich.

»Ja. So wie die Dinge liegen, verdiene ich keine Beförderung zum Vicequestore. Wenn ich befördert werden würde, dann wäre es für eine Lüge, für eine Farce.«

»Das lassen Sie mal meine Sorge sein«, sagte der andere schroff.

Der Questore stand auf, verschränkte die Hände hinter

dem Rücken und dachte eine Weile nach. Dann wandte er sich um und breitete die Arme aus.
»Wir tun folgendes: Sie schreiben mir zwei Berichte.«
»Zwei?!« rief Montalbano aus und dachte daran, wie schwer es ihm oft fiel, überhaupt etwas zu Papier zu bringen.
»Keine Widerrede. Den gefälschten halte ich schön für den unvermeidlichen Maulwurf bereit, der ihn der Presse oder der Mafia schon zuspielen wird. Der echte kommt in meinen Tresor.«
Er grinste.
»Und was die Beförderung betrifft, die anscheinend das Allerschlimmste für Sie ist – kommen Sie doch Samstag abend zu mir nach Hause, dann reden wir in aller Ruhe darüber. Und wissen Sie was? Meine Frau hat ein köstliches Sößchen speziell für Meerbrassen kreiert.«

Cavaliere Gerlando Misuraca, der seine vierundachtzig Jahre kriegerisch zur Schau trug, blieb sich treu und fing sofort an zu streiten, kaum daß der Commissario »*Pronto?*« gesagt hatte.
»Wer ist dieser Trottel in der Vermittlung, der mich zu Ihnen durchgestellt hat?«
»Warum, was hat er denn getan?«
»Er hat meinen Namen nicht verstanden! Der ist ihm nicht in seinen Doofkopf reingegangen! *Bisurata* hat er mich genannt, wie das Magnesium!«
Argwöhnisch hielt er inne und fuhr dann in einem anderen Ton fort.

»Garantieren Sie mir bei Ihrer Ehre, daß er nur ein armer Irrer ist?«
Davon war Montalbano überzeugt, denn er wußte, daß Catarella am Telefon gewesen war.
»Das kann ich Ihnen garantieren. Aber wozu brauchen Sie eine Garantie?«
»Falls er die Absicht hatte, sich über mich lustig zu machen oder sich über das lustig zu machen, was ich repräsentiere, komme ich in fünf Minuten ins Kommissariat und reiße ihm den Arsch auf, so wahr mir Gott helfe!«
Was repräsentiert der Cavaliere denn? fragte sich Montalbano, während der andere weiter schreckliche Drohungen ausstieß. Nichts, absolut nichts Offizielles, wenn man so sagen kann. Er war bei der Gemeinde angestellt gewesen und nun schon lange in Pension, bekleidete keine öffentlichen Ämter, noch hatte er je welche bekleidet, in seiner Partei war er einfaches Mitglied. Er war ein untadeliger Ehrenmann, lebte sehr bescheiden, fast ärmlich, und hatte sich nicht einmal zu Mussolinis Zeiten bereichern wollen, er war immer ein treuer *gregario* gewesen, wie es damals hieß, ein einfacher Soldat. Dafür hatte er ab 1935 alle Kriege mitgemacht und die schwersten Kämpfe erlebt, keinen einzigen hatte er verpaßt – er schien überall gleichzeitig sein zu können –, von Guadalajara in Spanien über Bir el Gobi in Nordafrika bis Axum in Äthiopien. Dann Gefangenschaft in Texas, Ablehnung der Kollaboration, infolgedessen verschärfte Haft bei Wasser und Brot. Er repräsentierte also, schloß Montalbano, die historische Erinnerung an historische Fehler, die er aller-

dings in naiver Treue miterlebt und für die er persönlich bezahlt hatte: Er hatte schlimme Verletzungen davongetragen und hinkte mit dem linken Bein.

»Wenn Sie dazu in der Lage gewesen wären, hätten Sie dann in Salò gekämpft, mit den Deutschen und den italienischen Faschisten?« hatte Montalbano ihn einmal hinterlistig gefragt; er mochte ihn auf seine Weise, ja, denn in diesem großen Kinofilm über Korrupte, Erpresser, Mittelsmänner, Schmiergeldzahler, Lügner, Diebe, Meineidige, zu dem täglich neue Sequenzen hinzukamen, empfand der Commissario seit einiger Zeit wachsende Zuneigung zu solchen Personen, die er als unheilbar aufrichtig kannte.

Bei dieser Frage hatte er gesehen, wie der Alte sich innerlich krümmte, sein Gesicht ganz faltig wurde, sein Blick trüb. Da hatte er verstanden, daß Misuraca sich diese Frage selbst schon tausendmal gestellt und nie eine Antwort gefunden hatte. Montalbano ließ es gut sein.

»*Pronto?* Sind Sie noch dran?« fragte Misuraca gereizt.

»Was kann ich für Sie tun, Cavaliere?«

»Mir ist gerade erst etwas eingefallen, weshalb ich es bei meiner Aussage noch nicht vorbringen konnte.«

»Cavaliere, ich habe keinen Grund, dies in Frage zu stellen. Ich höre.«

»Mir ist etwas Merkwürdiges passiert, als ich fast auf der Höhe des Supermarktes war, aber in dem Augenblick habe ich nicht weiter darauf geachtet, mir war gar nicht wohl, weil so Idioten unterwegs sind, die ...«

»Sagen Sie mir doch einfach, was passiert ist.«

Wenn man ihn reden ließ, dann fing der Cavaliere womöglich bei der Gründung der faschistischen Kampfbünde an.
»Nicht am Telefon. Persönlich. Es ist ein dicker Hund, wenn ich recht gesehen habe.«
Der Alte galt als jemand, der immer sagte, was zu sagen war, ohne Beschönigungen oder Abstriche.
»Betrifft es den Diebstahl im Supermarkt?«
»Natürlich.«
»Haben Sie schon mit jemandem darüber gesprochen?«
»Mit niemandem.«
»Ich bitte Sie dringend, kein Wort darüber zu verlieren.«
»Wollen Sie mich beleidigen? Ich kann schweigen wie ein Grab. Morgen früh komme ich zu Ihnen ins Büro.«
»Cavaliere, darf ich Sie etwas fragen? Was wollten Sie mitten in der Nacht allein dort mit dem Auto, wenn Sie sich unwohl fühlten? Sie wissen doch, daß man ab einem gewissen Alter vorsichtig sein muß?«
»Ich kam aus Montelusa. Dort war eine Sitzung des Parteivorstands der Provinz, dem ich zwar nicht angehöre, aber ich wollte dabeisein. Niemand kann Gerlando Misuraca die Tür vor der Nase zuschlagen. Es gilt zu verhindern, daß unsere Partei Gesicht und Ehre verliert. Sie kann doch nicht mit diesen Hundesöhnen von Politikern in der Regierung sitzen und gemeinsam mit ihnen ein Gesetz erlassen, mit dem diese Schweine, die sich unser Vaterland unter den Nagel gerissen haben, aus dem Gefängnis kommen! Sie müssen verstehen, Commissario, daß ...«
»Dauerte die Sitzung lange?«

»Bis ein Uhr nachts. Ich wollte weitermachen, aber die anderen waren dagegen, denen sind die Augen schon zugefallen, diesen Schlappschwänzen!«

»Und wie lange haben Sie bis Vigàta gebraucht?«

»Eine halbe Stunde. Ich fahre langsam. Also, wie ich sagte…«

»Entschuldigen Sie, Cavaliere, es klingelt gerade am anderen Apparat. Bis morgen also«, unterbrach ihn Montalbano.

Fünf

»Mieser als Verbrecher! Mieser als Mörder haben uns diese Scheißtypen behandelt! Was glauben die eigentlich, wer sie sind? Arschlöcher!«

Fazio, gerade aus Palermo zurück, war gar nicht mehr zu beruhigen. Germanà, Gallo und Galluzzo stimmten wie die Rohrspatzen in sein Geschimpfe ein und beschrieben mit dem rechten Arm weite Kreise, um das unerhörte Geschehnis zu veranschaulichen.

»Die spinnen! Die spinnen einfach!«

Montalbano sprach ein Machtwort. »Schluß jetzt, beruhigt euch mal, Kinder. Alles der Reihe nach.« Dann sah er, daß Galluzzos Jacke und Hemd von dem Blut, das ihm aus seiner angeschlagenen Nase gelaufen war, gereinigt waren, und fragte ihn:

»Bist du zu Hause vorbeigefahren, bevor du hergekommen bist?«

Es war die verkehrte Frage, denn Galluzzo lief blau an, und seine geschwollene Nase zeigte violette Äderchen.

»Von wegen zu Hause vorbeigefahren! Fazio hat es doch gerade gesagt! Wir kommen direkt aus Palermo. Als wir zur Antimafia kamen und Tano u Grecu übergaben, haben sie uns gepackt und jeden in ein anderes Zimmer gesteckt.

Mir hat meine Nase immer noch weh getan, und ich wollte ein nasses Taschentuch drauflegen. Nach einer halben Stunde ist immer noch niemand gekommen, da hab' ich die Tür aufgemacht. Und stehe vor einem Kollegen. Wo willst du hin? Ein bißchen Wasser für meine Nase holen. Du kannst hier nicht raus, geh wieder rein. Verstehen Sie, Commissario? Ich wurde streng bewacht! Als ob ich Tano u Grecu wäre!«
»Sag diesen Namen nicht, und schrei nicht so!« fuhr Montalbano ihn an. »Niemand darf wissen, daß wir ihn hoppgenommen haben! Den ersten, der redet, befördere ich mit einem Arschtritt nach Asinara.«
»Wir wurden alle bewacht«, fing Fazio mit empörter Miene wieder an.
Galluzzo erzählte weiter.
»Nach einer halben Stunde kam einer ins Zimmer, den ich kenne, ein Kollege von Ihnen, der jetzt bei der Antimafia ist, Sciacchitano heißt er, glaub' ich.«
Dieses Arschloch, ging es dem Commissario durch den Kopf, aber er sagte nichts.
»Er hat mich angeschaut, als würde ich stinken, wie einen Bettler, der auf ein Almosen wartet. Er hat mich noch eine Zeitlang angeschaut und dann gesagt: Dir ist doch klar, daß du in diesem Zustand nicht vor den Signor Prefetto treten kannst?«
Galluzzo war so gekränkt wegen der unmöglichen Behandlung, daß es ihm schwerfiel, leise zu sprechen.
»Und vorwurfsvoll hat er auch noch geguckt, als wäre das meine Schuld! Dann ist er schimpfend rausgegangen.

Später hat mir ein Kollege eine saubere Jacke und ein Hemd gebracht.«

»Jetzt bin ich dran«, mischte sich Fazio ein, schließlich hatte er den höheren Rang. »Um es kurz zu machen – von drei Uhr nachmittags bis Mitternacht wurde jeder von uns achtmal von acht verschiedenen Leuten vernommen.«

»Und was wollten sie wissen?«

»Wie die Geschichte vor sich gegangen ist.«

»Mich haben sie sogar zehnmal vernommen«, sagte Germanà nicht ohne Stolz. »Anscheinend kann ich am besten erzählen, und sie sind sich vorgekommen wie im Kino.«

»Gegen ein Uhr nachts haben sie uns zusammengelegt«, fuhr Fazio fort, »sie brachten uns in ein riesiges Zimmer, eine Art großes Büro mit zwei Sofas, acht Stühlen und vier Tischen. Sie zogen die Telefonstecker raus und nahmen die Telefone mit. Dann brachten sie uns vier mickrige *panini* und vier pißwarme Bier. Wir machten es uns so bequem wie möglich, und um acht Uhr morgens kam einer und sagte, wir könnten wieder nach Vigàta fahren. Kein guten Morgen, nicht mal hau ab, was man immerhin noch sagt, wenn man einen Hund wegjagt. Nichts.«

»Ist ja gut«, sagte Montalbano. »Was soll man da schon machen? Fahrt nach Hause, ruht euch aus, und kommt am späten Nachmittag wieder her. Ich verspreche euch, daß ich dem Questore diese Geschichte erzähle.«

»*Pronto?* Hier ist Commissario Salvo Montalbano in Vigàta. Ich möchte mit Commissario Arturo Sciacchitano sprechen.«

»Bitte bleiben Sie am Apparat.«
Montalbano nahm ein Blatt Papier und einen Stift. Er zeichnete gedankenverloren vor sich hin und merkte erst dann, daß er einen Hintern auf einer Kloschüssel gemalt hatte.
»Tut mir leid, der Commissario ist in einer Sitzung.«
»Sagen Sie ihm, daß ich auch in einer Sitzung bin, dann sind wir quitt. Er unterbricht seine Sitzung für fünf Minuten, ich tue dasselbe mit meiner, und wir sind beide glücklich und zufrieden.«
Er machte aus dem Hintern auf der Kloschüssel einen kackenden Hintern.
»Montalbano? Was gibt es denn? Entschuldige, ich habe wenig Zeit.«
»Ich auch. Hör zu, Sciacchitanov…«
»Wieso Sciacchitanov? Was soll der Quatsch?«
»Ach, heißt du nicht so? Bist du nicht beim KGB?«
»Ich bin nicht zum Scherzen aufgelegt.«
»Ich scherze nicht. Ich rufe dich vom Büro des Questore aus an, der über die KGB-Methoden, mit denen du meine Leute behandelt hast, empört ist. Er hat mir zugesagt, daß er heute noch an den Minister schreibt.«
Das Phänomen war unerklärlich, aber es geschah tatsächlich: Er sah förmlich durch die Telefonleitung, wie Sciacchitano – allgemein als feiger Arschkriecher bekannt – blaß wurde. Montalbanos Lüge hatte ihn wie ein Schlag auf den Kopf getroffen.
»Was redest du da? Du mußt doch verstehen, daß ich als Verantwortlicher für die Sicherheit…«
Montalbano fiel ihm ins Wort. »Sicherheit schließt Höf-

lichkeit nicht aus«, sagte er lapidar und kam sich vor wie ein Straßenschild, auf dem »Vorfahrt schließt Vorsicht nicht aus« stand.

»Aber ich war sehr höflich! Ich habe ihnen Bier und *panini* serviert!«

»Ich muß dir leider sagen, daß die Sache trotz *panini* und Bier an höchster Stelle ein Nachspiel haben wird. Aber du kannst dich damit trösten, daß du nichts dafür kannst, Sciacchitano. Wer rund geboren wird, kann nicht viereckig sterben.«

»Was heißt das?«

»Es heißt, daß du, der du blöd geboren bist, nicht intelligent sterben kannst. Ich verlange einen an mich adressierten Brief, in dem du meine Leute gründlich lobst. Und zwar bis morgen. Auf Wiederhören.«

»Meinst du, daß der Questore nichts unternimmt, wenn ich dir diesen Brief schreibe?«

»Ich will ehrlich sein: Ich weiß nicht, ob der Questore etwas unternimmt oder nicht. Aber ich an deiner Stelle würde den Brief schreiben. Um Konsequenzen vorzubauen. Und ich würde ihn sogar unter dem gestrigen Datum schreiben. Habe ich mich klar genug ausgedrückt?«

Er hatte seinem Ärger Luft gemacht und fühlte sich schon besser. Dann rief er Catarella an.

»Ist Dottor Augello im Büro?«

»Nein, aber er hat gerade angerufen. Er hat gesagt, daß er ungefähr zehn Minuten weit weg ist und ungefähr in zehn Minuten ins Büro kommt.«

Montalbano nutzte die Zeit, um sich mit dem falschen Bericht zu befassen, den echten hatte er schon in der Nacht zuvor zu Hause geschrieben. Dann klopfte es an der Tür, und Augello trat ein.

»Du wolltest mich sprechen?«

»Fällt es dir wirklich so schwer, ein bißchen früher ins Büro zu kommen?«

»Entschuldige, aber ich hatte bis fünf Uhr morgens zu tun, dann bin ich heimgefahren und bin eingeschlafen, und das war's dann.«

»Du hattest wohl mit einer dieser Nutten zu tun, auf die du so stehst? Eine von denen, die mindestens hundertzwanzig Kilo auf die Waage bringen?«

»Hat Catarella dir denn nichts gesagt?«

»Er hat gesagt, du würdest später kommen.«

»Heute nacht gegen zwei hat es einen tödlichen Unfall gegeben. Ich bin hingefahren und habe mir gedacht, ich lasse dich schlafen, weil die Sache für uns nicht wichtig war.«

»Für die Toten ist es vielleicht schon wichtig.«

»Für den Toten, es war nur einer. Er ist die Catena, diese abschüssige Strecke, bergab gerast, offensichtlich haben die Bremsen versagt, und hat sich unter einem Lastwagen verkeilt, der in entgegengesetzter Richtung bergauf fuhr. Der Ärmste war auf der Stelle tot.«

»Kanntest du ihn?«

»Natürlich kannte ich ihn. Und du auch. Cavaliere Misuraca.«

»Montalbano? Palermo hat gerade angerufen. Die Pressekonferenz ist nicht nur notwendig, sie muß auch eine gewisse Resonanz haben. Sie brauchen sie für ihre Strategie. Journalisten aus anderen Städten werden kommen, die nationalen Nachrichten werden darüber berichten. Eine ziemlich große Sache also.«

»Man will wohl zeigen, daß die neue Regierung im Kampf gegen die Mafia nicht lockerläßt, sondern daß dieser vielmehr noch unerbittlicher und ohne Waffenstillstand geführt wird ...«

»Montalbano, was ist los mit Ihnen?«

»Nichts, ich lese nur die Schlagzeilen von übermorgen.«

»Die Pressekonferenz ist für morgen um zwölf angesetzt. Ich wollte Ihnen zeitig Bescheid geben.«

»Vielen Dank, Signor Questore, aber was habe ich damit zu tun?«

»Montalbano, ich bin lieb und nett, aber strapazieren Sie mich bitte nicht zu sehr. Natürlich haben Sie etwas damit zu tun! Stellen Sie sich doch nicht so an!«

»Und was bitte soll ich sagen?«

»*Ma benedetto Iddio*! Sie sagen das, was Sie im Bericht geschrieben haben.«

»In welchem?«

»Wie bitte? Was haben Sie gesagt?«

»Nichts.«

»Versuchen Sie, deutlich zu sprechen, verstümmeln Sie die Wörter nicht, schauen Sie nicht immer nach unten. Ach ja, und die Hände. Überlegen Sie sich ein für allemal, wo Sie Ihre Hände hintun, und da lassen Sie sie dann auch. Nicht wie letztes Mal, als der Journalist vom ›Corriere‹ vorschlug, man sollte sie Ihnen abschneiden, damit Sie sich wohl fühlen.«

»Und wenn sie mich fragen?«

»Natürlich werden sie Sie fragen, und sei es nur, damit sie ihr mieses Italienisch anwenden können. Sie sind schließlich Journalisten, oder? Auf Wiederhören.«

Montalbano war so nervös wegen der Ereignisse, die sich momentan abspielten und sich am nächsten Tag abspielen würden, daß er es im Büro nicht aushielt. Er ging in den Laden, in den er immer ging, kaufte sich eine große Tüte Erdnüsse und machte sich auf den Weg zur Mole. Als er am Leuchtturm ankam und sich umdrehte, um wieder zurückzugehen, stand er plötzlich Ernesto Bonfiglio gegenüber, Eigentümer eines Reisebüros und enger Freund des eben zu Tode gekommenen Cavaliere Misuraca.

»Kann man da nichts tun?« fragte Bonfiglio ihn mit aggressivem Unterton.

Montalbano, der gerade versuchte, sich eine Erdnuß herauszupuhlen, die zwischen zwei Zähnen steckte, sah ihn verwirrt an.

»Ich habe gefragt, ob man da nichts tun kann«, wiederholte Bonfiglio, der ganz grau im Gesicht war, und sah ihn schief an.

»Tun wofür?«

»Für meinen armen Verstorbenen.«

»Möchten Sie?« fragte der Commissario und hielt ihm die Tüte hin.

»Danke«, sagte der andere und nahm sich eine Handvoll Nüsse.
Montalbano nutzte die kleine Pause, um sein Gegenüber besser einschätzen zu können: Er war nicht nur ein brüderlicher Freund des Cavaliere, sondern bekannte sich zu den Ideen der extremen Rechten und war nicht ganz richtig im Kopf.
»Sprechen Sie von Misuraca?«
»Nein, von meinem Opa.«
»Und was sollte ich da tun?«
»Die Mörder verhaften. Dazu sind Sie verpflichtet.«
»Und wer sollen diese Mörder sein?«
»Sie sollen nicht sein, sie sind. Ich rede vom Vorstand der Partei, die es nicht verdient hat, ihn in ihren Reihen zu haben. Sie haben ihn umgebracht.«
»Entschuldigen Sie, aber soweit ich weiß, war es doch ein Unfall?«
»Ach, Sie glauben wohl, daß ein Unfall ein Zufall ist?«
»Ich denke schon.«
»Da irren Sie sich aber. Jemand zieht einen Unfall magnetisch an, und ein anderer sorgt dafür, daß er passiert. Ich erkläre es Ihnen an einem Beispiel. Mimì Crapanzano ist diesen Februar beim Schwimmen ertrunken. Tod durch Unfall. Aber jetzt frage ich Sie: Wie alt war Mimì, als er starb? Fünfundfünfzig. Warum wollte er es in diesem Alter noch mal wissen und in der Eiseskälte baden gehen, wie er es als Junge gemacht hat? Die Antwort ist folgende: Weil er noch nicht mal vier Monate mit einer vierundzwanzigjährigen Mailänderin verheiratet war, und als sie

am Ufer spazierengingen, fragte ihn das Mädchen: Liebling, hast du wirklich im Februar hier gebadet? Klar, antwortete Crapanzano. Das Mädchen, das den Alten anscheinend satt hatte, seufzte. Was hast du? fragte Crapanzano blöd. Das hätte ich ja zu gern gesehen, sagte die Hure. Ohne ein Wort zu sagen, zog Crapanzano sich aus und sprang ins Wasser. Verstehen Sie?«

»Vollkommen.«

»Und jetzt zu den Herren vom Parteivorstand in Montelusa. Nach einer ersten Sitzung, die mit groben Worten zu Ende gegangen war, fand gestern eine weitere statt. Der Cavaliere und ein paar andere verlangten vom Vorstand ein Kommuniqué an die Journalisten gegen den Regierungserlaß, der den Dieben das Gefängnis erspart. Diese Meinung teilten aber nicht alle. Plötzlich sagte einer von denen zu Misuraca, er gehöre zum alten Eisen, ein anderer meinte, er komme sich vor wie im Puppentheater, ein dritter nannte ihn einen alten Trottel. Das alles weiß ich von einem Freund, der dabei war. Am Ende forderte ihn der Sekretär – ein unangenehmer Typ, der nicht mal Sizilianer ist und mit Nachnamen Biraghìn heißt – auf, den Raum zu verlassen, da er kein Recht habe, an der Sitzung teilzunehmen. Das stimmte, aber so was hat sich noch keiner erlaubt. Mein Freund stieg in seinen Cinquecento und machte sich auf den Weg nach Vigàta. Natürlich hat er vor Wut gekocht, aber die haben das extra gemacht, damit er durchdreht. Und Sie wollen mir erzählen, daß das ein Unfall war?«

Mit Bonfiglio konnte man nur vernünftig reden, wenn

man sich auf dasselbe Niveau begab, das wußte der Commissario aus früheren Erfahrungen.
»Gibt es einen Typen im Fernsehen, der Ihnen besonders unsympathisch ist?«
»Hunderttausend, aber Mike Bongiorno ist der Schlimmste von allen. Wenn ich den sehe, kommt mir das kalte Kotzen und ich könnte den Fernseher an die Wand schmeißen.«
»Gut. Und wenn Sie diesen Showmaster gesehen haben und sich dann ins Auto setzen, gegen eine Mauer fahren und dabei umkommen, was müßte ich dann Ihrer Meinung nach tun?«
»Mike Bongiorno verhaften«, sagte Bonfiglio knapp.

Als er ins Büro zurückkehrte, war er schon ruhiger, die Begegnung mit Ernesto Bonfiglios Logik hatte ihn amüsiert und abgelenkt.
»Gibt's was Neues?« fragte er, als er eintrat.
»Einen persönlichen Brief für Sie, der gerade mit der Post gekommen ist«, sagte Catarella und betonte noch mal jede einzelne Silbe: »Per-sön-lich.«
Auf seinem Schreibtisch lagen eine Postkarte von seinem Vater und ein paar dienstliche Mitteilungen.
»Catarè, wo hast du den Brief hingetan?«
»Ich hab' doch gesagt, daß es ein persönlicher Brief ist!« Der Beamte war gekränkt.
»Was heißt das?«
»Es heißt, daß man ihn der Person aushändigen muß, weil er persönlich ist.«

»Schon gut, die Person steht hier vor dir, und wo ist der Brief?«

»Da, wo er hingehört. Wo die Person persönlich wohnt. Ich hab' dem Postboten gesagt, er soll ihn zu Ihnen nach Hause bringen, Signor Dottori, nach Marinella.«

Vor der Trattoria San Calogero stand der Chef, der auch selbst kochte, und schnappte ein bißchen frische Luft.

»Commissario, wohin so eilig?«

»Ich gehe heim, zum Essen.«

»Wie Sie meinen. Aber ich habe da so gegrillte *gamberoni*, die glauben Sie nicht zu essen, sondern zu träumen.«

Montalbano trat ein, weniger seinem Appetit als dieser Vorstellung erlegen. Als er fertig gegessen hatte, schob er die Teller weg, kreuzte die Arme auf dem Tisch, legte seinen Kopf darauf und schlief ein. Er aß meistens in einem Nebenzimmer mit drei Tischen, so konnte der Kellner Serafino die Gäste leicht in den Saal dirigieren, damit der Commissario seine Ruhe hatte. Als der Chef gegen vier – das Lokal war schon geschlossen – sah, daß Montalbano kein Lebenszeichen von sich gab, bereitete er ihm eine Tasse starken Kaffee zu und weckte ihn behutsam auf.

Sechs

Den von Catarella angekündigten höchstpersönlichen Brief hatte Montalbano völlig vergessen, er fiel ihm erst wieder ein, als er ins Haus kam und darauf trat; der Postbote hatte ihn unter der Tür durchgeschoben. Die Adresse sah aus wie bei einem anonymen Brief: *Montalbano – Commissariato – Città.* Und oben links der Hinweis *persönlich,* der leider Catarellas Hirnwindungen in Aufruhr versetzt hatte.

Doch der Brief war alles andere als anonym. Er sah gleich nach der Unterschrift – das war ein harter Schlag.

> Sehr geehrter Commissario, ich werde höchstwahrscheinlich nicht in der Lage sein, wie vereinbart morgen früh zu Ihnen zu kommen. Gesetzt den Fall – was sehr wahrscheinlich ist –, daß die Sitzung des Parteivorstands in Montelusa, zu der ich mich begeben werde, sobald ich diesen Brief beendet habe, auf einen Mißerfolg meiner Thesen hinausläuft, halte ich es für meine Pflicht, nach Palermo zu fahren, um Geist und Gewissen jener Kameraden aufzurütteln, die innerhalb der Partei wirklich entscheidende Ämter bekleiden. Ich bin auch bereit, nach Rom zu

fliegen und den Segretario Nazionale um Audienz zu bitten. Sollten diese meine Vorhaben verwirklicht werden müssen, würde sich unser Treffen etwas verschieben, ich bitte Sie daher um Entschuldigung, wenn ich Ihnen das, was ich Ihnen mündlich und persönlich sagen wollte, nun schriftlich mitteile.
Wie Sie sich gewiß erinnern, kam ich am Tag nach dem merkwürdigen Diebstahl, der vielleicht gar keiner war, im Supermarkt spontan ins Kommissariat, um zu berichten, was ich zufällig gesehen hatte, nämlich mehrere Männer, die – obzwar zu ungewohnter Stunde – in aller Ruhe bei voller Beleuchtung und unter der Aufsicht einer Person in Uniform, die ich für die Uniform des Nachtwächters hielt, arbeiteten.
Niemandem wäre im Vorbeifahren etwas Ungewöhnliches an dieser Szene aufgefallen: Hätte ich selbst etwas Außergewöhnliches bemerkt, hätte ich umgehend die Polizei informiert.
In der Nacht nach meiner Zeugenaussage konnte ich kein Auge zutun, weil mich die Diskussionen mit einigen Kameraden furchtbar aufgeregt hatten, und so kam ich auf den Gedanken, mir die Szene mit dem Diebstahl noch einmal in Erinnerung zu rufen. Erst da fiel mir etwas ein, das möglicherweise sehr wichtig ist. Als ich von Montelusa zurückfuhr, nahm ich, erregt wie ich war, die falsche Zufahrtsstraße nach Vigàta, die in jüngster Zeit durch eine Reihe unsinniger Einbahnregelungen verkompliziert wurde. So bog ich anstatt in die Via Granet in die alte

Via Lincoln ein, weswegen ich mich plötzlich in der Gegenrichtung befand. Ich bemerkte meinen Fehler nach etwa fünfzig Metern, legte den Rückwärtsgang ein und fuhr bis auf die Höhe Vicolo Trupìa, wo ich rückwärts hätte einbiegen müssen, um mich wieder in der richtigen Richtung zu befinden. Es war mir jedoch nicht möglich, in die Gasse einzubiegen, weil ich dieselbe buchstäblich blockiert vorfand, und zwar durch einen großen Wagen vom Typ »Ulisse« – für den in diesen Tagen schon umfangreich geworben wurde, der jedoch, abgesehen von wenigen Exemplaren, noch nicht zum Verkauf stand – mit dem Kennzeichen Montelusa 328280. So blieb mir nichts anderes übrig, als weiterhin gegen die Straßenverkehrsordnung zu verstoßen. Nach wenigen Metern kam ich zur Piazza Chiesa Vecchia, wo sich der Supermarkt befindet.

Ich erspare Ihnen weitere Nachforschungen: Jener Wagen, übrigens der einzige seiner Art im Ort, gehört Signor Carmelo Ingrassia. Ingrassia wohnt in Monte Ducale, was hatte da sein Wagen ein paar Schritte vom Supermarkt – ebenfalls Ingrassias Eigentum –, der offenbar inzwischen ausgeräumt wurde, verloren? Die Antwort überlasse ich Ihnen.

Ihr ergebenster
Cav. Gerlando Misuraca

»Hättest du mir das doch gleich gesagt, Cavaliere!« war Montalbanos einziger Kommentar, als er mißgelaunt den

Brief ansah, den er auf den Tisch im Eßzimmer gelegt hatte. An Essen war jetzt nicht mehr zu denken. Er öffnete den Kühlschrank nur, um der Kochkunst seiner Haushälterin betrübt die Ehre zu erweisen, und Ehre verdiente sie, denn sogleich stieg ihm der betörende Duft von *polipetti affogati* in die Nase. Er machte den Kühlschrank wieder zu, er konnte einfach nicht, sein Magen war wie zugeschnürt. Er zog sich aus und wanderte, nackt wie er war, am Ufer entlang, um diese Zeit war da keine Menschenseele. Er war weder hungrig noch müde. Gegen vier Uhr morgens sprang er ins eiskalte Wasser, schwamm lange und ging dann nach Hause zurück. Als er merkte, daß er einen Steifen hatte, mußte er lachen. Er beschloß, mit ihm zu reden und ihn zur Vernunft zu bringen.

»Du brauchst dir gar keine Mühe zu geben.«

Der Steife flüsterte ihm ein, daß ihm ein Anruf bei Livia, der nackten, schlafwarmen Livia im Bett, vielleicht guttun würde.

»Du bist ein Idiot und redest dummes Zeug. Das ist doch was für kleine Wichser.«

Beleidigt zog sich der Steife zurück. Montalbano schlüpfte in eine Unterhose, legte sich ein trockenes Handtuch über die Schultern, nahm einen Stuhl und setzte sich in die Veranda, die auf den Strand hinausging.

Er sah aufs Meer hinaus, das ganz allmählich heller wurde und sich dann färbte, von sonnengelben Streifen durchzogen. Ein schöner Tag kündigte sich an, und der Commissario fühlte sich getröstet und zu allem bereit. Nachdem er den Brief des Cavaliere gelesen hatte, waren die

Ideen nicht ausgeblieben, das Bad im Meer hatte ihm geholfen, sie zu ordnen.

»So können Sie aber nicht zu der Pressekonferenz erscheinen.« Fazio musterte ihn streng.
»Du hast bei der Antimafia wohl was gelernt.«
Montalbano öffnete die dicke Nylontasche, die er in der Hand hatte.
»Da, Hose, Jackett, Hemd und Krawatte. Ich ziehe mich um, bevor ich nach Montelusa fahre. Ach ja, hol die Sachen doch raus und häng sie über einen Stuhl, sonst verknittern sie.«
»Sind sie eh schon. Aber ich meine nicht die Kleidung, ich meine, wie Sie aussehen. Sie müssen unbedingt vorher zum Friseur.«
Unbedingt, hatte Fazio gesagt, der ihn gut kannte und wußte, welche Überwindung es den Commissario kostete, zum Friseur zu gehen. Montalbano fuhr sich mit der Hand über den Nacken und mußte zugeben, daß seine Haare einen Schnitt vertragen konnten. Er schaute finster drein.
»Heute geht bestimmt alles schief!« prophezeite er.
Bevor er das Büro verließ, gab er Order, Carmelo Ingrassia aufzusuchen und ihn ins Büro zu bringen, solange er sich feinmachte.
»Wenn er mich fragt, warum, was soll ich dann antworten?« fragte Fazio.
»Gar nichts.«
»Und wenn er darauf besteht?«

»Wenn er darauf besteht, dann sag ihm, ich will wissen, seit wann er sich kein Klistier mehr hat geben lassen. Gut so?«

»Sie müssen doch nicht gleich sauer werden.«

Der Friseur, sein Gehilfe und ein Kunde, der auf einem der beiden Drehstühle saß, die mit Müh und Not in den Salon – eigentlich ein Winkel unter der Treppe – hineinpaßten, unterhielten sich laut und angeregt, verstummten aber beim Anblick des Commissario sofort. Montalbano war mit seinem – wie er es selbst nannte – »Friseurgesicht« hereingekommen: Mund schmallippig, Augen argwöhnisch halb geschlossen, Augenbrauen gerunzelt, Gesichtsausdruck verächtlich und streng zugleich.

»*Bongiorno*, muß ich warten?«

Seine Stimme klang entsprechend leise und heiser.

»Nein, nein, Commissario, setzen Sie sich.«

Während Montalbano auf dem leeren Stuhl Platz nahm, hielt der Friseur in einem Affentempo wie in einem komischen Kurzfilm von Charlie Chaplin seinem Kunden einen Spiegel in den Nacken, ließ ihn das vollendete Werk bewundern, befreite ihn von seinem Handtuch, warf es in einen Behälter, nahm ein frisches Handtuch, legte es dem Commissario um die Schultern. Der Kunde verzichtete darauf, sich wie üblich vom Gehilfen abbürsten zu lassen, brummte ein *bongiorno* und suchte schleunigst das Weite. Der Bart- und Haarschneideritus, der in unerbittlichem Schweigen vonstatten ging, war freudlos und schnell getan. Ein neuer Kunde schob den Perlenvorhang zur Seite und wollte eintreten, doch als er die dicke Luft roch und

den Commissario erkannte, sagte er: »Ich komme später wieder« und verschwand.
Auf dem Weg ins Büro fühlte Montalbano sich von einem undefinierbaren, jedenfalls ekelhaften Geruch umweht, einer Mischung aus Terpentin und einem bestimmten Puder, den die Nutten vor dreißig Jahren benutzt hatten. Es waren seine Haare, die so stanken.

»Ingrassia sitzt in Ihrem Büro«, flüsterte Tortorella, als handele es sich um eine Verschwörung.
»Wo ist Fazio hin?«
»Nach Hause, sich umziehen. Die Questura hat angerufen. Fazio, Gallo, Galluzzo und Germanà müssen auch an der Pressekonferenz teilnehmen.«
Anscheinend hat mein Anruf bei diesem Arschloch Sciacchitano gewirkt, dachte Montalbano.
Ingrassia, diesmal ganz in Blaßgrün, machte Anstalten, sich zu erheben.
»Bleiben Sie doch sitzen«, sagte der Commissario und nahm hinter seinem Schreibtisch Platz. Er fuhr sich zerstreut durchs Haar, und sofort machte sich wieder der Geruch nach Terpentin und Puder breit. Beunruhigt hielt er sich seine Finger unter die Nase, roch daran und fand seinen Verdacht bestätigt. Aber er konnte nichts dagegen tun, in der Toilette des Büros hatte er kein Shampoo. Sofort setzte er wieder sein Friseurgesicht auf. Als Ingrassia ihn mit dieser Grimasse sah, rutschte er unruhig auf seinem Stuhl hin und her.
»Was ist?« fragte er.

»Inwiefern denn?«
»Na ja... so überhaupt«, sagte Ingrassia betreten.
»Hm«, brummte Montalbano ausweichend.
Er roch wieder an seinen Fingern, und das Gespräch verstummte.
»Haben Sie schon von dem armen Cavaliere gehört?« fragte der Commissario, als säßen sie freundschaftlich plaudernd im Wohnzimmer.
»Tja, so ist das Leben«, seufzte der andere zerknirscht.
»Stellen Sie sich vor, Signor Ingrassia: Ich hatte ihn gefragt, ob er noch mal kommen könne, um mir Genaueres über das zu erzählen, was er in der Nacht des Diebstahls gesehen hatte. Wir hatten schon einen Termin vereinbart, aber dann...«
Ingrassia breitete die Arme zu einer Geste aus, die besagte, Montalbano solle vor dem Schicksal kapitulieren. Nach einer gebührenden Denkpause fragte er:
»Entschuldigen Sie, aber was hätte Ihnen der arme Cavaliere denn Genaueres erzählen können? Er hat doch alles gesagt, was er gesehen hat.«
Montalbano wedelte verneinend mit dem Zeigefinger.
»Sie meinen, er hat nicht alles gesagt, was er gesehen hat?« fragte Ingrassia beunruhigt.
Wieder wedelte Montalbano verneinend mit dem Finger.
Jetzt laß ich dich zappeln, du Hund, dachte er.
Der grüne Zweig, der Ingrassia war, bewegte sich wie in einem leichten Wind hin und her.
»Aber was wollten Sie denn von ihm wissen?«
»Was er glaubte, nicht gesehen zu haben.«

Aus dem leichten Wind wurde ein heftiger, der Zweig schwankte.
»Ich verstehe nicht.«
»Ich erkläre es Ihnen. Sie haben doch bestimmt das Gemälde von Pieter Bruegel *Die Kinderspiele* schon mal gesehen?«
»Wer? Ich? Nein«, sagte Ingrassia beklommen.
»Macht nichts. Aber Sie haben sicher schon mal was von Hieronymus Bosch gesehen.«
»Nein«, sagte Ingrassia und begann zu schwitzen. Jetzt war er wirklich verstört, und sein Gesicht färbte sich grün wie sein Anzug.
»Egal. Lassen wir das«, sagte Montalbano generös. »Ich wollte sagen, daß man sich, wenn man eine bestimmte Szene gesehen hat, von dieser Szene an den ersten allgemeinen Eindruck erinnert, den man hatte. Einverstanden?«
»Einverstanden«, murmelte Ingrassia, inzwischen auf das Schlimmste gefaßt.
»Und dann kommen einem nach und nach wieder ein paar Details in den Sinn, die man gesehen und im Kopf registriert, aber als unwichtig beiseitegeschoben hat. Ein paar Beispiele: ein offenes oder geschlossenes Fenster, ein Geräusch, was weiß ich, ein Pfiff, ein Lied, ein weggerückter Stuhl, ein Auto, das an einer Stelle stand, wo es nicht hingehörte, ein Licht, das ausging... Solche Dinge, Details, Einzelheiten eben, die sich am Ende als äußerst wichtig herausstellen.«
Ingrassia zog ein weißes Taschentuch mit grünem Saum

aus der Hosentasche und trocknete sich damit den Schweiß ab.

»Haben Sie mich nur kommen lassen, um mir das zu sagen?«

»Nein. Dann hätte ich Sie umsonst bemüht, das würde ich mir nie erlauben. Ich wollte wissen, ob Sie etwas von den Leuten gehört haben, die Ihnen, wie Sie meinen, den Streich mit dem fingierten Diebstahl gespielt haben.«

»Es ist niemand aufgetaucht.«

»Merkwürdig.«

»Warum?«

»Weil das Schöne an einem Streich doch ist, daß man hinterher mit dem Opfer darüber lachen kann. Wie dem auch sei, sagen Sie mir Bescheid, wenn jemand auftaucht. *Buongiorno.*«

»*Buongiorno*«, erwiderte Ingrassia und erhob sich. Er war schweißnaß, seine Hose klebte ihm am Hintern.

Fazio erschien ganz aufgeregt in einer funkelnagelneuen Uniform.

»Da bin ich«, sagte er.

»Und der Papst ist in Rom.«

»Schon gut, Commissario, ich verstehe, heute ist nicht Ihr Tag.«

Er war schon auf dem Weg nach draußen, blieb aber in der Tür stehen.

»Dottore Augello hat angerufen, er sagt, er hat furchtbar Zahnweh und kommt nur, wenn es unbedingt sein muß.«

»Sag mal, weißt du, wo die Trümmer von Cavaliere Misuracas Cinquecento hingekommen sind?«

»Ja, die sind noch hier, in unserer Werkstatt. Ich will Ihnen was sagen: Das ist nur Neid.«

»Wovon redest du?«

»Von Dottore Augellos Zahnweh. Blanker Neid ist es.«

»Wen beneidet er denn?«

»Sie, weil Sie die Pressekonferenz machen und nicht er. Außerdem ist er sauer, weil Sie ihm nicht sagen wollten, wie der Mann heißt, den wir verhaftet haben.«

»Tust du mir einen Gefallen?«

»*Sissi*, ich verstehe, bin schon weg.«

Sobald Fazio die Tür hinter sich zugemacht hatte, wählte Montalbano eine Nummer. Eine Frauenstimme antwortete, die wie die Parodie auf die Synchronisation einer Schwarzen klang.

»*Bronto*? Wer da? Wer denn da?«

Wo die Cardamones wohl ihre Hausmädchen herhaben? überlegte Montalbano.

»Ist Signora Ingrid da?«

»Ja, aber wer da?«

»Ich bin Salvo Montalbano.«

»Du warten.«

Ingrids Stimme dagegen war identisch mit der Stimme, die die italienische Synchronsprecherin Greta Garbo geliehen hatte, und Schwedin war sie auch noch.

»*Ciao*, Salvo, wie geht's? Wir haben uns ja ewig nicht gesehen.«

»Ich brauche deine Hilfe. Hast du heute abend Zeit?«

»Eigentlich nicht. Aber wenn es wichtig ist, lass' ich alles sausen.«
»Es ist wichtig.«
»Also wo und wann?«
»Heute abend um neun, in Marinella in der Bar.«

Die Pressekonferenz erwies sich für Montalbano, was er ja von vornherein gewußt hatte, als arge Blamage ohne Ende. Aus Palermo war der Vicequestore De Dominicis von der Antimafia gekommen, der sich rechts neben den Questore setzte. Gebieterische Handzeichen und wilde Blicke nötigten Montalbano, der im Publikum sitzen bleiben wollte, links von seinem Chef Platz zu nehmen. Hinter ihnen, stehend, Fazio, Germanà, Gallo und Galluzzo. Der Questore machte den Anfang und nannte als allererstes den Namen des Verhafteten, der Nummer eins in der zweiten Riege: Gaetano Bennici, genannt Tano u Grecu, seit Jahren gesuchter mehrfacher Mörder. Das schlug ein wic cine Bombe. Die zahlreichen Journalisten – sogar vier Fernsehkameras waren da – sprangen von ihren Stühlen auf und redeten durcheinander, so daß der Questore Schwierigkeiten hatte, wieder für Ruhe zu sorgen. Er sagte, die Verhaftung sei das Verdienst Commissario Montalbanos, der mit Unterstützung seiner Leute – die er an dieser Stelle namentlich vorstellte – geschickt und mutig eine günstige Gelegenheit genutzt habe. Dann sprach De Dominicis, der die Rolle von Tano u Grecu im Herzen der Organisation erläuterte, eine Rolle zwar nicht in allererster, aber doch in erster Reihe. Er setzte sich wieder, und Montalbano begriff, daß er jetzt den Hunden zum Fraß vorgeworfen worden war.

Es prasselte Fragen, schlimmer als die Garbe aus einer Kalaschnikow. Gab es ein Feuergefecht? War Tano u Grecu allein? Gab es unter den Einsatzkräften Verletzte? Was hat Tano gesagt, als sie ihm die Handschellen anlegten? Schlief Tano, oder war er wach? War eine Frau bei ihm? Ein Hund? Stimmte es, daß er Drogen nahm? Wie viele Morde hatte er begangen? Wie war er gekleidet? War er nackt? Stimmte es, daß Tano Fan des AC Mailand war? Daß er ein Foto von Ornella Muti bei sich hatte? Könne er erklären, was das für eine günstige Gelegenheit war, die der Questore erwähnt hatte?

Montalbano plagte sich sehr mit den Antworten und begriff immer weniger von dem, was er sagte.

Gott sei Dank ist das Fernsehen da, dachte er. Dann kann ich mich nachher sehen und weiß, was ich für einen Mist von mir gegeben habe.

Und dann, um alles noch komplizierter zu machen, war da noch der bewundernde Blick der Inspektorin Anna Ferrara, die ihn nicht aus den Augen ließ.

Einer versuchte schließlich Montalbano aus dem Treibsand, in dem dieser zu versinken drohte, rauszuholen – der Journalist Nicolò Zito von »Retelibera«, der ein echter Freund war.

»Commissario, erlauben Sie mir eine Frage. Sie sagten, Sie hätten Tano auf dem Rückweg von Fiacca getroffen, wo Sie von Freunden zu einer *tabisca* eingeladen waren. Habe ich das richtig verstanden?«

»Ja.«
»Was ist eine *tabisca*?«
Sie hatten schon oft zusammen *tabisca* gegessen, Zito warf ihm also einen Rettungsring hin. Montalbano griff danach. Plötzlich war der Commissario sicher und präzise und erging sich gründlich in einer detaillierten Beschreibung dieser köstlichen Pizza.

Sieben

In diesem Mann, der, schwer von Begriff, abwechselnd stammelte, zögerte, irreredete, sich verhaspelte, den Faden verlor und dabei immer den gleichen besessenen Blick hatte und den die Fernsehkamera von »Retelibera« gnadenlos in Großaufnahme zeigte, erkannte Montalbano nur mit Mühe sich selbst unter dem Fragenhagel der Journalisten, dieser unverschämten Meute. Die Stelle, an der er erklärte, woraus die *tabisca* besteht, und die er am besten hingekriegt hatte, wurde nicht gesendet, vielleicht paßte sie nicht recht zu dem Hauptthema, Tanos Verhaftung.
Die *milanzane alla parmigiana*, die ihm seine Haushälterin in den Ofen gestellt hatte, kamen ihm mit einemmal fade vor, aber das konnte gar nicht sein, das stimmte nicht, es handelte sich um einen psychologischen Effekt, weil er im Fernsehen so eine bescheuerte Figur abgegeben hatte. Er hatte auf einmal großes Verlangen, zu weinen, sich ins Bett zu legen und sich wie eine Mumie in ein Leintuch zu wickeln.

»Commissario Montalbano? Hier ist Luciano Acquasanta vom ›Mezzogiorno‹. Würden Sie mir freundlicherweise ein Interview gewähren?«

»Nein.«
»Ich schwöre, es wird nicht lang dauern.«
»Nein.«

»Spricht da Commissario Montalbano? Hier ist Spingardi, Attilio Spingardi von der RAI in Palermo. Wir planen einen runden Tisch über das Thema ...«
»Nein.«
»Lassen Sie mich doch ausreden!«
»Nein.«

»Liebling? Hier ist Livia. Wie fühlst du dich?«
»Gut. Warum?«
»Ich habe dich gerade im Fernsehen gesehen.«
»*O Gesù*! Hat etwa ganz Italien zugeschaut?«
»Ich glaube schon. Aber es war nur eine kurze Geschichte.«
»Hat man gehört, was ich gesagt habe?«
»Nein, nur der Sprecher hat geredet. Aber man hat dein Gesicht gesehen, und das hat mir Sorgen gemacht. Du warst gelb wie eine Zitrone.«
»Auch noch in Farbe?!«
»Natürlich. Ab und zu hast du deine Hand auf die Augen oder die Stirn gelegt.«
»Ich hatte Kopfschmerzen, und die Lampen haben mich geblendet.«
»Ist es wieder gut?«
»Ja.«

»Commissario Montalbano? Hier ist Stefania Quattrini von ›Essere Donna‹. Wir möchten ein Interview am Telefon mit Ihnen machen, können Sie dranbleiben?«
»Nein.«
»Es dauert nur ein paar Sekunden.«
»Nein.«

»Habe ich die Ehre, tatsächlich mit dem berühmten Commissario Montalbano zu sprechen, der Pressekonferenzen abhält?«
»Ihr kostet mich den letzten Nerv!«
»Nein, nicht den letzten Nerv, keine Sorge. Aber dein Leben wird es dich kosten.«
»Wer spricht da?«
»Dein Tod. Ich wollte dir nur sagen, daß du da nicht ungeschoren rauskommst, du verdammter Schauspieler! Wen wolltest du denn mit dem ganzen Theater mit deinem Freund Tano reinlegen? Du hast versucht, uns zu verarschen, und wirst dafür bezahlen!«
»Pronto? Pronto?«

Die Verbindung war unterbrochen worden. Montalbano kam gar nicht dazu, diese Drohungen zu verstehen und darüber nachzudenken, denn er begriff, daß der anhaltende schrille Ton, den er schon eine ganze Zeitlang in den Geräuschpegel der Anrufe hinein gehört hatte, von der Türklingel kam.
Wer weiß, warum er überzeugt war, daß es sich um einen besonders gewieften Journalisten handelte, der gleich bei

ihm persönlich erschien. Wütend lief er an die Tür und schrie, ohne zu öffnen: »Wer, zum Teufel, ist da?«
»Der Questore.«
Was wollte der denn von ihm, zu Hause, um diese Uhrzeit und ohne ihn vorher zu verständigen? Er schlug den Riegel zurück und riß die Tür auf.
»*Buongiorno*, kommen Sie herein«, sagte er und trat auf die Seite.
Der Questore rührte sich nicht von der Stelle.
»Wir haben keine Zeit zu verlieren. Machen Sie sich fertig, und kommen Sie zu mir in den Wagen.«
Er drehte sich um und ging. Als Montalbano an dem großen Spiegel in der Schranktür vorbeiging, begriff er, was der Questore mit »Machen Sie sich fertig« gemeint hatte. Er war splitterfasernackt.

Der Wagen trug nicht die Aufschrift der Polizei, sondern das Kennzeichen der Mietautos, und auf dem Fahrersitz saß ein Beamter in Zivil von der Questura in Montelusa, den Montalbano kannte. Kaum war er eingestiegen, sagte der Questore:
»Tut mir leid, aber ich konnte Sie nicht vorher verständigen, Ihr Telefon war dauernd besetzt.«
»Stimmt.«
Er hätte die Telefonleitung natürlich von Amts wegen unterbrechen lassen können, aber das paßte nicht zu seiner freundlichen und diskreten Art. Montalbano erklärte ihm nicht, warum sein Telefon ihm keine Ruhe gegönnt hatte, das war jetzt unmöglich, er hatte seinen Chef noch nie so

düster erlebt, er sah abgespannt aus, sein Mund war maskenhaft verzerrt.

Etwa eine Dreiviertelstunde, nachdem sie in die Straße eingebogen waren, die von Montelusa nach Palermo führt – und der Fahrer fuhr sehr schnell –, sah der Commissario auf die Landschaft seiner Insel hinaus, die er am liebsten hatte.
»Findest du es hier wirklich schön?« hatte Livia ihn vor ein paar Jahren ungläubig gefragt, als er ihr diese Gegend zeigte.
Karge Anhöhen, fast wie riesige Hügelgräber, die nur von trockenem gelbem Stoppelgras überwachsen und von den Menschen irgendwann sich selbst überlassen worden waren, weil die Trockenheit, die Hitze oder einfach die Erschöpfung in einem von vornherein verlorenen Kampf die Oberhand gewonnen hatten, ab und zu vom Grau fialenförmiger Felsen unterbrochen, sinnlos aus dem Nichts entstanden oder vielleicht vom Himmel gefallen, Stalaktiten oder Stalagmiten in dieser tiefen Höhle unter freiem Himmel, die Sizilien war. Die wenigen Häuser, alle nur ebenerdig, mit gekrümmten Mauern, trocken gemauerte Steinwürfel, standen schief, als hätten sie mit viel Glück einem wütenden Sichaufbäumen der Erde getrotzt, die sie nicht auf sich spüren wollte. Ein paar wenige Flecken Grün gab es, aber nicht Bäume oder Felder, sondern Agaven, Bocksdorn, Mohrenhirse, wilde Gräser, kümmerliche, verstaubte Flecken, die ihren Widerstand auch bald aufgeben würden.

Als hätte er das passende Bühnenbild abgewartet, entschloß sich der Questore zu reden, aber der Commissario begriff, daß er sich in einer Art schmerzerfülltem, wütendem Monolog nicht an ihn, sondern an sich selbst wandte. »Warum haben sie das getan? Wer hat diese Entscheidung getroffen? Wenn man dem nachgehen würde, woran gar nicht zu denken ist, würde herauskommen, daß entweder niemand die Initiative ergriffen hat oder daß sie in höherem Auftrag handeln mußten. Und wer sind diese Vorgesetzten, die das angeordnet haben? Der Chef der Antimafia würde es leugnen und der Innenminister, der Ministerpräsident, der Staatspräsident ebenfalls. Bleiben noch, in dieser Reihenfolge: der Papst, Jesus, die Jungfrau Maria, Gott. Sie würden in Entrüstung ausbrechen: Wie kann man nur glauben, daß sie den Befehl dazu gegeben hätten? Bleibt also nur der Böse, der im Ruf steht, die Ursache allen Übels zu sein. Da haben wir den Schuldigen: den Teufel! Na ja, jedenfalls haben sie beschlossen, ihn in ein anderes Gefängnis zu überführen.«

»Tano?« wagte Montalbano zu fragen. Der Questore hörte ihn gar nicht.

»Warum? Wir werden es nie erfahren. Und während wir auf der Pressekonferenz waren, haben die ihn mit zwei Beamten in Zivil als Begleitung in irgendein Auto gesetzt – *Dio*, sind die schlau! –, um nicht aufzufallen, klar, und dann, als bei Trabia aus einem Feldweg das übliche schwere Motorrad mit zwei Typen, die wegen des Helms völlig unkenntlich waren ... Die beiden Beamten sind tot, und er liegt im Krankenhaus im Sterben. So, das wär's.«

Das war bitter, aber Montalbano dachte nur zynisch, daß ihm die Quälerei mit der Pressekonferenz erspart geblieben wäre, wenn sie ihn ein paar Stunden früher umgebracht hätten. Er begann Fragen zu stellen, aber nur, weil er spürte, daß sich der Questore nach diesem Ausbruch ein bißchen beruhigt hatte.
»Aber woher wußten sie denn...«
Der Questore versetzte dem Vordersitz einen heftigen Schlag, der Fahrer machte einen Satz nach vorn, und der Wagen geriet leicht ins Schleudern.
»Was stellen Sie mir denn für Fragen, Montalbano? Ein Maulwurf, was sonst? Das ist es, was mich zur Weißglut bringt!«
Der Commissario ließ ein paar Minuten verstreichen, bevor er weiterfragte.
»Aber was hat das jetzt mit uns zu tun?«
»Er will mit Ihnen sprechen. Ihm ist klar, daß er im Sterben liegt, er will Ihnen etwas sagen.«
»Aha. Und warum kommen Sie dann mit? Ich hätte doch allein hinfahren können.«
»Ich begleite Sie, damit Sie keine Zeit verlieren und man Ihnen keine Steine in den Weg legt. Die sind mit ihrer erhabenen Intelligenz auch noch imstande, das Gespräch zu verhindern.«

Vor dem Kliniktor stand ein Panzerwagen, ein Dutzend Beamte waren in dem kleinen Garten verteilt, die Maschinenpistolen im Anschlag.
»Idioten«, schimpfte der Questore.

Mit wachsender Nervosität brachten sie mindestens fünf Kontrollen hinter sich und gelangten schließlich in den Flur, auf dem Tanos Zimmer lag. Sämtliche Patienten waren unter Verwünschungen und Flüchen evakuiert worden. An den beiden Enden des Flurs standen vier bewaffnete Polizisten, weitere zwei an der Tür, hinter der offenbar Tano lag. Der Questore zeigte seinen Passierschein.

»Kompliment«, sagte er zu dem Posten.

»Wofür, Signor Questore?«

»Für die Sicherheitsvorkehrungen.«

»Danke«, strahlte der Beamte, der Spott des Questore war völlig an ihm vorübergegangen.

»Gehen Sie allein rein, ich warte draußen.«

Erst da merkte der Questore, daß Montalbanos Gesicht ganz fahl war, die Stirn schweißnaß.

»*Oddio*, Montalbano, was ist mit Ihnen? Fühlen Sie sich nicht gut?«

»Es geht mir ausgezeichnet«, antwortete der Commissario gepreßt.

Aber das war eine Lüge, es ging ihm miserabel. Tote ließen ihn völlig kalt, er konnte mit ihnen in einem Zimmer schlafen, so tun, als teile er sein Brot oder spiele *tresette* und *briscola* mit ihnen, sie beeindruckten ihn überhaupt nicht, aber wenn jemand im Sterben lag, dann brach ihm der Schweiß aus, seine Hände begannen zu zittern, es wurde ihm eiskalt, sein Magen fühlte sich an wie durchbohrt.

Unter dem Leintuch, mit dem er zugedeckt war, kam ihm Tanos Körper verkürzt vor, kleiner als er ihn in Erinnerung hatte. Seine Arme lagen an der Seite, der rechte war dick verbunden. Aus der Nase, die fast durchscheinend war, kamen dünne Sauerstoffschläuche heraus, das Gesicht wirkte künstlich wie das einer Wachspuppe. Der Commissario wäre am liebsten auf und davon, aber er nahm sich zusammen, holte einen Stuhl und setzte sich neben den Sterbenden, der die Augen geschlossen hielt, als schliefe er.
»Tano? Tano! Ich bin's, Commissario Montalbano.«
Der andere reagierte sofort, riß die Augen auf, machte Anstalten, sich halb im Bett aufzusetzen, wie ein schon lange gehetztes Tier, das instinktiv hochschnellt. Dann heftete er seinen Blick auf den Commissario, und die Spannung in seinem Körper ließ spürbar nach.
»Sie wollten mich sprechen?«
Tano nickte und deutete ein Lächeln an. Er sprach schleppend, mit großer Mühe.
»Jetzt haben sie mich also doch noch von der Straße abgedrängt.«
Er bezog sich auf das Gespräch in dem kleinen Haus, und Montalbano wußte nicht, was er sagen sollte.
»Kommen Sie näher.«
Montalbano erhob sich von seinem Stuhl und beugte sich über ihn.
»Noch näher.«
Der Commissario neigte sich so weit hinunter, daß er mit seinem Ohr Tanos Mund berührte; sein scharfer Atem flößte ihm Ekel ein. Und dann sagte Tano ihm mit klarem

Verstand und sehr genau, was er ihm zu sagen hatte. Doch das Sprechen hatte ihn angestrengt, er schloß die Augen wieder, und Montalbano wußte nicht, was er tun sollte, ob er gehen oder noch eine Weile bleiben sollte. Er beschloß, sich wieder hinzusetzen, und Tano sagte mit belegter Stimme noch etwas. Der Commissario stand wieder auf und beugte sich über den Sterbenden.

»Was haben Sie gesagt?«

»Ich habe Angst.«

Er fürchtete sich, und jetzt, in diesem Zustand, hatte er keine Scheu, es zu sagen. War das Mitleid, diese plötzliche Welle von Wärme, dieser Stich im Herzen, dieses quälende Gefühl? Montalbano legte Tano eine Hand auf die Stirn, das Du kam ihm diesmal ganz spontan über die Lippen.

»Du brauchst dich nicht zu schämen. Auch das macht dich zum Mann. Wir alle haben Angst, wenn es soweit ist. Leb wohl, Tano.«

Er ging schnell hinaus und schloß die Tür hinter sich. Jetzt standen außer dem Questore und den Beamten auch De Dominicis und Sciacchitano auf dem Flur. Sie liefen ihm entgegen.

»Was hat er gesagt?« fragte De Dominicis begierig.

»Nichts, er konnte mir nichts mehr sagen. Er wollte offenbar, aber er hat es nicht geschafft. Er stirbt.«

»Na ja«, meinte Sciacchitano zweifelnd.

Ganz ruhig legte Montalbano ihm eine Hand auf die Brust und stieß ihn dann grob von sich. Der andere wich verblüfft drei Schritte zurück.

»Bleib, wo du bist, komm mir ja nicht näher«, zischte ihn der Commissario an.
»Schluß jetzt, Montalbano«, griff der Questore schlichtend ein.
De Dominicis schien die Sache zwischen den beiden nicht sehr wichtig zu nehmen.
»Wer weiß, was er Ihnen erzählen wollte«, hakte er nach und sah Montalbano forschend an, als wollte er sagen: Du lügst.
»Ich kann ja mal raten, wenn es Ihnen Spaß macht«, erwiderte der Commissario grob.

Bevor er das Krankenhaus verließ, kippte Montalbano in der Bar einen doppelten J&B pur. Sie machten sich auf den Weg nach Montelusa, und der Commissario rechnete damit, daß er gegen halb sieben wieder in Vigàta sein würde, die Verabredung mit Ingrid konnte er also einhalten.
»Er hat geredet, nicht wahr?« fragte der Questore ruhig.
»Ja.«
»Etwas Wichtiges?«
»Ich denke schon.«
»Warum wollte er ausgerechnet mit Ihnen reden?«
»Er hat versprochen, mir ein persönliches Geschenk zu machen, weil ich mich während der ganzen Geschichte ihm gegenüber fair verhalten habe.«
»Ich höre.«
Montalbano berichtete alles, und als er fertig war, wurde der Questore nachdenklich. Dann seufzte er.

»Kümmern Sie sich um alles, zusammen mit Ihren Leuten. Es ist besser, wenn niemand etwas erfährt. Nicht mal in der Questura dürfen sie etwas erfahren: Sie haben es ja gerade gesehen – Maulwürfe gibt's überall.«

Spürbar fiel er wieder in die Mißstimmung, die ihn schon auf der Hinfahrt ergriffen hatte.

»So weit ist es mit uns gekommen!« sagte er wütend.

Auf halbem Weg klingelte sein Handy.

»Ja?« sagte der Questore.

Am anderen Ende wurde kurz gesprochen.

»Danke«, antwortete der Questore. Dann wandte er sich dem Commissario zu.

»Das war De Dominicis. Er hat freundlicherweise Bescheid gesagt, daß Tano praktisch in dem Augenblick gestorben ist, als wir das Krankenhaus verließen.«

»Sie müssen aufpassen«, sagte Montalbano.

»Worauf?«

»Daß ihnen niemand den Leichnam klaut«, sagte der Commissario mit beißendem Spott.

Eine Weile fuhren sie schweigend weiter.

»Warum hatte es De Dominicis so eilig, Sie von Tanos Tod zu unterrichten?«

»Aber, mein Lieber, das Gespräch hat doch Ihnen gegolten. De Dominicis ist ja nicht auf den Kopf gefallen und denkt natürlich ganz richtig, daß Tano Ihnen doch noch etwas mitteilen konnte. Und jetzt will er entweder was von dem Kuchen abhaben oder ihn Ihnen ganz wegnehmen.«

Im Büro traf er Catarella und Fazio an. Besser so, er redete lieber mit Fazio, wenn keine anderen Leute dabei waren. Eher routinemäßig als neugierig fragte er:
»Wo sind denn die anderen?«
»Sie sind hinter vier Jungs auf zwei Motorrädern her, die ein Rennen veranstalten.«
»*Gesù!* Dann ist das gesamte Kommissariat auf einem Rennen?«
»Es ist ein spezielles Rennen«, erklärte Fazio. »Ein Motorrad ist grün, das andere gelb. Erst fährt das gelbe los, rast eine Straße hinunter und reißt an sich, was es an sich zu reißen gibt. Nach ein oder zwei Stunden, wenn sich die Leute wieder beruhigt haben, fährt das grüne los und schnappt sich, was es zu schnappen gibt. Dann wechseln sie Straße und Viertel, aber diesmal startet das grüne zuerst. Es ist ein Wettstreit, wer am meisten klauen kann.«
»Ich verstehe. Hör zu, Fazio, du müßtest heute abend bei der Firma Vinti vorbeifahren. Bitte den Buchhalter in meinem Namen, uns ein Dutzend Schaufeln, Hacken, Pickel und Spaten zu leihen. Morgen früh um sechs treffen wir uns alle hier. Dottor Augello und Catarella bleiben im Büro. Ich brauche zwei Wagen, nein, nur einen, laß dir von der Firma Vinti auch einen Jeep geben. Apropos, wer hat den Schlüssel für unsere Werkstatt?«
»Den hat immer der Wachhabende. Jetzt hat ihn Catarella.«
»Laß ihn dir geben, und gib ihn dann mir.«
»Sofort. Entschuldigen Sie, Commissario, aber wozu brauchen wir Schaufeln und Pickel?«

»Wir wechseln unseren Beruf. Das Landleben ist gesund, ab morgen arbeiten wir auf dem Feld. Einverstanden?«

»Seit ein paar Tagen kann man nicht mehr vernünftig mit Ihnen reden, Commissario. Was ist nur los mit Ihnen? Sie sind so grob und unleidlich.«

Acht

Seit er Ingrid im Lauf einer Ermittlung kennengelernt hatte, bei der sie ihm völlig unschuldig über eine falsche Fährte als Sündenbock kredenzt worden war, bestand eine merkwürdige Freundschaft zwischen dem Commissario und dieser bildhübschen Frau. Hin und wieder rief Ingrid ihn an, und dann plauderten sie einen ganzen Abend lang miteinander. Die junge Frau vertraute sich ihm an, erzählte ihm von ihren Problemen, und er beriet sie klug und brüderlich: Er war eine Art geistiger Vater – eine Rolle, zu der er sich hatte zwingen müssen, denn Ingrid weckte nicht gerade geistige Gedanken –, auf dessen Ratschläge sie herzlich wenig hörte. Zu allen bisherigen sechs oder sieben Verabredungen war Montalbano noch nie vor ihr dagewesen, Ingrid war von geradezu fanatischer Pünktlichkeit.

Auch diesmal sah er, als er vor der Bar in Marinella parkte, daß Ingrids Auto schon da stand, neben einem Porsche Cabrio, einem Flitzer in einem Gelb, das Geschmack und Auge beleidigte.

Als er die Bar betrat, stand Ingrid an der Theke und trank Whisky, neben ihr ein superschicker kanariengelber Vierzigjähriger mit Rolex und Nackenschwänzchen.

Ob er das Auto wohl auch wechselt, wenn er sich umzieht? überlegte der Commissario.
Als sie ihn erblickte, lief Ingrid auf ihn zu, umarmte ihn und gab ihm ein Küßchen auf den Mund, sie freute sich wirklich, ihn zu sehen. Auch Montalbano freute sich: Ingrid war ein wahres Gottesgeschenk mit ihren hautengen Jeans an den unendlich langen Beinen, den Sandalen, der hellblauen durchsichtigen Bluse, die die Form ihrer Brüste erahnen ließ, dem blonden Haar, das ihr offen über die Schultern fiel.
»Entschuldige«, sagte sie zu dem Kanarienvogel, »bis bald mal.«
Sie setzten sich an einen Tisch, Montalbano wollte nichts bestellen, der Mann mit Rolex und Nackenschwänzchen ging auf die Terrasse mit Blick aufs Meer, um dort seinen Whisky auszutrinken. Sie lächelten sich an.
»Gut siehst du aus«, stellte Ingrid fest. »Aber im Fernsehen hast du heute einen ziemlich elenden Eindruck gemacht.«
»Ich weiß«, sagte der Commissario und wechselte das Thema. »Du siehst auch gut aus.«
»Wolltest du mich sehen, damit wir Komplimente austauschen?«
»Tust du mir einen Gefallen?«
»Natürlich.«
Von der Terrasse schielte der Mann mit dem Nackenschwänzchen zu ihnen herüber.
»Wer ist denn das?«
»Ein Bekannter. Wir haben uns auf dem Weg hierher ge-

troffen, er ist mitgekommen und hat mich zu einem Whisky eingeladen.«

»Wie bekannt?«

Ingrid wurde ernst und runzelte die Stirn.

»Bist du eifersüchtig?«

»Nein, das weißt du ganz genau, außerdem gibt es keinen Grund dafür. Er war mir nur sofort zuwider. Wie heißt er?«

»Ach, komm, Salvo, das kann dir doch egal sein!«

»Sag mir, wie er heißt.«

»Beppe … Beppe De Vito.«

»Und woher hat er das nötige Kleingeld für die Rolex, den Porsche und was sonst noch so anfällt?«

»Er handelt mit Pelzen.«

»Warst du mit ihm im Bett?«

»Ja, letztes Jahr, glaube ich. Und er hat mir gerade vorgeschlagen, es noch mal zu tun. Aber ich habe keine angenehme Erinnerung an diese eine Begegnung.«

»Ist er pervers?«

Ingrid sah ihn kurz an, dann brach sie in ein Gelächter aus, das den Barmann zusammenfahren ließ.

»Was gibt's da zu lachen?«

»Dein Gesicht! Du schaust drein wie ein empörter braver Polizist. Nein, Salvo, ganz im Gegenteil. Er ist völlig phantasielos. Sterbenslangweilig und überflüssig, das ist es, was mir in Erinnerung geblieben ist.«

Montalbano winkte den Mann mit dem Nackenschwänzchen an ihren Tisch, und als dieser sich lächelnd näherte, sah Ingrid den Commissario besorgt an.

»*Buonasera.* Ich kenne Sie übrigens. Sie sind Commissario Montalbano.«
»Ich fürchte, Sie werden mich leider noch besser kennenlernen müssen.«
Der andere erstarrte, der Whisky zitterte im Glas, die Eiswürfel klirrten.
»Warum sagen Sie ›leider‹?«
»Sie heißen Giuseppe De Vito und handeln mit Pelzen?«
»Ja... aber ich verstehe nicht...«
»Sie werden es zu gegebener Zeit verstehen. Sie kriegen in den nächsten Tagen eine Vorladung in die Questura von Montelusa. Ich werde auch dasein. Dann können wir uns länger unterhalten.«
Der Mann mit dem Nackenschwänzchen war plötzlich blaß geworden und stellte das Glas auf den Tisch, er konnte es offenbar nicht mehr halten.
»Könnten Sie mir nicht freundlicherweise jetzt schon... ich meine, erklären...«
Montalbano setzte ein Gesicht auf, als überwältigte ihn eine unbezwingbare Anwandlung von Großherzigkeit.
»Aber nur weil Sie mit dieser Dame hier befreundet sind. Kennen Sie einen Deutschen, einen gewissen Kurt Suckert?«
»Ich schwöre Ihnen: nie von ihm gehört«, sagte der andere, fischte ein kanariengelbes Taschentuch aus der Hose und wischte sich den Schweiß von der Stirn.
»Wenn Sie das sagen, habe ich nichts mehr hinzuzufügen«, sagte der Commissario eisig. Er sah ihn scharf an und bedeutete ihm, näher zu kommen.

»Ich gebe Ihnen einen guten Rat: keine Tricks. *Buonasera.*«

»*Buonasera*«, antwortete De Vito mechanisch und ging schnell hinaus, ohne Ingrid auch nur einen Blick zuzuwerfen.

»Du bist ein Arschloch«, sagte Ingrid ruhig, »und hundsgemein.«

»Ja, ich weiß, manchmal packt's mich, und dann bin ich so.«

»Gibt es diesen Suckert wirklich?«

»Es gab ihn. Aber er nannte sich Malaparte. Er war Schriftsteller.«

Sie hörten den Porsche aufdröhnen und Reifen quietschen.

»Hast du dich jetzt abreagiert?« fragte Ingrid.

»So ziemlich.«

»Ich wußte schon, als du hereinkamst, daß du schlechte Laune hast. Was ist denn los, kannst du es mir sagen?«

»Ich könnte, aber es lohnt sich nicht. Beruflicher Ärger.«

Montalbano hatte Ingrid vorgeschlagen, ihren Wagen auf dem Parkplatz der Bar stehenzulassen, sie würden ihn später holen. Ingrid hatte sich weder erkundigt, wohin sie fuhren, noch, was sie vorhatten. Auf einmal fragte Montalbano:

»Wie geht's mit deinem Schwiegervater?«

Ingrids Stimme wurde fröhlich.

»Gut! Ich hätte es dir längst sagen sollen, entschuldige bitte. Es geht gut mit meinem Schwiegervater. Seit zwei

Monaten läßt er mich in Ruhe, er stellt mir nicht mehr nach.«

»Wie kommt denn das?«

»Ich weiß es nicht, er hat mir nichts gesagt. Das letzte Mal war auf dem Rückweg von Fela, wir waren auf einer Hochzeit gewesen, mein Mann hatte nicht mitfahren können, meine Schwiegermutter war nicht ganz gesund. Jedenfalls waren wir beide allein. Da bog er plötzlich in eine Nebenstraße ein, fuhr ein paar Kilometer weiter, blieb im Wald stehen, ließ mich aussteigen, zog mich aus, warf mich zu Boden und vergewaltigte mich wie üblich. Tags darauf fuhr ich mit meinem Mann nach Palermo, und als ich nach einer Woche zurückkam, war mein Schwiegervater plötzlich um Jahre gealtert, ganz zittrig. Seitdem meidet er mich regelrecht. Jetzt kann ich ihm auf einem Flur im Haus gegenüberstehen und muß nicht fürchten, daß er mich gegen die Wand drückt, eine Hand an meinem Busen und die andere zwischen meinen Beinen.«

»Ist doch besser so, oder?«

Über die Geschichte, die Ingrid ihm gerade erzählt hatte, wußte Montalbano mehr als sie. Der Commissario hatte von der Sache zwischen Ingrid und ihrem Schwiegervater schon erfahren, als sie sich zum erstenmal begegneten. Und eines Nachts, als sie miteinander schwatzten, hatte Ingrid plötzlich furchtbar geweint, die Situation mit dem Vater ihres Mannes war unerträglich geworden: Sie, die wirklich ein freier Mensch war, fühlte sich wie beschmutzt, verdorben durch diesen Beinahe-Inzest, zu dem sie gezwungen wurde; sie dachte daran, ihren Mann zu verlassen und nach Schweden zurückzukehren, ihr Brot könnte sie sich bestimmt verdienen, denn sie war eine hervorragende Automechanikerin.

Damals hatte Montalbano beschlossen, sich darum zu kümmern und ihr aus der Patsche zu helfen. Am nächsten Tag lud er die Inspektorin Anna Ferrara ein, die ihn liebte und überzeugt war, daß er mit Ingrid eine Affäre hatte.

»Ich bin verzweifelt«, fing er an und verzog sein Gesicht wie ein bedeutender Tragöde.

»*O Dio*, was ist denn los?« fragte Anna und umschloß seine Hand mit den ihren.

»Ingrid betrügt mich.«

Er ließ den Kopf auf die Brust sinken und brachte sogar einen feuchten Schimmer in seine Augen.

Anna unterdrückte einen triumphierenden Aufschrei. Sie hatte es ja immer schon gewußt! Jetzt verbarg der Commissario das Gesicht in den Händen, und Anna war angesichts dieser verzweifelten Geste ganz erschüttert.

»Weißt du, ich wollte es dir eigentlich nicht sagen, um dir nicht weh zu tun. Aber ich habe ein paar Nachforschungen über Ingrid angestellt. Du bist nicht der einzige Mann.«

»Aber das wußte ich!« sagte der Commissario, das Gesicht immer noch in den Händen.

»Worum geht es dann?«

»Diesmal ist es anders! Es ist kein Abenteuer wie die vielen anderen, die ich ja verzeihen kann. Sie hat sich verliebt und wird wiedergeliebt!«

»Weißt du denn, in wen sie verliebt ist?«
»Ja, in ihren Schwiegervater.«
Anna fuhr zusammen. »*O Gesù*! Hat sie dir das gesagt?«
»Nein. Ich bin selber drauf gekommen. Sie streitet es ab. Sie streitet alles ab. Aber ich brauche einen sicheren Beweis, den ich ihr ins Gesicht schleudern kann. Verstehst du?«
Anna hatte sich erboten, ihm diesen sicheren Beweis zu liefern. Sie hatte sich so reingehängt, daß es ihr sogar gelungen war, Bilder von der »romantischen« Szene im Wald festzuhalten. Sie hatte sie von einer treuen Freundin, die beim Erkennungsdienst arbeitete, vergrößern lassen und dem Commissario gebracht. Ingrids Schwiegervater war nicht nur Chefarzt im Krankenhaus von Montelusa, sondern auch ein hochrangiger Politiker, und ins Parteibüro, ins Krankenhaus und nach Hause hatte Montalbano ihm eine erste vielsagende Dokumentation geschickt. Auf der Rückseite aller drei Fotos stand nur: Wir haben dich in der Hand. Dieses Bombardement hatte ihn offenbar zu Tode erschreckt, augenblicklich hatte er Karriere und Familienleben in Gefahr gesehen. Der Commissario behielt für alle Fälle noch zwanzig weitere Fotos bei sich. Ingrid hatte er nichts erzählt, sie brach sonst womöglich noch einen Streit vom Zaun, weil ihre schwedische Privatsphäre verletzt worden war.
Montalbano gab Gas, er war zufrieden, denn jetzt wußte er, daß die ausgeklügelte Strategie, die er in die Wege geleitet hatte, Wirkung zeigte.

»Fahr du den Wagen rein«, sagte Montalbano, stieg aus und machte sich am Rolladen der polizeieigenen Werkstatt zu schaffen. Als das Auto drinstand, schaltete er das Licht ein und ließ den Rolladen wieder herunter.

»Was habe ich zu tun?« fragte Ingrid.

»Siehst du den ramponierten Cinquecento da? Ich will wissen, ob die Bremsen manipuliert waren.«

»Ich weiß nicht, ob ich das feststellen kann.«

»Versuch's.«

»Dann ist meine Bluse hin.«

»Ach ja, warte. Ich hab' was mitgebracht.«

Er nahm eine Plastiktüte von der Rückbank seines Autos und zog ein Hemd und ein Paar Jeans von sich heraus.

»Zieh das hier an.«

Während Ingrid sich umzog, ging er auf die Suche nach einer tragbaren Lampe, wie man sie in Werkstätten benutzt, fand sie auf der Werkbank und schloß sie an. Wortlos nahm Ingrid die Lampe, einen Engländer und einen Schraubenzieher und schlüpfte unter das gestauchte Chassis des Cinquecento. Sie brauchte nur etwa zehn Minuten. Staubig und voller Schmieröl kam sie wieder unter dem Auto hervor.

»Glück gehabt. Die Bremsleitung wurde teilweise gekappt, das steht fest.«

»Was heißt teilweise?«

»Daß sie nicht ganz durchgeschnitten wurde, sie haben gerade soviel gelassen, daß er nicht sofort einen Unfall baute. Aber beim ersten kräftigeren Zug mußte das Seil auf jeden Fall reißen.«

»Bist du sicher, daß es nicht von allein gerissen ist? Das Auto war alt.«
»Der Schnitt ist zu sauber. Da ist nichts ausgefranst oder zumindest nur an einer winzigen Stelle.«
»Jetzt hör gut zu«, sagte Montalbano. »Der Mann, der am Steuer saß, fuhr von Vigàta nach Montelusa, blieb eine Weile dort und kehrte dann nach Vigàta zurück. Der Unfall passierte auf der abschüssigen Strecke, kurz bevor man in den Ort hineinfährt, auf der Catena. Er ist mit einem Lastwagen zusammengeprallt und darunter stekkengeblieben. Alles klar?«
»Alles klar.«
»Und jetzt frage ich dich: Wo haben sie dieses kleine Werk deiner Meinung nach vollbracht, in Vigàta oder in Montelusa?«
»In Montelusa«, sagte Ingrid. »Wenn sie es in Vigàta gemacht hätten, hätte es ihn schon lange vorher erwischt, bestimmt. Willst du sonst noch was wissen?«
»Nein. Vielen Dank.«
Ingrid zog sich nicht um, sie wusch sich nicht einmal die Hände.
»Das mache ich bei dir zu Haus.«

An der Bar stieg Ingrid aus, holte ihr Auto und folgte dem Commissario. Es war ein lauer Abend und noch nicht Mitternacht.
»Willst du duschen?«
»Nein, ich gehe lieber schwimmen, danach vielleicht.«
Sie zog Montalbanos dreckige Klamotten und ihren Slip

aus: Der Commissario mußte sich ganz schön am Riemen reißen, gleichzeitig in die ungeliebte Rolle des geistigen Beraters zu schlüpfen.
»Los, zieh dich aus, geh mit!«
»Nein. Ich schau' dir lieber von der Veranda aus zu.«
Der Vollmond machte fast zuviel Licht. Montalbano lag im Liegestuhl und genoß den Anblick von Ingrids Silhouette; sie lief ans Meer und begann dann mit ausgebreiteten Armen tänzelnd im kalten Wasser herumzuhüpfen. Er sah, wie sie hineintauchte, folgte mit dem Blick noch eine Weile dem kleinen schwarzen Punkt, der ihr Kopf war, und schlief dann plötzlich ein.

Als er aufwachte, dämmerte schon der Morgen. Ein wenig fröstelnd erhob er sich, machte Kaffee und trank drei Tassen hintereinander. Ingrid hatte, bevor sie gegangen war, alles saubergemacht, keine Spur war mehr von ihr zu sehen. Sie war wirklich Gold wert: Sie hatte getan, worum er sie gebeten hatte, und keinerlei Erklärung dafür verlangt. Was die Neugierde anging, war sie jedenfalls nicht sehr weiblich. Aber auch nur in diesem Punkt. Er verspürte leisen Appetit und öffnete den Kühlschrank: Die *milinciane alla parmigiana*, die er mittags nicht gegessen hatte, waren weg, die hatte Ingrid sich stibitzt. Er mußte sich mit einem Stück Brot und einem *formaggino* zufriedengeben, aber das war besser als gar nichts. Er duschte und zog die Klamotten an, die er Ingrid geliehen hatte; sie dufteten noch ganz leicht nach ihr.
Wie immer kam er zehn Minuten zu spät ins Kommissa-

riat: Seine Leute standen schon mit einem Dienstwagen und dem von der Firma Vinti geliehenen Jeep voller Schaufeln, Pickel, Hacken und Spaten bereit; sie sahen aus wie Tagelöhner, die sich auf den Weg machten, um auf dem Feld ihr Brot zu verdienen.

Der Crasto, der sich selbst nicht mal im Traum für einen Berg halten würde, war ein ziemlich kahler Hügel, erhob sich westlich von Vigàta und war keine fünfhundert Meter vom Meer entfernt. Mitten hindurch führte ein Tunnel, der jetzt mit Holzbrettern verschlossen war; der Tunnel sollte Teil einer Straße sein, die aus dem Nichts kam und ins Nichts führte – sehr nützlich für die Schöpfung nichtgeometrischer *tangenti*[*]. Sie hieß in der Tat Tangenziale. Einer Legende nach verbarg sich im Berginneren ein *crasto*, ein Widder, aus massivem Gold. Die Tunnelarbeiter hatten ihn nicht gefunden, dafür aber diejenigen, die den Auftrag ausgeschrieben hatten. Am Berg klebte, auf der dem Meer abgewandten Seite, eine Art kleine Felsschanze, *u crasticeddru* genannt: Bis hierher waren die Bagger und Laster nicht gekommen, die Gegend war von einer eigenen wilden Schönheit. Und genau dahin waren die beiden Autos gefahren – über unwegsames Gelände, um nicht aufzufallen. Es war schwierig, ohne Fahrweg vorwärts zu kommen, aber der Commissario wollte, daß die Wagen bis an den Fuß des Felssporns fuhren. Montalbano hieß alle aussteigen.

* Schmiergelder

Es war kühl, ein schöner Morgen.
»Und jetzt?« fragte Fazio.
»Schaut euch den Crasticeddru an. Und zwar aufmerksam. Lauft ganz um ihn herum. Gebt euch Mühe. Irgendwo muß der Eingang zu einer Grotte sein. Wahrscheinlich ist er versteckt, mit Steinen oder Zweigen getarnt. Augen auf! Ihr müßt ihn finden. Ich verspreche euch, daß er da ist.«
Sie verteilten sich.

Zwei Stunden später kehrten sie entmutigt zu den Autos zurück. Die Sonne stach vom Himmel, sie schwitzten, Fazio hatte vorsorglich Thermosflaschen mit Kaffee und Tee mitgebracht.
»Wir gehen noch mal los«, sagte Montalbano. »Ihr dürft nicht nur den Felsen absuchen, ihr müßt auch auf den Boden schauen, da könnte auch irgendwas sein, das irgendwie auffällig ist.«
Sie machten sich von neuem auf die Suche, und eine halbe Stunde später hörte Montalbano Galluzzo aus der Ferne rufen.
»Commissario! Commissario! Kommen Sie, schnell!«
Der Commissario lief zu dem Beamten, der die Seite des Felssporns untersucht hatte, die der Provinciale nach Fela am nächsten lag.
»Da, schauen Sie.«
Man hatte versucht, die Spuren zu verwischen, aber an einer Stelle war deutlich der Reifenabdruck zu sehen, den ein großer Laster auf dem Boden hinterlassen hatte.

Galluzzo zeigte auf den Felsen. »Sie führen da rü…«, wollte er sagen, als ihm der Atem stockte.
»*Cristo di Dio!*« rief Montalbano.
Wieso hatten sie das nicht gleich gesehen? Ein großer Felsblock stand in einer merkwürdigen Position, dahinter kamen dürre Grasstengel zum Vorschein. Während Galluzzo seine Kollegen herrief, rannte der Commissario zu dem Felsblock, griff nach einem Grasbüschel und zog fest daran. Um ein Haar wäre er nach hinten gefallen: Das Büschel hatte keine Wurzeln, jemand hatte es zusammen mit Besenkornstengeln dort hineingesteckt, um den Eingang der Höhle zu tarnen.

Neun

Der Felsblock war eine fast rechteckige Steinplatte, die mit dem sie umgebenden Felsen eins zu sein schien und auf einer Art großer Stufe stand, die ebenfalls aus Fels war. Montalbano schätzte nach Augenmaß, daß sie ungefähr zwei Meter hoch und anderthalb Meter breit sein mußte, es war demnach gar nicht daran zu denken, sie von Hand wegzurücken. Und doch mußte es möglich sein. Auf der rechten Seite war in der Mitte, etwa zehn Zentimeter vom Rand entfernt, ein Loch, das völlig natürlich wirkte.

Bei einer Holztür wäre dieses Loch genau auf der richtigen Höhe für die Klinke, überlegte der Commissario.

Er zog einen Kugelschreiber aus seiner Jackentasche und steckte ihn in das Loch. Der Stift ging ganz hinein, aber als Montalbano ihn wieder einstecken wollte, merkte er, daß seine Hand schmutzig war. Er sah sie an und roch daran.

»Das ist Fett«, sagte er zu Fazio, der als einziger bei ihm geblieben war.

Die anderen Polizisten hatten sich in den Schatten gesetzt, Gallo hatte ein Büschel Sauerampfer gefunden und bot seinen Kollegen davon an.

»Ihr müßt den Stengel aussaugen, das schmeckt köstlich und löscht den Durst.«
Für Montalbano gab es nur eine mögliche Lösung.
»Haben wir ein Stahlseil?«
»Klar, im Jeep.«
»Dann fahr ihn so nah her wie möglich.«
Als Fazio wegging, betrachtete der Commissario jetzt, wo er den Geheimmechanismus zu kennen glaubte, mit dem man die Steinplatte wegschieben konnte, die Landschaft mit ganz anderen Augen. Wenn das tatsächlich die Stelle war, die Tano u Grecu ihm kurz vor seinem Tod verraten hatte, dann mußte es irgendwo einen Platz geben, von wo aus sie überwacht werden konnte. Die Gegend schien öde und einsam, nichts ließ darauf schließen, daß, wenn man um den Grat herumging, wenige hundert Meter entfernt die vielbefahrene Provinciale vorbeiführte. Nicht weit entfernt stand auf einer steinigen, ausgedörrten Anhöhe ein winziges Häuschen, ein Würfel, der aus einem einzigen Zimmer bestand. Montalbano ließ sich das Fernglas bringen. Die geschlossene Holztür schien intakt zu sein; neben der Tür befand sich in Mannshöhe ein kleines Fenster ohne Laden, das mit zwei gekreuzten Eisenstangen verbarrikadiert war. Das Häuschen sah unbewohnt aus, war aber in der ganzen Gegend der einzig mögliche Beobachtungsposten, die anderen Häuser waren zu weit weg. Um das festzustellen, rief er Galluzzo zu sich.
»Schau dir mal das kleine Haus da an, mach die Tür irgendwie auf, aber mach sie nicht kaputt, sei vorsichtig, kann sein, daß wir es noch brauchen. Sieh nach, ob es An-

zeichen dafür gibt, daß vor kurzem jemand drin war, ob in den letzten Tagen jemand da gewohnt hat. Aber laß alles, wie es ist, als wärst du nie reingegangen.«

Der Jeep war inzwischen fast auf der Höhe des Felssockels angelangt. Der Commissario ließ sich ein Ende des Stahlseils reichen, fädelte es mühelos in das Loch und schob es hinein. Es ging ganz leicht, das Seil glitt ungehindert in den Felsen, als folge es einer gut eingefetteten Führung, und tatsächlich kam das Seilende kurz darauf wie der Kopf einer kleinen Schlange von hinten her wieder zum Vorschein.

»Nimm das Ende hier«, sagte Montalbano zu Fazio, »befestige es am Jeep, fahr an und zieh, aber ganz vorsichtig.«

Langsam setzte sich der Wagen in Bewegung. Mit ihm begann sich die Felsplatte rechts der Länge nach von der Wand zu lösen, als drehe sie sich in unsichtbaren Angeln.

»Sesam, öffne dich«, murmelte Germanà verblüfft; er mußte an das Zauberwort eines Märchens aus Tausendundeiner Nacht denken, mit dem man mittels Hexerei Türen öffnen konnte.

»Ich garantiere Ihnen, Signor Questore, daß diese Steinplatte von einem wahren Meister in eine Tür verwandelt wurde, wenn man bedenkt, daß die eisernen Angeln von außen überhaupt nicht zu sehen waren. Und die Tür ließ sich genauso leicht wieder schließen, wie sie sich vorher geöffnet hatte. Wir gingen mit Taschenlampen hinein. Innen ist die Höhle sehr sorgfältig und fachmännisch ausgestattet. Der Boden besteht aus einem Dutzend aneinan-

dergenagelter *farlacche*, die auf der nackten Erde liegen.«
»Was sind denn *farlacche*?« fragte der Questore.
»Mir fällt das italienische Wort nicht ein. Das sind besonders dicke Holzbretter. Der Boden wurde gebaut, damit die Waffenkisten nicht direkt auf der feuchten Erde stehen. Die Wände sind mit dünneren Brettern ausgekleidet. In der Höhle ist sozusagen eine riesige Holzkiste ohne Deckel. Das muß ganz schön viel Arbeit gewesen sein.«
»Und die Waffen?«
»Ein richtiges Arsenal. An die dreißig Maschinengewehre und Maschinenpistolen, etwa hundert Pistolen und Revolver, zwei Bazookas, Tausende Schuß Munition, kistenweise Sprengstoff aller Art, von TNT bis Semtex. Dazu jede Menge Uniformen der Arma und der Polizei, kugelsichere Westen und diverse andere Sachen. Alles in perfekter Ordnung, jedes Teil einzeln in Cellophan gewickelt.«
»Wir haben ihnen einen schönen Schlag versetzt, nicht wahr?«
»Allerdings. Tano hat sich elegant gerächt, gerade so, daß er nicht als Verräter oder *pentito* gelten kann. Übrigens habe ich die Waffen nicht sichergestellt, sondern in der Höhle gelassen. Ich habe meine Leute in zwei Wachschichten pro Tag eingeteilt. Sie halten sich in einem unbewohnten kleinen Haus auf, das ein paar hundert Meter vom Waffenlager entfernt ist.«
»Meinen Sie, daß jemand kommt, um Waffen zu holen?«
»Ich hoffe es.«

»Gut, einverstanden. Wir warten eine Woche, observieren die Gegend, und wenn nichts geschieht, wird beschlagnahmt. Ach, Montalbano, erinnern Sie sich an meine Einladung übermorgen zum Abendessen?«
»Wie könnte ich das vergessen?«
»Tut mir leid, wir müssen sie um ein paar Tage verschieben, meine Frau hat Grippe.«

Sie brauchten gar keine Woche zu warten. Am dritten Tag nach dem Waffenfund meldete sich Catarella nach seiner Wachschicht, die von Mitternacht bis Mittag ging, todmüde beim Commissario zum Rapport. Montalbano verlangte das von allen, sobald sie Feierabend machten.
»Gibt's was Neues?«
»Nichts, Dottori. Alles ruhig und still.«
»Gut, vielmehr schade. Geh jetzt schlafen.«
»Ach, wenn ich es mir so überlege, war da doch was, aber eigentlich war es gar nichts, ich bräuchte es nicht berichten, aber ich bin ja gewissenhaft. Was Nebensächliches.«
»Was war denn so nebensächlich?«
»Daß ein Tourist vorbeigekommen ist.«
»Drück dich ein bißchen klarer aus, Catarè.«
»Die Uhr hat einundzwanzig Uhr morgens angezeigt.«
»Wenn es morgens war, dann war es neun, Catarè.«
»Wie Sie meinen. Genau da hab' ich das Knattern einer schweren Maschine gehört. Ich hab' das Fernglas genommen, das ich umgehängt hatte, hab' vorsichtig rausgeschaut und hab's gesehen. Es handelte sich um ein rotes Motorrad.«

»Die Farbe spielt keine Rolle. Was war dann?«

»Von demselben ist ein Tourist männlichen Geschlechts abgestiegen.«

»Wie kommst du drauf, daß es ein Tourist war?«

»Wegen dem Fotoapparat, den er um den Hals hatte, der war groß, so groß, daß er wie eine Kanone aussah.«

»Das wird ein Teleobjektiv gewesen sein.«

»Ja, genau. Und dann hat er angefangen zu fotografieren.«

»Was hat er fotografiert?«

»Alles, *dottori mio*, alles hat er fotografiert. Die Landschaft, den Crasticeddru, sogar das Haus, in dem ich war.«

»Ist er zum Crasticeddru hingegangen?«

»Nein. Als er wieder auf sein Motorrad gestiegen und abgefahren ist, hat er mir zugewunken.«

»Hat er dich gesehen?«

»Nein. Ich bin die ganze Zeit drin geblieben. Aber ich hab's ja schon gesagt, wie er losgefahren ist, hat er winke, winke zum Haus hin gemacht.«

»Signor Questore? Schlechte Nachrichten, meiner Meinung nach haben sie irgendwie von unserem Fund erfahren und einen geschickt, der erkunden sollte, ob es auch stimmt.«

»Woher wissen Sie das?«

»Heute früh hat der Beamte, der in dem Haus Wache hatte, gesehen, wie einer auf einem Motorrad kam und die Gegend mit einem starken Tele fotografiert hat. Bestimmt hatten sie in der Nähe des Felsblocks, der den Eingang versperrt, irgendein Zeichen angebracht, was weiß

ich, einen Zweig, der in eine bestimmte Richtung zeigte, einen Stein, der in einer bestimmten Entfernung lag ... Es war unmöglich für uns, alles so zu hinterlassen, wie es vorher war.«
»Hatten Sie dem wachhabenden Beamten denn besondere Anweisungen gegeben?«
»Natürlich. Der wachhabende Beamte hätte, in dieser Reihenfolge, den Motorradfahrer anhalten, seine Personalien feststellen, den Fotoapparat beschlagnahmen und den Motorradfahrer auf die Wache bringen müssen ...«
»Und warum hat er das nicht getan?«
»Aus einem einfachen Grund – es war Catarella, und den kennen Sie so gut wie ich.«
»Ah«, lautete der schlichte Kommentar des Questore.
»Was tun wir jetzt?«
»Wir stellen die Waffen sofort sicher, heute noch. Aus Palermo kam die Anweisung, die Sache äußerst wichtig zu nehmen.«
Montalbano spürte, seine Achseln schweißnaß werden.
»Etwa noch eine Pressekonferenz?!«
»Ich fürchte, ja. Tut mir leid.«

Als sie sich mit zwei Autos und einem Lieferwagen Richtung Crasticeddru auf den Weg machen wollten, merkte Montalbano, daß Galluzzo ihn kläglich ansah, wie ein geprügelter Hund. Er nahm ihn auf die Seite.
»Was ist los?«
»Könnte ich vielleicht meinen Schwager über die Sache informieren, den Journalisten?«

»Nein«, antwortete Montalbano heftig, überlegte es sich aber sofort anders, denn er hatte plötzlich eine Idee, zu der er sich beglückwünschte.
»Also gut, aber nur, um dir einen persönlichen Gefallen zu tun. Ruf ihn an, er soll kommen.«
Die Idee war folgende: Wenn Galluzzos Schwager zum Crasticeddru käme und die Nachricht von dem Fund bekanntmachte, wäre die Pressekonferenz damit vielleicht hinfällig.
Montalbano ließ Galluzzos Schwager und dessen Kameramann von »Televigàta« nicht nur freie Hand, sondern half den beiden auch, ihren Knüller zurechtzubasteln – er spielte Regisseur, setzte eine Bazooka zusammen, die Fazio anlegte, und beleuchtete die Höhle taghell, damit jedes Magazin, jede Patrone einzeln fotografiert oder gefilmt werden konnte.
Nach zwei Stunden Schwerstarbeit war die Höhle leergeräumt. Der Journalist und sein Kameramann sausten nach Montelusa, um den Bericht zu schneiden, Montalbano rief über Handy den Questore an.
»Es ist alles verladen.«
»Gut. Schicken Sie die Ladung hierher, nach Montelusa. Ach, noch etwas. Lassen Sie einen Posten da. In Kürze kommt Jacomuzzi mit seinen Leuten vom Erkennungsdienst. Meinen Glückwunsch.«

Daß die Idee mit der Pressekonferenz endgültig begraben wurde, dafür sorgte Jacomuzzi. Natürlich völlig unfreiwillig, denn Pressekonferenzen und Interviews waren

Jacomuzzis ganzes Glück. Bevor sich der Chef des Erkennungsdienstes für die Tatortarbeit zur Grotte begab, hatte er schnell noch an die zwanzig Journalisten von Presse und Fernsehen informiert. Die Reportage von Galluzzos Schwager würde in den regionalen Nachrichten kommen, die Berichte über Jacomuzzi und seine Leute aber würden landesweit größtes Aufsehen erregen. Wie Montalbano vorausgesehen hatte, entschied der Questore, keine Pressekonferenz abzuhalten – es wußten ja sowieso schon alle alles –, und beschränkte sich auf einen ausführlichen Bericht.
In Unterhosen, eine große Flasche Bier in der Hand, genoß Montalbano zu Hause vor dem Fernseher Jacomuzzis Gesicht – immer in Großaufnahme. Er erklärte, wie seine Leute auf der Suche nach dem geringsten Hinweis, der Andeutung eines Fingerabdrucks, den Resten einer Fußspur, die Holzkonstruktion im Inneren der Grotte Stück für Stück zerlegten. Als die Grotte bloßlag und wieder in ihren ursprünglichen Zustand versetzt war, machte der Kameramann von »Retelibera« einen langen, umfassenden Panoramaschwenk im Höhleninneren. Und genau während dieses Panoramaschwenks sah der Commissario etwas, das ihm nicht gefiel, ein flüchtiger Eindruck war es, mehr nicht. Aber nachgehen konnte er dem ja mal. Er rief bei »Retelibera« an und ließ sich mit seinem Freund, dem Journalisten Nicolò Zito, verbinden.
»Kein Problem, ich lasse es dir überspielen.«
»Aber ich habe kein Dings, du weißt schon, wie, zum Teufel, heißt das noch mal?«

»Dann komm, und schau es dir hier an.«

»Ginge es morgen vormittag gegen elf?«

»In Ordnung. Ich werde nicht da sein, aber ich sage den anderen Bescheid.«

Am nächsten Morgen um neun fuhr Montalbano nach Montelusa zum Büro der Partei, bei der Cavaliere Misuraca aktives Mitglied gewesen war. Das Schild neben dem Eingang wies darauf hin, daß man in den fünften Stock hinauf mußte. Gemeinerweise wies das Schild nicht darauf hin, daß man nur zu Fuß dorthin gelangen konnte, denn der Palazzo hatte keinen Aufzug. Nachdem Montalbano mindestens zehn Treppen hinter sich gebracht hatte, klopfte er ziemlich schwer atmend mehrmals an eine Tür, die hartnäckig geschlossen blieb. Er ging die Treppen wieder hinunter und trat durch das Tor. Direkt nebenan war ein Obst- und Gemüseladen, in dem ein alter Mann gerade einen Kunden bediente. Der Commissario wartete, bis der Verkäufer allein war.

»Kannten Sie Cavalier Misuraca?«

»Was geht Sie das an, wen ich kenne, oder wen ich nicht kenne?«

»Es geht mich was an. Ich bin von der Polizei.«

»In Ordnung. Ich bin Lenin.«

»Wollen Sie sich über mich lustig machen?«

»Überhaupt nicht. Ich heiße wirklich Lenin. Den Namen hat mir mein Vater gegeben, und ich bin stolz darauf. Oder gehören Sie etwa auch zu der Sorte Leute von nebenan?«

»Nein. Außerdem bin ich nur dienstlich hier. Also noch mal: Kannten Sie Cavalier Misuraca?«
»Natürlich habe ich ihn gekannt. Er hat seine Tage damit verbracht, durch diese Tür hinein- und wieder hinauszugehen und mich mit seiner Rostlaube zu ärgern.«
»Was hat er denn gemacht?«
»Was er gemacht hat? Er hat immer vor dem Laden geparkt, auch an dem Tag, an dem er mit dem Laster zusammengestoßen ist.«
»Hatte er direkt hier geparkt?«
»Rede ich etwa chinesisch? Genau hier. Ich bat ihn, seinen Cinquecento woanders hinzustellen, aber er fing sofort an zu streiten und schrie mich an, er könne seine Zeit nicht mit mir verschwenden. Da war ich wirklich sauer und habe ihn genauso angefegt. Na ja, jedenfalls wären wir beinahe aufeinander losgegangen. Zum Glück kam dann ein Junge vorbei, sagte zu dem seligen Cavaliere, er könne ihm das Auto ja wegfahren, und ließ sich den Schlüssel geben.«
»Wissen Sie, wo er es abgestellt hat?«
»Nein.«
»Würden Sie diesen Jungen wiedererkennen? Haben Sie ihn vorher schon mal gesehen?«
»Ab und zu habe ich gesehen, wie er durch die Tür nebenan gegangen ist. Wahrscheinlich gehört der auch zu dieser netten Gesellschaft.«
»Der Parteisekretär heißt Biraghìn, nicht wahr?«
»Ja, soviel ich weiß. Er arbeitet im Amt für Sozialwohnungsbau. Er stammt aus der Gegend von Venedig, um

diese Zeit ist er im Büro. Hier machen sie erst gegen sechs auf, es ist noch zu früh.«

»Dottor Biraghìn? Hier ist Commissario Montalbano aus Vigàta, entschuldigen Sie bitte, wenn ich Sie im Büro störe.«
»Aber ich bitte Sie, womit kann ich dienen?«
»Vielleicht können Sie mir mit ihrem Gedächtnis helfen. Die letzte Parteisitzung, an der der arme Cavalier Misuraca teilgenommen hat, was für eine Art Sitzung war das?«
»Ich verstehe Ihre Frage nicht.«
»Ich bitte Sie, Sie brauchen sich nicht aufzuregen, eine reine Routineuntersuchung, um die Umstände von Misuracas Tod zu klären.«
»Warum, ist irgendwas unklar?«
Eine ziemliche Nervensäge, der Dottor Ferdinando Biraghìn.
»Alles sonnenklar, das kann ich Ihnen versichern.«
»Und was wollen Sie dann?«
»Ich muß die Akte schließen, verstehen Sie? Ich kann die Sache ja nicht in der Schwebe lassen.«
Bei den Worten Sache und Akte war Biraghìn, der Bürokrat des *Istituto case popolari*, plötzlich wie ausgewechselt.
»Ach, das kann ich sehr gut verstehen. Es handelte sich um eine Sitzung des Parteivorstands, an der teilzunehmen der Cavaliere kein Recht hatte, aber wir haben eine Ausnahme gemacht.«

»Also eine Sitzung im engsten Kreis?«
»Ein Dutzend Personen.«
»Kam jemand, der den Cavaliere sprechen wollte?«
»Nein, wir hatten die Tür abgeschlossen. Das wüßte ich noch. Aber er wurde am Telefon verlangt.«
»Verzeihen Sie, ich nehme an, Sie kennen den Tenor des Gesprächs nicht?«
»Ich kenne nicht nur den Tenor, sondern auch den Bariton, den Baß und den Sopran!«
Er lachte. Wie witzig Ferdinando Biraghìn war!
»Sie wissen doch, wie der Cavaliere geredet hat, so als wären alle anderen taub. Es war schwierig, ihn nicht zu hören, wenn er redete. Stellen Sie sich vor, einmal ...«
»Entschuldigen Sie, Dottore, ich habe wenig Zeit. Sie konnten also den ...«
Er stockte und verwarf das Wort »Tenor«, um Biraghìns tragischem Humor nicht noch mal in die Falle zu gehen.
»... also verstehen, worum es im Kern ging?«
»Natürlich. Es war jemand, der dem Cavaliere den Gefallen getan hatte, sein Auto woanders abzustellen. Und zum Dank beschimpfte ihn der Cavaliere, weil er es zu weit weg geparkt hatte.«
»Haben Sie mitbekommen, wer angerufen hat?«
»Nein. Warum?«
»Darum«, sagte Montalbano und legte auf.
Der Junge hatte also nicht nur in der Werkstatt irgendeines Komplizen hinter verschlossenen Türen den tödlichen Service erledigt, sondern sich auch noch einen Spaß daraus gemacht, den Cavaliere spazierengehen zu lassen.

Montalbano erklärte einer freundlichen Angestellten von »Retelibera«, wie hoffnungslos unfähig er war, sobald etwas nach Elektronik aussah. Er konnte zwar den Fernseher einschalten, die Programme suchen und den Apparat wieder ausmachen, das schon, aber ansonsten – Fehlanzeige. Geduldig und liebenswürdig legte das Mädchen die Kassette ein und ließ, sobald Montalbano darum bat, die Bilder zurücklaufen und anhalten. Als er »Retelibera« verließ, war der Commissario überzeugt, daß er genau das gesehen hatte, was ihn interessierte, aber das, was ihn interessierte, schien keinen Sinn zu ergeben.

Zehn

Unschlüssig blieb Montalbano vor der Osteria San Calogero stehen: Es war zwar allmählich Zeit zum Essen, und Hunger hatte er auch, andererseits trieb ihn der Gedanke, der ihm während des Films gekommen war und dem nachgegangen werden mußte, in Richtung Crasticeddru. Der Duft der *triglie fritte,* der aus der Osteria kam, gewann das Duell. Er aß ein *antipasto speciale di frutti di mare,* dann ließ er sich zwei *spigole* bringen, die so frisch waren, daß sie noch im Wasser zu schwimmen schienen.

»Sie essen, ohne bei der Sache zu sein.«

»Sie haben recht, mich beschäftigt ein Gedanke.«

»Sie dürfen angesichts der Gnade, die *u Signuri* Ihnen mit diesen *spigole* schenkt, an gar nichts denken«, sagte Calogero feierlich und entfernte sich.

Montalbano ging im Büro vorbei, um sich nach dem Stand der Dinge zu erkundigen.

»Dottor Jacomuzzi hat mehrmals angerufen«, teilte Germanà ihm mit.

»Wenn er noch mal anruft, sag ihm, daß ich mich später bei ihm melde. Haben wir eine starke Taschenlampe?«

Als Montalbano sich von der Provinciale her dem Crasticeddru näherte, beschloß er, das Auto stehenzulassen

und zu Fuß weiterzugehen. Es war ein schöner Tag, der leichte Wind tat ihm gut und hob seine Laune. Auf dem Boden rund um den Grat waren jetzt die Reifenspuren von den Autos all der Neugierigen zu sehen, die hier herumgefahren waren, der Block, der als Tür gedient hatte, war ein paar Meter weggerückt, der Eingang zur Höhle lag frei. Er wollte gerade hineingehen, als er wie angewurzelt stehenblieb und lauschte. Von innen war halblautes Flüstern zu hören, hin und wieder unterbrochen von unterdrücktem Stöhnen. Ihm kam ein Verdacht: Wurde da etwa jemand gefoltert? Es war keine Zeit, zum Auto zu laufen und die Pistole zu holen. Er stürzte hinein und schaltete gleichzeitig die Taschenlampe an.
»Stehenbleiben! Polizei!«
Die beiden in der Grotte erstarrten vor Schreck, aber Montalbano erschrak noch viel mehr. Es waren ein Junge und ein Mädchen, blutjung, nackt und gerade dabei, sich zu lieben: Sie stützte sich, die Arme ausgestreckt, mit den Händen an der Wand ab, er preßte sich von hinten an sie. Im Schein der Taschenlampe wirkten sie wie wunderschöne Statuen. Der Commissario spürte, wie ihm die Schamröte ins Gesicht stieg, und während er die Taschenlampe ausschaltete und den Rückzug antrat, murmelte er linkisch:
»Entschuldigt bitte... Ich habe mich geirrt... Laßt euch Zeit.«
Es dauerte keine Minute, bis sie herauskamen, Jeans und T-Shirt sind schnell übergestreift. Es tat Montalbano aufrichtig leid, daß er sie gestört hatte, diese beiden weihten

auf ihre Weise die Höhle wieder ein, jetzt, wo sie kein todbringendes Depot mehr war. Der Junge ging mit gesenktem Kopf, Hände in den Hosentaschen, an ihm vorbei, sie dagegen sah ihn kurz mit einem leisen Lächeln und einem amüsierten Blitzen in den Augen an.

Der Commissario fand bereits nach einer raschen, oberflächlichen Erkundung bestätigt, daß das, was ihm in dem Video aufgefallen war, dem entsprach, was er an Ort und Stelle sah: Während die Seitenwände relativ glatt und kompakt waren, wies der untere Teil der hinteren, also der dem Eingang gegenüberliegenden Wand Unebenheiten, Vorsprünge und Vertiefungen auf; auf den ersten Blick wirkte sie grob behauen. Aber sie war nicht behauen, sondern bestand aus Steinen, die aufeinander und nebeneinander lagen. Die Zeit hatte dann dafür gesorgt, sie zusammenwachsen zu lassen, zu zementieren, mit Staub, Erde, Nässe und Salpeter der Umgebung anzupassen, bis die plumpe Mauer zu einer fast natürlichen Wand verformt war. Er sah sich alles genau an, untersuchte Zentimeter für Zentimeter, und am Ende hatte er keinen Zweifel mehr: Hinten in der Höhle mußte es eine Öffnung von mindestens einem mal einem Meter geben, die bestimmt nicht erst in den letzten Jahren zugemauert worden war.

»Jacomuzzi? Hier ist Montalbano. Du mußt unbedingt...«

»Könnte man vielleicht erfahren, wo du dich wieder rumgetrieben hast? Den ganzen Vormittag habe ich damit verbracht, dich zu suchen!«

»Schon gut, jetzt bin ich ja da.«

»Ich habe ein Stück Karton gefunden, wie von einem Paket oder vielmehr von einer großen Speditionskiste.«

»Ich hab' mal einen roten Knopf gefunden, aber erzähl's nicht weiter.«

»Mein Gott, bist du blöd! Jetzt sag' ich gar nichts mehr.«

»Ach komm, Mamas Liebling braucht nicht gleich beleidigt zu sein.«

»Also, auf diesem Stück Karton sind Buchstaben aufgedruckt. Ich habe es unter dem Fußboden gefunden, der in der Grotte war, es muß durch ein Interstitium zwischen den Brettern gerutscht sein.«

»Wie heißt das Wort, das du eben gesagt hast?«

»Fußboden?«

»Nein, danach.«

»Interstitium?«

»Ja. *Gesù*, bist du gebildet, wie toll du dich ausdrückst! Und sonst habt ihr nichts gefunden unter dem Ding, was du sagst?«

»Doch. Verrostete Nägel, einen Knopf, aber der ist schwarz, einen Bleistiftstummel und Papierfetzen, aber weißt du, die sind von der Feuchtigkeit ganz aufgelöst. Das Stück Karton ist noch in gutem Zustand, weil es offenbar erst seit wenigen Tagen da lag.«

»Das brauche ich. Sag mal, habt ihr ein Echolot und jemanden, der damit umgehen kann?«

»Ja, wir haben es erst vor einer Woche in Misilmesi benutzt, da haben wir drei Tote gesucht und tatsächlich gefunden.«

»Kannst du es mir gegen fünf nach Vigàta bringen lassen?«

»Spinnst du? Es ist halb fünf! Sagen wir, in zwei Stunden. Ich komme selbst und bringe dir den Karton. Aber wozu brauchst du es denn?«
»Um deinen süßen Hintern auszuloten.«

»Preside Burgio ist drüben. Er fragt, ob Sie Zeit haben, er muß Ihnen etwas sagen, es dauert nur fünf Minuten.«
»Laß ihn rein.«
Preside Burgio war schon seit zehn Jahren in Pension, aber alle im Dorf nannten ihn noch so, weil er über dreißig Jahre lang Preside, Rektor, der Handelsschule in Vigàta gewesen war. Er und Montalbano kannten sich gut, der Preside war ein hochgebildeter Mann, der trotz seines Alters ein reges Interesse an allen Fragen des Lebens hatte. Montalbano und er waren schon so manches Mal gemeinsam die Mole entlanggewandert. Er ging ihm entgegen.
»Wie schön, Sie zu sehen! Bitte, setzen Sie sich doch.«
»Ich war gerade in der Gegend und wollte mal schauen, ob Sie da sind. Wenn Sie nicht im Büro gewesen wären, hätte ich Sie später angerufen.«
»Was gibt es denn?«
»Ich kann Ihnen etwas über die Grotte erzählen, in der Sie die Waffen gefunden haben. Ich weiß nicht, ob es von Bedeutung ist, aber ...«
»Sie scherzen wohl. Sagen Sie mir bitte alles, was Sie wissen.«
»Also, ich möchte vorausschicken, daß ich von dem ausgehe, was ich im lokalen Fernsehen gesehen und in der Zeitung gelesen habe. Möglicherweise liegen die Dinge in

Wirklichkeit jedoch anders. Jedenfalls hieß es, der Felsblock, der den Eingang versperrte, sei von Mafiosi oder irgendwelchen Waffenhändlern in eine Tür umgearbeitet worden. Das stimmt nicht. Umgearbeitet, wenn man so sagen will, hat ihn der Großvater von Lillo Rizzitano, der mir ein sehr lieber Freund war.«

»Wissen Sie, in welcher Zeit das war?«

»Natürlich weiß ich das. Gegen 1941, als Öl, Mehl und Weizen wegen des Krieges allmählich knapp wurden. Damals gehörte das gesamte Land rund um den Crasto und am Crasticeddru Giacomo Rizzitano, Lillos Großvater, der in Amerika auf nicht ganz legale Weise – zumindest erzählte man das im Dorf – zu Geld gekommen war. Giacomo Rizzitano hatte die Idee, die Grotte mit dieser zur Tür umgearbeiteten Felsplatte zu verschließen. In der Grotte lagerte er im Überfluß alle möglichen Waren, die er mit Hilfe seines Sohnes Pietro, Lillos Vater, auf dem Schwarzmarkt verkaufte. Sie hatten keine Skrupel und waren noch in andere Geschichten verwickelt, über die anständige Leute damals nicht redeten, möglicherweise sogar Bluttaten. Lillo war ganz anders geraten. Er war eine Art Literat, er schrieb schöne Gedichte und las viel. Er brachte mir so viel nahe, *Unter Bauern* von Pavese, *Gespräch in Sizilien* von Vittorini ... Ich besuchte ihn meistens, wenn seine Leute außer Haus waren, in einem kleinen Haus direkt am Fuß des Crasto, auf der Seite, die aufs Meer hinausgeht.«

»Wurde es für den Tunnelbau abgerissen?«

»Ja. Das heißt, die Bagger, die bei dem Bau eingesetzt wurden, haben die Ruine und die Fundamente weggeschafft, das Haus war bei den Bombenangriffen, die der Landung der Alliierten im Jahr 43 vorausgingen, buchstäblich zermahlen worden.«

»Wäre es möglich, Ihren Freund ausfindig zu machen?«

»Ich weiß nicht einmal, ob er tot oder lebendig ist, auch nicht, wo er gelebt hat. Ich sage das, weil Lillo immerhin vier Jahre älter war oder ist als ich.«

»Und Sie, Preside, waren Sie jemals in dieser Grotte?«

»Nein. Einmal habe ich Lillo darum gebeten. Aber er schlug es mir ab, der Großvater und der Vater hatten es ihm ausdrücklich verboten. Er hatte wirklich Angst vor ihnen, und es war schon viel, daß er mir das Geheimnis der Grotte überhaupt verraten hatte.«

Der Polizeibeamte Balassone sprach trotz seines piemontesischen Nachnamens Mailänder Dialekt, obendrein machte er auch noch ein verdrießliches Gesicht wie an Allerseelen. *L'è el dì di mort, alegher!* * Bei seinem Anblick hatte Montalbano an den Titel eines Gedichtzyklus von Delio Tessa denken müssen.

Nachdem er hinten in der Grotte eine halbe Stunde lang mit seinem Apparat herumhantiert hatte, nahm Balassone den Kopfhörer von den Ohren und sah den Commissario noch trauriger an, wenn das überhaupt möglich war. Ich habe mich getäuscht, dachte Montalbano, und jetzt steh' ich saublöd vor Jacomuzzi da.

Selbiger Jacomuzzi hatte nach zehn Minuten in der Höhle

* Es ist der Gedenktag der Toten, laßt uns fröhlich sein!

erklärt, er leide an Klaustrophobie, und war rausgegangen. Vielleicht weil jetzt keine Fernsehkameras da sind und dich filmen? dachte Montalbano boshaft.
»Und?« erkundigte sich der Commissario, um seinen Irrtum bestätigt zu wissen.
»*De là del mur, c'è*«, sagte Balassone geheimnisvoll, denn er war nicht nur melancholisch, sondern auch wortkarg.
»Würdest du, wenn es dir nicht zuviel ist, mir netterweise sagen, was auf der anderen Seite der Mauer ist?« fragte Montalbano gefährlich freundlich.
»*On sit voeuij.*«
»Könntest du bitte so freundlich sein und italienisch sprechen? Wir sind hier nun mal nicht in Mailand.«
Dem Aussehen und dem Tonfall nach hätte Montalbano ein Höfling aus dem achtzehnten Jahrhundert sein können: Balassone wußte nicht, daß er sich im nächsten Augenblick, wenn er so weitermachte, eine blutige Nase holen würde. Zu seinem Glück gehorchte er.
»Da ist ein Hohlraum«, sagte er, »und der ist genauso groß wie diese Höhle hier.«
Der Commissario war getröstet, er hatte doch recht gehabt. Da kam Jacomuzzi herein.
»Nichts gefunden?«
Bei seinem Vorgesetzten war Balassone plötzlich ganz redselig. Montalbano warf ihm einen schrägen Blick zu.
»*Sissignore.* Hier nebenan muß es eine zweite Grotte geben. Ich habe so etwas schon mal im Fernsehen gesehen. Da war so ein Eskimohaus, wie heißen die noch mal, ach ja, Iglu, und direkt daneben war noch eins. Die beiden

Iglus waren durch eine Art Anschlußstück, einen kleinen niedrigen Korridor, miteinander verbunden. Hier haben wir dieselbe Situation.«

»Daß der Korridor zwischen den beiden Höhlen verschlossen wurde«, sagte Jacomuzzi, »dürfte wohl schon ziemlich lange her sein.«

»*Sissignore*«, sagte Balassone geknickt. »Falls in der anderen Höhle auch Waffen versteckt sind, dann stammen sie mindestens aus dem Zweiten Weltkrieg.«

Der Erkennungsdienst hatte, wie es sich gehörte, das Stück Karton in ein durchsichtiges Plastiktütchen gesteckt, und das erste, was Montalbano daran auffiel, war, daß es die Form Siziliens hatte. In der Mitte stand schwarz gedruckt: ATO-CAT.

»Fazio!«

»Zu Befehl!«

»Laß dir von der Firma Vinti noch mal den Jeep geben und außerdem Schaufeln, Hacken und Pickel. Morgen fahren wir noch mal zum Crasticeddru, ich, du, Germanà und Galluzzo.«

»Sie sind wohl auf den Geschmack gekommen«, entfuhr es Fazio.

Montalbano fühlte sich müde. Im Kühlschrank fand er *calamaretti bolliti* und eine Scheibe reifen *caciocavallo*. Er machte es sich in der Veranda gemütlich. Als er fertig gegessen hatte, warf er einen Blick ins Tiefkühlfach. Darin war eine *granita di limone*, die seine Haushälterin nach dem Eins-zwei-vier-Rezept zubereitete: ein Glas Zitronensaft, zwei Glas Zucker, vier Glas Wasser. Zum Fingerabschlecken. Danach legte er sich aufs Bett und wollte den Krimi von Montalbán zu Ende lesen. Nicht einmal ein Kapitel schaffte er: So gern er gelesen hätte, der Schlaf gewann die Oberhand. Keine zwei Stunden später wachte er plötzlich auf und sah auf die Uhr, es war erst elf Uhr abends. Als er die Uhr auf das Nachtkästchen zurücklegte, fiel sein Blick auf das Stück Karton, das er eingesteckt hatte. Er nahm es mit aufs Klo. Als er im kalten Neonlicht auf der Kloschüssel saß, betrachtete er es immer noch. Da kam ihm eine Idee. Es war ihm, als würde das Licht im Bad einen Augenblick lang immer intensiver, bis es in einem Blitz explodierte. Er mußte lachen.

»Kommen mir die guten Ideen denn immer nur, wenn ich auf dem Klo sitze?«

Er starrte den Karton an.

»Ich denke morgen früh darüber nach, wenn ich einen klaren Kopf habe.«

Doch es kam anders. Eine Viertelstunde lang wälzte er sich im Bett hin und her, dann stand er auf und suchte die Telefonnummer seines Freundes Aliotta heraus, der Capitano bei der Guardia di Finanza von Montelusa war.

»Entschuldige, daß ich so spät noch anrufe, aber ich brauche dringend eine wichtige Information. Habt ihr schon mal den Supermarkt eines gewissen Ingrassia in Vigàta überprüft?«

»Der Name sagt mir nichts. Aber auch wenn ich mich nicht an ihn erinnere, könnte durchaus eine Überprüfung

stattgefunden haben, bei der jedoch keine Unregelmäßigkeiten festgestellt wurden.«
»Danke.«
»Warte. Mit diesen Vorgängen hat Maresciallo Laganà zu tun. Wenn du willst, kümmere ich mich darum, daß er dich zu Hause anruft. Du bist doch daheim, oder?«
»Ja.«
»Laß mir zehn Minuten Zeit.«
Montalbano ging in die Küche und trank ein Glas eiskaltes Wasser, als auch schon das Telefon klingelte.
»Hier ist Laganà, der Capitano hat mir bereits gesagt, worum es geht. Die letzte Überprüfung des Supermarktes fand vor zwei Monaten statt, alles ordnungsgemäß.«
»Haben Sie sie von sich aus vorgenommen?«
»Normale Routine. Es war alles vorschriftsmäßig. Ich kann Ihnen versichern, daß man selten auf einen Händler trifft, dessen Unterlagen so in Ordnung sind. Da wäre kein Anhaltspunkt gewesen, wenn wir ihm Schwierigkeiten hätten machen wollen.«
»Haben Sie alles überprüft? Geschäftsbücher, Rechnungen, Quittungen?«
»Entschuldigen Sie mal, Commissario, was glauben Sie denn, wie so eine Prüfung vonstatten geht?« fragte der Maresciallo mit leicht unterkühlter Stimme.
»Um Himmels willen, das wollte ich gar nicht anzweifeln... Ich will mit meiner Frage auf etwas anderes hinaus. Ich kenne mich mit bestimmten Vorgängen nicht aus und wollte Sie deshalb um Ihre Hilfe bitten. Woher bezieht so ein Supermarkt denn seine Ware?«

»Dafür gibt es Großhändler. Fünf oder zehn, je nachdem, was er braucht.«

»Aha. Können Sie mir sagen, wer Ingrassias Supermarkt beliefert?«

»Ich denke schon. Das muß irgendwo vermerkt sein.«

»Ich bin Ihnen wirklich dankbar. Ich rufe Sie morgen früh in der Kaserne an.«

»Aber ich bin in der Kaserne! Bleiben Sie am Apparat.«

Montalbano hörte ihn vor sich hin pfeifen.

»*Pronto*, Commissario? Also, die Großhändler, die Ingrassia beliefern, sind drei aus Mailand, einer aus Bergamo, einer aus Taranto, einer aus Catania. Notieren Sie. In Mailand ...«

»Entschuldigen Sie, wenn ich Sie unterbreche. Fangen Sie mit Catania an.«

»Die Firma in Catania heißt Pan, wie Peter Pan. Eigentümer ist Salvatore Nicosia, wohnhaft in ...«

Das paßte nicht.

»Danke, ist gut«, sagte Montalbano enttäuscht.

»Warten Sie, ich habe da was übersehen. Der Supermarkt wird – dabei geht es allerdings nur um Haushaltsgeräte – noch von einer anderen Firma aus Catania beliefert, der Firma Brancato.

ATO-CAT stand auf dem Stück Karton. Firma Brancato-Catania: Das paßte, und wie das paßte! Montalbanos ohrenbetäubender Freudenschrei jagte dem Maresciallo einen Schrecken ein.

»Dottore? Dottore! *Dio mio*, was ist denn passiert? Fühlen Sie sich nicht wohl, Dottore?«

Elf

Munter, mit Jackett und Krawatte, ein Lächeln auf den Lippen und in eine Wolke Kölnisch Wasser gehüllt, erschien Montalbano um sieben Uhr morgens zu Hause bei Signor Francesco Lacommare, Leiter von Ingrassias Supermarkt, der ihn nicht nur zu Recht sehr erstaunt, sondern auch in Unterhosen und mit einem Glas Milch in der Hand empfing.

»Was gibt es?« fragte der Direttore und wurde blaß, als er den Commissario erkannte.

»Zwei klitzekleine Fragen, und ich bin schon wieder weg. Aber zuerst etwas sehr Wichtiges: Dieses Gespräch muß unter uns bleiben. Wenn Sie mit jemandem darüber reden, zum Beispiel mit ihrem Chef, dann bringe ich Sie unter irgendeinem Vorwand hinter Gitter, da können Sie Gift drauf nehmen.«

Während Lacommare noch nach Luft rang, die ihm offenbar abhanden gekommen war, explodierte drinnen in der Wohnung die spitze, durchdringende Stimme einer Frau.

»Ciccino, ma cu è a chist' ura?«

»Schon gut, Carmilina, schlaf weiter«, beruhigte Lacommare sie und lehnte die Tür hinter sich an.

»Macht es Ihnen etwas aus, Commissario, wenn wir hier

auf der Treppe reden? Das oberste Stockwerk, das direkt über uns ist, ist unbewohnt, es stört uns also niemand.«
»Wer in Catania beliefert Sie?«
»Die Firmen Pan und Brancato.«
»Gibt es einen festen Zeitplan für die Warenlieferungen?«
»Pan liefert wöchentlich, Brancato einmal im Monat. Das haben wir mit den anderen Supermärkten vereinbart, die von denselben Großhändlern beliefert werden.«
»Sehr gut. Wenn ich recht verstehe, belädt Brancato also einen Lastwagen mit Waren und schickt ihn zu den einzelnen Supermärkten. Wann sind Sie bei dieser Tour dran, ich meine ...«
»Ich verstehe schon, Commissario. Der Lastwagen startet in Catania, dann fährt er durch die Provinz Caltanissetta, dann Trapani und schließlich Montelusa. Zu uns nach Vigàta kommt der Lastwagen zum Schluß und fährt dann leer nach Catania zurück.«
»Eine letzte Frage. Die Waren, die die Diebe erst gestohlen und dann haben finden lassen ...«
»Sie sind sehr klug, Commissario.«
»Sie allerdings auch, wenn Sie meine Fragen schon beantworten, bevor ich sie überhaupt gestellt habe.«
»Das ist es ja, was mich Tag und Nacht beschäftigt. Also, Brancato hat uns die Ware früher als sonst gebracht. Wir hatten sie für den nächsten Tag in den frühen Morgenstunden erwartet, aber sie kam schon am Abend vorher, als wir gerade schließen wollten. Der Fahrer sagte, ein Supermarkt in Trapani sei wegen eines Trauerfalls geschlos-

sen und deshalb sei er jetzt schon da. Damit der Lastwagen weiterfahren konnte, ließ Signor Ingrassia entladen, prüfte die Liste und zählte die Kolli. Aber er ließ sie nicht öffnen, er meinte, es sei zu spät, das könne man am nächsten Tag machen, er wolle keine Überstunden zahlen. Ein paar Stunden später ereignete sich dann der Diebstahl. Und jetzt frage ich mich: Woher wußten die Diebe, daß die Ware früher als geplant eingetroffen war?«

Lacommare war ganz bewegt von seinem Gedankengang. Montalbano beschloß, ihm zu widersprechen: Der Direttore durfte der Wahrheit nicht allzu nahe kommen, sonst konnte es schwierig werden. Außerdem hatte er eindeutig keine Ahnung von Ingrassias Schiebereien.

»Es ist nicht gesagt, daß es zwischen den beiden Ereignissen eine Verbindung gibt. Die Diebe könnten auch gekommen sein, um sich das zu holen, was bereits im Lager war, fanden dann aber auch Ware vor, die gerade erst geliefert worden war.«

»Schon, aber warum sorgen sie dann dafür, daß alles gefunden wird?«

Das war der Haken. Montalbano zögerte, er wollte es vermeiden, Lacommares Neugierde zu befriedigen.

»*Ma si può sapiri cu minchia è?*« ließ sich wieder die Frau vernehmen, die mittlerweile stinksauer war.

Sie mußte sehr gute Ohren haben, die Signora Lacommare. Montalbano nutzte die Gelegenheit, um zu gehen, was er wissen wollte, das wußte er jetzt.

»Meine Empfehlungen an die werte Gattin«, sagte er und ging die Treppe hinunter.

Kaum am Tor angekommen, sprang er wie ein Gummiball wieder hinauf und klingelte noch mal.
»Schon wieder Sie?« Lacommare hatte inzwischen die Milch getrunken, war aber immer noch in Unterhosen.
»Ich habe was vergessen, entschuldigen Sie. Sind Sie sicher, daß der Lastwagen nach dem Entladen völlig leer war?«
»Das habe ich nicht gesagt. Etwa fünfzehn große Kolli waren noch drin, der Fahrer sagte, sie seien für den Supermarkt in Trapani, der geschlossen hatte.«
»*Ma chi è stamatina stu scassamento di minchia?*« heulte drinnen Signora Carmilina, und Montalbano verschwand grußlos.

»Ich glaube, ich weiß jetzt ziemlich genau, auf welchem Weg die Waffen in die Grotte gekommen sind. Hören Sie zu, Signor Questore: Die Waffen kommen also von irgendwoher auf der Welt – wie, weiß ich noch nicht – zur Firma Brancato in Catania, die sie einlagert und in große Kartons verpackt, auf denen der Firmenname steht, als enthielten sie gewöhnliche Haushaltsgeräte, die für die Supermärkte bestimmt sind. Wenn die Bestellung eintrifft, laden die Leute von Brancato die Waffenkartons zusammen mit den anderen Kisten auf. Vorsichtshalber tauschen sie irgendwo auf der Strecke zwischen Catania und Caltanissetta den Firmenlaster gegen einen Lastwagen aus, den sie vorher gestohlen haben. Falls die Waffen entdeckt werden, kann die Firma Brancato behaupten, sie habe nichts damit zu tun, sie wisse nichts von diesen

Schiebereien, der Lastwagen gehöre ihr nicht und sie sei vielmehr selbst Opfer eines Diebstahls. Der gestohlene Laster beginnt seine Tour, bringt die – wie soll ich sagen – sauberen Kartons in die verschiedenen Supermärkte, die er zu beliefern hat, und macht sich dann auf den Weg nach Vigàta. Doch bevor er dort ankommt, hält er mitten in der Nacht am Crasticeddru und lädt die Waffen an der Grotte ab. Am frühen Morgen – so hat es mir Direttore Lacommare erklärt – liefern sie die letzten Kolli an Ingrassias Supermarkt und fahren dann wieder ab. Auf dem Rückweg nach Catania wird der gestohlene Lastwagen gegen den echten Firmenlaster ausgetauscht, und der fährt zur Zentrale zurück, als hätte er seine Tour erledigt. Wahrscheinlich stellen sie jedesmal den Kilometerzähler entsprechend ein. Diesen kleinen Scherz treiben sie jetzt schon seit drei Jahren, denn Jacomuzzi hat uns gesagt, daß die Grotte vor etwa drei Jahren eingerichtet wurde.«

»Was Sie mir da berichten«, sagte der Questore, »ist von der üblichen Vorgehensweise her völlig einleuchtend. Aber das Theater mit dem fingierten Diebstahl verstehe ich immer noch nicht.«

»Sie waren praktisch dazu gezwungen. Erinnern Sie sich an diese Schießerei zwischen einer Carabinieristreife und drei Ganoven in der Gegend von Santa Lucia? Ein Carabiniere wurde verletzt.«

»Ich erinnere mich, aber was hat das damit zu tun?«

»Die lokalen Radiosender brachten die Nachricht gegen einundzwanzig Uhr, und da war der Laster gerade auf dem Weg zum Crasticeddru. Santa Lucia ist höchstens zwei,

drei Kilometer vom Ziel der Schmuggler entfernt, die die Meldung im Radio gehört haben müssen. Es wäre nicht klug gewesen, an einer einsamen Stelle irgendeiner Streife zu begegnen, inzwischen war ja jede Menge Polizei am Schauplatz der Schießerei. Also beschlossen sie, nach Vigàta weiterzufahren. Sie rechneten zwar damit, unterwegs in eine Kontrolle zu geraten, aber das war in diesem Augenblick das kleinere Übel, und sie hatten gute Chancen, ungeschoren davonzukommen.
So war es dann auch. Sie kommen also viel zu früh an und erzählen die Geschichte mit dem geschlossenen Supermarkt in Trapani. Ingrassia, der über den Zwischenfall natürlich informiert war, läßt entladen, und die Leute behaupten, nach Catania zurückzufahren. Sie haben noch die Waffen an Bord, die Kisten, die für den Supermarkt in Trapani bestimmt seien, wie sie Direttore Lacommare erzählen. Der Laster wird schließlich unweit von Vigàta auf einem Grundstück Ingrassias oder irgendeines Komplizen versteckt.«
»Aber ich frage Sie noch mal: Warum sollten sie den Diebstahl simulieren? Von da, wo sie den Laster versteckt hatten, konnten sie den Crasticeddru leicht erreichen, ohne noch mal nach Vigàta fahren zu müssen.«
»Das mußten sie eben doch. Wenn sie mit fünfzehn Kolli ohne Begleitpapiere an Bord von den Carabinieri, von der Guardia di Finanza oder sonstwem angehalten worden wären, hätten sie Verdacht erregt. Das wäre eine schöne Pleite gewesen, wenn sie gezwungen worden wären, einen Karton zu öffnen. Sie mußten die Kisten, die In-

grassia abgeladen hatte und natürlich nicht öffnen lassen wollte, unbedingt wieder holen.«

»Langsam beginne ich zu verstehen.«

»Irgendwann nachts kommt der Laster zum Supermarkt zurück. Der Nachtwächter kann die Männer und den Laster gar nicht wiedererkennen, weil er am Abend zuvor noch nicht im Dienst war. Sie laden die noch nicht geöffneten Kolli auf, fahren zum Crasticeddru, laden die Kisten mit den Waffen ab, kehren zurück, lassen den Laster auf dem Gelände der Tankstelle stehen, und die Sache ist erledigt.«

»Entschuldigen Sie, aber warum haben sie sich die gestohlene Ware nicht vom Hals geschafft und sind dann nach Catania weitergefahren?«

»Das ist eben das Geniale daran: Indem sie den Laster anscheinend mit der gesamten gestohlenen Ware finden lassen, lenken sie die Ermittlungen auf eine falsche Fährte. Wir müssen zwangsläufig von einer nicht eingehaltenen Vereinbarung ausgehen, von einer Drohung, einer Warnung wegen nicht gezahlter Schutzgelder. Sie zwingen uns sozusagen, auf einer niedrigeren Ebene zu ermitteln, auf der Ebene, die auf unserer Insel leider fast zur Tagesordnung gehört. Und Ingrassia spielt seine Rolle hervorragend und erzählt uns die blöde Geschichte mit dem Scherz, wie er es nennt.«

»Wirklich genial«, sagte der Questore.

»Ja, aber wenn man genau hinschaut, findet sich immer ein Fehler, irgendein Schwachpunkt. In unserem Fall haben sie nicht gemerkt, daß ein Stück Karton unter die Bretter gerutscht war, die als Boden in der Grotte lagen.«

»Ach ja, stimmt«, sagte der Questore nachdenklich. Dann, mehr zu sich selbst: »Wer weiß, wo die leeren Kisten hingekommen sind.«
Manchmal wunderte sich der Questore über belanglose Details.
»Wahrscheinlich haben sie sie in ein Auto gesteckt und irgendwo in der Pampa verbrannt. Am Crasticeddru waren nämlich mindestens zwei Autos von Komplizen, vielleicht, um den Fahrer des Lastwagens mitzunehmen, wenn der erst mal an der Tankstelle abgestellt war.«
»Ohne dieses Stück Karton hätten wir also nichts herausgefunden«, schloß der Questore.
»Na ja, ganz so ist es auch wieder nicht«, sagte Montalbano. »Ich hatte schon eine andere Spur verfolgt, die mich unweigerlich zu der gleichen Schlußfolgerung gebracht hätte. Schauen Sie, sie mußten einen armen alten Mann umbringen.«
Der Questore fuhr auf.
»Ein Mord?« fragte er finster. »Warum weiß ich davon nichts?«
»Weil es wie ein Unfall aussehen sollte. Ich weiß erst seit gestern mit Gewißheit, daß die Bremsen an seinem Auto manipuliert waren.«
»Haben Sie das Jacomuzzi gesagt?«
»*Per l'amor di Dio!* Jacomuzzi ist lieb und nett und sehr fähig, aber wenn man ihn mit einbezieht, kann man gleich eine Pressemeldung rausgeben.«
»Dem muß ich mal ordentlich den Kopf waschen, dem

Jacomuzzi«, seufzte der Questore. »Erzählen Sie mir alles, aber der Reihe nach und langsam.«
Montalbano berichtete ihm die Geschichte von Misuraca und dem Brief, den dieser ihm geschickt hatte.
»Er wurde umsonst getötet«, sagte er abschließend. »Seine Mörder wußten nicht, daß er mir schon alles geschrieben hatte.«
»Warum hat Ingrassia sich denn in der Nähe des Supermarktes aufgehalten, während sie den Diebstahl simulierten, wenn man Misuraca Glauben schenken darf?«
»Wenn es weitere Probleme gegeben hätte, ein ungelegener Besuch zum Beispiel, wäre er zur Stelle gewesen und hätte erklärt, daß alles in Ordnung sei, daß sie die Ware zurückschickten, weil die Leute von Brancato die Bestellungen durcheinandergebracht hätten.«
»Und der Nachtwächter in der Gefriertruhe?«
»Der war kein Problem mehr. Den hätten sie schon noch verschwinden lassen.«
»Wie geht's jetzt weiter?« fragte der Questore nach einer Pause.
»Tano u Grecu hat uns, auch ohne Namen zu nennen, ein großes Geschenk gemacht«, fing Montalbano an, »und das dürfen wir nicht ungenutzt lassen. Wir müssen uns die nächsten Schritte gut überlegen, dann können wir einen Ring auffliegen lassen, dessen Ausmaß wir noch gar nicht kennen. Wir müssen vorsichtig sein. Wenn wir Ingrassia oder jemanden von der Firma Brancato sofort festnehmen, richten wir gar nichts aus. Wir müssen an die großen Fische ran.«

»Einverstanden«, sagte der Questore. »Ich sage Catania Bescheid, sie sollen für strengste Überw...«
Er unterbrach sich und zog eine Grimasse, als er sich bitter an den Maulwurf erinnerte, der in Palermo geplaudert und damit Tanos Tod verursacht hatte. Es war durchaus möglich, daß es in Catania auch einen gab.
»Wir gehen das ganz langsam an«, entschied er, »und überwachen nur Ingrassia.«
»Und ich bitte den Richter um die entsprechende Genehmigung«, sagte der Commissario.
Als er gehen wollte, rief der Questore noch mal an.
»Hören Sie, meiner Frau geht's viel besser. Paßt Ihnen Samstag abend? Wir haben viel zu besprechen.«

Giudice Lo Bianco, der Richter, war ungewöhnlich gutgelaunt, seine Augen glänzten.
»Es scheint Ihnen gutzugehen.« Der Commissario konnte sich die Bemerkung nicht verkneifen.
»*Eh sì, eh sì*, es geht mir wirklich gut.«
Er sah sich um, setzte ein konspiratives Gesicht auf, beugte sich zu Montalbano vor und sagte leise: »Wußten Sie, daß Rinaldo an der rechten Hand sechs Finger hatte?«
Einen Moment lang war Montalbano verwirrt. Dann fiel ihm wieder ein, daß der Giudice seit Jahren an einem umfangreichen Werk arbeitete – *Leben und Unternehmungen von Rinaldo und Antonio Lo Bianco, vereidigte Lehrmeister an der Universität von Girgenti zur Zeit König Martins des Jüngeren (1402–1409)* –, denn er hatte die fixe Idee, daß er mit ihnen verwandt sei.

»Tatsächlich?« rief Montalbano hocherfreut und erstaunt. Es war besser, auf ihn einzugehen.

»*Sissignore.* Sechs Finger an der rechten Hand.«

Damit läßt sich's bestimmt gut wichsen, wollte Montalbano schon lästern, ließ es dann aber bleiben.

Er berichtete dem Giudice alles über den Waffenhandel und den Mord an Misuraca. Er erklärte ihm auch, wie er strategisch weiter vorgehen wollte, und bat ihn um die Genehmigung, Ingrassias Telefon abhören zu dürfen.

»Die kriegen Sie sofort«, sagte Lo Bianco.

Normalerweise erhob er Einwände, legte einem Steine in den Weg und sorgte für Ärger: Jetzt freute er sich so über seine Entdeckung mit den sechs Fingern an Rinaldos Rechter, daß er Montalbano Folter, Pfählen und Scheiterhaufen genehmigt hätte.

Der Comissario fuhr heim, zog seine Badehose an, schwamm lange, ging zurück ins Haus, trocknete sich ab, zog sich nicht wieder an, im Kühlschrank war nichts, im Ofen thronte eine Schüssel mit vier riesigen Portionen *pasta 'ncasciata*, einer wahren Götterspeise; er aß zwei Portionen, tat die Schüssel in den Ofen zurück, stellte den Wecker, schlief eine Stunde lang wie ein Stein, stand auf, duschte, zog die schmutzigen Jeans und das Hemd an und fuhr ins Büro.

Fazio, Germanà und Galluzzo erwarteten ihn in Klamotten, die nach Schwerarbeit aussahen, packten, als er hereinkam, Schaufeln, Hacken und Pickel, fuchtelten mit den Geräten in der Luft herum und stimmten den alten Sprechchor der Tagelöhner an:

»*`E ora! `E ora! La terra a chi lavora!*«

»Mein Gott, seid ihr bescheuert!« lautete Montalbanos Kommentar.

Am Eingang der Höhle im Crasticeddru warteten schon Prestìa, der Journalist und Schwager von Galluzzo, und ein Kameramann, der zwei große batteriebetriebene Lampen dabeihatte.

Montalbano warf Galluzzo einen schiefen Blick zu.

»Weil Sie ...«, sagte der und lief rot an, »weil Sie mir doch erlaubt haben ...«

»Schon gut«, winkte der Commissario ab.

Sie betraten die Waffenhöhle, und dann machten sich Fazio, Germanà und Galluzzo nach Montalbanos Anweisungen daran, die Steine zu entfernen, die wie zusammengeschweißt waren. Sie arbeiteten gut drei Stunden, auch der Commissario, Prestìa und der Kameramann schufteten, als sie die drei Männer ablösten. Dann war die Wand endlich abgetragen. Balassone hatte recht gehabt – deutlich war der kleine Korridor zu sehen, der Rest verlor sich im Dunkeln.

»Geh du rein«, sagte Montalbano zu Fazio.

Fazio nahm eine Taschenlampe, schob sich bäuchlings hindurch und verschwand. Ein paar Sekunden später hörten sie ihn erstaunt rufen:

»*O Dio*, Commissario, kommen Sie schnell!«

»Ihr kommt nach, wenn ich euch rufe«, sagte Montalbano

zu den anderen, aber insbesondere zu dem Journalisten, der, als er Fazio rufen hörte, wie elektrisiert war und sich schon auf den Bauch werfen und durchschlüpfen wollte. Der Korridor war praktisch genauso lang wie Montalbanos Körper. Er war sofort auf der anderen Seite und schaltete die Taschenlampe an. Die zweite Grotte war kleiner als die erste und wirkte vollkommen trocken. Genau in der Mitte lag ein Teppich, der noch in gutem Zustand war. Hinten links auf dem Teppich eine Schale. An der entsprechenden Stelle rechts ein Krug. Den Scheitel dieses umgekehrten Dreiecks bildete vorn auf dem Teppich ein Schäferhund aus Terracotta in Lebensgröße. Auf dem Teppich zwei verschrumpelte Leichen wie in einem Horrorfilm, die sich umschlungen hielten.
Montalbano stockte der Atem, er brachte kein Wort heraus. Weiß der Himmel, warum er an das junge Pärchen denken mußte, das er in der anderen Grotte beim Vögeln überrascht hatte. Die anderen konnten nicht widerstehen, sie nutzten sein Schweigen und schlüpften einer nach dem anderen herein. Der Kameramann schaltete seine Lampen ein und begann wie wild alles zu filmen. Niemand sagte ein Wort. Montalbano war der erste, der sich wieder gefangen hatte.
»Sag dem Erkennungsdienst, dem Giudice und Dottor Pasquano Bescheid«, befahl er.
Er wandte sich dabei nicht mal zu Fazio um. Er hockte da wie verhext und sah sich das Bild an, er fürchtete, die kleinste Bewegung könnte ihn aus diesem Traum reißen.

Zwölf

Als der Zauber, der Montalbano gelähmt hatte, von ihm abgefallen war, herrschte er die anderen an, sie sollten gefälligst mit dem Rücken zur Wand bleiben, sich nicht bewegen und nicht auf dem Boden herumtrampeln, auf dem eine Schicht aus feinstem rötlichem Sand lag, der irgendwo eingedrungen war und sich sogar an der Wand befand. Von diesem Sand war in der anderen Grotte keine Spur, und vielleicht hatte er auf irgendeine Weise verhindert, daß die Leichen verwesten. Es waren ein Mann und eine Frau, deren Alter unmöglich auf den ersten Blick festzustellen war. Daß sie unterschiedlichen Geschlechts waren, schloß der Commissario aus dem Körperbau, nicht etwa aus den Geschlechtsmerkmalen, denn die waren verschwunden, in einem natürlichen Prozeß ausgelöscht. Der Mann lag auf der Seite, ein Arm quer über der Brust der Frau, die auf dem Rücken lag. Sie umarmten sich, und sie würden für alle Zeiten umarmt bleiben, denn das, was einmal das Fleisch seines Armes gewesen war, war mit dem Fleisch ihrer Brust wie verklebt, verschmolzen. Nein, man würde sie bald trennen, dafür würde Dottor Pasquano sorgen. Durch die runzlige, pergamentene Haut schimmerte das Weiß der Knochen hindurch; sie waren ausgetrocknet, auf ihre pure Form reduziert. Die beiden schienen zu lachen, die Lippen, die sich zurückgezogen und um den Mund herum gestreckt hatten, entblößten die Zähne. Neben dem Kopf des toten Mannes stand die Schale mit kleinen runden Plättchen darin, neben der Frau ein tönerner Krug, wie die Bauern ihn früher aufs Feld mitnahmen, um das Wasser kühl zu halten. Zu Füßen des Paares der Hund aus Terracotta. Er war etwa einen Meter lang und grauweiß, die Farben unversehrt. So hatte ihn der Künstler, von dessen Hand er stammte, gesehen: die Vorderpfoten ausgestreckt, die Hinterbeine angezogen, das Maul, aus dem die rosa Zunge heraushing, halboffen, die Augen wachsam: So lag er zwar, jedoch in der Position eines Bewachers. Der Teppich hatte ein paar Löcher, durch die man den Sand auf dem Boden sah, aber die Löcher konnten auch alt sein, und der Teppich war vielleicht schon in diesem Zustand gewesen, bevor man ihn in die Grotte gelegt hatte.

»Alle raus!« befahl Montalbano, und, an Prestìa und den Kameramann gewandt: »Macht vor allem die Lampen aus!« Jäh war ihm bewußt geworden, welchen Schaden sie mit der Wärme, die von den Filmlampen ausging, und überhaupt mit ihrer Gegenwart anrichteten. Er blieb allein in der Grotte zurück. Im Schein der Taschenlampe sah er sich den Inhalt der Schale genau an: Die runden Dinger waren oxydierte Kupfermünzen. Vorsichtig nahm er die Münze, die noch am besten aussah, mit den Fingerspitzen auf; es war eine Münze zu zwanzig Centesimi, geprägt 1941, auf der einen Seite war König Vittorio Emanuele III., auf der anderen ein Frauenprofil mit dem Liktorenbündel abgebildet. Als Montalbano die Lampe auf den Kopf des Toten richtete, fiel ihm ein Loch in dessen Schläfe auf. Davon verstand er genug, um zu wissen, daß es von einer Schußwaffe stammte, er hatte sich also entweder selbst getötet oder war ermordet worden. Aber wenn er sich das Leben genommen hatte, wo war dann die Waffe? Am Körper der Frau dagegen keine Spur eines gewaltsamen, eines unnatürlichen Todes. Er dachte fieberhaft nach. Die beiden waren nackt, und in der Grotte waren keine Kleider zu sehen. Was hatte das zu bedeuten? Da ging, ohne vorher schwächer zu werden oder zu flackern, plötzlich das Licht der Taschenlampe aus, die Batterie war leer. Einen Augenblick lang war Montalbano blind und ohne Orientierung. Um keinen Schaden anzurichten, hockte er sich in den Sand und wartete, bis sich seine Augen an die Finsternis gewöhnt hatten, es würde bestimmt nicht lange dauern, bis er den matten Schimmer am Ausgang des Durchschlupfs würde sehen können. Doch diese wenigen Sekunden vollkommener Dunkelheit und Stille genügten ihm, einen ungewöhnlichen Geruch wahrzunehmen, den er – da war er sich ganz sicher – schon einmal gerochen hatte. Er versuchte sich zu erinnern, wo das gewesen sein könnte, auch wenn es vielleicht nicht von Bedeutung war. Von klein auf hatte er jedem Geruch, der ihm auffiel, immer eine bestimmte Farbe zugeordnet, und der hier war dunkelgrün. Bei dieser Assoziation erinnerte er sich, wo er ihn zum erstenmal wahrgenommen hatte: Es war bei Kairo gewesen, in der Cheops-Pyramide, in einem für

Besucher nicht zugänglichen Korridor – ein ägyptischer Freund hatte ihm den Gefallen getan, ihn hindurchzuführen. Mit einemmal kam Montalbano sich so grob vor, so nichtsnutzig, ohne jede Ehrfurcht. An dem Vormittag, als er das Pärchen beim Liebemachen überrascht hatte, hatte er das Leben entweiht; jetzt, bei den beiden Leichnamen, die für alle Zeiten unbeachtet in ihrer Umarmung hätten bleiben sollen, den Tod.

Vielleicht lag es an diesem Schuldgefühl, daß er sich nicht an den Untersuchungen beteiligen wollte, die Jacomuzzi mit seinen Leuten vom Erkennungsdienst und der Gerichtsarzt Dottor Pasquano sofort einleiteten. Montalbano saß auf dem Felsblock, der der Waffenhöhle als Tür gedient hatte, und hatte schon fünf Zigaretten geraucht, als Pasquano, der sehr nervös war, nach ihm rief.
»Wo bleibt denn der Giudice?«
»Das fragen Sie mich?«
»Wenn er nicht bald kommt, geht hier alles vor die Hunde. Ich muß die Leichen nach Montelusa bringen und kühl lagern. Man kann ja praktisch zuschauen, wie sie zerfallen. Was soll ich denn jetzt machen?«
»Rauchen Sie eine Zigarette mit mir«, versuchte Montalbano ihn zu beruhigen.
Giudice Lo Bianco traf eine Viertelstunde später ein, als der Commissario bereits weitere zwei Zigaretten geraucht hatte.
Lo Bianco warf einen flüchtigen Blick auf die Toten; in Anbetracht der Tatsache, daß sie nicht aus der Zeit von

König Martin dem Jüngeren stammten, sagte er nur kurz angebunden zum Gerichtsarzt:
»Machen Sie damit, was Sie wollen, das ist Schnee von gestern.«

»Televigàta« wußte gleich, nach welcher Manier die Geschichte zu präsentieren war. In den Nachrichten um zwanzig Uhr dreißig erschien als erstes das aufgeregte Gesicht Prestìas, der eine sensationelle Story ankündigte, die, wie er sagte, »der genialen Intuition zu verdanken ist, die Commissario Salvo Montalbano aus Vigàta zu einer einzigartigen Figur unter den Ermittlern der Insel und – warum nicht? – ganz Italiens macht«. Er erinnerte an weitere Leistungen des Commissario, an die dramatische Festnahme des flüchtigen Tano u Grecu, des brutalen Mafiabosses, und die Entdeckung der Grotte im Crasticeddru, die als Waffenlager gedient hatte. Eine Sequenz der Pressekonferenz anläßlich Tanos Verhaftung wurde eingeblendet, bei der ein verstörter, stammelnder Typ, der so hieß wie Montalbano und ebenfalls Commissario war, mühsam ein paar Worte herauswürgte. Prestìa erzählte weiter, wie der hervorragende Ermittler zu der Überzeugung gelangt war, daß sich hinter der Waffenhöhle eine weitere Höhle befinden mußte, die mit der ersten verbunden war.
»Ich«, sagte Prestìa, »vertraute auf die Intuition des Commissario und begleitete ihn zusammen mit meinem Kameramann Schirirò Gerlando.«
Und dann stellte Prestìa mit Orakelstimme einige Fragen:

Hatte der Commissario ungeahnte paranormale Kräfte? Wie war er darauf gekommen, daß sich hinter ein paar über die Jahre schwarz gewordenen Steinen eine Tragödie aus vergangenen Zeiten verbarg? Verfügte der Commissario etwa über den Röntgenblick eines Superman?

Montalbano, der die Sendung zu Hause verfolgte und seit einer halben Stunde keine saubere Unterhose finden konnte, wo doch irgendwo eine sein mußte, sagte bei dieser letzten Frage Prestìas, er solle ihn am Arsch lecken.

Während die eindrucksvollen Bilder von den Leichen in der Grotte über den Bildschirm liefen, legte Prestìa voller Überzeugung seine These dar. Er wußte nichts von dem Loch in der Schläfe des Mannes und sprach daher von einem Tod aus Liebe. Seiner Meinung nach hatten sich die beiden Liebenden, deren Leidenschaft von ihren Familien nicht geduldet wurde, in der Grotte eingeschlossen, den Durchgang zugemauert und sich dem Hungertod anheimgegeben. Sie hatten ihre letzte Zuflucht mit einem alten Teppich und einem Krug mit Wasser eingerichtet und eng umschlungen auf den Tod gewartet. Von der Schale mit den Münzen sagte er nichts, sie paßte nicht in das Bild, das er sich ausmalte. Die beiden, fuhr Prestìa fort, hätten nicht identifiziert werden können, die Geschichte liege mindestens fünfzig Jahre zurück. Dann berichtete ein anderer Journalist von den Ereignissen des Tages: Ein sechsjähriges Mädchen wurde von einem Onkel väterlicherseits vergewaltigt und mit einem Stein erschlagen, in einem Brunnen wurde eine Leiche gefunden, eine Schießerei in Merfi mit drei Toten und vier Verletzten, der

Tod eines Arbeiters, ein Zahnarzt war verschwunden, der Selbstmord eines Händlers, den Wucherer ruiniert hatten, die Verhaftung eines Gemeinderats aus Montevergine wegen Erpressung und Korruption, der Selbstmord des Präsidenten der Provinz, dem Hehlerei vorgeworfen wurde, ein Leichenfund im Meer …
Montalbano fiel vor dem Fernseher in einen tiefen Schlaf.

»*Pronto*, Salvo? Hier ist Gegè. Hör zu, und quatsch mir nicht wieder dauernd dazwischen. Ich muß dich sehen, ich hab' dir was zu sagen.«
»*Va bene*, Gegè, gleich heute abend, wenn du willst.«
»Ich bin nicht in Vigàta, ich bin in Trapani.«
»Wann dann?«
»Was ist heute für ein Tag?«
»Donnerstag.«
»Paßt dir Samstag um Mitternacht am üblichen Treffpunkt?«
»Samstag abend bin ich zwar zum Essen eingeladen, aber ich komme trotzdem, Gegè. Warte auf mich, falls es ein bißchen später wird.«

Der Anruf von Gegè, dessen Stimme so besorgt geklungen hatte, daß Montalbano die Lust auf ein Späßchen vergangen war, hatte ihn rechtzeitig geweckt. Es war zehn Uhr, er schaltete »Retelibera« ein. Nicolò Zito – intelligentes Gesicht, rote Haare und Ideen – eröffnete die Nachrichten mit dem Tod eines Arbeiters in Fela, der bei einer Gasexplosion bei lebendigem Leib verbrannt war. Anhand mehrerer Beispiele zeigte Zito auf, daß mindestens neunzig Prozent der Unternehmer sich einen feuchten Dreck um die Sicherheitsvorschriften scherten. Dann ging er zu der Verhaftung der Staatsdiener über, denen Veruntreuung in mehreren Fällen vorgeworfen wurde, und erinnerte die Zuschauer bei dieser Gelegenheit daran, daß die verschiedenen Regierungen, die jeweils an der Macht waren, mit Gesetzentwürfen gegen die laufenden Säuberungen nicht durchgekommen seien. Sein drittes Thema war der Selbstmord des Händlers, den seine Schulden bei einem Wucherer erdrückt hatten, und er verurteilte die Maßnahmen der Regierung gegen den Wucher als völlig unzureichend. Warum, so fragte er, unterschieden diejenigen, die gegen diese Plage ermittelten, so fein säuberlich zwischen Wucher und Mafia? Wie viele Methoden der Geldwäsche gab es? Schließlich kam er auf die beiden Leichen in der Grotte zu sprechen, aber er tat es aus einem besonderen Blickwinkel, indem er wegen der Art und Weise, wie sie die Nachricht präsentiert hatten, indirekt gegen Prestìa und »Televigàta« polemisierte. Jemand, sagte er, habe einmal gemeint, Religion sei Opium fürs Volk, heutzutage müsse man feststellen, daß das wahre Opium das Fernsehen sei. Zum Beispiel: Aus welchem Grund stellte jemand diesen Fund als den verzweifelten Selbstmord eines Liebespaares dar, das an seiner Liebe gehindert wurde? Welche Anhaltspunkte erlaubten wem auch immer, eine solche These aufzustellen? Die beiden waren nackt gefunden worden: Wo waren ihre

Kleider? In der Grotte gab es nicht die geringste Spur einer Waffe. Wie sollten sie sich getötet haben? Waren sie freiwillig verhungert? *Eh, via!* Warum hatte der Mann eine Schale mit Münzen neben sich, die heute nicht mehr im Umlauf, aber damals gültig waren: etwa als Fährgeld für Charon? In Wahrheit, versicherte er, wollte man aus einem mutmaßlichen Verbrechen einen sicheren Selbstmord, einen romantischen Selbstmord machen. Und in unseren düsteren Tagen mit dem wolkenverhangenen Horizont, schloß er, bastelte man sich eine solche Story zusammen, um die Leute zu betäuben, um das Interesse von den eigentlichen Problemen auf eine Story à la Romeo und Julia zu lenken, die allerdings der Feder eines Drehbuchautors von Seifenopern entstammte.

»Liebling, ich bin's, Livia. Ich wollte dir sagen, daß ich unseren Flug gebucht habe. Wir starten in Rom, du mußt also ein Ticket von Palermo nach Fiumicino lösen, ich von Genua. Wir treffen uns am Flughafen und steigen ein.«
»Hhm.«
»Ich habe auch das Hotel reserviert, eine Freundin, die dort war, hat gesagt, es sei sehr schön, dabei aber nicht luxuriös. Es wird dir bestimmt gefallen.«
»Hhm.«
»Wir fliegen in zwei Wochen. Ich bin so glücklich. Ich zähle schon die Tage und Stunden.«
»Hhm.«
»Salvo, was ist los?«
»Nichts. Was soll denn sein?«

»Du klingst nicht gerade begeistert.«
»Ach was, nein, nein.«
»Salvo, wenn du im letzten Moment einen Rückzieher machst, fliege ich trotzdem und mache allein Urlaub.«
»Ach, komm.«
»Würdest du mir vielleicht sagen, was mit dir los ist?«
»Nichts. Ich habe gerade geschlafen.«

»Commissario Montalbano? *Buonasera.* Hier ist Preside Burgio.«
»*Buonasera*, was gibt es?«
»Bitte entschuldigen Sie vielmals, daß ich Sie zu Hause störe. Ich habe in den Nachrichten gerade vom Fund der beiden Leichen gehört.«
»Sind Sie in der Lage, sie zu identifizieren?«
»Nein. Ich rufe an, weil im Fernsehen etwas nur flüchtig erwähnt wurde, das für Sie jedoch interessant sein könnte. Es geht um den Hund aus Terracotta. Wenn Sie nichts dagegen haben, komme ich morgen vormittag mit Ragioniere Burruano, dem Buchhalter, ins Büro, kennen Sie ihn?«
»Vom Sehen. Paßt es Ihnen um zehn?«

»Hier«, sagte Livia. »Ich will es hier machen und zwar sofort.«
Sie befanden sich in einer Art Park mit dichtem Baumbestand. Zu ihren Füßen krochen Tausende von Schnecken verschiedenster Art, *vignarole, attuppateddri, vavaluci, scataddrizzi, crastuna.*

»Warum denn ausgerechnet hier? Komm, wir gehen zum Auto zurück, in fünf Minuten sind wir daheim, hier kommen doch Leute vorbei.«

»Keine Widerrede, du Schisser«, sagte Livia, griff nach seinem Gürtel und versuchte ungeschickt, ihn aufzuschnallen.

»Laß mich das machen«, sagte er.

Livia war im Nu ausgezogen, während er noch in Hose und Unterhose steckte.

Sie ist es gewohnt, sich schnell auszuziehen, dachte er in einem Anfall sizilianischer Eifersucht.

Livia warf sich ins feuchte Gras, machte die Beine breit, streichelte ihre Brüste, und er hörte das eklige Geräusch, als Dutzende Schnecken von ihrem Körper zerquetscht wurden.

»Los, mach schon.«

Montalbano hatte es endlich geschafft, sich auszuziehen, und zitterte vor Kälte. Mittlerweile krochen zwei oder drei *vavaluci* über Livias Körper.

»Was willst du denn damit?« fragte sie kritisch mit einem Blick auf seinen Schwanz. Sie erbarmte sich seiner und kniete sich hin, nahm ihn in die Hand, streichelte ihn, steckte ihn in den Mund. Als er bereit war, legte sie sich wieder hin.

»Los, fick mich, aber anständig!«

Warum ist sie denn plötzlich so ordinär? dachte er verstört.

Als er in sie eindrang, sah er den Hund in ein paar Schritten Entfernung. Es war ein weißer Hund, die rote Zunge

hing ihm aus dem Maul, er knurrte gefährlich und fletschte die Zähne, Geifer troff herunter. Seit wann stand er da?
»Was ist los? Schwächelst du schon?«
»Da ist ein Hund.«
»Der kann mich mal. Mach weiter!«
Genau in diesem Augenblick schnellte der Hund hoch, und Montalbano erstarrte vor Angst. Der Hund landete wenige Zentimeter vor seinem Gesicht, er blieb reglos stehen, seine Färbung verblich, er kauerte sich hin, die Vorderbeine ausgestreckt, die Hinterbeine angezogen, und wurde zu einer tönernen Kunstfigur. Es war der Hund aus der Grotte, der die Toten bewachte.
Plötzlich verschwanden Himmel, Bäume, Gras und gerannen zu Wänden und einem Dach aus Fels, und er begriff voller Grauen, daß die Toten in der Grotte nicht zwei Unbekannte, sondern er und Livia waren.

Keuchend und schweißgebadet wachte er aus dem Alptraum auf und bat Livia im Geiste sofort um Verzeihung, daß er sie sich im Traum so vulgär vorgestellt hatte. Was bedeutete dieser Hund? Und diese widerlichen Schnecken, die überall herumkrochen?
Aber der Hund, der Hund hatte ganz bestimmt irgendeine Bedeutung.

Auf dem Weg ins Büro fuhr er am Zeitungskiosk vorbei und kaufte die beiden Tageszeitungen, die auf der Insel herausgegeben wurden. Beide berichteten ausführlich über die Entdeckung der Höhlenleichen, den Waffenfund dagegen hatten sie so ziemlich vergessen. Die Zeitung, die in Palermo gedruckt wurde, war von einem Selbstmord aus Liebe überzeugt, das Blatt aus Catania war auch für die Mordhypothese offen, ohne dabei die Selbstmordhypothese zu unterschlagen, denn sie titulierte gar *Zweifacher Selbstmord oder Doppelmord?* und stellte geheimnisvolle und vage Betrachtungen zum Unterschied zwischen doppelt und zweifach an. Andererseits bezog die Zeitung sonst nie Position, egal, ob es sich um einen Krieg oder ein Erdbeben handelte, sie hängte ihre Fahne nach dem Wind und genoß daher den Ruf eines unabhängigen und liberalen Blattes. Keine der beiden Zeitungen hielt sich bei dem Krug, der Schale und dem Hund aus Terracotta auf.

Kaum stand Montalbano in der Tür, fragte Catarella ihn ganz außer Atem, was er denn den Hunderten von Journalisten sagen solle, die dauernd anriefen und ihn sprechen wollten.

»Sag ihnen, ich bin in geheimer Mission unterwegs.«

»Und daß Sie Missionar geworden sind?« fragte der Polizist enorm geistreich und brach ganz allein in schallendes Gelächter aus.

Montalbano beglückwünschte sich dazu, daß er noch am Abend, bevor er schlafen gegangen war, den Telefonstecker herausgezogen hatte.

Dreizehn

»Dottor Pasquano? Hier ist Montalbano. Ich wollte fragen, ob es was Neues gibt.«

»*Sissignore.* Meine Frau ist erkältet, und meiner Enkelin ist ein Zahn ausgefallen.«

»Sind Sie sauer, Dottore?«

»Allerdings!«

»Auf wen denn?«

»Sie wollen wissen, ob es was Neues gibt! Was fällt Ihnen eigentlich ein, mich um neun Uhr morgens zu fragen, ob es was Neues gibt! Glauben Sie etwa, ich habe die Nacht damit verbracht, wie ein Geier oder ein Rabe in den Bäuchen von zwei Leichen herumzupicken? Ich schlafe schließlich in der Nacht! Und jetzt habe ich mit dem Ertrunkenen zu tun, den sie bei Torre Spaccata gefunden haben. Der übrigens nicht ertrunken ist, weil sie ihm nämlich drei Messerstiche in die Brust versetzt haben, bevor sie ihn ins Meer warfen.«

»Dottore, sollen wir wetten?«

»Was denn?«

»Daß Sie die Nacht mit den beiden Toten verbracht haben.«

»Na gut, gewonnen.«

»Was haben Sie herausgefunden?«

»Bisher kann ich wenig sagen, ich bin noch nicht fertig. Sicher ist, daß sie erschossen wurden. Er mit einem Schuß in die Schläfe, sie mit einem Schuß ins Herz. Bei der Frau konnte man die Verletzung nicht sehen, weil seine Hand darauf lag. Eine regelrechte Hinrichtung, während sie schliefen.«

»In der Grotte?«

»Nein, ich glaube nicht, wahrscheinlich wurden sie bereits tot hingebracht und dann, nackt wie sie waren, zurechtgelegt.«

»Konnten Sie feststellen, wie alt sie waren?«

»Ich will mich nicht festlegen, aber sie müssen jung gewesen sein, sehr jung.«

»Wann ist das Ihrer Meinung nach passiert?«

»Ich könnte eine Vermutung äußern, aber bitte nageln Sie mich nicht darauf fest. Über den Daumen gepeilt, vor etwa fünfzig Jahren.«

»Ich bin die nächste Viertelstunde für niemanden zu sprechen, und stell mir keine Gespräche durch«, sagte Montalbano zu Catarella. Dann schloß er die Tür zu seinem Büro ab, ging an den Schreibtisch zurück und setzte sich. Mimì Augello saß bereits, allerdings stocksteif und kerzengerade.

»Wer fängt an?« fragte Montalbano.

»Ich«, sagte Augello, »ich habe dich ja um ein Gespräch gebeten. Weil ich finde, daß es langsam Zeit dafür ist.«

»Ich höre.«

»Was habe ich dir eigentlich getan?«

»Du? Nichts hast du mir getan. Warum fragst du?«

»Weil ich mich hier drin mittlerweile wie ein Fremder fühle. Du sagst mir nichts von dem, was du machst, du gehst mir aus dem Weg. Und das kränkt mich. War es deiner Meinung nach zum Beispiel richtig, daß du mir die Geschichte mit Tano u Grecu vorenthalten hast? Ich bin doch nicht Jacomuzzi, der alles ausposaunt, ich kann schließlich was für mich behalten. Was in meinem eigenen Kommissariat los war, habe ich aus der Pressekonferenz erfahren. Findest du das mir gegenüber in Ordnung, wo ich bis zum Beweis des Gegenteils immer noch dein Vice bin?«

»Ist dir eigentlich klar, wie heikel diese Geschichte war?«

»Eben weil es mir klar ist, bin ich so sauer. Denn es bedeutet, daß ich deiner Meinung nach nicht der Richtige für heikle Angelegenheiten bin.«

»Das habe ich nie gedacht.«

»Du hast es nie gedacht, aber immer danach gehandelt. Wie bei der Waffengeschichte, von der ich zufällig erfahren habe.«

»Weißt du, Mimì, ich war einfach zu angespannt und in Eile, da habe ich vergessen, dich zu informieren.«

»Erzähl doch keinen Mist, Salvo. Es geht um was ganz anderes.«

»Um was denn?«

»Das kann ich dir sagen. Du hast dir ein Kommissariat zurechtgebastelt, wie es dir in den Kram paßt. Fazio, Germanà und Galluzzo, nimm, wen du willst, sind nichts anderes als verlängerte Arme eines einzigen Kopfes, nämlich deines. Weil sie nicht widersprechen, sie stellen nichts in Frage, sie führen aus und basta. Es gibt nur zwei Fremdkörper hier drin. Catarella und mich. Catarella, weil er zu blöd ist, und ich ...«

»... weil du zu intelligent bist.«

»Siehst du? Ich habe das nicht gesagt. Du unterstellst mir einen Hochmut, den ich nicht habe, und boshaft bist du auch noch dabei.«

Montalbano sah ihn an, stand auf, steckte die Hände in die Hosentaschen, ging um den Stuhl herum, auf dem Augello saß, und blieb dann stehen.

»Das war nicht boshaft, Mimì. Du bist wirklich intelligent.«

»Wenn du das wirklich findest, warum schließt du mich dann aus? Ich kann dir mindestens genauso nützlich sein wie die anderen.«

»Das ist es ja, Mimì. Nicht genauso wie die anderen, sondern mehr als die anderen. Ich will offen zu dir sein, weil du mich dazu bringst, über mein Verhalten dir gegenüber nachzudenken. Vielleicht ist es das, was mich am meisten stört.«

»Dann sollte ich dir also den Gefallen tun und langsam verblöden?«

»Wenn du Streit suchst, den kannst du haben. Das wollte ich nicht sagen. Weißt du, ich habe mit der Zeit gemerkt, daß ich eine Art einsamer Wolf bin, entschuldige bitte diesen bescheuerten Ausdruck, der vielleicht auch gar nicht stimmt, ich jage schon gern zusammen mit den anderen, aber organisieren will ich die Jagd allein. Das ist für mich die unbedingte Voraussetzung, damit meine Gehirnzellen richtig funktionieren. Eine intelligente Bemerkung von jemand anderem zieht mich runter, entmutigt mich vielleicht für einen ganzen Tag, und es kann passieren, daß ich meine Gedanken nicht mehr auf die Reihe kriege.«

»Ich verstehe«, sagte Augello. »Das heißt, ich hatte es schon verstanden, aber ich wollte, daß du es selber sagst, daß du es bestätigst. Also, hiermit sage ich dir ohne Groll und Ressentiments, daß ich heute noch an den Questore schreibe und ihn um meine Versetzung bitte.«

Montalbano sah ihn an, trat zu ihm, beugte sich vor und legte ihm die Hände auf die Schultern.

»Glaubst du mir, wenn ich dir sage, daß du mir damit sehr weh tun würdest?«

»Scheiße!« explodierte Augello. »Du verlangst wirklich alles von den anderen! Was bist du nur für ein Mensch? Erst behandelst du mich wie ein Stück Scheiße, und jetzt soll ich auch noch Mitleid mit dir haben? Weißt du eigentlich, was für ein unglaublicher Egoist du bist?«

»Ich weiß es«, sagte Montalbano.

»Darf ich Ihnen Ragioniere Burruano vorstellen, der netterweise bereit war mitzukommen?« sagte Preside Burgio, der sich richtig in Schale geworfen hatte.

»Bitte, nehmen Sie Platz«, sagte Montalbano und zeigte auf die beiden kleinen alten Sessel, die in einer Ecke des Zimmers für angesehene Besucher bereitstanden. Er

selbst nahm sich einen der beiden Stühle, die vor dem Schreibtisch standen und normalerweise für weniger angesehene Besucher bestimmt waren.
»Anscheinend fällt mir in diesen Tagen die Aufgabe zu, das, was man im Fernsehen hört, zu korrigieren oder wenigstens zu präzisieren«, begann der Preside.
»Bitte, korrigieren und präzisieren Sie«, sagte Montalbano lächelnd.
»Ich und der Ragioniere sind fast gleichaltrig, er ist nur vier Jahre älter, und wir erinnern uns an dieselben Dinge.«
Montalbano hörte einen gewissen Stolz aus der Stimme des Preside heraus. Er hatte auch allen Grund dazu: Der zittrige Burruano mit seinem trüben Blick wirkte mindestens zehn Jahre älter als sein Freund.
»Sehen Sie, gleich nach der Sendung in ›Televigàta‹, in der das Innere der Grotte gezeigt wurde, in der man die ...«
»Entschuldigen Sie, wenn ich Sie unterbreche. Neulich sprachen Sie von der Grotte mit den Waffen, aber die andere erwähnten Sie nicht. Warum?«
»Aus dem einfachen Grund, weil ich nichts von ihrer Existenz wußte, Lillo hat nie von ihr gesprochen. Jedenfalls habe ich sofort nach der Sendung Ragioniere Burruano angerufen, um mich bestätigt zu wissen, weil ich die Hundestatue schon einmal gesehen hatte.«
Der Hund! Deswegen war er in seinem Alptraum vorgekommen, der Preside hatte ihn ja am Telefon erwähnt. Ein Gefühl kindlicher Dankbarkeit ergriff ihn.
»Möchten Sie einen Kaffee, ja, einen Kaffee? In der Bar nebenan ist er sehr gut.«

Die beiden schüttelten gleichzeitig den Kopf.
»Limonade? Cola? Bier?«
Er war kurz davor, ihnen zehntausend Lire pro Kopf anzubieten, sollten sie nicht zu irgendwas ja sagen.
»Nein, danke, das ist nichts für uns. Das Alter...«, sagte der Preside.
»Dann sprechen Sie bitte.«
»Der Ragioniere soll erzählen.«
»Von Februar 1941 bis Juli 1943«, fing Burruano an, »war ich, noch sehr jung, Bürgermeister von Vigàta. Sei es, weil dem Faschismus die Jugend schmeckte – jedenfalls hat er sie alle verschlungen, gegrillt oder tiefgefroren –, sei es, weil es im Dorf nur noch Alte, Frauen und Kinder gab, alle anderen waren an der Front. Da konnte ich nicht hin, weil ich schwach auf der Brust war, was auch wirklich stimmte.«
»Und ich war zu jung, um an die Front zu gehen«, warf der Preside ein, um eventuellen Mißverständnissen vorzubeugen.
»Es war eine schreckliche Zeit. Die Engländer und die Amerikaner bombardierten uns täglich. Einmal habe ich zehn Bombenangriffe in sechsunddreißig Stunden gezählt. Kaum jemand war im Dorf zurückgeblieben, die meisten waren geflohen, wir lebten in Verstecken, die wir in den Mergelhügel oberhalb des Dorfes gegraben hatten. Eigentlich waren es Schächte mit zwei Ausgängen, die guten Schutz boten. Wir hatten sogar Betten hineingestellt. Jetzt ist Vigàta gewachsen, es ist nicht mehr wie damals, ein paar Häuser um den Hafen, eine Häuserzeile

zwischen dem Fuß des Hügels und dem Meer. Oben auf dem Hügel, dem Piano Lanterna, der heute mit seinen Wolkenkratzern wie New York aussieht, standen ein paar Häuser an der einzigen Straße, die zum Friedhof führte und sich dann in der Landschaft verlor. Drei Ziele hatten die feindlichen Flieger: das Elektrizitätswerk, den Hafen mit seinen Kriegs- und Handelsschiffen, die Luftabwehr- und Küstenbatterien, die auf dem Kamm der Anhöhe standen. Mit den Engländern war es nicht so schlimm wie mit den Amerikanern.«

Montalbano wurde ungeduldig, er wollte endlich zum Thema kommen, zu dem Hund, aber den Ragioniere auch nicht in seinen Abschweifungen unterbrechen.

»Inwiefern ging es besser, Ragioniere? Bomben sind doch Bomben.«

Burruano schwieg, er hing wohl irgendeiner Erinnerung nach, und der Preside sprach an seiner Stelle.

»Die Engländer waren, wie soll ich sagen, fairer, sie bemühten sich, mit ihren Bomben nur militärische Ziele zu treffen, aber die Amerikaner bombardierten uns hemmungslos, wie es gerade kam.«

»Gegen Ende 42«, fuhr Burruano fort, »wurde die Lage immer schwieriger. Es mangelte an allem, von Brot über Medikamente bis hin zu Wasser und Kleidung. Da kam ich auf die Idee, für Weihnachten eine Krippe zu machen, vor der wir uns versammeln und beten könnten. Wir hatten sonst nichts. Aber ich wollte eine besondere Krippe. Ich nahm mir also vor, den Vigatèsi wenigstens für ein paar Tage ihre vielen Sorgen und die Angst vor den Bomben wenn auch nur ein bißchen zu nehmen. Jede Familie hatte mindestens einen Mann draußen im Krieg, im eisigen Rußland oder in der Hölle Afrikas. Alle waren wir nervös, unzugänglich, reizbar geworden, beim geringsten Anlaß gab es Streit, unsere Nerven waren sehr angespannt. Nachts taten wir kein Auge zu bei dem dauernden Flakfeuer, den explodierenden Bomben, dem Lärm der Tiefflieger, dem Kanonendonner von den Schiffen. Und alle kamen immer zu mir oder zum Pfarrer, weil sie mal das, mal jenes brauchten, und ich wußte gar nicht mehr, wo mir der Kopf stand. Ich fühlte mich überhaupt nicht mehr jung, was ich ja eigentlich war, ich fühlte mich damals so, wie ich jetzt bin.«

Er hielt inne, um Atem zu schöpfen. Weder Montalbano noch der Preside mochten diese Pause füllen.

»Langer Rede kurzer Sinn, ich sprach also mit Ballassàro Chiarenza, der wirklich ein Töpferkünstler war, er machte es aus reinem Vergnügen, denn von Berufs wegen war er eigentlich Fuhrmann. Und der hatte die Idee, die Figuren in Lebensgröße zu bauen: das Jesuskind, Maria, Joseph, Ochs und Esel, einen Schäfer mit einem Lämmchen auf den Schultern, ein Schaf, einen Hund und einen erschrockenen Hirten, der staunend die Arme hebt und der in keiner Krippe fehlen darf. Er baute sie, und sie waren wunderschön. Da dachten wir, wir stellen sie nicht in der Kirche auf, sondern unter der Arkade eines bombardierten Hauses, als wäre Jesus mitten im Leid der Menschen geboren worden.«

Er fuhr mit der Hand in die Jackentasche, zog eine Fotografie heraus und reichte sie dem Commissario. Die Krippe war wirklich wunderschön, da hatte der Ragioniere ganz recht. Sie strahlte etwas Flüchtiges, Provisorisches aus und zugleich tröstliche Wärme und überirdische Heiterkeit.

»Sie ist wundervoll«, sagte Montalbano anerkennend und war ganz bewegt. Aber das dauerte nur einen Augenblick, der Polizist in ihm gewann die Oberhand, und er sah sich den Hund auf dem Bild genauer an. Kein Zweifel, es war der Hund aus der Grotte. Der Ragioniere steckte das Foto wieder ein.

»Die Krippe hat tatsächlich Wunder gewirkt. Ein paar Tage lang gingen wir wirklich freundlich miteinander um.«

»Was ist aus den Figuren geworden?«

Das war es, was Montalbano wissen wollte. Der alte Mann lächelte.

»Ich habe sie versteigert, alle. Ich bekam soviel dafür, daß ich Chiarenza, der nur seine Ausgaben ersetzt haben wollte, auch für seine Arbeit bezahlen und denen, die es am nötigsten hatten, etwas zustecken konnte. Und das waren viele.«

»Wer hat die Figuren gekauft?«

»Das ist es ja. Ich weiß es nicht mehr. Ich hatte die Quittungen und alles, aber sie gingen verloren, als ein Teil des Rathauses während der Landung der Alliierten in Flammen aufging.«

»Erinnern Sie sich, in dieser Zeit etwas vom Verschwinden eines jungen Paares gehört zu haben?«

Der Ragioniere grinste, und der Preside brach in schallendes Gelächter aus.
»Habe ich was Dummes gesagt?«
»Entschuldigen Sie, Commissario, allerdings«, kicherte der Preside.
»Schauen Sie, 1939 waren wir in Vigàta vierzehntausend Einwohner. Ich habe die Zahlen noch im Kopf«, erklärte Burruano. »1942 waren es nur noch achttausend. Wer konnte, ging fort, die Leute wurden vorübergehend in Dörfern im Landesinneren aufgenommen, winzige Dörfer, die die Amerikaner nicht interessierten. In der Zeit von Mai bis Juli 43 dezimierte sich unsere Zahl schätzungsweise auf etwa viertausend, nicht mitgerechnet die italienischen und deutschen Soldaten und die Seeleute. Die anderen waren überall im Hinterland verteilt, sie lebten in Höhlen, in Heuschobern, in irgendwelchen Löchern. Wie soll man da etwas von Verschwundenen wissen? Alle waren verschwunden!«
Sie lachten wieder. Montalbano dankte ihnen für ihre Auskünfte.

Gut, jetzt wußte er immerhin ein bißchen mehr. Das plötzliche Gefühl der Dankbarkeit, das er dem Preside und dem Ragioniere gegenüber empfunden hatte, wandelte sich, sobald die beiden gegangen waren, in einen unbändigen Anfall von Großzügigkeit, die er, das wußte er jetzt schon, früher oder später bereuen würde. Er rief Mimì Augello zu sich ins Büro, gestand wortreich seine Schuld gegenüber dem Freund und Mitarbeiter ein, legte ihm den

Arm um die Schultern, drehte einige Runden mit ihm durchs Zimmer, sprach ihm sein »unbedingtes Vertrauen« aus, unterrichtete ihn ausführlich über seine Ermittlungen in der Waffengeschichte, teilte ihm den Mord an Misuraca mit und sagte ihm, er habe den Richter um eine Abhörgenehmigung für Ingrassias Telefonapparate gebeten.
»Und was soll ich jetzt tun?« fragte Augello ganz begeistert.
»Nichts. Du sollst mir nur zuhören«, sagte Montalbano, der plötzlich wieder zu sich gekommen war. »Denn wenn du auch nur das Geringste aus eigener Initiative tust, dann reiß' ich dir den Arsch auf, das verspreche ich dir.«

Das Telefon läutete, Montalbano hob ab und hörte Catarellas Stimme, der in der Vermittlung saß.
»*Pronti, dottori*? Da wäre Jacomuzzi, also, wie soll ich sagen, Dottori Jacomuzzi ...«
»Gib ihn mir.«
»Reden Sie mit dem Dottori, Dottori, er ist am Telefon«, hörte er Catarella sagen.
»Montalbano? Ich komme gerade vom Crasticeddru, und da ...«
»Wo bist du denn?«
»Wie, wo bin ich. Im Zimmer nebenan natürlich.«
Montalbano fluchte, wie konnte man nur so blöd sein wie Catarella!
»Komm rüber.«
Die Tür ging auf, Jacomuzzi kam herein, voller Staub und rotem Sand, das Haar zerzaust, die Kleidung schlampig.

»Warum wollte mich dein Kollege denn nur am Telefon mit dir reden lassen?«

»Jacomù, was ist blöder, Karneval oder der, der hingeht? Du kennst doch Catarella. Das nächste Mal gibst du ihm einen Arschtritt und kommst gleich rein.«

»Ich habe die Untersuchung der Grotte abgeschlossen. Den Sand habe ich durchsieben lassen, mindestens so gründlich wie die Goldsucher in den amerikanischen Filmen. Wir haben absolut nichts gefunden. Und nachdem Pasquano mir gesagt hat, daß die Verletzungen eine Eintritts- und eine Austrittsöffnung aufweisen, kann das nur eines heißen.«

»Daß die beiden an einem anderen Ort erschossen wurden.«

»Richtig. Wären sie in der Grotte erschossen worden, hätten wir die Kugeln finden müssen. Und etwas war merkwürdig. Der Sand in der Grotte war mit feinstgemahlenen Schneckenhäusern vermischt, da müssen Tausende drin gewesen sein.«

»*Gesù!*« flüsterte Montalbano. Der Traum, der Alptraum, Livias nackter Körper, über den die Schnecken krochen. Was bedeutete er? Er faßte sich mit der Hand an die Stirn, die schweißnaß war.

»Geht's dir nicht gut?« fragte Jacomuzzi besorgt.

»Nein, nein, mir ist ein bißchen schwindlig, ich bin nur müde.«

»Sag Catarella, er soll dir was Stärkendes aus der Bar bringen.«

»Catarella? Soll das ein Witz sein? Den hab' ich mal gebeten, mir einen Espresso zu bringen, und er ist mit einer Marke für einen Expreßbrief wiedergekommen.«

Jacomuzzi legte drei Münzen auf den Tisch.

»Die sind aus der Schale, die anderen habe ich ins Labor geschickt. Kaufen kannst du dafür nichts, aber sie sind ein hübsches Andenken.«

Vierzehn

Es konnte vorkommen, daß Montalbano und Adelina sich wochenlang überhaupt nicht sahen. Er legte jede Woche das Haushaltsgeld und jeden Monat ihren Lohn auf den Küchentisch. Doch hatte sich zwischen ihnen von selbst eine eigene Kommunikation entwickelt – wenn Adelina mehr Geld zum Einkaufen brauchte, stellte sie die Sparbüchse aus Ton auf den Tisch, die er auf einem Jahrmarkt gekauft hatte und schön fand; wenn sie einen Nachschub an Socken oder Unterhosen für nötig befand, legte sie welche aufs Bett. Natürlich funktionierte das System nicht nur in einer Richtung, auch Montalbano konnte Adelina mit den merkwürdigsten Hilfsmitteln etwas sagen, und sie verstand es. Vor einiger Zeit hatte Montalbano festgestellt, daß Adelina daran, wie er morgens das Haus hinterließ, merkte, ob er angespannt, nervös, unruhig war, und dann bereitete sie ihm besondere Gerichte zu, die seine Laune wieder hoben. Auch an diesem Tag hatte Adelina eingegriffen, denn Montalbano fand im Kühlschrank *sugo di seppie*, dick und schwarz, wie er ihn mochte. War da nun ein Hauch Oregano dran oder nicht? Er schnupperte lange an dem *sugo*, bevor er ihn warm machte, kam aber zu keinem Schluß. Nach dem Essen schlüpfte er in die Badehose, um ein bißchen am Strand entlangzugehen. Er fühlte sich schon nach kurzer Zeit müde, die Waden taten ihm weh.

»*Fùttiri addritta e caminari na rina / portanu l'omu a la ruvina.*«

Er hatte nur einmal im Stehen gevögelt und sich danach nicht so kaputt gefühlt, wie das Sprichwort behauptete, aber wenn man im Sand lief, auch auf dem harten nah am Wasser, dann wurde man schnell müde, das stimmte. Er sah auf die Uhr und staunte: von wegen kurz gelaufen! Zwei Stunden! Er ließ sich in den Sand fallen.

»Commissario! Commissario!«

Die Stimme kam von fern. Er stand schwerfällig auf, sah aufs Meer hinaus, weil er glaubte, jemand riefe ihn von einem Kahn oder einem Schlauchboot aus. Doch das Meer war leer bis zum Horizont.

»Commissario, hier bin ich! Commissario!«

Er wandte sich um. Es war Tortorella, er stand auf der Provinciale, die über eine lange Strecke am Meer entlangführte, und fuchtelte mit den Armen.

Während er sich rasch wusch und anzog, erzählte Tortorella ihm, daß im Kommissariat ein anonymer Anruf eingegangen sei.

»Wer hat ihn entgegengenommen?«

Wenn Catarella dran gewesen war – wer weiß, welchen Unsinn der verstanden und weitergegeben hatte.

»Nein, nein«, grinste Tortorella, der die Gedanken seines Chefs erraten hatte. »Er ist kurz aufs Klo gegangen, und ich habe derweil seinen Telefondienst übernommen. Der Mann sprach mit palermischem Akzent, er hat *i* statt *r* gesagt, aber das hat er vielleicht auch extra gemacht. Er hat gesagt, in der Mànnara liegt die Leiche eines Scheißkerls in einem grünen Auto.«

»Wer ist hingefahren?«

»Fazio und Galluzzo, ich bin schnell zu Ihnen gekommen, um Bescheid zu sagen. Ich weiß nicht, ob das nötig war, vielleicht hat sich da nur jemand einen Jux erlaubt.«

»Wir Sizilianer sind doch immer zu einem Späßchen aufgelegt!«

Er kam um fünf in der Mànnara an, zu der Stunde, die Gegè *cangiu di la guardia* nannte, die Wachablösung, die darin bestand, daß nichtkäufliche Pärchen, also Liebespaare, Ehebrecher und Unverheiratete, den Ort des Geschehens verließen, um Gegès Rudel Platz zu machen – blonde Nutten aus dem Osten, bulgarische und brasilianische Transvestiten, ebenholzschwarze Nigerianerinnen, marokkanische Strichjungen und so weiter und so fort, eine wahre UNO in Sachen Schwanz, Arsch und Möse. Da stand das grüne Auto, mit offenem Kofferraum und von drei Wagen der Carabinieri umstellt. Fazios Wagen stand ein wenig abseits. Als Montalbano ausstieg, kam Galluzzo ihm entgegen.

»Zu spät.«

Mit den Leuten von der Arma gab es eine ungeschriebene Vereinbarung. Wer zuerst am Ort eines Verbrechens war,

schrie »*Erster!*« und schnappte sich den Fall. Auf diese Weise vermied man Überschneidungen, böses Blut, Seitenhiebe und lange Gesichter. Auch Fazio sah düster drein:
»Sie waren zuerst da.«
»Was habt ihr denn? Ist euch was durch die Lappen gegangen? Wir werden doch nicht pro Leiche bezahlt, schließlich arbeiten wir nicht im Akkord.«
Merkwürdiger Zufall – das grüne Auto stand direkt an dem Busch, neben dem ein Jahr zuvor die Leiche eines hochrangigen Mannes gefunden worden war, ein Fall, der Montalbano sehr beschäftigt hatte. Er schüttelte dem Tenente der Arma, der aus Bergamo war und Donizetti hieß, die Hand.
»Wir haben einen anonymen Anruf erhalten«, sagte der Tenente.
Man wollte also absolut sichergehen, daß die Leiche gefunden wurde. Der Commissario sah den Toten an, der zusammengekauert im Kofferraum lag, er war anscheinend mit einem einzigen Schuß erledigt worden, das Projektil war durch den Mund eingetreten, hatte dabei die Lippen zerissen und Zähne zerbrochen, und war im Nacken wieder ausgetreten, wo es ein faustgroßes Loch hinterlassen hatte. Er kannte ihn nicht.
»Sie kennen den Betreiber dieses Bordells unter freiem Himmel, wie ich höre?« erkundigte sich der Tenente mit leiser Verachtung in der Stimme.
»Ja, er ist mein Freund« gab Montalbano herausfordernd zurück.

»Wissen Sie, wo ich ihn finden kann?«
»Zu Hause, nehme ich an.«
»Er ist nicht da.«
»Entschuldigen Sie, aber warum wollen Sie von mir wissen, wo er ist?«
»Weil Sie sein Freund sind, das haben Sie doch eben selbst gesagt.«
»Ach ja? Und Sie wissen wohl genau in diesem Augenblick, wo Ihre Freunde aus Bergamo gerade sind und was sie tun.«
Von der Provinciale her kamen dauernd Autos, bogen in die schmalen Wege der Mànnara ein, sahen das Aufgebot an Carabinieri, legten den Rückwärtsgang ein und waren ganz schnell wieder auf der Straße, auf der sie gekommen waren. Die Huren aus dem Osten, die brasilianischen Transvestiten, die Nigerianerinnen & Co. trafen an ihrem Arbeitsplatz ein, aber es war ihnen nicht geheuer, und sie verschwanden wieder. Das würde ein mieser Abend für Gegès Geschäfte werden.
Der Tenente ging zu dem grünen Auto zurück, Montalbano wandte ihm den Rücken zu und stieg grußlos in seinen Wagen. Zu Fazio sagte er:
»Du bleibst mit Galluzzo hier. Schaut zu, was sie machen und was sie rausfinden. Ich fahre ins Büro.«

Er hielt vor Sarcutos Papier- und Buchhandlung, der einzigen in Vigàta, die auch hielt, was das Ladenschild versprach, die beiden anderen verkauften keine Bücher, sondern Schulranzen, Hefte und Stifte. Ihm war eingefallen,

daß er mit dem Krimi von Montalbán fertig war und nichts mehr zu lesen hatte.
»Es gibt ein neues Buch über Falcone und Borsellino!« verkündete Signora Sarcuto, als sie ihn hereinkommen sah.
Sie hatte noch immer nicht begriffen, daß Montalbano Bücher, in denen es um Mafia, Morde und Mafiaopfer ging, nicht ausstehen konnte. Er wußte nicht, warum, er verstand es selbst nicht, aber er kaufte sie nie, nicht einmal die Klappentexte las er. Er kaufte ein Buch von Consolo, das vor einiger Zeit einen wichtigen Literaturpreis gewonnen hatte. Nach ein paar Schritten auf dem Gehsteig rutschte ihm das Buch, das er unter den Arm geklemmt hatte, herunter und fiel auf den Boden. Montalbano bückte sich, um es aufzuheben, und setzte sich dann in seinen Wagen.
Im Büro hörte er von Catarella, daß es keine Neuigkeiten gebe. Montalbano hatte die fixe Idee, in jedes Buch, das er kaufte, sofort seinen Namen hineinzuschreiben. Er wollte einen Kugelschreiber von seinem Schreibtisch nehmen, als sein Blick auf die Münzen fiel, die Jacomuzzi ihm dagelassen hatte. Eine Kupfermünze von 1934 trug auf der einen Seite das Profil des Königs und die Inschrift »Vittorio Emanuele III Re d'Italia«, auf der anderen eine Ähre mit der Aufschrift »C 5«, fünf Centesimi; die zweite war ebenfalls aus Kupfer, ein bißchen größer, auf einer Seite wie üblich der Kopf des Königs mit derselben Inschrift, auf der anderen eine Biene, die auf einer Blüte saß, der Buchstabe »C« und die Zahl »10«, zehn Centesimi,

aus dem Jahr 1936; die dritte war eine Aluminiumlegierung, auf der einen Seite das unvermeidliche Gesicht des Königs mit der Inschrift, auf der anderen ein Adler mit ausgebreiteten Flügeln, hinter dem ein Liktorenbündel zu erkennen war. Auf dieser Seite gab es vier Aufschriften: »L 1«, also 1 Lira, »ITALIA«, also Italien, »1942«, das Jahr der Prägung, und »XX«, was zwanzigstes Jahr der faschistischen Ära bedeutete. Als Montalbano sich diese Münze ansah, fiel ihm ein, was er gesehen hatte, als er sich vor der Buchhandlung bückte, um das Buch aufzuheben, das ihm heruntergefallen war. Er hatte das Schaufenster des Ladens nebenan gesehen, in dem antike Münzen ausgestellt waren.

Er stand auf, sagte Catarella Bescheid, daß er weggehe, aber spätestens in einer halben Stunde wieder zurück sei, und ging zu Fuß zu dem Laden. Er hieß *Cose*, Dinge, und Dinge hatte er im Schaufenster: Wüstenrosen, Briefmarken, Kerzenleuchter, Ringe, Broschen, Münzen, Edelsteine. Er trat ein, und ein hübsches, gepflegtes Mädchen empfing ihn mit einem Lächeln. Er bedauerte es, daß er sie enttäuschen mußte, und erklärte, er wolle nichts kaufen, sondern habe die Münzen im Schaufenster gesehen und wolle wissen, ob es hier im Laden oder in Vigàta jemanden gebe, der etwas von Numismatik verstehe.

»Klar gibt es da jemanden«, sagte das Mädchen und lächelte immer noch, daß es eine Wonne war. »Meinen Großvater.«

»Wo kann ich ihn stören?«

»Sie stören ihn überhaupt nicht, er wird sich freuen. Er ist hinten im Zimmer, ich sage ihm schnell Bescheid.«

Montalbano hatte nicht mal die Zeit, sich eine Pistole ohne Abzugshahn vom Ende des neunzehnten Jahrhunderts anzuschauen, da war sie schon zurück.

»Bitte, kommen Sie.«

Das Hinterzimmer war eine herrliche Rumpelkammer mit Trichtergrammophonen, vorsintflutlichen Nähmaschinen, Vervielfältigungsapparaten, Bildern, Stichen, Nachttöpfen, Pfeifen. Und überall Bücherregale, auf denen wild durcheinander Inkunabeln, Lampenschirme, pergamentgebundene Bücher, Schirme und Klappzylinder lagen. Mittendrin stand ein Schreibtisch, an dem ein alter Mann saß; eine Jugendstillampe diente ihm als Lichtquelle. Mit einer Pinzette hielt er eine Briefmarke, die er durch ein Vergrößerungsglas untersuchte.

»Was wollen Sie?« fragte er unfreundlich und sah nicht mal auf.

Montalbano legte die drei Münzen vor ihn hin. Der Alte sah kurz von seiner Briefmarke auf und warf einen achtlosen Blick auf die Münzen.

»Wertlos.«

So griesgrämig wie der hier war von den Alten, die Montalbano im Lauf seiner Ermittlungen über die Toten vom Crasticeddru bisher kennengelernt hatte, noch keiner gewesen.

Man müßte sie alle in einem Altersheim versammeln, dachte der Commissario, dann ginge es mit dem Befragen schneller.

»Ich weiß, daß sie wertlos sind.«
»Was wollen Sie dann wissen?«
»Wann sie aus dem Umlauf genommen wurden.«
»Denken Sie mal nach.«
»Als die Republik ausgerufen wurde?« fragte Montalbano auf gut Glück.
Er kam sich vor wie ein Schüler, der unvorbereitet in eine Prüfung gegangen war. Der Alte lachte, und sein Lachen klang wie das Scheppern von zwei leeren Blechbüchsen, die aneinanderstießen.
»War das falsch?«
»Allerdings, und wie. Die Amerikaner landeten hier bei uns in der Nacht vom neunten auf den zehnten Juli 1943. Diese Münzen wurden im Oktober desselben Jahres aus dem Umlauf genommen. Sie wurden durch die *amlire* ersetzt, das Papiergeld, das die Amgot, die Alliierte Militärverwaltung der besetzten Gebiete, drucken ließ. Und weil es Banknoten zu einer, fünf und zehn Lire waren, wurden die Centesimi außer Kurs gesetzt.«

Als Fazio und Galluzzo zurückkamen, war es schon dunkel, und der Commissario schimpfte.
»*All'anima!* Ihr habt euch ja ganz schön Zeit gelassen!«
»Wie bitte?« wehrte sich Fazio. »Sie kennen den Tenente doch! Er hat den Toten erst angefaßt, als der Giudice und Dottor Pasquano endlich da waren. Die haben sich Zeit gelassen!«
»Und?«
»Die Leiche war taufrisch. Pasquano hat gesagt, vom Mord

bis zu dem Anruf wäre nicht mal eine Stunde vergangen. Der Tote hatte seinen Ausweis in der Tasche: Gullo Pietro, zweiundvierzig Jahre, blaue Augen, blond, Gesichtsfarbe rosa, geboren in Merfi, wohnhaft in Fela, Via Matteotti 32, verheiratet, keine besonderen Kennzeichen.«

»Warum bewirbst du dich nicht beim Standesamt?«

Fazio überhörte die Provokation würdevoll und fuhr fort: »Ich bin nach Montelusa gefahren und habe im Archiv nachgesehen. Dieser Gullo hatte eine ganz normale Jugend, zwei Diebstähle, eine Schlägerei. Dann hat er sich am Riemen gerissen, zumindest scheint es so. Er handelte mit Getreide.«

»Ich bin Ihnen wirklich dankbar, daß ich gleich kommen konnte«, sagte Montalbano zum Preside, der ihm die Tür geöffnet hatte.

»Aber ich bitte Sie! Es ist mir eine große Freude.«

Er ließ ihn herein, führte ihn ins Wohnzimmer, bat ihn, Platz zu nehmen, und rief: »Angilina!«

Schon erschien – neugierig auf den unerwarteten Besuch – eine kleine alte Dame, adrett, sehr gepflegt, dicke Brillengläser, hinter denen lebhafte, hellwache Augen blitzten.

Das Altersheim! ging es Montalbano durch den Kopf.

»Ich möchte Ihnen meine Frau Angelina vorstellen.«

Montalbano verbeugte sich bewundernd, er mochte es, wenn ältere Frauen auch zu Hause auf ihr Äußeres achteten.

»Bitte verzeihen Sie, daß ich zur Abendessenszeit einfach hereinplatze.«

»Ach was! Apropos – haben Sie heute noch etwas vor?«

»Nein.«

»Dann bleiben Sie doch zum Essen. Es gibt etwas für alte Leute, wir müssen leicht essen: *tinnirume* und *triglie di scoglio a oglio e limone.*«

»Das klingt ja köstlich.«

Die Signora verschwand strahlend.

»Worum geht es denn?« fragte Preside Burgio.

»Ich habe den Zeitpunkt des Doppelmordes vom Crasticeddru herausgefunden.«

»Ach, und wann war das?«

»Mit Sicherheit zwischen Anfang 1943 und Oktober desselben Jahres.«

»Wie sind Sie darauf gekommen?«

»Ganz einfach. Der Hund aus Terracotta wurde, wie Ragioniere Burruano schon sagte, nach Weihnachten 42 verkauft, also vermutlich nach dem Dreikönigstag. Die Münzen in der Schale wurden im Oktober des gleichen Jahres aus dem Verkehr gezogen.«

Er schwieg.

»Und das kann nur eines heißen«, fügte er dann hinzu.

Aber er sagte nicht, was. Montalbano wartete geduldig, bis Burgio sich wieder gesammelt hatte, aufgestanden und ein paar Schritte durchs Zimmer gegangen war und dann selbst das Wort ergriff.

»Ich verstehe, Dottore. Sie wollen andeuten, daß die Grotte im Crasticeddru zur damaligen Zeit Rizzitano gehörte.«

»Genau. Schon damals – das weiß ich von Ihnen – war die

Grotte mit dem Felsblock verschlossen, weil die Rizzitanos die Sachen darin lagerten, die sie auf dem Schwarzmarkt verkauften. Die Rizzitanos wußten ganz bestimmt von der anderen Grotte, der Grotte, in die man die Toten gelegt hatte.«

Der Preside sah ihn erstaunt an.

»Wie meinen Sie das – ›gelegt hatte‹?«

»Weil sie woanders ermordet wurden, das steht fest.«

»Aber was macht das für einen Sinn? Warum soll sie jemand dort hingebracht und zurechtgelegt haben, als schliefen sie, mit dem Krug, der Schale mit dem Geld und dem Hund?«

»Das frage ich mich auch. Der einzige Mensch, der uns etwas darüber sagen kann, ist vielleicht Lillo Rizzitano, Ihr Freund.«

Signora Angelina kam herein.

»Es ist angerichtet.«

Das *tinnirume*, Blüten und Blattspitzen des sizilianischen Kürbisses, der länglich und glatt ist und von einem Weiß mit einem kleinen Stich ins Grüne, war auf die Sekunde genau gegart und so zart, so köstlich, daß es Montalbano das Herz zusammenzog. Bei jedem Bissen hatte er das Gefühl, daß sein Magen spiegelblank geputzt wurde. Er mußte an einen Fakir denken, den er einmal im Fernsehen gesehen hatte; er hatte einen Streifen Stoff verschluckt und ihn dann komplett wieder herausgezogen.

»Und, wie finden Sie es?« erkundigte sich Signora Angelina.

»Anmutig«, sagte Montalbano. Als die beiden ihn überrascht ansahen, wurde er rot und erklärte: »Verzeihen Sie, mir fehlen manchmal die richtigen Adjektive.«
Die *triglie di scoglio*, gedünstet und mit Öl, Zitrone und Petersilie angerichtet, waren genauso leicht wie das *tinnirume*. Erst beim Obst kam der Preside wieder auf die Frage zurück, die Montalbano ihm gestellt hatte, ließ sich jedoch vorher noch über das Thema Schule und die Schulreform aus, die der Minister der neuen Regierung durchführen wollte, wobei unter anderem das Gymnasium abgeschafft werden sollte.
»In Rußland«, sagte der Preside, »gab es zu Zeiten der Zaren das Gymnasium, auch wenn es auf russisch anders hieß. *Liceo* nannte es bei uns Gentile in seiner Reform, die das Ideal der humanistischen Studien über alles stellte. Gut, Lenins Kommunisten konnten so kommunistisch sein, wie sie wollten, das Gymnasium trauten sie sich nicht abzuschaffen. Nur so ein Emporkömmling, ein Parvenu, ein Halbanalphabet, eine Null wie dieser Minister kann auf so eine Idee kommen. Wie heißt er noch mal – Guastella?«
»Nein, Vastella«, sagte Signora Angelina.
Er hieß noch mal anders, aber der Commissario unterließ es, sie darauf hinzuweisen.
»Lillo und ich waren dicke Freunde, allerdings nicht von der Schule her, denn er war älter als ich. Als ich in der dritten Klasse des Gymnasiums war, hatte er gerade seinen Doktor gemacht. In der Nacht, als die Alliierten landeten, wurde Lillos Haus am Fuß des Crasto zerstört. Soweit ich

weiß, war Lillo, als der Ansturm vorbei war, allein im Haus und schwer verletzt. Ein Bauer hat ihn gesehen, als italienische Soldaten ihn auf einen Lastwagen legten, er verlor sehr viel Blut. Das ist das letzte, was ich von Lillo gehört habe. Seitdem habe ich keine Nachricht mehr von ihm, und ich habe, weiß Gott, Nachforschungen angestellt!«

»Ist es möglich, daß es in seiner Familie keinen einzigen Überlebenden gibt?«

»Ich weiß es nicht.«

Der Preside merkte, daß seine Frau irgendeinem Gedanken nachhing, sie hatte die Augen halb geschlossen und war weit weg.

»Angilina!« rief der Preside.

Die alte Dame fuhr zusammen und sah Montalbano lächelnd an.

»Sie müssen mir verzeihen. Mein Mann sagt immer, ich sei eine phantastische Frau, aber das soll kein Lob sein, es heißt nur, daß hin und wieder meine Phantasie mit mir durchgeht.«

Fünfzehn

Nach dem Abendessen mit den Burgios war er schon um zehn Uhr wieder zu Hause, zu früh zum Schlafengehen. Im Fernsehen gab es eine Diskussion über die Mafia, eine über die italienische Außenpolitik, eine dritte über die Wirtschaftslage, einen runden Tisch über die Verhältnisse in der Nervenklinik von Montelusa, eine Debatte über die Informationsfreiheit, einen Dokumentarfilm über kriminelle Jugendliche in Moskau, einen Dokumentarfilm über Robben, einen dritten über Tabakanbau, einen Gangsterfilm, der im Chicago der dreißiger Jahre spielte, die tägliche Sendung, in der ein ehemaliger Kunstkritiker und jetziger Abgeordneter und politischer Kommentator gegen Richter, linke Politiker und Feinde geiferte und sich für einen kleinen Saint-Just hielt, sich damit aber nahtlos in die Schar der Teppichverkäufer, Fußpfleger, Zauberer und Stripteasetänzerinnen einreihte, die immer häufiger über den Fernsehschirm flimmerten. Er schaltete den Fernseher aus, machte draußen Licht und setzte sich mit einer Zeitschrift, die er abonniert hatte, auf die Bank in der Veranda. Die Zeitschrift war gut aufgemacht und brachte interessante Artikel, geschrieben von einer Gruppe junger Umweltschützer aus der Provinz. Er las

das Inhaltsverzeichnis durch und sah sich, da er nichts Interessantes fand, die Fotos an, die oft von Skandalen handelten und exemplarisch sein wollten, was sie auch tatsächlich manchmal waren.
Er war überrascht, als es an der Tür klingelte. Ich erwarte doch niemanden, dachte er, aber da fiel ihm ein, daß Anna ihn am Nachmittag angerufen hatte. Er hatte ihr den Wunsch, ihn zu besuchen, nicht abschlagen können, er fühlte sich in ihrer Schuld, weil er sie – auf gemeine Weise, er gab es ja zu – mit seiner erfundenen Geschichte benutzt hatte, um Ingrid von den Nachstellungen ihres Schwiegervaters zu erlösen.
Anna küßte ihn auf die Wangen und reichte ihm ein Päckchen.
»Ich habe dir *petrafèrnula* mitgebracht.«
Dieses Gebäck war kaum noch zu bekommen, Montalbano liebte es, und warum es die *pasticceri* nicht mehr herstellten, wußte kein Mensch.
»Ich hatte in Mìttica zu tun, da habe ich es in einem Schaufenster gesehen und für dich gekauft. Gib acht auf deine Zähne.«
Das Gebäck schmeckte um so besser, je härter es war.
»Was hast du gerade gemacht?«
»Nichts, in einer Zeitschrift gelesen. Komm doch auch raus.«
Sie setzten sich auf die Bank, Montalbano schaute weiter Fotos an, Anna stützte den Kopf in die Hände und sah aufs Meer hinaus.
»Wie schön es bei dir ist!«

»Mhm.«
»Man hört nur die Wellen rauschen.«
»Mhm.«
»Stört es dich, wenn ich rede?«
»Nein.«
Anna schwieg. Nach einer Weile sprach sie weiter.
»Ich gehe rein, fernsehen. Mir ist ein bißchen kalt.«
»Hmhm.«
Der Commissario mochte sie nicht unbedingt ermuntern, Anna wollte sich offensichtlich dem nur ihr vorbehaltenen Vergnügen hingeben, so zu tun, als sei sie seine Freundin, und sich vorzustellen, sie verbringe einen ganz normalen Abend mit ihm. Da sah er auf der letzten Seite der Zeitschrift ein Foto, auf dem das Innere einer Grotte abgebildet war, die »Grotta di Fragapane«, die eigentlich eine Nekropolis war, ein Ensemble christlicher Gräber, die in antiken Zisternen ausgehoben waren. Das Foto veranschaulichte die Rezension des soeben erschienenen Buches eines gewissen Alcide Maraventato mit dem Titel *Bestattungsriten in der Gegend von Montelusa.* Die Veröffentlichung dieser sehr fundierten Abhandlung von Maraventato – versicherte der Rezensent – schließe eine Lücke und sei aufgrund der sorgfältigen Erforschung eines Gebietes, das sich von der Vorgeschichte bis zur christlich-byzantinischen Periode erstrecke, von hohem wissenschaftlichem Wert.
Lange dachte Montalbano über das, was er gerade gelesen hatte, nach. Der Gedanke, daß der Krug, die Schale mit dem Geld und der Hund zu einem Bestattungsritus gehö-

ren könnten, wäre ihm nicht mal im Traum gekommen. Vielleicht war das ein Fehler gewesen, möglicherweise mußte er seine Nachforschungen genau von dieser Warte aus angehen. Plötzlich hatte er es furchtbar eilig. Er lief ins Zimmer, zog den Telefonstecker heraus und nahm den Apparat in die Hand.

»Was machst du?« fragte Anna, die sich den Gangsterfilm ansah.

»Ich gehe ins Schlafzimmer zum Telefonieren, dann störe ich dich nicht.«

Er wählte die Nummer von »Retelibera« und ließ sich mit seinem Freund Nicolò Zito verbinden.

»Sag schnell, Montalbà, ich gehe in ein paar Sekunden auf Sendung.«

»Kennst du einen gewissen Maraventato, der ein Buch ...«

»Alcide? Ja, den kenne ich. Was willst du von ihm?«

»Mit ihm sprechen. Hast du seine Nummer?«

»Er hat kein Telefon. Bist du zu Hause? Ich rede mit ihm und sag' dir dann Bescheid.«

»Ich muß ihn dringend sprechen.«

»Ich rufe dich spätestens in einer Stunde an und sage dir, was du zu tun hast.«

Montalbano löschte das Licht auf dem Nachtkästchen, im Dunkeln konnte er besser über das nachdenken, was ihm durch den Kopf ging. Er stellte sich vor, wie die Grotte im Crasticeddru ausgesehen hatte, als er sie zum erstenmal betrat. Wenn er sich die beiden Leichen wegdachte, blieben ein Teppich, eine Schale, ein Krug und ein Hund aus Terracotta übrig. Er zog zwischen den drei Objekten eine

Linie, und heraus kam ein perfektes Dreieck, allerdings ein umgedrehtes, vom Eingang aus gesehen. Im Zentrum des Dreiecks lagen die beiden Toten. Hatte das etwas zu bedeuten? Spielte vielleicht die Ausrichtung des Dreiecks eine Rolle?

Er überlegte hin und her, schweifte ab, ließ sich von seiner Phantasie treiben und schlief schließlich ein. Er wußte nicht, wieviel Zeit vergangen war, als das Telefon klingelte und ihn weckte. Mit schläfriger Stimme meldete er sich.

»Hast du geschlafen?«

»Ja, ich bin eingenickt.«

»Und ich reiß' mir hier ein Bein für dich aus. Also, Alcide erwartet dich morgen nachmittag um halb sechs. Er wohnt in Gallotta.«

Gallotta war ein Dorf nicht weit von Montelusa – ein paar Bauernhäuser nur –, das früher berühmt dafür gewesen war, daß es im Winter unerreichbar war, wenn das Wasser in Sturzbächen herunterkam.

»Gib mir die Adresse.«

»Da gibt's keine Adresse. Wenn du von Montelusa kommst, ist es das erste Haus links. Eine große, baufällige Villa, an der ein Regisseur von Horrorfilmen die reinste Freude hätte. Du kannst es gar nicht verpassen.«

Montalbano legte den Hörer auf und schlief sofort wieder ein. Dann wachte er plötzlich auf, weil sich etwas auf seiner Brust bewegte. Es war Anna, die er völlig vergessen hatte; sie lag neben ihm auf dem Bett und war dabei, ihm das Hemd aufzuknöpfen. Auf jedes Stück Haut, das sie entblößte, legte sie lange ihre Lippen. Als sie am Bauchnabel ankam, hob sie den Kopf, fuhr mit der Hand unter das Hemd, streichelte seine Brust und drückte ihre Lippen auf seinen Mund. Als Montalbano auf ihren leidenschaftlichen Kuß hin keine Reaktion zeigte, ließ Anna ihre Hand, die auf seiner Brust lag, nach unten gleiten. Auch da streichelte sie ihn.

Montalbano entschloß sich zu reden.

»Siehst du, Anna? Es geht eben nicht. Da passiert gar nichts.«

Anna sprang vom Bett auf und stürzte ins Bad. Montalbano rührte sich nicht, auch nicht, als er sie schluchzen hörte, weinerlich wie ein Kind, dem ein Bonbon oder ein Spielzeug verwehrt wird. Durch die offenstehende Badezimmertür sah er im Gegenlicht, daß sie fertig angezogen war.

»Ein wildes Tier hat mehr Herz als du«, zischte sie und verschwand.

Jetzt war Montalbano wach, und auch um vier Uhr morgens war er noch auf und legte eine Patience, die einfach nicht aufgehen wollte.

Mit finsterer Miene kam Montalabano ins Büro, die Geschichte mit Anna bedrückte ihn; er hatte ein schlechtes Gewissen, weil er sie so behandelt hatte. Außerdem war ihm im Lauf des Morgens ein Zweifel gekommen: Wenn Ingrid an Annas Stelle gewesen wäre, hätte er sich dann genauso verhalten?

»Ich muß dich dringend sprechen.« Mimì Augello stand in der Tür und wirkte ziemlich aufgeregt.
»Was willst du?«
»Dich über den Stand der Ermittlung unterrichten.«
»Welche Ermittlung?«
»*Vabbè*, alles klar, ich komme später noch mal.«
»Nein, du bleibst jetzt da und sagst mir, um welche Scheißermittlung es geht.«
»Wie bitte? Um den Waffenhandel natürlich!«
»Und habe ich dich deiner Meinung nach mit der Ermittlung beauftragt?«
»Meiner Meinung nach? Du hast selber mit mir darüber gesprochen, erinnerst du dich? Ich dachte, das sei ausgemacht.«
»Mimì, ausgemacht ist nur, daß du ein Hurensohn bist, wobei ich deine Mutter natürlich raushalte.«
»Also, ich sage dir jetzt, was ich gemacht habe, und du entscheidest dann, ob ich weitermachen soll.«
»Sag schon, was du gemacht hast.«
»Erstens habe ich mir gedacht, daß man Ingrassia im Auge behalten muß, also habe ich zwei von unseren Leuten abgestellt, die ihn Tag und Nacht überwachen, er kann nicht mal pinkeln gehen, ohne daß ich es erfahre.«
»Wie bitte? Du hast zwei von unseren Leuten auf ihn angesetzt? Du weißt doch, daß er unsere Leute haargenau kennt!«
»Ich bin doch nicht blöd. Sie sind nicht von uns, ich meine, nicht aus Vigàta. Es sind Kollegen aus Ragòna, vom Questore, an den ich mich gewandt habe, abgestellt.«

Montalbano sah ihn bewundernd an.
»Du hast dich also an den Questore gewandt? Bravo, Mimì, du übertriffst dich ja direkt selber!«
Augello verzichtete auf eine Retourkutsche und fuhr lieber in seinen Ausführungen fort.
»Wir haben ein Telefongespräch abgehört, das vielleicht etwas zu bedeuten hat. Ich habe die Transkription bei mir drüben, ich hole sie schnell.«
»Weißt du sie auswendig?«
»Ja. Aber wenn du sie hörst, findest du bestimmt irgendein ...«
»Mimì, du hast jetzt erst mal herausgefunden, was es offensichtlich herauszufinden gab. Ich will keine Zeit verlieren. Sag schon.«
»Also, Ingrassia ruft vom Supermarkt aus in Catania an, bei der Firma Brancato. Er fragt nach Brancato persönlich, der an den Apparat kommt. Dann beklagt sich Ingrassia über die Zwischenfälle, die bei der letzten Lieferung passiert seien, er sagt, daß der Lastwagen nicht soviel früher hätte kommen dürfen und daß er deshalb viele Probleme gehabt habe. Er bittet um ein Treffen, um ein anderes, besseres Liefersystem zu erarbeiten. Brancatos Antwort an dieser Stelle ist zumindest merkwürdig. Er fängt an zu schreien, regt sich auf, fragt Ingrassia, wie er es wagen könne, ihn anzurufen. Ingrassia bittet stammelnd um eine Erklärung. Und Brancato liefert sie ihm, er sagt, Ingrassia sei insolvent, und die Banken hätten ihm, Brancato, geraten, keine Geschäfte mehr mit ihm zu machen.«
»Und wie hat Ingrassia reagiert?«

»Gar nicht. Kein Wort. Er hat grußlos eingehängt.«
»Hast du verstanden, was das Gespräch zu bedeuten hat?«
»Klar. Ingrassia hat um Hilfe gebeten, und die haben ihn ausgebootet.«
»Bleib an Ingrassia dran.«
»Das bin ich schon, ich habe es dir doch gesagt.«
Sie schwiegen.
»Was soll ich tun? Mich weiter um die Ermittlung kümmern?«
Montalbano gab keine Antwort.
»Mein Gott, bist du kindisch!« sagte Augello zu ihm.

»Salvo? Bist du allein im Büro? Kann ich offen sprechen?«
»Ja. Wo bist du denn?«
»Daheim, ich habe ein bißchen Fieber und liege im Bett.«
»Das tut mir leid.«
»Nein, nein, das muß dir nicht leid tun. Es ist ein Wachstumsfieber.«
»Was ist denn das?«
»Es ist ein Fieber, das kleine Kinder befällt. Es dauert zwei, drei Tage, neununddreißig, vierzig Grad, aber man braucht keine Angst zu haben, es ist etwas ganz Natürliches, eben Wachstumsfieber. Wenn es vorbei ist, sind die Kinder ein paar Zentimeter größer. Ich bin bestimmt auch gewachsen, wenn das Fieber wieder vorbei ist. Im Kopf, nicht am Körper. Ich wollte dir sagen, daß mich als Frau noch nie jemand so gekränkt hat, wie du das getan hast.«
»Anna...«
»Laß mich ausreden. Richtig gekränkt. Du bist ein ganz

gemeiner Dreckskerl, Salvo. Und ich habe das nicht verdient.«

»Anna, sei doch vernünftig. Was heute nacht passiert ist, war doch nur zu deinem Besten ...«

Anna legte auf. Montalbano hatte ihr schon hundertmal erklärt, daß da nichts lief, aber er wußte, daß die junge Frau sich in diesem Augenblick hundeelend fühlte, und kam sich noch viel mieser vor als ein Schwein, denn Schweinefleisch taugte zumindest zum Essen.

Das Haus am Ortseingang von Gallotta fand er sofort, aber es schien ihm unmöglich, daß jemand in dieser Ruine wohnen konnte. Das Dach war halb eingefallen, in den dritten Stock regnete es bestimmt hinein. Schon bei diesem leichten Wind schlug ein Fensterladen, der unbegreiflicherweise noch an seinem Platz hing. Im oberen Teil der Fassade wies die Außenmauer handbreite Risse auf. Die unteren Stockwerke und das Erdgeschoß schienen in besserem Zustand zu sein. Der Verputz war längst verschwunden, die Fensterläden waren alle kaputt, die Farbe abgeblättert, aber sie schlossen anscheinend wenigstens, wenn sie auch windschief waren. Ein schmiedeeisernes Gartentor stand halb offen und neigte sich nach außen, wahrscheinlich seit undenklichen Zeiten schon, und überall Unkraut und Erde.

Der Park war eine ungepflegte Ansammlung verkrüppelter Bäume und dichter Büsche, ein undurchdringliches Dickicht. Montalbano ging einen Pfad aus losen Steinen entlang und blieb vor der Tür, von der die Farbe abgeblättert war, stehen. Es wurde schon dunkel, der Übergang von der Sommer- zur Winterzeit verkürzte die Tage in Wirklichkeit. Es gab eine Klingel, er schellte. Das heißt, er hielt den Finger auf die Klingel gedrückt, denn er hatte nicht den leisesten Ton gehört. Er versuchte es noch einmal, bis er begriff, daß diese Klingel wohl schon seit der Erfindung der Elektrizität nicht mehr funktionierte. Also betätigte er den Türklopfer in Form eines Pferdekopfes und hörte beim drittenmal endlich schlurfende Schritte. Die Tür ging geräuschlos auf, man hörte keine Kette und keinen Riegel, nur einen langen Klageton wie von einer Seele im Fegefeuer.

»Sie war offen, Sie hätten nur drücken, reingehen und mich rufen müssen.«

Was da sprach, war ein Skelett. Noch nie in seinem Leben hatte Montalbano so einen dürren Menschen gesehen. Das heißt, gesehen schon, aber auf dem Totenbett, vertrocknet, von einer Krankheit ausgedörrt. Der hier stand noch auf beiden Beinen, wenn auch arg gekrümmt, und machte einen ganz lebendigen Eindruck. Er trug eine Soutane, die ursprünglich schwarz gewesen sein mußte und jetzt einen Stich ins Grüne hatte, der steife Kragen, einstmals weiß, war von einem speckigen Grau. Er trug genagelte Bauernschuhe, wie man sie schon lange nicht mehr bekam. Er war völlig kahl, und in seinem Totenschädelgesicht saß eine Goldrandbrille, als hätte man sie ihm zum Spaß aufgesetzt, mit dicken Gläsern, hinter denen der Blick verschwamm. Montalbano dachte, daß die beiden in der Grotte, die seit fünfzig Jahren tot waren, mehr

Fleisch auf den Knochen hatten als dieser Pfarrer. Daß er uralt war, verstand sich von selbst.
Förmlich bat Maraventato ihn herein und führte ihn in einen riesigen Salon, der im wahrsten Sinne des Wortes vollgestopft war mit Büchern, die nicht nur in Regalen standen, sondern auch auf dem Boden in Stapeln, die bis an die hohe Decke reichten und wie durch ein Wunder das Gleichgewicht hielten. Durch die Fenster drang kein Licht ein, die Bücherstapel auf den Fensterbrettern verdeckten die Scheiben vollständig. An Möbeln gab es einen Schreibtisch, einen Stuhl und einen Sessel. Wenn Montalbano sich nicht irrte, war die Lampe auf dem Schreibtisch eine echte Petroleumlampe. Der alte Pfarrer räumte die Bücher vom Sessel und bedeutete Montalbano, sich zu setzen.
»Ich kann mir zwar nicht vorstellen, wie ich Ihnen behilflich sein kann, aber reden Sie nur.«
»Man hat Ihnen bestimmt gesagt, daß ich Commissario bin und ...«
»Nein, man hat mir nichts gesagt, und ich habe auch nicht gefragt. Gestern ist am späten Abend jemand aus dem Dorf gekommen und hat mir gesagt, daß ein Typ aus Vigàta mich sprechen will, und ich habe geantwortet, daß er um halb sechs kommen soll. Wenn Sie Commissario sind, haben Sie Pech gehabt, Sie verlieren nur Ihre Zeit.«
»Warum sollte ich meine Zeit verlieren?«
»Weil ich seit mindestens dreißig Jahren das Haus nicht mehr verlassen habe. Was soll ich da draußen? Die alten Gesichter sind verschwunden, und die neuen überzeugen

mich nicht. Was ich brauche, wird mir jeden Tag gebracht, ich trinke sowieso nur Milch und einmal in der Woche Hühnerbrühe.«

»Sie wissen bestimmt aus dem Fernsehen …«

Kaum hatte Montalbano den Satz begonnen, unterbrach er sich auch schon, das Wort »Fernsehen« schien ihm fehl am Platz.

»In diesem Haus gibt es nicht mal elektrisches Licht.«

»Gut, aber Sie haben doch sicher in der Zeitung gelesen …«

»Ich kaufe keine Zeitungen.«

Warum nur stellte er sich dauernd selbst ein Bein? Montalbano holte tief Atem, machte einen neuen Anlauf und erzählte alles, von den Waffen bis zur Entdeckung der Toten im Crasticeddru.

»Warten Sie, ich mache Licht, da redet sich's besser.«

Maraventato wühlte zwischen den Papieren auf dem Tisch, fand eine Schachtel Streichhölzer und zündete mit zittriger Hand eines an. Montalbano bekam eine Gänsehaut. Wenn er es fallen läßt, dachte er, brennen wir in drei Sekunden lichterloh.

Aber das Unternehmen glückte, und alles wurde schlimmer, weil die Lampe zwar den halben Tisch matt beleuchtete, dafür aber die Seite, an der der Alte saß, in tiefstes Dunkel tauchte. Montalbano staunte, als der Pfarrer eine Hand ausstreckte und nach einer kleinen Flasche mit einem merkwürdigen Verschluß griff. Auf dem Tisch standen drei weitere Flaschen, zwei waren leer, die dritte mit einer weißen Flüssigkeit gefüllt. Es waren keine richtigen Flaschen, es waren Babyfläschchen, alle mit Sauger. Montalbano fühlte sich merkwürdig unbehaglich, der Alte hatte angefangen zu nuckeln.

»Bitte entschuldigen Sie, ich habe keine Zähne.«

»Warum trinken Sie die Milch nicht aus einer Schale oder einer Tasse oder, was weiß ich, aus einem Becher?«

»Weil es so besser schmeckt. Es ist wie Pfeiferauchen.«

Montalbano beschloß, sobald wie möglich zu verschwinden, erhob sich, zog zwei Fotos aus der Tasche, die er sich von Jacomuzzi hatte geben lassen, und reichte sie dem Pfarrer.

»Könnte das ein Bestattungsritual sein?«

Da kam Leben in den Alten, der sich grunzend die Fotos ansah.

»Was war in der Schale?«

»Münzen aus den vierziger Jahren.«

»Und in dem Krug?«

»Nichts ... Überhaupt nichts ... Da kann nur Wasser drin gewesen sein.«

Gedankenverloren nuckelte der Alte eine Weile vor sich hin. Montalbano setzte sich wieder.

»Es ergibt keinen Sinn«, sagte der Pfarrer und legte die Fotos auf den Tisch.

Sechzehn

Montalbano war fix und fertig, der Kopf schwirrte ihm von den unzähligen Fragen des Pfarrers, und außerdem stieß Alcide Maraventato jedesmal, wenn er keine Antwort wußte, eine Art Klagelaut aus und schmatzte aus Protest noch lauter als vorher. Er hatte das zweite Fläschchen angesetzt.

In welche Richtung zeigten die Köpfe der Leichen?

War der Krug aus gewöhnlichem Ton oder aus einem anderen Material?

Wie viele Münzen lagen in der Schale?

Wie weit genau waren der Krug, die Schale und der Hund aus Terracotta jeweils von den beiden Toten entfernt?

Endlich war das Kreuzverhör vorbei.

»Es ergibt keinen Sinn.«

Am Ende des Verhörs hatte sich bestätigt, was der Pfarrer gleich zu Anfang gesagt hatte. Mit einer gewissen Erleichterung, aus der er kein Hehl machte, glaubte der Commissario, aufstehen, sich verabschieden und gehen zu können.

»Warten Sie, warum so eilig?«

Resigniert setzte Montalbano sich wieder hin.

»Ein Bestattungsritual ist es nicht, vielleicht ist es etwas anderes.«

Plötzlich fiel alle Müdigkeit von Montalbano ab, er kam aus seinem Tief heraus und war wieder im Vollbesitz seiner geistigen Kräfte: Maraventato hatte also doch seinen Verstand beieinander.

»Sprechen Sie, ich wäre Ihnen dankbar, wenn Sie mir Ihre Meinung dazu sagten.«

»Haben Sie Umberto Eco gelesen?«

Montalbano begann zu schwitzen.

Gesù, jetzt prüft er mich in Literatur, dachte er und druckste herum: »Ich habe seinen ersten Roman gelesen, auch *Platon im Stripteaselokal* und *Wie man mit einem Lachs verreist*, und ich finde beide ...«

»Ich nicht, die Romane kenne ich nicht. Ich meinte die *Einführung in die Semiotik*, aus der uns einige Passagen hilfreich sein könnten.«

»Bedaure, das habe ich nicht gelesen.«

»Haben Sie auch *Semeiotiké* von der Kristeva nicht gelesen?«

»Nein, und ich habe auch überhaupt keine Lust, es zu lesen«, erwiderte Montalbano, der allmählich ungehalten wurde; langsam kam ihm der Verdacht, daß der Alte sich über ihn lustig machte.

»Na gut«, sagte Alcide Maraventato resigniert. »Dann erkläre ich es Ihnen an einem ganz einfachen Beispiel.«

Also auf meinem Niveau, dachte Montalbano.

»Wenn Sie als Commissario einen Erschossenen finden, dem man einen Stein in den Mund gesteckt hat, was denken Sie dann?«

»Wissen Sie«, sagte Montalbano, entschlossen, sich zu

revanchieren, »das ist Schnee von gestern, heute wird ohne lange Erklärungen gemordet.«

»Aha. Dieser Stein im Mund ist für Sie also eine Botschaft.«

»Natürlich.«

»Und was bedeutet er?«

»Er bedeutet, daß der Ermordete zuviel geredet hat, daß er Dinge gesagt hat, die er nicht hätte sagen dürfen, daß er ein Spitzel war.«

»Genau. Sie verstehen die Information, weil Sie über den Code der in diesem Falle metaphorischen Sprache verfügen. Aber wenn Sie nicht über den Code im Bilde wären, was würden Sie dann verstehen? Überhaupt nichts. Dann wäre der Tote für Sie ein zu bedauerndes Mordopfer, dem man *unerklärlicherweise* einen Stein in den Mund gesteckt hat.«

»Langsam fange ich an zu begreifen«, sagte Montalbano.

»Also, um auf unser Thema zurückzukommen: Irgend jemand bringt aus Gründen, die wir nicht kennen, zwei junge Menschen um. Er kann die Leichen auf vielerlei Arten verschwinden lassen, im Meer, unter der Erde, im Sand. Aber nein, er legt sie in eine Höhle, und nicht nur das, er stellt eine Schale, einen Krug und einen Hund aus Terracotta dazu. Was hat er gemacht?«

»Er hat etwas mitgeteilt, eine Botschaft geschickt«, sagte Montalbano leise.

»Es ist eine Botschaft, ganz recht, die Sie jedoch nicht lesen können, weil Sie nicht über den Code verfügen«, stellte der Pfarrer fest.

»Lassen Sie mich überlegen«, sagte Montalbano. »Die Bot-

schaft mußte doch an jemanden gerichtet sein, bestimmt nicht an uns, fünfzig Jahre nach der Tat.«
»Und warum nicht?«
Montalbano dachte eine Weile darüber nach und erhob sich dann.
»Ich gehe jetzt, ich habe Ihre Zeit schon zu lange in Anspruch genommen. Was Sie mir gesagt haben, ist sehr wertvoll für mich.«
»Ich könnte Ihnen noch mehr helfen.«
»Wie denn?«
»Sie sagten vorhin, heute werde gemordet, ohne daß Erklärungen dazu abgegeben würden. Erklärungen gibt es immer, und immer werden sie mitgeliefert, sonst würden Sie nicht den Beruf ausüben, den Sie ausüben. Aber es gibt immer mehr Codes und sie haben sich verändert.«
»Danke«, sagte Montalbano.

Sie hatten *alici all'agretto* gegessen, die Signora Elisa, die Frau des Questore, routiniert und nach allen Regeln der Kunst zubereitet hatte, denn das Geheimnis des Gelingens besteht darin, auf die Sekunde genau zu wissen, wie lange die Form im Ofen bleiben muß. Dann, nach dem Essen, hatte sich die Signora ins Wohnzimmer zurückgezogen, um fernzusehen, ihnen aber zuvor noch eine Flasche Chivas, eine Flasche Amaro und zwei Gläser auf den Schreibtisch im Arbeitszimmer ihres Mannes gestellt.
Beim Essen hatte Montalbano begeistert von Alcide Maraventato erzählt, von seiner einzigartigen Lebensweise, seiner Bildung, seiner Intelligenz, aber der Questore hatte

nur am Rande Interesse gezeigt, mehr aus Höflichkeit gegenüber seinem Gast als aus wirklicher Anteilnahme.
»Hören Sie, Montalbano«, fing er an, sobald sie allein waren, »ich kann gut verstehen, daß der Fund der beiden Mordopfer in der Grotte sehr aufregend für Sie ist. Aber gestatten Sie mir: Ich kenne Sie nun schon zu lange, um nicht absehen zu können, daß Sie dieser Fall wegen seiner unerklärlichen dunklen Seiten fasziniert und auch, weil sich eine Lösung, sofern Sie eine fänden, doch letztlich als völlig nutzlos erwiese. Eine Nutzlosigkeit, die Ihnen sehr entgegenkäme und, bitte entschuldigen Sie, fast kongenial wäre.«
»Was meinen Sie mit nutzlos?«
»Nutzlos, eben nutzlos, ist das so schwer zu verstehen? Der oder – wenn wir großzügig sein wollen – die Mörder sind, da inzwischen mehr als fünfzig Jahre vergangen sind, entweder tot oder bestensfalls alte Leute in den Siebzigern. Einverstanden?«
»Einverstanden«, gab Montalbano widerwillig zu.
»Und deshalb, bitte verzeihen Sie diese für mich ungewöhnliche Ausdrucksweise, ist das keine Ermittlung, was Sie da betreiben, sondern mentales Wichsen.«
Das saß, aber Montalbano hatte weder Kraft noch Argumente, dem etwas entgegenzusetzen.
»Ich würde Ihnen diese Übung ja gönnen, wenn ich nicht befürchten müßte, daß Sie ihr ja doch den besten Teil Ihres Hirns widmen und Ermittlungen von weitaus größerer Bedeutung und Tragweite vernachlässigen.«
»Nein! Das ist nicht wahr!« entrüstete sich Montalbano.

»Oh, doch. Sehen Sie, das soll beileibe kein Tadel sein, wir unterhalten uns in meinem Haus, als Freunde. Warum haben Sie den doch sehr heiklen Fall des Waffenhandels ihrem Vice anvertraut, der ein hervorragender Polizist ist, aber Ihnen bestimmt nicht das Wasser reichen kann?«
»Ich habe ihm gar nichts anvertraut! Er hat selbst...«
»Seien Sie doch nicht kindisch, Montalbano. Sie laden einen großen Teil der Ermittlungen auf ihn ab. Denn Sie wissen genau, daß Sie sich ihnen nicht hundertprozentig widmen können, weil Ihr Hirn zu drei Vierteln mit dem anderen Fall beschäftigt ist. Sagen Sie es mir ehrlich, wenn ich mich täuschen sollte.«
»Sie täuschen sich nicht«, gab Montalbano nach einer Pause zu.
»Damit wäre das Thema abgeschlossen. Sprechen wir von etwa anderem. Warum, in Gottes Namen, wollen Sie nicht, daß ich Sie zur Beförderung vorschlage?«
»Sie quälen mich ja schon wieder.«

Er war guter Dinge, als er das Haus des Questore verließ, erstens wegen der *alici all'agretto* und zweitens, weil er einen Aufschub des Beförderungsvorschlags erreicht hatte. Die Gründe, die er dafür vorgebracht hatte, hatten zwar weder Hand noch Fuß, aber sein Vorgesetzter tat freundlicherweise, als glaube er ihm: Montalbano konnte ihm ja schlecht sagen, daß er allein beim Gedanken an eine Versetzung, an eine Änderung seiner Gewohnheiten Fieber bekam.
Es war noch früh, zwei Stunden noch bis zum Treffen mit

Gegè. Er fuhr bei »Retelibera« vorbei, um mehr über Alcide Maraventato zu erfahren.

»Der ist ein Typ, was?« sagte Nicolò Zito. »Hat er bei dir auch an seinem Fläschchen genuckelt?«

»Allerdings.«

»Alles Bluff, der macht nur Theater.«

»Das kann nicht sein! Er hat doch keine Zähne!«

»Ach, nein? Und seit wann gibt's künstliche Gebisse? Er hat eins, und es funktioniert tadellos, man erzählt sich, daß er ab und zu ein Viertel Kalb oder ein gebratenes Zicklein verschlingt, wenn niemand zuschaut.«

»Aber warum tut er dann so?«

»Weil er ein geborener Tragöde ist. Oder ein Komödiant, wenn dir das lieber ist.«

»Ist er wirklich Priester?«

»Expriester.«

»Und was er sagt, denkt er sich das alles aus?«

»Du kannst ganz beruhigt sein. Er weiß unglaublich viel, und wenn er etwas behauptet, ist er unfehlbarer als die Bibel. Weißt du, daß er vor etwa zehn Jahren auf einen geschossen hat?«

»Tatsächlich?«

»*Sissignore.* Ein kleiner Dieb ist nachts ins Haus eingedrungen, ins Erdgeschoß. Er stieß gegen einen Bücherstapel, der natürlich mit furchtbarem Gepolter in sich zusammengestürzt ist. Maraventato, der oben schlief, wachte auf, kam herunter und schoß mit einem Vorderlader auf ihn, einer Art Kanone für den Hausgebrauch. Der Krach riß das halbe Dorf aus dem Schlaf. Ergebnis: Der

Dieb wurde am Bein verletzt, ein Dutzend Bücher waren hinüber, und Maraventato selbst hatte eine gebrochene Schulter von dem gewaltigen Rückstoß. Aber der Dieb behauptete, er sei nicht in das Haus eingedrungen, weil er etwas klauen wollte, sondern weil der Pfarrer ihn eingeladen hatte, der dann, plötzlich und ohne erkennbaren Grund, auf ihn schoß. Ich glaube ihm.«
»Wem?«
»Dem sogenannten Dieb.«
»Aber warum hat er denn auf ihn geschossen?«
»Weißt du, was in Alcide Maraventatos Kopf vorgeht? Vielleicht wollte er nur ausprobieren, ob das Gewehr noch funktioniert. Oder ein bißchen Theater spielen, was eher anzunehmen ist.«
»Ach, da fällt mir ein – hast du die *Einführung in die Semiotik* von Umberto Eco?«
»Ich?! Spinnst du jetzt?«

Bis Montalbano bei seinem Wagen ankam, der auf dem Parkplatz von »Retelibera« stand, war er völlig durchnäßt. Es hatte ganz plötzlich zu regnen begonnen, ein feiner, aber dichter Regen. Zu Hause angekommen, hatte er immer noch Zeit bis zu seiner Verabredung. Er zog sich um und setzte sich in den Fernsehsessel, stand aber sofort wieder auf, um vom Schreibtisch eine Postkarte zu holen, die morgens angekommen war.
Sie war von Livia, die, wie am Telefon angekündigt, für zehn Tage zu einer Cousine nach Mailand gefahren war. Auf der Bildseite mit der unvermeidlichen Ansicht des

Doms zog sich eine glänzende Schleimspur quer über das halbe Bild. Montalbano berührte sie mit der Fingerspitze: Sie war ganz frisch und ein bißchen klebrig. Er besah sich seinen Schreibtisch näher. Ein *scataddrizzo*, eine große dunkelbraune Schnecke, kroch gerade über das Buch von Consolo. Montalbano zögerte keine Sekunde, der Ekel, den er nach dem Traum empfunden hatte und den er nicht loswurde, war zu stark: Er packte den Krimi von Montalbán, den er schon ausgelesen hatte, und knallte ihn mit aller Kraft auf das Buch von Consolo. Die Schnecke wurde mit einem Geräusch zerquetscht, daß es Montalbano den Magen umdrehte. Dann warf er die beiden Bücher in den Mülleimer, er konnte sich ja am nächsten Tag zwei neue Exemplare kaufen.

Gegè war nicht da, aber der Commissario wußte, daß er nicht lange würde warten müssen, sein Freund war immer ziemlich pünktlich. Es hatte aufgehört zu regnen, aber die Brandung mußte sehr stark gewesen sein, am Strand waren noch große Pfützen, und der Sand roch intensiv nach nassem Holz. Er zündete sich eine Zigarette an. Da sah er im spärlichen Licht des Mondes, der mit einemmal aufgegangen war, die dunkle Silhouette eines Autos, das mit ausgeschalteten Scheinwerfern sehr langsam näher kam, und zwar von vorn, aus der Richtung, aus der auch Gegè kommen müßte. Er war beunruhigt, öffnete das Handschuhfach, nahm die Pistole, lud sie durch und machte die Autotür halb auf, so daß er jederzeit rausspringen konnte. Als das andere Auto in Schußweite war, schaltete er plötzlich das Fernlicht an. Es war Gegès Auto, kein Zweifel, aber es war sehr gut möglich, daß nicht er am Steuer saß.

»Scheinwerfer aus!« brüllte es aus dem anderen Auto.

Das war sicher Gegès Stimme, und der Commissario tat, wie ihm geheißen. Als sie auf gleicher Höhe waren, redeten sie, jeder in seinem Auto, durch die offenen Fenster miteinander.

»Was, zum Teufel, machst du da!? Ich hätte fast auf dich geschossen!« fuhr Montalbano ihn wütend an.

»Ich wollte sehen, ob sie schon bei dir sind.«

»Wer soll bei mir sein?«

»Ich sag's dir gleich. Ich bin schon seit einer halben Stunde da und hab' mich hinter dem Punta-Rossa-Felsen versteckt.«

»Komm rüber«, sagte der Commissario.

Gegè stieg aus und setzte sich zu Montalbano, er kuschelte sich fast an ihn.

»Was ist, frierst du?«

»Nein, aber ich zittere trotzdem.«

Er roch nach Angst. Denn die Angst, das wußte Montalbano aus Erfahrung, hatte einen besonderen Geruch, säuerlich und grüngelb.

»Weißt du eigentlich, wen sie da umgebracht haben?«

»Gegè, umgebracht werden viele. Von wem redest du?«

»Von Petru Gullo rede ich, den sie tot in die Mànnara gebracht haben.«

»War er ein Kunde von dir?«

»Kunde? Wenn, dann war ich sein Kunde. Das war der

Mann von Tano u Grecu, sein Geldeintreiber. Der gleiche, der mir gesagt hat, daß Tano dich treffen will.«

»Und das wundert dich, Gegè? Es ist doch die alte Geschichte: Wer gewinnt, hat das As, das alle Karten sticht, es ist ein System, nach dem jetzt auch in der Politik gearbeitet wird. Tanos Geschäfte gehen in andere Hände über, und deshalb legen sie alle um, die auf seiner Seite waren. Du warst weder Tanos Partner noch sein Angestellter: Wovor hast du also Angst?«

»Nein«, sagte Gegè entschieden, »so ist es nicht, sie haben mich informiert, als ich in Trapani war.«

»Wie ist es dann?«

»Sie sagen, es sei abgemacht gewesen.«

»Abgemacht?«

»*Sissignore.* Zwischen dir und Tano abgemacht. Sie sagen, die Schießerei sei geheuchelt gewesen, ein abgekartetes Spiel, Theater. Und sie sind überzeugt, daß wir bei dem Theater mitgespielt haben – ich, Petru Gullo und eine andere Person, die bestimmt auch demnächst dran glauben muß.«

Montalbano dachte an den anonymen Anruf, den er nach der Pressekonferenz bekommen hatte, als ihn jemand einen »verdammten Schauspieler« genannt hatte.

»Sie sind beleidigt«, fuhr Gegè fort. »Sie ertragen es nicht, daß du und Tano ihnen eins ausgewischt habt und sie als die Blöden dastanden. Das ärgert sie mehr als der Waffenfund. Was soll ich denn jetzt machen?«

»Bist du sicher, daß sie auf dich auch sauer sind?«

»Da kannst du Gift drauf nehmen. Was meinst du, warum

sie Gullo ausgerechnet zu mir gebracht haben, in die Mànnara, die ja wohl meine Sache ist? Deutlicher kann's ja gar nicht sein!«

Der Commissario dachte an Alcide Maraventato und daran, was dieser über den Sprachcode gesagt hatte.

Vielleicht hatte sich die Intensität der Dunkelheit geändert, vielleicht hatte er für den Bruchteil einer Sekunde aus dem Augenwinkel etwas blitzen sehen – auf jeden Fall gehorchte Montalbanos Körper, einen Moment bevor die Garbe loskrachte, einer Reihe von Impulsen, die das Hirn blitzschnell weiterleitete: Er kauerte sich hin, stieß mit der Linken die Tür auf und ließ sich rausfallen, während um ihn herum Schüsse knallten, Glas zersplitterte, Blech zerfetzte und schnelle Lichtblitze die Dunkelheit rot färbten. Montalbano blieb reglos liegen, er steckte zwischen seinem und Gegès Auto und merkte erst jetzt, daß er seine Pistole in der Hand hatte. Als Gegè bei ihm eingestiegen war, hatte er sie auf das Armaturenbrett gelegt: Er mußte instinktiv nach ihr gegriffen haben. Auf den Spektakel folgte eine bleierne Stille, nichts rührte sich, nur das Rauschen der Brandung war zu hören. Dann kam aus etwa zwanzig Meter Entfernung, von dort, wo der Strand endete und sich der Mergelhügel erhob, eine Stimme.

»Alles in Ordnung?«

»Alles in Ordnung«, sagte eine andere Stimme, und zwar ganz nah.

»Sieh nach, ob sie beide tot sind, dann gehen wir.«

Montalbano versuchte sich vorzustellen, was der andere tun würde, um sich ihres Todes zu vergewissern:

Pflatsch, pflatsch, machte es auf dem nassen Sand. Der Mann mußte jetzt dicht am Auto sein, und gleich würde er sich bücken und reinschauen.
Montalbano sprang auf und schoß. Einmal nur. Deutlich hörte er, wie ein Körper in den Sand fiel, ein Keuchen, fast ein Gurgeln, dann nichts mehr.
»Giugiù, alles in Ordnung?« fragte die Stimme, die weiter weg war.
Montalbano stieg nicht ins Auto, sondern langte von außen durch die offene Tür hinein, faßte mit der Hand an den Fernlichtschalter und wartete. Nichts war zu hören. Er beschloß, auf sein Glück zu setzen, und fing im Geiste an zu zählen. Als er bei fünfzig angekommen war, schaltete er das Fernlicht an und richtete sich auf. Im Lichtkegel sah er, etwa zehn Meter vor sich, einen Mann mit einer Maschinenpistole, der überrascht stehenblieb. Montalbano schoß, der Mann reagierte sofort und feuerte blindlings drauflos. Der Commissario fühlte etwas wie einen heftigen Fausthieb an seiner linken Seite, er taumelte, stützte sich mit der linken Hand am Auto ab und schoß wieder, dreimal hintereinander. Der Mann machte, immer noch geblendet, einen Satz, drehte sich um und rannte davon, während Montalbano sah, wie das weiße Licht des Scheinwerfers langsam gelb wurde, sein Blick trübte sich, der Kopf schwirrte ihm. Er setzte sich in den Sand, als er begriff, daß er sich nicht mehr auf den Beinen halten konnte, und lehnte sich ans Auto.
Er wartete auf den Schmerz, und als er kam, war er so heftig, daß er wie ein kleines Kind jammerte und weinte.

Siebzehn

Als er aufwachte, wußte er sofort, daß er im Zimmer eines Krankenhauses lag, und erinnerte sich an alles ganz genau: das Treffen mit Gegè, worüber sie gesprochen hatten, die Schüsse. Die Erinnerung setzte erst da aus, wo er zwischen den beiden Autos im nassen Sand lag und unerträgliche Schmerzen in der Seite hatte. Aber sie setzte nicht vollständig aus, er erinnerte sich zum Beispiel an das verstörte Gesicht und die gebrochene Stimme von Mimì Augello.

»Wie geht es dir? Wie fühlst du dich? Gleich kommt der Krankenwagen, ist ja alles gut, sei ganz ruhig.«

Wie hatte Mimì ihn gefunden?

Später, im Krankenhaus, einer im weißen Kittel:

»Er hat zuviel Blut verloren.«

Und dann nichts mehr. Er versuchte sich umzuschauen: Das Zimmer war weiß und sauber, durch ein großes Fenster kam Tageslicht herein. Er konnte sich nicht bewegen, er hatte Infusionen an den Armen, aber die Seite tat nicht weh, er fühlte sie mehr wie einen abgestorbenen Teil seines Körpers. Er versuchte seine Beine zu bewegen, aber es gelang ihm nicht. Langsam glitt er in den Schlaf hinüber.

Erst gegen Abend wachte er wieder auf, das elektrische Licht war schon an. Er machte seine Augen gleich wieder zu, als er merkte, daß Leute im Zimmer waren; er hatte keine Lust zu reden. Aber ein bißchen neugierig war er schon, also öffnete er die Augen gerade so weit, daß er etwas sehen konnte. Livia saß neben dem Bett auf dem einzigen Stuhl; hinter ihr stand Anna. Auf der anderen Seite des Bettes, ebenfalls stehend, Ingrid. Livias Augen waren tränennaß, Anna schluchzte hemmungslos, Ingrid war blaß und sah abgespannt aus.

Gesù! dachte Montalbano erschrocken.

Er schloß die Augen und flüchtete sich in den Schlaf.

Um halb sieben am – wie es ihm schien – nächsten Morgen kamen zwei Krankenschwestern, die ihn wuschen und seinen Verband wechselten. Um sieben erschien, gefolgt von fünf Assistenzärzten, der Chefarzt, alle im weißen Kittel. Der Chefarzt studierte die Krankenkarte, die am Fuß des Bettes hing, schlug die Decke auf und betastete seine verletzte Seite.

»Das macht sich ja schon sehr gut«, lautete sein Urteil. »Die Operation war erfolgreich.«

Operation? Von welcher Operation redete er? Ach ja, wahrscheinlich haben sie die Kugel rausgeholt, die ihn verletzt hatte. Aber die Kugel aus einer Maschinenpistole blieb eigentlich nicht stecken, sondern durchschlug den Körper. Er wollte fragen, um Erklärungen bitten, brachte aber keinen Ton heraus. Doch der Chefarzt sah seinen Blick, sah die Fragen, die in Montalbanos Augen lagen.

»Wir mußten Sie notoperieren. Die Kugel hat den Dickdarm durchschlagen.«
Den Dickdarm? Was, zum Teufel, hatte der Dickdarm in seiner Seite verloren? Der Dickdarm hatte doch nichts mit den Seiten zu tun, der gehörte in den Bauch. Aber wenn er etwas mit dem Bauch zu tun hatte, bedeutete dies etwa – sogar die Ärzte bemerkten, wie sehr es ihn schauderte –, daß er ab sofort für den Rest seines Lebens Breichen essen mußte?
»... Breichen?« brachte Montalbano schließlich heraus – dieser grauenhafte Gedanke hatte seine Stimmbänder reaktiviert.
»Was hat er gerade gesagt?« fragte der Chefarzt seine Kollegen.
»Ich glaube, er hat ›Eichen‹ gesagt«, meinte einer.
»Nein, nein, er hat ›Leichen‹ gesagt«, mischte sich ein anderer ein.
Noch beim Hinausgehen erörterten sie die Frage.

Um halb neun ging die Tür auf, und Catarella kam herein.
»Dottori, wie fühlen Sie sich?«
Wenn es auf der Welt einen Menschen gab, mit dem Montalbano ein Gespräch für völlig überflüssig hielt, dann war das Catarella. Er gab keine Antwort, bewegte nur den Kopf, wie um zu sagen, daß es gar nicht schlimmer sein könne.
»Ich bin als Wachtposten hier und muß Sie bewachen. Dieses Krankenhaus ist wie ein Hafen, da geht's dauernd rein und raus. Es könnte ja sein, daß einer kommt, der

was Böses vorhat und die Sache fertig machen will. Hab' ich mich verständlich ausgedrückt?«

Das hatte er.

»Wissen Sie eigentlich, Dottori, daß ich mein Blut für Sie gespendet habe?«

Er bezog wieder seinen Wachtposten, um ihn zu bewachen. Voller Bitterkeit dachte Montalbano daran, daß ihn düstere Jahre erwarteten, wenn er mit Catarellas Blut leben und Griesbrei essen mußte.

Die ersten von ungezählten Küssen, die er im Lauf des Tages noch bekommen sollte, gab ihm Fazio.

»Wußten Sie, Dutturi, daß Sie wie ein junger Gott schießen? Einen haben Sie mit einem einzigen Schuß am Hals erwischt, den anderen haben Sie verletzt.«

»Den anderen habe ich auch getroffen?«

»*Sissignore*, wir wissen zwar nicht wo, aber getroffen haben Sie ihn. Das hat Dottor Jacomuzzi festgestellt, zehn Meter von den Autos entfernt war eine rote Pfütze, das war Blut.«

»Habt ihr den Toten identifiziert?«

»Klar.«

Er fischte einen Zettel aus der Jackentasche und las vor.

»Munafò Gerlando, geboren in Montelusa am sechsten September 1970, ledig, wohnhaft in Montelusa, Via Crispi 43, keine besonderen Kennzeichen.«

Er sollte sich wirklich ins Standesamt versetzen lassen! dachte Montalbano.

»War er mit dem Gesetz in Konflikt?«

»Nein, absolut nichts. Keine Vorstrafen.«
Fazio steckte den Zettel wieder ein.
»Die kriegen doch höchstens eine halbe Million für so was.«
Er schwieg, offensichtlich wollte er ihm etwas sagen, aber es fehlte ihm der Mut dazu. Montalbano kam ihm zu Hilfe.
»War Gegè sofort tot?«
»Er hat nicht gelitten. Die Garbe hat ihm den halben Kopf weggerissen.«
Die anderen besuchten ihn auch. Es gab jede Menge Küsse und Umarmungen.

Aus Montelusa kamen Jacomuzzi und Dottor Pasquano.
»Du stehst in allen Zeitungen«, sagte Jacomuzzi. Er war ergriffen, aber auch ein bißchen neidisch.
»Ich habe es wirklich bedauert, daß ich Sie nicht obduzieren konnte«, sagte Pasquano. »Ich wüßte zu gern, wie es bei Ihnen drin aussieht.«

»Ich war als erster zur Stelle«, sagte Mimì Augello. »Als ich dich in diesem Zustand und in dieser schrecklichen Situation gesehen habe, da bin ich so erschrocken, daß ich fast in die Hose gemacht hätte.«
»Wie hast du es erfahren?«
»Ein anonymer Anrufer hat sich im Büro gemeldet und gesagt, an der Scala dei Turchi sei eine Schießerei. Galluzzo hatte Dienst, er hat mich sofort angerufen. Und er hat mir was gesagt, was ich nicht wußte. Und zwar, daß du

dich oft mit Gegè an der Stelle getroffen hast, wo die Schüsse gefallen sein sollen.«

»Er wußte es?!«

»Anscheinend wußten es alle! Die halbe Stadt wußte es! Ich hab' mich also nicht mal angezogen, sondern bin losgefahren, wie ich war, im Schlafanzug…«

Montalbano hob müde eine Hand und unterbrach ihn.

»Du schläfst im Schlafanzug?«

»Ja«, sagte Augello verdutzt. »Warum?«

»Nur so. Sprich weiter.«

»Während ich zum Auto rannte, hab' ich mit dem Handy den Notarzt gerufen. Und das war gut so, denn du hast viel Blut verloren.«

»Danke«, sagte Montalbano ergriffen.

»Ach was, danke! Das hättest du für mich doch auch getan, oder?«

Montalbano prüfte rasch sein Gewissen und zog es vor, nicht zu antworten.

»Ich muß dir noch etwas Komisches erzählen«, fuhr Augello fort. »Das erste, worum du mich gebeten hast, als du noch im Sand lagst und gejammert hast, war, daß ich die Schnecken von dir wegnehmen sollte, die auf dir herumkrochen. Du warst in einer Art Delirium, ich habe also gesagt, ich nehme dir die Schnecken ab, aber da war keine einzige Schnecke.«

Livia kam, sie umarmte ihn fest und fing an zu weinen, als sie sich so nah wie möglich neben ihn aufs Bett legte.

»Bleib so«, sagte Montalbano.

Sie hatte ihren Kopf auf seine Brust gelegt, und er genoß den Duft ihres Haares.
»Wie hast du es erfahren?«
»Aus dem Radio. Das heißt, meine Cousine hat es gehört. Das war eine schöne Überraschung am Morgen.«
»Was hast du dann gemacht?«
»Als erstes habe ich bei der Alitalia einen Flug nach Palermo gebucht, dann habe ich dein Büro in Vigàta angerufen, sie haben mich mit Augello verbunden, der sehr freundlich war, er hat mich beruhigt und mir angeboten, mich vom Flughafen abzuholen. Während der Autofahrt hat er mir dann alles erzählt.«
»Livia, wie geht es mir?«
»Dafür, was dir passiert ist, geht es dir gut.«
»Bin ich für immer ein Wrack?«
»Was redest du da?«
»Muß ich jetzt mein Leben lang *in bianco* essen?«

»Aber Sie binden mir die Hände«, sagte der Questore lächelnd.
»Warum?«
»Weil Sie sich als Sheriff oder, wenn Ihnen das lieber ist, als nächtlicher Rächer betätigen und Thema Nummer eins in sämtlichen Sendern und Zeitungen sind.«
»Das ist nicht meine Schuld.«
»Nein, das ist es nicht, aber es ist auch nicht meine Schuld, wenn ich gezwungen sein werde, Sie zu befördern. Sie müßten eine Zeitlang brav bleiben. Gott sei Dank sind Sie die nächsten drei Wochen erst mal hier.«

»Was, so lange?!«
»Ach, übrigens, Staatssekretär Licalzi ist in Montelusa, und zwar, wie er sagt, um die öffentliche Meinung im Kampf gegen die Mafia zu sensibilisieren, und er hat die Absicht geäußert, Sie heute nachmittag zu besuchen.«
»Ich will ihn nicht sehen!« schrie Montalbano aufgebracht.
Das war einer, der reichlich von der Mafia profitiert hatte und jetzt wieder mit von der Partie war, und zwar mit Unterstützung der Mafia.
In diesem Augenblick kam der Chefarzt herein. Sechs Personen waren im Raum, daher schaute er äußerst finster drein.
»Nehmen Sie es mir nicht übel, aber ich muß Sie bitten, ihn jetzt allein zu lassen, er braucht Ruhe.«
Sie verabschiedeten sich einer nach dem anderen, während der Chefarzt laut zur Schwester sagte:
»Für heute keine Besuche mehr.«
»Der Staatssekretär reist heute nachmittag um fünf ab«, sagte der Questore leise zu Montalbano. »Leider kann er nach dieser Anweisung des Arztes nicht mehr bei Ihnen vorbeikommen.«
Sie grinsten sich an.

Nach einigen Tagen wurde die Infusion abgesetzt, und man stellte ihm ein Telefon ans Bett. Am selben Morgen kam, beladen wie der Weihnachtsmann, Nicolò Zito zu Besuch.
»Ich habe dir einen Fernseher, ein Videogerät und eine

Kassette mitgebracht. Und die Zeitungen, die was über dich geschrieben haben.«

»Was ist auf der Kassette?«

»Ich habe den ganzen Quatsch, den wir – ich, ›Televigàta‹ und die anderen Sender – über die Geschichte von uns gegeben haben, aufgenommen und zusammengeschnitten.«

»*Pronto*, Salvo? Hier ist Mimì. Wie geht's dir heute?«

»Besser, danke.«

»Ich wollte dir nur sagen, daß sie unseren Freund Ingrassia umgebracht haben.«

»Ich hab's ja gleich gewußt. Wann war das?«

»Heute morgen. Er wurde erschossen, als er mit seinem Wagen in die Stadt fuhr. Zwei Typen auf einem schweren Motorrad. Der Kollege, der auf ihn angesetzt war, hat noch versucht, ihm zu Hilfe zu kommen, aber da war nichts mehr zu machen. Hör zu, Salvo, morgen früh komm' ich zu dir. Du mußt mir offiziell in allen Einzelheiten von deiner Schießerei berichten.«

Er bat Livia, die Kassette einzulegen; er war nicht besonders neugierig, aber es war ein Zeitvertreib. Galluzzos Schwager gab sich in »Televigàta« seiner Phantasie hin, die eines Drehbuchautors zu einem Film wie *Jäger des verlorenen Schatzes* würdig gewesen wäre. Seiner Meinung nach war die Schießerei die direkte Folge aus der Entdeckung der beiden mumifizierten Leichen in der Höhle. Welches schreckliche und unerforschbare Geheimnis steckte hinter diesem lang zurückliegenden Verbrechen? Der Journalist entblödete sich nicht – wenn auch nur am Rande –, an das traurige Ende zu erinnern, das die Entdecker der Pharaonengräber genommen hatten, und brachte es mit dem Hinterhalt in Verbindung, in den der Commissario geraten war.

Montalbano lachte, bis ihm ein stechender Schmerz in die Seite fuhr. Dann erschien das Gesicht von Pippo Ragonese, des politischen Kommentators desselben Privatsenders, Exkommunist, Exchristdemokrat und jetzt Spitzenvertreter der »Erneuerungspartei«. Ragonese stellte klar und deutlich eine Frage: Was wollte Commissario Montalbano von einem Zuhälter und Dealer, von dem das Gerücht sagte, er sei sein Freund? War dieser Umgang mit dem hohen moralischen Maßstab vereinbar, dem jeder Diener des Staates zu genügen hatte? Die Zeiten hätten sich geändert, schloß der Kommentator ernst, dank der neuen Regierung wehe ein Wind der Erneuerung durchs Land, und man müsse Schritt halten. Die Verhaltensweisen von früher, die alten abgekarteten Spielchen müßten ein für allemal ein Ende haben.

Montalbano spürte wieder einen stechenden Schmerz, diesmal aus Wut, und er jammerte. Livia stand sofort auf und schaltete den Fernseher aus.

»Über so einen Vollidioten regst du dich auf?«

Er lag ihr eine halbe Stunde lang in den Ohren, bis Livia schließlich nachgab und den Fernseher wieder einschaltete. Nicolò Zitos Kommentar war herzlich, empört, vernünftig. Herzlich wegen seines Freundes, des Commissario, dem er die aufrichtigsten Genesungswünsche sandte; empört, weil die Mafia trotz aller Versprechen der Politiker auf der Insel tun und lassen konnte, was sie wollte; vernünftig, weil er Tanos Festnahme mit dem Waffenfund in Verbindung brachte. Beides sei ein schwerer Schlag gegen das organisierte Verbrechen gewesen, ausgeführt von Montalbano, der damit einen gefährlichen Gegner darstelle, der um jeden Preis aus dem Weg geräumt werden müsse. Über die Hypothese, der Hinterhalt sei die Rache der entweihten Toten, machte er sich lustig: Mit welchem Geld sollen sie die gedungenen Mörder denn bezahlt haben, vielleicht mit dem ungültigen Kleingeld aus der Schale?

Dann hatte wieder der Journalist von »Televigàta« das Wort; er brachte ein Interview mit Alcide Maraventato, der zur Feier des Tages als »Spezialist des Okkulten« bezeichnet wurde. Der Expriester trug eine Soutane, die mit bunten Flicken ausgebessert war, und nuckelte am Fläschchen. Auf die beharrlichen Fragen, die ihn dazu bringen sollten, eine mögliche Verbindung zwischen dem Hinterhalt, in den der Commissario geraten war, und der sogenannten Profanation zu bestätigen, reagierte Maraventato virtuos wie ein routinierter Schauspieler, mal äußerte er sich zustimmend, mal wich er aus und ließ alle in einer nebulösen Ungewißheit. Mit dem Erkennungszeichen für Ragoneses Kommentar war die Kassette mit Zitos filmischem Arrangement zu Ende. Aber dann erschien ein unbekannter Journalist und teilte mit, daß sein Kollege an diesem Abend nicht sprechen könne, weil er Opfer eines brutalen Überfalls geworden sei. Unbekannte Verbrecher hätten ihn letzte Nacht, als er nach seinem Dienst bei »Televigàta« heimfahren wollte, übel zugerichtet und ausgeraubt. Der Journalist ging mit den Ordnungshütern hart ins Gericht, die nicht mehr in der Lage seien, die Sicherheit der Bürger zu gewährleisten.

»Warum wollte Zito dir das denn zeigen, es hat doch nichts mit dir zu tun?« fragte Livia naiv – sie kam aus dem Norden und verstand gewisse Anspielungen eben nicht.

Augello befragte ihn, und Tortorella führte Protokoll. Der Commissario erzählte, daß Gegè sein Schulkamerad und Freund gewesen sei und daß die Freundschaft die Zeiten überdauert habe, obwohl sie beide sich in entgegengesetzten Lagern befunden hätten. Er gab zu Protokoll, daß Gegè ihn an jenem Abend um ein Treffen gebeten habe, sie aber nur wenige Worte hätten wechseln können, sie seien kaum über die Begrüßung hinausgekommen.

»Gegè wollte gerade etwas über den Waffenhandel sagen, er hatte etwas läuten hören, das mich interessieren könnte. Aber was, konnte er mir nicht mehr mitteilen.«

Augello tat, als glaube er ihm, und Montalbano berichtete in allen Einzelheiten vom Ablauf der Schießerei.

»Und jetzt erzähl du«, sagte er zu Mimì.

»Erst unterschreibst du das Protokoll«, erwiderte Augello.

Montalbano unterschrieb, Tortorella verabschiedete sich und fuhr ins Büro. Es gebe wenig zu erzählen, sagte Augello, das Motorrad habe Ingrassias Auto überholt, der

Hintermann habe sich umgedreht und geschossen, und das sei's dann auch schon gewesen. Ingrassias Auto sei im Graben gelandet.
»Sie haben den trockenen Ast abgesägt«, war Montalbanos Kommentar. Eine leise Melancholie beschlich ihn, weil er sich ausgeschlossen fühlte.
»Was habt ihr jetzt vor?«
»Ich habe die Kollegen in Catania informiert, und sie haben versprochen, an Brancato dranzubleiben.«
»Hoffentlich geht das gut«, sagte Montalbano.
Augello konnte es nicht wissen, aber möglicherweise hatte er Brancatos Todesurteil unterschrieben, als er Catania informierte.
»Wer war das?« fragte Montalbano nach einer Pause plötzlich.
»Wer war was?«
»Da, schau.«
Er betätigte die Fernbedienung und zeigte ihm die Sequenz mit der Nachricht vom Überfall auf Ragonese. Mimì tat sehr überzeugend, als hätte er keine Ahnung.
»Das fragst du mich? Außerdem kann uns das egal sein, Ragonese wohnt in Montelusa.«
»Meine Güte, bist du naiv, Mimì! Da schau, darfst Finger lutschen!«
Er hielt ihm wie einem Baby den kleinen Finger hin.

Achtzehn

Nach einer Woche war es mit den Besuchen, den Umarmungen, den Anrufen und Genesungswünschen vorbei, und Einsamkeit und Langeweile hielten Einzug. Er hatte Livia überredet, zu ihrer Cousine nach Mailand zurückzukehren, sie sollte doch ihren Urlaub nicht verplempern, von der geplanten Reise nach Kairo war momentan gar keine Rede. Sie vereinbarten, daß Livia wieder runterkäme, sobald der Commissario entlassen sei, erst dann würde sie entscheiden, wie und wo sie ihre noch verbleibenden zwei Wochen Urlaub verbringen wollte.

Auch der Aufruhr um Montalbano und das, was er erlebt hatte, schwächte langsam zu einem Echo ab und verstummte dann ganz. Nur Augello oder Fazio leisteten ihm jeden Tag Gesellschaft; sie blieben kurz, gerade so lang, um ihm von Neuigkeiten und dem Stand verschiedener Ermittlungen zu berichten.

Jeden Morgen, wenn er aufwachte, nahm Montalbano sich vor, nachzudenken und sich mit den Toten vom Crasticeddru zu beschäftigen; er fragte sich, wann ihm jemals wieder eine solche Ruhe gegönnt sein würde, ohne jede Störung, und er einen Gedanken zu Ende denken könnte, der ihm zu einem Lichtblick, zu einer Anregung verhalf.

Du mußt deinen Zustand ausnutzen, dachte er und machte sich, wie ein galoppierendes Pferd, voller Elan daran, die Geschichte Revue passieren zu lassen, fiel nach einer Weile in kurzen Trab, dann in Schritt, bis sich schließlich eine sanfte Trägheit in ihm, seinem Körper und seinem Hirn, breitmachte.
Das muß die Rekonvaleszenz sein, dachte er.
Er setzte sich in den Sessel, nahm eine Zeitung oder eine Zeitschrift in die Hand, und wenn er einen etwas längeren Artikel zur Hälfte gelesen hatte, wurden seine Augen langsam bleischwer, und er glitt in einen wohlig warmen Schlaf.

»Der Brigadiere Fazio hat mir gesagt, daß Sie heute heimkommen. Meine Anteilnahme und gute Besserung. Der Brigadiere hat mir auch gesagt, daß Sie Diätküche brauchen. Adelina.« Seine Haushälterin hatte den Zettel auf den Küchentisch gelegt, und Montalbano sah schnell nach, was seine Perle sich unter Diätküche vorstellte: zwei fangfrische *merluzzi*, mit Öl und Zitrone anzumachen. Er zog den Telefonstecker heraus, denn er wollte sich in aller Ruhe wieder zu Hause eingewöhnen. Viel Post wartete auf ihn, aber er öffnete keinen einzigen Brief, las keine Postkarte. Er aß und legte sich dann hin.
Vor dem Einschlafen beschäftigte ihn noch eine Frage: Wenn die Ärzte ihm versichert hatten, er werde sich ganz und gar erholen, warum war er dann so niedergeschlagen und sein Hals wie zugeschnürt?

Die ersten zehn Minuten fuhr Montalbano sehr vorsichtig und achtete mehr auf seine Seite als auf die Straße. Als er feststellte, daß er auch heftige Erschütterungen ertragen konnte, gab er Gas, fuhr durch Vigàta, nahm die Straße Richtung Montelusa, bog an der Abzweigung von Montaperto nach links ab, fuhr ein paar Kilometer weiter, bog in einen Feldweg ein und gelangte auf einen kleinen freien Platz, an dem ein Bauernhaus stand. Er stieg aus. Gegès Schwester Marianna, die seine Lehrerin gewesen war, saß auf einem Stuhl neben der Tür und reparierte einen Korb. Als sie den Commissario sah, ging sie ihm entgegen.
»Salvù, ich wußte, daß du kommen würdest.«
»Sie sind die erste, die ich nach dem Krankenhaus besuche«, sagte Montalbano und umarmte sie.
Mariannina fing leise an zu weinen, sie klagte nicht, sie weinte einfach, und auch Montalbano stiegen die Tränen in die Augen.
»Hol dir einen Stuhl«, sagte Mariannina.
Montalbano setzte sich neben die Frau, und sie nahm seine Hand und streichelte sie.
»Hat er gelitten?«
»Nein. Noch während sie schossen, wußte ich, daß Gegè sofort tot war. Das wurde mir später auch bestätigt. Ich glaube, er hat gar nicht begriffen, was passiert ist.«
»Stimmt es, daß du den getötet hast, der Gegè umgebracht hat?«
»Sissi.«
»Wo Gegè auch immer ist, darüber freut er sich bestimmt.«

Mariannina seufzte und drückte fest Montalbanos Hand.
»Gegè hat dich sehr gern gehabt«, sagte sie.
Meu amigo de alma – der Titel dieses Buches von Mário de Sá-Carneiro ging ihm durch den Kopf.
»Ich hab' ihn auch sehr gern gehabt«, sagte er.
»Weißt du noch, was er alles angestellt hat?«
Mißraten war er als Kind gewesen, ein Taugenichts. Mariannina bezog sich offenbar nicht auf die letzten Jahre, auf Gegès problematisches Verhältnis zum Gesetz, sondern auf jene fernen Zeiten, in denen ihr jüngerer Bruder noch klein und ein frecher Lausbub war. Montalbano lächelte.
»Erinnern Sie sich, wie er mal einen Knallfrosch in einen Kupferkessel geschmissen hat, den gerade jemand repariert hat, und der ist von dem Knall in Ohnmacht gefallen?«
»Und wie er mal den Tintenfisch in der Handtasche von Signora Longo, der Lehrerin, ausgeleert hat?«
Zwei Stunden lang plauderten sie über Gegè und seine Streiche, verweilten aber nur bei Geschichten, die in seiner Jugend spielten.
»Es ist spät geworden, ich muß fahren«, sagte Montalbano.
»Du kannst gern zum Essen bleiben, aber vielleicht ist es zu schwer, und du verträgst es noch nicht.«
»Was gibt's denn?«
»Attuppateddri al suco.«
Attuppateddri waren kleine hellbraune Schnecken, die, bevor sie in Winterschlaf fielen, ein Sekret absonderten, das eine feste weiße Haut bildete, die die Öffnung des

Schneckenhauses verschloß. Im ersten Augenblick wollte Montalbano angewidert ablehnen. Wie lange verfolgte ihn diese Wahnvorstellung denn noch? Dann beschloß er heldenhaft, die Einladung anzunehmen und sie als doppelte Herausforderung für Magen und Seele zu betrachten. Als das Essen, das einen allerfeinsten ockergelben Duft verströmte, vor ihm stand, mußte er sich einen Ruck geben, aber nachdem er den ersten *attuppateddru* mit einer Nadel herausgezogen und gekostet hatte, fühlte er sich mit einemmal wie erlöst: Der Wahn war verschwunden, die Melancholie ausgetrieben, zweifellos würde auch sein Magen sich fügen.

Im Büro blieb ihm fast die Luft weg vor lauer Umarmungen, Tortorella wischte sich sogar eine Träne aus dem Augenwinkel.

»Ich weiß, wie das ist, wenn man angeschossen wurde und dann wiederkommt!«

»Wo ist Augello?«

»In Ihrem Büro«, sagte Catarella.

Montalbano ging rein, ohne anzuklopfen, Mimì sprang vom Schreibtischstuhl auf, als hätte ihn jemand beim Klauen erwischt, und wurde rot.

»Ich habe nichts angerührt. Aber mit dem Telefonieren…«

»Ist schon in Ordnung, Mimì«, fiel Montalbano ihm ins Wort und unterdrückte das Bedürfnis, ihm, der es gewagt hatte, sich auf seinem Stuhl niederzulassen, einen Arschtritt zu versetzen.

»Ich wollte heute noch zu dir nach Hause kommen«, sagte Augello.
»Wozu?«
»Um den Personenschutz zu besprechen.«
»Für wen?«
»Was heißt hier für wen? Für dich natürlich. Es ist ja nicht gesagt, daß die es nicht noch mal versuchen, nachdem es das erste Mal schiefgegangen ist.«
»Du irrst dich, mir wird nichts mehr passieren. Weil du auf mich hast schießen lassen, Mimì.«
Augello lief rot an und zitterte, als hätte ihm jemand einen Starkstromstecker in den Hintern gesteckt. Dann sackte sein Blut wohin auch immer, und er wurde totenblaß.
»Was redest du da?« brachte er mühsam hervor.
Montalbano fand, er habe sich für die Enteignung seines Schreibtisches genug gerächt.
»Reg dich ab, Mimì. Ich habe mich falsch ausgedrückt. Ich wollte sagen: Du hast den Mechanismus ausgelöst, der dazu führte, daß man auf mich geschossen hat.«
»Wie meinst du das?« fragte Augello, der auf dem Stuhl zusammengesunken war und sich mit einem Taschentuch um den Mund und über die Stirn wischte.
»Mein Lieber, du hast, ohne dich mit mir abzusprechen, ohne mich zu fragen, ob ich einverstanden bin oder nicht, die Polizei auf Ingrassia angesetzt. Hast du etwa geglaubt, der ist so blöd und merkt das nicht? Er hat höchstens einen halben Tag gebraucht, um rauszukriegen, daß er beschattet wird. Und natürlich ist er davon ausgegangen, daß ich den Befehl dazu gegeben habe. Er wußte, daß er

alle möglichen Dummheiten angestellt hatte, derentwegen ich ihn im Visier hatte, und um vor Brancato, der ihn aus dem Weg räumen wollte – du selbst hast mir von dem Gespräch zwischen den beiden berichtet – wieder besser dazustehen, hat er zwei Idioten angeheuert, um mich auszuschalten. Aber sein Plan ist fehlgeschlagen. Da hatte Brancato oder sonst jemand aus dieser Ecke die Schnauze endgültig voll von Ingrassia und seinen gefährlichen glorreichen Ideen – denk an den überflüssigen Mord an dem armen Cavaliere Misuraca – und dafür gesorgt, daß er von der Bildfläche verschwindet. Wenn du Ingrassia nicht gewarnt hättest, wäre Gegè noch am Leben und ich hätte nicht diese Schmerzen in der Seite. Das ist alles.«
»Wenn es so ist, dann hast du recht«, sagte Mimì am Boden zerstört.
»Es ist so, da kannst du deinen Arsch drauf wetten.«

Das Flugzeug landete ganz nah am Flughafengebäude, die Passagiere mußten nicht umsteigen. Montalbano sah, wie Livia die Treppe herunterkam und mit gesenktem Kopf auf den Eingang zuging. Er versteckte sich in der Menge und beobachtete Livia, wie sie nach langem Warten ihren Koffer vom Förderband nahm, ihn auf einen Wagen legte und sich auf den Weg zum Taxistand machte. Am Abend zuvor hatten sie am Telefon vereinbart, daß sie den Zug von Palermo nach Montelusa nehmen und er sie dann am Bahnhof abholen würde. Aber da hatte er schon vorgehabt, sie zu überraschen und gleich an den Flughafen Punta Ràisi zu kommen.

»Sind Sie allein? Kann ich Sie mitnehmen?«

Livia, die gerade auf das erste Taxi in der Reihe zusteuerte, blieb wie angewurzelt stehen und stieß einen Schrei aus.

»Salvo!«

Glücklich umarmten sie sich.

»Gut schaust du aus!«

»Du auch«, sagte Montalbano. »Ich beobachte dich schon seit über einer halben Stunde, seit du ausgestiegen bist.«

»Warum hast du dich denn nicht bemerkbar gemacht?«

»Es macht mir Spaß, dir zuzuschauen, wenn ich für dich gar nicht vorhanden bin.«

Sie stiegen ins Auto, und Montalbano, anstatt loszufahren, umarmte sie erst mal, küßte sie, legte seine Hand auf ihre Brust, beugte den Kopf hinunter, streichelte mit seiner Wange ihr Knie, ihren Bauch.

»Laß uns hier wegfahren«, keuchte Livia, »sonst kriegen sie uns noch wegen Erregung öffentlichen Ärgernisses dran.«

Auf dem Weg nach Palermo machte der Commissario ihr einen Vorschlag, auf den er gerade erst gekommen war.

»Bleiben wir in der Stadt? Ich möchte dir die Vuccirìa zeigen.«

»Ich kenne die Vuccirìa. Guttuso.«

»Aber dieses Bild ist miserabel, glaub mir. Wir nehmen uns ein Zimmer, machen einen kleinen Bummel, gehen in die Vuccirìa, schlafen und fahren morgen früh nach Vigàta. Ich habe nichts zu tun und kann mich als Touristen betrachten.«

Als sie ins Hotel kamen, vergaßen sie ihren Vorsatz, sich nur schnell frisch zu machen und dann in die Stadt zu gehen. Sie blieben da, sie liebten sich, sie schliefen ein. Nach ein paar Stunden wachten sie auf und fingen von vorn an. Es war schon fast Abend, als sie das Hotel verließen und in die Vuccirìa gingen. Livia war ganz benommen von dem Stimmengewirr, den Aufforderungen und dem Geschrei der Händler, dem Dialekt, den Kontrasten, den plötzlichen Streitereien, den Farben, die so leuchtend waren, daß sie fast künstlich wirkten, wie gemalt. Der Geruch nach frischem Fisch mischte sich mit dem Duft von Mandarinen, gekochten und mit *caciocavallo* belegten Innereien vom Lamm – der *mèusa* – und Gebratenem, und dieser Schmelztiegel an Gerüchen war etwas Unwiederholbares, fast Magisches. Montalbano blieb vor einem kleinen Secondhandladen stehen.

»Als ich zur Uni ging und hier immer Brot mit *mèusa* aß, wogegen meine Leber heute rebellieren würde, war das hier ein Laden, wie es keinen zweiten gab. Jetzt verkaufen sie gebrauchte Klamotten, damals waren die Regale alle leer. Der Besitzer, Don Cesarino, saß hinter dem Ladentisch, der auch vollkommen leer war, und empfing seine Kunden.«

»Was für Kunden denn, wenn die Regale leer waren?«

»Sie waren nicht wirklich leer, sie waren sozusagen voller Absichten, voller Anfragen. Dieser Mann verkaufte Dinge, die auf Bestellung gestohlen wurden. Man ging zu Don Cesarino und sagte: Ich brauche eine Uhr, die so und so ist. Oder: Ich hätte gern ein Bild, was weiß ich, ein Bild vom Meer aus dem neunzehnten Jahrhundert. Oder: Ich brauche einen Ring in der und der Art. Er nahm die Bestellung auf, schrieb sie auf ein Stück Einwickelpapier, das gelbliche, grobe, wie man es früher hatte, verhandelte über den Preis und sagte, wann man wieder vorbeikommen sollte. Zum vereinbarten Datum, auf den Tag genau, zog er die gewünschte Ware unter dem Tisch hervor und händigte sie einem aus. Reklamationen duldete er nicht.«

»Entschuldige, aber wozu brauchte er einen Laden? Ich meine: Den Beruf konnte er doch überall ausüben, in einer Bar, an einer Straßenecke …«

»Weißt du, wie seine Freunde von der Vuccirìa ihn nannten? Don Cesarino u Putiàru, der Kaufmann. Denn Don Cesarino hielt sich weder für einen Informanten, wie man heute sagt, noch für einen Hehler, sondern er war ein Händler wie viele andere auch, und der Laden, für den er Miete und Strom zahlte, war der Beweis dafür. Er war keine Fassade, kein Deckmäntelchen.«

»Ihr spinnt doch alle.«

»Wie mein eigenes Kind! Lassen Sie sich wie mein eigenes Kind umarmen!« rief die Frau des Preside und drückte ihn eine Weile fest an ihre Brust.

»Sie glauben ja gar nicht, wie sehr wir uns um Sie gesorgt haben!« setzte ihr Mann noch eins drauf.

Der Preside hatte ihn morgens angerufen und ihn zum Abendessen eingeladen, Montalbano hatte statt dessen ein Zusammensein am Nachmittag vorgeschlagen. Sie führten ihn ins Wohnzimmer.

»Lassen Sie uns gleich zur Sache kommen, dann verlieren Sie nicht soviel Zeit«, fing Preside Burgio an.
»Ich habe alle Zeit der Welt, ich bin momentan arbeitslos.«
»Meine Frau hat Ihnen, als Sie neulich zum Abendessen bei uns waren, doch erzählt, daß ich sie phantastisch finde. Nun gut, sobald Sie aus der Tür waren, hat sie ihrer Phantasie freien Lauf gelassen. Ich wollte Sie schon früher anrufen, aber wir wissen ja, was dann passiert ist.«
»Wollen wir nicht den Signor Commissario selbst beurteilen lassen, ob das Phantasien sind?« meinte die Signora ein bißchen pikiert und dann herausfordernd: »Redest du, oder rede ich?«
»Phantasien sind deine Sache.«
»Ich weiß nicht, ob Sie sich noch erinnern, aber als Sie meinen Mann fragten, wo Sie Lillo Rizzitano finden könnten, da sagte er, er habe seit Juli 1943 keine Nachricht mehr von ihm. Da ist mir etwas eingefallen. Auch ich habe nämlich in der gleichen Zeit eine Freundin aus den Augen verloren, das heißt, sie ist dann schon wieder aufgetaucht, aber auf eine recht merkwürdige Weise, die ...«
Montalbano lief es kalt den Rücken hinunter, die beiden vom Crasticeddru waren blutjung gewesen, als sie ermordet wurden.
»Wie alt war Ihre Freundin damals?«
»Siebzehn. Aber sie war viel reifer als ich, ich war ja noch so kindlich. Wir gingen zusammen in die Schule.«
Sie öffnete einen Briefumschlag, der auf dem Tisch lag, zog ein Foto heraus und zeigte es Montalbano.

»Das haben wir am letzten Schultag gemacht, in der dritten Klasse des Gymnasiums. Sie ist ganz links in der letzten Reihe, daneben, das bin ich.«

Alle lachend, in der faschistischen Uniform der Giovani Italiane, ein Lehrer, den Arm zum römischen Gruß ausgestreckt.

»Aufgrund der schlimmen Situation auf der Insel wegen der Bombenangriffe schlossen die Schulen am letzten Tag im April, und wir kamen um die gräßliche Abiturprüfung herum, unsere bisherigen Noten gaben den Ausschlag, ob wir bestanden oder sitzenblieben. Lisetta Moscato, so hieß meine Freundin, zog mit ihrer Familie in ein kleines Dorf im Inselinneren. Sie schrieb mir jeden zweiten Tag, und ich habe alle ihre Briefe aufbewahrt, das heißt die, die ankamen. Wissen Sie, die Post in diesen Zeiten... Auch meine Familie zog weg, wir gingen sogar auf den Kontinent, zu einem Bruder meines Vaters. Als der Krieg vorbei war, schrieb ich meiner Freundin sowohl an die Adresse in dem kleinen Dorf als auch nach Vigàta. Es kam keine Antwort, und ich machte mir Sorgen. Ende 1946 kehrten wir schließlich nach Vigàta zurück. Ich wollte Lisettas Eltern besuchen. Ihre Mutter war gestorben, der Vater versuchte erst, eine Begegnung mit mir zu vermeiden, dann war er sehr unfreundlich und sagte, Lisetta habe sich in einen amerikanischen Soldaten verliebt und sei ihm gegen den Willen der Familie gefolgt. Er fügte noch hinzu, seine Tochter sei für ihn gestorben.«

»Ich finde das eigentlich gar nicht so abwegig«, sagte Montalbano.

»Habe ich es dir nicht gleich gesagt?« mischte sich der Preside triumphierend ein.

»Schauen Sie, Dottore, merkwürdig war es schon, auch wenn man außer acht läßt, was danach geschah. Lisetta hätte mich auf jeden Fall wissen lassen, wenn sie sich in einen amerikanischen Soldaten verliebt hätte. Und in den Briefen, die sie mir aus Serradifalco schrieb – so hieß das Dorf, in das sie geflohen waren –, ging es immer nur um eines: die Qual, die sie empfand, weil ihre heimliche große Liebe nicht bei ihr war. Ein junger Mann, dessen Namen sie mir nie sagen wollte.«

»Bist du sicher, daß es diese heimliche Liebe wirklich gab? Konnte das nicht auch die Phantasie eines jungen Mädchens sein?«

»Lisetta war nicht der Typ, der sich in Phantasien verstieg.«

»Ich meine«, sagte Montalbano, »mit siebzehn, und leider auch danach noch, braucht man für die Beständigkeit von Gefühlen nicht seine Hand ins Feuer zu legen.«

»Glaub's halt endlich«, ließ sich der Preside vernehmen.

Wortlos holte die Signora ein weiteres Foto aus dem Umschlag. Es zeigte eine junge Braut am Arm eines gutaussehenden jungen Mannes in amerikanischer Uniform.

»Das habe ich Anfang 1947 aus New York bekommen, so steht es auf dem Stempel.«

»Damit ist doch jeder Zweifel ausgeräumt, finde ich«, schloß der Preside.

»O nein, das wirft überhaupt erst Zweifel auf.«

»Wie meinen Sie das, Signora?«

»Weil nur diese Fotografie im Umschlag war, dieses Foto von Lisetta und dem Soldaten, kein Brief, nichts. Und auch hinten auf dem Foto kein Wort, sehen Sie selbst. Können Sie mir erklären, warum meine beste Freundin mir nur ein Foto schickt und kein Wort dazu schreibt?«
»Haben Sie die Schrift ihrer Freundin auf dem Umschlag erkannt?«
»Die Adresse war mit der Maschine geschrieben.«
»Ah«, machte Montalbano.
»Und noch etwas: Elisa Moscato war eine Cousine ersten Grades von Lillo Rizzitano. Und Lillo hatte sie sehr lieb, wie eine kleine Schwester.«
Montalbano sah den Preside an.
»Er verehrte sie«, gab Burgio zu.

Neunzehn

Je mehr Commissario Montalbano sich den Kopf zerbrach, je engere Kreise er zog, je näher er der Sache kam, um so mehr war er davon überzeugt, auf dem richtigen Weg zu sein. Er hatte nicht einmal wie üblich seinen Spaziergang bis ans Ende der Mole gebraucht, um seine Gedanken zu sammeln, sondern sich, mit dem Hochzeitsfoto in der Tasche, von den Burgios direkt auf den Weg nach Montelusa gemacht.

»Ist der Dottore da?«

»Ja, aber er arbeitet, ich sage ihm Bescheid«, sagte der Pförtner.

Pasquano stand mit zwei Assistenten um eine Marmorplatte herum, auf der ein nackter Leichnam lag, die Augen weit geöffnet. Recht hatte er, der Tote, daß er die Augen vor Verwunderung aufriß, denn die drei prosteten sich mit Pappbechern zu. Der Dottore hatte eine Sektflasche in der Hand.

»Kommen Sie, wir haben was zu feiern!«

Montalbano dankte einem Assistenten, der ihm einen Becher reichte, und Pasquano goß ihm einen Schluck Sekt ein.

»Auf wen trinken wir?« fragte der Commissario.

»Auf mich. Das hier ist nämlich meine tausendste Obduktion.«
Montalbano trank, dann nahm er den Dottore auf die Seite und zeigte ihm das Foto.
»Könnte die Tote vom Crasticeddru so ausgesehen haben wie das Mädchen auf dem Foto?«
»Sie haben sie ja wohl nicht mehr alle«, stellte Pasquano freundlich fest.
»Bitte entschuldigen Sie«, sagte der Commissario.
Er machte auf dem Absatz kehrt und ging. Was war er nur für ein Idiot, er, nicht der Dottore. Er hatte sich von seiner Begeisterung hinreißen lassen und Pasquano die dümmste Frage gestellt, die man nur stellen konnte.
Beim Erkennungsdienst hatte er auch nicht mehr Glück.
»Ist Jacomuzzi da?«
»Nein, er ist beim Questore.«
»Wer ist denn für das Fotolabor zuständig?«
»De Francesco, im Untergeschoß.«
De Francesco sah das Foto an, als hätte er noch nie von der Möglichkeit gehört, Bilder von lichtempfindlichen Filmen wiederzugeben.
»Was wollen Sie von mir?«
»Wissen, ob es sich um eine Fotomontage handelt.«
»Das ist nicht mein Job. Ich kann nur Fotos machen und entwickeln. Kompliziertere Fälle leiten wir nach Palermo weiter.«

Dann drehte sich das Rad endlich in die richtige Richtung, und alles Weitere ließ sich gut an. Er rief den Fotografen jener Zeitschrift an, in der die Rezension von Maraventatos Buch erschienen war; er wußte noch, wie er hieß.

»Bitte entschuldigen Sie die Störung, sind Sie Signor Contino?«

»Ja, am Apparat.«

»Hier ist Commissario Montalbano, ich würde mich gern mit Ihnen treffen.«

»Ich freue mich, Sie kennenzulernen. Sie können gleich kommen, wenn Sie wollen.«

Der Fotograf wohnte im alten Teil von Montelusa, in einem der wenigen Häuser, die einen Erdrutsch überlebt hatten, bei dem ein ganzes Viertel mit arabischem Namen begraben worden war.

»Von Berufs wegen bin ich eigentlich kein Fotograf, ich unterrichte Geschichte am Gymnasium, es ist mehr Liebhaberei. Womit kann ich Ihnen helfen?«

»Können Sie mir sagen, ob dieses Foto eine Fotomontage ist?«

»Ich kann es versuchen«, sagte Contino und sah sich das Foto an. »Wissen Sie, wann es aufgenommen wurde?«

»Etwa 1946, wurde mir gesagt.«

»Kommen Sie übermorgen wieder.«

Montalbano senkte den Kopf und schwieg.

»Ist es dringend? Dann machen wir folgendes – ich kann Ihnen in etwa zwei, drei Stunden eine erste Antwort geben, die jedoch noch einer Bestätigung bedarf.«

»Einverstanden.«

Die zwei Stunden verbrachte Montalbano in einer Kunstgalerie, in der die Bilder eines siebzigjährigen sizilianischen Malers ausgestellt wurden, der noch einer gewissen populistischen Phrasenhaftigkeit verhaftet war, aber die Farben, die intensiv und sehr lebhaft waren, gut getroffen hatte. Allerdings sah er sich die Bilder ziemlich zerstreut an, weil er wegen Continos Antwort wie auf glühenden Kohlen saß, und schaute alle fünf Minuten auf die Uhr.

»Wie sieht's aus?«

»Ich bin gerade fertig. Meiner Meinung nach handelt es sich tatsächlich um eine Fotomontage. Sehr gut gemacht.«

»Woran erkennen Sie das?«

»An den Schatten im Hintergrund. Der Kopf der wahren Braut wurde durch den Kopf des Mädchens ersetzt.«

Davon hatte Montalbano ihm gar nichts gesagt. Contino wußte nichts davon, der Commissario hatte ihm gegenüber nicht erwähnt, worauf es ihm ankam.

»Und noch etwas: Das Gesicht des Mädchens wurde retuschiert.«

»Inwiefern retuschiert?«

»Man hat sie, wie soll ich sagen, etwas älter gemacht.«

»Kann ich es wiederhaben?«

»Natürlich, ich brauche es nicht mehr. Ich dachte, es sei schwieriger, ich brauche keine Bestätigung, wie ich ursprünglich glaubte.«

»Sie haben mir wirklich sehr geholfen.«

»Hören Sie, Commissario, meine Stellungnahme ist rein privat, verstehen Sie? Sie hat keinerlei Rechtsgültigkeit.«

Der Questore empfing ihn nicht nur sofort, sondern breitete vor Freude seine Arme weit aus.
»Was für eine schöne Überraschung! Haben Sie Zeit? Kommen Sie mit zu mir nach Hause, ich erwarte einen Anruf meines Sohnes, und meine Frau würde sich sehr freuen, Sie zu sehen.«
Massimo, der Sohn des Questore, war Arzt und gehörte einer Organisation von Freiwilligen an, die sich »Ärzte ohne Grenzen« nannte. Sie gingen in Länder, die vom Krieg zerfressen wurden, und setzten sich ein, so gut sie konnten.
»Wissen Sie, mein Sohn ist Kinderarzt. Er ist zur Zeit in Ruanda, und ich mache mir wirklich Sorgen um ihn.«
»Wird dort noch gekämpft?«
»Ich meine nicht die Kämpfe. Jedesmal, wenn es ihm gelingt, uns anzurufen, merke ich, wie sehr er sich quält, wie sehr er unter dem Grauen leidet.«
Der Questore schwieg. Um die Gedanken zu zerstreuen, hinter denen er sich verschanzt hatte, teilte Montalbano ihm seine Neuigkeit mit.
»Ich bin zu neunundneunzig Prozent sicher, den Namen des toten Mädchens zu kennen, das im Crasticeddru gefunden wurde.«
Der Questore war sprachlos und starrte ihn mit offenem Mund an.
»Sie hieß Elisa Moscato und war siebzehn Jahre alt.«
»Wie, zum Teufel, haben Sie das herausgefunden?«
Montalbano erzählte ihm alles.
Die Frau des Questore nahm ihn wie ein kleines Kind an

die Hand und führte ihn zum Sofa. Sie unterhielten sich eine Weile, dann erhob sich der Commissario und sagte, er habe noch zu tun und müsse gehen. Das stimmte zwar nicht, aber er wollte nicht da sein, wenn der Anruf kam, der Questore und seine Frau sollten die ferne Stimme ihres Sohnes allein und in aller Ruhe genießen können, auch wenn die Worte voller Angst und Leid waren. Als er das Haus verließ, klingelte das Telefon.

»Sehen Sie, ich habe mein Wort gehalten. Hier haben Sie Ihr Foto wieder.«

»Kommen Sie doch rein!«

Signora Burgio trat auf die Seite, um ihn vorbeizulassen.

»Wer ist da?« rief ihr Mann aus dem Eßzimmer.

»Der Commissario!«

»Dann bitte ihn doch rein!« brüllte der Preside, als hätte seine Frau sich geweigert, Montalbano die Tür zu öffnen. Sie waren beim Abendessen.

»Möchten Sie mitessen?« lud ihn die Signora ein. Ohne seine Antwort abzuwarten, stellte sie einen Teller hin. Montalbano setzte sich, und die Signora servierte ihm Fischbouillon, reduziert, wie es sich gehörte, und mit Petersilie wiederbelebt.

»Haben Sie etwas damit anfangen können?« fragte Signora Burgio, ohne auf den tadelnden Blick ihres Mannes zu achten, der es unpassend fand, daß sie gleich mit der Tür ins Haus fiel.

»Leider ja, Signora. Ich glaube, es handelt sich um eine Fotomontage.«

»*Dio mio!* Dann wollte mir derjenige, der das Foto geschickt hat, also etwas vormachen!«
»Ja, ich vermute, daß er genau das bezweckt hat – einen Schlußpunkt unter Ihre Fragen nach Lisetta zu setzen.«
»Ich hatte doch recht, siehst du?« schrie die Signora ihren Mann fast an und begann zu weinen.
»Was hast du denn?« fragte der Preside.
»Lisa ist tot, und jemand wollte mir weismachen, daß sie lebt und glücklich verheiratet ist!«
»Es könnte doch auch sein, daß Lisetta selbst ...«
»Was redest du da?!« rief sie und warf ihre Serviette auf den Tisch.
Sie schwiegen betreten. Dann fuhr die Signora fort.
»Sie ist tot, nicht wahr, Commissario?«
»Ich fürchte, ja.«
Die Signora erhob sich, bedeckte ihr Gesicht mit den Händen und verließ das Eßzimmer; sobald sie draußen war, ließ sie sich gehen und schluchzte und klagte.
»Es tut mir leid«, sagte der Commissario.
»Sie wollte es ja unbedingt wissen«, antwortete der Preside ohne Mitleid und folgte damit einer sehr eigenen Logik ehelicher Auseinandersetzung.
»Gestatten Sie mir eine Frage. Sind Sie sicher, daß zwischen Lillo und Lisetta nur jene Art der Zuneigung bestand, von der Sie und Ihre Frau sprachen?«
»Wie meinen Sie das?«
Montalbano beschloß, ganz offen zu sprechen.
»Können Sie ausschließen, daß Lillo und Lisetta ein Liebespaar waren?«

Der Preside lachte laut auf und verwarf diese Annahme mit einer Handbewegung.

»Wissen Sie, Lillo war unsterblich in ein Mädchen aus Montelusa verliebt, das seit Juli 43 keine Nachricht mehr von ihm hatte. Und der Tote vom Crasticeddru kann er aus dem einfachen Grund nicht sein, weil man dem Bauern, der ihn noch gesehen hat, wie er verletzt von den Soldaten auf einen Lastwagen geladen und irgendwohin gefahren wurde, unbedingt Glauben schenken kann.«

»Jedenfalls«, sagte Montalbano, »bleibt eines unumstößlich, nämlich daß Lisetta nicht mit einem amerikanischen Soldaten durchgebrannt ist. Folglich hat Lisettas Vater Ihre Frau angelogen. Wer war Lisettas Vater?«

»Wenn ich mich recht erinnere, hieß er Stefano.«

»Lebt er noch?«

»Nein, er ist schon seit mindestens fünf Jahren tot.«

»Was hat er beruflich gemacht?«

»Ich glaube, er war Holzhändler. Aber in unserer Familie sprach man nicht von Stefano Moscato.«

»Warum nicht?«

»Weil auch er kein anständiger Mensch war. Er machte mit den Rizzitanos, seinen Verwandten, gemeinsame Sache, verstehen Sie? Er hatte Dreck am Stecken, ich weiß nicht, welcher Art. Damals sprach man in kultivierten, achtbaren Familien nicht über solche Leute. Man konnte genausogut, entschuldigen Sie bitte, über einen Haufen Kacke reden.«

Signora Burgio kam zurück, mit geröteten Augen und einem alten Brief in der Hand.

»Das ist der letzte Brief, den ich von Lisetta bekommen habe, während wir in Acquapendente waren, wo ich mit meiner Familie hingezogen war.«

Serradifalco, 10. Juni 1943
Meine liebe Angelina, wie geht's Dir? Wie geht es Deiner Familie? Du kannst Dir gar nicht vorstellen, wie sehr ich Dich beneide, Dein Leben in einem Dorf im Norden kann man auch nicht im entferntesten mit dem Gefängnis vergleichen, in dem ich meine Tage verbringe. Und »Gefängnis« ist wirklich nicht übertrieben. Die Bewachung durch Papa ist erstickend, außerdem ist das Leben in so einem winzigen Dorf eintönig und stumpfsinnig. Stell Dir vor, letzten Sonntag nach der Kirche hat mich ein Junge gegrüßt, den ich nicht mal kenne. Papa hat es mitgekriegt, ihn auf die Seite genommen und ihm eine geknallt. Das ist doch verrückt! Nur am Lesen habe ich Freude. Mein bester Freund ist Andreuccio, der zehnjährige Sohn meines Cousins. Er ist intelligent. Hättest Du je geglaubt, daß Kinder viel witziger sein können als wir? Liebste Angelina, seit ein paar Tagen bin ich verzweifelt. Ich habe – auf so abenteuerlichem Wege, daß es zu lang dauern würde, Dir das zu erklären – einen kurzen Brief mit ein paar Zeilen von Ihm, Ihm, Ihm bekommen: Er schreibt, daß er verzweifelt ist, daß er es nicht mehr aushält, mich nicht zu sehen, daß sie jetzt, nachdem sie so lange in Vigàta gewesen seien, den Befehl bekommen hätten, in wenigen Tagen auf-

zubrechen. Ich bin todunglücklich, wenn ich ihn nicht sehen kann. Bevor er abreist, muß, muß, muß ich wenigstens ein paar Stunden mit ihm verbringen, auch wenn ich dafür etwas Verrücktes tun muß. Ich schreibe Dir bald wieder und umarme Dich ganz fest.
Deine
Lisetta

»Sie haben also nie erfahren, wer dieser ›er‹ war?« fragte der Commissario.
»Nein. Sie wollte es mir nicht sagen.«
»Und nach diesem Brief haben Sie keine weiteren bekommen?«
»Sie sind gut! Es ist schon ein Wunder, daß ich diesen hier bekommen habe, in den Tagen damals war die Straße von Messina nicht befahrbar, sie wurde ununterbrochen bombardiert. Dann sind am neunten Juli die Amerikaner gelandet, und die Verbindung war endgültig abgebrochen.«
»Signora, erinnern Sie sich an die Adresse Ihrer Freundin in Serradifalco?«
»Natürlich. Bei der Familie Sorrentino, Via Crispi 18.«

Montalbano wollte gerade den Schlüssel ins Schloß stecken, als er aufhorchte. Im Haus waren Stimmen und Geräusche zu hören. Er dachte daran, zum Auto zu laufen und seine Pistole zu holen, tat es dann aber doch nicht. Vorsichtig öffnete er die Tür, ohne das geringste Geräusch zu machen.

Da fiel ihm ein, daß er Livia völlig vergessen hatte, die schon, wer weiß wie lange, auf ihn wartete.
Er brauchte die halbe Nacht, um Frieden zu schließen.

Um sieben Uhr morgens stand er leise auf, wählte eine Nummer und flüsterte ins Telefon.
»Fazio? Du mußt mir einen Gefallen tun. Melde dich krank.«
»Kein Problem.«
»Ich brauche bis heute abend den kompletten Lebenslauf eines gewissen Stefano Moscato, der hier in Vigàta vor etwa fünf Jahren gestorben ist. Hör dich im Dorf um, schau in der Kartei oder sonstwo nach. Es ist dringend.«
»Alles klar.«
Er legte auf, nahm Papier und Stift und schrieb:

> Liebling, ich muß dringend weg und will Dich nicht wecken. Am frühen Nachmittag bin ich bestimmt wieder zurück. Warum nimmst Du nicht ein Taxi und schaust Dir die Tempel noch mal an? Sie sind immer großartig. Kuß.

Er schlich sich wie ein Dieb davon – wenn Livia aufwachte, käme er in Teufels Küche.

Anderthalb Stunden brauchte er bis Serradifalco; es war ein schöner Tag, und er pfiff gutgelaunt vor sich hin. Er mußte an Caifas denken, den Hund seines Vaters, der meistens gelangweilt und trübsinnig durchs Haus schlich, aber sofort munter wurde, wenn er mitkriegte, wie sein Herrchen sich an seinem Gewehr zu schaffen machte, und sich in ein Energiebündel verwandelte, wenn es dann auf die Jagd ging. Die Via Crispi fand er sofort, das Haus Nummer 18 war ein zweistöckiger *palazzetto* aus dem neunzehnten Jahrhundert. Auf dem Klingelschild stand »Sorrentino«. Ein nettes Mädchen um die Zwanzig fragte ihn, was er wünsche.

»Ich würde gern mit Signor Andrea Sorrentino sprechen.«

»Das ist mein Vater. Sie finden ihn im Rathaus.«

»Arbeitet er dort?«

»So ungefähr. Er ist Bürgermeister.«

»Natürlich erinnere ich mich an Lisetta«, sagte Andrea Sorrentino. Er sah jung aus für seine mehr als sechzig Jahre, kaum ein weißes Haar, eine stattliche Erscheinung. »Warum fragen Sie nach ihr?«

»Es geht um einen Fall, in dem äußerst diskret ermittelt wird. Tut mir leid, daß ich Ihnen nichts sagen kann. Aber Sie können mir glauben, daß jeder Anhaltspunkt sehr wichtig für mich ist.«

»Schon gut, Commissario. Ich habe sehr schöne Erinnerungen an Lisetta, wir gingen stundenlang spazieren, und ich fühlte mich erhaben an ihrer Seite, so erwachsen. Sie behandelte mich wie einen Gleichaltrigen. Nachdem ihre Familie Serradifalco verlassen hatte und nach Vigàta zurückgekehrt war, habe ich nichts mehr von ihr direkt gehört.«

»Wie das?«

Der Bürgermeister zögerte einen Augenblick.

»Na ja, inzwischen ist ja Gras darüber gewachsen. Ich glaube, daß mein Vater und der Vater von Lisetta einen furchtbaren Streit miteinander hatten. Gegen Ende August 43 kam mein Vater eines Tages ganz verstört heim. Er war in Vigàta bei *u Zu* Stefano gewesen, wie ich ihn nannte, ich weiß nicht, aus welchem Grund. Er war blaß und hatte Fieber, und ich erinnere mich, daß meine Mutter sehr erschrocken war und ich folglich auch. Ich weiß nicht, was zwischen den beiden vorgefallen war, aber am nächsten Tag sagte mein Vater, als wir beim Essen saßen, daß der Name Moscato in unserem Haus nie mehr ausgesprochen werden dürfe. Ich gehorchte, obwohl ich den großen Wunsch hatte, ihn nach Lisetta zu fragen. Wissen Sie, diese entsetzlichen Streitereien zwischen Verwandten …«

»Erinnern Sie sich an den amerikanischen Soldaten, den Lisetta hier kennengelernt hat?«

»Hier? Einen amerikanischen Soldaten?«

»Ja. So habe ich es jedenfalls verstanden. Sie lernte in Serradifalco einen amerikanischen Soldaten kennen, sie verliebten sich ineinander, und Lisetta folgte ihm nach Amerika, wo sie bald darauf heirateten.«

»Von dieser Geschichte mit der Hochzeit habe ich vage gehört, weil eine Tante von mir, eine Schwester meines Vaters, ein Foto bekommen hat, das Lisetta als Braut mit einem amerikanischen Soldaten zeigte.«

»Was erstaunt Sie dann so?«

»Mich erstaunt, daß Sie sagen, Lisetta habe den amerikanischen Soldaten hier kennengelernt. Als die Amerikaner Serradifalco besetzten, war Lisetta nämlich schon seit zehn Tagen aus unserem Haus verschwunden.«

»Wie bitte?«

»*Sissignore.* Eines Nachmittags gegen drei oder vier sah ich, daß Lisetta sich anschickte, aus dem Haus zu gehen. Ich fragte sie, wohin unser Spaziergang uns an jenem Tag führen würde. Sie antwortete mir, ich solle nicht gekränkt sein, aber sie wolle allein spazierengehen. Ich war tief gekränkt. Zum Abendessen war Lisetta noch nicht zurück. Zio Stefano, mein Vater und mehrere Bauern machten sich auf die Suche nach ihr, fanden sie aber nicht. Es waren schreckliche Stunden für uns, italienische und deutsche Soldaten waren unterwegs, die Erwachsenen dachten an eine Vergewaltigung … Am Nachmittag des nächsten Tages verabschiedete sich *u Zu* Stefano und sagte, er werde erst wiederkommen, wenn er seine Tochter gefunden habe. Lisettas Mutter blieb bei uns, die arme Frau war völlig verzweifelt. Dann war die Landung, und wir wurden durch die Front voneinander getrennt. An dem Tag, als die Front sich verlagerte, kam Stefano Moscato, um seine Frau abzuholen, er sagte, er habe Lisetta in Vigàta gefunden und durchzubrennen sei eine kindische Idee gewesen. Jetzt, wo Sie das wissen, verstehen Sie bestimmt, daß Lisetta ihren zukünftigen Mann nicht hier in Serradifalco, sondern auf jeden Fall in Vigàta, in ihrem Dorf, kennengelernt hat.«

Zwanzig

Ich weiß daß die Tempel großartig sind seit ich dich kenne mußte ich sie schon mindestens fünfzigmal anschauen du kannst dir jede einzelne Säule sonstwohin stecken mir reicht's ich haue ab.

Livias Mitteilung schäumte vor Wut. Montalbano war bestürzt, aber weil ihn auf der Rückfahrt von Serradifalco ein Bärenhunger überfallen hatte, machte er erst mal den Kühlschrank auf: nichts. Er sah in den Ofen: nichts. Livia, die Adelina nicht im Haus haben wollte, solange sie selbst in Vigàta war, hatte es in ihrem Sadismus so weit getrieben, daß sie alles gründlichst geputzt hatte – weit und breit war nicht mal ein Brotkrümel zu finden. Montalbano ging zum Wagen zurück und fuhr zur Osteria San Calogero, an der gerade der Rolladen heruntergelassen wurde.

»Für Sie haben wir immer geöffnet, Commissario.«

Weil er so hungrig war und weil er es Livia heimzahlen wollte, aß er, bis ihm schlecht war.

»Aus einem Satz werde ich nicht klug«, sagte Montalbano.

»Wo sie schreibt, daß sie etwas Verrücktes tun muß?«

Sie saßen im Wohnzimmer und tranken Kaffee, der Commissario, der Preside und Signora Angelina.
Montalbano hielt Lisettas Brief in der Hand, den er gerade noch einmal vorgelesen hatte.
»Nein, Signora, daß sie tatsächlich etwas Verrücktes getan hat, weiß ich von Signor Sorrentino, der keinen Grund hatte, mir etwas vorzumachen. Wenige Tage vor der Landung hat Lisetta also die tolle Idee, aus Serradifalco auszureißen, um in Vigàta den Mann zu treffen, den sie liebt.«
»Aber wie soll das denn gegangen sein?« fragte die Signora bange.
»Wahrscheinlich hat sie irgendein Militärfahrzeug angehalten und gebeten, sie mitzunehmen, in den Tagen damals muß es von italienischen und deutschen Soldaten nur so gewimmelt haben. Sie war ein hübsches Mädchen, das wird nicht schwer gewesen sein«, mischte sich der Preside ein; er hatte beschlossen, kooperativ zu sein, nachdem er widerwillig eingesehen hatte, daß die Phantasien seiner Frau doch nicht aus der Luft gegriffen waren.
»Und die Bomben? Und das Gewehrfeuer? Ganz schön mutig«, sagte die Signora.
»Welchen Satz meinen Sie dann?« fragte der Preside ungeduldig.
»Wo Lisetta Ihrer Frau schreibt, er habe sie wissen lassen, daß sie, nachdem sie so lange in Vigàta gewesen seien, den Befehl zum Aufbruch bekommen hätten.«
»Ich verstehe nicht.«
»Sehen Sie, Signora, in diesem Satz erfahren wir, daß er

schon lange in Vigàta war, folglich war er nicht von hier. Zweitens: Er teilt Lisetta mit, daß er gezwungen sei, das Dorf zu verlassen. Drittens: Er schreibt im Plural, also muß nicht nur er allein Vigàta verlassen, sondern eine Gruppe von Personen. Das alles deutet auf einen Soldaten hin. Ich mag mich täuschen, aber es erscheint mir logisch.«

»Logisch«, wiederholte der Preside.

»Sagen Sie, Signora, wann hat Lisetta Ihnen zum erstenmal erzählt, daß sie sich verliebt hat, wissen Sie das noch?«

»Ja, weil ich in den Tagen damals krampfhaft versucht habe, mich an jedes kleinste Detail der Stunden zu erinnern, die ich mit Lisetta verbracht hatte. Das war sicher gegen Mai oder Juni 1942. Ich habe mein Gedächtnis mit einem alten Tagebuch aufgefrischt, das ich wiedergefunden habe.«

»Das ganze Haus hat sie auf den Kopf gestellt«, brummte ihr Mann.

»Man müßte herausfinden, welche Garnisonen zwischen Anfang 1942, vielleicht auch eher, und Juli 1943 hier stationiert waren.«

»Und wie soll das gehen?« fragte der Preside. »Ich zum Beispiel erinnere mich an jede Menge Flugabwehr- und Küstenbatterien, an einen mit Geschützen bestückten Güterzug, der in einem Tunnel versteckt war, an die Soldaten in der Garnison und die in den Bunkern ... Seeleute nicht, die kamen und gingen. Das festzustellen ist praktisch unmöglich.«

Sie schwiegen bekümmert. Dann erhob sich der Preside.
»Ich rufe Burruano an. Er ist immer in Vigàta geblieben, vor, während und nach dem Krieg. Ich bin ja auch geflohen.«
Die Signora teilte Montalbano mit, worüber sie nachgedacht hatte:
»Vielleicht war es nur Schwärmerei, in dem Alter kann man noch nicht so unterscheiden, aber ernst war es ihr auf jeden Fall, so ernst, daß sie riskiert hat, auszureißen und sich gegen ihren Vater aufzulehnen, der wie ein Gefängniswärter war, zumindest erzählte sie das.«
Montalbano lag eine Frage auf den Lippen, er wollte sie nicht stellen, aber sein Jagdinstinkt gewann die Oberhand.
»Verzeihen Sie, wenn ich Sie unterbreche, aber könnten Sie genauer... Ich meine, können Sie mir sagen, in welchem Sinn Lisetta dieses Wort ›Gefängniswärter‹ gebraucht hat? War es die Eifersucht eines sizilianischen Vaters? Zwanghafte Eifersucht?«
Die Signora sah ihn kurz an und senkte dann den Blick.
»Ich sagte schon, daß Lisetta viel weiter war als ich, ich war noch ein Kind. Mein Vater hatte mir verboten, das Haus der Moscatos zu betreten, wir sahen uns also nur in der Schule oder in der Kirche. Dort konnten wir ein paar Stunden in Ruhe zusammensein. Wir redeten miteinander. Und jetzt zerbreche ich mir den Kopf, um mich zu erinnern, was sie mir gegenüber angedeutet oder gesagt hat. Ich glaube, ich habe damals einiges nicht verstanden...«
»Was denn?«

»Zum Beispiel hatte Lisetta ihren Vater immer ›meinen Vater‹ genannt, und dann sprach sie plötzlich von ›diesem Mann‹. Das hat nicht unbedingt etwas zu bedeuten. Ein andermal sagte sie: ›Dieser Mann wird mir noch weh tun, sehr weh.‹ Ich glaubte damals, er würde sie schlagen, verprügeln, verstehen Sie? Jetzt kommt mir ein schrecklicher Zweifel über die wahre Bedeutung dieser Worte.«
Sie hielt inne, trank einen Schluck Tee und fuhr dann fort.
»Mutig war sie, wirklich mutig. Wenn wir während der Bombenangriffe in unserem Versteck saßen und vor Angst zitterten und weinten, dann war sie diejenige, die uns Mut machte und uns tröstete. Aber für das, was sie dann getan hat, mußte sie noch viel mutiger sein – den Vater herauszufordern, im Gewehrfeuer wegzulaufen, hierherzukommen und mit einem zu schlafen, der nicht mal ihr offizieller Verlobter war. Wir waren damals anders als die siebzehnjährigen Mädchen heute.«
Ihr Monolog wurde von der Rückkehr des Preside unterbrochen, der in heller Aufregung war.
»Burruano ist zu Hause nicht zu erreichen. Kommen Sie, Commissario, gehen wir.«
»Den Ragioniere suchen?«
»Nein, mir ist etwas eingefallen. Wenn wir Glück haben, wenn ich recht habe, werde ich San Calogero zu seinem nächsten Festtag fünfzigtausend Lire spendieren.«
San Calogero war ein schwarzer Heiliger und wurde von den Leuten im Dorf sehr verehrt.
»Wenn Sie recht haben, lege ich noch mal fünfzigtausend drauf«, sagte Montalbano, gleich Feuer und Flamme.

»Sagt ihr mir vielleicht, wo ihr hin wollt?«
»Ich erzähl's dir nachher«, gab der Preside zurück.
»Und mich laßt ihr hier sitzen?« protestierte sie.
Der Preside hatte es eilig und war schon aus der Tür. Montalbano verbeugte sich.
»Ich werde Sie über alles auf dem laufenden halten.«

»Wie konnte ich nur die *Pacinotti* vergessen?« schimpfte der Preside, sobald sie draußen waren.
»Wer ist diese Dame?« erkundigte sich Montalbano. Er stellte sie sich um die Fünfzig und untersetzt vor. Der Preside gab keine Antwort. Montalbano fragte etwas anderes.
»Fahren wir mit dem Auto? Ist es weit?«
»Ach was. Nur ein paar Schritte.«
»Wer ist denn diese Signora Pacinotti?«
»Warum sagen Sie ›Signora‹? Die *Pacinotti* war ein Versorgungsschiff, man brauchte es für Reparaturen, die auf den Kriegsschiffen anfielen. Sie ging gegen Ende 1940 hier im Hafen vor Anker und blieb an Ort und Stelle. Die Mannschaft bestand aus Matrosen, die nicht nur Matrosen, sondern auch Mechaniker, Zimmerer, Elektriker und Klempner waren. Alles junge Kerle. Sie waren so lange da, daß viele von ihnen hier heimisch wurden und schließlich zum Dorf gehörten. Freundschaften wurden geschlossen, manche verlobten sich auch. Zwei haben Mädchen aus dem Dorf geheiratet. Einer ist tot, er hieß Tripcovich, der andere ist Marin, dem die Autowerkstatt an der Piazza Garibaldi gehört. Kennen Sie ihn?«
»Er ist mein Mechaniker«, sagte der Commissario und

dachte lustlos, daß er sich schon wieder auf die Zeitreise durch die Erinnerung der Alten machen mußte.

Ein dicker, mürrischer Mann um die Fünfzig in einem völlig verschmutzten Overall grüßte den Commissario nicht und fuhr den Preside an:
»Sie verschwenden nur Ihre Zeit. Der Wagen ist noch nicht fertig, ich habe Ihnen doch gesagt, daß da eine Menge zu tun ist.«
»Deswegen komme ich gar nicht. Ist Ihr Vater da?«
»Klar! Wo soll er sonst sein? Er ist hier und kostet mich den letzten Nerv, weil ich natürlich unfähig bin und die Mechanikergenies in der Familie er und sein Enkel sind.«
Ein etwa zwanzigjähriger junger Mann, ebenfalls im Overall, tauchte unter einer Motorhaube auf und grinste die beiden an. Montalbano und der Preside durchquerten die Werkstatt, die ursprünglich ein Lager gewesen sein mußte, und kamen zu einer Art Bretterverschlag.
Darin saß hinter einem Schreibtisch Antonio Marin.
»Ich habe alles gehört«, sagte er. »Und wenn die Arthritis mir nicht in die Knochen gefahren wäre, würde ich dem das Handwerk schon zeigen.«
»Wir brauchen eine Auskunft von Ihnen.«
»Nur zu, Commissario.«
»Preside Burgio sagt Ihnen, worum es geht.«
»Erinnern Sie sich, wie viele Besatzungsmitglieder der *Pacinotti* getötet oder verletzt oder infolge des Krieges als vermißt gemeldet wurden?«
»Wir hatten Glück«, sagte der Alte und wurde munter; of-

fenbar sprach er gern über diese heroischen Zeiten, und zu Hause winkten sie wahrscheinlich immer gleich ab, wenn er mit dem Thema anfing. »Wir hatten einen Toten infolge eines Bombensplitters, er hieß Arturo Rebellato; einen Verletzten – ebenfalls durch einen Splitter – namens Silvio Destefano, und einen Vermißten, Mario Cunich. Wissen Sie, wir standen uns sehr nahe, die meisten von uns waren aus dem Veneto, aus Triest …«

»Wurde er auf See vermißt?« fragte der Commissario.

»In welcher See denn? Wir lagen immer am Kai. Wir waren praktisch eine Verlängerung der Mole.«

»Warum galt er dann als vermißt?«

»Weil er am Abend des siebten Juli 1943 nicht an Bord zurückkam. Nachmittags waren schwere Bombenangriffe, und er hatte Ausgang. Cunich war aus Monfalcone und hatte einen Freund aus dem gleichen Dorf, der auch mein Freund war, Stefano Premuda. Am nächsten Morgen schickte Premuda die ganze Mannschaft auf die Suche nach Cunich. Einen ganzen Tag lang gingen wir von Haus zu Haus und fragten nach ihm – nichts. Wir gingen ins Lazarett, ins Krankenhaus und an die Stelle, wo man die Toten hinlegte, die unter den Trümmern gefunden wurden … Nichts. Auch die Offiziere schlossen sich uns an, weil wir kurz zuvor aufgefordert worden waren, uns bereitzuhalten, denn wir sollten in den nächsten Tagen die Anker lichten … Aus dem Ankerlichten wurde dann doch nichts, weil die Amerikaner kamen.«

»Kann er nicht einfach desertiert sein?«

»Cunich? Niemals! Er glaubte fest an den Krieg. Er war Faschist. Ein guter Junge, aber Faschist. Außerdem war er bis über beide Ohren verliebt.«

»In wen denn?«

»In ein Mädchen aus dem Dorf. Wie ich übrigens auch. Er sagte, er werde sie heiraten, sobald der Krieg vorbei sei.«

»Und Sie haben dann nichts mehr von ihm gehört?«

»Wissen Sie, als die Amerikaner landeten, dachten sie, daß sie ein Versorgungsschiff wie das unsere ganz gut brauchen könnten – es war wirklich ein Schmuckstück. Sie behielten uns in Dienst, in italienischer Uniform, und gaben uns eine Binde, die wir am Arm trugen, um Mißverständnissen vorzubeugen. Cunich hatte jede Menge Zeit, wieder zu erscheinen, aber er tat es nicht. Er war spurlos verschwunden. Ich bin mit Premuda in brieflicher Verbindung geblieben und erkundigte mich hin und wieder, ob Cunich aufgetaucht sei, ob er etwas von ihm gehört habe ... Absolut nichts.«

»Sie wußten also, daß Cunich hier eine Freundin hatte. Haben Sie sie kennengelernt?«

»Nein.«

Eine Frage war noch offen, aber Montalbano hielt sich zurück und bedeutete dem Preside mit einem Blick, daß er ihm den Vortritt lassen wollte.

»Hat er Ihnen wenigstens gesagt, wie sie hieß?« nahm der Preside das Angebot an, das Montalbano ihm so großzügig gemacht hatte.

»Wissen Sie, Cunich war sehr zurückhaltend. Er hat mir nur mal gesagt, daß sie Lisetta hieß.«

Was war los? Ging da etwa ein Engel durchs Zimmer und

hielt die Zeit an? Montalbano und der Preside waren wie erstarrt. Dann faßte sich der Commissario an die Seite, denn er spürte einen heftigen Stich, der Preside legte eine Hand auf sein Herz und lehnte sich an ein Auto, um nicht umzufallen. Marin war ganz erschrocken.
»Was habe ich denn gesagt? *Dio mio*, was habe ich gesagt?«

Kaum hatten sie die Werkstatt verlassen, stieß der Preside Freudenschreie aus.
»Wir haben ins Schwarze getroffen!«
Er machte ein paar Tanzschritte. Zwei, die ihn als streng und besonnen kannten, blieben verwirrt stehen. Als er sich beruhigt hatte, wurde der Preside wieder ernst.
»Wir haben San Calogero jeder fünfzigtausend Lire versprochen. Vergessen Sie das nicht.«
»Ich werde es nicht vergessen.«
»Kennen Sie San Calogero?«
»Seit ich in Vigàta bin, war ich jedes Jahr auf seinem Fest.«
»Deswegen kennen Sie ihn noch lange nicht. San Calogero ist, wie soll ich sagen, jemand, der einem nichts durchgehen läßt. Ich sage es Ihnen in Ihrem eigenen Interesse.«
»Soll das ein Witz sein?«
»Ganz und gar nicht. Er ist ein nachtragender Heiliger und gerät ganz leicht in Harnisch. Wenn man ihm etwas verspricht, muß man es halten. Wenn Sie zum Beispiel einen Autounfall haben und mit heiler Haut davonkommen und dem Heiligen ein Versprechen machen, das Sie dann

nicht halten, können Sie Ihre Hand dafür ins Feuer legen, daß Sie noch mal einen Unfall haben und dabei mindestens ein Bein verlieren. Verstehen Sie?«
»Voll und ganz.«
»Jetzt fahren wir heim, und Sie erzählen alles meiner Frau.«
»Ich?«
»Ja, weil sonst ich ihr sagen müßte, daß sie recht hatte, und diese Genugtuung gönne ich ihr nicht.«

»Im großen und ganzen«, sagte Montalbano, »könnte es so gewesen sein.«
Es war schön, so gemütlich in einem Fall zu ermitteln – in einem Haus aus anderen Zeiten und einem Täßchen Kaffee vor sich.
»Der Matrose Mario Cunich, der in Vigàta fast schon zur Dorfgemeinschaft gehört, verliebt sich in Lisetta Moscato, und sie erwidert seine Liebe. Wie sie es angestellt haben, sich zu treffen, miteinander zu reden, das weiß der liebe Gott.«
»Ich habe lange darüber nachgedacht«, sagte die Signora. »Es gab eine Zeit, ich glaube, von 1942 bis März oder April 43, da hatte Lisetta mehr Freiheit, weil ihr Vater geschäftlich weit weg von Vigàta war. Daß sie sich verliebten, daß sie sich heimlich trafen, kann nur in dieser Zeit möglich gewesen sein.«
»Sie verliebten sich ineinander, das ist sicher«, Montalbano nahm seinen Gedanken wieder auf. »Dann kam der Vater zurück, und sie konnten sich nicht mehr sehen.

Möglicherweise kam auch die Flucht dazwischen. Dann erfährt sie von Marios bevorstehender Abreise... Lisetta flieht, kommt hierher und trifft sich mit Cunich, wo, wissen wir nicht. Um möglichst lang mit Lisetta zusammensein zu können, kehrt er nicht an Bord zurück. Und dann werden sie im Schlaf ermordet. Bis dahin ist alles in Ordnung.«

»Wie, in Ordnung?« fragte die Signora erstaunt.

»Entschuldigen Sie, ich wollte sagen, daß die Rekonstruktion bis hierher stimmt. Ermordet haben kann sie ein abgewiesener Verehrer oder Lisettas Vater, der sie erwischt hat und in seiner Ehre gekränkt war. Weiß der Himmel.«

»Was meinen Sie mit ›weiß der Himmel‹?« fragte die Signora. »Wollen Sie etwa nicht wissen, wer die beiden armen jungen Menschen umgebracht hat?«

Er wollte ihr nicht erklären, daß ihn der Mörder eigentlich nicht interessierte, was ihn beschäftigte, war die Frage, warum jemand, vielleicht der Mörder selbst, sich die Mühe gemacht hatte, die Leichen in die Grotte zu schaffen und die Szene mit der Schale, dem Krug und dem Hund aus Terracotta zu arrangieren.

Bevor Montalbano heimfuhr, ging er in ein Lebensmittelgeschäft und holte zweihundert Gramm Pfefferkäse und einen Laib Weizenbrot. Er kaufte ein, weil er sicher war, daß er Livia nicht antreffen würde. Sie war in der Tat nicht da, alles war noch wie vorher, als er zu den Burgios gegangen war.

Er hatte nicht mal Zeit gehabt, die Tüte auf den Tisch zu stellen, als das Telefon klingelte; es war der Questore.

»Montalbano, Staatssekretär Licalzi hat mich heute angerufen. Er wollte wissen, warum ich noch keinen Beförderungsantrag für Sie eingereicht habe.«

»Was, zum Teufel, will der eigentlich von mir?«

»Ich habe mir erlaubt, eine mysteriöse Liebesgeschichte zu erfinden, ich habe darum herumgeredet und Andeutungen gemacht... er hat tatsächlich angebissen, wahrscheinlich liest er leidenschaftlich gern Klatschblätter. Aber das Problem hat er gelöst. Er hat gesagt, ich soll mich schriftlich an ihn wenden, dann kriegen Sie eine üppige Gehaltszulage. Ich habe den Antrag geschrieben und weitergeleitet. Wollen Sie ihn hören?«

»Ersparen Sie mir das.«

»Schade, ich finde, ich habe ein kleines Meisterwerk zustande gebracht.«

Er deckte den Tisch und schnitt eine dicke Scheibe Brot ab, als wieder das Telefon klingelte. Es war nicht Livia, wie er gehofft hatte, sondern Fazio.

»Dottore, ich war den ganzen Tag über für Sie unterwegs. Dieser Stefano Moscato war nicht gerade einer, mit dem man was zu tun haben wollte.«

»Mafioso?«

»Richtiger Mafioso wohl nicht. Aber gewalttätig, das schon. Mehrere Verurteilungen wegen Schlägereien, Überfällen und Vergewaltigung. Das klingt mir nicht nach Mafia, ein Mafioso läßt sich wegen solchem Kleinkram nicht verurteilen.«

»Wann war die letzte Verurteilung?«
»1981, stellen Sie sich vor. Er stand schon mit einem Bein im Grab und hat einem mit dem Stuhl den Kopf eingeschlagen.«
»Weißt du, ob er 1942 oder 43 eine Zeitlang im Gefängnis saß?«
»Allerdings. Schlägerei und Körperverletzung. Von März 1942 bis zum einundzwanzigsten April 1943 war er in Palermo, im Ucciardone-Gefängnis.«
Die Neuigkeiten, die Fazio ihm mitgeteilt hatte, ließen Montalbano den Pfefferkäse, der von Haus aus schon nicht von schlechten Eltern war, noch viel besser schmecken.

Einundzwanzig

Galluzzos Schwager eröffnete sein Telegiornale mit der Nachricht von einem brutalen Attentat am Stadtrand von Catania, das eindeutig die Handschrift der Mafia trage. Ein in der ganzen Stadt bekannter und geschätzter Händler, ein gewisser Corrado Brancato, der ein großes Lagerhaus besessen und Supermärkte beliefert hatte, habe sich einen freien Nachmittag in seiner kleinen Villa außerhalb der Stadt gönnen wollen. Als er den Schlüssel ins Schloß gesteckt habe, sei die Tür praktisch ins Leere aufgegangen; eine gewaltige Explosion, hervorgerufen durch einen ausgeklügelten Mechanismus, der das Öffnen der Tür mit einer Sprengladung verband, habe die Villa und den Händler nebst Gattin, Signora Tagliafico Giuseppa, buchstäblich in Stücke gerissen. Die Ermittlungen, fügte der Journalist hinzu, erwiesen sich als schwierig, weil Brancato unbescholten und in keiner Weise in Angelegenheiten der Mafia verwickelt gewesen sei.

Montalbano schaltete den Fernseher aus und pfiff Schuberts Achte, die *Unvollendete*. Sie gelang ihm ausgezeichnet, er schaffte alle Passagen.

Er wählte Mimì Augellos Nummer; der wußte bestimmt mehr über die Geschichte. Es meldete sich niemand.

Als er fertig gegessen hatte, ließ Montalbano alle Spuren seiner Mahlzeit verschwinden und spülte sogar das Glas, aus dem er ein paar Schluck Wein getrunken hatte, sorgfältig ab. Er zog sich aus und wollte sich schon ins Bett legen, als er hörte, wie ein Wagen hielt, dann Stimmen, Türenschlagen und das Auto, das wieder wegfuhr. Blitzschnell schlüpfte er unter die Decke, löschte das Licht und tat, als schliefe er tief und fest. Er hörte, wie die Tür auf- und wieder zuging und Schritte plötzlich innehielten. Montalbano wußte, daß Livia auf der Schwelle zum Schlafzimmer stand und zu ihm herübersah.

»Du bist vielleicht ein Kindskopf.«

Montalbano ergab sich und machte das Licht an.

»Woran hast du gemerkt, daß ich nur so tue?«

»An deinem Atem. Weißt du, wie du atmest, wenn du schläfst? Nein. Ich aber.«

»Wo warst du?«

»In Eraclea Minoa und in Selinunt.«

»Allein?«

»Signor Commissario, ich sage alles, ich gebe alles zu, aber hören Sie, bitte schön, mit diesem Kreuzverhör auf! Mimì Augello hat mich begleitet.«

Montalbano zog eine Grimasse und drohte mit dem Finger.

»Ich warne dich, Livia: Augello hat schon meinen Schreibtisch okkupiert, ich will nicht, daß er noch etwas von mir besetzt.«

Livia erstarrte.

»Ich stelle mich lieber begriffsstutzig, das ist für uns beide besser. Ich zähle mich jedenfalls nicht zu deinen Besitztümern, du Scheißsizilianer.«

»Schon gut, tut mir leid.«

Sie diskutierten noch, als Livia sich auszog und ins Bett ging. Das würde er Mimì auf keinen Fall durchgehen lassen. Er stand auf.

»Was willst du denn jetzt?«

»Ich rufe Mimì an.«

»Laß ihn doch in Ruhe, er hat nicht im Traum an irgendwas gedacht, was dich kränken könnte.«

»*Pronto*, Mimì? Ich bin's, Montalbano. Ach, du bist gerade heimgekommen? Gut. Nein, nein, mach dir keine Sorgen, Livia geht's ausgezeichnet. Sie dankt dir für den schönen Tag, den sie sehr genossen hat. Und ich danke dir auch. Ach ja, Mimì, wußtest du, daß sie Corrado Brancato in Catania in die Luft gejagt haben? Nein, das ist kein Witz, es kam in den Nachrichten. Du weißt nichts davon? Wieso weißt du nichts davon? Klar, du warst ja den ganzen Tag weg. Dabei haben dich unsere Kollegen aus Catania überall gesucht. Und der Questore wird sich auch gefragt haben, wo du steckst. Tja, so ist das. Du mußt es halt irgendwie wiedergutmachen. Schlaf gut, Mimì.«

»Dich als gemeines Aas zu bezeichnen, ist ja noch ein Kompliment«, sagte Livia.

»Also gut«, lenkte Montalbano schließlich um drei Uhr morgens ein. »Ich gebe zu, daß alles meine Schuld ist, daß ich, wenn ich hier bin, so tue, als wärst du gar nicht da, und immer in meine Gedanken versunken bin. Ich bin zu sehr an das Alleinsein gewöhnt. Laß uns wegfahren.«

»Und wo läßt du dann deinen Kopf?« erkundigte Livia sich.

»Wie meinst du das?«

»Daß du deinen Kopf mit allem, was drin ist, immer mit dir herumschleppst. Und es deshalb gar nicht zu vermeiden ist, daß du immer an deine Geschichten denkst, auch wenn wir tausend Kilometer weit weg sind.«

»Ich schwöre, daß ich meinen Kopf leere, bevor wir abreisen.«

»Und wo fahren wir hin?«

Da Livia auf dem touristisch-archäologischen Trip war, gedachte er, darauf einzugehen.

»Du kennst doch die Isola di Mozia noch nicht. Also, wir fahren gleich heute vormittag, gegen elf, nach Mazara del Vallo. Da wohnt ein Freund von mir, der Vicequestore Valente, den ich schon lang nicht mehr gesehen habe. Dann fahren wir weiter nach Marsala, und später schauen wir uns Mozia an. Und wenn wir nach Vigàta zurückkommen, überlegen wir uns die nächste Tour.«

Sie schlossen Frieden.

Giulia, die Frau des Vicequestore Valente, war nicht nur in Livias Alter, sondern stammte auch noch aus Sestri. Die beiden Frauen waren sich sofort sympathisch. Montalbano fand Valentes Frau nicht ganz so sympathisch, weil die *pasta* ein zerkochtes Häuflein Elend war, der Schmorbraten nur einem kranken Hirn entsprungen sein konnte und man einen solchen Kaffee nicht mal an Bord eines Flugzeugs anbieten würde. Nach dem sogenannten Mittagessen schlug Giulia Livia vor, mit ihr zu Haus zu bleiben und erst später in die Stadt zu gehen. Montalbano fuhr mit seinem Freund ins Büro. Dort erwartete den Vicequestore ein Mann um die Vierzig mit langen Koteletten und einem von der sizilianischen Sonne verbrannten Gesicht.

»Jeden Tag was Neues! Verzeihen Sie, Signor Questore, aber ich muß Sie sprechen. Es ist wichtig.«

»Darf ich dir Professor Farid Rahman vorstellen? Er ist ein Freund aus Tunesien und Lehrer«, sagte Valente und dann, an den Professore gewandt: »Dauert es lang?«

»Höchstens eine Viertelstunde.«

»Dann schaue ich mir derweil das arabische Viertel an«, meinte Montalbano.

»Wenn Sie auf mich warten«, mischte sich Farid Rahman ein, »dann würde ich mich sehr freuen, es Ihnen zeigen zu dürfen.«

»Hör zu«, schlug Valente vor. »Ich weiß, daß meine Frau keinen guten Kaffee macht. Dreihundert Meter von hier ist die Piazza Mokarta, dort setzt du dich in die Bar und trinkst einen, der wirklich gut ist. Der Professore holt dich dann dort ab.«

Montalbano bestellte den Kaffee nicht sofort, sondern widmete sich erst einer üppigen, duftenden Portion *pasta al forno*, die ihn wieder aus dem Tief holte, in das ihn die Kochkunst der Signora Giulia gestürzt hatte. Als Rahman kam, hatte Montalbano die *pasta* restlos verputzt und nur

ein unschuldiges leeres Espressotäßchen vor sich stehen. Sie machten sich auf den Weg ins Viertel.
»Wie viele Tunesier gibt es in Mazara?«
»Wir stellen mittlerweile über ein Drittel der lokalen Bevölkerung.«
»Gibt es oft Ärger zwischen den Tunesiern und den Mazaresi?«
»Nein, kaum der Rede wert, praktisch keinen, verglichen mit anderen Städten. Wissen Sie, wir sind für die Mazaresi wie ein historisches Gedächtnis, fast etwas Genetisches. Wir sind Einheimische. Al-Imam al-Mazari, der Gründer der maghrebinischen Schule für Rechtswissenschaften, wurde in Mazara geboren, ebenso der Philologe Ibn al-Birr, der 1068 aus der Stadt gewiesen wurde, weil er den Wein zu sehr liebte. Eine große Rolle spielt jedoch die Tatsache, daß die Mazaresi Seeleute sind. Und gerade Seeleute haben einen gesunden Menschenverstand, sie wissen, was es heißt, mit beiden Beinen auf der Erde zu stehen. Apropos Meer – wußten Sie, daß die hiesigen Fischkutter gemischte Mannschaften aus Sizilianern und Tunesiern haben?
»Und Sie, Professore, haben Sie einen offiziellen Auftrag?«
»Nein, Gott bewahre uns vor allem Offiziellen. Hier funktioniert alles bestens, weil es halboffiziell läuft. Ich bin Grundschullehrer, vermittle aber auch zwischen meinen Landsleuten und den lokalen Behörden. Noch ein Beispiel für den Realitätssinn: Ein Schuldirektor hat uns Räume bewilligt, und wir Lehrer sind aus Tunis gekommen und

haben unsere eigene Schule gegründet. Aber offiziell weiß das Schulamt nichts davon.«

Das Viertel war ein Stückchen Tunis, das einfach dort herausgepickt und nach Sizilien verlegt worden war. Die Geschäfte waren geschlossen, weil Freitag und damit Ruhetag war, aber in den engen Gäßchen herrschte trotzdem buntes, quirliges Leben. Als erstes zeigte Rahman ihm das große öffentliche Bad, von jeher gesellschaftlicher Treffpunkt für die Araber, und führte ihn in eine Opiumhöhle, ein Café, in dem man Wasserpfeife rauchte. Dann kamen sie zu einer Art leerem Lagerraum, in dem ein alter Mann im Schneidersitz auf dem Boden saß und mit ernstem Gesicht aus einem Buch vorlas und es kommentierte. Vor ihm saßen auf die gleiche Weise an die zwanzig Kinder, die aufmerksam zuhörten.
»Das ist einer unserer Lehrer, der den Koran erklärt«, sagte Rahman und wollte weitergehen.
Montalbano blieb stehen und legte Rahman seine Hand auf den Arm. Es beeindruckte ihn, wie andächtig und aufmerksam die Kinder lauschten, die doch sofort wieder kreischen und raufen würden, sobald sie auf der Straße waren.
»Was liest er denn vor?«
»Die achtzehnte Sure, die von der Höhle.«
Montalbano spürte eine Art leichten Schlag an der Wirbelsäule und fand keinen Grund dafür.
»Höhle?«
»Ja, *al-kahf*, Höhle. In der Sure steht, daß Gott dem

Wunsch einiger Jünglinge, die sich nicht verführen lassen, nicht vom wahren Glauben abfallen wollten, entsprach und sie in einer Höhle in tiefen Schlaf versetzte. Damit in der Höhle immer völlige Dunkelheit herrschte, ließ er die Sonne einen anderen Weg nehmen. Sie schliefen etwa dreihundertneun Jahre lang. Auch ein Hund schlief bei ihnen, er lag in Wachstellung vor dem Höhleneingang, mit ausgestreckten Vorderbeinen ...«

Er unterbrach sich, als er sah, daß Montalbano leichenblaß geworden war und den Mund auf und zu machte, als müsse er nach Luft schnappen.

»Signore, was ist los? Ist Ihnen nicht wohl, Signore? Soll ich einen Arzt holen? Signore!«

Montalbano war selbst erschrocken über seine Reaktion, er fühlte sich schwach, in seinem Kopf drehte sich alles, seine Knie waren butterweich, offenbar wirkten seine Verletzung und die Operation noch nach. Inzwischen hatte sich eine kleine Menschentraube um Rahman und den Commissario gebildet. Der Professore gab ein paar Anweisungen, ein Araber sauste davon und kam mit einem Glas Wasser zurück, ein anderer brachte einen Stuhl und zwang Montalbano, dem das alles äußerst peinlich war, sich hinzusetzen. Das Wasser erfrischte ihn.

»Wie sagt man in Ihrer Sprache: Gott ist groß und barmherzig?«

Rahman erklärte es ihm. Montalbano bemühte sich, den Klang der Worte nachzuahmen, die Leute lachten über seine Aussprache, wiederholten die Worte aber im Chor.

Rahman teilte sich die Wohnung mit einem älteren Kollegen, El Madani, der gerade zu Hause war. Rahman bereitete Pfefferminztee zu, während Montalbano die Gründe für sein Unwohlsein erklärte. Von den beiden ermordeten Jugendlichen, die im Crasticeddru gefunden worden waren, wußte Rahman gar nichts, aber El Madani hatte davon gehört.

»Ich wäre Ihnen dankbar«, sagte der Commissario, »wenn Sie mir erklären könnten, inwieweit die Dinge, die in der Höhle lagen, auf die Sure zurückzuführen sind. Über den Hund gibt es keinen Zweifel.«

»Der Name des Hundes ist Kytmyr«, sagte El Madani, »aber man nennt ihn auch Quotmour. Wußten Sie, daß dieser Hund, der Hund aus der Höhle, bei den Persern zum Wächter des Briefgeheimnisses wurde?«

»Kommt in der Sure eine Schale voll Geld vor?«

»Nein, eine Schale kommt nicht vor, und zwar aus dem einfachen Grund, weil die Schlafenden Geld in den Hosentaschen hatten. Als sie aufwachen, geben sie einem von ihnen Geld, er soll die beste Speise kaufen. Sie sind hungrig. Aber der Abgesandte verrät sich dadurch, daß die Münzen nicht nur ungültig, sondern auch ein Vermögen wert sind. Die Leute wollen diesen Schatz finden und folgen ihm bis in die Höhle. So werden die Schlafenden entdeckt.«

»Doch in dem Fall, mit dem ich mich befasse, gibt es eine Erklärung für die Schale«, sagte Montalbano, »weil der Junge und das Mädchen nackt in die Höhle gelegt wurden, mußte das Geld also irgendwohin getan werden.«

»Einverstanden«, sagte El Madani, »aber im Koran steht nicht, daß sie Durst hatten. Der Wasserbehälter gehört also, wenn man von der Sure ausgeht, nicht dazu.«
»Ich kenne viele Legenden über die Schlafenden, aber in keiner ist von Wasser die Rede«, fügte Rahman hinzu.
»Wie viele Personen schliefen in der Höhle?«
»Das geht aus der Sure nicht klar hervor, vielleicht spielt die Anzahl keine Rolle: drei, vier, fünf, sechs, abgesehen von dem Hund. Aber man geht inzwischen allgemein davon aus, daß es sieben Schlafende waren, mit dem Hund acht.«
»Vielleicht hilft es Ihnen, zu wissen, daß die Sure eine christliche Legende wiederaufnimmt, die Legende der Schlafenden von Ephesos«, sagte El Madani.
»Es gibt auch ein modernes ägyptisches Drama, *Ahl al-kahf* – das heißt die Leute der Höhle –, des Schriftstellers Tafik al-Hakim. Da fallen junge Christen, die von Kaiser Decius verfolgt werden, in tiefen Schlaf und wachen in der Zeit Theodosius' II. wieder auf. Sie sind zu dritt und haben einen Hund dabei.«
»Wer die Leichen in die Höhle gelegt hat«, folgerte Montalbano, »kannte also auf jeden Fall den Koran und vielleicht auch das Drama dieses Ägypters.«

»Signor Preside? Hier ist Montalbano. Ich rufe aus Mazara del Vallo an und fahre gleich nach Marsala. Bitte entschuldigen Sie, aber ich habe es eilig und muß Sie etwas sehr Wichtiges fragen. Konnte Lillo Rizzitano arabisch?«
»Lillo? Nie und nimmer.«

»Könnte es nicht sein, daß er an der Universität Arabisch studiert hat?«

»Das schließe ich aus.«

»In welchem Fach hat er denn promoviert?«

»In Literaturwissenschaften, bei Professor Aurelio Cotroneo. Vielleicht hat er mir gegenüber das Thema seiner Doktorarbeit auch erwähnt, aber ich habe es vergessen.«

»Hatte er arabische Freunde?«

»Soviel ich weiß, nicht.«

»Waren 1942 und 43 Araber in Vigàta?«

»Commissario, die Araber waren zur Zeit ihrer Herrschaft hier und sind jetzt zurückgekehrt, aber als Habenichtse, nicht als Herrscher. In der Zeit waren sie nicht hier. Was haben die Araber Ihnen denn getan?«

Es war schon dunkel, als sie nach Marsala aufbrachen. Livia war glücklich und aufgekratzt, das Zusammensein mit Valentes Frau hatte ihr Spaß gemacht. An der ersten Kreuzung bog Montalbano, anstatt nach rechts zu fahren, links ab; Livia merkte es sofort, und der Commissario war zu einem schwierigen Wendemanöver gezwungen. An der nächsten Kreuzung – vielleicht um den ersten Fehler auszugleichen – machte Montalbano es genau andersherum, anstatt nach links zu fahren, bog er rechts ab, ohne daß Livia, die in einem fort redete, es merkte. Sie staunten nicht schlecht, als sie plötzlich wieder in Mazara waren. Livia war stinksauer.

»Jetzt reicht's mir langsam!«

»Du hättest es ja auch merken können!«

»Du bist unfair! Bevor wir aus Vigàta abgefahren sind, hast du mir versprochen, deine Gedanken zu Hause zu lassen, und jetzt hängst du wieder nur deinen Geschichten nach. Und red ja nicht sizilianisch mit mir!«
»Es tut mir ja leid.«
Die nächste halbe Stunde fuhr er sehr aufmerksam, aber dann schlichen sich seine Gedanken klammheimlich wieder ein: Der Hund paßte, die Schale mit den Münzen paßte, der Krug nicht. Warum nicht?
Er konnte nicht mal ansatzweise über eine Hypothese nachdenken, denn die Scheinwerfer eines Lastwagens blendeten ihn; er begriff, daß er zu weit in der Straßenmitte fuhr und ein möglicher Zusammenstoß katastrophal wäre. Betäubt von Livias Schrei und dem wütenden Hupen des Lastwagens, riß er hastig das Steuer herum. Sie holperten auf einem frisch gepflügten Acker herum, dann blieb das Auto im Graben liegen. Sie redeten nicht, sie hatten nichts zu sagen, Livia atmete schwer. Montalbano grauste es vor dem, was gleich kommen würde, sobald seine Freundin sich ein bißchen erholt hatte. Feige appellierte er vorsorglich an ihr Mitleid.
»Weißt du, ich wollte es dir erst nicht sagen, damit du dir keine Sorgen machst, aber nach dem Mittagessen ging es mir gar nicht gut...«

Dann entwickelte sich die Geschichte zu einem Mittelding zwischen Tragödie und Dick-und-Doof-Film. Das Auto rührte sich nicht vom Fleck, Livia hüllte sich in verächtliches Schweigen, Montalbano gab es irgendwann auf, aus dem Graben herauszukommen, weil er fürchtete, den Motor zu ruinieren. Er hängte sich das Gepäck um den Hals, Livia folgte ihm mit ein paar Schritten Abstand. Ein Autofahrer hatte Mitleid mit den beiden Trauergestalten am Straßenrand und brachte sie nach Marsala. Montalbano ließ Livia im Hotel, ging ins Kommissariat, wies sich aus und weckte mit Hilfe eines Kollegen jemanden auf, der einen Abschleppwagen hatte. Es war vier Uhr morgens, als er endlich soweit war und sich neben Livia ins Bett legte, die sich im Schlaf hin- und herwarf.

Zweiundzwanzig

Damit sie ihm verzieh, nahm Montalbano sich vor, liebevoll und gehorsam zu sein und geduldig zu lächeln. Es gelang ihm auch, und Livias gute Laune kehrte zurück, sie fand Mozia bezaubernd, staunte über die Straße knapp unter dem Wasserspiegel, die die Insel mit der gegenüberliegenden Küste verband, und war ganz hingerissen vom Mosaikboden in einer Villa, der aus weißen und schwarzen Flußkieseln gefügt war.

»Das hier ist das *Tophet*«, sagte der Führer, »das heilige Areal der Phönizier. Es gab keine Gebäude, die Riten wurden unter freiem Himmel abgehalten.«

»Die üblichen Opfer für die Götter?« erkundigte sich Livia.

»Für den Gott«, korrigierte der Führer, »den Gott Baal Hammon. Sie opferten ihm den Erstgeborenen. Sie erwürgten und verbrannten ihn und taten seine Überreste in ein Gefäß, das sie in die Erde steckten, und daneben errichteten sie eine Stele. Über siebenhundert hat man hier gefunden.«

»*Oddio!*« rief Livia aus.

»*Signora mia*, hier ging es den Kindern gar nicht gut. Als Admiral Leptines im Auftrag von Dionysios von Syrakus die Insel eroberte, schnitten die Moziani, bevor sie sich ergaben, ihren Kindern die Kehle durch. Es war das Schicksal der Kinder von Mozia, daß sie auf jeden Fall das Nachsehen hatten.«

»Komm, wir gehen«, sagte Livia, »ich will von diesen Leuten nichts mehr hören.«

Sie beschlossen, nach Pantelleria zu fahren, und dort verbrachten sie sechs Tage, endlich ohne Diskussionen und Streitereien. Es war der rechte Ort dafür, daß Livia eines Nachts fragte:

»Warum heiraten wir nicht?«

»Tja, warum nicht?«

Vorsichtshalber vereinbarten sie, in Ruhe noch mal darüber nachzudenken; Livia würde den kürzeren ziehen, sie müßte ihr Haus in Boccadasse aufgeben und sich einem neuen Lebensrhythmus anpassen.

Kaum war das Flugzeug mit Livia gestartet, stürzte Montalbano zu einem öffentlichen Telefon, rief seinen Freund Zito in Montelusa an, nannte ihm einen Namen und bekam eine Telefonnummer in Palermo, die er sofort wählte.

»Professor Ricardo Lovecchio?«

»Am Apparat.«

»Unser gemeinsamer Freund Nicolò Zito hat mir Ihre Nummer gegeben.«

»Wie geht's dem alten Rotschopf? Ich habe ihn schon ewig nicht gesehen.«

Der Lautsprecher, der die Passagiere des Flugs nach Rom aufforderte, sich zum Schalter zu begeben, brachte Montalbano auf eine Idee, wie er seinem Besuch besondere Dringlichkeit verleihen konnte.
»Nicolò geht's gut, ich soll Sie von ihm grüßen. Hören Sie, Professore, ich heiße Montalbano, bin am Flughafen Punta Ràisi und habe etwa vier Stunden Zeit, bevor ich weiterfliege. Ich muß mit Ihnen sprechen.« Der Lautsprecher wiederholte die Aufforderung, als stecke er mit dem Commissario, der Antworten brauchte, und zwar sofort, unter einer Decke.
»Sind Sie Commissario Montalbano aus Vigàta, der die beiden Toten in der Grotte gefunden hat? Ja? So ein Zufall! Ich wollte Sie in diesen Tagen anrufen! Kommen Sie zu mir nach Hause, ich erwarte Sie, notieren Sie sich die Adresse.«

»Ich zum Beispiel habe vier Tage und vier Nächte am Stück geschlafen, ohne Essen und Trinken. Für den Schlaf gesorgt haben etwa zwanzig Joints, fünf Ficks und ein Schlag auf den Kopf von der Polizei. Das war 1968. Meine Mutter machte sich Sorgen, sie wollte einen Arzt holen, weil sie mich im tiefen Koma glaubte.«
Professor Lovecchio sah aus wie ein Bankangestellter, wirkte nicht wie fünfundvierzig, und ein Anflug von Verrücktheit glitzerte in seinen Augen. Es war elf Uhr vormittags, und er trank Whisky pur.
»An meinem Schlaf war nichts Wunderbares«, fuhr Lovecchio fort, »für ein Wunder muß man schon ein

Nickerchen von mindestens zwanzig Jahren halten. Im Koran, ich glaube, in der zweiten Sure, steht, daß ein Mann, in dem die Kommentatoren Ezra sehen, hundert Jahre lang geschlafen hat. Der Prophet Salih hat immerhin zwanzig Jahre lang geschlafen, ebenfalls in einer Höhle, die ja kein gemütlicher Platz zum Schlafen ist. Die Juden stehen dem nicht nach, sie rühmen im Jerusalemer Talmud einen gewissen Hammaagel, der siebzig Jahre lang schlief, natürlich auch in einer Grotte. Und nicht zu vergessen die Griechen! Epimenides ist nach fünfzig Jahren in einer Höhle aufgewacht. Tja, damals brauchte es nur eine Höhle und einen, der todmüde war, damit ein Wunder geschah. Wie lange haben denn der Junge und das Mädchen geschlafen, die Sie gefunden haben?«

»Von 1943 bis 1994, fünfzig Jahre lang.«

»Genau die richtige Zeit, um geweckt zu werden. Verkompliziert es Ihre Schlußfolgerungen, wenn ich Ihnen sage, daß man im Arabischen ›sterben‹ und ›schlafen‹ mit ein und demselben Wort bezeichnet? Und daß auch für ›aufwachen‹ und ›aufwecken‹ nur ein Wort verwendet wird?«

»Professore, es ist wunderbar, Ihnen zuzuhören, aber ich muß zum Flughafen, meine Zeit ist sehr knapp. Warum wollten Sie mich eigentlich anrufen?«

»Um Ihnen zu sagen, daß Sie nicht auf den Hund reinfallen dürfen. Der Hund scheint sich nicht auf den Krug zu reimen und umgekehrt. Verstehen Sie?«

»Nein.«

»Sehen Sie, die Legende der Schlafenden ist nicht orientalischen, sondern christlichen Ursprungs. In Europa verbreitete sie Gregor von Tours. Er spricht von sieben Jünglingen aus Ephesos, die, um der Christenverfolgung unter Kaiser Decius zu entgehen, in eine Höhle fliehen, wo Gott dafür sorgt, daß sie einschlafen. Die Höhle von Ephesos existiert wirklich, sie ist sogar in der Treccani-Enzyklopädie abgebildet. Man errichtete über ihr ein Heiligtum, das später wieder abgerissen wurde. Nun, die christliche Legende erzählt, daß in der Höhle eine Quelle war. Sobald die Schlafenden aufwachten, tranken sie erst und schickten dann einen von ihnen auf die Suche nach etwas Eßbarem. Aber an keiner Stelle ist in der christlichen Legende, auch nicht in ihren unzähligen europäischen Varianten, von einem Hund die Rede. Der Hund, der Kytmyr heißt, ist schlicht und einfach eine poetische Schöpfung Mohammeds, der die Tiere so sehr liebte, daß er sich einen Hemdsärmel abschnitt, um die Katze nicht zu wecken, die darauf schlief.«

»Ich blicke nicht mehr durch«, sagte Montalbano.

»Aber es ist doch ganz einfach, Commissario! Ich wollte nur sagen, daß der Krug ein Symbol für die Quelle in der Höhle von Ephesos ist. Daraus schließen wir: Der Krug, der also zur christlichen Legende gehört, paßt nur dann zu dem Hund, der eine poetische Schöpfung des Koran ist, wenn man sämtliche Varianten vor Augen hat, die die verschiedenen Kulturen dazu beigetragen haben... Meiner Meinung nach kann der Autor der Inszenierung in der Grotte nur jemand sein, der aus Gründen des Studiums...«

Wie in einem Comic sah Montalbano förmlich die Glühbirne, das Licht, das ihm aufging.

Er bremste so abrupt vor dem Bürogebäude der Antimafia, daß der Wachtposten nervös wurde und seine Maschinenpistole hob.

»Ich bin Commissario Montalbano!« schrie er und zeigte seinen Führerschein, das erste, was er in die Finger bekam. Atemlos rannte er zu einem anderen Beamten, der Pförtner war.

»Sagen Sie Dottor De Dominicis Bescheid, daß Commissario Montalbano raufkommt, schnell!«

Er war allein im Aufzug, und Montalbano nutzte die Gelegenheit und zerzauste sich die Haare, lockerte den Krawattenknoten und öffnete den Kragenknopf. Er wollte noch das Hemd ein bißchen aus der Hose hängen lassen, fand das dann aber doch übertrieben.

»De Dominicis, ich hab's!« japste er und schloß die Tür hinter sich.

»Was denn?« fragte De Dominicis, beunruhigt über den Anblick des Commissario, und erhob sich von seinem funkelnden Sessel in seinem funkelnden Büro.

»Wenn Sie bereit sind, mir zu helfen, lasse ich Sie an einer Ermittlung teilnehmen, die ...«

Er unterbrach sich und legte die Hand auf den Mund, als wolle er sich selbst am Weiterreden hindern.

»Worum geht es denn? Ein kleiner Hinweis nur!«

»Ich kann nicht, glauben Sie mir, ich kann nicht.«

»Was müßte ich tun?«

»Bis spätestens heute abend muß ich wissen, worüber ein gewisser Calogero Rizzitano seine Doktorarbeit in Literaturwissenschaften geschrieben hat. Sein Professor hieß Cotroneo, soviel ich weiß. Er muß gegen Ende 42 promoviert haben. Der Gegenstand dieser Doktorarbeit ist der Schlüssel zu allem, es könnte ein tödlicher Schlag gegen die ...«

Er unterbrach sich wieder, riß die Augen auf und dachte erschrocken:

Ich habe doch nichts gesagt, oder?

Montalbanos Erregung übertrug sich auf De Dominicis.

»Wie soll das gehen? Damals gab es Tausende von Studenten! Falls die Unterlagen überhaupt noch existieren ...«

»Ach, was. Nicht Tausende, höchstens Dutzende. In der Zeit standen die jungen Männer alle unter Waffen. Es ist ganz einfach.«

»Warum kümmern Sie sich dann nicht selber darum?«

»Weil mich der Amtsschimmel bestimmt furchtbar viel Zeit kosten würde, und Ihnen stehen doch alle Türen offen.«

»Wo kann ich Sie erreichen?«

»Ich fahre jetzt sofort nach Vigàta zurück, ich darf gewisse Entwicklungen nicht aus den Augen lassen. Rufen Sie mich an, sobald Sie etwas herausgefunden haben. Aber unbedingt zu Hause. Im Büro nicht, da könnte ein Maulwurf sein.«

Bis zum Abend wartete er auf De Dominicis' Anruf, der nicht kam. Das machte ihm aber keine Sorgen, er war sicher, daß De Dominicis angebissen hatte. Offenbar war die Sache auch für ihn nicht ganz einfach.

Am nächsten Morgen freute er sich, daß Adelina, seine Haushälterin, wieder da war.
»Warum bist du denn nicht mehr gekommen?«
»Warum, warum! Weil die Signorina es nicht mag, daß ich im Haus bin, wenn sie da ist.«
»Woher wußtest du, daß Livia wieder weg ist?«
»Ich hab's im Ort gehört.«
In Vigàta wußte jeder über jeden Bescheid.
»Was hast du eingekauft?«
»Es gibt *pasta con le sardi* und als zweiten Gang *purpi alla carrettera.*«
Köstlich, aber mörderisch. Montalbano umarmte sie.

Gegen Mittag klingelte das Telefon, und Adelina, die bestimmt deswegen so gründlich putzte, weil sie die Spuren von Livias Aufenthalt auslöschen wollte, ging an den Apparat.
»Dutturi, lu voli u dutturi Didumminici!«
Montalbano, der in der Veranda saß und zum fünftenmal *Wendemarke* von Faulkner las, stürzte ans Telefon. Bevor er den Hörer in die Hand nahm, legte er sich schnell einen Plan zurecht, wie er De Dominicis wieder loswerden konnte, sobald er seine Information hatte.
»*Sì? Pronto?* Wer ist da?« fragte er mit müder und enttäuschter Stimme.
»Du hattest recht, es war ganz einfach. Calogero Rizzitano

hat am dreizehnten November 1942 mit der höchsten Punktzahl promoviert. Schreib's dir auf, der Titel ist lang.«

»Warte, ich muß einen Stift suchen. Aber eigentlich...«

De Dominicis merkte, wie lustlos Montalbanos Stimme klang.

»Was hast du denn?«

De Dominicis fühlte sich mit ihm im Bunde, daher das »Du«.

»Was glaubst du wohl, was ich habe! Das fragst du noch?! Du wußtest doch, daß ich die Antwort bis gestern abend gebraucht hätte! Sie interessiert mich nicht mehr! Nur weil du zu spät bist, ist jetzt alles zum Teufel!«

»Glaub mir, es ging nicht eher.«

»Schon gut, jetzt sag den Titel.«

»*Der Gebrauch des makkaronischen Lateins im geistlichen Drama der Siebenschläfer, verfaßt von einem unbekannten Autor des sechzehnten Jahrhunderts.* Erklär mir mal, was dieser Titel mit der Mafia zu tun haben soll...«

»Und ob er was damit zu tun hat! Aber du bist schuld dran, daß ich ihn jetzt nicht mehr brauche, zu danken brauche ich dir also auch nicht.«

Er legte auf und brach vor Freude in ein ohrenbetäubendes Gewieher aus. Und schon war aus der Küche das Geräusch von zersplitterndem Glas zu hören: Adelina mußte so erschrocken sein, daß ihr etwas aus der Hand gefallen war. Montalbano nahm Anlauf, sprang von der Veranda in den Sand, schlug einen Purzelbaum, dann ein Rad, noch einen Purzelbaum und noch ein Rad. Der dritte

Purzelbaum ging schief, und er fiel völlig außer Atem in den Sand. Adelina eilte von der Veranda zu ihm und schrie:
»*Madunnuzza beddra!* Jetzt ist er verrückt geworden! Er hat sich das Genick gebrochen!«

Montalbano wollte ganz gewissenhaft sein und fuhr in die Stadtbücherei von Montelusa.
»Ich suche ein geistliches Drama«, sagte er zu der Leiterin. Die Leiterin, die ihn als Commissario kannte, war etwas erstaunt, sagte aber nichts.
»Alles, was wir haben«, meinte sie dann, »sind die beiden Bände von D'Ancona und die beiden von De Bartholomaeis. Sie können die Bücher aber nicht ausleihen, Sie müssen hier reinschauen.«
Das *Drama der Siebenschläfer* fand er im zweiten Band von D'Anconas Anthologie. Es war ein kurzes, sehr naives Stück. Lillo mußte seine Doktorarbeit auf den Dialog zwischen zwei häretischen Gelehrten aufgebaut haben, die ein vergnügliches makkaronisches Latein sprachen. Was den Commissario jedoch mehr interessierte, war das lange Vorwort, das D'Ancona geschrieben hatte. Da stand alles – die Sure aus dem Koran, der Weg der Legende durch die europäischen und afrikanischen Länder mit ihren Änderungen und Varianten. Professor Lovecchio hatte recht gehabt: Die achtzehnte Sure des Koran gäbe, für sich gesehen, nur Rätsel auf. Man mußte sie mit dem vervollständigen, was andere Kulturen hervorgebracht hatten.

»Ich möchte eine Hypothese aufstellen und Sie um Ihre Unterstützung bitten«, sagte Montalbano, als er Burgio und dessen Frau von seinen neuesten Erkenntnissen unterrichtete. »Sie haben doch sehr überzeugt gesagt, Lisetta sei für Lillo wie eine kleine Schwester gewesen, die er über alles liebte. Stimmt das so?«

»Ja«, sagten die beiden wie aus einem Mund.

»Gut. Jetzt frage ich Sie etwas. Halten Sie es für möglich, daß Lillo Lisetta und ihren jungen Geliebten umgebracht hat?«

»Nein«, sagten die beiden alten Leute, ohne zu zögern.

»Dieser Meinung bin ich auch«, sagte Montalbano, »eben weil es Lillo war, der die beiden Toten sozusagen in den Zustand einer hypothetischen Auferstehung versetzt hat. Ein Mörder will nicht, daß seine Opfer wiederauferstehen.«

»Und?« fragte der Preside.

»Falls Lisetta ihn gebeten hat, sie in einer Notlage zusammen mit ihrem Freund im Haus der Rizzitanos am Crasto aufzunehmen, wie hätte Lillo da Ihrer Meinung nach reagiert?«

Die Signora brauchte gar nicht nachzudenken.

»Er hätte alles getan, worum Lisetta ihn bat.«

»Dann versuchen wir doch mal, uns vorzustellen, was in jenen Tagen im Juli geschehen ist. Lisetta flieht aus Serradifalco, schlägt sich nach Vigàta durch, trifft sich mit ihrem Freund Mario Cunich, der desertiert oder vielmehr sich von seinem Schiff entfernt. Jetzt wissen die beiden nicht, wo sie sich verstecken sollen; zu Lisetta nach Hause zu gehen ist, als gingen sie in die Höhle des Löwen, denn dort würde sie ihr Vater als allererstes suchen. Sie weiß, daß Lillo Rizzitano ihr nichts abschlagen kann, und bittet ihn um Hilfe. Er nimmt das Paar in dem Haus am Fuß des Crasto auf, in dem er allein lebt, weil seine ganze Familie geflohen ist. Wer die beiden umbringt und warum, wissen wir nicht, und vielleicht werden wir es auch niemals wissen. Aber daß Lillo der Urheber der Bestattung in der Höhle ist, daran kann es keinen Zweifel geben, weil er sich Schritt für Schritt sowohl an der christlichen wie an der Koranversion der Legende orientiert. In beiden Fällen wachen die Schlafenden wieder auf. Was will er mit dieser Inszenierung zu verstehen geben, was will er uns damit sagen? Will er uns sagen, daß die beiden jungen Menschen schlafen und eines Tages aufwachen oder geweckt werden? Vielleicht erhofft er sich genau das, daß es in Zukunft jemanden gibt, der sie findet, der sie aufweckt. Zufällig habe ich sie gefunden, habe ich sie aufgeweckt. Aber glauben Sie mir, ich wünschte wirklich, ich hätte diese Höhle nie gesehen.«

Er war aufrichtig, und die beiden alten Leute verstanden ihn.

»Ich könnte es dabei bewenden lassen. Meine persönliche Neugierde ist befriedigt. Manche Antworten fehlen mir zwar noch, aber die, die ich habe, würden mir reichen. Ich könnte es also dabei bewenden lassen.«

»Ihnen genügen die Antworten vielleicht«, sagte Signora Angelina, »aber ich will Lisettas Mörder ins Gesicht sehen.«

»Wenn, dann siehst du ihn höchstens auf einem Foto«, spottete der Preside, »weil es inzwischen neunundneunzig zu eins steht, daß der Mörder wegen Erreichen der Altersgrenze tot und begraben ist.«
»Ich überlasse es Ihnen«, sagte Montalbano. »Was soll ich tun? Weitermachen? Es sein lassen? Entscheiden Sie, diese Morde interessieren niemanden mehr, Sie beide sind vielleicht die einzige Verbindung, die die Toten noch mit dieser Welt haben.«
»Ich bin dafür, daß Sie weitermachen«, sagte Signora Burgio sehr gefaßt.
»Ich auch«, stimmte ihr der Preside nach einer Pause zu.

Auf der Höhe von Marinella bog Montalbano nicht ab, um heimzufahren, sondern ließ das Auto praktisch von selbst die Küstenstraße weiterfahren. Es herrschte kaum Verkehr, und nach wenigen Minuten war er am Fuß des Crasto angekommen. Er stieg aus und ging den Weg zum Crasticeddru hinauf. In der Nähe der Waffengrotte setzte er sich ins Gras und zündete sich eine Zigarette an. Während er zusah, wie die Sonne unterging, arbeitete es in seinem Kopf: Er hatte das dunkle Gefühl, daß Lillo noch lebte, aber wie konnte er ihn ausfindig machen? Es begann schon zu dämmern, als er sich auf den Weg zu seinem Wagen machte; da fiel sein Blick auf das große Loch, das sich in dem Berg auftat, den Eingang des unbenutzten Tunnels, der schon ewig mit Brettern und Latten verrammelt war. Direkt neben dem Eingang standen ein Blechverschlag und zwei Pfosten, zwischen denen ein Schild hing. Montalbanos Beine rannten los, noch bevor sein Hirn den Befehl dazu gegeben hatte. Atemlos kam er an, die Seite schmerzte ihn vom Laufen. Auf dem Schild stand: IMPRESA COSTRUZIONI GAETANO NICOLOSI & FIGLIO – PALERMO – VIA LAMARMORA, 33 – BAU EINES TUNNELS FÜR DEN AUTOVERKEHR – BAULEITUNG: ING. COSIMO ZIRRETTA – MITARBEIT: SALVATORE PERRICONE. Es folgten weitere Angaben, die Montalbano nicht interessierten.

Er rannte zum Auto und fuhr auf dem schnellsten Weg nach Vigàta.

Dreiundzwanzig

In der Baufirma Gaetano Nicolosi & Figlio in Palermo, deren Nummer er sich von der Auskunft hatte geben lassen, ging niemand ans Telefon. Es war zu spät, in den Büros war bestimmt kein Mensch mehr. Montalbano versuchte es immer wieder und gab die Hoffnung langsam auf. Er fluchte vor sich hin und ließ sich dann die Nummer des Ingegnere Cosimo Zirretta geben, von dem er annahm, daß er ebenfalls aus Palermo war. Er hatte recht.

»Hier ist Commissario Montalbano aus Vigàta. Wie war das mit der Enteignung?«

»Mit welcher Enteignung?«

»Von den Grundstücken, die vom Bau der Straße und des Tunnels betroffen sind, die Sie bei uns hier gebaut haben.«

»Dafür bin ich leider nicht zuständig. Ich habe nur mit den Bauarbeiten zu tun. Beziehungsweise hatte damit zu tun, bis eine Verfügung alles gestoppt hat.«

»An wen kann ich mich dann wenden?«

»An jemanden von der Firma.«

»Da habe ich bereits angerufen, aber es geht niemand ans Telefon.«

»Dann an den Commendatore Gaetano oder seinen Sohn

Arturo. Wenn sie aus dem Ucciardone-Gefängnis wieder draußen sind.«

»Ach ja?«

»Ja. Erpressung und Korruption.«

»Dann habe ich also keine Chance?«

»Auch wenn die Richter gnädig sind, kommen sie frühestens in fünf Jahren raus. Aber Scherz beiseite, Sie könnten es bei Avvocato Di Bartolomeo probieren, dem Justitiar der Firma.«

»Wissen Sie, Commissario, es gehört nicht zu den Aufgaben der Firma, sich mit der Prozedur der Enteignungen zu befassen. Dafür ist die Gemeinde zuständig, in deren Gemarkung die zu enteignenden Grundstücke liegen.«

»Und was haben Sie dann damit zu tun?«

»Das geht Sie nichts an.«

Der Anwalt hängte ein. Di Bartolomeo war wohl etwas verstimmt: Vielleicht bestand seine Aufgabe darin, Vater & Sohn Nicolosi bei ihren Machenschaften den Rücken zu decken, was ihm aber dieses Mal nicht gelungen war.

Das Büro war erst seit fünf Minuten geöffnet, als Geometra Tumminello, der Vermessungsingenieur, sich plötzlich Commissario Montalbano gegenübersah, der nicht sehr ausgeglichen wirkte. In der Tat hatte Montalbano eine unruhige Nacht hinter sich, er hatte nicht schlafen können und Faulkner gelesen. Der Geometra, dessen Sohn ein Herumtreiber war, der seine Zeit mit zwielichtigen Gestalten, Schlägereien und Motorrädern verbrachte und auch diese Nacht nicht heimgekommen war, wurde blaß, und seine Hände begannen zu zittern. Montalbano, dem Tumminellos Reaktion auf sein Erscheinen nicht verborgen blieb, kam – er war und blieb ein Bulle, da konnte er noch so viele gute Bücher lesen – ein böser Gedanke: Der hat was zu verbergen.

»Was gibt's?« fragte Tumminello und war auf die Mitteilung gefaßt, sein Sohn sei festgenommen worden. Das wäre sogar ein Glück oder zumindest das kleinere Übel: Seine Kumpane konnten ihn schließlich auch umgebracht haben.

»Ich brauche eine Information. Über eine Enteignung.«

Tumminello entspannte sich merklich.

»Na, haben Sie sich wieder beruhigt?« Montalbano konnte sich die Frage nicht verkneifen.

»Ja«, gab der Geometra offen zu. »Ich sorge mich um meinen Sohn. Er ist heute nacht nicht heimgekommen.«

»Kommt das oft vor?«

»Ja, wissen Sie, er …«

»Dann machen Sie sich mal keine Gedanken«, fiel Montalbano ihm ins Wort, er hatte jetzt keine Zeit, sich mit den Problemen Jugendlicher zu beschäftigen. »Ich muß die Unterlagen einsehen, in denen es um die Veräußerung beziehungsweise Enteignung der Grundstücke für den Tunnelbau am Crasto geht. Dafür sind Sie doch zuständig, oder?«

»Ja, schon. Aber wir brauchen die Unterlagen nicht, ich habe alles im Kopf. Sagen Sie mir im einzelnen, was Sie wissen wollen.«

»Ich will etwas über das Land der Rizzitanos wissen.«
»Das habe ich mir schon gedacht«, sagte der Geometra. »Als ich erst von dem Waffenfund und dann von den beiden Mordopfern hörte, dachte ich, das ist doch das Land von den Rizzitanos, und habe mir die Unterlagen angesehen.«
»Und was steht in den Unterlagen?«
»Da muß ich etwas vorausschicken. Durch den Bau der Straße und des Tunnels waren nämlich fünfundvierzig Grundstückseigentümer geschädigt, wenn man so sagen will.«
»Eh, Madonna!«
»Sogar ein handtuchgroßes Grundstück von zweitausend Quadratmetern hat laut letztwilliger Verfügung fünf Eigentümer. Die Mitteilung kann nicht en bloc an die Erben gehen, sie muß jedem einzeln zugestellt werden. Als wir den Präfekturerlaß hatten, boten wir den Eigentümern eine niedrige Summe, da es sich zum größten Teil um landwirtschaftliche Nutzflächen handelte. Im Fall von Calogero Rizzitano, von dem wir nur annahmen, daß er ein Eigentümer war, weil das mit keinem Stück Papier belegt ist, das heißt, es gibt keine Rechtsnachfolge und sein Vater ist ohne Testament verstorben, bei Rizzitano also mußten wir Paragraph 143 der Zivilprozeßordnung anwenden, der die Unauffindbarkeit behandelt. Wie Sie sicher wissen, sieht Paragraph 143 vor …«
»Das interessiert mich nicht. Wann haben Sie diese Mitteilung zugestellt?«
»Vor zehn Jahren.«

»Dann war Calogero Rizzitano vor zehn Jahren also unauffindbar.«

»Danach auch! Denn von den fünfundvierzig Eigentümern legten vierundvierzig wegen der Summe, die wir ihnen geboten hatten, Beschwerde ein. Und kamen damit durch.«

»Und der fünfundvierzigste, derjenige, der keine Beschwerde eingelegt hat, war Calogero Rizzitano.«

»Richtig. Wir haben die Summe, die ihm zusteht, zurückgelegt. Weil er für uns juristisch immer noch am Leben ist. Niemand hat ihn für tot erklären lassen. Wenn er wieder auftaucht, kriegt er das Geld.«

Wenn er wieder auftaucht, hatte der Geometra gesagt, aber alles deutete darauf hin, daß Lillo Rizzitano gar keine Lust hatte, wieder aufzutauchen. Oder daß er vermutlich gar nicht mehr in der Lage war, wieder aufzutauchen. Preside Burgio und auch er selbst hielten es inzwischen für durchaus möglich, daß Lillo, den ein Militärlaster in der Nacht des neunten Juli verletzt aufgenommen und wer weiß wohin gebracht hatte, irgendwie durchgekommen war. Aber sie wußten ja nicht mal, wie schwer er verletzt gewesen war! Er konnte auch während der Fahrt oder im Krankenhaus gestorben sein, falls sie ihn überhaupt in ein Krankenhaus gebracht hatten. Warum darauf bestehen, einem Schemen Gestalt zu verleihen? Die beiden Toten vom Crasticeddru waren im Augenblick ihrer Entdeckung möglicherweise in einem besseren Zustand gewesen, als es Lillo Rizzitano schon seit langer Zeit war. In mehr als fünfzig Jahren kein Wort, keine Zeile. Nichts. Auch nicht, als man sein Land beschlagnahmte und die Reste seines kleinen Hauses niederriß, die doch ihm gehörten. Die Mäandergänge des Labyrinths, in das Montalbano sich hatte aufmachen wollen, stießen hier an eine Mauer; vielleicht zeigte sich das Labyrinth ja auch barmherzig, indem es ihn am Weitergehen hinderte und ihm vor der einzig logischen, natürlichen Lösung Halt gebot.

Das Abendessen war leicht, aber alles war mit jener Raffinesse zubereitet, die der Herr seinen Auserwählten nur sehr selten gewährt. Montalbano bedankte sich nicht bei der Frau des Questore, sondern sah sie nur an wie ein streunender Hund, der gestreichelt wird. Dann zogen sich die beiden Männer ins Arbeitszimmer zurück, um zu plaudern. Die Einladung des Questore war ihm wie ein Rettungsring erschienen, der einem Ertrinkenden zugeworfen wird – jemandem, der nicht im aufgewühlten Meer, sondern in der platten Ruhe der Langeweile untergeht.
Zunächst sprachen sie über Catania; sie waren sich einig, daß die Mitteilung über die Nachforschungen im Fall Brancato an die Questura in Catania als erstes dazu geführt hatte, daß Brancato ausgeschaltet wurde.
»Wir sind löchrig wie ein Sieb«, beklagte sich der Questore bitter, »wir können keinen Schritt tun, ohne daß unsere Gegner es erfahren. Brancato ließ Ingrassia umbringen, weil dieser sich querstellte, aber als die Drahtzieher erfuhren, daß wir Brancato im Visier hatten, sorgten

sie dafür, daß er ausgeschaltet wurde, und damit war die Spur, die wir so mühsam verfolgten, zweckmäßigerweise gleich mit beseitigt.«

Er sah finster drein, diese Geschichte mit den Maulwürfen, die überall saßen, verbitterte ihn mehr als ein Verrat durch ein Mitglied seiner Familie.

Nach einer langen Pause, während der Montalbano kein Wort sagte, fragte der Questore:

»Wie steht's mit Ihren Nachforschungen im Mordfall vom Crasticeddru?«

Der Commissario merkte am Ton, daß sein Vorgesetzter diese Nachforschungen nur als willkommene Abwechslung betrachtete, als Zeitvertreib, der ihm gegönnt wurde, bevor er sich wieder ernsthafteren Dingen zuwandte.

»Jetzt weiß ich sogar den Namen des Mannes«, revanchierte er sich. Verblüfft fuhr der Questore auf und war plötzlich hellwach.

»Sie sind großartig! Erzählen Sie.«

Montalbano erzählte alles, sogar die Posse mit De Dominicis, die der Questore sehr vergnüglich fand. Der Commissario schloß mit einer Art Konkurserklärung: Die Nachforschungen hätten keinen Sinn mehr, sagte er, auch weil niemand sicher sein konnte, daß Lillo Rizzitano nicht tot war.

Der Questore dachte darüber nach. »Aber wenn jemand wirklich verschwinden will, dann verschwindet er«, sagte er dann. »Schon oft sind Leute anscheinend im Nichts verschwunden, und dann waren sie plötzlich wieder da.

Ich möchte gar nicht Pirandello zitieren, aber zumindest Sciascia. Haben Sie das Buch über das Verschwinden des Physikers Majorana gelesen?«

»Natürlich.«

»Majorana, davon bin ich genauso überzeugt wie im Grunde Sciascia überzeugt war, wollte verschwinden, und es ist ihm gelungen. Es war kein Selbstmord, er war sehr gläubig.«

»Einverstanden.«

»Und erst kürzlich der Fall des römischen Universitätsprofessors, der eines Morgens das Haus verließ und spurlos verschwand. Alle haben ihn gesucht, Polizei, Carabinieri, sogar seine Studenten, bei denen er sehr beliebt war. Er hat sein Verschwinden geplant, und es ist ihm gelungen.«

»Stimmt«, meinte Montalbano.

Dann dachte er über das, worüber sie redeten, nach und sah seinen Vorgesetzten an.

»Es kommt mir vor, als forderten Sie mich auf weiterzumachen, während Sie mir bei anderer Gelegenheit vorgeworfen haben, ich kümmerte mich zuviel um diesen Fall.«

»Na und? Jetzt sind Sie rekonvaleszent, damals waren Sie im Dienst. Das ist ja wohl ein Unterschied«, erwiderte der Questore.

Wieder zu Hause, wanderte Montalbano von Zimmer zu Zimmer. Nach dem Gespräch mit dem Geometra war er fast entschlossen gewesen, alles sausenzulassen, überzeugt, daß Rizzitano längst unter der Erde lag. Und jetzt

hatte der Questore ihn wieder angespitzt. Bezeichneten die frühen Christen mit *dormitio* nicht den Tod? Es war sehr gut möglich, daß Rizzitano »sich in den Schlaf begeben« hatte, wie die Freimaurer sagten, daß er sich zurückgezogen hatte. Aber wenn die Dinge so standen, mußte man eine Möglichkeit finden, ihn aus dem tiefen Brunnen, in dem er sich versteckt hatte, hervorzulocken. Dazu brauchte es jedoch etwas Aufsehenerregendes, etwas, das viel Staub aufwirbelte, worüber die Zeitungen, das Fernsehen in ganz Italien berichteten. Er mußte richtig auf die Pauke hauen. Aber wie? Man mußte die Logik aus dem Spiel und der Phantasie freien Lauf lassen.
Es war erst elf, zu früh, um schlafen zu gehen. Er legte sich angezogen aufs Bett und las *Wendemarke*.

> »Gegen Mitte der vergangenen Nacht wurde die Suche nach der Leiche Roger Shumanns, des Rennfliegers, der am Samstagnachmittag in den See stürzte, endgültig von einem dreisitzigen Doppeldecker von ungefähr achtzig Pferdekräften aufgegeben, dem es gelang, auf den See hinauszufliegen und zurückzukehren, ohne dabei auseinanderzufallen, und einen Blumenkranz ungefähr eine dreiviertel Meile von der Stelle entfernt abzuwerfen, an der nach allgemeiner Annahme Shumann liegt...«

Bis zum Ende des Romans fehlten nur noch ein paar Zeilen, aber der Commissario saß plötzlich mitten auf dem Bett und blickte drein wie ein Irrer.

»Es ist völlig verrückt«, sagte er zu sich, »aber ich mache es.«

»Ist Signora Ingrid da? Ich weiß, daß es spät ist, aber ich muß sie sprechen.«
»Signora nix da. Du sagen, ich schreiben.«
Die Familie Cardamone suchte sich ihre Hausmädchen mit Vorliebe in Gegenden, die nicht mal Tristan da Cunha zu betreten gewagt hatte.
»Manaò tupapaú«, sagte der Commissario.
»Nix verstehen.«
Er hatte den Titel eines Bildes von Gauguin genannt, das Mädchen kam aber offenbar nicht aus Tahiti oder Umgebung.
»Du schreiben, ja? Signora Ingrid anrufen Signor Montalbano, wenn wieder zurück.«

Es war schon zwei Uhr vorbei, als Ingrid nach Marinella kam, im Abendkleid, rückenfrei bis zum Hintern. Ohne zu zögern, war sie der Bitte des Commissario, sie sofort zu treffen, gefolgt.
»Entschuldige, aber ich habe mich nicht umgezogen, um keine Zeit zu verlieren. Ich war auf einem stinklangweiligen Empfang.«
»Was hast du? Du gefällst mir nicht. Ist es nur, weil du dich auf dem Empfang gelangweilt hast?«
»Nein, du hast schon recht. Mein Schwiegervater stellt mir wieder nach. Gestern früh ist er in mein Schlafzimmer geplatzt, als ich noch im Bett lag. Er wollte sofort

über mich herfallen. Ich habe gedroht, ich würde schreien, da hat er sich wieder verzogen.«

»Dann weiß ich ja, was ich zu tun habe«, grinste der Commissario.

»Was denn?«

»Er kriegt eine zweite Dosis verabreicht.«

Sie sah in fragend an, Montalbano schloß eine Schublade seines Schreibtisches auf, nahm einen Umschlag heraus und reichte ihn Ingrid. Als sie die Fotos sah, die sie zeigten, während sie von ihrem Schwiegervater vergewaltigt wurde, wurde sie erst blaß und dann rot.

»Hast du die gemacht?«

Montalbano überlegte rasch, denn wenn sie hörte, daß eine Frau sie fotografiert hatte, ging Ingrid ihm möglicherweise an die Gurgel.

»Ja, das war ich.«

Die schallende Ohrfeige, die ihm die Schwedin verabreichte, dröhnte ihm im Kopf, aber er hatte sie erwartet.

»Ich habe deinem Schwiegervater schon drei Fotos geschickt, da hat er es mit der Angst zu tun bekommen und dich eine Zeitlang in Ruhe gelassen. Jetzt kriegt er noch mal drei.«

Da stand Ingrid auch schon bei ihm, drückte ihren Körper an Montalbanos Körper, preßte ihre Lippen auf seine Lippen, liebkoste mit ihrer Zunge seine Zunge. Montalbano spürte, wie seine Knie butterweich wurden, aber Ingrid ließ ihn, Gott sei Dank, wieder los.

»Ganz ruhig«, sagte sie, »es ist schon vorbei. Ich wollte dir nur danken.«

Ingrid suchte drei Fotos aus, und Montalbano schrieb auf die Rückseite: LASS DIE FINGER VON IHR, ODER DU ERSCHEINST DAS NÄCHSTE MAL IM FERNSEHEN.
»Die anderen behalte ich hier«, sagte der Commissario. »Sag mir Bescheid, wenn du sie brauchst.«
»Hoffentlich noch lange nicht.«
»Morgen früh schicke ich sie ihm, und dazu kriegt er einen anonymen Anruf, daß ihn der Schlag trifft. Jetzt hör gut zu, ich muß dir eine lange Geschichte erzählen. Und danach werde ich dich bitten, mir zu helfen.«

Um sieben Uhr stand er auf; er hatte kein Auge zugetan, nachdem Ingrid gegangen war. Er warf einen Blick in den Spiegel – abgespannt sah er aus, vielleicht sogar schlechter als in den Tagen, nachdem sie auf ihn geschossen hatten. Er mußte zu einer Nachuntersuchung ins Krankenhaus; man war sehr zufrieden mit ihm, und er mußte von den fünf Medikamenten, die er verschrieben bekommen hatte, nur noch eines nehmen. Dann fuhr er zur Cassa di Risparmio nach Montelusa, bei der er das wenige Geld eingezahlt hatte, das er auf die hohe Kante legen konnte, und bat um eine private Unterredung mit dem Direktor.
»Ich brauche zehn Millionen.«
»Haben Sie das Geld auf dem Konto, oder wollen Sie ein Darlehen?«
»Ich habe es.«
»Wo liegt dann das Problem?«
»Das Problem ist, daß es um eine Polizeiaktion geht, die ich selber finanzieren will, um keine staatlichen Gelder

aufs Spiel zu setzen. Wenn ich jetzt an den Schalter gehe und zehn Millionen in Hunderttausendern verlange, dann klingt das ein bißchen merkwürdig. Deswegen brauche ich Ihre Hilfe.«
Voller Verständnis und stolz, weil er an einer Polizeiaktion teilhaben durfte, setzte der Direktor sofort alle Hebel in Bewegung.

Direkt unter dem Schild, das kurz vor Montelusa die Schnellstraße nach Palermo anzeigte, hielt Ingrid mit ihrem Wagen neben dem Auto des Commissario. Montalbano gab ihr den dicken Umschlag mit den zehn Millionen, den sie in eine Stofftasche steckte.
»Ruf mich zu Hause an, sobald du alles erledigt hast. Und laß dich ja nicht beklauen.«
Sie lächelte, warf ihm eine Kußhand zu und fuhr los.

In Vigàta versorgte er sich mit Zigaretten. Als er den *tabacchaio* verließ, sah er ein großes grünes Plakat mit schwarzer Schrift, das ganz frisch geklebt war. Es lud die Bevölkerung zu einem großen Motocross-Rennen ein, das am Sonntag ab fünfzehn Uhr auf der *piana del crasticeddru* stattfinden sollte.
Auf einen solchen Zufall hätte er nie zu hoffen gewagt. Ob das Labyrinth sich seiner wohl erbarmt und ihm einen neuen Weg geöffnet hatte ...?

Vierundzwanzig

Die *piana del crasticeddru*, die Crasticeddru-Ebene, die sich von der Felsnase aus erstreckte, hielt sich nicht einmal im Traum für eine Ebene: Senken, Kuppen, Schlammlöcher gaben den idealen Ort für ein Geländerennen ab. Der Tag war eindeutig ein Vorbote des Sommers, und die Leute warteten nicht bis nachmittags, um auf die Piana zu gehen; sie kamen schon vormittags mit Oma, Opa, Kind und Kegel und alle mit dem Vorsatz, nicht nur das Rennen, sondern vor allem einen Ausflug ins Grüne zu genießen.

Vormittags hatte Montalbano Nicolò Zito angerufen.

»Kommst du heute nachmittag mit zum Motocross-Rennen?«

»Ich? Wozu denn das? Wir schicken einen Sportreporter und einen Kameramann hin.«

»Nein, ich meine, ob wir zusammen hingehen, du und ich, zu unserem Vergnügen?«

Sie trafen um halb vier an der Piana ein, und dort war vom Beginn des Rennens noch gar keine Rede, aber es herrschte ein ohrenbetäubendes Getöse vor allem von den Motoren der etwa fünfzig Motorräder, die getestet

und aufgewärmt wurden, und von den Lautsprechern, die in voller Lautstärke eine Höllenmusik übertrugen.
»Seit wann interessierst du dich denn für Sport?« wunderte sich Zito.
»Hin und wieder packt's mich.«
Obwohl sie im Freien waren, mußten sie schreien, um sich zu verständigen. So bemerkten nur wenige Leute das kleine Sportflugzeug mit dem Werbeband am Heck, das plötzlich hoch über dem Crasticeddru aufgetaucht war; das Motorengeräusch des Fliegers, das einen sonst unwillkürlich zum Himmel blicken läßt, drang den Leuten nicht bis ans Ohr. Vielleicht begriff der Pilot, daß er so nie die Aufmerksamkeit auf sich lenken würde. Also drehte er noch drei kleine Runden über dem Crasticeddru, steuerte dann auf die Piana und die Menge zu, ging elegant auf Sturzflug und flog knapp über den Köpfen der Leute. Er zwang die Menschen praktisch, das Werbeband zu lesen und ihm dann mit dem Blick zu folgen, während er leicht hochzog, drei weitere Runden drehte, im Sinkflug fast den Boden vor dem offenen Eingang der Waffenhöhle berührte und dann Rosenblätter regnen ließ. Die Menge verstummte, alle dachten an die beiden Toten vom Crasticeddru, während das Flugzeug abdrehte, wieder zurückkam, knapp über dem Erdboden flog und diesmal unzählige kleine Zettel abwarf. Dann steuerte es auf den Horizont zu und verschwand. Die Aufschrift auf dem Werbeband hatte schon große Neugierde geweckt, weil sie weder für ein Getränk noch für eine Möbelfabrik warb, sondern lediglich zwei Namen trug – Lisetta und Mario.

Beim Abwurf der Blütenblätter hatten die Menschen schon fast eine Gänsehaut gekriegt, aber als sie die Zettel lasen, die alle identisch waren, da war großes Rätselraten angesagt, und sie ließen sich zu den wildesten Vermutungen und Hypothesen hinreißen. Was hatte *Lisetta und Mario verkünden ihr Erwachen* zu bedeuten? Eine Hochzeitsanzeige war das nicht, auch keine Taufanzeige. Aber was dann? Im Wirrwarr der Fragen waren sich die Leute nur über eines klar: Das Flugzeug, die Rosenblätter, die Zettel, das Werbeband hatten etwas mit den Toten vom Crasticeddru zu tun.

Dann begann das Rennen, die Leute ließen sich ablenken und schauten zu. Als das Flugzeug die Blütenblätter abwarf, hatte Nicolò Zito zu Montalbano gesagt, er solle sich nicht von der Stelle rühren, und war in der Menge verschwunden.

Nach einer Viertelstunde kam er mit dem Kameramann von »Retelibera« zurück.

»Gewährst du mir ein Interview?«

»Gern.«

Montalbanos unerwartete Bereitwilligkeit bestätigte den Verdacht, den der Journalist bereits hegte, nämlich daß Montalbano bis über beide Ohren in dieser Flugzeuggeschichte mit drinsteckte.

»Vor wenigen Minuten ist während der Vorbereitungen für das Motocross-Rennen, das hier in Vigàta stattfindet, etwas Ungewöhnliches geschehen. Ein kleines Werbeflugzeug ...«

Und dann schilderte er, was geschehen war.

»Durch einen glücklichen Zufall ist auch Commissario Salvo Montalbano hier, dem wir jetzt ein paar Fragen stellen wollen. Wer sind Ihrer Meinung nach Lisetta und Mario?«

»Ich könnte Ihre Frage umgehen«, erklärte der Commissario ganz offen, »und sagen, daß ich nichts darüber wüßte, daß es sich womöglich um ein Brautpaar handelt, das seine Hochzeit auf originelle Weise feiern will. Aber dem widerspräche der Text auf den Zetteln, in dem nichts von Hochzeit, sondern von Erwachen steht. Deshalb will ich Ihre Frage aufrichtig beantworten: Lisetta und Mario sind die Namen der beiden jungen Menschen, die hier ermordet gefunden wurden, in der Grotte im Crasticeddru, der Felsnase, an der wir hier stehen.«

»Aber was hat das alles zu bedeuten?«

»Das weiß ich auch nicht, man müßte die Person fragen, die den Flug organisiert hat.«

»Wie haben Sie die beiden denn identifiziert?«

»Durch Zufall.«

»Können Sie uns sagen, wie sie mit Nachnamen hießen?«

»Nein. Ich weiß es, aber ich werde es nicht sagen. Ich verrate nur, daß sie ein junges Mädchen aus unserer Gegend und er ein Matrose aus dem Norden war. Ich möchte noch sagen, daß derjenige, der so spektakulär an die Entdeckung der beiden Leichen erinnern wollte, die er als ›Erwachen‹ bezeichnet, den Hund vergessen hat, der arme Kerl hatte nämlich auch einen Namen. Er hieß Kytmyr und war ein arabischer Hund.«

»Aber wozu soll der Mörder das alles inszeniert haben?«

»Moment – wer sagt denn, daß der Mörder und derjenige, der das inszeniert hat, dieselbe Person sind? Ich glaube das zum Beispiel nicht.«
Nicolò Zito warf ihm einen sonderbaren Blick zu und sagte dann: »Ich schneide den Bericht jetzt sofort.«
Dann kamen die Leute von »Televigàta«, von den Regionalnachrichten der RAI, von anderen Privatsendern. Montalbano beantwortete alle Fragen höflich und – gar nicht typisch – ungewöhnlich entspannt.

Er hatte einen Mordshunger und schlug sich in der Osteria San Calogero mit *antipasti di mare* den Bauch voll, dann fuhr er schnell nach Hause, machte den Fernseher an und stellte »Retelibera« ein. Nicolò Zito bauschte die Nachricht von dem mysteriösen Flugzeug gehörig auf und machte eine Riesengeschichte daraus. Doch die Krönung war nicht sein eigenes Interview, das in voller Länge gesendet wurde, sondern das für den Commissario völlig unerwartete Interview mit dem Chef der Werbeagentur »Publiduemila« in Palermo, die Zito leicht ausfindig gemacht hatte, weil sie in ganz Westsizilien die einzige Agentur war, die über ein Flugzeug für Reklamezwecke verfügte.
Der Chef war ganz aufgeregt und sagte, eine bildschöne junge Frau (»Mein Gott, was für eine Frau! Wirklich ganz unwirklich schön, wie so ein Model aus der Illustrierten, meine Güte, war die schön!«), jedenfalls eine Ausländerin, weil sie schlecht italienisch gesprochen habe (»Habe ich ›schlecht‹ gesagt? Das stimmt natürlich nicht, von

ihren Lippen klangen unsere Worte süß wie Honig«), nein, über ihre Nationalität könne er keine genauen Angaben machen, Deutsche oder Engländerin, diese Frau also sei vor vier Tagen in die Agentur gekommen (»Mein Gott! Was für eine Erscheinung!«) und habe sich nach dem Flugzeug erkundigt. Sie habe ganz genau erklärt, was auf dem Werbeband und auf den Zetteln stehen müsse. Ja, sie habe die Rosenblätter bestellt. Ach, und wie detailliert sie die Örtlichkeiten beschrieben habe. Sehr präzise. Der Pilot, sagte der Agenturchef, habe dann selbst die Initiative ergriffen: Anstatt die Zettel aufs Geratewohl auf die Küstenstraße fallen zu lassen, habe er sie lieber über einer Menschenmenge abgeworfen, die bei einem Rennen zugesehen habe. Die Signora (»*Madonna santa,* jetzt sage ich lieber nichts mehr, sonst bringt mich meine Frau noch um!«) habe im voraus und bar gezahlt, die Rechnung habe sie sich auf den Namen Rosemarie Antwerpen ausstellen lassen, und die Adresse sei in Brüssel gewesen. Er habe der Unbekannten (»Meine Güte!«) keine weiteren Fragen gestellt, warum auch? Die Frau wollte schließlich keine Bombe abwerfen lassen! Sie war so schön! So fein! So freundlich! Und ihr Lächeln! Ein Traum.

Montalbano amüsierte sich königlich. Das war seine Idee gewesen: »Ingrid, du mußt dich noch schöner machen. Dann begreifen die Leute, wenn sie dich sehen, überhaupt nichts mehr.«

Auch »Televigàta« stürzte sich auf die geheimnisvolle Schöne, nannte sie die »wiederauferstandene Nofretete« und bastelte eine phantastische Geschichte zusammen,

die die Pyramiden mit dem Crasticeddru in Verbindung brachte, aber es war klar, daß sich der Sender an Nicolò Zitos Bericht im Konkurrenzsender dranhängte. Auch die regionale Ausgabe der RAI widmete sich der Geschichte ausgiebig.
Echo, Aufsehen, Spektakel – Montalbano hatte erreicht, was er wollte, er hatte mit seiner Idee einen Volltreffer gelandet.

»Montalbano? Hier ist der Questore. Gerade habe ich die Geschichte mit dem Flugzeug gehört. Gratuliere, das war ja genial.«
»Es ist Ihr Verdienst, Sie sagten doch, ich solle dranbleiben, erinnern Sie sich? Ich versuche unseren Mann aus seinem Versteck zu locken. Wenn er sich nicht innerhalb einer angemessenen Zeit meldet, dann heißt das, daß er nicht mehr unter uns ist.«
»Viel Glück. Halten Sie mich auf dem laufenden. Ach ja, das Flugzeug haben natürlich Sie bezahlt?«
»Klar. Ich vertraue auf die versprochene Sonderzulage.«

»Commissario? Hier ist Preside Burgio. Meine Frau und ich sind voller Bewunderung für Ihre Initiative.«
»Jetzt können wir nur hoffen.«
»Noch etwas, Commissario: Lassen Sie es uns unbedingt wissen, falls Lillo zufällig auftaucht.«

In den Spätnachrichten berichtete Nicolò Zito ausführlicher über die Geschichte und brachte Bilder der beiden

Toten vom Crasticeddru, die er heranzoomte und im Detail zeigte.
Und die der eifrige Jacomuzzi freundlicherweise zur Verfügung gestellt hat, dachte Montalbano.
Zito zeigte nacheinander den Leichnam des Jungen, den er Mario nannte, und den des Mädchens, das er Lisetta nannte; er zeigte, wie das Flugzeug die Rosenblätter fallen ließ und eine Großaufnahme des Textes auf den Zetteln. Und dann entspann er eine ebenso mysteriöse wie herzzerreißende Story, die eigentlich nicht zum Stil von »Retelibera«, sondern eher zu »Televigàta« paßte. Warum war das junge Liebespaar ermordet worden? Welches traurige Schicksal hatte es so enden lassen? Wer hatte es so pietätvoll in der Höhle zurechtgelegt? War die wunderschöne Frau, die in der Werbeagentur erschienen war, vielleicht aus der Vergangenheit auferstanden, um im Namen der Ermordeten Sühne zu verlangen? Und welche Verbindung gab es zwischen der Schönen und dem jungen Paar von vor fünfzig Jahren? Was bedeutete *Erwachen*? Wie kam es, daß Commissario Montalbano sogar dem Hund aus Terracotta einen Namen geben konnte? Was wußte er über das Geheimnis?

»Salvo? Ich bin's, Ingrid. Hoffentlich hast du nicht gedacht, ich würde mit deinem Geld abhauen.«
»Ich bitte dich! Warum, ist denn noch was übrig?«
»Ja, es hat nicht mal die Hälfte der Summe gekostet, die du mir gegeben hast. Den Rest habe ich, du kriegst ihn, sobald ich wieder in Montelusa bin.«

»Von wo aus rufst du denn an?«
»Aus Taormina. Ich habe jemanden getroffen. In vier oder fünf Tagen bin ich wieder zurück. War ich gut? Ist alles so gelaufen, wie du es wolltest?«
»Du warst einfach klasse. Viel Vergnügen!«

»Montalbano? Hier ist Nicolò. Haben dir die Berichte gefallen? Du kannst dich bei mir bedanken.«
»Wofür?«
»Ich habe genau das getan, was du wolltest.«
»Ich hatte dich um nichts gebeten.«
»Na ja, nicht direkt. Aber ich bin ja nicht blöd, mir war schon klar, daß um die Geschichte möglichst viel Wirbel gemacht und sie so präsentiert werden sollte, daß sie die Leute mitreißt, das wolltest du doch. Ich habe Dinge gesagt, für die ich mich Zeit meines Lebens schämen werde.«
»Danke, auch wenn ich immer noch nicht weiß, wofür ich dir danken soll.«
»Weißt du, daß unsere Vermittlung mit Anrufen bombardiert wird? Die RAI, die Fininvest, die Ansa, alle italienischen Zeitungen wollen die Aufzeichnung haben. Du hast ganz schön auf den Putz gehauen. Darf ich dich was fragen?«
»Natürlich.«
»Wieviel hat dich die Miete des Flugzeugs gekostet?«

Er schlief wunderbar, so wie Götter schlafen, wenn sie mit ihrem Werk zufrieden sind. Er hatte sein Möglichstes und sogar Unmöglichstes getan, jetzt konnte er nur noch auf eine Antwort warten; die Botschaft war auf den Weg gebracht, jetzt mußte nur noch jemand den Code entschlüsseln, um es mit Alcide Maraventato zu sagen. Der erste Anruf kam um sieben Uhr morgens. Es war Luciano Acquasanta vom »Mezzogiorno«, der sich in seiner Meinung bestätigt wissen wollte. Könnte es nicht sein, daß das junge Paar bei einem satanischen Ritus geopfert wurde?

»Warum nicht?« sagte Montalbano höflich und für alles offen.

Der zweite Anruf kam eine Viertelstunde später. Die Theorie von Stefania Quattrini von der Zeitschrift »Essere donna« bestand darin, daß Mario beim Liebesakt mit Lisetta – man kennt doch die Seeleute – von einer anderen eifersüchtigen Frau erwischt wurde, die alle beide kaltgemacht hat. Dann floh sie ins Ausland, vertraute sich aber, kurz bevor sie starb, ihrer Tochter an, die wiederum ihrer Tochter die Schuld der Großmutter eingestand. Um das irgendwie wiedergutzumachen, kam das Mädchen nach Palermo – sie sprach doch mit ausländischem Akzent, nicht wahr? – und arrangierte die Geschichte mit dem Flugzeug.

»Warum nicht?« sagte Montalbano höflich und für alles offen.

Cosimo Zappalà von dem Wochenblatt »Vivere!« teilte ihm seine Hypothese um sieben Uhr fünfundzwanzig mit. Lisetta und Mario pflegten, trunken vor Liebe und jugendlichem Überschwang, nackt wie Adam und Eva und händchenhaltend spazierenzugehen. Eines schlimmen Tages liefen sie einer Abteilung deutscher Soldaten über den Weg, die sich im Rückzug befanden und ebenfalls trunken waren, vor Angst und Grausamkeit, und wurden vergewaltigt und erschossen. Kurz bevor er starb, vertraute sich einer der Deutschen ... Und hier knüpfte die Geschichte merkwürdigerweise an die von Stefania Quattrini an.

»Warum nicht?« sagte Montalbano höflich und für alles offen.

Um acht stand Fazio vor der Tür und brachte ihm, wie ihm am Abend zuvor befohlen, alle Tageszeitungen, die in Vigàta zu bekommen waren. Während Montalbano weiter Telefonanrufe beantwortete, blätterte er sie durch. In allen spielte die Nachricht eine mehr oder weniger große Rolle. Am meisten amüsierte ihn die Schlagzeile des »Corriere«. Da hieß es: *Kommissar identifiziert Hund aus Terracotta, der vor fünfzig Jahren starb.* Aus allem ließ sich etwas machen, auch aus der Ironie.

Adelina wunderte sich, daß der Commissario zu Hause war, was sonst nie vorkam.

»Adelina, ich werde ein paar Tage daheim bleiben, ich erwarte nämlich einen wichtigen Anruf, und du mußt mir mein Einsiedlerdasein bitte möglichst angenehm gestalten.«

»Ich versteh' nicht, was Sie da sagen.«

Montalbano erklärte ihr, daß es ihre Aufgabe sei, ihm seinen freiwilligen Gefängnisaufenthalt mit einer Extraportion an Phantasie bei der Zubereitung von Mittag- und Abendessen zu erleichtern.

Gegen zehn rief Livia an.
»Was ist denn bei dir los? Das Telefon ist dauernd besetzt!«
»Tut mir leid, ich kriege jede Menge Anrufe wegen einer Sache, die ...«
»Ich weiß, worum es geht. Ich habe dich im Fernsehen gesehen. Du warst unbefangen und schlagfertig, ganz anders als sonst. Anscheinend geht's dir besser, wenn ich nicht da bin.«

Er rief Fazio im Büro an und bat ihn, ihm die Post nach Hause zu bringen und eine Verlängerungsschnur für das Telefon zu kaufen. Die Post, fügte er hinzu, müsse ihm täglich gebracht werden, sobald sie angekommen sei. Und das solle er den anderen sagen: Wenn jemand nach ihm frage, müsse dieser Person in der Vermittlung ohne langes Getue seine Privatnummer gegeben werden.
Es verging keine Stunde, da kam Fazio auch schon mit zwei bedeutungslosen Postkarten und der Verlängerungsschnur.
»Was reden sie im Büro?«
»Was sollen sie schon reden? Nichts. Sie ziehen halt wie ein Magnet die großen Geschichten an, und Dutturi Augello zieht den ganzen Kleinkram an, geklaute Handtaschen, kleine Diebstähle, ab und zu eine Schlägerei.«
»Wie meinst du das, daß ich die großen Geschichten anziehe?«

»So wie ich es gesagt habe. Meine Frau zum Beispiel fürchtet sich vor Mäusen. Und trotzdem, das müssen Sie mir glauben, lockt sie sie an. Wo sie auch hingeht, es sind immer Mäuse da.«

Seit achtundvierzig Stunden lag er wie ein Hund an der Kette, sein Aktionsradius war gerade so groß, wie es die Verlängerungsschnur erlaubte, er konnte also weder an den Strand runter noch joggen gehen. Das Telefon trug er immer mit sich herum, sogar wenn er aufs Klo ging, und manchmal – was ihm nach den ersten vierundzwanzig Stunden zur Manie wurde – nahm er den Hörer ab und hielt ihn ans Ohr, um zu kontrollieren, ob das Telefon auch funktionierte. Am Morgen des dritten Tages dachte er:
Warum wäschst du dich eigentlich, wenn du doch nicht raus kannst?
Der nächste Gedanke, der eng mit dem ersten zusammenhing, lautete:
Wozu rasierst du dich dann überhaupt?
Adelina erschrak, als sie ihn am Morgen des vierten Tages sah – dreckig, unrasiert, in Hausschlappen und immer noch demselben Hemd.
»*Maria santissima, dutturi,* was ist los mit Ihnen? Sind Sie krank?«
»Ja.«
»Warum rufen Sie denn nicht den Arzt?«
»Meine Krankheit ist nichts für einen Arzt.«

Er war ein berühmter Tenor, der in der ganzen Welt gefeiert wurde. Heute abend mußte er in der Oper von Kairo singen, in der alten, die noch nicht in Flammen aufgegangen war; er wußte genau, daß die Flammen auch sie bald verschlingen würden. Er hatte einen Bediensteten gebeten, ihm sofort Bescheid zu sagen, wenn Signor Gegè seinen Platz eingenommen hätte, den fünften von rechts in der zweiten Reihe. Er war im Kostüm, an seine Maske war gerade noch mal letzte Hand gelegt worden. Er hörte den Ruf »nächste Szene!«. Er rührte sich nicht, atemlos kam der Bedienstete angelaufen und teilte ihm mit, daß Signor Gegè – der nicht tot, das wußte man, sondern nach Kairo geflüchtet war – noch nicht erschienen sei. Er stürzte auf die Bühne und warf durch einen schmalen Schlitz im Vorhang einen Blick in den Saal: Das Theater war vollbesetzt, nur der fünfte Platz von rechts in der zweiten Reihe war leer. Da faßte er spontan einen Entschluß. Er kehrte in seine Garderobe zurück, zog das Kostüm aus und seine Kleider wieder an; die Schminke, den langen grauen Bart und die buschigen weißen Augenbrauen ließ er unberührt. Niemand würde ihn mehr erkennen, er würde also nicht mehr singen. Er wußte genau, daß seine Karriere zu Ende war, daß er sich etwas einfallen lassen mußte, um zu überleben, aber er wußte nicht, was er sonst tun sollte: Ohne Gegè konnte er nicht singen.

Schweißgebadet wachte er auf. Er hatte auf seine Weise einen klassischen Freudschen Traum zusammengeträumt, den vom leeren Platz. Was bedeutete er? Daß er vergebens auf Lillo Rizzitano wartete und damit sein Leben ruinierte?

»Commissario? Hier ist Preside Burgio. Ich habe schon eine ganze Weile nichts von Ihnen gehört. Gibt's irgendwas Neues von unserem gemeinsamen Freund?«
»Nein.«
Montalbano war einsilbig und kurz angebunden, auch auf die Gefahr hin, unhöflich zu erscheinen. Lange oder überflüssige Telefongespräche mußte er abblocken, denn wenn Rizzitano sich entschloß anzurufen und das Telefon besetzt war, überlegte er es sich vielleicht anders.
»Ich glaube, wenn wir mit Lillo sprechen wollen, bleibt uns nichts anderes übrig – verzeihen Sie mir diesen Quatsch –, als eine spiritistische Sitzung zu veranstalten.«

Mit Adelina gab es einen fürchterlichen Krach. Die Haushälterin war kurz zuvor in die Küche gegangen, wo er sie schimpfen hörte. Dann erschien sie bei ihm im Schlafzimmer.
»Sie haben gestern weder zu Mittag noch zu Abend gegessen!«
»Ich hatte keinen Appetit, Adelì.«
»Ich rackere mich hier ab und koche die feinsten Sachen, und Sie verschmähen sie!«
»Ich verschmähe sie nicht, ich habe einfach nur keinen Appetit.«
»Und das ganze Haus ist ein Saustall! Ich darf nicht putzen und die Wäsche nicht waschen! Seit fünf Tagen haben

Sie dasselbe Hemd und dieselbe Unterhose an! Sie stinken!«
»Bitte entschuldige, Adelina, es ist bald vorbei.«
»Dann sagen Sie mir Bescheid, wenn es vorbei ist, dann komm' ich wieder. Vorher setze ich keinen Fuß mehr in dieses Haus. Wenn es Ihnen bessergeht, können Sie mich ja anrufen.«

Er ging in die Veranda, setzte sich auf die Bank, stellte das Telefon neben sich und sah aufs Meer hinaus. Er konnte nichts anderes tun, lesen, denken, schreiben, nichts. Nur das Meer anschauen. Er begriff, daß er dabei war, im bodenlosen Brunnen einer Obsession zu versinken. Ein Film, den er einmal gesehen hatte und dem vielleicht ein Roman von Dürrenmatt als Vorlage gedient hatte, fiel ihm ein: Da wartete ein Kommissar beharrlich auf einen Mörder, der an einer bestimmten Stelle in den Bergen vorbeikommen mußte, jedoch nie mehr vorbeikommen würde, aber das wußte der Kommissar nicht, er wartete, wartete immer weiter, und inzwischen vergingen die Tage, die Monate, die Jahre …

Gegen elf an diesem Vormittag klingelte das Telefon. Nach dem Gespräch mit dem Preside am Morgen hatte niemand mehr angerufen. Montalbano hob nicht ab, er war wie gelähmt. Er wußte mit absoluter Sicherheit – den Grund dafür konnte er sich nicht erklären –, wer am anderen Ende der Leitung war.
Dann gab er sich einen Ruck und nahm den Hörer ab.

»*Pronto?* Commissario Montalbano?«

Eine schöne, tiefe Stimme, wenn auch die eines alten Mannes.

»Ja, ich bin's«, antwortete der Commissario und fügte – er konnte nicht anders – hinzu:

»Endlich!«

»Endlich«, sagte auch der andere.

Sie schwiegen einen Augenblick und lauschten nur ihrem Atem.

»Ich bin gerade in Punta Ràisi gelandet. Um dreizehn Uhr dreißig könnte ich spätestens bei Ihnen sein. Wenn Ihnen das paßt, erklären Sie mir bitte genau, wo ich Sie finde. Ich war schon lang nicht mehr im Dorf. Seit einundfünfzig Jahren.«

Fünfundzwanzig

Er staubte ab, fegte, wischte im Zeitraffertempo eines komischen Stummfilms. Dann ging er ins Bad und wusch sich, wie er sich nur einmal in seinem Leben gewaschen hatte – vor seinem ersten Rendezvous, als er sechzehn war. Er duschte endlos, schnupperte unter den Achseln und an seinen Armen und besprühte sich vorsichtshalber noch mit Kölnisch Wasser. Er wußte, daß es lächerlich war, aber er wählte seinen besten Anzug und die seriöseste Krawatte und bürstete seine Schuhe, bis sie glänzten, als wären sie von innen beleuchtet. Dann begann er den Tisch zu decken, aber nur mit einem Gedeck, er hatte zwar jetzt einen Bärenhunger, wußte aber, daß er keinen Bissen runterbringen würde.

Er wartete. Er wartete unendlich lang. Halb zwei war vorbei, und er fühlte sich hundeelend, als würde er ohnmächtig werden. Er goß sich ein halbes Glas Whisky pur ein und trank es auf einen Zug leer. Dann, endlich, die Erlösung: das Motorengeräusch eines Autos auf der Zufahrt. Er stürzte an die Tür und riß sie auf. Einem Taxi mit palermitanischem Nummernschild entstieg ein sehr gut gekleideter älterer Herr, in der einen Hand einen Stock, in der anderen ein Köfferchen. Er zahlte, und während das

Taxi wendete, blickte er sich um. Er hielt sich gerade, den Kopf erhoben, und hatte etwas Gebieterisches an sich. Montalbano hatte sofort das Gefühl, ihn schon mal irgendwo gesehen zu haben. Er ging ihm entgegen.
»Sind hier überall Häuser?« fragte der Alte.
»Ja.«
»Früher war hier gar nichts, nur Gebüsch und Sand und Meer.«
Sie hatten sich nicht begrüßt, sie hatten sich nicht einander vorgestellt. Sie kannten sich.

»Ich bin fast blind, ich sehe kaum etwas«, sagte der alte Mann, als er in der Veranda auf der Bank saß, »aber es scheint mir hier sehr schön zu sein, es ist so friedlich.«
Jetzt wußte der Commissario, wo er den alten Mann schon mal gesehen hatte: Es war nicht wirklich er gewesen, aber sein perfekter Doppelgänger auf einem Foto in der Umschlagklappe eines Buches von Jorge Luis Borges.
»Möchten Sie etwas essen?«
Der Alte zögerte. »Sie sind sehr freundlich«, sagte er dann, »aber mir genügt ein kleiner Salat, ein Stückchen magerer Käse und ein Glas Wein.«
»Kommen Sie mit rein, ich habe den Tisch schon gedeckt.«
»Essen Sie mit?«
Montalbanos Magen war wie zugeschnürt, außerdem war er merkwürdig ergriffen. Er log.
»Ich habe schon gegessen.«
»Würde es Ihnen etwas ausmachen, hier für mich zu decken?«

Conzare, aufdecken. Rizzitano sprach dieses sizilianische Wort aus wie ein Fremder, der sich bemüht, Dialekt zu reden.

»Ich begriff, daß Sie fast alles verstanden hatten«, sagte Rizzitano, während er langsam aß, »nachdem ich einen Artikel im ›Corriere‹ gelesen hatte. Wissen Sie, ich kann nicht mehr fernsehen, ich sehe Schatten, die mir in den Augen weh tun.«

»Mir auch, und ich sehe sehr gut«, sagte Montalbano.

»Daß Sie Lisetta und Mario gefunden hatten, wußte ich jedoch schon. Ich habe zwei Söhne, einer ist Ingenieur, der andere Lehrer, wie ich, beide verheiratet. Eine meiner Schwiegertöchter ist eine fanatische Anhängerin der Lega Nord und unerträglich dumm. Sie mag mich sehr, hält mich aber für eine Ausnahme, weil ihrer Meinung nach alle Süditaliener kriminell oder bestenfalls faul sind. Nie versäumt sie zu sagen: Haben Sie schon gehört, Papà, bei Ihnen – ›bei mir‹ heißt von Sizilien bis einschließlich Rom – haben sie diesen umgebracht, jenen entführt, einen dritten verhaftet, eine Bombe gelegt, in einer Grotte in Ihrem Dorf haben sie zwei Jugendliche gefunden, die vor fünfzig Jahren ermordet wurden ...«

»Wie bitte?« unterbrach ihn Montalbano. »Weiß Ihre Familie denn, daß Sie aus Vigàta sind?«

»Natürlich weiß sie das, aber ich habe niemandem, auch nicht meiner verstorbenen Frau, gesagt, daß ich in Vigàta noch Land besitze. Ich habe erzählt, meine Eltern und die meisten Verwandten seien in den Bomben umgekommen. Sie konnten mich keinesfalls mit den Toten vom Crasticeddru in Verbindung bringen, sie wußten nicht, daß er zu meinem Grund gehört. Aber als ich das erfuhr, wurde ich krank und bekam hohes Fieber. Alles war mir wieder so entsetzlich gegenwärtig. Ich habe vorhin den Artikel im ›Corriere‹ erwähnt. Da stand, ein Kommissar aus Vigàta, derselbe, der die Toten gefunden hatte, habe nicht nur die beiden jungen Mordopfer identifizieren können, sondern auch herausgefunden, daß der Hund aus Terracotta Kytmyr hieß. Damit war mir klar, daß Sie von meiner Doktorarbeit wußten. Sie schickten mir also eine Botschaft. Ich habe Zeit verloren, weil ich meine Söhne überzeugen mußte, mich allein reisen zu lassen, ich sagte, ich wolle die Gegend, in der ich geboren wurde und meine Jugend verbracht hatte, vor meinem Tod noch einmal sehen.«

Montalbano war noch nicht zufrieden, und er hakte nach.

»In Ihrer Familie wußten also alle, daß Sie aus Vigàta waren?«

»Warum hätte ich es verheimlichen sollen? Ich habe nie meinen Namen geändert, hatte nie falsche Papiere.«

»Heißt das, daß es Ihnen gelungen ist zu verschwinden, ohne jemals verschwinden zu wollen?«

»Genau. Man wird gefunden, wenn die anderen einen wirklich finden müssen oder wollen ... Jedenfalls müssen Sie mir glauben, daß ich immer unter meinem Namen gelebt habe, ich habe mich erfolgreich bei Ausschreibungen beworben, ich habe unterrichtet, ich habe geheiratet und bin Vater geworden, ich habe Enkel, die meinen Namen

tragen. Ich bin in Pension, und meine Pension läuft auf den Namen Calogero Rizzitano, geboren in Vigàta.«
»Aber Sie mußten doch, was weiß ich, an die Gemeinde oder an die Universität schreiben, um die notwendigen Unterlagen zu bekommen!«
»Natürlich, ich habe hingeschrieben, und sie haben sie mir geschickt. Commissario, Sie müssen das historisch richtig sehen. Damals hat kein Mensch nach mir gesucht.«
»Aber Sie haben das Geld, das Ihnen die Gemeinde wegen der Enteignung Ihres Grundes schuldete, nicht in Anspruch genommen.«
»Das ist der Punkt. Seit dreißig Jahren hatte ich keinen Kontakt mehr mit irgendwem in Vigàta. Weil man Unterlagen aus dem Geburtsort immer seltener braucht, wenn man älter wird. Aber die Papiere, die ich brauchte, um an das Geld für die Enteignung zu kommen, die waren riskant. Es hätte sein können, daß sich jemand an mich erinnert. Und ich hatte mit Sizilien doch längst abgeschlossen. Ich wollte – und will – nichts mehr damit zu tun haben. Wenn ich mir mit einem Spezialgerät das Blut absaugen lassen könnte, das in mir fließt, wäre ich glücklich.«
»Möchten Sie am Meer spazierengehen?« fragte Montalbano, als Rizzitano zu Ende gegessen hatte.
Sie waren seit fünf Minuten unterwegs – der Alte stützte sich auf den Stock und hängte sich mit dem anderen Arm beim Commissario ein –, da bat Rizzitano:
»Erzählen Sie mir, wie es Ihnen gelungen ist, Lisetta und Mario zu identifizieren? Und wie Sie darauf gekommen sind, daß ich etwas damit zu tun hatte? Entschuldigen

Sie, aber es strengt mich sehr an, gleichzeitig zu gehen und zu reden.«
Während Montalbano alles erzählte, verzog der Alte ab und zu den Mund, als wolle er zu verstehen geben, daß es nicht so gewesen sei.
Dann spürte Montalbano, wie Rizzitanos Arm auf seinem immer schwerer wurde; vor lauter Erzählen hatte er gar nicht gemerkt, daß der alte Mann müde geworden war.
»Sollen wir umkehren?«
Sie setzten sich wieder auf die Bank in der Veranda.
»Nun?« fragte Montalbano. »Möchten Sie mir sagen, wie es genau war?«
»Natürlich, deswegen bin ich ja hier. Aber es strengt mich sehr an.«
»Ich werde versuchen, es Ihnen möglichst leicht zu machen. Wir tun folgendes. Ich werde sagen, wie ich es mir vorgestellt habe, und Sie korrigieren mich, wenn es falsch ist.«
»Einverstanden.«
»Also, eines Tages Anfang Juli 1943 besuchen Lisetta und Mario Sie in Ihrem Haus am Fuß des Crasticeddru, wo Sie zu dieser Zeit allein leben. Lisetta ist aus Serradifalco weggelaufen, weil sie zu ihrem Freund wollte. Mario Cunich war Matrose auf dem Versorgungsschiff *Pacinotti*, das wenige Tage später die Anker lichten sollte ...«
Der alte Mann hob die Hand, und der Commissario verstummte.
»Verzeihen Sie, aber so war es nicht. Und ich erinnere mich noch an jede Einzelheit. Die Erinnerung der Alten

wird immer klarer, je mehr Zeit vergeht. Und unerbittlicher. Am Abend des sechsten Juli, gegen neun, hörte ich, wie jemand verzweifelt an die Tür hämmerte. Ich öffnete und stand Lisetta gegenüber, die von zu Hause weggelaufen war. Sie war vergewaltigt worden.«

»Auf dem Weg von Serradifalco nach Vigàta?«

»Nein. Von ihrem Vater, am Abend zuvor.«

Montalbano schwieg, er mochte nichts sagen.

»Und das ist nur der Anfang, das Schlimmste kommt erst noch. Lisetta hatte mir anvertraut, daß ihr Vater, Zio Stefano, wie ich ihn nannte – wir waren verwandt –, sich hin und wieder gewisse Freiheiten mit ihr herausnahm. Eines Tages fand Stefano Moscato, der aus dem Gefängnis entlassen und mit seiner Familie nach Serradifalco geflohen war, die Briefe, die Mario an seine Tochter geschrieben hatte. Er sagte ihr, er müsse etwas Wichtiges mit ihr besprechen, nahm sie mit aufs Land, knallte ihr die Briefe ins Gesicht, schlug sie, vergewaltigte sie. Lisetta war ... sie war noch nie mit einem Mann zusammengewesen. Sie erzählte niemandem etwas darüber, sie hatte sehr starke Nerven. Sie lief einfach am nächsten Tag weg und kam zu mir, der ich ihr mehr als ein Bruder bedeutete. Tags darauf ging ich ins Dorf, um Mario zu sagen, daß Lisetta bei mir sei. Mario kam am frühen Nachmittag, ich ließ sie allein und ging spazieren. Gegen sieben Uhr abends kam ich zurück und traf Lisetta allein an, Mario war auf die *Pacinotti* zurückgekehrt. Wir aßen zu Abend und stellten uns dann ans Fenster, um das Feuerwerk – es sah wirklich so aus – eines Luftangriffs auf Vigàta anzuschauen. Lisetta

ging zu Bett, oben, in meinem Schlafzimmer. Ich blieb unten und las im Schein einer Petroleumlampe. Da…«
Rizzitano hielt erschöpft inne und seufzte tief.
»Möchten Sie ein Glas Wasser?«
Der alte Mann schien die Worte nicht gehört zu haben.
»… da hörte ich, wie in der Ferne jemand schrie. Eigentlich klang es wie der Klagelaut eines Tieres, wie ein heulender Hund. Aber es war Zio Stefano, der seine Tochter rief. Mich überlief eine Gänsehaut, als ich diese Stimme hörte, weil es die gequälte und quälende Stimme eines grausam verlassenen Liebenden war, der wie ein Tier litt und seinen Schmerz hinausschrie, es war nicht die Stimme eines Vaters, der seine Tochter suchte. Ich war erschüttert. Ich öffnete die Tür, es herrschte tiefste Dunkelheit. Ich schrie, daß ich allein im Haus sei und warum er seine Tochter ausgerechnet bei mir suche? Plötzlich stand er vor mir, wie aus dem Boden gewachsen, und stürzte ins Haus, er war irre geworden, zitterte, beschimpfte mich und Lisetta. Ich versuchte ihn zu beruhigen und ging auf ihn zu. Da schlug er mir mit der Faust ins Gesicht, und ich fiel benommen nach hinten. Ich sah, daß er jetzt einen Revolver in der Hand hatte, er sagte, er werde mich umbringen. Da machte ich einen Fehler, ich hielt ihm vor, er wolle seine Tochter doch nur, um sie wieder vergewaltigen zu können. Er schoß auf mich, traf aber nicht, er war zu aufgewühlt. Er zielte besser, aber da knallte noch ein Schuß. Im Schlafzimmer hatte ich neben dem Bett ein geladenes Jagdgewehr stehen. Lisetta hatte es genommen und vom Treppenabsatz aus auf ihren Vater geschossen. Der Schuß

hatte Zio Stefano an der Schulter getroffen, er schwankte, und die Waffe fiel ihm aus der Hand. Lisetta forderte ihn kaltblütig auf zu verschwinden, sonst würde sie ihn töten. Ich war überzeugt, daß sie damit nicht zögern würde. Zio Stefano sah seiner Tochter lange in die Augen, dann winselte er mit geschlossenem Mund, und ich glaube, nicht nur wegen seiner Verletzung, drehte sich um und ging hinaus. Ich verrammelte Türen und Fenster. Ich war völlig verängstigt, Lisetta war diejenige, die mir wieder Mut machte und Kraft gab. Auch am nächsten Morgen ließen wir alles verbarrikadiert. Gegen drei kam Mario, wir erzählten ihm, was mit Zio Stefano passiert war, da beschloß er, die Nacht bei uns zu verbringen, er wollte uns nicht allein lassen, Lisettas Vater würde bestimmt wiederkommen. Gegen Mitternacht gab es einen schrecklichen Bombenangriff auf Vigàta, aber Lisetta war ganz ruhig, weil sie ihren Mario bei sich hatte. Am Morgen des neunten Juli ging ich nach Vigàta, um nachzusehen, ob unser Haus im Dorf noch stand. Ich beschwor Mario, niemandem zu öffnen und das Gewehr griffbereit zu halten.«
Er verstummte.
»Meine Kehle ist trocken.«
Montalbano lief in die Küche und kam mit einem Glas und einer Karaffe frischem Wasser zurück. Mit beiden Händen nahm der Alte das Glas, er zitterte stark. Der Commissario empfand tiefes Mitleid mit ihm.
»Wenn Sie eine Pause machen wollen, dann reden wir nachher weiter.«
Der Alte schüttelte den Kopf.

»Wenn ich jetzt aufhöre, geht es nachher nicht mehr weiter. Ich blieb bis zum späten Nachmittag in Vigàta. Das Haus war nicht zerstört, aber es sah schrecklich aus, Türen und Fenster waren aufgrund der Druckwellen herausgerissen, Möbel umgestürzt, Scheiben zerbrochen. Ich räumte auf, so gut es ging, und arbeitete bis abends. In der Einfahrt fand ich mein Fahrrad nicht mehr, es war gestohlen. Zu Fuß machte ich mich auf zum Crasto, eine Wegstunde. Ich mußte ganz am Rand der Provinciale laufen, weil in beiden Richtungen unzählige Militärfahrzeuge unterwegs waren, italienische und deutsche. Als ich an dem Weg ankam, der zum Haus führte, tauchten sechs amerikanische Jagdbomber auf, die das Feuer eröffneten und Splitterbomben abwarfen. Sie flogen sehr tief und machten einen furchtbaren Lärm. Ich warf mich in einen Graben, da traf mich fast im selben Augenblick mit großer Wucht ein Gegenstand am Rücken. Ich hielt ihn zuerst für einen großen Stein, der von einer explodierenden Bombe weggeschleudert worden war. Aber es war ein Soldatenstiefel, noch mit dem Fuß darin, der über dem Knöchel abgerissen war. Ich sprang auf, bog in den Weg ein und mußte stehenbleiben, um mich zu übergeben. Meine Beine trugen mich nicht mehr, und ich fiel zwei- oder dreimal hin, während hinter mir der Lärm der Flugzeuge verhallte; jetzt hörte man deutlich, wie die Menschen schrien, weinten, beteten und Befehle zwischen den brennenden Lastwagen hin- und herflogen. In dem Augenblick, als ich mein Haus betrat, knallten zwei Schüsse im oberen Stockwerk, ganz kurz hintereinander.

Zio Stefano – dachte ich – ist ins Haus eingedrungen und hat seine Rache zu Ende gebracht. Neben der Tür lehnte eine große Eisenstange, die wir sonst zum Verriegeln benutzten. Ich nahm sie und schlich die Treppe hinauf. Die Schlafzimmertür war offen, ein Mann stand direkt hinter der Schwelle, er hielt noch den Revolver in der Hand und wandte mir den Rücken zu.«

Der alte Mann hatte die ganze Zeit über nie den Blick auf den Commissario gerichtet, aber jetzt sah er ihm ins Gesicht.

»Finden Sie, daß ich wie ein Mörder aussehe?«

»Nein«, antwortete Montalbano. »Und wenn Sie damit den Mann mit der Waffe in der Hand meinen, der im Zimmer stand – seien Sie beruhigt, das war eine Zwangslage, es war Notwehr.«

»Wer einen Menschen ermordet, ist und bleibt ein Mörder, was Sie da sagen, sind die juristischen Formeln für hinterher. Was zählt, ist der Wille des Augenblicks. Und ich wollte diesen Mann ermorden, was auch immer er Lisetta und Mario angetan hatte. Ich hob die Eisenstange und versetzte ihm einen Schlag in den Nacken, mit aller Kraft und der Hoffnung, ihm den Kopf zu zerschmettern. Als er stürzte, gab der Mann den Blick auf das Bett frei. Da lagen Mario und Lisetta, nackt, umschlungen, in einem Meer von Blut. Sie mußten, während sie sich liebten, von dem Bombenangriff ganz nah beim Haus überrascht worden sein und hatten sich vor Angst so ineinander verschlungen. Für sie konnte ich nichts mehr tun. Für den Mann, der hinter mir am Boden lag und röchelte, vielleicht schon. Mit einem Fußtritt drehte ich sein Gesicht nach oben, er war ein Handlanger von Zio Stefano, ein Verbrecher. Systematisch schlug ich seinen Kopf zu Brei. Dann drehte ich durch. Ich wanderte durch die Zimmer und sang dabei. Haben Sie schon einmal einen Menschen getötet?«

»Ja, leider.«

»Sie sagen ›leider‹, Sie haben also keine Befriedigung darüber empfunden. Bei mir war es mehr als Befriedigung, es war Freude. Ich war glücklich, ich sang ja sogar. Dann fiel ich auf einen Stuhl, vom Grauen überwältigt, vom Entsetzen über mich selbst. Ich haßte mich. Sie hatten es geschafft, einen Mörder aus mir zu machen, und ich war nicht fähig gewesen zu widerstehen, sondern war sogar glücklich darüber. Das Blut in mir war vergiftet, obwohl ich versucht hatte, es zu reinigen – mit Vernunft, Erziehung, Bildung oder was Sie sonst wollen. Es war das Blut der Rizzitanos, meines Großvaters, meines Vaters, von Männern, denen anständige Leute im Dorf aus dem Weg gingen. Ich war wie sie und schlimmer als sie. In meinem Delirium glaubte ich dann, eine Lösung zu sehen. Wenn Mario und Lisetta weiter schlafen würden, dann wäre dieses ganze Grauen nie geschehen. Ein Alptraum, eine Horrorvision. Da…«

Der alte Mann war wirklich am Ende seiner Kräfte, Montalbano fürchtete, er könne einen Schlaganfall erleiden.

»Lassen Sie mich weitersprechen. Sie nahmen die beiden Leichen, brachten sie in die Höhle und legten sie dort zurecht.«

»Ja, aber das sagt sich so leicht. Ich mußte sie einzeln hineintragen. Ich war erschöpft und buchstäblich blutgetränkt.«

»Wurde die zweite Höhle, die, in die Sie die Toten brachten, auch zum Lagern der Schwarzmarktware benutzt?«

»Nein. Mein Vater hatte den Eingang mit Steinen trocken zugemauert. Ich nahm sie heraus und tat sie am Schluß wieder an ihren Platz. Um sehen zu können, benutzte ich Taschenlampen, davon hatten wir viele draußen auf dem Land. Jetzt mußte ich noch die Symbole des Schlafes finden, die aus der Legende. Bei dem Krug und der Schale war es einfach, aber der Hund? In Vigàta war an Weihnachten des vorigen Jahres ...«

»Ich weiß«, sagte Montalbano. »Den Hund hat bei der Versteigerung jemand von Ihrer Familie gekauft.«

»Mein Vater. Aber weil er meiner Mutter nicht gefiel, kam er in eine Abstellkammer im Keller. An diesen Hund erinnerte ich mich. Als ich fertig war und die große Höhle mit der steinernen Tür geschlossen hatte, war es tiefe Nacht, und ich war fast heiter. Jetzt schliefen Lisetta und Mario wirklich, es war nichts geschehen. Deshalb machte mir die Leiche, die noch oben im Haus lag, gar nichts aus, sie existierte nicht, sie war ein Ergebnis meiner vom Krieg verwirrten Phantasie. Dann glaubte ich, die Welt ginge unter. Das Haus vibrierte unter den Schüssen, die in wenigen Metern Entfernung einschlugen, aber es war kein Flugzeuglärm zu hören. Es waren die Schiffe, sie schossen vom Meer aus. Ich rannte hinaus, ich fürchtete, unter den Trümmern begraben zu werden, wenn das Haus getroffen würde. Am Horizont schien der Tag anzubrechen. Was war das nur für ein Licht? Hinter mir flog das Haus buchstäblich in die Luft, ein Splitter traf mich am Kopf, und ich verlor das Bewußtsein. Als ich die Augen wieder öffnete, war das Licht am Horizont noch intensiver, in der Ferne hörte man fortwährendes Dröhnen. Ich schaffte es, mich bis zur Straße zu schleppen, machte Zeichen, winkte, aber kein Fahrzeug hielt an. Alle waren auf der Flucht. Ich lief Gefahr, von einem Lastwagen überfahren zu werden. Da bremste jemand, ein italienischer Soldat hob mich in den Wagen. Aus dem, was sie sagten, begriff ich, daß die Amerikaner gelandet waren. Ich flehte sie an, mich mitzunehmen, egal, wohin sie fuhren. Das taten sie. Was mir danach widerfahren ist, ist für Sie, glaube ich, ohne Belang. Ich bin erschöpft.«

»Möchten Sie sich ein bißchen hinlegen?«

Montalbano mußte ihn stützen und half ihm beim Ausziehen.

»Bitte verzeihen Sie mir, daß ich die Schlafenden geweckt und Sie damit in die Wirklichkeit zurückgeholt habe«, sagte er.

»Es mußte so kommen.«

»Ihr Freund Burgio, der mir sehr geholfen hat, würde Sie gern sehen.«

»Ich ihn nicht. Und wenn dem nichts entgegensteht, dann würde ich Sie bitten, so zu tun, als sei ich nie gekommen.«

»Natürlich steht dem nichts entgegen.«

»Brauchen Sie noch etwas von mir?«

»Nein. Ich möchte Ihnen nur noch sagen, daß ich Ihnen

zutiefst dankbar dafür bin, daß Sie meinem Lockruf gefolgt sind.«
Es gab nichts mehr zu sagen. Der Alte sah auf die Uhr, die er sich dazu fast in die Augen bohrte.
»Jetzt tun wir folgendes. Ich schlafe ein Stündchen, dann wecken Sie mich, rufen ein Taxi, und ich fahre nach Punta Ràisi zurück.«
Montalbano lehnte die Fensterläden an und ging zur Tür.
»Einen Augenblick noch, Commissario.«
Der Alte hatte aus dem Portemonnaie, das er auf das Nachtkästchen gelegt hatte, ein Foto herausgezogen und reichte es dem Commissario.
»Das ist meine jüngste Enkelin, sie ist siebzehn und heißt Lisetta.«
Montalbano trat in einen Lichtstrahl. Abgesehen von den Jeans, die sie anhatte, und dem Mofa, an das sie sich lehnte, war diese Lisetta wie eine Zwillingsschwester, ein Ebenbild der anderen Lisetta. Er gab Rizzitano das Foto zurück.
»Dürfte ich Sie vielleicht noch um ein Glas Wasser bitten?«

Montalbano saß in der Veranda und beantwortete die Fragen, die sein Polizistenhirn stellte. Der Leichnam des gedungenen Mörders – falls man ihn unter den Trümmern überhaupt gefunden hatte – war bestimmt nicht mehr zu identifizieren gewesen. Lillos Eltern hatten entweder geglaubt, daß es die sterblichen Überreste ihres Sohnes seien oder daß er, wie der Bauer erzählte, halbtot von Soldaten mitgenommen worden sei. Aber da er nichts mehr von sich hatte hören lassen, war er sicher irgendwo gestorben. Für Stefano Moscato waren es die Überreste des Mörders, der, nachdem er sein Werk zu Ende gebracht, also Lisetta, Mario und Lillo ermordet und ihre Leichen hatte verschwinden lassen, noch mal ins Haus zurückgekehrt war, um etwas zu stehlen, dann aber von einer Bombe zerfetzt wurde. Von Lisettas Tod überzeugt, hatte er die Geschichte mit dem amerikanischen Soldaten in die Welt gesetzt. Als aber sein Verwandter aus Serradifalco nach Vigàta kam, hatte dieser ihm nicht geglaubt und die Beziehungen mit ihm abgebrochen. Er dachte an die Fotomontage, und da fiel ihm das Bild ein, das Rizzitano ihm gezeigt hatte. Er lächelte. Wahlverwandtschaften waren ein plumpes Spiel, verglichen mit dem unergründlichen Kreislauf des Blutes, der der Erinnerung Gewicht, Gestalt, Atem verleihen konnte. Er sah auf die Uhr und sprang auf. Die Stunde war längst vorbei. Er ging ins Schlafzimmer. Der alte Mann genoß einen unbeschwerten Schlaf, er atmete leicht und sah entspannt und ruhig aus. Ohne sperriges Gepäck konnte er durchs Land des Schlafes reisen. Er konnte lange schlafen, er hatte ja sein Portemonnaie mit Geld und ein Glas Wasser auf dem Nachtkästchen. Montalbano fiel der Plüschhund ein, den er Livia auf Pantelleria gekauft hatte. Er fand ihn auf der Kommode, hinter einer Schachtel versteckt. Er nahm ihn und stellte ihn ans Bettende auf den Boden. Dann schloß er behutsam die Tür hinter sich.

Anmerkung des Autors

Die Idee zu dieser Geschichte kam mir, als wir uns im Unterricht mit Taufik al-Hakims Drama *Die Leute der Höhle* beschäftigten, um zwei ägyptischen Studenten eine Freude zu machen.
Deswegen möchte ich das Buch all meinen Schülern an der Accademia nazionale d'arte drammatica Silvio d'Amico widmen, an der ich seit siebenundzwanzig Jahren Regie lehre.
Ich finde es lästig, bei jedem Buch, das gedruckt wird, wiederholen zu müssen, daß Ereignisse, Personen und Situationen erfunden sind. Aber es muß anscheinend sein. Und wenn ich schon mal dabei bin, möchte ich noch hinzufügen, daß die Namen meiner Personen aus vergnüglichen Assonanzen heraus entstehen, ohne daß irgendeine Böswilligkeit dahintersteckt.

Anmerkungen der Übersetzerin

Asinara: Ehemalige Gefängnisinsel vor der Nordwestküste Sardiniens

Eduardo de Filippo: 1900–1984, italienischer Schauspieler, Autor und Regisseur

Mário de Sá-Carneiro: 1890–1916, portugiesischer Lyriker

Delio Tessa: Mailänder Lyriker, 1886–1939, verfaßte seine Werke im Mailänder Dialekt

Vuccirìa: Markt in Palermo, 1974 von dem sizilianischen Maler Renato Guttuso gemalt

Im Text erwähnte kulinarische Köstlichkeiten

Alici con cipolla e aceto Sardellen mit süßsauer gebratenen Zwiebeln

Alici all'agretto Überbackene Sardellen

Antipasto speciale di frutti di mare Meeresfrüchte mit schwarzen Oliven

Antipasto di mare Meeresfrüchte

Attuppateddri al suco Kleine hellbraune Schnecken

Caciocavallo stagionato Reifer Caciocavallo (Käse aus Kuh- oder Büffelmilch)

Calamaretti bolliti Gekochte Tintenfische

Granita di limone Granita aus Zitronensaft

Merluzzo Kabeljau

Mèusa Gekochte und mit Caciocavallo belegte Innereien vom Lamm

Milanzane alla parmigiana Auberginen à la parmiciana

Mostazzoli di vino cotto Mit Wein zubereitetes Gebäck

Pasta al forno Überbackene Pasta

Pasta con le sarde Makkaroni mit frischen Sardinen

Pasta fredda con pomodoro, vasalicò e passuluna Pennette mit Tomaten, Basilikum, schwarzen Oliven und Kapern, kalt serviert

Pasta 'ncasciata Makkaroniauflauf mit Auberginen

Petrafèrnula Gebäck aus gehackter Orangenschale, die in Honig gekocht wurde

Polipetti affogati Kleine Tintenfische in Tomatensauce und Tinte

Purpi alla carrettera Tintenfische in Tomatensauce

Spigole Seebarsche

Sugo di seppie (Pasta al nero di seppia) Tintenfischsauce (schmale Bandnudeln mit Sepiatinte)

Tabisca Sizilianische Pizza

Tinnirume In Öl und Salzwasser gegarte Blüten und Blattspitzen des sizilianischen Kürbisses

Triglie fritte Gebratene Meerbarben

Triglie di scoglio a oglio e limone Streifenbarben in Öl und Zitrone

Nr. 92076

Andrea Camilleri

DER DIEB
DER SÜSSEN DINGE

In Vigàta, einem malerischen Städtchen an der sizilianischen Küste, geschehen nicht nur zwei Morde, die scheinbar nichts miteinander zu tun haben – ein Dieb versetzt den Ort und Commissario Montalbano in Aufregung. Denn der Dieb der süßen Dinge führt ihn auf die Spur der geheimnisvollen, schönen Tunesierin Karima, beansprucht all seine kriminalistischen Fähigkeiten und verführt ihn zu einem folgenschwerem Versprechen ...
»Italiens neues Erzählwunder – ein großer Fabulierer und begnadeter Erzähler vor dem Herrn.«
Focus

Andrea Camilleri

DIE STIMME DER VIOLINE

Schöne Frauen machen das Leben eines Sizilianers erst interessant. Das kann Commissario Montalbano nur bestätigen, denn gleich drei junge Damen rauben ihm diesmal den Schlaf: Michela, die in ihrer Villa ermordet aufgefunden wird, ihre Freundin Anna, die Montalbano bei seinen Ermittlungen zur Seite steht, und natürlich Livia, die Dritte im Bunde, die Frau, die er liebt, die jedoch etwas von ihm einfordert, was er ihr in einem schwachen Moment versprochen hat, die Ehe ...
»Ein neues glanzvolles Erzählstück von Italiens Literatur-Star« Der Spiegel

Nr. 92 087

Nr. 92 100

Andrea Camilleri

DAS PARADIES DER KLEINEN SÜNDER

Wenn es 8:8 steht und nicht der Stand eines Fußballspiels gemeint ist, sondern die tödliche Bilanz zweier verfeindeter Mafiafamilien. Wenn ein angesehener Zahnarzt, der sich einen Fehltritt mit einer streng behüteten Zwanzigjährigen erlaubt, plötzlich deren gesamte Sippe am Hals hat. Wenn eine über neunzigjährige Dame ungebetenen Besuch erhält und der Täter der Teufel selbst ist – dann kann man mit Sicherheit davon ausgehen, dass sich diese Dinge irgendwo in Sizilien ereignen und Commissario Salvo Montalbano nicht weit ist.

Laura Joh Rowland

DER KIRSCHBLÜTENMORD

Japan, 1689. In Edo werden die Leichen eines Mannes niederer Herkunft und eines adligen Mädchens gefunden. Alles deutet auf den typischen *shinju* hin, den Doppelselbstmord aus unglücklicher Liebe. Doch Sano Ichirō, der den Fall möglichst schnell zu den Akten legen soll, vermutet mehr hinter der Sache. Er beginnt, das Geflecht von Täuschungen und Intrigen zu entwirren, und deckt dabei eine gefährliche Verschwörung auf ...
»Eine exotische und bestechende Kriminalgeschichte, ein literarisches Glanzstück.«
Robert Harris

Nr. 92 008

Nr. 92070

Laura Joh Rowland

DIE RACHE DES SAMURAI

1689 in Edo, der Hauptstadt des feudalen Japan: Eine geheimnisvolle Tempelwächterin spricht mit den Geistern. Ein finsterer Kammerherr verfolgt schurkische Pläne. Ein Unbekannter schleicht durch die Straßen und sinnt auf Rache für einen längst vergessenen Verrat. Sano Ichirō – der Samurai, der schon im *Kirschblütenmord* erfolgreich ermittelte – folgt der Spur eines Mörders und eines dunklen Geheimnisses in eine exotische, meisterhaft inszenierte Welt.

»Ein mörderisches Vergnügen!«
Hamburger Abendblatt